KB181501

내 영혼을 거두어주소서

이 작품의 한국어 번역은 저작권자와 협의를 거쳐 영문판으로 이루어졌습니다.
한국어 번역에 사용된 영어 판본은 Bernard Scudder와 Anna Yates가 번역해
2010년 영국 Hodder & Stoughton 출판사에서 펴낸 《My Soul to take》입니다.

내 영혼을 거두어주소서

SÉR GREFUR GRÖF

이르사 시구르다르도티르 지음 | 박진희 옮김

황소자리

* 주요 등장인물(가나다 순)

구드니 비야르니의 딸.

그리무르 토롤프손 과거 크레파 농장의 주인이자 비야르니의 형. 말프리두르의 아버지이자 엘린과 뵈르쿠르의 조부. 베르타의 증조부.

길피 주인공 토라의 아들.

라라 과거 구드니의 친구이자 솔디스의 할머니.

로사 구드문드도티르 베르구르의 아내.

마그누스 발드빈손 아이슬란드를 대표하는 원로 진보 정치인.

말프리두르 그리무르의 딸이자 엘린과 베르쿠르의 어머니.

매튜 라이스 토라의 독일인 남자친구.

발드빈 발드빈손 마그누스의 손자이자 떠오르는 정치 신인.

베르구르 케틸손 비르나와 내연관계를 맺고 있던 퉁가의 농부.

베르타 그리무르의 증손녀이며 엘린의 딸. 장애를 입은 사촌 스타이니의 보호자.

뵈르쿠르 토르다르손 그리무르의 손자.

비그디스 호텔 프런트 직원.

비르나 할도르스도티르 요나스 소유 호텔을 설계한 건축가.

비야르니 토롤프손 과거 키르규스테트 농장 주인이자 그리무르의 동생 구드니의 아버지.

솔디스 호텔 직원이며 라라의 손녀.

솔리 토라의 딸.

스타이니 교통사고로 장애를 입은 베르타의 사촌.

스테파니아 호텔에서 일하는 섹스 치료사.

시가 길피의 여자친구.

아달하이두르 욘스도티르 비야르니의 아내. 구드니의 엄마.

에이리쿠르 호텔에서 일하는 아우라 전문가.

엘린 토르다르도티르 그리무르의 손녀. 베르차의 엄마.

요나스 율리우손 오래된 농장 자리에 요양호텔을 지은 사업가이며 토라의 의뢰인.

요쿨 호텔 식당에서 일하는 웨이터

크리스트룬 발게이르스도티르 그리무르의 아내.

토라 구드문즈도티르 소설을 이끌어가는 여성 변호사.

한스 토라의 전 남편.

아이슬란드 지도

지도 설명

스나이펠스네스 반도 아이슬란드 서부에 자리잡은 반도. 팍사플로이와 브레이다 만을 분리하는 형태.

스나이펠스외쿨 스나이스펠네스 반도 서쪽 1,446미터 산 정상에 있는 빙하.

남부해안 요나스의 호텔이 들어선 곳이자 살인사건이 일어나는 장소. 유명한 검은교회 가 이곳에 있다.

스티키스홀무르 스나이스펠네스 반도의 관광도시. 소설 속 엘린과 뵈르쿠르의 집이 이 곳에 있다.

크발피외르뒤르 터널 크발피외르뒤르 피오르를 가로지르는 터널. 스나이스펠네스에서 레이캬비크로 이동하는 거의 모든 차량이 이 터널을 통과한다.

프롤로그

1945년 2월

아이는 두 다리를 거쳐 등줄기까지 타고오르는 냉기에 몸을 떨었
다. 바깥을 더 잘 보기 위해 아이는 조수석에서 몸을 곧추세워 앉
았다. 사방으로 펼쳐진 하얀 눈밭을 자세히 살폈지만, 농장의 동
물은 단 한 마리도 보이지 않았다. 동물들에게도 너무 추운 날씨인
거야. 이런 생각 한편으로 차에서 내려 다시 집 안으로 들어가고픈
마음이 굴뚝같았지만 아이는 감히 소리 내어 말하지 못했다. 운전
석에 앉은 남자가 차 시동을 걸기 위해 애를 먹는 사이, 눈물 한 방
울이 아이의 뺨을 타고 또르르 흘렀다.

　아이는 남자가 알아채지 못하게 입술을 꼭 오므린 채 고개를 다
른 곳으로 돌렸다. 남자가 알았더라면 틀림없이 불뚝성을 냈을 것
이다. 아이는 차창 너머 집을 바라보며 다른 소녀의 모습을 찾았으
나 눈에 보이는 생명체라고는 집 앞 계단에서 잠든 양치기 개 로버

7

뿐이었다. 로버가 고개를 들더니 아이를 쳐다보았다. 아이가 개를 향해 희미하게 미소를 지어보였을 때, 개는 다시 몸을 쭉 펴고 눈을 감아버렸다.

별안간 털털거리는 소리가 나며 시동이 걸리고, 남자가 자세를 바꿔 앉았다. "진작 그럴 것이지." 그가 퉁명스럽게 중얼거렸다. 남자가 조수석에 앉은 아이를 곁눈질하며 말했다. "자, 이제 짧은 여행을 떠나보자꾸나." 차가 집에서 멀어지며 거칠고 울퉁불퉁한 길 위를 달리는 동안 아이는 차의 진동에 따라 위아래로 통통 뛰어올랐다. "잘 잡아라." 남자는 눈길을 주지도 않은 채 말했다.

마침내 도로에 접어들자 차는 한동안 고요히 앞으로 나아갔다. 소녀는 들판으로 나온 말을 보고 싶은 마음에 창밖을 내다보았지만 눈에 들어오는 풍경은 적막하기만 했다. 불현듯 차가 향하는 곳이 어디인지 깨달은 아이의 심장이 빠르게 뛰기 시작했다.

"우리 집에 가는 거예요?" 아이가 희망에 찬 목소리로 물었다.

"그런 셈이지."

아이는 다시 한 번 몸을 곧추세워 바깥풍경을 한층 세세하게 관찰했다. 눈앞에 익숙한 전원의 모습이 펼쳐지고, 저 멀리 바위 하나가 선명하게 눈에 들어왔다. 엄마가 언젠가 들려준 이야기로는 저 바위가 낮이면 돌로 변하는 트롤(스칸디나비아 지방의 신화에 등장하는 괴물—옮긴이)이었다. 아이는 자기도 모르게 목을 앞으로 쭉 빼고 바위를 쳐다보았다. 그때 맞은편의 나지막한 언덕 꼭대기에서 그들을 향해 달려오는 차 한 대가 모습을 드러냈다. 군용차인 듯했다. 남자는 속도를 줄이면서 소녀에게 얼굴이 보이지 않도록 몸을 낮추라고 말했다. 숨는 일에 익숙한 아이는 재빨리 몸을 수그렸다. 남자는 아이의 할아버지가 그랬던 것처럼, 군인들과 엮여봐야 하나도 좋을 게 없다고 생각하는 듯했다. 소녀의 엄마는 아이에게 군인들 역시 할아버지와 마찬가지로 지극히 평범한 사람이라고 속삭이곤 했다. 다만 할아버지보다는 더 젊고 잘생겼을 뿐이라고. "바로 너처럼 말이야." 엄마가 이 말을 들려줄 때 아이를 향해 얼마나 다정한 미소를 지었던가.

아이는 몸을 수그린 채 다른 차가 점점 더 시끄러운 소리를 내며 다가왔다가 마침내 그들을 지나쳐 멀어지는 소리를 가만히 듣고 있었다. 아이의 몸이 움찔거렸다. "이제 똑바로 앉아도 돼." 아이는 남자의 말대로 했다. "네가 몇 살인지 알고 있어?" 남자가 물었다.

"네 살이에요." 아이는 할아버지가 가르쳐준 대로 또박또박 말하려고 애썼다.

남자가 코웃음을 쳤다. "네 살짜리가 왜 그리 말라비틀어졌냐."

비록 '말라비틀어졌다'가 무슨 뜻인지 정확히 이해하지 못했지만, 그게 좋은 뜻이 아니라는 점만은 아이도 알아챌 수 있었다. 아이는 아무 말도 하지 않았다. 다시 침묵이 이어졌다.

"너 엄마 다시 보고 싶어?"

아이가 눈을 휘둥그레 떴다. 엄마를 보러 가는 걸까? 생각만으로도 모든 게 괜찮아질 것 같은 기분이었다. 아이는 열심히 고개를 끄덕였다. 추위에 저리던 두 허벅지도 더 이상 아프지 않았다. 모든 게 다시 좋아질 거야.

차는 아이가 아주 잘 아는 길로 접어들었다. 집이 보이기 시작하자 아이는 오랜만에 활짝 웃었다. 차는 천천히 집 앞으로 다가가 멈췄다. 아이는 위풍당당하게 서있는 주택을 넋을 잃고 올려다보았다. 집은 너무나 슬프고 외로워 보였다. 불은 죄다 꺼져있고, 굴뚝에서는 연기도 피어오르지 않았다.

"엄마 여기 있어요?" 아이가 조바심을 내며 물었다. 뭔가 이상했다. 아이가 마지막으로 엄마를 봤을 때, 엄마는 남자의 집 침대에 가만히 누워있었다. 할아버지가 그랬던 것처럼 엄마도 아팠고, 소녀를 제외하고는 엄마를 도와줄 사람이 아무도 없었다. 침대에 누워있던 엄마가 홀연히 자취를 감춘 바로 그날 밤, 엄마는 집으로 돌아갔던 걸까? 그렇지만 왜 엄마는 자기만 남자의 집에 남겨두고 떠났을까? 엄마는 절대 그런 짓을 할 사람이 아니었다.

"정확히 말해서 네 엄마가 여기 있는 건 아니지만 곧 엄마를 만날 거야. 영원히 엄마랑 함께 머물게 되는 셈이지." 남자는 기분 나쁜 미소를 지었고 아이는 자신의 행복에 불투명한 반점이 슬며시 퍼져나가는 걸 느꼈지만 아무런 질문도 할 수 없었다.

남자가 차에서 내리더니 조수석 문을 열었다. "가자. 엄마를 만나려면 어디를 좀 들러야 하거든."

아이는 조심스럽게 차에서 내렸다. 용기를 북돋워줄 누구라도, 그 어떤 것이라도 찾기 위해 사방을 둘러보았지만 주위엔 아무것도 없었다.

남자가 허리를 구부려 벙어리장갑 낀 아이의 손을 잡았다. "얼른 가자니까. 보여줄 게 있어."

그가 아이의 손을 끌어당겼고, 아이는 성큼성큼 걸어가는 남자의 보폭에 맞추기 위해 거의 뛰다시피 했다.

두 사람은 집 뒤편 축사로 갔다. 악취가 둘을 맞이했다. 축사에 다가갈수록 악취는 한층 더 코를 찔렀다. 아이는 손으로 코를 틀어막고 싶었지만 감히 그럴 수 없었다. 표정으로 보아 남자 역시 악취를 맡은 듯했다. 축사 앞에 다다른 남자는 아이가 도저히 닿을 수 없는 곳에 있는 창을 통해 안을 들여다봤다. 순간 남자가 뒷걸음질치며 손으로 입을 막았다. 아이는 소들에게 끔찍한 일이 벌어지지 않았기를 바랐지만 축사 안쪽에서 아무런 소리도 들리지 않는다는 걸 감지했다. 어쩌면 소들은 잠든 것일지도 모른다. 남자는 다시 다가와서 아이를 세게 잡아당겼다.

"끝내주게 구역질나는군." 남자는 축사에서 조금 떨어진 곳으로 아이를 데리고 가더니 멈춰서서 탁 트인 눈밭을 둘러보았다. "빌어먹을! 어디였지?" 그가 짜증을 내며 중얼거리고는 발로 눈을 이리저리 헤치기 시작했다.

아이는 남자가 눈밭을 뒤지는 동안 가만히 그 자리에 서있었다. 더 이상 설레지 않았다. 엄마는 여기에 없다. 엄마가 눈 아래에 숨어있을 리 없었다. 엄마는 아팠다. 울음을 삼키며 아이는 들릴락말락 하는 목소리로 물었다. "엄마 어디 있어요?"

"엄마는 하느님이랑 같이 있어." 남자가 쉬지 않고 발로 눈밭을 들쑤시며 말했다.

"하느님이랑요?" 아이가 당황한 듯 남자의 말을 반복했다. "하느님이랑 뭘 하고 있는데요?"

남자가 코웃음을 쳤다. "엄마는 죽었어. 하느님한테 갔어."

아이는 그게 무슨 뜻인지 조금도 이해할 수 없었다. 아이는 한 번도 죽은 사람을 만난 적이 없었다. "하느님은 좋은 분이죠, 그렇죠?" 어째서 자기가 이런 말을 하는지 알지 못했다. 아이는 이미 답을 알고 있었다. 엄마와 할아버지가 종종 그렇게 말했기 때문이다. 하느님은 좋은 분이야, 아주 좋은 분이지. "하느님 집에 간 엄마가 돌아올까요?" 아이는 기대에 찬 목소리로 물었다.

남자는 승전보라도 울리듯 소리를 지르더니 발을 멈췄다. "여기다! 드디어 찾았네." 남자가 몸을 수그려 장갑 낀 손으로 땅을 뒤덮은 눈을 걷어냈다. "아니. 하느님한테 간 사람은 절대로 돌아오지 않아. 엄마를 보고 싶으면 네가 하느님한테 가야 하는 거야."

아이는 그대로 굳어버렸다. 그게 무슨 뜻일까? 아이는 남자가 손으로 눈을 치우는 모습을 지켜보았다. 이내 눈에 익은 강철 해치가 모습을 드러냈다. 엄마는 아이가 들판에 난 강철 해치 근처에서 놀지 못하게 했었다. 하느님이 저 아래에 있다고?

남자가 몸을 쭉 펴더니 다시 허리를 구부리고 육중한 해치 뚜껑을 들어올렸다. 남자는 소녀를 힐끗 바라보며 또다시 미소를 지었다. 아이는 그가 자기를 향해 웃지 않기를 간절히 바랐다. 남자가 아이를 향해 손짓했다. 아이는 머뭇거리며 남자와 해치 아래 입을 떡 벌리고 모습을 드러낸 어두컴컴한 공간을 향해 다가갔다.

"저 아래에 엄마랑 하느님이 있는 거예요?" 아이가 떨리는 목소리로 물었다.

남자는 여전히 웃고 있었다. "아니. 하느님은 저기 없지만 저 아래서 기다리고 있으면 와서 너를 데려가실 거야. 자, 어서." 남자는 아이의 마른 어깨를 잡아채 구멍 쪽으로 밀었다. "네가 세례를 받아둔 게 다행이구나. 하느님은 세례 안 받은 사람은 절대 안 받아주시거든. 다만 하느님이 널 여전히 기억하고 계시길 바라야지. 왜냐면 하느님은 교회 기록을 확인하실 수가 없거든." 남자의 미소가 싸늘해졌다. "아니지. 만전을 기하기 위해 간단한 세례식을 다시하는 게 좋을지도 모르겠네. 하느님이 너를 데려가지 않으시려 하면 안 되니까." 남자가 나직이 웃었다.

아이는 남자의 말이 들리지 않았다. 최면에 걸린 듯 암흑 속을 멍하니 내려다볼 뿐이었다. 엄마는 절대 저렇게 어두운 곳에 들어가지 않았을 거야. 아이는 남자가 '간단한 세례식' 같은 단어를 중얼거리는 소리를 들었지만, 그가 자신의 몸을 돌려 눈 묻은 손바닥을 이마에 올렸을 때에야 고개를 들었다. 남자는 이렇게 말했다. "성부와 성자, 성령의 이름으로 세례를 주노라, 아멘." 남자는 눈을 뜨고 소녀를 내려다보았다.

이마가 너무도 시렸지만, 정작 아이를 오싹하게 만든 건 남자의 표정이었다. 아이는 고개를 돌리고 두 손을 점퍼주머니에 넣었다. 몸은 이미 꽁꽁 얼었고 벙어리장갑은 칼바람으로부터 아이의 손을 지켜주지 못했다.

오른쪽 주머니에서 뭔가 잡히는 것을 느낀 아이가 편지봉투를 기억해냈다. 깊은 근심이 아이를 사로잡으며 잠시 남자에 대한 두려움이 옅어졌다. 아이는 그 봉투를 배달하겠노라고 엄마에게 약속했지만, 이제는 그 약속을 지킬 수 없을 것 같았다. 그것은 엄마가 아이에게 남긴 마지막 부탁이었고 아이는 편지가 엄마에게 얼마나 중요한 문제였는지 똑똑히 기억했다. 또다시 눈물이 한쪽 뺨을 타고 흘렀다. 남자에게는 봉투를 건넬 수 없었다. 엄마가 절대 남자에게 봉투를 넘겨주지 말라고 당부했기 때문이다. 아이는 아랫입술을 깨물며 남자에게 편지에 대해 말해야 할지 말아야 할지 혼란스러워했다. 아이가 두 눈을 질끈 감았다. 여기에 서있는 대신 아무 일도 없이 엄마 곁에 누워있는 거라면 얼마나 좋을까. 다시 눈을 떴지만 여전히 남자와 함께 이곳에 서있는 현실을 확인할 뿐이었다. 절망감이 아이를 잠식했고 아이는 소리 없이 흐느꼈다. 눈물이 두 뺨을 타고 목도리 안으로 흘러내리는 것을 그냥 내버려두었다.

남자가 다시 아이의 어깨를 잡아챘다. "이제는 하느님이 아주 반겨주실 거야. 기도는 할 줄 아니?" 아이는 불안한 표정으로 고개를 끄덕였다. "잘됐네." 남자는 구멍을 내려다보며 말했다. "이제 너를 저 아래에 내려주면 하느님이 나중에 와서 데려가실 거야. 하느님이 오실 때까지 계속 기도하고 있어야 해. 처음에는 좀 추워도 금방 깊은 잠에 들 거야. 그러면 너도 모르는 사이 엄마를 천국에서 다시 만나게 되는 거지."

남자의 말에 아이는 격하게 울기 시작했고 어떻게든 울음을 참아보려고 안간힘을 썼다. 뭔가 잘못됐다. 하느님이 그렇게 좋은 분이라면 왜 지금 그냥 아이를 데려가지 않는 걸까? 왜 자기 혼자 저 칠흑 같은 구덩이로 들어가야 한단 말인가? 아이는 암흑이 두려웠다. 그곳은 들어가서는 안 되는 장소였다. 엄마가 그렇게 말했다. 남자의 표정을 본 아이는 자기가 원하든 원치 않든 저 아래로 내려가야 한다는 것을 깨달았다. 아이는 그 자리에 못박힌 듯 서있었다. 남자는 두 손으로 아이를 들어올린 다음 천천히 구멍을 향해 내려놓았다.

아이는 마지막으로 고개를 돌려 자신의 집을 바라보다가 놀란 눈으로 박공창에 시선을 고정했다. 누군가 창 안쪽에 서서 자신을 바라보고 있었다. 창이 너무 더러운 데다 집이 멀리 떨어진 탓에 누구인지 분간할 수는 없었다. 구덩이 안으로 들어오니 아무것도 보이지 않았다. 아이는 엄습하는 공포에 질리지 않으려고 정신을 똑바로 차렸다. 하느님은 좋은 분이야, 창문으로 보인 건 분명 유령이 아니었어. 하느님은 좋은 분이야, 구덩이 안에서 들려오는 낮고 구슬픈 울음소리는 죽은 아이들의 흐느낌이 아니야. 하느님은 좋은 분이야, 엄마가 그렇게 말했다.

구덩이 안은 바깥보다 훨씬 더 추웠다. 어디든 앉아보려고 했지만 차의 조수석과는 비교할 수 없을 정도로 바닥이 차가웠다. 아이는 두 팔로 자신의 몸을 감쌌다. 해치가 휙 닫혔다. 완전히 닫히기 직전 남자의 목소리가 들려왔다. "행운을 빈다. 엄마랑 하느님한테 안부 전해주고. 멈추지 말고 기도해."

그리고 모든 게 암흑이었다. 아이는 숨을 고르려고 했지만 흐느낌 때문에 쉽지가 않았다. 이 순간 아이를 가장 속상하게 한 건 끝내 누구에게도 전달하지 못한 편지였다.

아이는 눈을 꼭 감았다. 따스한 햇살을 떠올리기만 해도 마음이 진정됐기 때문이다. 어쩌면 누군가 구하러 올지도 모른다. 창가에 서있던 그 사람이 틀림없이 구해줄 것이다. 제발, 제발, 제발. 더

이상 이곳에 있고 싶지 않았다. 아이는 차가운 두 손을 맞잡고 속
삭이기 시작했다.

이제 잠에 들기 위해 자리에 눕습니다.
하느님, 저의 영혼을 지켜주시고
제가 깨어나기 전에 숨을 거두거든
하느님, 내 영혼을 거두어주소서.

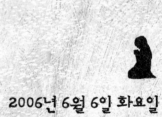

2006년 6월 6일 화요일

1장

"우편물 투입구가 맞습니다." 토라는 정중하게 미소를 지으며 정정했다. "이 문서를 보시면 우편물 투입구라고 명기되어 있어요." 그녀는 맞은편에 앉은 부부에게 출력물을 건넸다. 우거지상을 한 부부의 표정이 한층 어두워지자 토라는 남자가 또다시 장광설을 늘어놓기 전에 서둘러 말을 이었다. "1997년에 개정된 기초우편법 시행규칙 505호는 2003년 제정된 종합우편법과 그에 관한 적용규칙 805호로 대체되면서 우편함과 우편물 투입구에 관한 12조의 내용은 폐지됐습니다."

"거봐요!" 남자가 소리치며 아내를 향해 의기양양한 표정을 지었다. "내 말이 바로 그 말입니다. 그러니까 우체국은 일방적으로 우편배달을 중단할 권리가 없는 거라고요." 그는 토라에게로 시선을 돌리면서 팔짱을 꼈다.

토라는 목청을 가다듬고 설명했다. "안타깝지만 이게 그리 간단치 않습니다. 새 규칙에서는 우편물 투입구 및 투입구 위치에 관한 건축물 규정을 언급하고 있습니다. 법률에는 우편물 투입구가 지면으로부터 1,000~1,200밀리미터에 위치해야 한다고 명시돼 있어요." 숨을 고르기 위해 잠시 말을 멈추던 토라는 남자가 또 끼어들까 얼른 덧붙였다. "또한 2002년 개정된 우편법 12호에는 우편물 투입구가 법률에 부합하지 않을 경우, 우편서비스 제공업체는 발송자에게 우편물을 돌려보낼 수 있도록 규정했고요."

토라는 기어이 남의 말을 끊고 끼어든 남자 때문에 더 이상 설명을 이어갈 수 없었다. "그러니까 이제 우리는 우편물을 배달받을 수도 없는 데다 이 말도 안 되는 관료주의에 이의를 제기할 권리도 없다는 겁니까?" 남자는 눈에 보이지 않는 관료들의 공격을 물리치기라도 하겠다는 듯 과장된 어투로 지껄였다.

토라는 어깨를 으쓱했다. "우편함을 규정에 맞게 옮기시면 되죠."

남자가 토라를 노려보았다. "저희는 변호사님이 좀 더 유익한 조언을 해줄 거라고 기대했어요. 더구나 저희 부부가 오기 전에 문제를 검토해 보시겠다고 약속하셨잖습니까?"

마음 같아서는 시뻘게진 남자의 얼굴에 법령집을 던져버리고 싶었지만 토라는 이를 악물며 참았다. "그래서 검토해드린 겁니다." 그녀가 억지 미소를 지으며 상냥하게 대답했다.

토라는 백과사전에 가까운 해박함과 관련 법률조항까지 줄줄 꿰는 자신의 능력에 의뢰인이 감탄할 거라고 예상했었다. 하지만 젠장! 이 사건이 자기 머리를 단단한 벽에 들이박는 것과 진배없음을 진작 간파하지 못한 게 후회스러울 뿐이었다. 이틀 전 남자가 흥분한 목소리로 전화했을 때 알아챘어야 했다. 그는 쉬지 않고 떠들어대면서 우체국과 집배원을 상대로 한 분쟁에 대한 법률적 조언을 구했다. 부부는 최근 미국에서 공수해온 조립식 주택으로 이사를 했다. 조립식이기 때문에 현관문에 달린 불법적 우편함을 포함해 집의 모든 부분이 이미 완공된 상태였다. 어느 날 귀가하던 아내가 현관문에 붙은 메모를 발견했다. 우편함이 너무 낮은 곳에 달려있기 때문에 우편물을 배달할 수 없다는 내용의 메모였다. 결론적으로 부부는 앞으로 우체국에서 직접 우편물을 수거해야 했다.

"제가 드릴 수 있는 조언은 앞으로 가능한 조치들 뿐입니다. 그러니까 우체국을 상대로 소송을 벌이는 건 비용만 들 뿐 실익이 없습니다. 주택공사 직원을 고소하는 것도 마찬가지고요."

"현관문을 교체하는 것도 돈이 든다고요. 우편함을 위로 올릴 수가 없다니까요. 말씀드렸잖습니까." 부부는 득의만면한 표정을 주고받았다.

"현관문을 교체하시는 게 어떤 소송비용보다 더 저렴할 겁니다. 그건 제가 장담하죠." 토라는 부부가 도착하기 전 준비한 자료 중 마지막 서류를 들이밀었다. "제가 두 분을 대신해서 작성한 서신입니다." 부부가 함께 손을 내밀었지만 남편이 조금 더 빨랐다. "우체국 또는 집배원은 절차상의 잘못을 저질렀습니다. 두 분은 등기우편을 통해 우편함의 위치가 법적 기준에 맞지 않는다는 내용을 통보받았어야 해요. 또한 그것을 시정할 유예 기간이 두 분에게 주어져야 절차상 맞는 겁니다. 그 기간이 끝나기 전까지 우편배달이 중단돼서는 안 되고요."

"등기우편요?" 여자가 받아쳤다. "우편물을 배달해주지 않는데 저희가 우편물을 어떻게 받아요?" 여자는 뿌듯한 얼굴로 남편을 돌아보았지만 원하던 반응을 얻지 못하자 다시 죽상을 썼다.

"아, 여보. 그렇게 따지고 들지 말라고." 남자가 나무라듯 말했다. "등기우편은 우편함으로 받는 게 아니라 직접 수령하고 서명하는 거잖아." 남자는 다시 토라를 쳐다보며 말했다. "계속하시죠."

"제가 대신 쓴 서신에는 우체국이 적법한 절차에 따라 시정 요구가 담긴 등기우편을 두 분께 보내고, 적절한 유예 기간을 설정해 달라는 내용이 담겨있습니다. 유예 기간으로 두 달을 요청할 거고요." 토라는 편지를 가리키며 설명했고 남자는 벌써 편지를 다 읽은 뒤 아내에게 넘겼다. "그 기간이 지나고 나면 더 이상 가능한 조치가 없기 때문에 우편물 투입구를 적법한 높이로 옮기시는 게 좋을 겁니다. 만약 투입구 위치를 바꿀 수 없고, 계속 그 현관문을 유지하시겠다면 아예 우편함을 새로 구입하시는 방법도 있습니다. 법률이 정한 높이 규정에 맞는 걸로요. 이 옵션을 선택하실 거면 우편함을 설치할 때 꼭 줄자를 사용해서 추가 분쟁의 소지를 없애셔야 합니다." 토라는 부부를 향해 보일 듯 말 듯 미소를 지었다.

도끼눈으로 토라를 쏘아보며 고심하던 남자가 갑자기 음흉한 미소를 짓더니 이렇게 말했다. "좋아요, 알겠습니다. 이 편지를 보내서 등기우편을 받으면 이후 두 달은 집배원이 저희 집 우편함의 높이와 상관없이 우편물을 배달해야 한다는 말씀이시죠?" 토라가 고개를 끄덕였다. 그러자 남자는 개선장군처럼 자리에서 벌떡 일어서며 덧붙였다. "마지막에 웃는 자가 진짜 승리자지. 지금 바로 편지를 보내서 유예 기간이 잡히면 곧바로 우편함 위치를 문턱까지 내려버릴 거야. 유예 기간이 지나고 새 우편함을 사버리면 되지 뭐. 갑시다, 여보."

토라는 부부를 문까지 배웅했고, 부부는 고맙다는 인사를 날리며 떠났다. 남자는 당장이라도 편지를 보내 집배원과의 전투 2라운드를 시작하고 싶어 안달이 난 듯했다. 사무실로 돌아오는 토라는 인간 본성에 혀를 내두르지 않을 수 없었다. 나이든 어른의 걱정이라는 게 겨우 저런 수준이라니…. 토라는 집배원이 월급이라도 두둑이 받기를 바랐지만 현실은 다르다는 걸 잘 알았다.

토라가 책상 앞에 앉기 무섭게 로펌 파트너인 브라기가 사무실 안으로 고개를 내밀었다. 토라보다 나이가 많은 그는 이혼 전문 변호사였다. 토라는 도저히 이혼 사건은 다룰 수가 없었다. 이혼을 몸소 경험하는 것만으로 이미 넌더리가 났기 때문이다. 반면 브라기는 이혼 사건을 다룰 때 마치 물 만난 물고기 같았다. 특히 복잡하게 뒤얽힌 갈등을 해결하고 전쟁 중인 커플이 서로를 죽이지 않고도 대화할 수 있게 만드는 데 탁월했다.

"그래, 우편함 사건은 어떻게 됐어? 대법원에서 판례를 남길 만한 사건인가?"

토라가 웃으며 말했다. "아뇨. 소송은 보류하기로 했지만 수수료 청구서 보낼 때는 꼭 택배로 부쳐야겠어요. 저 부부 보나마나 앞으로는 받아보지 못하는 우편물이 많아질 테니까."

"이혼이나 했으면 좋겠네." 브라기가 두 손바닥을 비비며 웃었다. "굉장한 소송이 될 거 같은 직감이 오거든." 그는 포스트잇 하나를 토라에게 건넸다. "상담하는 동안 이 사람이 전화를 했어. 시간 날 때 연락해 달라더군."

메모에 적힌 이름을 본 토라가 한숨을 내쉬었다. 요나스 율리우손. "이런, 젠장." 토라는 고개를 들고 물었다. "용건이 뭐래요?"

정확히 일 년 전, 토라는 돈 많은 중년 사업가가 투자 목적으로 스나이펠스네스Snaefellsnes 반도에 위치한 토지와 농가를 구입할 때 매매계약서 작성을 맡았었다. 요나스는 반쯤 망해가는 해외 라디오 방송국들을 인수해 회생시킨 다음 다시 매도해 거액의 차액을 남기는 방식으로 큰돈을 벌었다. 그가 원래부터 특이한 사람이었는지, 아니면 돈을 벌고 나서 괴짜가 된 건지 토라는 알 수가 없었다. 뉴에이지 사상에 심취한 그는 초대형 전인의료센터 겸 스파호텔 건립 계획을 추진하고 있었다. 이런 호텔에 묵는 사람들은 거액의 대안의료 기법을 통해 심신의 병을 치료받는다고 했다. 토라는 요나스를 떠올리며 다시 고개를 가로저었다.

"듣기로는 땅에 숨겨진 구조적 결함 같은 게 발견됐대." 브라기가 웃으며 말을 이었다. "대지가 맘에 안 드나봐. 전화해봐. 나한테는 설명을 안 해주더라고. 토라는 처녀자리인데, 처녀자리가 게자리보다 우세하다면서. 그래서 토라가 좋은 변호사라고 했어." 브라기가 어깨를 으쓱하며 덧붙였다. "아마도 강력한 별자리가 변호사 자격증만큼이나 중요한 모양이지. 내가 뭘 알겠어?"

"미친놈 같으니." 토라는 전화기로 손을 뻗으며 중얼거렸다.

토라가 일 때문에 요나스를 처음 만났을 때에도 그는 토라의 별자리부터 확인했고 다행히 호의적인 결과가 나왔다. 요나스의 일을 맡게 된 것도 그 이유 때문이었다. 토라는 요나스가 대형 로펌을 찾아가 변호사들의 정확한 출생시각을 요청했으나 거절당하자 어쩔 수 없이 소형 법률사무소를 찾았을 거라고 추측했다. 요나스처럼 부유한 사업가가 직원이 고작 네 명인 로펌을 선택한 이유를 설명할 방법이라고는 그뿐이었다. 토라는 브라기가 적어준 번호로 전화를 걸고는 신호가 가는 동안 얼굴을 잔뜩 찌푸렸다.

"여보세요." 반대편에서 남자의 부드러운 목소리가 들려왔다. "요나스입니다."

"안녕하세요, 요나스. 중앙법률사무소 토라 구드문즈도티르예요. 전화 달라고 메시지 남기셨더군요."

"네, 맞아요. 전화 줘서 고마워요." 요나스는 무겁게 한숨을 쉬었다.

"브라기 말로는 대지에 숨겨진 구조적 결함이 발견됐다고 하던데, 정확히 뭐가 잘못된 거죠?" 토라는 통화를 하며 브라기를 흘끗 보았고, 브라기는 고개를 끄덕였다.

"정말이지 끔찍해요. 건물에 문제가 있는데, 전 주인들이 그걸 알고도 나한테 알리지 않은 듯해요. 이것 때문에 내 계획이 수포로 돌아갈 지경이에요."

"결함이라는 게 대체 어떤 건데요?" 토라가 다소 놀란 표정으로 물었다. 매매 당시 부동산은 공인감정사들로부터 정식 감정을 받았고, 토라가 직접 감정보고서 검토를 마쳤다. 아무런 결함도 발견되지 않았다. 면적은 판매자가 신고한 것과 일치했고 부동산 기술서에 명기된 권리는 물론 너무 오래돼서 재공사를 하지 않으면 안 되는 농가 두 채 또한 부동산에 포함된 상태였다.

"호텔이 들어선 키르큐스테트라는 농가랑 관련이 있는데, 혹시 기억해요?"

"네, 기억나요." 토라가 대답했다. "그런데 부동산의 경우 숨겨진 결함이란 건 부동산 실거래가의 10퍼센트가 넘는 가치를 떨어뜨려야 보상청구권이 성립한다는 거, 알고 계시죠? 아무리 큰 집이라고 해도 오래된 농가에 그만한 가치 하락이 발생할 여지가 있을지 모르겠어요. 그리고 숨겨진 결함이란 건, 말 그대로 숨겨져 있어야해요. 감정보고서에서도 분명히 두 농가는 전체적인 재공사가 필요하다고 밝혔잖아요."

"내가 말하는 이 농가의 결함이 밖으로 알려질 경우, 내 계획은 휴지조각이 되고 말 거예요." 요나스가 사뭇 단호하게 선을 그었다. "이 결함이 완벽하게 숨겨져 있었다는 건 두 말할 것도 없어요. 조사원들이 절대 알아챌 수 없는 결함이거든요."

"결함이라는 게 대체 뭐죠?" 호기심이 발동한 토라가 물었다. 몇년 전 크베라게르디에서 그랬던 것처럼 집 한가운데서 온천이라도 발견된 건 아닌가 싶었지만, 그 지역에서 지열 활동이 일어나고 있다는 이야기는 한 번도 들은 적이 없었다.

"영적인 문제에 눈곱만큼도 관심 없다는 건 잘 알아요." 요나스가 차분하게 설명했다. "여기서 벌어지는 일을 당신이 믿기 힘들겠지만, 제발 부탁이니 내 말을 딱 한 번만 믿어봐요." 요나스가 잠시 말을 멈추더니 마침내 입을 열었다. "이 집은 귀신이 씌었어요."

토라는 두 눈을 감았다. 귀신이라, 어련하시겠어. "이런, 이런." 토라는 요나스가 말한 결함이라는 게 완전히 정신 나간 소리라는 걸 알리려고 브라기를 향해 관자놀이 주변에서 검지를 빙빙 돌렸다. 브라기는 통화 내용을 엿들어보겠다고 토라 쪽으로 가까이 다가왔다.

"내 말 안 믿을 줄 알았어요." 요나스가 투덜거렸다. "하지만 사실이에요. 이곳 주민들 사이에서는 잘 알려진 일이라고요. 계약이 진행될 당시 판매자들도 이 사실을 다 알고 있으면서 입을 다문 거예요. 더군다나 내가 그 땅이랑 농가를 가지고 뭘 할 건지도 알았으니, 이건 사기라고요. 이 호텔에 머무는 사람들은 특별히 예민해요. 손님들이나 직원들이나 마찬가지예요. 다들 언짢아하고 있어요."

토라가 끼어들었다. "귀신이 씌었다는 게 무슨 뜻인지 자세히 설명해줄래요?"

"집 분위기 자체가 정말 으스스해요. 게다가 물건들이 사라지지를 않나, 한밤중에 이상한 소리가 들리고. 난데없는 곳에서 어떤 아이가 나타난 걸 목격한 사람들도 있어요."

"그런데요?" 토라가 물었다. 하나도 이상할 게 없었다. 토라의 집에서는 항상 물건이, 그 중에서도 차 열쇠가 사라지고 소음이 끊이지 않고 애들은 아무데서나 불쑥 나타나는 게 일상다반사였다.

"여기는 아이가 살지 않는 곳이에요, 토라. 주변에도 아이를 키우는 집이 없다고요." 요나스가 잠시 멈추더니 말을 이었다. "그리고 정체불명의 아이는 이 세상 사람이 아니에요. 한 번은 거울을 보는데 제 뒤에서 그 여자아이의 모습이 보였어요. 어떻게 설명을 해야 좋을지 모르겠는데…, 정말이지 생명이 아예 없는 모습이었어요."

토라의 등골이 오싹해졌다. 요나스의 말투로 보아 그는 진심으로 그렇게 믿는 듯했다. 토라에게는 터무니없이 들릴지언정 자신이 본 것이 살아있는 사람이 아니라고 요나스는 확신하고 있었다.

"제가 어떻게 했으면 좋겠어요?" 토라가 물었다. "판매자들과 상의해서 가격을 할인해달라고 협상을 할까요? 결국 그게 핵심 아니에요? 한 가지 분명히 말씀드리는데 저는 퇴마의식 같은 건 못 해요. 그 집의 기괴한 분위기를 바꿔줄 수도 없고요."

"주말 동안 우리 호텔에 와서 지내봐요." 요나스가 불쑥 제안했다. "여기서 발견한 물건들을 보여주고 당신 생각이 어떤지 들어보고 싶어요. 마침 우리 호텔에서 제일 좋은 스위트룸이 비어있으니까 호사도 누려볼 겸. 핫 스톤 마사지도 받고, 원하는 건 다 해봐요. 에너지도 충전할 수 있고, 물론 답례도 충분히 할게요."

토라에게 재충전이 필요한 타이밍이기는 했다. 하지만 한편으로 푹 쉬다 가라고 제안하면서 다른 한편으로 집에 귀신이 들렸다고 주장하는 요나스의 말은 앞뒤가 맞지 않았다. 지금 토라의 인생은 내리막길로 내달리고 있었다. 채 열여섯도 안 된 아들 녀석으로 인해 곧 손자가 태어나는 데다 아들이 이런 사고를 친 이유가 엄마 노릇 못한 토라 때문이라고 박박 우기는 전 남편과의 관계 역시 껄끄럽기 그지없었다. 전 남편이 보기에 10대 아들의 끓어넘치는 호르몬은 부수적인 요인에 불과했다. 그저 모든 게 토라의 잘못이었다. 출산을 앞둔 아들의 열다섯 살짜리 여자친구 부모 역시 이 의견에 동참했다. 토라는 한숨을 내쉬었다. 웬만한 마사지로는 그녀의 영혼에 들러붙은 근심걱정을 날려버리기 힘들 터였다.

"제가 검토할 게 정확히 뭐죠? 사무실로 보내주면 안 될까요?"

요나스가 냉랭하게 웃었다. "그럴 수는 없어요. 오래된 책들이며 그림, 사진 같은 온갖 잡동사니가 여러 상자에 담겨있거든요."

"그 오래된 물건들이 숨겨진 결함과 관련 있다고 생각하는 근거가 뭐죠?" 토라가 회의적인 어조로 물었다. "게다가 그 물건들은 당신이 직접 살펴볼 수도 있잖아요?"

"난 못 해요. 시도해봤는데 소름이 끼치더라고요. 근처에도 못 가겠어요. 토라는 나보다 훨씬 더 현실적인 사람이잖아요. 아무런 감정에 휘둘리지 않고 그 물건들을 조사해볼 수 있을 거예요."

토라 역시 그렇게 생각했다. 그녀는 지금껏 유령이나 악귀, 요정 같은 것들 때문에 겁이 난 적이 한 번도 없었다. 현실세계에서 차고 넘칠 정도의 시련을 겪었으니 굳이 초자연적 영역으로 넘어갈 필요도 없었다. "잠깐 생각할 시간을 줘요, 요나스. 제가 지금 드릴 수 있는 약속은 그쪽으로 가는 게 가능한지, 일정 조율을 해보겠다는 것 정도에요. 내일 오후에 전화할게요. 이 정도면 되겠어요?"

"아, 그럼요. 전화 줘요. 계속 사무실에 있을게요." 요나스는 잠시 망설이더니 말을 이었다. "왜 옛날 물건들이 이번 일과 관련이 있다고 생각하는지 물었죠?"

"네."

요나스는 잠시 주저하더니 말을 이었다. "오래된 상자들을 뒤적이다가 사진을 하나 발견했어요."

"그래서요?"

"거울로 본 소녀가 그 사진 속에 있었어요."

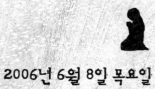

2006년 6월 8일 목요일

2장

토라는 요나스의 부동산 계약 관련 서류파일을 꺼냈다. 다시 보아도 특이한 점은 눈에 띄지 않았다. 요나스가 말한 정체 모를 '숨겨진 결함'을 암시할 만한 것은 더더욱 찾을 수 없었다. 매매증서 서명은 꼭 토요일에 진행해야 한다고 우기는 등 날짜에 관해 요나스가 요구했던 시시콜콜한 조건을 제외하면 전혀 복잡할 것 없는 거래였다. 토라는 그에게 질문이라도 했다가 천체 구조에 관한 일장연설이라도 듣게 될까봐 아무 말 없이 그의 요구에 응했다. 게다가 토요일에는 행운이 나의 편이 된다는 오래된 속담을 토라 역시 기억하고 있었다. 이런 요구를 제외하면 이상할 게 하나도 없었다. 대지와 대지에 포함된 동산 및 자원 등 일체의 소유권을 넘기는 계약이었다. 판매자는 50대의 남매 뵈르쿠르 토르다르손과 엘린 토르다르도티르였다. 두 사람은 오래 전 조부로부터 땅을 물려받은 어머니를 대신해 계약을 진행했다. 그 거래를 통해 두 사람은 엄청난 돈을 챙겼고, 당시 토라는 부러워 죽을 것만 같은 심경이었다.

토라는 귀신이 씌었다는 것을 어떻게 평가해야 부동산 가치의 10퍼센트를 떨어뜨릴 수 있을지 궁리하며 혼자 미소 지었지만, 귀신이 나온다는 점을 근거로 판매자에게 손해보상을 요구하는 자신의 모습을 상상하자 이내 미소는 사라졌다. 중년 남매 중 오빠가 주로 계약과 관련된 일을 처리했기 때문에 토라는 매매증서에 서명하는 날에야 여동생을 만났다. 소유권자인 남매의 모친은 한 번도 만나지 못했다. 뵈르쿠르의 설명에 의하면 연세가 너무 많아 자리보전만 하고 있다지만, 그때 토라는 뵈르쿠르가 지나치게 독단적이고 교만하다고 느꼈다. 반면 여동생 엘린은 조용하고 차분했다. 토라는 엘린이 오빠만큼 계약을 내켜하지 않는다는 인상을 받았다. 당시의 기억을 돌이키자니 뵈르쿠르가 보상금 요구에 순순히 응하지 않을 것이란 데 생각이 미쳤다. 파일을 내려놓으며 요나스가 마음을 고쳐먹기를 간절히 기도했다. 그렇지 않을 경우, 토라는 혼신의 힘을 다해 그가 물러서게끔 설득해야 했다.

토라는 지금 맡고 있는 사건들을 다시 점검했다. 죄다 시시한 것뿐이었다. 불행히도 그녀의 실적은 부진했던 것이다. 토라는 신음하며 스스로의 어리석음을 저주했다. 작년 말 그녀는 어느 부유한 독일인 부부의 사건을 해결한 답례로 후한 수임료를 받았다. 한 줄기의 이성이라도 있었다면 그녀는 당연히 그 돈을 빚 갚는 데 사용했을 것이다. 하지만 토라는 SUV와 캐러밴을 구입하는 데 그 돈을 몽땅 써버렸다. 뭐에 씌었던 게 틀림없다. 더 최악인 것은 SUV와 캐러밴 구입 자금을 마련하기 위해 추가 대출까지 받았고, 그 결과 더 깊은 빚의 구렁텅이에 빠지고 말았다. 당시 토라는 여름 태양 아래서 시골길을 달리는, 이혼한 엄마와 여섯 살짜리 딸 그리고 곧 아빠가 되는 열여섯 살 아들과 함께 하는, 전형적인 현대 가족의 휴가를 상상했었다. 그때까지만 해도 손자는 이 장밋빛 그림에 등장하지 않았다. 그 이유는 토라가 격주에 한 번씩만 손자를 만날 예정이었기 때문이다. 그녀는 하필 두 아이가 아빠와 시간을 보내는 주말에 손자를 만나는 일이 없기를 소망했다. 토라는 자신의 가족이 무척이나 흥미로운 사회학적 연구대상이 될 거라고 생각했다. 아직 어리기만 한 주말아빠가 2주에 한 번씩 자신의 주말아빠를 만나야 하는 상황이라니!

업무를 처리하던 토라는 충동적으로 스나이펠스네스 반도와 그곳에 위치한 두 농장을 검색해보기로 했다. 매매증서에 명시된 두 농장의 이름, 키르큐스테트와 크레파를 구글에서 검색해봤지만 아무것도 나오지 않았다. 어깨를 으쓱하며 토라는 단념했다. 약간 지친 심정으로 이메일을 열었는데 매튜로부터 메시지가 와있었다. 자신에게 SUV와 캐러밴, 더불어 빚까지 떠안겨준 사건을 조사하는 과정에서 알게 된 남자였다. 실은 단순히 알게 된 수준을 넘어, 토라의 할머니가 구사할 법한 표현을 빌리자면 '친밀한' 관계로 발전했다. 매튜는 이제 '친밀한' 관계를 지속시키기 위해 토라를 만나러 오고 싶어했다. 매튜는 아이슬란드에서 짧은 휴가를 보내기에 가장 좋은 시기가 언제냐고 물었다. 그를 만나고픈 마음이 굴뚝같았지만, 매튜를 만나기 가장 좋은 시기는 여섯 살짜리 딸이 스무 살이 되는 때라는 사실을 토라는 잘 알고 있었다. 매튜가 그때까지 자신을 기다려줄지, 그녀는 확신할 수 없었다. 토라는 이메일 창을 닫으며 내일 아침에 답장하기로 마음먹었다.

자리에서 일어나 책상을 정리하며 그녀는 한숨을 내쉬었다. 자신을 괴롭히는 가장 큰 문제가 대출금과 때 이른 손주의 탄생으로부터 자유로운, 더 나은 삶에 대한 욕망인지 자문하던 토라는 주된 문제가 생각보다 훨씬 더 단순한 데 있음을 퍼뜩 깨달았다. 지금 그녀가 기운 빠지는 이유는 사무실을 나서기 위해 접수대에 있는 벨라를 지나쳐야 한다는 사실이었다. 지옥에서 온 비서라고밖에 달리 표현할 길 없는 벨라는 토라와 브라기가 처음 사무실을 열 때 건물주에게 속아 넘어가 임대차계약서에 의무채용 조항을 넣는 바람에 어쩔 수 없이 함께 일하게 됐다. 토라는 마음을 단단히 먹고 서둘러 사무실을 나섰다.

"나 퇴근할게." 토라가 접수대를 빠르게 지나치며 말했다. 그녀는 접수대 높이를 더 높여서 매력이라곤 한 점도 없는 비서를 최대한 안 보이게 할 방도가 없을까 순간적으로 생각하다가 죄책감을 느꼈다. 토라가 벨라를 향해 억지 웃음을 지었다. "내일 봐!"

벨라는 짙은 눈썹을 치켜뜨더니 불쾌한 표정을 완성이라도 하겠다는 듯 눈살을 찌푸렸다. "아직 계셨어요? 흠."

"흠이라니? 그게 무슨 뜻이야?" 토라가 의아해하며 물었다. "그럼 내가 어디 있겠어? 점심 먹고 들어온 뒤 내가 나가는 거 못 봤잖아. 왜 창밖으로 뛰어내리기라도 했을까봐?"

"아쉽네요." 벨라가 웅얼거리다 갑자기 또렷한 목소리로 말했다. "전 남편 분이 전화했는데 안 계시다고 했어요."

토라는 내심 기뻤다. 한스와 통화해봤자 기분 좋을 일이 없었기 때문이다. 그렇더라도 자기 인생의 부정적인 단면을 소재로 벨라가 희희낙락하도록 해줄 생각은 추호도 없었다. 비서와 말다툼해봤자 시간낭비였다. 그녀는 아무 대꾸도 하지 않고 비서를 향해 미소 지으며 휴대품 보관실로 들어가 재킷을 챙겼다.

토라가 한 손을 문손잡이에 올린 채 막 나가려는 순간, 벨라가 할 말이 남았다는 듯 헛기침을 했다. "아, 참. 그리고 리스 회사에서도 전화가 왔었어요. 캐러밴 할부금이 연체됐대요."

토라는 고개를 돌리지도 않고 조용히 복도로 나가 문을 닫았다. 그 순간, 토라에게는 요나스가 약속했던 마사지가 절실히 필요했다. 핫 스톤이든 뭐든 간에.

비르나는 주위를 둘러보며 심호흡을 했다. 물 위에 뜬 옅은 안개 너머로 갈매기 한 쌍이 서로 먹이를 차지하기 위해 급강하하는 모습이 보였다. 먹잇감을 놓친 두 마리 새는 날개를 힘차게 펄럭이며 하늘로 날아올랐다. 그러더니 좀 더 먼 곳에 맴돌던 짙은 안개 속으로 모습을 감춰버렸다. 썰물이라 축축한 해초들이 돌무더기 해안 여기저기에 널려있었다. 다른 곳에서는 만나기 힘든 해변이었다. 모래사장도 없이, 온갖 모양과 크기의 바위들만이 수백만 번의 조수에 매끈하게 다듬어져 있었다. 해변이 자리한 위치도 독특했다. 자그마한 만이 둥근 기둥 모양의 깎아지른 현무암 절벽에 둘러싸였는데, 마치 조물주가 특별히 바닷새들을 위해 고층 아파트를 손수 빚어놓은 것 같았다. 암봉마다 새들이 자리잡고 있어서 울음소리 또한 그에 걸맞게 시끄러웠다. 비르나는 절벽들이 연속적으로 이어져 또 다른 작은 만을 이룬 곳으로 걸어갔다. 조류가 암석 아치 사이로 밀려들었고 만은 절벽에 의해 완전히 에워싸인 모습이었다. 만을 볼 수 있는 유일한 통로는 드높은 암벽 사이 좁은 틈뿐이었지만, 그럼에도 그 안에 있는 새들의 꽥꽥거림은 해변 전체를 따라 공명했다.

비르나는 걸음을 멈췄다. 갑자기 안개가 몰려오면서 불과 몇 미터 앞도 보이지 않았다. 비르나는 다시 한 번 숨을 깊이 들이마셨다. 이번에는 코를 통해 바다 냄새를 찬찬히 음미했다. 할 수만 있다면 그녀는 탁 트인 이곳에서 안개를 이불 삼아 잠들고 싶었다. 호텔로 돌아가고 싶은 마음은 들지 않았다. 일이 그런 식으로 흘러가길 바란 건 아니었다. 비르나는 호텔 건물이 자식처럼 마음에 들었다. 건물을 볼 때마다, 심지어 기본적인 골조작업 단계일 때조차 아이처럼 순수한 자긍심에 휩싸이곤 했다. 오죽하면 기초공사를 위해 파놓은 구덩이마저 사랑스럽게 보였을까. 왜 그랬는지 모르지만 처음 호텔 부지를 방문한 그 순간부터 땅은 그녀의 상상력을 자극했다. 그곳에서는 스나이펠스네스 반도 남쪽 해안으로 드넓게 열린 바다의 전경이 내려다보였다. 이런 시각에서 볼 때 그곳은 인근 다른 농장들과 다를 바가 없었지만 어딘가 동떨어진 느낌을 줬다. 특히 그곳의 농가는 바로 앞까지 접근해야만 볼 수 있었다. 농가는 해안선 가까이 펼쳐진 울퉁불퉁한 용암원 한가운데 풀밭 위에 서 있었다. 이곳의 장엄한 풍경이 그녀의 영감에 생기를 불어넣었다. 그 위에 선 오래된 농가도 마찬가지였다. 비르나는 호텔의 대형 별관 설계도 의뢰받았는데, 건축주의 요구에 따라 별관은 본관을 압도하거나 지나치게 화려해서는 안 됐다. 그래서 걱정이 많았다. 웅장미를 구현하는 일이야 어렵지 않았지만 절제미를 드러내는 게 만만치 않기 때문이었다.

이 프로젝트는 그녀에게 낯선 감정들을 불러일으켰다. 물론 비르나는 건축을 사랑했지만 이전의 작업들은 그녀에게 이런 느낌을 불어넣지 못했다. 비르나는 그 이유가 뭔지 정확히 알고 있었다. 이 호텔은 지금까지의 프로젝트를 통틀어 월등히 뛰어난 결과물이었기 때문이다. 레이캬비크의 스튜디오에서 처음 설계 초안을 그리기 시작할 때부터 그녀는 이 프로젝트가 자신에게 성공을 안겨주리라는 걸 직감했다. 그 결과물인 호텔은 지금껏 해온 어떤 작업들보다 훌륭했다. 그녀는 마침내 명성을 얻게 될 것을 믿어 의심치 않았다. 드디어 유명 건축가의 반열에 오르는 것이다.

비르나는 종종 이 프로젝트가 왜 그리도 단숨에 자신을 사로잡았으며, 자신이 어떻게 그토록 탁월한 결과물을 만들어낼 수 있었는지 궁금했다. 농장에 눈에 띄는 점이라고는 전혀 없었다. 오래된 연식에도 불구하고 여전히 위엄이 느껴지긴 했지만 특별할 건 없었다. 농가는 반세기 동안 사람이 살지 않은 것 치고는 놀라울 만큼 관리가 잘 되어있었다. 비르나는 곧 누군가 수년 간 집을 관리해왔다는 것을 알아챘다. 아마도 별장으로 사용하거나 이따금 도시에서 벗어나 짧은 휴가를 보낼 목적이었겠지만 그런 계획이 실현됐을 리 없었다. 농가 내부는 벌써 여러 해 전에 21세기가 시작되었다는 사실과 전혀 무관한 듯했다. 켜켜이 쌓인 먼지가 집 전체를 뒤덮고 있었지만 여기저기 쥐덫이 놓인 걸로 보아 누군가 내부 장식과 가구가 훼손되지 않도록 신경을 쓴 모양이었다. 처음 그 집에 갔을 때 쥐덫 위의 작은 해골들을 똑바로 보기가 힘들기는 했지만, 그 점을 제외하고 농가는 안팎으로 그녀에게 깊은 인상을 남겼다.

비르나는 손목시계를 확인했다. 이 인간은 대체 어떻게 된 거야? 그 한심한 교령회 때문에 늦는 건가? 문자메시지는 분명했다. 그녀는 휴대폰을 꺼내 문자를 다시 확인했다. 역시나 명료했다. '오늘 밤 9시 동굴에서 만나.' 멍청하기 짝이 없는 메시지군. 휴대폰을 다시 주머니에 넣기 전, 그녀는 신호가 잡히지 않는지 재차 확인했다. 여전히 신호는 잡히지 않았다. 형편없군. 이 동네는 이게 제일 짜증난다니까. 비르나는 속으로 생각했다.

그녀는 동굴로 돌아가기로 마음먹었다. 어쩌면 그가 거기에 도착했는지도 모를 일이다. 동굴은 해안 높은 지대에 위치했지만 시야가 너무 흐려서 그를 보지 못했을 가능성도 있었다. 게다가 새들의 울음소리가 다른 소리를 완전히 잠식해버린 탓에 그가 도착하는 소리를 듣지 못했을 수도 있었다. 비르나는 자갈밭에서 발을 헛디딜까봐 아래를 살피며 조심스레 발걸음을 옮겼다. 그녀의 무게에 발밑의 자갈들이 서로 부딪히며 달그락달그락 소리를 냈다. 비르나는 그가 부디 자신의 의견을 받아들였기를 간절히 바랐다. 그녀는 이미 이 일에 너무 많은 에너지를 쏟아부었다. 사실 그가 워낙 단호하게 반대를 했으므로 생각을 바꿨을 거라고는 기대하지 않았다. 만에 하나 그가 생각을 바꿨다면, 그건 전적으로 자신의 공이었다. 비르나는 에라 모르겠다는 심정으로 그와 잠자리를 가졌다. 잠자리가 딱히 즐거웠던 것도 아니었으니 적어도 다른 성과가 있어야 했다. 대회가 가까워질수록 여러 프로젝트를 동시에 진행하는 게 중요했다. 물론 그녀의 수상이 거의 확실했지만 만일의 경우를 대비해 부담스러워도 어쩔 수 없었다. 대회 우승에 비하면 한 번의 가벼운 섹스가 대수겠는가? 자신은 화제의 인물이 될 테고, 무엇보다 동료 건축가들 사이에서 유명인사로 떠오를 것이다. 비르나는 이런 공상에 잠기며 미소를 지었다.

절벽 위에서 느닷없이 들려오는 새들의 소란스런 울음소리에 비르나는 퍼뜩 정신을 차렸다. 천상의 모든 새들이 일제히 비명이라도 지르는 듯했다. 어쩌면 뿌연 안개 너머로 자신들의 존재를 환기시키고 싶었는지도 모른다. 비르나는 한숨을 쉬었다. 공기가 싸늘했다. 그녀는 입고 있던 점퍼를 바짝 여몄다. 무슨 놈의 여름이 이래? 동굴에 다다랐지만 아무도 보이지 않았다. 혹시라도 그가 동굴 안에 있을까 싶어 소리를 쳤지만 아무런 대답도 돌아오지 않았다. 10분. 비르나는 10분만 기다려보고 그래도 나타나지 않으면 돌아가기로 했다. 정말이지 무례하기 짝이 없는 행동이었다. 분노가 일면서 비르나는 약간의 온기를 느꼈다. 감히 자신을 기다리게 한단 말인가? 이건 레이캬비크의 카페에서 만나기로 한 약속과는 차원이 달랐다. 카페에서야 잡지를 뒤적이면서 시간을 죽일 수 있지만 여기는 아무것도 없었다. 물론 경관이 아름답기는 해도 당장은 안개 때문에 아무것도 보이지 않았다.

그래, 5분. 그녀는 딱 5분만 더 기다려보기로 했다. 당장 호텔로 돌아가고픈 마음이 굴뚝같았다. 게다가 오줌까지 마려워 못 견딜 지경이었다. 그러다 난데없이, 해변의 풍경이나 얼어붙을 것 같은 안개 속에서 혼자 바람을 맞는 것과는 아무 관련도 없는 엉뚱한 생각이 머리를 스쳤다. 이 해안가를 비롯해 스나이펠스네스 반도 지리에 대해 아는 게 전혀 없다는 사실에 갑작스레 슬퍼지고 만 것이다. 가령 그녀의 마음을 사로잡은 키르큐펠 산은 어떻게 형성되었을까? 물론 반도 북쪽 해안에 홀로 서있는 키르큐펠 산이 화산은 아니라는 상식 정도는 비르나도 갖고 있었다. 학교 지리 시간에 좀 더 관심을 가졌더라면 좋았을 거라고 비르나는 뒤늦게 후회했다. 그리고 집에 돌아가면 처음 산을 봤을 때 마음먹은 것처럼 인터넷으로 꼭 검색해보리라 생각했다.

새들이 또다시 시끄럽게 울부짖자 비르나는 화들짝 놀랐다. 귀에 거슬리는 소리가 자신이 기대어선 높은 절벽 꼭대기에서 들려왔다. 그녀는 암벽에서 두 걸음 물러섰다. 엄습하는 불안함을 떨쳐버리려고 몸서리를 쳤다. 이곳에는 어딘가 이상한 구석이 있었다. 눈에 보이는 게 전부가 아니었다. 호텔에서 근무하며 투숙객의 영적 도우미를 자처하는 직원들 모두 괴짜들이었다. 손님들도 마찬가지였다. 하나같이 제정신이 아니었지만 직원들만큼 최악은 아니었다. 아니, 사람이 아니라 다른 뭔가가 잘못되어 있었다. 천천히 그러나 선명하게 고조되는 무언가가 처음 농가를 둘러보던 순간부터 그 존재를 드러냈고, 쥐들의 해골을 목격했을 때는 팔뚝에 소름마저 돋았다. 이제 그 존재는 끊임없이 비르나를 불안하게 했지만, 그 정체가 뭔지 콕 집어 말하기는 어려웠다. 그건 귀신이 들렸다거나 유령이 출몰한다는 둥의 헛소리와는 차원이 달랐다. 그런 이야기들이야 호텔 직원들이 꾸며낸 말이라고 비르나는 확신했지만, 대체 왜 그런 헛소리를 지어낸 건지 도무지 알 수 없었다.

정신을 바짝 차릴 요량으로 비르나는 의도적으로 다시 한 번 몸을 떨었다. 빌어먹을 멜로드라마 같은 헛소리 따위에 놀아날 수는 없었다. 친구들 사이에서도 따분할 만큼 현실적인 사람으로 정평이 난 자신이 아니었던가? 더구나 이곳에서는 할 일이 있었다. 요나스가 이미 추가로 설계를 의뢰한 상태였다. 멍청이들을 위한 호텔 시장은 생각보다 컸지만 비르나는 그게 놀랍지는 않았다. 정작 그녀가 이해할 수 없는 건 그 멍청이들이 가진 돈이 어마어마한 수준이라는 점이었다. 요나스의 직원들이 제공하는 '영적 가이드 서비스'는 말할 것도 없고, 호텔의 하루 숙박비만 해도 큰 액수였다.

지난주 호텔에 도착했을 때 에이리쿠르라는 아우라 전문가가 보인 행동을 떠올리며 비르나는 인상을 쓰지 않으려고 애썼다. 에이리쿠르는 비르나의 팔뚝을 잡으며 귓속말로 그녀의 아우라가 검다고 속삭였다. 몸조심하세요, 죽음이 당신의 뒤를 쫓고 있어요. 에이리쿠르의 역겨운 입 냄새가 떠오르자 비르나는 얼굴을 찌푸렸다.

5분이 지났다. 비르나는 그에게 바람맞힌 이유를 분명히 따져 물을 생각이었다. 이 시간 동안 그녀는 일을 할 수도 있었다. 할 일도 산더미였으니 1분 1초가 아까운 상황이었다. 문자메시지만 보내지 않았더라도 그 시간에 자신은 별관 설계 작업을 했을 테고 지금쯤 대략적인 그림이 나왔을지 모른다. 별관은 본관에서 조금 떨어진 곳에 홀로 세워질 계획이었다. 하지만 어떤 이유에서인지 그녀는 아직도 별관의 부지를 확정할 수가 없었다. 그녀가 선정한 부지에는 어딘가 거슬리는 데가 있었다. 아니, 정확히 말하면 그 부지에는 그녀를 주춤거리게 하는, 뭔가 들어맞지 않는 구석이 있었다. 다만 그게 뭔지 그녀도 정확히 알 수는 없었다. 어쩌면 이런 생각은 망상에 불과할지도 몰랐다. 지난 일년 반 동안 비르나는 쉬지 않고 일했고, 지칠 대로 지쳤다. 요나스는 프로젝트에 완전히 몰두할 수 있는, 게다가 별자리까지 맞아떨어지는 건축가를 원했고 불평 한 마디 없이 그녀가 호텔에 머물 수 있도록 방을 내주었다. 그녀는 호텔 직원 여러 명에게 그 부지에 이상한 점이 없는지 물어보았지만 아무런 소득이 없었다. 대부분의 직원들은 또 다른 질문으로 답을 대신할 뿐이었다. "그 부지가 그렇게 거슬리면 다른 곳을 찾아보는 게 어때요?" 하지만 그들은 비르나를 이해하지 못했다. 그들이 천체의 상대 배치에 대해 잘 알고 있는 반면, 비르나에게 중요한 건 건축의 상대 배치였다. 다른 부지를 선택한다는 건 있을 수 없는 일이었다.

새들의 울음소리가 다시 격렬해졌지만 비르나는 너무 깊이 생각에 골몰한 나머지 제대로 알아차리지 못했다. 바위들 사이를 조심스레 헤치며 해변 위 자갈길로 향하던 그녀가 불현듯 걸음을 멈추고 귀를 기울였다. 그녀 뒤로 달그락거리며 자갈 밟는 소리가 들려왔다. 도착한 순간부터 쌓였던 분노를 마침내 터뜨릴 요량으로 그녀는 뒤로 돌았다. 망할, 이제야 나타나다니.

하지만 비르나는 완전히 돌아설 수 없었다. 절벽 위 새들의 소음에도 불구하고 그녀는 고요한 바다공기를 가르며 돌이 자신의 머리를 향해 날아드는 소리를 똑똑히 들었다. 돌이 엄청난 힘으로 자신의 이마를 내리찍는 순간, 그 돌의 생김새까지 또렷하게 목격했다. 그 후 이번 생에서는 더 이상 아무것도 볼 수 없었지만, 그녀는 많은 것을 느꼈다. 꿈을 꾸는 듯 멍한 상태에서, 자신의 몸이 거친 돌길 위로 끌려가는 걸 그녀는 느꼈다. 냉랭한 안개 속에서 옷이 차례로 벗겨지는 동안 맨살 위로 소름이 돋는 것을 느꼈고, 입 안에서 금속 맛 피비린내가 나자 메스꺼움이 느껴졌다. 양말 두 짝이 모두 벗겨진 다음에는 발바닥에서 이루 말할 수 없는 통증이 느껴졌다. 무슨 일이 벌어지는 걸까? 모든 게 너무 비현실적이었다. 자신이 잘 아는 목소리가 귓전에 울렸지만 지금 일어나는 상황을 고려하면 절대 그 사람일 리가 없었다. 비르나는 말을 하려고 했지만 내뱉을 수가 없었다. 신음을 하지 않았는데도 목구멍에서 괴상한 신음소리만 새어나왔다. 정말 이상한 일이었다.

모든 게 캄캄해지기 전, 문득 키르큐펠 산의 기원을 절대 알아낼 수 없을 것이란 생각이 들었다. 기묘하게도 그 생각이 가장 고통스럽게 느껴졌다.

먹이를 두고 다투며 바다로 뛰어들던 아까 그 두 마리 갈매기가 해변 저 아래에 가만히 앉아, 안개 너머 그녀에게 벌어지는 일들을 지켜보고 있었다. 차분하게, 그들은 정적이 찾아오기를 기다렸다. 바다와 해변은 스스로를 돌보게 마련이다. 이곳의 누구도 굶주릴 수는 없는 법이다.

2006년 6월 9일 금요일

3장

"비르나한테 무슨 일이 생긴 건지 도통 모르겠어요." 요나스는 이렇게 중얼거리며 엘릭서(연금술에서 마시면 불로불사할 수 있다고 전해지는 영약—편집자)가 들어간 꽃무늬 찻잔으로 손을 뻗었다. 그는 조금 전까지 토라에게 엘릭서의 효능에 대한 찬양을 늘어놓았다. 그의 말에 의하면 찻잎은 이 지역에서 생산된 허브를 말린 것으로, 각종 질병과 통증을 다스리는 만병통치약이었다. 토라는 찻잔을 받아들고 한 모금 마셨다. 맛으로 판단하건대 건강에 아주 좋은 차임에는 틀림없었다.

"두 사람을 인사시키고 싶었거든요." 요나스는 차 한 모금을 후루룩 들이키더니 잔을 받침접시에 조심스레 내려놓았다. 이 상황 자체가 너무도 우스꽝스러웠다. 찻잔과 받침접시는 이상하리만치 섬세한 본차이나 제품에다 가느다란 손잡이까지 달려있어서, 요나스의 커다란 손 안에서 한층 더 작아보였다. 그의 외모는 섬세함과는 거리가 멀었다. 뚱뚱하지는 않았지만 기골이 장대하고 비바람에 단련된 듯한 인상이랄까. 여성스러운 찻잔에 찰랑이는 허브차를 홀짝거리기보다는 트롤선 위에서 두툼한 머그컵에 담긴 진한 커피를 벌컥벌컥 들이키는 게 자연스러울 듯한 분위기였다.

토라는 의자에 편히 기대어 앉으며 미소를 지었다. 두 사람은 호텔에 있는 요나스의 사무실에 앉아있었다. 아이슬란드 서쪽 끝에 위치한 이곳까지 운전을 하느라 토라의 등은 뻐근한 상태였다. 교통체증 때문에 도로가 꽉 막힌 데다, 오는 길에 두 아이를 가르다바에르에 있는 전 남편의 집에 내려주느라 몇 시간을 길에서 허비했다. 레이캬비크 사람들이 모두 토라와 같은 곳으로 향하기라도 하듯 차는 거북이 걸음이었다. 원래는 전 남편이 아이들을 맡기로 한 주가 아니었지만, 다음 주말에 열리는 의학세미나 참석차 해외 출장을 가야 했기 때문에 그가 먼저 일정을 바꾸자고 제안했다. 그 덕에 토라는 요나스의 제안을 받아들여 스나이펠스네스 반도의 뉴에이지 스파호텔에서 주말을 보내기로 했다. 그녀는 이번 여행을 통해 요나스가 말한 대로 마사지나 받으면서 휴식을 취할까도 생각했다. 하지만 이 방문의 주된 목적이 귀신 들린 집에 대한 보상을 요구하려는 요나스의 마음을 돌리는 것인 만큼 긴장을 늦출 수 없었다. 토라는 요나스와의 대화를 최대한 빠르게 마무리하고 방으로 가서 낮잠이나 자고 싶었다.

"나타나겠죠." 토라는 그저 무슨 말이든 해야 한다는 생각으로 이렇게 대꾸했다. 비르나라는 건축가에 대해 아는 게 전무했다. 어쩌면 그녀는 금주에 실패하고 미쳐 날뛰는 알코올중독자여서, 몇 주 동안 자취를 감춰버린 건지도 몰랐다.

요나스가 씩씩거리며 불평했다. "그녀답지 않아요. 오늘 아침에 새 건물 설계초안을 함께 검토하기로 했었단 말이에요." 책상 위 서류를 신경질적으로 넘기는 것으로 보아 그는 건축가에게 짜증이 난 게 분명했다.

"뭔가를 가지러 잠시 레이캬비크에 간 건 아닐까요?" 토라는 요나스가 건축가에 대해 그만 떠들어대기를 바라며 이렇게 물었다. 등의 뻐근함이 이제 막 어깨로 퍼지기 시작했다.

요나스가 고개를 저었다. "비르나의 차는 밖에 주차돼 있어요." 그는 두 손을 책상 끄트머리에 세게 내려놓으며 말했다. "그건 그렇고, 여기까지 와주셨네요. 변호사님께 당장 털어놓고 싶은 말이 차고 넘치지만 그건 나중으로 미뤄야겠어요." 그가 손목시계를 힐끗 보더니 자리에서 일어났다. "호텔을 둘러볼 시간이라서요. 매일 저녁 직원들과 대화하는 걸 원칙으로 삼고 있거든요. 문제를 초기에 발견하면 해결도 수월하고, 호텔 운영 전반에 대해서도 빠르게 파악할 수 있어요. 직원들에게 관여하기도 쉽고요."

토라는 자유의 몸이 될 생각에 들뜬 마음으로 자리에서 일어섰다. "그럼요, 물론 그러셔야죠. 일 얘기는 내일 하면 되죠. 제 걱정은 하지 마세요. 주말 내내 여기 머물 거니까, 일 얘기할 시간은 많아요." 가방을 어깨에 휙 걸치는 순간 어디선가 악취가 풍겨왔고 토라는 코를 킁킁거렸다. "이게 무슨 냄새예요?" 토라가 물었다. "주차장에서도 이런 냄새가 나던데. 이 근처에 어유 제조공장이라도 있나요?"

요나스가 냄새를 들이마시며 토라를 무표정하게 바라보았다.

"난 아무 냄새 안 나는데요. 아마 익숙해져서 그런가 봐요. 얼마 전 호텔 아래쪽 해변으로 고래 시체가 휩쓸려 왔거든요. 그래서 바람이 특정한 바람으로 불기 시작하면 그 냄새가 육지로 올라와요."

"네? 그럼 그 시체가 썩어 없어질 때까지 그냥 기다려야 하는 거예요?" 또다시 악취를 실은 바람이 불어오자 그녀는 얼굴을 찡그렸다. 호텔의 결함이 이런 거라면, 해결은 식은 죽 먹기일 텐데.

"익숙해질 거예요." 요나스는 이렇게 말하며 수화기를 들고 전화를 걸었다. "여보세요. 토라 변호사님이 그쪽으로 가실 거예요. 방으로 안내해드리고, 오늘 저녁 마사지 예약도 잡아드리세요." 그는 통화를 마치고 토라에게 시선을 돌렸다. "지금 프런트로 가시면 제일 좋은 방으로 안내할 거예요. 전망이 근사해요. 절대 실망하지 않을 겁니다."

앳된 얼굴의 여직원이 칭찬일색인 방으로 토라를 안내했다. 여직원은 키가 어찌나 작은지 겨우 토라의 어깨에 닿을 정도였다. 그렇게 왜소한 소녀에게 자신의 가방을 들게 하는 게 영 내키지 않았지만 어쩔 수가 없었다. 그나마 짐 가방이 아주 무겁지 않다는 사실에 안도할 뿐이었다. 물론 토라는 언제나처럼 필요 이상으로 많은 짐을 챙겨왔지만 말이다. 휴가 때는 평소와 완전히 다른 패션 법칙이 적용된다고 믿으며 옷장에 처박아두기만 했던 옷들을 잔뜩 챙겨가면서도 결국에는 평소와 똑같은 옷만 입기 일쑤였다. 토라는 직원을 따라 기다란 복도를 걸어갔다. 복도는 천정에 난 채광창 덕분에 실제 너비보다 더 널찍하게 보였다. 저녁 햇살이 직원의 가느다란 금발 위로 내리쬐었다.

"일은 재미있어요?" 토라가 어색한 분위기를 깨려고 물었다.

"아뇨." 직원이 뒤돌아보지도 않고 말했다. "다른 일 찾아보는 중이에요. 지금은 딱히 다른 일자리가 없더라고요."

"아." 그렇게 솔직한 대답이 돌아오리라고는 예상치 못한 토라가 잠시 주춤했다. "같이 일하는 동료들이 지루한가요?"

소녀는 발걸음을 늦추지 않은 채 어깨 너머로 고개를 돌렸다. "그렇기도 하고, 아니기도 해요. 대부분은 괜찮아요. 그 중 몇 명이 정말 멍청이라 그렇지." 어떤 방문 앞에서 멈춰선 직원은 주머니를 뒤적여 카드열쇠를 꺼내 문을 열었다. "어쩌면 제가 호텔 상황을 잘 모르는 것일 수도 있고요. 저는 그냥 손님들한테 말도 안 되는 헛소리나 지껄여대는 게 마음에 안 들 뿐이죠."

호텔을 위해서라도 소녀가 손님들과 대화를 많이 나누지 않기를 토라는 바랐다. 호텔 경영에 보탬이 될 리 없는 직원이었다. "그래서 그만두고 싶은 거예요?"

"아뇨, 다른 이유 때문에요." 소녀는 토라에게 방 안을 보여주며 대답했다. "정확히 설명할 수는 없지만, 여기 터가 안 좋아요."

토라가 먼저 방 안으로 들어선 후라 소녀의 표정을 살필 수는 없었다. 소녀가 진담으로 그런 소리를 하는 건지 알 수 없었지만 말투로 보아 농담은 아닌 듯했다. 토라는 우아하게 장식된 방 안을 둘러보면서 바다가 내다보이는 유리벽 쪽으로 걸어갔다. 바깥쪽에 작은 테라스가 붙어있었다.

"터가 안 좋다는 게 무슨 뜻이죠?" 토라는 직원을 향해 돌아서며 물었다. 방에서 보는 경관은 직원의 말과는 정반대였다. 아무도 없는 고요한 해변 너머로 파도가 반짝이며 빛을 발했다.

직원은 어깨를 으쓱했다. "그냥 안 좋은 거죠. 항상 그랬어요. 모두들 알고 있고요."

토라는 눈을 치켜떴다. "모두 알고 있다고요? '모두'라는 게 누굴 말하죠?" 이곳의 평판이 나빴던 게 사실이고, 판매자가 이를 알면서 숨겼다면 어설프나마 보상에 대한 근거가 될 수 있었다.

직원은 10대 소녀만이 지을 수 있는 경멸에 찬 표정으로 토라를 바라보며 말했다. "모두라는 게 무슨 뜻이겠어요? 암튼 이곳 사람들은 다 알아요."

토라는 미소를 지었다. 스나이펠스네스의 남해안 지역 인구가 정확히 얼마인지는 몰라도 그 수가 많지 않다는 건 확실했다. "그런데 모두가 알고 있다는 게 어떤 내용이죠?"

갑자기 소녀가 즉답을 피했다. 그녀는 몸집에 비해 너무 큰 바지 주머니에 양 손을 넣더니 발을 내려다보았다. "전 이만 가야겠어요. 손님들한테 이런 얘기하면 안 되거든요." 그녀가 휙 돌아서서 복도로 나갔다. "나중에 말씀드릴게요." 문가에 선 소녀는 애원하는 눈빛으로 토라를 바라보았다. "요나스한테는 제가 이런 얘기했다고 말하지 말아주세요. 제가 손님들한테 이야기하는 걸 안 좋아하거든요." 그녀는 왼손의 엄지와 검지 사이를 문지르며 덧붙였다. "다른 일자리를 찾으려면 추천서가 필요해요. 레이캬비크에 있는 호텔에서 일하고 싶거든요."

"걱정 말아요. 나는 단순한 투숙객이 아니에요. 요나스에게는 그쪽한테 도움을 많이 받았다고 귀띔하고, 상황이 좀 잠잠해지면 당신과 정식으로 대화를 나눠도 좋을지 물어볼게요. 사실 전 요나스가 여러 가지 문제 때문에 도움을 요청해서 여기에 왔어요. 그쪽이라면 도움을 줄 수 있을 것 같은데. 그럼 결과적으로 요나스한테도 도움이 되는 셈이죠?" 토라는 의심스러운 눈초리로 바라보는 소녀를 향해 물었다. "이름이 뭐예요?"

"솔디스요." 소녀는 잠시 문가에서 허둥대며 희미하게 웃었다.

베르구르 케틸손은 느긋한 속도로 걸음을 옮겼다. 아내가 집에서 저녁식사와 커피를 준비해두고 기다린다는 사실을 잘 알고 있었다. 그럼에도 베르구르에게는 광활한 자연 속에서 저녁시간을 보내는 게 부부 사이의 숨 막히는 침묵과 위장된 결혼생활에 둘러싸여 보내는 것보다 훨씬 더 좋았다. 그는 자신의 결혼생활을 떠올리며 신음했다. 20년 간 특별히 나쁠 건 없었다. 다만 짧았던 연애 기간을 포함하더라도 두 사람 사이에는 열정이란 게 거의 없었다. 둘 다 정열적인 성향과 거리가 멀었고, 적어도 아내는 그걸 원하지도 않았다. 베르구르가 자신에게 열정적인 면이 있다는 사실을 깨달은 건 최근이었다. 마흔이 돼서야 깨닫다니. 많이 늦은 감이 있었다. 그의 뒤에 떡하니 버티고 선 로사와 결혼하기 전에 이 사실을 알았더라면, 자신의 인생은 크게 달라졌을 텐데. 어쩌면 레이캬비크로 가서 공부를 더 했을지도 모를 일이다. 어린 시절 그는 아이슬란드 언어에 흥미가 많았지만 누구에게도 말하지 못했다. 외로운 농부에게는 지적 능력을 시험할 만한 기회가 거의 없었다. 베르구르는 솜털오리의 둥지를 음울하게 훑어보았다. 때 아닌 강추위로 애먼 오리새끼들이 피해를 입었다. 내년에는 오리 둥지가 더 줄어들 게 뻔했다.

그는 계속해서 걸음을 옮겼다. 멀리 해변과 바위 위로 호텔 지붕이 보였다. 그는 조용히 지붕을 응시하면서 그 안에서 무슨 일이 벌어지고 있을지 그려보려 했지만 아무것도 떠오르지 않았다. 어깨를 으쓱하고 다시 걷기 시작했다. 밀려오는 우울함 때문에 그는 만을 가로질러 더 오래 걸어야 하는 경로를 택해 귀가하기로 마음먹었다. 무턱대고 경로를 선택한 것만은 아니었다. 부화기에 접어든 바닷새들이 갑작스런 한파를 어떻게 견디는지 확인해보고 싶었기 때문이다. 그는 생각에 잠겨 터벅터벅 발걸음을 옮겼다. 자신이 정신적 위기에 빠져 옴짝달싹 못하게 된 건 모두 저 호텔 때문이었다. 호텔이 세워지지 않았더라면, 그는 행복하지도 슬프지도 않은 자신의 인생과 타협하며 그럭저럭 살았을 것이다. 저 호텔을 어떤 마음으로 바라봐야 좋을까. 호텔은 그에게 너무도 큰 기쁨과 혼란을 동시에 안겨준 곳이었다. 그러므로 호텔을 바라보는 베르구르의 견해는 명쾌한 결론으로 수렴될 수가 없었다. 둥지 하나를 발견한 베르구르가 천천히 다가갔다. 아주 작은 오리새끼 두 마리가 죽어있었다. 어미가 보이지 않는 것으로 보아 어미오리 역시 한파에 목숨을 잃었을 것이다.

만에 있는 둥지들도 상황이 별반 다르지 않았다. 암붕에 자리한 둥지에서 새끼 새 몇 마리를 본 게 전부였다. 어쩌면 위안으로 삼을 만한 일인지도 모른다. 내년에도 솜털오리와 해변을 청소하는 바닷새들의 숫자가 균등해질 것이기 때문이다. 베르구르는 절벽에서 돌아선 뒤 농장 쪽으로 향했다. 집에 일찍 도착하고 싶지 않은 마음 탓일까, 속도가 점점 느려졌다. 해변으로 쓸려온 고래 시체의 악취조차 그에게 자극을 가하지 못했다. 오히려 악취는 그의 기분에 딱 들어맞았다. 불현듯 베르구르의 발걸음이 빨라졌다. 어쩌면 한시라도 빨리 집으로 가서 로사에게 다른 여자가 생겼다고 털어놓는 게 나을 것이다. 더 재미있고 똑똑하고 예쁘고 젊은 여자. 모든 면에서 로사보다 훨씬 나은 여자였다. 그렇게 하는 게 옳은 일이란 확신이 갑자기 찾아들었다. 로사에게 전부 다 넘겨줄 것이다. 농장, 가축, 말, 그리고 솜털오리 서식지까지. 그의 행복한 새 인생에서 그런 것들은 아무런 쓸모가 없었다. 꿈만 같던 그의 상상은 이내 사그라들었다. 로사 혼자서는 농장을 운영할 수가 없을 뿐더러 이 소식을 기쁘게 받아들이지도 않을 게 뻔했다. 로사는 농장이나 시골에서의 삶을 그리 좋아하지 않았다. 매사 모든 걸 무표정으로 받아들일 뿐이었다. 로사로부터 감정을 이끌어낼 수 있는 건 오직 고양이뿐이었다. 결혼생활도 마찬가지였다. 로사는 화를 내는 법도, 환희에 들뜨는 일도 없었다. 이상스런 것은, 로사와 비슷하던 자신이 지금 완전히 다른 사람으로 돌변했다는 점이었다.

해변 끝자락을 걷다가 발을 헛디딘 베르구르는 깜짝 놀라 아래를 내려다보았다. 평소 미끄러운 해초 더미와 둥근 바위투성이를 넘어지지 않고 가뿐하게 걸어다니던 그였다. 아래를 내려다보던 그가 이전에는 한 번도 보지 못한 뭔가를 발견했다. 수년 간 해변으로 쓸려온 온갖 괴상한 물체들을 보아왔지만, 이건 달랐다. 우선 지금껏 만에서 발견된 해초들보다 훨씬 더 큰 해초 더미였다. 그보다 중요한 건, 해초 사이로 사람의 팔이 눈에 띄었다는 사실이었다. 의심의 여지가 없었다. 손가락이 마구 구부러지고 뒤틀려 있었다. 인형이나 마네킹 업체에서는 절대 만들어내고 싶지 않을 형태였다. 베르구르가 몸을 수그리자 매캐한 피비린내가 코를 찔렀다. 소스라치게 놀란 그가 뒤로 몇 걸음 물러섰다. 그의 발이 해초에 걸리면서 더미 안의 악취가 빠져나온 듯했다. 금속 맛 피비린내가 어찌나 강렬한지 부패 중인 고래 시체 악취가 느껴지지 않을 정도였다. 베르구르는 메스꺼운 공기를 들이마시지 않으려고 한 팔로 코와 입을 가렸다.

해초 속 시신을 위해 자신이 할 수 있는 일이 더는 없었으므로 베르구르는 몸을 바로 세웠다. 해초 위로 시신의 윤곽이 서서히 드러나기 시작했다. 허연 살이 해초 사이 여기저기에서 눈에 띄었다. 시신의 윤곽을 확인한 베르구르는 이렇게 명확한 걸 왜 즉시 알아차리지 못했는지 의아할 지경이었다. 휴대폰을 가져오지 않은 그가 할 수 있는 일은 최대한 빨리 집으로 돌아가 경찰에 신고하는 것뿐이었다. 어쩌면 해안경비대에도 신고하는 게 좋을지 몰랐다. 그들 역시 분명 이 일에 개입하고 싶어할 것이다. 피비린내를 피하기 위해 코트 소매에 대고 숨을 쉬던 베르구르가 그 자리에서 굳어졌다. 퉁퉁 부은 시신의 손가락에 끼워진 반지를 알아본 것이다.

베르구르는 주저앉고 말았다. 악취 따위 안중에도 없이, 그는 두 눈으로 확인하려고 얼음장 같은 시신의 손을 움켜쥐었다. 역시. 그녀의 반지가 맞았다. 베르구르는 탄식하며 얼굴이 있을 만한 자리의 해초들을 마구 헤집었다. 하지만 있어야 할 그 자리에 얼굴이 없었다. 익숙한 머리칼을 확인한 그는 다시 멈춰버렸다. 행복한 새 인생을 시작하리라는 꿈이 끝나버렸음을, 그는 통렬히 실감했다.

토라는 긴장을 풀어보려고 노력했다. 엎드려 누운 자세로 느긋 하게 휴식을 취해보려고, 아니 휴식을 취하는 것처럼 보이려고 성 의를 다했다. 안마사에게 오해를 사고 싶지 않았기 때문이다. 팔에 힘줄이 다 드러날 정도로 근육질인 여성 안마사는 토라보다 한두 살쯤 어린 듯했다. 안마사는 하얀 캔버스 천으로 된 바지에 연두색 티셔츠를 입고, 기능성 샌들을 신은 모습이었다. 발톱에는 하늘색 매니큐어가 발라져 있었다. 평소라면 다른 사람의 신체 구석구석을 살피지 않을 토라였지만, 머리를 넣을 수 있도록 구멍이 난 침대에 얼굴을 대고 엎드려 누워있자니 별다른 도리가 없었다.

마침내 고비를 넘긴 후 안마사는 토라의 척추를 따라 가지런히 핫 스톤을 올려놓기 시작했다. "이제 핫 스톤을 통해 등으로 에너 지가 전해지는 걸 느끼실 겁니다. 신경을 통해 에너지가 온몸으로 퍼질 거예요." 안마사가 설명하는 동안 마음을 진정시켜주는 배경 음악이 흘러나왔다. 안마사는 프런트에서 CD를 구매할 수 있다고 말했다. 토라는 프런트에 들러 뮤지션의 이름을 알아보기로 마음 먹었다. 실수로라도 그의 CD를 사는 일은 없어야 하므로.

"아직 많이 남았나요?" 토라가 기대에 찬 목소리로 물었다. "에 너지가 온 세포로 다 전해진 거 같아요. 벌써 기분이 좋아지기 시 작했어요."

"네?" 안마사가 못 믿겠다는 듯 반문했다. "정말이세요? 보통 시간이 더 걸리거든요."

토라는 짜증을 꾹 눌렀다. "정말이에요. 효과만점이네요. 이 정도면 충분하겠어요."

안마사가 대꾸를 하려는 찰나 어딘가에서 전화벨이 울렸다. "잠시만요." 안마사가 양해를 구하고, 이내 그녀의 발가락이 토라의 시야에서 사라졌다. "여보세요." 안마사의 목소리가 들려왔다. "지금 손님 있어." 한동안 침묵이 이어지더니 흥분한 안마사의 목소리가 들렸다. "뭐? 그게 정말이야…? 맙소사…, 바로 갈게."

안마사가 서둘러 침대 앞으로 와 토라의 등에서 핫 스톤을 치우기 시작했다. 토라는 안도감을 감추려고 통화 내용에 관심을 갖는 시늉을 했다. "무슨 일 있어요? 제 걱정은 하지 마세요. 이 정도면 정말 충분하거든요."

안마사가 분주히 움직이며 주워섬겼다. "일이 좀 생겼어요. 끔찍한 일이에요. 너무 끔찍한…."

토라는 몸을 일으켰다. "정말요?" 이번에는 호기심을 가장할 필요도 없었다. "혹시 유령이랑 관련된 일인가요?"

얼굴이 공포로 질린 안마사가 한 손을 입에 갖다 댔다. "오, 그 생각은 못 했네요. 해변에서 시신이 발견됐대요. 프런트에 있는 비그디스 말로는 시신이 호텔에 있는 사람일 거라고요. 요나스와 얘기하려고 경찰이 왔대요."

벌거벗은 채 침대에서 벌떡 일어난 토라는 목욕 가운을 집어들어 빠르게 걸쳤다. 모르는 사람들 앞에서 누드로 돌아다니는 습관을 들인 적은 없지만, 그렇다고 토라가 자신의 몸을 부끄럽게 생각하는 건 아니었다. "얼른 가보세요. 제 걱정은 하지 마시고요." 토라는 허리춤에서 가운의 벨트를 바짝 조여 매듭을 지었다. "사고가 일어난 거래요?"

"저도 모르겠어요." 안마사가 못 참겠다는 듯 발을 동동 구르며 말했다. 당장 궁금증을 해소하러 가고 싶어 안달난 게 분명했다.

"제 물건은 알아서 챙겨 나갈게요." 토라가 안마사를 향해 나가보라고 손짓을 했다. "핫 스톤은 절대 슬쩍하지 않을게요."

안마사는 더 이상 대꾸할 필요도 못 느끼는 듯했다. 그녀는 몸을 휙 돌려 복도로 뛰쳐나갔다. 토라는 탈의용 가림막 뒤로 가서 옷을 챙겨입기 시작했다. 가방 안에 들어있던 휴대폰이 울리자 토라는 전화기를 꺼내들었다. "여보세요?" 토라는 한 손에 전화기를 든 채 다른 한 손으로는 양말을 신으려고 끙끙거렸다. 전화 연결상태가 형편없어서 지지직거리는 소리가 났다.

"안녕, 토라." 매튜였다. "언제 답장이 오나 기다리고 있었어요."

"아, 네." 토라가 동작을 멈추고 독일어로 말했다. "안 그래도 회신하려던 참이었어요."

"날짜만 골라요. 나머지는 내가 알아서 할게요." 매튜가 말을 이었다. "그린라이트만 켜줘요, 바로 달려갈게요."

"실은 상황이 좀 애매해요." 토라가 머뭇거렸다. "근무 중이에요. 일이 좀 생겼거든요."

"무슨 일인데요?" 매튜가 못 믿겠다는 듯 채근했다. "말해봐요."

"그게 그러니까, 굉장히 기이한 일이에요." 토라는 독일어로 '유령'을 떠올리려고 머리를 쥐어짰다. "유령과 관련 있는 사건을 맡았는데, 돌아가는 상황을 보아하니 일이 더 복잡해질 것 같아요. 경찰이 시신 한 구를 발견해서 소란스러워질 모양이에요."

"지금 어디예요?" 매튜가 물었다.

"저요?" 토라가 멍청하게 대꾸했다. "시골에 있어요."

"거기 그대로 있어요. 내일 밤이면 도착할 거예요." 매튜의 목소리는 진지했다.

"잠깐만요, 괜찮아요. 오지 말아요." 토라는 빠르게 지껄였다. "살인사건이 일어난 게 아니라 그냥 시신일 뿐이에요." 그녀가 주저하며 덧붙였다. "어쨌든 내가 알기론 그렇다고요."

"내일 밤에 만나요."

"그렇지만 내가 지금 어디 있는지 모르잖아요. 난 안 가르쳐줄 거라고요. 며칠 기다려주면 내가 적당한 날을 잡아볼게요. 약속해요. 나도 만나고 싶은데, 지금은 타이밍이 안 좋아요."

"어디 있는지 말할 필요 없어요. 내가 찾아낼 테니까. 아우프 비더제엔."

토라는 더 이상 그를 말릴 수가 없었다. 매튜는 이미 전화를 끊은 뒤였다.

4장

옷을 다 갈아입은 토라는 시신에 대한 정보를 캐낼 요량으로 프런트에 들르기로 마음먹었다. 안마사가 급한 마음에 두고 간 열쇠꾸러미를 발견한 토라는 열쇠를 건네주는 척 프런트에 접근하기로 했다. 스스로의 계획에 흡족해하며 잰걸음으로 복도를 걸었다.

로비로 나갔지만 안마사의 모습은 어디에도 보이지 않았다. 젊은 여자가 프런트데스크에 기댄 채 동료와 정신없이 대화를 나눌 뿐이었다. 눈에 거슬릴 정도로 비쩍 마른 여자는 새하얀 튜닉 상의에 같은 색 바지를 입고 있었는데, 마른 몸매가 그대로 드러났다. 토라는 앞으로 다가가 대화에 끼워주기를 바라는 마음으로 두 여자를 향해 미소를 지었다. 하지만 토라의 등장은 조금도 환영받지 못했다. 두 여자 모두 심기가 불편한 표정을 짓더니 이내 정신을 차렸는지 토라를 향해 싸늘하게나마 미소를 던졌다. 잠깐 동안 토라는 데스크 너머에 붙은 교령회 홍보 포스터를 살펴보는 척했다. 포스터에 의하면 전날 저녁에 열린 교령회에는 레이캬비크에서 온 유명한 심령술사가 참가했다. 토라는 다시 두 여자를 향해 고개를 돌리고 싱긋 웃었다.

"안녕하세요." 토라가 말문을 열었다. 호기심이 앞선 나머지 위장용으로 들고 온 열쇠꾸러미는 까맣게 잊은 상태였다. "해변에서 시신이 발견됐다는 소식을 들었어요."

시선을 교환하던 두 여자가 무언의 합의에 도달한 듯했다. 마른 여자가 돌아서며 토라에게 말했다. "너무 끔찍한 일이에요." 여자는 강조라도 하듯 눈을 치떴다. "경찰이 호텔에 온 것도 아세요?" 여자는 토라를 향해 손을 쭉 내밀었다. "저는 카타라고 해요, 피부 관리사죠." 여자의 치아가 눈부시게 반짝였다.

토라는 마른 몸과는 대조적인 여자의 악력에 적잖이 놀라며 인사했다. "저는 토라라고 합니다. 요나스를 대신해 어떤 일을 검토 중이에요. 사실 저는 투숙객이 아니에요."

데스크를 지키는 직원이 고개를 끄덕이며 끼어들었다. "아, 네. 요나스가 얘기했어요. 저는 비그디스예요, 접수 담당자고요. 그 변호사들 중 한 분이시죠?"

'변호사들 중 한 분'이라는 게 정확히 무슨 뜻인지 알 수 없었지만 토라는 고개를 끄덕였다. "네, 맞아요." 주위를 둘러보던 토라는 유리로 된 출입문 너머로 경찰차가 세워져 있는 걸 발견했다. "그런데 경찰은 어디 있나요?"

주위에 아무도 없는데도 비그디스는 오른편을 가리키며 조그맣게 말했다. "요나스랑 이야기를 하고 싶다고 하더라고요." 비그디스는 의자 등받이에 기대며 음모라도 꾸미듯 눈썹을 치켜떴다. "경찰이 왔는데도 요나스는 놀라지 않던걸요."

"경찰이 뭐라면서 요나스를 찾던가요?" 토라가 물었다. "아마 경찰이 무슨 일로 자기를 찾아왔는지 모르고 있었을 거예요."

비그디스가 살짝 얼굴을 붉히며 대꾸했다. "뭐, 그랬겠죠. 경찰이 저한텐 아무 설명도 안 했어요. 그냥 요나스만 찾더라고요."

"그런데 시신이 발견된 건 어떻게 알았어?" 카타가 비그디스에게 물었다. 날카로운 질문을 던지는 것으로 보아 분명 머리가 나쁜 사람은 아니었다.

비그디스의 뺨이 더욱 붉어졌다. "경찰이 말하는 걸 들었어. 요나스의 사무실로 안내해줬는데, 서로 인사를 나누자마자 찾아온 용건을 설명하더라고."

토라는 비그디스가 틀림없이 벽에 귀를 대고 엿들었을 거라고 확신했다. "혹시 사망 원인이 뭔지 언급하던가요?" 토라가 물었다. "시신이 해변으로 떠밀려온 건지 아닌지도 설명했나요?"

"여자래, 남자래?" 카타가 끼어들었다. "그 얘긴 안 했어?"

"여자인 모양이야." 붉게 달아올랐던 비그디스의 뺨이 점차 옅어졌다. 그녀는 자기가 주도권을 쥐고 있는 게 신이 났는지, 다시 입을 열었을 때는 최대의 효과를 내기 위해 모든 단어를 길게 늘어뜨려 발음했다. "정확한 사망원인은 말하지 않았지만, 내가 장담하는데 자연사가 아니라고 여기는 눈치였어." 비그디스는 과장되게 깊이 숨을 들이마셨다. 카타가 한 손으로 입을 가리는 것으로 보아 비그디스의 극적인 연출이 원하는 반응을 이끌어냈다.

"여기는 왜 온 거래요?" 토라가 물었다. "시신은 해변에서 발견됐다면서요?"

비그디스가 고개를 끄덕이며 유리창을 가리켰다. "정확한 위치는 모르겠지만 이 근처겠죠. 저 해변 아래 어디쯤요."

토라와 카타는 창밖을 내다보았다. 날은 바람 없이 평온했다. 늦은 저녁임에도 여전히 햇빛이 빛나고 있었다. 창밖의 풀밭이 해수면보다 조금 더 높게 올라온 탓에 정작 해변의 모습은 시야에서 가려져 있었다.

"어떻게 시신이 바로 저 아래 해변에서 발견될 수 있죠?" 토라가 비그디스를 향해 고개를 돌리며 물었다. "경찰이 저기에서 수색을 벌였으면 틀림없이 프런트에서 보였을 텐데요."

비그디스가 어깨를 으쓱했다. "예전 농장에 포함된 대지가 워낙 넓어서 이곳에서는 절대 해변 전체를 볼 수가 없어요. 저기 보이는 곳 때문에 가려지기도 하고요." 비그디스는 창문 너머 언덕을 가리켰다. "해안의 최서단 지점은 저 언덕 뒤편에 있는데, 여기서는 거기가 안 보여요. 거기에 가려면 다른 길을 통해 돌아가야만 해요."

토라와 카타는 투시라도 하겠다는 듯 언덕을 뚫어져라 보았다. 이윽고 토라가 고개를 끄덕이며 물었다. "원래 이곳에 농장이 두 개 있지 않았어요? 땅이 두 군데로 분할되어 있었죠?" 비그디스가 어깨를 으쓱하자 토라가 말을 이었다. "제가 기억하기로는 두 형제가 농장 두 곳을 각각 소유하고 있었는데 둘 중 한 사람이 자식 없이 세상을 떠나자 다른 형제가 그 농장을 물려받았어요. 그러고 나서 하나의 농장으로 합친 거죠. 진입로가 둘로 나뉜 이유도 설명이 되네요. 일반적으로 농장에는 진입로가 하나만 있잖아요. 두 농장의 경계가 저 언덕을 가로지르고 있나요?" 토라는 두 여자를 향해 고개를 돌렸지만, 둘 다 전혀 관심 없는 표정이었다.

"그렇겠죠." 카타가 이렇게 대답하고는 비그디스를 바라보며 물었다. "그런데 죽은 여자는 누구야? 경찰이 그 얘기는 안 했어?"

"경찰도 전혀 모르는 눈치였어. 나한테는 호텔에 투숙 중인 손님이 몇 명인지, 그 중 사라진 사람이 있는지 묻더라고." 비그디스는 카타를 향해 음흉하게 웃으며 덧붙였다. "그래서 사실대로 말했지. 나는 전혀 모른다고. 여긴 호텔이지, 감옥이 아니잖아." 그녀는 이제 토라를 향해 말을 이었다. "손님들은 각자 열쇠를 가지고 다니거든요. 저한테 열쇠를 맡겨놓지 않으니, 손님들의 동선을 파악하는 건 불가능하죠. 하이킹을 위해 길을 물어볼 때를 제외하면 손님들이 저한테 말을 거는 일도 거의 없고요."

"그 시신은 18호실에 묵는 술 취한 부부 중 아내가 틀림없어. 이틀 동안 코빼기도 안 보이더라니까." 카타가 못마땅한 듯 말했다.

비그디스가 고개를 저었다. "아냐. 좀전에 주방에서 18호실로 음식을 보냈어. 술이랑 같이." 비그디스는 '술'을 유독 강조하며 덧붙였다. "여자가 전화로 룸서비스를 시켰거든. 몸이 안 좋아서 하루 종일 잤다더군."

카타가 콧방귀를 뀌었다. "몸이 안 좋기는, 웃기시네. 둘 다 술에 취했거나 숙취에 시달리고 있었겠지."

토라는 두 여자로부터 더 이상 알아낼 만한 게 없다는 걸 깨달았다. 게다가 뒷담화에는 더더욱 관심이 없었다. 일면식도 없는 사람들에 대해 입방아를 찧고 싶지 않았던 그녀는 자리를 뜰 생각으로 주머니에 손을 넣었다. "안마사 선생님이 열쇠를 놓고 가셨더라고요." 토라는 열쇠꾸러미를 건네며 말했다. 열쇠고리에는 에나멜이 입혀진 작은 아이슬란드 국기가 달려있었다.

"시바 말이죠." 비그디스가 데스크 너머로 손을 뻗으며 웃었다. "항상 정신을 딴 데 두고 다녀요." 비그디스는 열쇠고리에 달린 커다란 키를 알아보고는 말했다. "오, 세상에. 마스터키도 있네. 정말이지…." 바로 그때 프런트의 전화가 울리는 바람에 비그디스가 정확히 무슨 말을 하려고 했는지는 미스터리로 남았다. 비그디스는 몸을 돌려 전화를 받았다.

토라는 카타를 힐끗 쳐다보고는 열쇠를 도로 챙겼다. "제가 직접 돌려드릴게요. 다음 예약 잡는 걸 깜빡해서, 안 그래도 안마사 선생님이랑 얘기를 하려고 했거든요." 토라가 순진한 얼굴로 카타를 향해 미소를 지으며 물었다. "혹시 어디 계신지 알아요?"

카타가 어깨를 으쓱하며 대꾸했다. "아마 카페테리아에 있을 거예요." 카타는 복도 오른편을 가리켰다. "주방 바로 옆에 있어요."

토라는 감사인사를 하며 물었다. "혹시 비르나가 어느 방에 묵는지 아세요? 그 건축가 말이에요. 인사를 좀 하고 싶어서요."

카타가 고개를 젓더니 데스크에서 숙박부를 집어들었다. 비그디스는 여전히 통화 중이었고 두 사람에게는 전혀 관심을 두지 않았다. "비르나, 비르나…," 카타는 매니큐어가 발린 긴 손톱이 돋보이는 가느다란 손가락으로 숙박부를 훑어내렸다. "아, 여기 있네." 카타가 숙박부를 탁 닫으며 말했다. "5호실이에요. 카페테리아로 걸어가다 보면 나와요. 틀림없이 호텔 안에 있을 거예요. 차가 저기

밖에 주차돼 있잖아요. 엄청 번지르르한 차죠."

"좋군요." 토라는 차에 대해서는 아무 관심도 없었다. "정말 감사해요. 내일 살롱에 들를게요. 제모를 좀 받아야 할 거 같아요." 카타는 토라를 바라보며 지나치게 적극적으로 고개를 끄덕였다.

복도를 따라 걷는 동안 오만가지 생각이 토라의 머릿속을 스쳤다. 도대체 왜 그런 생각이 들었을까? 해변에서 발견된 시신이 요나스가 말한 그 건축가일 거라고 넘겨짚을 만한 단서는 그 어디에도 없었다. 정보를 종합해봤을 때 전혀 다른 사람일 가능성이 높았다. 게다가 비르나라는 건축가에 대해 자신이 아는 게 단 하나라도 있단 말인가? 토라의 예감은 어떤 식으로도 설명 가능하지 않았다. 토라는 발걸음을 옮기면서 곰곰이 생각했다. 5호실과 가까워질수록 방 안을 둘러봐야겠다는 마음이 확고해졌다. 만에 하나 해변에서 발견된 시신이 비르나라면, 지금이야말로 그녀의 방을 볼 수 있는 마지막 기회일 것이다. 죽음의 정황이 의심스럽다고 판단할 경우 경찰은 즉시 방을 봉쇄해버릴 테니까. 요나스의 법률대리인으로서 이 기회를 놓쳐선 안 된다는 생각이 스쳤다. 어쩌면 요나스가 용의선상에 오를지도 모른다. 결국 토라는 이게 전혀 나쁜 짓이 아니라고 스스로를 설득했다. 그저 고개를 내밀어 방 안을 슬쩍 둘러보고 싶을 뿐이었다. 그 이상은 절대 아니었다.

5호실 앞에 멈춰선 토라는 주위를 살폈다. 프런트의 두 여자는 여전히 대화에 푹 빠져 주변엔 관심조차 없었다. 토라는 재빨리 마스터키로 문을 연 다음 안으로 들어갔다.

요나스는 아무것도 모르는 호텔 주인처럼 행동하려고 애썼지만, 그 역할을 소화하기가 여간 어려운 게 아니었다. 그는 경찰을 본능적으로 싫어했다. 어쩌다 경찰과 마주할 일이 있을 때면 언제나 쌍방은 서로를 달가워하지 않았다. 게다가 경관들은 요나스와 이야기를 나누는 동안 그의 눈을 깊이 들여다보기까지 했다. 요나스가 보기에 그들은 동공의 움직임을 통해 피심문자의 진실성을 평가하도록 훈련받은 듯했다. 요나스도 자신이 눈을 지나치게 자주 깜빡이는 게 좋게 보일 리 없다는 걸 잘 알았다.

요나스는 목청을 가다듬고 말했다. "말씀드렸다시피 인상착의는 저희 건축가인 비르나와 비슷합니다만 확답을 드리기는 곤란하군요. 시신에서 신분증이 나오거나 가방 같은 소지품이 발견되지는 않았나요?" 요나스는 뒤쪽 창문으로 손을 뻗치며 덧붙였다. "사무실이 좀 덥지 않으세요? 창문을 열까요?" 자칫 이마 위로 땀방울이 흘러내리기라도 해서 죄책감을 느끼는 용의자의 인상이 더 강해지지나 않을까 그는 두려웠다.

두 경관은 시선을 교환했다. 두 사람은 금몰 장식이 달린 검정색 정복을 모두 갖춰 입었음에도 불구하고 냉정함을 잃지 않았다. 사무실 안은 숨 막힐 듯한 열기로 가득 찼지만 경찰들은 재킷조차 벗지 않았다. 다만 모자는 벗어 손에 들고 있었다. 경찰은 신분증과 창문에 대한 요나스의 질문을 묵살한 채 질문을 계속했다. "비르나 씨가 마지막으로 목격된 게 언제입니까?"

"저도 정확히는 모르겠어요." 요나스가 기억을 되짚으며 대답했다. "그렇지만 어제는 분명 호텔에 있었어요."

"그럼 선생님은 어제 비르나 씨를 보셨다는 건가요?" 젊은 경관이 물었다. 요나스는 마초 같은 분위기의 젊은 경관보다 모든 면에서 부드러운 인상을 풍기는 나이든 경관이 더 마음에 들었다.

"네?" 멍청하게 대꾸를 하던 요나스가 냉큼 덧붙였다. "아, 네. 어제 만났습니다. 실은 여러 번 봤어요. 저희가 이곳에 별관을 세울 예정인데, 그 별관 설계도를 완성하는 일로 비르나가 애를 먹고 있었거든요. 그래서 온 종일 제 사무실을 들락거리면서 여러 문제에 대해 저와 상의를 했죠."

두 경관이 동시에 고개를 끄덕였다. 나이든 경관이 잠시 한쪽 볼을 입에 물고 있다가 다시 질문을 던졌다. "오늘은 어땠나요? 오늘도 선생님을 만나러 왔습니까?"

요나스가 열심히 고개를 저으며 대답했다. "아뇨, 오늘은 안 왔습니다. 오늘 아침에 만나기로 했는데 안 나타났어요. 혹시 비르나가 드나드는지 유심히 지켜봤는데, 우연히 마주치거나 지나치는 것도 못 봤습니다. 휴대폰으로도 연락해봤는데 꺼져 있더라고요. 곧바로 음성메시지로 넘어갔어요."

"그분 휴대폰 모델이 뭐죠? 모양을 설명해주실 수 있나요?" 젊은 경관이 물었다.

깊이 생각할 필요조차 없었다. 비르나의 휴대폰은 한눈에도 알아볼 만큼 독특한 색깔이었다. "짙은 빨간색 폴더 폰입니다. 광택이 있고, 크기가 꽤 작았죠. 정확히 어떤 제품인지는 모르겠습니다. 앞부분에 은색 평화 심벌이 있는데, 그게 브랜드 로고는 아닌 것 같고 그냥 장식처럼 보였어요." 두 경관은 또다시 시선을 주고

받더니 자리에서 일어섰다. 요나스는 그냥 앉아있었다. 마침내 경찰의 질문에 명확하게 대답했기 때문에 어느 때보다 떳떳했다. "발견된 여자는…, 사고로 죽은 건가요?"

경찰은 이번에도 요나스의 질문에 답하지 않고 이렇게 묻기만 했다. "비르나 할도르스도티르 씨의 방을 보여주시겠습니까?"

토라는 마지막으로 방을 휙 둘러보았다. 단서가 될 만한 것은 발견하지 못했다. 확실히 일반적인 호텔 방과 달라 보이기는 했다. 대부분의 사람들보다 오랜 기간 머무른 티가 났다. 벽에는 건물 스케치들이 여기저기 붙어있었다. 토라가 짐작하기로 요나스가 지을 계획이라고 했던 별관의 계획안인 듯했다. 그림 옆에 휘갈겨진 메모들도 보였다. 건축 문외한이 봐도 이해가 가는 내용과 보다 전문적인 것들이 섞여있었다. 여백에 적힌 수식도 보였다. 수식의 합계에는 빨간색 밑줄이 그어져 있었다. 그 숫자가 꽤나 컸으므로 토라는 요나스를 생각해서라도 그게 공사 예상비용은 아니기를 바랐다.

토라는 중요한 뭔가를 발견하리라는 일말의 기대도 없이, 그저 단순한 호기심으로 옷장 문을 열어보기도 했다. 지문이 남지 않도록 연필을 문손잡이에 끼워서 열었다. 옷장은 굳이 열어볼 필요조차 없었다는 게 한눈에 입증됐다. 비르나가 아주 깔끔한 성격이라는 점 외에 어떤 것도 발견할 수 없었기 때문이다. 옷가지 수가 많지도 않았다. 블라우스, 정장바지, 재킷 등은 옷걸이에 걸려있고, 나머지들은 선반에 가지런히 정돈되어 있었다. 옷가지가 모두 흠잡을 데 없이 접혀있는 터라, 토라는 이 여자가 살면서 한 번쯤은 고급 의류점에서 일했을 것이라 짐작했다. 비르나의 취향은 고급스러웠다. 얼핏 평범한 듯 보이지만 우아하고 값비싼 옷들이었다. 토라는 맨 위에 놓인 점퍼의 라벨을 살짝 들여다볼까 생각했지만 옷가지들이 흐트러질까봐 단념했다. 옷장 문을 닫고 침대 옆 협탁에 놓인 전화기 앞으로 다가갔다. 토라는 손톱을 이용해 재다이얼 버튼을 눌러 비르나가 최근 어디로 전화를 걸었는지 확인했다. 그런 다음 전화기 옆에 비치된 메모지를 한 장 뜯어 세 개의 번호를 옮겨적은 뒤 종이를 접어 주머니에 넣었다.

주위를 둘러보았지만 책상 서랍을 제외하고는 자세히 살펴볼 만한 것이 눈에 띄지 않았다. 이미 책상 위 서류들을 조심스럽게 뒤적여 보았지만 쓸 만한 정보는 하나도 얻지 못했다. 서류는 모두 별관 설계와 관련된 것으로, 건축 공사업체들의 책자가 대부분이었다. 토라는 서랍을 열기 위해 책상 의자를 한 발로 밀어냈다. 한 가지 난관이 그녀를 기다리고 있었다. 서랍에 손잡이가 없었던 것이다. 토라는 오른팔 소매를 끌어내린 다음 서랍 아래 부분을 잡고 잡아당겼다. 서랍 안에 두 권의 책이 들어있었다. 신약성서와 비르나의 이름이 새겨진 가죽장정 일기장. 마침내 유용한 단서가 될 만한 것을 발견했다. 토라는 여전히 소매를 이용해 일기장을 꺼내들어 활짝 펼쳤다. 빙고. 일기장은 단정한 손글씨로 빽빽하게 채워져 있었다. 토라는 회심의 미소를 지었지만, 이내 웃음기가 사라졌다. 바로 앞 복도에서 웅성거리는 소리가 들려온 것이다.

토라는 다급하게 두리번거렸다. 어떻게든 빠져나가야 했다. 이 상태로 발각되면 여기서 뭘 하는 중이었는지 도저히 설명할 길이 없었다. 토라 스스로도 무슨 짓을 하고 있었는지 이해할 수가 없었다. 토라는 바닥까지 내려오는 커튼 앞으로 달려가며 모든 방의 구조가 같기를 기도했다. 다행히 비르나의 방은 토라의 방과 같은 구조였다. 떨리는 손으로 유리문을 열고 테라스로 나갔다. 최대한 조심스럽게 문을 닫은 다음 그곳을 빠져나왔다.

건물 모퉁이를 돌자마자 토라는 숨을 깊이 들이마셨다. 심장이 터질 듯 쿵쾅거렸다. 대체 무슨 생각이었을까? 미친 게 틀림없었다. 하마터면 들통날 뻔했다. 토라가 테라스 문을 닫자마자 방문 열리는 소리가 들렸기 때문이다. 토라는 다시 한 번 숨을 깊이 들이마셨다. 심장 박동이 잦아들었다가 다시 방망이질 치기 시작했다. 책상서랍! 책상서랍을 열어둔 채 나온 것이다. 토라는 마음을 가라앉히려고 애썼다. 그래서 뭐 어떻단 말인가? 비르나가 그렇게 열어뒀다고 짐작할 것이다. 안도감에 축 늘어졌던 토라가 다시 화들짝 놀랐다. 자신의 두 손에 여전히 일기장이 쥐어져 있었다. 일기장 표지에는 이렇게 새겨져 있었다. '비르나 할도르스도티르, 아이슬란드건축가협회.'

5장

요나스는 경찰차가 느릿느릿 진입로를 빠져나가는 모습을 지켜보았다. 그들이 시간을 끌어보려고 갖은 방법을 동원한다는 느낌이 들었다. 시간을 끌면 끌수록 더 많은 손님들의 눈에 띌 수 있다는 걸 잘 아는 게 분명했다. 마침내 차가 시야에서 완전히 사라지자 요나스는 안도의 한숨을 내쉬며 경찰이 다시 호텔에 발 들이는 일이 없게 해달라고 기도했다. 하지만 요나스는 자신의 기도가 이루어지지 않으리라는 걸 알았다. 경찰은 비르나가 호텔 방에 없다는 걸 확인한 직후 방을 봉쇄한 다음, 수색이 끝나기 전까지는 누구도 방 안에 들이지 말라고 요나스에게 요구했다. 보나마나 저들이 호텔 문턱이 닳도록 드나들 게 분명했다.

요나스는 죽은 여자가 비르나가 아니기를 간절히 바랐지만, 희망사항에 불과하다는 것 역시 잘 알았다. 경찰은 호텔을 떠나기 전 요나스에게 비르나의 차가 어디에 주차되어 있는지 물었다. 비르나의 차는 최근에 구입한 다크블루색 아우디 스포츠카로, 주차장 맨 끝에 세워져 있었다. 비르나는 언제나 다른 차들과 멀리 떨어진 곳에 주차했다. 조심성 없는 운전자들이 문을 열다가 애지중지하는 자신의 새 차에 흠집내는 불상사를 막기 위해서였다. 두 경관이 비르나의 차 앞으로 다가가더니 그 중 하나가 주머니에서 작은 비닐 백을 꺼내들었다. 그가 열지도 않은 채 비닐 백을 차에 대고 꾹 누르자, 비르나의 차가 삑삑거리는 소리를 내며 라이트가 반짝였다. 그 모습을 본 두 경관은 의미심장한 표정을 주고받았다.

요나스는 한숨을 내쉬었다. 그는 이럴 수도 저럴 수도 없는 상황에 몰려버렸다. 애도라도 해야 하는 걸까? 결점이 많은 사람이기는 해도 요나스는 비르나가 마음에 들었다. 솔직히 말하자면 요나스는 비르나를 단순히 좋아하는 것 이상으로 아꼈지만, 그 감정은 일방적인 것이었다. 아니면 억울함이라도 느껴야 하나? 이번 사건으로 호텔을 확장하겠다는 그의 계획에는 큰 차질이 생겼다. 직원들에게 솔직하게 상황을 털어놔야 하나? 아니면 아무 일도 없었던 듯 행동해야 하나? 경찰은 가타부타 말이 없었다. 한 가지 분명한 점은 신중하게 굴어야 한다는 것이었다. 많은 이들이 그의 행동 하나하나를 관찰하고, 떠도는 소문과 연관지어 해석할 게 틀림없기 때문이다. 이곳은 좁은 동네인 데다 호텔 직원들도 딱히 입이 무거운 축은 아니었다. 요나스는 다시 한숨을 지었다. 경찰이 이 사건을 사고로 처리할 가능성도 없지는 않지만, 그들의 행동을 볼 때 그 가능성은 아주 낮았다.

요나스는 뒤돌아 호텔 안으로 들어갔다. 그는 누구와도 마주치지 않으려고 빠르게 프런트를 지나쳤다. 계획은 먹혀들었지만, 프런트데스크에 기대어선 카타만 해도 경찰과 나눈 대화 내용이 궁금해 죽겠다는 기색이 역력했다. 카타는 요나스가 로비에 들어서자마자 질문을 쏟아내려고 입을 벌렸지만, 그가 고개 숙인 채 걸음을 재촉하자 도로 입을 닫아버렸다. 카타와 접수 담당자인 비그디스는 요나스가 아무 말도 없이 지나쳐 가는 모습을 낙담한 듯 바라보기만 했다. 하지만 시간은 그리 오래 요나스를 기다려주지 않을 것이다. 결국 두 여자는 궁금함을 참지 못하고 복도를 따라 그의 사무실로 달려올 것이다. 그래도 지금까지는 괜찮았어. 황급히 사무실로 들어가 문을 닫으며 요나스는 생각했다. 그는 의자에 앉았다. 어쩌면 잘된 것인지도 모른다. 이 끔찍한 사건이 호텔과 요나스 자신에게 유리한 결과를 가져올 가능성이 얼마나 될까? 요나스는 수화기를 들고 전화를 걸었다.

토라는 소심하게 침대 끄트머리에 앉았다. 비르나의 일기장이 자신의 무릎 위에 올려져 있었다. 토라는 일기장을 비르나의 방에 몰래 돌려놔야 할지, 아니면 의심을 사지 않을 곳에 숨겨둬야 할지 갈피를 잡을 수 없었다. 일기장을 당장 치워야할까, 아니면 먼저 읽어보는 게 좋을까? 비르나가 어쩌면 아직 살아있을지도 모른다는 생각에 토라의 얼굴은 후끈거렸다. 우편함에 집착하는 의뢰인처럼 시시한 사건들만 맡다보니 사는 게 너무 지겨워져서 아무것도 아닌 일로 호들갑을 떠는 걸까? 그녀는 무의미한 소송을 불사하려는 반쯤 미친 호텔리어를 뜯어말리려던 것이지, 자기와 아무 상관도 없는 경찰조사에 휘말리려고 이곳에 온 게 아니었다. 그때 전화벨이 울렸고, 토라는 주의를 딴 데로 돌릴 수 있다는 사실에 기뻐하면서 수화기를 들었다.

"잠깐 내 사무실에 들를 수 있어요?" 요나스가 아리송한 말투로 물었다. "생각지도 못한 일이 생겼는데, 아무래도 유령이랑 관계가 있을 것 같아요."

"무슨 일인데요?" 토라가 매우 궁금한 척 물었다.

"사무실에 오면 설명해줄게요. 아무래도 내가 생각하기에 비르나가 죽은 거 같아요."

"10분 뒤에 갈게요." 토라가 그의 말을 자르며 대답하고는 전화를 끊었다.

이런 이런. 토라는 고개를 돌려 일기장을 내려다보았다. 어떤 면에서 토라는 마음이 놓이기도 했다. 적어도 산 사람의 일기장을 훔친 것은 아니지 않은가. 그녀는 소매로 표지를 열어젖힌 뒤 엄지손가락 끄트머리로 일기장을 넘겼다. 확실히 평범한 일기장은 아니었다. 짧은 글귀가 여기저기 적혀있는 대신 각 페이지는 깨알 같은 손글씨로 빼곡했다. 특히 주택과 건물, 설계 세부사항에 관한 스케치들이 많았다. 비르나의 상상력에서 튀어나온 알아볼 수 없는 낙서 같은 그림이 있는가 하면, 실제 프로젝트를 그려놓은 듯한 스케치도 보였다. 하루에 한 페이지 쓰는 걸로는 부족했는지, 일기장은 3개월 후인 9월까지 빈칸 없이 채워져 있었다.

토라는 '해변에서 X를 만났다. 조심해야겠다.' 같은 메모가 적혀있기를 바라며 최근 일기를 살펴보았지만 그런 행운은 없었다. 마지막 두 페이지에는 '베르구르의 생일. 잊지 말자. 4월 금액 이체하기.'라고 적혀있었다. 그 옆에는 토라가 모르는 업체 이름들이 차례대로 수도 없이 나열됐다. 그리고 각 업체명 옆에 전화번호와 함께 밀리미터 단위의 치수와 크로나 단위의 가격이 표시돼 있었다. 각 줄 마지막에는 토라로서는 도저히 감 잡을 수 없는 'B., W., R., G., S.' 같은 약어들이 적혀있었다. 그 페이지 맨 위에 '외장재'라 쓴 단어가 보였다. 비르나는 다양한 종류의 외장재에 관해 알아보고 있었던 것 같다. 가장 단가가 낮은 종류에는 X표가 그어졌다. 외장재가 비르나의 죽음과 관련될 리 없었다. 낙담한 토라는 일기장을 다시 앞으로 넘겼다. 맨 앞 페이지에는 호텔 주변지역 및 새 건물이 들어설 부지가 포함된 설계도안이 그려져 있었다. 그 가운데 중요한 거리와 길이의 수치가 표시되고, 요란스러운 화살표가 북쪽을 가리켰다. 그림 옆에 비르나가 적어놓은 메모가 있었다. 주로 부지 경사와 일광 상태에 관한 내용이었지만, 유독 한 대목이 토라의 관심을 끌었다. '이 지점은 뭐가 잘못된 거지??? 오래된 설계???' 그리고 바로 아래 다른 펜으로 '애가???'라고 써놓은 메모였다. 토라로서는 그 의미를 전혀 해독할 수 없었다.

일기장을 처음부터 끝까지 읽고 싶었지만 요나스를 만나러 가야 했다. 토라에게 딱히 다른 할 일이 없다는 걸 잘 아는 요나스이기 때문에, 늦은 이유를 설명하기란 골치 아팠다. 그럼에도 일기장을 몇 장 더 넘기던 그녀가 비슷한 그림이 있는 페이지를 펼쳤다. 어느 주택의 평면도였다. 두 개의 직사각형이 여러 개 공간으로 나뉘어져 있었다. 두 직사각형이 같은 형태에다 계단 위치까지 동일한 걸로 보아 분명 2층짜리 주택이었다. 모든 공간은 명확하게 표시되어 있었다. 거실 두 개, 주방, 서재, 침실, 화장실 등등. 여백에 붙은 여러 개의 메모 중 하나는 다음과 같았다. '1920년에 건축? 남서향 벽에 습기. 기초공사?' 분명 비르나 자신을 괴롭혔을 질문을 적어두기도 했다. '크리스틴은 누굴까?' 질문 주변에는 박스처럼 네모난 줄이 그어지고, 그 위에 사선이 음역처럼 그려져 있었다. 토라는 평면도를 다시 보았다. '침실'이라고 표시된 위층 방 세 개 중 한 곳에 작은 글씨로 '크리스틴?'이라 메모가 돼있었다. 토라는 그 평면도가 두 농가 중 한 곳이라고 확신할 만한 표시가 없는지 그 페이지를 샅샅이 훑어보았다. 왼쪽 페이지 상단에 '크레파'라고 적힌 게 보였다. 둘 중 한 농장의 이름이었다. 토라는 일기장을 덮은 다음 짐 가방 안으로 밀어넣었다. 청소부들이 가방 안까지 뒤져보는 일은 없을 것이다.

요나스는 근심 가득한 얼굴이었다. 평소의 쾌활하던 모습은 온데간데 없었다. 그가 책상 앞에 놓인 의자를 가리키며 토라에게 앉으라고 권한 뒤 자신도 책상 뒤편 가죽을 씌운 의자에 털썩 주저앉았다. 천만다행으로 이번에는 허브차를 권하지 않았다.

"경찰이 원하는 게 뭐래요, 요나스?" 토라가 먼저 입을 열었다.

요나스가 끙끙거리며 말했다. "다들 경찰이 왔다 간 걸 알아요?"

"글쎄요. 내가 모두를 대신해서 답할 수야 없지만 나를 빼고도 많은 사람들이 알고 있어요. 사람들은 딱 보면 누가 경찰인지 알잖아요." 토라가 거듭 물었다. "원하는 게 뭐래요?"

요나스가 이전보다 더 큰 소리로 끙끙거렸다. 그는 소매 안쪽에서 커다란 갈색 돌이 달린 금속 팔찌를 잡아당기더니, 토라의 질문에 대답하는 내내 그걸 무의식적으로 만지작거렸다. "해변에서 시신이 발견됐다는데, 그 시신이 아무래도 비르나인 것 같아요. 내가 말한 건축가 있죠." 그는 두 눈을 지그시 감은 채 계속해서 팔찌를 만지작거렸다.

"아." 토라가 짧게 신음했다. "사망 원인이 뭔지 언급하던가요? 해변에서 사람이 죽은 채로 발견된 데에는 여러 가지 이유가 있겠죠. 대개는 자살이고요."

"비르나는 자살하지 않았을 거예요." 요나스가 침울하게 대꾸했다. "그런 타입이 아니에요."

토라는 특정한 타입의 사람들만 자살을 하는 건 아니라고 지적하고 싶었다. "경찰은 뭐래요? 그게 제일 중요해요. 이미 사건현장에 가봤겠죠?"

요나스는 팔찌에서 시선을 떼더니 토라를 바라보았다. "구체적인 얘기는 전혀 없었어요. 경찰이 한 말의 내용보다 그들이 보인 태도와 무언의 암시가 더 중요해요." 그는 다시 팔찌를 내려다보며 말했다. "가령 비르나가 물에 빠지거나 바위 위에서 추락하는 등 사고사를 당했을 가능성이 높다면, 경찰은 틀림없이 비르나의 행동에 대해 질문했을 거예요. 왜, 그런 거 있잖아요. 비르나가 평소에 하이킹을 자주 갔나요? 혹은 카약을 타러 다녔나요? 바다에서 수영을 했다든지? 하지만 그런 질문은 전혀 없었어요. 호텔에서 사라진 게 있는지, 대략의 인상착의를 들려주면서 그게 비르나가 맞는지 물은 게 전부예요." 요나스가 불쑥 고개를 들고 말했다. "그러고 보니 비르나의 얼굴 생김새에 대해 전혀 언급하지 않은 게 이상하긴 했어요. 혹시 머리가 사라진 걸까요?" 토라가 뭐라고 답을 하기 전에 요나스가 말을 이었다. "아니, 그건 아니겠죠. 경찰이 모발 색상에 대해서는 언급했거든요." 난데없이 그가 눈을 크게 뜨며 물었다. "아니면 범인이 머리통을 자른 다음, 머리카락을 다 깎아서 시신 위에 올려둔 건 아니겠죠?"

토라가 요나스의 추측을 가로막았다. "제가 보기에는 상상력이 지나친 듯해요. 하지만 경찰이 이번 사건을 단순한 사고 이상으로 보는 것 같긴 하군요." 그리고 토라는 아무렇지도 않은 듯 덧붙였다. "경찰이 비르나의 방을 수색했나요?"

"경관 중 하나가 방을 둘러봤어요. 다른 경관은 나와 같이 복도에 서있었고요. 방 안을 둘러본 건 불과 1~2분 정도였어요. 그런 뒤 복도로 나와 고개를 가로저었죠."

"그럼 누군가 방에 침입한 흔적이 있다거나 방 열쇠를 가진 게 누군지 묻지는 않던가요?" 토라의 얼굴이 살짝 붉어졌다.

"아뇨, 그런 말은 없었어요. 범죄수사과에서 방 수색을 마칠 때까지 누구도 절대 방에 들어가지 못하게 하라고만 당부했어요. 그러고 나서 비르나의 차를 보러 갔죠. 조그마한 비닐 백에 차 열쇠를 담아왔더라고요."

토라가 생각에 잠긴 듯 고개를 끄덕였다. 죽은 여자의 신원에는 이제 더 이상 의심의 여지가 없었다. "이런 맙소사." 토라는 요나스를 향해 망할 팔찌 좀 그만 만지작거리라고 소리치고 싶었지만 꾹 참았다. 아마도 대안의학이라든지, 인체의 에너지장 같은 것과 관련 있을 것이다. "비르나가 죽기를 바란 사람이 있었나요? 난처한 상황에 처하지는 않았고요?"

요나스가 천천히 고개를 저었다. "아뇨, 평범한 사람이에요." 토라는 요나스가 생각하는 평범함의 기준이 뭔지 알 수 없으므로 그저 자신과는 기준이 많이 다를 것이라고만 짐작했다. "훌륭한 사람이자 뛰어난 건축가였죠." 요나스가 어색하게 웃으며 덧붙였다. "사실 비르나는 진정한 염소자리였어요. 한결같고, 열성적이었죠. 게다가 매력적인 사람이었어요. 매력이 넘치는 사람이었죠."

"혹시 비르나를 싫어한 사람은 없었나요?" 토라가 물었다. "비르나와 갈등을 빚었을 만한 사람이 하나도 없어요? 감당할 수 없을 정도의 문제가 터졌다든지?"

요나스는 팔찌를 다시 소매 안으로 밀어넣으며 토라를 가만히 바라보았다. "있잖아요, 나는 이번 사건이 유령과 관련이 있는 건 아닌지 의심스러워요."

토라는 터져 나오는 웃음을 간신히 참으며 물었다. "유령이 비르나를 살해했다는 건가요?"

요나스가 어깨를 으쓱해 보이더니, 손을 휘저으며 말했다. "내가 어찌 알겠어요? 우연이라고 하기에는 뭔가 심상치 않아요. 여기는 유령이 출몰하는 곳이잖아요. 비르나의 시신이 발견된 것도 바로 근처고요. 비르나는 이곳 부지에 새로운 건물을 세우려던 참이었어요. 유령은 주변 환경을 자기가 세상을 떠나왔을 때와 똑같이 유지하고 싶어해요. 혼신의 힘을 다해서라도 변화를 막으려고 할 거예요. 토라는 어떻게 생각해요?"

토라는 초자연 현상의 열렬한 팬이 아니었기 때문에 유령의 행동 패턴에 대해서는 아는 게 없었다. "요나스, 이번 사건이 유령과 관련 있을 거라는 생각은 버려야 해요."

"진심으로 하는 말이에요?" 요나스가 물었다. "비르나는 이 지역에 얽힌 이야기에 관심이 많았어요. 그런 배경을 꼭 알아야 한다고, 그걸 알지 못하면 부지에 대한 감각을 제대로 익힐 수 없다고 생각했으니까요. 비르나가 이미 죽은 지역 주민의 영혼을 화나게 했을 가능성을 배제할 수 없어요. 결국 그것 때문에 비르나가 죽었고요. 직접적으로는 아니더라도 간접적으로는 영향을 미쳤을 거예요." 요나스는 어이없어 하는 표정의 토라를 보더니 말을 이었다. "직접적인 관련은 없을지 몰라도 한번 이 상황을 곰곰이 생각해봐요. 여기는 유령이 출몰하는 곳인데, 판매자가 그 사실을 숨겼어요. 그리고 한 여자는 비극적으로 죽음을 맞이했고요. 유령과 관련이 있는 뭔가에 의해서 말이에요. 이건 배제할 수 없는 사실이에요. 적어도 유령의 힘에 지배받는 누군가가 살인을 저질렀을 가능성은 열어둬야죠. 내 말 듣고 있어요?"

토라는 말없이 고개만 저었다.

"내 말이 맞아요, 모르겠어요? 판매자들한테 가서, 여기서 한 여자가 죽었고 유령이 그 죽음에 결정적인 역할을 했다고 말해요. 그러면 모든 건 법정에서 가려지겠죠. 내가 보기에 그 사람들은 아무리 간접적이라고 해도 살인사건에 연루되고 싶지는 않을 거예요. 변호사님 같으면 그런 재판에서 증인으로 서고 싶겠어요? 피해자 측 변호인은 증인이 이런 비극으로 이어진 정보를 은닉했다고 주장할 텐데요?" 요나스는 토라를 대신해 고개를 저었다. "아니죠, 절대 그러고 싶지 않을 거예요. 그 사람들도 마찬가지고요. 이런 논리로 접근하면 아마 판매자들도 보상금 협상에 응할 거예요."

토라가 끼어들었다. "보상금을 얻는다고 해도 뭐가 달라나요? 호텔은 그냥 애물단지가 되고 말아요. 설마 이 시점에서 매매계약을 취소하고 싶은 건 아니죠? 정말 유령의 존재를 믿는다고 해도 유령한테 뇌물을 주면서 나가라고 할 수는 없는 노릇이라고요."

요나스가 웃으며 대답했다. "물론 그럴 수는 없죠. 다만 나가겠다는 직원들을 잡으려면 월급이라도 올려줘야 하잖아요. 다들 영적인 사람들이라 초자연적 현상에 극도로 예민하다고요. 벌써부터 그만두겠다고 암시하는 직원들이 있어요. 그렇게 되면 사업은 완전히 망할 거고, 작은 수익이라도 내보려 발버둥쳐도 땡전 한푼 못 건질 공산이 커요. 게다가 이런 곳에 오는 손님들은 직원들 못지않게 예민해요. 까딱하다가는 목숨을 잃을 수도 있는데, 저세상에서 온 존재와 친구가 되고 싶겠어요?"

토라에게는 잠시 생각할 시간이 필요했다. 살인사건과 연관이 있다는 둥 판매자들에게 터무니없는 협박을 하고 싶은 마음은 조금도 없었지만 직원 월급을 올려줘야 한다는 요나스의 말은 충분히 근거가 있는 주장이었다. "생각 좀 해볼게요." 토라는 자리에서 일어서려다가 마음을 바꿨다. "그 전에, 유령에 대해 아는 대로 다 알려줘요, 정확히. 어쩌다 유령의 존재를 알게 된 거예요?"

요나스가 한숨을 내쉬었다. "이런, 어디서부터 시작해야 좋을지 모르겠네요."

"처음부터요." 토라가 약간 짜증 섞인 목소리로 말했다.

"네, 그게 좋겠네요." 요나스는 이렇게 대답하며 토라의 짜증 따위는 무시해버렸다. "이미 말한 대로, 우리 직원 대부분은 보통 사람들보다 더 예민해요."

토라가 고개를 끄덕였다.

"직원이 먼저 꺼림칙한 존재가 있다는 걸 알아채기 시작했어요. 내 기억이 정확한지 모르겠지만, 제일 먼저 기운을 감지한 건 아우라 감별사 에이리쿠르였어요. 다른 직원들도 서서히 느끼기 시작했고요. 사실 내가 제일 늦게 알았어요. 처음에는 그냥 직원들의 상상이라고 믿었거든요." 요나스가 토라를 진지하게 바라보며 말했다. "영적인 존재를 느끼지 못하는 사람한테 이런 걸 설명하기는 거의 불가능에 가까워요. 그렇지만 장담하는데 절대 유쾌한 기분은 아니에요. 굳이 비유를 하자면 감시당하는 기분이라고 할까요? 누군가 어두운 구석에서 나를 지켜보는 기분이에요. 어쨌든, 나는 그렇게 느꼈어요."

요나스의 설명은 이 모든 게 집단 히스테리 증상이라는 토라의 의심을 더욱 굳어지게 만들었다. 누군가 애매한 이야기를 퍼뜨리기 시작하고 다른 사람들까지 합세하면서 상상이 점차 현실로 받아들여지는 것이다. "요나스." 토라가 딱 잘라 말했다. "이보다는 나을 줄 알았는데 역시 아니군요. 지금 하는 얘기는 아무짝에도 쓸모가 없어요. 판매자들과 마주앉아서 당신이 방금 한 말을 반복할 수는 없다고요. 확실한 근거가 있어야죠. 어쩌다가 한 번씩 등줄기에 소름이 돋는다는 얘기로는 어림도 없어요."

요나스가 충격 받은 얼굴로 발끈했다. "그 정도 수준이 아니에요. 소름 정도야 무시할 수 있죠. 이 느낌은 금방 사그라들지 않는 다니까요. 중압감이 느껴진다고 해야 하나. 여기 직원들 대부분이 한밤중에 아기 울음소리를 들었어요." 갑자기 요나스가 자랑이라도 하듯 덧붙였다. "심지어 나는 완전한 형태의 유령도 봤다고요. 그것도 여러 번. 최근 들어 부쩍 자주 나타나거든요."

"그 유령을 목격한 장소가 어딘데요?" 토라가 어차피 믿지도 않는다는 듯 물었다.

"주로 야외였어요. 호텔 밖." 요나스가 고개를 돌리지도 않고 등 뒤 창을 가리키며 말했다. "유령이 정확히 어디에 있었는지는 설명을 못 하겠어요. 안개가 끼어있을 때만 봤거든요. 어떤 유령들은 특정한 기후에만 출몰하는데, 이 유령은 안개 낀 날에만 나타나요."

"그러니까 구체적으로 설명을 못 한다는 거네요? 토라가 물었다.

"네, 그런 셈이죠. 어린 소녀 혹은 여자라는 건 알 수 있었어요. 남자라고 하기에는 체구가 너무 작았거든요." 요나스가 의자에 기대며 말했다. "그리고 거울 속에 나타난 적도 있었어요. 의심할 여지 없이 여자였죠. 순식간이기는 했지만 그래도…."

"유령이 사진 속에서 본 소녀와 똑같았다면서요. 너무 순식간에 일어난 일이라 생김새를 제대로 기억하지 못하는 건 아니에요?"

"아, 이걸 어떻게 설명해야 좋을지 모르겠네요. 양치를 하고 있었는데 바스락거리는 소리가 들리더라고요. 몸을 바로 세우고 거울을 봤는데, 그게 재빨리 문 앞을 스쳐가는 거예요. 생김새를 일일이 설명할 수는 없지만 내 무의식이 분명 얼굴을 머릿속에 새겨났을 테고, 그 사진에서 본 얼굴이라는 건 단번에 알 수 있었어요."
요나스가 책상서랍을 열어 뒤적거리면서 말을 이었다. "그 뒤로는
사진을 제대로 볼 수조차 없었어요. 도로 상자에 넣고 닫아버렸죠.
나는 도저히 못 하겠지만 변호사님이라면 아무 문제 없이 사진을
살펴볼 수 있을 거예요."

"저는 끄떡없을 것 같네요." 토라가 여유롭게 미소를 지으며 말
했다. "이 일에 대해서 직원들과 대화를 해보고 싶어요. 그 아우라
감별사라는 에이리쿠르를 포함해서요."

"물론이죠. 지금은 딴 데 가있는데, 내일이면 돌아올 거예요." 서
랍을 뒤적이던 요나스가 마침내 찾던 물건을 발견했다. 그는 커다
란 철제 고리가 달린 묵직한 열쇠를 토라에게 건넸다. "이건 예전 지
하실 열쇠예요. 내가 말한 상자들이 다 거기 있어요. 한번 살펴보세
요. 유령의 존재를 설명해줄 흥미로운 물건들이 들어있을 거예요."

토라가 열쇠를 받아들었다. "내 기억이 맞는다면, 또 다른 오래
된 농장의 이름이 크레파였죠?" 토라가 순진한 얼굴로 물었다.

요나스는 의외라는 듯 놀란 표정을 지었다. "네, 맞아요. 본래 농
장이 두 개였는데 하나로 합쳐졌지요. 하나는 크레파고, 다른 하나
는 키르큐스테트예요." 그는 무심히 어깨를 으쓱했다. "비르나가
그곳에서 공사 계획을 검토하면서 시간을 많이 보냈죠."

"정말요? 왜요?" 토라는 아까보다 더 호기심이 동한 말투로 물
었다. "그 오래된 농가가 아직 그대로 남아있어요?"

"네, 아직 있어요. 사실 난 이 건물처럼 개조하려고 했는데 비르
나가 반대했지요. 두 건물이 너무 멀리 떨어져 있고 집도 심하게 낡

앗다더군요. 원하면 내일 직접 보러 가도 돼요. 그 집 열쇠는 현관 옆에 있는 돌 아래 넣어뒀어요. 내부가 꽤나 흥미로울 거예요. 아직도 옛 모습 그대로 가구들이 남아있거든요."

"왜요?" 토라가 물었다. "매매를 진행할 때도 그 땅에는 사는 사람이 없었잖아요."

"저도 모르겠어요." 요나스가 대답했다. "지금은 물건들이 좀 치워졌는지도 모르겠네요. 왜냐면 그 여동생이라는…." 요나스가 여자의 이름을 떠올리려고 애썼다. 그는 기억을 되짚는 동안 한쪽 검지를 허공에 대고 빙글빙글 돌렸다.

"엘린 토르다르도티르요? 판매자 남매 중 한 명이죠?" 토라가 얼른 거들었다.

"네, 그 사람요." 요나스가 손가락을 돌리다 말고 말했다. "여동생 엘린! 그 여자가 몇 달 전에 호텔로 전화를 해서 드디어 집 안에 있는 물건을 치우겠다고 했지요. 제가 그때 레이캬비크에 나가있어서 직접 통화를 한 건 아니에요. 프런트에 있는 비그디스를 통해 메시지를 전달받았죠. 그리고 잠시 후 그 여자 딸이 찾아와서 집 열쇠가 어디 있는지 묻길래 알려줬대요. 내가 그 모녀와 마주치지 않은 게 다행이죠. 둘 중 하나라도 만났더라면 못 참고 유령에 대해 지껄여댔을 거예요."

토라는 이제 유령 이야기라면 신물이 날 지경이었다. "그 고물들을 치우겠다고 말한 게 언제였죠? 계약할 때만 해도 그런 논의는 오가지 않았던 걸로 기억하는데요."

"아, 그건 구두로 약속했어요." 요나스가 대답했다. "그쪽에서

먼저 요청해서, 아무 때나 들러서 가져가라고 했지요." 요나스가
난데없이 거드름을 피우며 덧붙였다. "그 집을 사용하거나 철거할
수도 있으니 서둘러 치워달라고 했어요."

토라가 고개를 끄덕였다. "여기 머무는 동안 그 집을 좀 둘러봐
야겠어요. 또 모르죠. 엘린이나 그 오빠라는 사람과 우연히 마주칠
지도." 토라는 시계를 보며 일어섰다. "지하실에 있는 상자는 내일
오전에 살펴볼게요. 지금은 시간이 너무 늦었네요."

요나스가 고개를 끄덕였다. "잠자리에 들기 전에 볼 만한 물건들
이 아니에요." 그는 짓궂게 웃었다. "설령 유령을 안 믿는다고 해도."

토라는 태어나서 제일 푹신하고 편안한 침대에 누워있었다. 몸
을 죽 펴고 하품을 하면서 인생 최고의 단잠에 빠지겠노라 다짐했
다. 두툼한 깃털베개가 목을 완벽하게 받쳐주었다. 토라는 요나스
에게 호텔 침구를 어디서 구입했는지 물어보기로 마음먹었다. 그리
고 침대 옆 협탁에 놓인 리모컨을 들어 TV를 껐다. 두 눈을 감자마
자 잠이 쏟아졌고 얼마 지나지 않아 숨소리가 안정적으로 변하면
서 자기도 모르는 새에 깊은 잠에 빠져들었다. 심지어 토라는 희미
한 아기 울음소리가 열린 창문 사이로 흘러드는 동안에도 몸을 뒤
척이지 않았다.

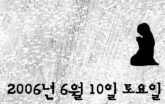

2006년 6월 10일 토요일

6장

토요일 이른 아침에 하는 부검보다 가우티에게 더 짜증나는 일은 없었다. 그 전날 저녁에 부검 준비를 마쳐야 하는 경우엔 더욱 그랬다. 소독약 냄새가 진동하는 국립병원 지하실에서 시체들에 둘러싸여 금요일 저녁을 보내는 것보다 더 비참한 일도 없을 것이다. 금요일 저녁이라면 마땅히 술집에 가서 담배연기와 술에 취해 흐트러진 여자들에 에워싸여야 하는 게 아닌가? 가우티는 지난 몇 년 간 고민해왔듯 이참에 다른 직장을 알아보는 게 어떨까 생각했다. 요즘은 월급 많이 주는 직장을 쉽게 얻을 수 있었다. 은행권에서 부검 보조로 5년 동안 일한 자신을 받아줄지 확신할 수는 없지만 대다수 친구들은 그쪽에서 직장을 잡았다. 그는 은행원이 되어 슈트를 입고 책상 앞에 앉아 고객의 재정상황을 분석한 뒤 결과적으로 더 많은 빚더미를 떠안기는 쪽으로 조언하는 자신의 모습을 상상했다. 어쩌면 망자들 사이에서 일하는 게 더욱 다이내믹할지도 모른다.

가우티는 트레이를 훑어보며 빠진 부검도구가 없는지 확인한 다음 하얀 시트 아래 누워있는 시신을 흘끗 보았다. 지금 빠진 건 부검의뿐이었다. 가우티는 등뒤 벽에 붙은 시계를 봤다. 부검의가 늦는군, 카나르 페트르손. 가우티는 한숨을 내쉬었다. 여기서 상황이 더 나빠질 수도 있다니. 카나르는 오만하고 거슬리는 인간으로도 모자라 프로답지 못했다. 성급하게 부검을 진행하는 거야 그렇다 쳐도, 종종 눈에 뻔히 보이는 실수까지 가우티가 지적해야 할 정도였다. 카나르는 실수를 지적받는 걸 못 견뎌했지만 그러거나 말거나 가우티는 적극적으로 부검의를 약 오르게 했다.

마침내 부검실 문이 열리고 카나르가 거들먹거리며 들어왔다. 가우티도 얼굴을 알고 있는 의대생 한 명을 대동하고 나타났는데, 그의 이름까지는 기억해낼 수 없었다. 지난 몇 주 간 부검실을 자주 드나들던 의대생이지만 실제 부검에 참석한 적은 한 번도 없었다.

"좋은 아침." 카나르가 굵은 목소리로 인사하며 동행을 가리켰다. "여기는 시구르게이르라고, 의대 5년생인데 내가 오늘 부검에 참관시키기로 했어. 이런 시신을 볼 기회는 흔치 않으니까."

가우티는 들뜬 얼굴로 웃는 시구르게이르를 향해 고개를 끄덕인 다음, 시신을 덮고 있던 시트를 젖혔다. 가우티가 의대생의 반응을 살폈다. 시구르게이르는 메스꺼움을 감추지 못했다.

카나르가 무신경하게 고개를 시신에 너무 가까이 들이민 나머지 코끝이 시신에 닿을 지경이었다. 카나르는 이내 몸을 바로 세우더니 딕터폰을 꺼내 녹음을 시작했다. "스나이펠스네스 해변에서 발견된 신원미상의 여성. 극심한 외상으로 얼굴 모양을 알아볼 수 없

으며, 이는 사망 이후 발생한 동물 포식자에 의한 훼손으로 추정된
다…."

"아빠는 재미없어. 자고 있단 말이야. 오빠도 마찬가지야. 난 엄
마랑 있고 싶어."

토라는 졸린 눈을 비비며 몸을 일으켜세웠다. 잠이 깨지도 않
은 상태에서 협탁에 올려둔 휴대폰을 집어들어 전화를 받은 토라
는 목소리를 가다듬고 이제 막 딸에게 인사를 하려는 참이었다. 유
령과 우는 아기들이 등장하는 꿈에 대한 기억이 흐릿하게 되살아
나다가 금세 머릿속에서 지워지고 말았다. "안녕, 솔리. 벌써 일어
났어?" 시계는 아침 8시가 조금 안 된 시간을 가리키고 있었다. "아
휴, 아직 새벽이네. 오늘 토요일이잖아. 아빠랑 오빠는 나중에 더
재미있게 놀아주려고 지금 잠을 보충해 두는 거야."

"흥." 비난이 가득 담긴 여자아이의 높고 맑은 목소리가 들려왔
다. "나중에도 재미없어. 난 엄마랑만 있고 싶단 말이야. 엄마는 재
밌잖아." 전화 연결상태가 좋지 않았다. 솔리의 목소리가 마치 드
럼통 아래에 대고 말하는 것처럼 웅웅거렸다.

즐길 수 있을 때 즐기자. 토라가 속으로 생각했다. 토라는 큰아
들 길피를 키우면서 이런 무조건적인 숭배가 그리 오래 가지 않는
다는 깨달음을 얻었다. 곧 일곱 살이 될 테지만 솔리는 이제 겨우
여섯 살이었고, 딸의 인생에서 자신이 주인공 역할을 맡을 수 있는
시간이 아직 몇 년 더 남은 셈이었다.

"엄마 내일 저녁에는 집에 도착할 거야. 내일 재미있게 놀자. 우

리 딸이 원하면 엄마가 해변에서 조개껍데기도 주워갈게."

"해변이라고? 거기 해변도 있어?" 솔리가 한숨을 지었다. "왜 엄마랑 같이 있으면 안 되는 거야? 나도 진짜 해변 가고 싶단 말이야."

토라는 해변 이야기를 꺼낸 스스로를 원망했다. 토라의 집도 해안가에 있었기 때문에 그토록 딸의 관심을 끌 거라고는 생각지 못했다. "아유, 우리 딸. 아빠랑 주말을 보내야 하는 거 잘 알잖아. 여름에 엄마랑 여기로 놀러오면 되지."

"캐러밴 타고?" 솔리가 흥분한 목소리로 물었다.

토라는 신음소리가 나오려는 걸 겨우 참았다. "그럴 수도 있고. 두고 보자." 토라는 그 애물단지를 달고 운전하는 게 질색이었던 데다 아직도 캐러밴을 뒤에 단 채 후진하는 법을 몰랐다. 캐러밴과 함께 한 지난 몇 번의 여행은 워낙 사전에 치밀하게 준비한 터라 후진을 할 필요가 전혀 없었다. "가서 TV 켜봐. 만화영화 할 시간이네. 아빠랑 오빠도 곧 일어날 거야. 알았지?"

"알았어." 솔리가 뾰로통하게 대꾸했다. "엄마, 안녕."

"안녕, 우리 딸. 보고 싶어." 토라는 인사한 뒤 전화를 끊었다.

토라는 잠시 휴대폰을 들여다보며 어쩌다 이 지경이 되었는지 생각했다. 결혼생활은 눈 깜빡할 새에 무너져 내렸고, 그녀 스스로 그 일을 천천히 되새겨볼 시간을 갖지 않았다. 전 남편과 함께한 첫 11년은 애정전선에 이상이 없었다. 하지만 그 이후 빠른 속도로 내리막길을 걸었다. 그리고 1년 반 뒤 토라는 한스와 이혼했다. 전 남편과 자신의 집을 오가야 하는 아이들을 보며 양심의 가책이 들었지만 이제 와서 어쩔 도리가 없었다. 설령 한스가 캐러밴 후진의 대가라고 해도 이제는 그를 받아줄 생각이 조금도 없었다. 토라는 자리에서 일어나 우울한 생각을 떨쳐버리고 샤워를 했다. 그리고 후드 티와 청바지를 챙겨입고 운동화까지 신으니, 먼지 자욱한 지하실을 기어다닐 만반의 준비를 마친 기분이었다. 토라는 큰 거울에 자신을 비춰보며 복면만 쓰면 완벽하게 은행 강도처럼 보이겠다고 생각했다.

풍성하게 차려진 뷔페가 식당에서 그녀를 기다리고 있었다. 평소에는 아침식사를 거하게 하지 않는 편이었지만 음식이 너무 먹음직스럽게 차려져 있었다. 될 대로 되라는 마음으로 큰 접시를 집어들고 삶은 계란과 베이컨, 토스트를 차례로 담았다. 그런 다음 오로지 보기 좋게 할 요량으로 과일도 담았지만 의자에 앉자마자 과일은 접시 한쪽으로 치워버렸다. 식당 테이블의 절반 정도에 사람들이 앉아있었다. 토라는 어떤 종류의 인간들이 이렇게 터무니없이 비싸고 한편으로는 히피스러운 사상에 기반을 둔 호텔에 묵는 것인지 알고 싶어졌다. 손님들 간 어떤 공통점도 발견할 수 없었지만, 다양한 연령대와 국적 속에서도 대부분은 아이슬란드 사람처럼 보였다.

그 중 세 테이블에는 토라처럼 혼자 온 손님들이 앉아있었다. 남자 노인과 젊은 남자, 그리고 중년의 여인까지. 토라는 세 사람 역시 아이슬란드인일 거라고 추측했다. 왠지 모르게 노인은 그 자리와 어울리지 않아 보였다. 토라는 노인의 직업이 변호사나 회계사일 거라고 짐작했다. 중년 여자 역시 어딘가 불편한 듯 시종일관 커피잔에 시선을 고정한 채 침울하게 앉아있었다. 여자 앞의 접시에는 손도 안 댄 음식이 덩그러니 놓여있었다. 어찌나 비참해 보이던지 토라는 연민이 솟구칠 정도였다. 반면 젊은 남자는 공간과 아주 잘 어울렸다. 토라는 남자를 여기저기 훑어보았다. 대단한 미남이었기 때문에 시선을 뗄 수 없었는지도 모른다. 짙은 머리칼에 갈색으로 그을린 근육질이지만 그렇다고 근육강화제를 맞은 보디빌더 같은 몸은 아니었다. 씁쓸한 미소를 짓던 토라는 남자와 시선이 마주치자 그대로 굳어버렸다. 민망함에 남은 커피를 한꺼번에 들이켜고 자리에서 일어났다. 남자 역시 커피를 마저 마시고 일어서려는 참이었다. 남자의 다리 한쪽에 붕대가 감겨있었다. 남자는 뒤편의자에 기대어둔 목발을 집어들었다. 그가 절뚝거리며 토라를 따라왔다.

"아이슬란드 분이세요?" 토라 뒤로 남자의 목소리가 들렸다.

토라는 뒤를 돌아보았다. 가까이서 보아도 잘생긴 외모였다. "저요? 네, 맞아요." 토라는 자신의 옷차림이 도둑처럼 보이지 않길 간절히 바랐다. "그쪽도요?" 토라가 물었다.

남자는 웃으며 한 손을 내밀었다. "그럴 리가요. 저는 아이슬란드에 미친 중국인입니다. 농담이에요. 제 이름은 테이투르입니다."

"토라라고 해요." 토라는 손을 내밀어 악수했다.

"이제 막 도착하셨나 봐요." 테이투르는 토라의 눈을 똑바로 바라보며 말했다. "계속 묵었던 분이면 제가 못 알아차렸을 리 없었을 텐데요."

또 시작이군. 토라는 바짝 긴장했지만 아무렇지도 않은 척했다. "어제 도착했어요. 그쪽은요? 여기서 오래 묵으셨나요?"

젊은 남자는 반짝이는 건강한 치아를 드러내며 대답했다. "일주일 있었습니다."

"여기가 마음에 드세요?" 토라가 멍청한 질문을 내뱉었다. 토라는 보통 이성과의 관계에서 조금이라도 유혹의 기미가 보이는 듯하면 어찌할 바를 몰랐다.

테이투르는 즐거운 표정으로 말했다. "아, 그럼요. 좋아요. 일하면서 놀기도 할 겸 온 건데, 지금까지는 무척 만족스럽습니다. 이것만 빼면요." 그가 몸을 목발에 의지한 채 붕대 감은 다리를 살짝 들어보였다.

"어머, 어쩌다 그렇게 됐어요?"

"말에서 떨어졌죠, 바보처럼요." 그가 웃었다. "다른 건 다 추천해도 승마만큼은 추천하고 싶지 않아요. 실은 말에서 떨어진 게 아니라, 말이 놀라서 저를 내동댕이쳤어요. 덕분에 발목을 삐었는데 다행히 지나가던 사람이 사고를 목격해서 최악은 면했죠. 그러니까 말은 절대 타러 가지 마세요."

토라가 씩 웃으며 대꾸했다. "걱정 마세요. 그럴 일은 없을 거예요." 토라는 말에 올라타느니 개썰매를 타는 게 낫겠다고 생각했다. "여기서 일을 하신다고요? 어떤 일을 하세요?" 토라가 호기심을 보이며 물었다. 작가가 아닌 이상 이곳에서 할 수 있는 일은 거의 없어 보였다.

"저는 증권브로커예요. 스트레스를 많이 받기는 하지만 어디서든 일을 할 수 있다는 게 큰 장점이죠. 인터넷이랑 컴퓨터만 있으면 말이에요. 그쪽은요? 무슨 일을 하세요?"

"저는 변호사예요." 토라는 남자가 자기 말을 믿지 않기라도 한다는 듯 진심을 다해 고개를 끄덕였다. 하느님 맙소사, 정말 구제 불능이군. 토라는 속으로 생각했다.

"아, 그렇군요." 테이투르가 싱긋 웃었다. "있죠, 제가 이 동네 구경 좀 시켜드릴까요? 일주일을 지냈더니 이 주변이 제 손바닥처럼 훤히 보이거든요."

토라는 미소를 지어보였다. 고작 일주일 동안 동네 지리를 빠삭하게 파악했을 리 없었다. 더구나 한쪽 다리가 저 상태라면 말이다. "어쩌면요? 상황을 좀 봐서요."

"저는 마음 편한 사람이니, 아무 때나 말만 하세요." 테이투르가 활짝 웃었다.

토라는 고맙다는 인사를 하고 남자와 헤어졌다. 먼지 낀 지하실에서 오래된 사진을 보며 쭈그리려 앉아있는 것보다는 매력적인 남자와 주변을 노니는 게 훨씬 특별한 경험일 것이다. 다리가 불편해서 빨리 걷지는 못한다고 할지라도…. 아, 어쩔 수 없군!

시신의 장기들이 여러 개의 금속 트레이에 나뉘어 담겨있었다. 한 접시에는 뇌, 좀 더 큰 접시에는 두 개의 폐, 그리고 세 번째 접시에는 간, 이런 식이었다. 가우티는 이런 섬뜩한 뷔페가 아무렇지도 않지만, 이처럼 심하게 훼손된 시신을 몇 년 만에 처음 보는건 의심의 여지가 없었다. 그는 여자가 일찌감치 의식을 잃었거나 즉사했기를 바랐다.

카나르는 싱크대로 다가가면서 수술용 장갑을 벗었다. "그러니까 여자는 잔인하게 강간을 당했지만 사망 원인은 머리 전면부에 대한 반복적인 강타였던 거야. 그 결과 동물에 의한, 아마도 바닷새로 추정되는 동물에 의한 사후 훼손이 일어나 얼굴이 알아볼 수 없게 망가진 거고. 강간당하는 동안 의식이 있었는지 확신할 수는 없지만, 저항으로 인한 외상은 시신에서 드러나지 않아. 추정키로 강간 전에 이미 뇌신경계 손상이 일어났을 가능성이 높은데, 아무튼 강간이 끝났을 때는 이미 사망한 상태였을 거란 얘기지. 강간 도중에도 피해자가 구타당했을 가능성이 있고." 그가 잠시 숨을 고른 뒤 계속했다. "가해자의 것으로 보이는 정액이 질 내부에서 발견됐는데, 이것과 함께 시신의 음모에서 찾은 털을 분석해보면 가해자의 신원을 밝힐 수 있을지도 몰라. 이 방법 외에 가해자의 신원을 밝힐 다른 방법은 없는 듯하군. 정액의 양이 꽤 많은 걸로 미루어, 가해자가 한 명 이상일 가능성도 있어." 카나르는 창백하고 기운 없는 얼굴로 가우티 옆에 서있는 의대생을 향해 말했다. "그리고 핀에 대해서도 보고서에 꼼꼼히 기록하도록. 그런 물체가 발바닥에 박혀있는 시신은 흔치 않으니까. 범인은 아마 어떤 의도를 가지고 그런 짓을 했을 거야. 심각한 정신이상자거나 가학적 쾌감을 즐기는 인물이 아닐까 하는 생각이 가장 먼저 드는군. 모르긴 몰라도 이 문제만큼은 논리적으로 설명하는 게 불가능해 보여." 카나르는 피 묻은 열 개의 핀을 가리켰다. 시신의 발에서 뽑아낸 핀이 투명한 플라스틱 통에 담겨있었다. 피가 잔뜩 튄 수술 가운을 벗은 카나르가 손으로 머리를 쓸어넘겼다. "모든 항목에 빠짐없이 레이블을 달아 즉시 분석 의뢰하라고. 경찰에서 결과를 빨리 확인해야 하니까." 카나르는 몸을 돌려 밖으로 나가버렸다.

"걱정 마요, 금방 익숙해질 거예요." 가우티가 의대생의 어깨를 가볍게 두드리며 위로했다. 의대생의 하얀 비닐 작업복에 핏자국이 남았다. "아주 잘 견뎠어요."

"역겨워." 의대생이 속삭이듯 중얼거렸다. "보건소 단기 일자리를 마다하고 여기를 선택하다니, 뭐에라도 씌었던 거 아닐까?"

토라는 어두침침한 지하실에 서서 상자 더미를 물끄러미 바라보았다. 빛이라고는 지하실 한가운데 희미하게 켜진 전구 하나와 너무 때가 타서 갈색으로 보이는 작은 유리 창문 하나가 전부였다. 축축한 습기와 냄새가 토라의 콧구멍을 타고 올라왔다. 윽, 그냥 상자를 방으로 올려달라고 요나스에게 부탁할 걸 그랬군. 더욱 최악인 건 머리 위 천정을 떠받치고 있는 들보마저 적잖이 부패가 진행됐다는 점이었다. 토라는 목재를 갉아먹으며 번식하고 있을 벌레들 생각에 얼굴이 찌푸려졌지만, 마음을 단단히 먹고 가장 낮은 상자 더미 앞으로 갔다. 한눈에 보기에도 아주 오래된 대형 상자가 열두 개쯤 되는 듯했지만, 가지런히 쌓인 게 아니라서 정확한 숫자를 파악하기는 어려웠다.

토라는 조심스럽게 맨 위의 상자 뚜껑을 연 다음 뭔가 튀어나올 경우를 대비해 뒤로 물러섰지만 아무 일도 일어나지 않았다. 토라는 상자 안을 찬찬히 들여다보았다. 두 눈을 크게 뜨고 온갖 상상을 다했지만 이런 게 안에 들어있을 줄은 꿈에도 몰랐다.

7장

상자 맨 위에 접힌 나치 깃발이 놓여있었다. 검은색 스와스티카 주변 흰 바탕이 누렇게 바랜 깃발의 감촉은 까끌까끌했다. 토라는 얼굴을 찡그리며 깃발을 조심스레 옆으로 치웠다. 이번엔 잡지 한 무더기가 나왔다. 맨 위의 잡지는 깃발보다 더 심하게 색이 바랜 상태였다. 〈아이슬란드〉라는 잡지 제목 바로 아래 한가운데에 스와스티카가 인쇄돼 있었다. 요나스는 농가에 얽힌 수상한 이야기나 유령에 대해 이해하기 힘든 설명을 늘어놓으면서도 이런 내용물에 대해서는 입도 뻥끗하지 않았다. 잡지 한 권을 집어드니 그 아래 똑같은 잡지들이 수북이 쌓여있는 게 보였다. 잡지는 아이슬란드 국민당에서 발간한 것이었다. 토라는 고개를 저었다. 전쟁 전에 아이슬란드에서도 소규모 나치운동이 있었다는 사실은 알았지만, 구체적인 내용은 아무것도 기억나지 않았다. 그들이 잡지 출간에까지 손을 댔다는 거야 자명했지만, 얇은 분량과 기사 제목들로 보아 내용에는 크게 신경 쓰지 않은 듯했다.

토라는 잡지 무더기를 뒤적이다가 〈묠니르Mjölnir〉라는 제목의 학생 신문도 여러 부 발견했다. 발행인 난을 확인해보니 신문은 애국학생연합에서 발간한 것이었다. 잡지를 모두 꺼내 그 아래 있는 물건을 살펴보았다. 접힌 셔츠 한 장과 나치 완장 하나, 그리고 어깨끈이 달린 군용 벨트 하나를 발견했다. 어떻게 이런 데 빠지는 사람들이 있담?

상자가 바닥을 드러내자 나치 조형물처럼 보이는 물건이 눈에 들어왔다. 토라는 물건을 꺼내들었다. 조형물의 밑동은 마치 소켓처럼 움푹 들어가 있었지만, 용도는 불분명했다. 이외에도 나치 성향의 사람들이 주최한 것으로 보이는 무도회, 캠핑 여행, 모임 등의 행사 홍보전단지와 정치와는 무관해 보이는 오래된 지갑, 신발, 스와스티카를 착용하지 않은 사람들의 사진 여러 장이 들어있었다. 아이들이 등장하지는 않았지만, 사진의 주제는 일관성이 있었다. 인생의 전성기에 말쑥하게 차려입은 젊은이들이 소풍이라도 나온 듯 담요에 앉거나 어느 집 담벼락에 기대 포즈를 취한 모습이었다. 비록 여러 장의 사진에 같은 담벼락이 등장했지만 그 집이 원래 위층에 자리했던 오래된 농가인지 확인하기는 어려웠다. 사람들의 옷차림으로 보아 사진은 전쟁 중이거나 그 직후에 촬영된 듯했다.

물건들을 원래 순서대로 상자에 다시 담으려던 토라가 마음을 바꿨다. 어차피 상자는 오랜 시간 동안 사람 손이 닿지 않은 듯했다. 설령 누군가 상자를 열어본다고 해도 차이를 알아채기는 힘들 것이란 생각이 들었다. 그냥 이 상태로 두는 게 낫겠지. 그 다음에 열어본 상자에는 호기심을 불러일으킬 만한 물건이 하나도 없었다. 솜씨 좋게 짠 오래된 식탁보 여러 장과 맨 윗부분에 금테가 둘러진 구식 꽃무늬 꽃병이 전부였다. 세 번째 상자에는 낡은 사진 앨범 하나가 들어있었다. 토라의 할머니도 비슷한 앨범을 가지고 있었다. 인생이 얼마나 짧고 사람들은 얼마나 금세 잊히는지, 갑작스런 비애감이 몰려왔다. 지금 이 앨범 속에 있는 사람들을 알아보는 누군가를 찾는 건 어려운 일일 테다. 기억하는 누군가가 하나도 남지 않게 되는 일 역시 순식간일 게다. 토라는 상자 위에 걸터앉아 앨범을 훑어보기로 했다.

토라는 두툼한 표지를 펼쳤다. 먹지처럼 생긴 외포를 넘기자 오래된 농가에서 촬영한 사진 몇 장이 나왔다. 사진 속에서 거의 새집처럼 보이는 농가 건물은 지금의 형태를 고스란히 간직하고 있었다. 출입문 위 목재 명판에 새겨진 글씨는 '키르큐스테트'였다. 토라는 고정되어 있는 사진을 조심스럽게 꺼냈다. 뒷면에 사진의 촬영 시기 혹은 현상 시기로 보이는 숫자 '1919'가 찍혀있었다. 한쪽에는 여자의 필체인 듯 섬세한 손글씨로 '비야르니 토롤프손과 아달하이두르 욘스도티르'라고 쓴 글자가 보였다. 사진을 좀 더 가까이 들여다보던 토라는 촬영한 사람이 분명 해를 등지고 서있었을 거라는 추론에 도달했다. 두 남녀가 햇빛을 피하려 가까스로 눈을 가늘게 뜨고 있는 모습이 보였기 때문이다. 둘은 아름다운 한 쌍이었다. 남자는 큰 키에 숱 많은 머리털이 이마를 덮었고, 앳된 얼굴의 여자는 종아리까지 내려오는 단정한 치마에 굽 없는 구두를 신고 머리에 꼭 맞는 구식 모자를 쓰고 있었다. 모자 아래 금발 머리가 희미하게 빛났다. 남자는 가벼운 소재의 헐렁하고 주름 잡힌 바지에 셔츠를 입고 멜빵을 멘 모습이었다. 두 사람은 건물 앞쪽 벽에 두 손을 나란히 대고 서있었다. 그 시절 주택을 소유한 사람들의 전형적인 자부심 같은 것이 묻어났다.

같은 페이지의 두 번째 사진에 또 다른 남녀 커플이 보였다. 토라는 첫 번째 사진을 원래 자리에 끼워넣고, 두 번째 사진을 꺼냈다. 같은 글씨체로 적은 커플의 이름이 나왔다. '그리무르 토롤프손과 크리스트룬 발게이르스도티르.' 성이 나오지 않았더라도 비야르니와 그리무르가 친형제라는 걸 한눈에 알 수 있을 만큼 둘은 닮아있었다. 두 사람은 옷차림새가 아주 흡사했지만 색상은 달랐다. 토라는 사진 속 인물들을 유심히 살폈지만 태양을 향해 얼굴을 찡그린 표정에서 새로운 사실을 알아내지는 못했다. 토라는 그리무르의 아내로 보이는 여자가 비야르니의 아내 아달하이두르와 무척 다른 사람일 거라고 짐작했다. 풍만한 가슴과 통통한 체격을 지닌 크리스트룬은 두꺼운 스웨터와 보잘것없는 치마를 입고, 굽 없는 평범한 가죽 구두를 신은 모습이었다. 여러 모로 격식을 덜 갖춘 인상을 풍기는 그녀의 짙은 머리칼은 특정 스타일이랄 것도 없이 뒤통수에서 질끈 묶여있었다. 이질적인 두 여자가 어떻게 어울려 지냈을지 토라는 궁금해졌다.

다음 페이지에는 야외에서 촬영한 젊은 비야르니와 아달하이두르 사진 세 장이 붙어있었다. 이전 사진과 다른 건 거의 없었다. 단지 아달하이두르가 모자를 쓰지 않았을 뿐이었다. 토라는 다른 두 장의 사진도 살펴보았다. 또다시 형 부부가 등장했는데, 이번에는 그 시대 스타일의 옷을 입은 여자 아기와 함께였다. 짙은 머리칼에 오동통하고 귀여운 아기였다. 사진 뒷면에 아기의 이름이 '에다 그림스도티르'라고 적혀있는 걸로 보아 그리무르의 딸임에 틀림없었다. 1922년에 촬영된 이 사진 속 아기는 이제 겨우 한 살 정도로 보였다. 그 다음에 등장한 사진들은 몇 년에 걸쳐 촬영된 것이었다. 토라는 그 가운데 1923년의 사진을 보며 아달하이두르가 임신한 게 아닐까 생각했지만 그 직후 사진에 갓난아기의 모습은 보이지 않았다. 앨범을 넘기던 토라가 1924년 스튜디오에서 촬영한 사진 한 장을 발견했다. 사진 속 비야르니 부부가 생후 몇 개월밖에 안 된 아기를 안고 있었다. 프릴이 엄청나게 달린 옷에 휘감긴 아기 사진 뒷면에 '구드니'라는 이름이 적혀있었다.

바로 뒷장에 에다의 모습이 담긴 사진이 나왔다. 한눈에 봐도 기이한 느낌이었다. 아이는 코바늘로 뜬 프릴 달린 모자로 머리를 간신히 가린 채, 프릴 달린 원피스를 입고 잠든 모습이었다. 그런데 자세가 너무 이상했다. 자신의 두 아이가 잠든 모습을 수없이 지켜봤지만 단 한 번도 이런 자세로 자는 걸 토라는 본 기억이 없었다. 에다의 두 팔은 가슴 위에 겹쳐져 있고 두 다리는 쭉 뻗은 상태였다. 토라는 사진을 꺼내 뒷면을 확인했다. 아이의 이름인 에다 그림스도티르 옆에 두 개의 날짜가 적혀있었다. 두 번째 날짜 앞에 그려진 십자가. 에다는 비야르니와 아달하이두르가 딸을 얻은 바로 그해에 사망했던 것이다. 토라는 사진을 원래 자리에 끼우며 무거운 한숨을 내쉬었다. 당시만 해도 죽은 사람의 사진을 촬영하는 관습이 있었다는 사실을 알았지만, 그런 사진을 직접 본 적도 없거니와 손에 직접 쥐어본 일은 더더구나 없었다. 그녀는 요나스가 말한, 유령과 똑같은 소녀가 나온다는 사진이 바로 이것인지 알고 싶었다.

토라는 남은 사진들을 들춰보면서 이제야 이곳 농가에 살았던 사람들에 대해 알 것 같다는 느낌이 들었다. 가상의 익숙함은 토라를 슬프게 만들었다. 세월이 이 가족으로부터 무엇을 앗아갔는지 확인할 수 있었기 때문이다. 예컨대 1925년부터는 형 그리무르의 모습을 찾을 수가 없었다. 그의 부부가 이사를 갔거나 어떤 식으로든 동생 부부의 삶에서 사라진 듯했다. 어쩌면 에다의 죽음이 농장을 버리고 떠나게 한 계기가 되었는지도 몰랐다. 1927년 이후로는 아달하이두르의 흔적 또한 찾을 수가 없었다. 임신 중이던 1926년에 촬영된 사진을 마지막으로 그녀도 사라져버렸다. 손글씨 역시 거친 필체로 바뀌었다. 필적감정사가 아니더라도 남자의 글씨라는 걸 단박에 알 수 있었다. 토라는 비야르니의 얼굴에 짙게 배인 슬픔을 느꼈다. 그렇지만 그는 여전히 어린 구드니를 향해 진심으로 미소를 지었고 사진 속 구드니는 점점 성장하며 미모를 꽃피워갔다. 엄마처럼 아름다우면서도 아빠의 외모를 쏙 빼닮은 게 신기할 정도였다.

앨범은 꽉 차있지 않았다. 마지막 두 사진에서 구드니는 농가의 벽에 기대어 서있었다. 이 장소가 처음부터 끝까지 등장하는 걸로 보아 이 가족은 어지간히 이곳에서 사진 찍는 걸 즐겼던 모양이다. 구드니는 어느새 호리호리한 10대 소녀로 성장해 있었고, 금발 머리가 물결처럼 찰랑거렸다. 토라는 구드니의 아름다움이 당시에도 찬탄의 대상이었을 거라고 생각했다. 토라가 보기에 구드니는 그 시대 유명한 여배우들과 견주어도 뒤지지 않을 만큼 매력적이었다. 두 사진은 모두 1941년에 촬영된 것이었는데, 아쉽게도 구드니의 독사진이 아니었다. 두 사진에서 구드니의 양 옆에는 젊은 두 남자가 곧은 자세로 침울한 표정을 지은 채 서있었다. 사진이 이상해 보였던 건 두 남자의 뻣뻣한 자세가 아니라 옷차림새 때문이었다. 두 남자는 평범한 검정 바지에 흰 셔츠를 입고 나치 완장을 차고 있었다. 허리춤에는 한쪽에 끈이 달린 낯선 벨트를 차고, 한 손은 옆에 세워진 커다란 깃대를 잡은 모습이었다. 깃발은 아래로 축 늘어져 있었지만 보나마나 나치 문양이 새겨진 게 틀림없었다. 깃대 맨 윗부분에 토라가 상자에서 발견한 스와티스카 조형물이 꽂혀있었다. 하단의 소켓은 깃대에 꽂을 목적으로 설계된 것이다. 사진 뒷면에는 남자들의 이름은 없이 오직 구드니의 이름과 촬영 연도만 적혀있었다.

그게 전부였다. 남은 여섯 페이지는 비어있었다. 그 중 첫 번째 페이지에 사진 하나가 없어진 흔적이 보였다. 유독 색이 덜 바랜 자국이 선명하고 네 귀퉁이에는 사진을 고정할 때 사용하는 종잇조각이 붙어있었다. 토라는 혹시라도 사이에 낀 사진이 없을까 하는 기대로 앨범을 흔들어보았지만 아무것도 나오지 않자 앨범을 내려놓았다.

토라는 자리에서 일어났다. 지하 조명이 침침했기 때문에 호텔 방에 가서 사진들을 다시 살펴보는 게 나을 것 같았다. 또 사진 속 두 여자아이 중 요나스가 봤다는 '유령'이 누구인지 직접 물어볼 생각이었다. 호텔로 올라가는 계단은 하나 같이 삐거덕거리는 소리를 냈고, 토라는 자신의 몸무게가 더 나가지 않는 걸 다행으로 여겼다. 계단을 올라가며 토라는 심호흡을 했다. 습기 찬 악취에서 벗어난 안도감이 밀려왔다. 잠시 신선한 공기를 들이마신 뒤 토라는 로비로 향했다.

복도 쪽으로 걸어가던 토라가 솔디스를 발견했다. 전날 자신을 방으로 안내해준 자그마한 체구의 직원. 솔디스는 건물 밖에서 담배를 피우고 있었다. 토라는 솔디스가 암시한 대로 농장이나 농가 건물에 관한 자세한 사정을 들어볼 겸 잠시 딴 길로 새기로 마음먹었다. "안녕하세요. 솔디스."

솔디스가 뒤로 돌아 토라를 바라보았다. 무표정한 솔디스의 얼굴에서 그녀가 반가워하는 건지 아니면 귀찮아하는 건지 토라는 도무지 읽을 수 없었다. 적어도 토라를 보고 도망을 치지는 않았다. "어쩐 일이세요?"

토라가 솔디스에게 갔다. "다시 만나서 반가워요. 저 기억해요?"

"네, 물론이죠. 여기 손님이시잖아요. 요나스의 친구시라고요."

"맞아요." 토라는 다정하게 웃으며 말을 걸었다. "솔디스, 어제 나중에 들려주겠다고 했던, 이곳에 얽힌 이야기가 있다고 했잖아요. 그 이야기를 지금 해주면 많은 도움이 될 것 같거든요."

솔디스는 토라의 눈을 피하며 얼굴을 찡그렸다. "이제 일하러 가봐야 해요."

"요나스한테도 도움이 될 거예요. 제가 지금 요나스 대신 어떤 일을 처리하는 중인데, 좀 이상하게 들릴지 몰라도 이곳과 관련해

105

동네에서 떠도는 이야기를 알면 그 일을 처리하는 게 수월해질 수 있거든요." 토라는 상대의 반응을 기다렸다.

잠시 고민하는 듯하던 솔디스가 무심하게 어깨를 으쓱했다. "좋아요. 전 상관없어요."

"잘됐어요." 토라가 말했다. "안으로 들어갈까요?" 안개가 걷히기는 했지만 날씨는 여전히 흐렸다. 사실 인근 산악지대의 아랫부분만 시야에 들어오는 것으로 봐서, 안개는 몇 미터 위로 상승한 것에 불과했다.

솔디스는 또다시 어깨를 으쓱했다. "좋아요. 말씀드린 대로 전 상관없어요."

토라는 솔디스를 따라 직원 출입구를 지나 커다란 주방으로 들어갔다. 이곳에서 요리를 해 호텔 식당으로 나르는 듯했다. 그녀가 직원들을 위해 마련된 작은 테이블에 앉더니 토라에게도 앉으라고 손짓했다. 그런 다음 손을 뻗어 테이블 구석에 놓인, 통일성이라고는 전혀 없는 그릇 무더기에서 컵 두 개와 커다란 보온병을 집었다.

"저는 이 동네에서 자랐어요. 자연히 이 지역에 떠도는 온갖 이야기를 할머니한테 들으면서 살았죠. 트롤이니 뭐니, 전설 같은 이야기들 말예요. 물론 대부분은 헛소리지만 그 중 일부는 진짜라고 할머니가 그랬어요." 솔디스가 토라에게 몹시 뜨거운 커피가 담긴 컵을 건네며 이야기를 시작했다.

"예를 들면요?" 토라는 유통기한이 긴 우유팩 하나를 집어 커피 컵에 살짝 부었다.

"그러니까, 이 농장 말예요. 할머니 말씀으로는 이곳이 저주에 걸렸대요."

"저주요?" 토라는 눈을 휘둥그렇게 뜨며 물었다.

"옛날에는 이곳 용암원이 아기들을 내다버리는 장소로 악명이 높았대요. 아이를 키울 수 없는 동네 여자들이 이곳에다 아이를 버려서 죽게 내버려뒀다고 해요." 솔디스가 몸을 떨었다. "역겨워요. 아직도 아기들의 소리가 들린다니까요? 저도 들은 적이 있어요."

토라는 하마터면 마시던 커피를 뿜을 뻔했다. 토라가 몸을 더 앞으로 기울여 물었다. "그러니까 수백 년 전 이곳에 버려져 죽은 아기들이 우는 소리를 들었다는 건가요?"

솔디스는 경멸스럽다는 눈빛으로 토라를 바라보았다. "그 소리를 들은 게 저만이 아니에요. 혹시 그렇게 생각하시는 거라면 말예요. 여기 사람들 대부분 그 울음소리를 들었어요. 최근 들어 소리가 더 심해졌거든요. 여기서 처음 일을 시작했을 때만 해도 소리를 들은 사람은 없었어요."

"왜 그랬을까?" 토라는 머릿속의 궁금증을 소리 내어 물었다.

"저도 모르죠. 할머니 말로는 그 소리가 오락가락 한댔어요. 할머니가 기억하기로 끔찍한 소리가 이 동네에서 들리기 시작한 건 1945년쯤이라고 해요. 그게 아이 울음소리라고 생각한 농부 중 하나가 소리의 진원지를 찾아 여기로 나왔는데, 희미한 울음소리가 바로 옆에서 들려오는데도 아이의 흔적은 어디서도 찾을 수가 없었대요. 농부는 너무 무서워 집으로 줄행랑쳤고 그 뒤로 이 농장 근처에는 얼씬도 하지 않았대요. 할머니 생각에는 그 후 얼마 안 가 전쟁이 끝났기 때문에, 버려진 아이들의 영혼이 그걸 미리 알아차리고는 전쟁이 끝나서 기쁘다거나 아니면 화가 났음을 표현한 것 같대요. 어쩌면 유령들이 머잖아 이곳에 뭔가 나쁜 일이 일어날 거라고 예견한 건지도 몰라요. 아니면 좋은 일일 수도 있고요."

코에 걸면 코걸이, 귀에 걸면 귀걸이군. 토라는 속으로 생각했다. 일은 언제나 벌어지게 마련이니, 머잖아 무슨 일이 일어나는 거야 당연하지 않은가. 그게 좋은 일이든 나쁜 일이든, 죽은 아기들이 다시 울기 시작한 이유와는 무관하게 말이다. 유령에 관한 소문이 호텔 직원들 사이에서 들불처럼 번진 게 전혀 놀랍지 않았다. 무슨 일이 일어나든 아기 유령들이 그걸 예견했다고 끼워맞추면 그만이니까.

"혹시 아기 유령을 직접 본 적이 있어요?" 토라가 물었다. "아니면 직원 중에 본 사람이 있었나요?"

"맙소사, 아니요." 솔디스가 대꾸했다. "천만다행이죠. 소름끼치잖아요. 그걸 실제로 봤다가는 미쳐버렸을지도 모르잖아요?"

"설마요." 토라는 안심시키듯 말했다. "용암원에 버려졌다는 아기들 말이에요, 다들 그 이야기를 알고 있나요?"

"그럼요. 흔히들 이곳에서는 아이가 어른이 될 때까지 키울 수 없다고 해요. 이 주변 사람들은 다 아는 얘기죠." 토라가 자신의 말을 안 믿는다는 걸 알아챈 솔디스가 이렇게 덧붙였다. "공동묘지에 한번 가보세요. 가서 비석을 읽어보시라고요. 제 말이 허튼소리가 아니란 걸 확인할 거예요."

토라는 에다 그림스도티르의 죽은 모습이 담긴 사진을 떠올렸다. "호텔에 죽은 아이들의 유령이 나온다고 쳐요. 요나스를 비롯해 다른 직원들도 목격했다는 그 유령에 대해서는 어떻게 설명할 수 있을까요? 그 유령은 아기가 아니라고 하던데."

"그건 버려진 아기 유령이 아니에요." 솔디스가 잘라 말했다. "아기를 내다버린 엄마의 유령일지도 몰라요. 영원히 자기가 버린 아기를 찾아헤매는 저주를 받은 거죠. 아니면 여자 거지의 유령일 수도 있고."

"여자 거지의 유령이라고요?" 당황한 토라가 물었다. "그러니까 아기들 말고 다른 유령이 있다는 거예요?"

"네, 엄청 많아요. 하지만 이 농장과 관련해 제가 아는 건 아기 유령이랑 여자 거지 유령뿐이에요. 여자 거지에 얽힌 일화도 이곳에서 일어난 일이거든요. 두 농장이 세워지기 전에 원래 여기에는 움막이 있었대요."

"움막요?"

"아, 왜 그런 거 있잖아요. 어업용으로 쓰는 움막요." 솔디스가 부연했다. "외국인 노동자들이 많았대요. 대부분 어부들이었고요."

"그게 저주와 무슨 상관이죠?"

"엄청 많죠." 솔디스가 건방지게 대답했다. "할머니 말로는 움막에 살던 어부들이 여자 거지를 죽여 그 살을 미끼로 사용했대요."

"미끼요?" 토라가 얼굴을 찡그렸다.

"네, 미끼요." 솔디스는 토라의 반응을 즐기며 말을 이었다. "그 미끼 덕분에 물고기가 엄청 많이 잡혔죠. 그들은 해안으로 돌아오지 않고 밤새도록 물고기를 잡기로 했대요. 그런데 한밤중에 배가 뒤집어져 버렸다고 해요. 그 중 딱 한 사람만 살아남았는데, 유일

하게 여자 거지를 죽여서 미끼로 사용하자는 의견에 반대했던 사람
이었대요. 그 어부의 증언에 의하면 배는 물 아래서부터 뒤집어진
거래요. 바다의 뭔가가 배를 뒤집었다는 거죠. 어부는 그게 여자
거지의 유령이었다고 주장했대요."

"그렇군요." 토라는 신기한 듯 물었다. "그럼 이 주변에서 나타
난다는 유령이 그 거지의 유령인 건가요?"

솔디스가 고개를 저었다. "꼭 그렇지 않을 수도 있어요. 거지 유
령이 죽인 어부 중 하나일 수도 있고요. 왜냐면 어부들의 시신이
해안으로 쓸려 올라왔거든요. 그 바람에 어부들이 유령으로 종종
나타난대요." 솔디스는 음모라도 꾸미듯 토라를 향해 얼굴을 가까
이 들이대며 말했다. "그리고 그거 아세요?"

"아뇨. 뭔데요?"

"어부들의 시신이 휩쓸려온 장소가 경찰이 조사를 벌이고 있는
바로 그 지점이에요. 어제 시신이 발견됐다는 그곳요." 솔디스는
이렇게 말하고는 몸을 바로 세웠다.

"경찰이 이곳이 왔다는 건 어떻게 알았어요?" 토라가 물었다.

솔디스가 씩씩거리며 토라를 노려보았다. "저는 이 동네 사람들
을 모두 다 알아요. 저희 이모가 전화로 알려줬다고요. 사람들이
누가 경찰인지 못 알아볼 거 같아요?"

"네, 물론 알아보겠죠." 잠시 생각에 잠기던 토라가 말을 이었다.
"그런데 어부라면 모두 남자였겠죠? 혹시 아이의 유령에 관한 이야
기는 없나요? 어린 여자아이 말이에요."

솔디스는 미간을 찌푸리고 잠깐 질문에 대해 생각했다. "요즘 직

원들이 말하고 다니는 그 유령 말씀이세요?"

"네, 바로 그 유령요." 토라가 기대에 찬 목소리로 물었다. "그 유령에 대해서는 아는 게 있나요? 할머니가 그 유령에 대해서도 말씀을 해주시던가요?"

"글쎄요. 저도 여쭤봤는데 할머니도 그 유령에 대해서는 모른다고 하셨어요. 하지만 그 유령이 예전에 여기 살던 농부의 딸일지도 모른다는 이야기를 동네 할머니한테 듣기는 했어요. 그 농부 이름이 비야르니라나, 그랬을 거예요." 솔디스가 말을 이었다. "그 할머니 말로는 비야르니가 자기 딸을 건드렸다는 소문이 파다했대요. 근친상간이에요."

"헉." 토라는 사진 속 인물들의 모습, 특히 구드니와 비야르니를 떠올렸다. 사진 속 두 사람의 표정에서는 전혀 그런 인상을 받을 수 없었다.

솔디스가 어깨를 으쓱했다. "두 사람 다 지금은 죽고 없지만요. 결핵으로 죽었거든요."

토라가 천천히 고개를 끄덕였다. "어머나, 그런 일이. 그런데 솔디스 생각은 어때요? 유령이 정말 이 농장에서 살았던 그 소녀인 거 같아요?"

솔디스가 토라의 눈을 똑바로 바라다보며 말했다. "그 유령을 본 적은 있지만 그 여자애를 본 적이 없으니, 전들 알겠어요?"

"유령을 본 적이 있다고요?" 토라가 놀란 목소리로 물었다.

"당연하죠." 솔디스가 또다시 경멸에 찬 눈빛을 보냈다. 감히 자기를 의심하느냐고 도발하는 듯한 대담함이 서린 눈빛이었다.

"알겠어요." 토라가 조심스레 물었다. "그 유령을 본 장소가 어디였는지 말해줄 수 있어요?"

"건물 밖에서요. 안개가 자욱했어요. 자세히는 못 봤지만 틀림없이 여자아이였어요."

"어쩌면 이 주변에 사는 아이 중 하나가 아니었을까요?" 토라가 이번에는 대담하게 질문을 던졌다.

솔디스가 비아냥거리듯 웃음을 터뜨렸다. "이 주변? 이 주변 어디요? 여기서 제일 가까운데 사는 아이가 5킬로미터는 가야 있는데, 걔는 남자아이라고요. 대체 뭣 때문에 그 애가 이 먼 곳까지 와서 안개 속을 어슬렁거리겠어요?"

그럴 가능성이 낮다는 걸 토라는 인정하지 않을 수 없었다. 토라가 다음 질문에 대해 고민하고 있는데 휴대폰이 울렸다.

"안녕, 토라." 매튜의 익숙한 목소리가 들려왔다. "지금 어디에 있는지 말해줄래요, 아니면 내가 수색대라도 보낼까요? 나 지금 케플라비크 공항이에요. 방금 도착했어요."

8장

"분명히 말하는데, 누군가 내 창고에 침입했다니까." 스테파니아가
양손을 엉덩이춤에 올린 채 불쾌해했다. 그녀는 프런트데스크에 앉
아 의도적으로 히죽거리는 비그디스에게 말려들지 않으려고 애썼
다. 안 그래도 신경 써야 할 일이 차고 넘쳤다. 그녀가 제품을 보관
해두는 작은 창고에 누군가 열쇠를 강제로 열고 들어왔던 것이다.
아무리 도난당한 물건이 없다고 해도 사건의 심각성이 덜어지는 건
아니었다.

스테파니아는 같은 여자들이 보이는 속 좁은 행동에 익숙해진
지 오래였다. 그녀는 그게 자신의 미모 때문인지, 아니면 섹스 카
운슬러라는 직업 때문인지 알지 못했다. 많은 경우 여자들은 그녀
가 순전히 유부남을 유혹하기 위해 이 직업을 선택했다고 믿는 듯
했다. 하지만 말도 안 되는 억측이었다. 종종 유부남이 그녀에게
수작을 거는 일이 있기는 해도, 그건 그녀의 잘못이 아니었다.

그녀는 얼굴을 찡그리며 말했다. "웃을 일이 아니야. 창고 열쇠

가 완전히 망가져버렸어. 내 말 못 믿겠으면 직접 가서 확인해봐."

비그디스가 눈썹을 치켜뜨며 대응했다. "흥분할 필요 없어. 아무것도 도둑맞지 않았는데 그렇게까지 난리법석 피울 거 없잖아?" 비그디스는 다시 컴퓨터로 몸을 돌렸다. 그녀는 '섹스 카운슬러'라는 스테파니아의 같잖은 직업이 정말 싫었다. 비그디스가 보기에 스테파니아는 세상이 자기 중심으로 돈다는 착각에 빠져 살았다. 창고에 침입자가 들었다는 얘기도 관심을 끌어보려는 수작에 지나지 않는다고 생각했다. 하지만 이번에는 해변에서 발견된 시신과 경쟁을 벌여야 하는 상황이니 수작이 먹힐 리 없었다. 비그디스는 고개를 들어 스테파니아를 쳐다보며 말했다. "게다가 내가 뭘 해주길 원하는 건지도 솔직히 잘 모르겠어."

사실 지금 스테파니아가 가장 바라는 건 망할 비그디스가 피라냐가 우글거리는 수조에 풍덩 뛰어드는 거지만, 생각을 입 밖으로 내지는 않았다. "뭘 바라냐고? 글쎄, 적어도 요나스한테 자물쇠가 채워진 창고에 누군가 숨어들었다고 알릴 수는 있잖아? 마약중독자가 약을 뒤지고 있었던 거면 어떡해? 다시 올지도 모르잖아."

"마약?" 비그디스가 웃음을 터뜨렸다. "어떤 정신 나간 사람이 그 코딱지만한 벽장에서 마약을 찾으려고 하겠어? 여기가 동종요법이랑 영적 치료를 전문으로 하는 호텔이라는 사실을 알고도 그런 소리를 하는 거야? 스나이펠스네스에서 여기보다 더 약을 찾기 힘든 곳도 없다고."

스테파니아가 한숨을 크게 내쉬었다. "미안. 그렇지만 마약중독자가 호텔의 전문 분야에 대해서 제대로 알고 있을 리 없잖아. 게

다가 호텔 손님 중 한 명일 수도 있어. 어쩌면 직원 중 하나일지도 모르지." 스테파니아가 짓궂게 웃으며 말했다.

비그디스가 눈을 부라렸다. "직원 중 하나라고? 지금 제정신으로 하는 소리야?"

"그럴 수도 있다는 거지. 마약중독자가 아니라면 정상적인 사람이란 뜻이잖아. 어쩌면 내가 파는 물건이 너무 갖고 싶은데 부끄러워서 차마 정상적인 경로로 구할 수가 없었는지도 모르고. 누가 알겠어?" 스테파니아는 짐짓 순진한 얼굴로 눈을 크게 뜨며 말했다.

비그디스는 최음제나 섹스 용품에 관한 주제에 휩쓸리지 않겠노라고 마음을 단단히 먹었다. 스테파니아는 비그디스가 이 주제를 불편해한다는 점을 잘 알았다. 그래서 더 스테파니아 앞에서 얼굴을 붉히는 우를 범하고 싶지 않았다. "그런데 왜 사라진 물건이 하나도 없었던 거야?"

스테파니아가 머뭇거리며 대답했다. "글쎄, 나도 모르겠어. 아직 샅샅이 확인을 해본 건 아니라서. 뭔가 없어졌을지도 모르지."

"헐! 뭔가 사라졌을지도 '모르는' 도난사건 따위에 시간을 허비할 정도로 한가한 상황이 아니라고." 비그디스는 두 손으로 큰 따옴표를 그리며 비아냥거렸다.

"어?" 스테파니아가 호기심을 보이며 물었다. "무슨 일인데?" 스테파니아는 슬쩍 짜증이 나기 시작했다. 항상 자신이 호텔에 없을 때에만 사건이 터지는 것이다. 그녀는 저녁이면 인근 마을 헬나르에 있는 집으로 퇴근했고, 주말에는 보통 근무를 하지 않았다. 스테파니아가 다른 동료들과 어울리지 못하는 데에는 이런 생활패턴도 한몫 했을지 모른다. 직원들 대부분은 요나스가 호텔 옆에 지어준 작은 오두막에서 생활했다.

"해변에서 시신이 발견됐어. 만 아래쪽 동굴 바로 옆에서." 비그디스는 극적인 효과를 증폭시키기 위해 잠시 멈췄다. "그 시신이 비르나라는 소문이 있어. 건축가 말이야." 비그디스는 다시 말을 멈췄다. "살해됐을 가능성이 높대." 얼굴이 창백해진 스테파니아가 가슴을 움켜쥐자 비그디스는 승리감에 도취되어 눈을 빛냈다.

"지금 농담하는 거지?" 스테파니아가 더듬거리며 물었다.

"맹세컨대, 사실이야. 죽었어. 아마 살해당했을 거래." 비그디스는 다시 컴퓨터를 향해 돌아앉아 스테파니아를 짜증나게 할 생각으로 화제를 바꿨다. "변호사한테 줄 빈 상자 하나 남는 거 있어? 물건을 넣을 큰 상자가 필요하대."

"뭐? 어, 알았어." 스테파니아는 비그디스의 질문을 제대로 듣지도 않고 대답했다. 대체 무슨 일이 있었던 거지? 그녀는 비르나와의 마지막 상담을 떠올렸다. 설마 내 조언 때문에 비르나가 죽게 된 건 아니겠지? 스테파니아는 멍해진 상태로 인사를 하는 둥 마는 둥 프런트를 떠나다가 마지막으로 한 가지만 확인해보기로 마음먹었다. 스테파니아가 뒤돌아서서 물었다. "그 사건 혹시 섹스랑 관련 있대? 비르나가 강간당한 건 아닌지, 혹시 아는 거 있어?"

"맞아. 강간당했다고 했던 거 같아." 비그디스는 이렇게 대답했지만 질문의 의도에 대해서는 전혀 알지 못했다. 답을 해주면 스테파니아가 반응을 보일 거라는 직감이 들었다.

스테파니아는 몸을 돌려 잰걸음으로 자신의 사무실로 향하며 얼굴을 시뻘겋게 붉혔다. 그녀가 알고 싶은 건 그것뿐이었다.

　토라는 무거운 종이상자를 반듯하게 정돈된 호텔 침대 위에 내려놓았다. 상자 겉면에 붙은 상표를 본 그녀가 인상을 찌푸렸다. 처음 상자를 받아들면서 토라는 이게 일종의 몰래카메라 같은 황당한 장난은 아닐까 의심했다. 상자의 네 측면에 큼지막한 검정색 영문으로 이렇게 쓰여있었다. '바이브레이팅 딜도. 천연고무. 뉴 알로에베라 액션!' 그 옆에는 영어를 잘 모르는 소비자들을 위해 친절하게도 내용물이 상세하게 그려져 있었다. 토라는 프런트의 비그디스로부터 상자를 건네받으면서 머릿속까지 새빨개지는 경험을 했다. 비그디스는 상자를 주며 이렇게 말했다. "이게 그래도 인공 보지 상자보다는 나을 거라고 생각했어요." 상냥한 목소리로 이렇게도 덧붙였다. "남아도는 상자를 가진 사람이 섹스 치료사밖에 없더라고요. 죄송해요."

　토라는 아침시간 대부분을 지하에 있는 상자들을 뒤져보고, 중요하다 싶은 물건을 따로 분류하면서 보냈다. 주로 오래된 서류와 편지, 사진들만 따로 모으고 컵이며 시계, 촛대를 비롯한 물건들은 지하실에 그대로 남겨두었다. 사건과 관련 없을 게 분명한 서류들은 다시 제자리에 놓았지만, 사진은 주제와 상관없이 모두 새 종이 상자에 담았다. 밝은 곳에서라면 지하공간에서 미처 보지 못한 것들도 눈에 띌 가능성이 있었기 때문이다.

　수량이 많지 않은 사진들 중 유독 한 사진이 토라의 관심을 잡아끌었다. 멋스러운 옛날 액자에 끼워진 10대 소녀 사진이었다. 토라가 보기에 비야르니의 딸 구드니임에 틀림없었다. 소녀는 언덕 비탈면에 앉아 카메라를 향해 사랑스럽게 미소 짓고 있었다. 그녀는 앞에 커다란 리본이 달린, 목 아래쪽이 깊게 파인 흰 블라우스를 입고 있었다. 블라우스 때문에 성인 여자라기보다 소녀에 더 가까워 보였지만, 사실 구드니가 그 블라우스를 입은 건 정반대의 효과를 내기 위해서였을 거라고 토라는 확신했다. 토라는 액자를 협탁에 올려놓았다. 액자를 똑바로 세우는 게 쉽지 않았다. 보관 도중 뒷면의 지지대가 망가졌기 때문이었다. 토라는 사진을 한참이나 응시하며 솔디스가 말한 근친상간에 관한 이야기가 한낱 헛소문에 불과하길 간절히 바랐다. 그렇지 않다면 토라는 지금 피해자를 바라보는 거나 마찬가지였다.

토라의 배에서 꼬르륵 소리가 났다. 시계는 어느새 12시를 훌쩍 넘은 시간을 가리키고 있었다. 프런트에 전화를 걸어 물으니 식당이 오후 1시 반까지 연다고 했다. 이제 잽싸게 움직여야 했다. 토라는 황급히 손을 씻고 헝클어진 머리를 빗었다. 지하실에서 오전을 보내느라 꼴이 말이 아니었지만 점심식사를 건너뛸 생각은 추호도 없었다. 더군다나 지금은 이렇게 꾀죄죄할지라도 저녁시간이 오기 전에 근사하게 차려입은 모습을 드러낼 자신이 있었다.

식당에 남아있는 손님은 단 한 명뿐이었다. 아침에도 식당에서 마주친, 회계사나 변호사처럼 보이던 그 노인이었다. 그는 고개를 들거나 토라에게 인사를 건네려는 그 어떤 노력도 하지 않았다. 식당에 또 다른 손님이 들어섰다는 사실 따위 아랑곳없이 그저 슬픈 얼굴로 창밖을 바라보기만 했다. 저 노인을 어디서 봤더라? 토라는 노인으로부터 적당히 떨어진 곳에 자리를 잡았다.

토라가 자리에 앉기 무섭게 직업적인 미소로 무장한 젊은 남자가 메뉴판을 들고 나타났다. 토라는 고맙다는 인사를 건넨 후 탄산수 한 병을 먼저 주문했다. 웨이터가 탄산수를 가지러 간 사이 토라는 점심 메뉴를 훑으며 샐러드를 곁들인 오믈렛을 먹기로 했다. 메뉴 설명에 따르면 샐러드에는 민들레와 괭이밥이 들어갔는데, 토라가 샐러드를 선택한 건 순전히 호기심 때문이었다. 토라가 메뉴판을 내려놓은 것과 동시에 웨이터가 탄산수를 들고 나타났다. 음식을 주문하자 웨이터는 그녀의 메뉴 선택에 찬사를 늘어놓았다. 토라는 자신이 생고기를 주문했어도 웨이터가 같은 반응을 보였을 거라고 의심했다. 물론 생고기 메뉴는 없었다. 웨이터에게서는 딱히 진심이 느껴지지 않았다.

"발견된 시신과 관련해 새로운 소식이 없나요?" 웨이터가 물을 따르는 동안 토라가 물었다.

토라의 질문에 깜짝 놀란 나머지 웨이터는 테이블보에 물을 조금 쏟고 말았다. "오, 죄송합니다. 제가 너무 칠칠치 못했네요." 남자는 옆 테이블에서 리넨 냅킨을 집어오며 사과했다.

"괜찮아요." 토라가 미소를 지었다. "그냥 물인걸요." 토라는 남자가 테이블을 닦을 때까지 기다렸다가 다시 입을 열었다. "그래서 아무런 소식이 없는 건가요?"

남자는 두 손으로 젖은 냅킨을 이리저리 비틀며 얼버무렸다. "음, 그게 좀 난처한 상황이라서요. 어떤 말씀을 드려야 할지 잘 모르겠어요. 이따 사장님이 직원회의를 열어서 손님들께 공유해도 되는 사항에 대해 간단하게 알려주기로 하셨거든요. 손님들한테 불필요한 스트레스를 유발할 수도 있는 헛소문 따위는 만들고 싶지 않습니다. 다들 쉬러 오시는 거잖아요."

"저는 손님이 아니에요. 그러니까 뭐든 말씀하셔도 돼요. 요나스를 대신해 조사를 하고 있거든요. 저는 요나스의 법률대리인이니, 안심하셔도 됩니다."

웨이터는 미심쩍은 표정을 지으며 대답했다. "아. 잘 알겠습니다." 하지만 그는 잘 알지 못한 게 분명했다. 더 이상 아무 말도 하지 않았기 때문이다.

"그러니까 그 일에 대해서는 더 이상 아는 바가 없으신 거죠? 시신의 신원이 공식적으로 확인되었나요?"

"아뇨, 공식적으로는요. 다들 비르나라고 확신하긴 하지만요, 그 건축가 말이에요." 그는 어깨를 으쓱했다. "하지만 전혀 다른 사람일지도 모르죠."

"비르나와는 아는 사이였나요?" 토라가 물었다.

"조금요." 남자의 표정은 읽기가 힘들었다. "여기 자주 왔으니 좋든 싫든 마주칠 수밖에 없었거든요."

"비르나를 별로 좋게 생각하지 않으신 모양이에요." 탄산수 한 모금을 들이키자 지하실에서 들이마신 먼지가 목구멍을 통해 씻겨 내려가는 기분이 들었다.

웨이터는 더 이상 대화를 이어가고 싶지 않다는 의사를 분명히 했다. "주문 내용을 주방에 전달하러 가야겠어요. 1시 30분 넘어서까지 일을 하게 하면 셰프가 싫어해서요." 남자는 미소를 지으며 덧붙였다. "솔직히 말씀드리자면, 저는 비르나가 못 견디게 싫었어요. 비르나는 정말 몹쓸 년이었고, 죽었다고 해서 그 사실이 달라지는 건 아니죠. 몹쓸 년은 몹쓸 년이니까요." 이렇게 말한 뒤 그가 자리를 떴다.

토라는 남자가 주방 안으로 사라지는 모습을 지켜보았다. 그러니까 모두가 요나스처럼 비르나를 사랑스러운 사람이라고 생각했던 건 아니다. 시신의 신원이 아직 확인된 건 아니지만 말이다.

점심식사를 마친 토라는 다시 방으로 왔다. 그녀는 웨이터로부터 더 이상의 정보를 캐내지는 못했지만, 적어도 그의 이름이 요쿨이라는 사실은 알아냈다. 결국 식당에 마지막까지 남은 건 토라뿐이었다. 웨이터가 주방으로 들어가고 얼마 지나지 않아 노인은 토라에게 눈길 한 번 주지 않은 채 자리에서 일어나 식당을 나갔다. 토라는 지나쳐 가는 노인을 보면서 또다시 낯익은 얼굴이라는 인상을 받았지만 정확히 떠오르는 게 없었다. 어쩌면 어릴 때 스쳐 지나가듯 본 버스운전수일지도 모른다. 그럼에도 토라는 그가 누구인지 알아내야 한다는 생각이 들었다.

토라는 다시 한 번 징그러운 종이상자를 내려다보며 한숨을 지었다. 물론 지금 해야 할 일은 상자의 내용물을 확인하거나 비르나의 일기장을 뒤져보는 것이겠지만, 샤워 생각이 간절했다. 샤워를 하면 지하실에서 뒤집어쓴 먼지도 씻어내고 잠깐 누워 쉴 수도 있을 터였다. 평소 같으면 토라에게 낮잠은 꿈도 꿀 수 없는 사치였다. 집에 있으면 언제나 해치워야 할 집안일이 산더미였다. 게다가 토라의 침대는 부드럽거나 깨끗하거나 우아한 것과는 거리가 멀었으니, 눕고 싶은 마음도 생기지 않았다. 토라는 큰맘 먹고 두 가지 사치를 모두 누려보기로 했다.

토라는 깜짝 놀라 잠에서 깼다. 잠들기 전 한 시간 후로 맞춰놓은 알람은 아직 울리지 않은 상태였다. 그녀는 잠이 덜 깬 상태로 주변을 두리번거리다 방문을 두드리는 소리를 듣고는 그제야 자신이 어디에 있는지 깨달았다. 샤워 후에 걸쳤던 가운을 향해 손을 뻗으며 쉰 목소리로 소리쳤다. "누구세요?" 그러나 아무런 대꾸도 없이 문 두드리는 소리만 다시 들렸다. 가운을 걸친 토라가 문 앞으로 달려가 문을 살짝 열고 물었다. "누구세요?"

"안녕, 토라." 매튜였다. "나 안 들여보내줄 거예요?"

그 순간 토라는 화장기 없는 얼굴에, 자기 전에 한 샤워로 여전히 축축하게 젖은 자신의 머리칼을 저주했다. 그녀는 대걸레자루 같은 머리칼을 손으로 쓸어 넘겨보려고 했지만 별 소용이 없었다. "안녕, 매튜. 결국 찾았네요."

매튜가 싱긋 웃으며 안으로 들어왔다. "당연하죠. 별로 어렵지도 않았어요." 그는 방을 둘러보며 말했다. "방이 근사하네요." 그의 시선이 섹스 치료사가 준 상자에 내리꽂혔다.

상자를 안 보이는 곳에 치워둔다는 걸 깜빡했다. 토라는 그저 어색하게 웃어보였다.

"보아하니, 내가 딱 맞춰 온 거 같네요." 매튜가 이죽거렸다.

9장

상자에 원래 들어있었을 섹스용품 같은 건 단 한 번도 사용한 적이 없었지만, 모든 대용품이 그렇듯 저런 기구는 실제에 비하면 아무것도 아닐 거라고 토라는 확신했다. 묘한 미소를 지으며 그녀는 침대에 바로 앉았다. 샤워 가운이 바닥에 아무렇게나 널브러져 있었다. 그녀는 느릿느릿 손을 뻗어 가운을 집었다. 이런 건 좀 더 자주 해줘야 하는데. 혼자 생각을 하며 가운을 몸에 걸치고 다른 옷가지들을 찾기 시작했다. 조금 전까지만 해도 아무런 제약도 없이 자유분방한 시간을 보냈지만, 매튜가 돌아왔을 때는 뭔가를 입은 상태이고 싶었다. 매튜는 차에 실은 짐 가방을 꺼내 예약해둔 방에 던져두려고 잠깐 자리를 비운 참이었다. 토라는 매튜가 뭣 하러 굳이 방을 따로 잡았는지 이해할 수 없었지만 다른 한편으로는 무턱대고 자신의 방에 들이닥치는 대신 매너 있게 행동해준 게 고마웠다. 뭐 결과적으로 토라의 방에 들이닥치기는 했지만 말이다. 매튜를 다시 만나 너무도 반가웠던 토라가 또다시 미소를 지었다. 자신의 만류에도 불구하고 결국 이곳으로 찾아와 준 게 기뻤다. 문제는 둘의 관계에 벌써 먹구름이 끼었다는 점이었다. 매튜가 도착했을 때 토라는 어설프게 대화를 시도하면서 올해 유로비전 송 콘테스트 우승자에 대해 어떻게 생각하는지 물었다. 토라의 질문에 매튜는 무슨 말인지 도통 모르겠다는 표정을 지으며 혹시 농담하는 거냐고 되물었다. 유로비전 송 콘테스트에 관심이 없는 사람은 아이슬란드에서 일주일도 버티기 힘들었다. 토라는 서둘러 옷을 입었다.

토라가 마지막 양말 한 짝을 신고 있는데, 매튜가 들어왔다. "젠장." 매튜가 실망한 목소리로 투덜거렸다. "당신이 옷 빨리 입기 대회 세계챔피언이라는 사실을 깜빡했네요." 그는 토라를 향해 히죽거렸다. "물론 옷 벗는 속도 역시 빠르다는 건 다행이지만요."

"재밌네요." 토라가 화제를 돌렸다. "그나저나 이 호텔 어때요?"

매튜가 주위를 둘러보더니 어깨를 으쓱했다. "훌륭해요. 관광객들 발길이 많이 닿지 않는 곳 같아요. 한데 대체 여기서 뭘 하고 있어요?" 매튜가 재빨리 덧붙였다. "그렇다고 불평하는 건 아니에요."

"호텔 소유주가 의뢰인이거든요. 이 부동산을 판매한 사람들을 고소하려고 한대요."

"아, 바가지라도 씌웠나요?" 매튜가 물었다. 그는 창문으로 다가가 커튼을 활짝 열어 경치를 감상했다. "멋지네." 그는 이렇게 말하고 토라를 향해 돌아섰다.

"말하자면 황당해요. 의뢰인은 이곳에 유령이 출몰한다고 주장해요. 판매자들이 그 사실을 이미 알고 있었을 거라고 믿고요."

"유령이라, 그렇군요." 이렇게 말하는 매튜의 표정을 보면서 토라는 판사도 저런 표정을 지을 거라고 생각했다. 물론 이 사건이 재판으로 가기나 한다면 말이다. "어련하시겠어요."

"이 사업은 그런 종류의 소문에 매우 취약해요. 그러니까 당신이 생각하는 정도로 황당무계한 주장은 아니라고요." 토라가 매튜를 향해 미소 지으며 설명했다. "여긴 뉴에이지 호텔이에요. 여기서는 예지력과 치유, 아우라 해석, 자기장, 크리스탈 같은 것들이 중요하지요. 직원들 대부분 예지력이나 뭐 그 비슷한 능력을 가지고 있어서 유령에 아주 민감하게 반응한대요."

"그렇군요." 매튜가 미간을 찌푸렸다. "정말 이보다 더 정상적일 수 없겠어요."

"맙소사, 그건 아니죠." 토라가 얼른 덧붙였다. "하지만 이 지역처럼 초자연적 현상의 본산으로 여겨지는 곳에서 그런 소문이 도는 건 드물지 않아요. 전설에 의하면 딸을 빙산에 실어 그린란드로 떠내려 보낸 죄책감에 시달리던 바르두르(아이슬란드의 전설에 등장하는 반인반수의 존재—옮긴이)라는 사내가 스나이펠스외쿨 빙하(스나이펠스네스 반도 서쪽에 위치한 산 정상의 빙하—옮긴이) 안으로 들어가 살고 있다는 이야기가 있어요. 그래서 사람들은 바르두르를 스나이펠스외쿨 빙하의 수호신으로 여기고, 그 빙하에도 초자연적 힘이 깃들어있다고 믿죠. 그 힘이라는 게 바르두르한테서 나오는 건지 아니면 빙하 자체에 있다는 건지는 정확히 모르겠어요."

"빙하에 초자연적 위력이 있다고요?" 매튜의 얼굴 전체에서 불신이 짙게 묻어나왔다. "그냥 산 정상에 일년 내내 녹지 않는 눈이 쌓여있을 뿐이죠. 내 말이 틀리면 얘기해줘요."

"하하." 토라가 코웃음을 쳤다. "그저 떠도는 이야기라고요, 내 의견이 아니고. 빙하의 힘을 믿는 사람들 중에는 외국인도 많아요. 2000년이 되기 전에 우주에서 온 외계인을 맞이하겠다고 전 세계에서 사람들이 몰려들었다고요."

"그럼 그 사람들은 당연히 외계인을 만났겠네요?"

토라가 어깨를 으쓱했다. "의견이 분분해요. 그 행사를 주도했던 모임의 대변인 말로는 외계인이 오기는 왔는데, 영령의 형태로 방문했대요. 우주선이나 뭐 그런 기구를 타고 온 게 아니라는 말이죠. 일종의 정신적인 공간이동이랄까요."

"정신적으로 이상한 건 아니고요?" 매튜가 씩 웃으며 말했다.

토라도 미소를 지었다. "그럴지도 모르죠. 다만 아주 영향력 있는 산인 것만은 분명해요."

"그럼 시신이 산 어디쯤에서 발견된 거예요?"

"아, 사실 시신은 이 영적인 배경과는 아무 관련이 없어요. 내 생각은 그래요. 물론 호텔 소유주 생각은 다르지만. 그는 유령이 이 사건과 어떻게든 관련이 있다고 믿어요. 아주 독특한 사람이죠."

"그러시겠죠." 매튜가 얼굴을 찡그리며 물었다. "그럼 시신이 호텔에서 발견된 거예요?"

토라는 매튜에게 시신이 발견된 위치에 대해 간단히 설명하면서 시신의 신원이 요나스의 건축가이며 살해당했을 확률이 높다는 점을 덧붙였다.

"용의자는 있어요?" 매튜가 물었다.

"내가 알기로는 없어요. 경찰은 아직 사건에 대한 기초적인 입장도 정리하지 못했을 거예요. 수사 초기단계잖아요."

"토라를 위해서라도 요나스가 용의자는 아니길 바라야겠네요."

"아뇨, 절대 그럴 리 없어요." 토라는 대수롭지 않다는 듯 대답을 하더니 좀 더 신중한 말투로 덧붙였다. "공교롭게도 나한테 단서가 될 만한 물건이 있거든요."

"물건이 있다고요? 어떤 물건인데요?" 매튜의 눈은 호기심으로 빛나고 있었다.

"그러니까 살해당했을 가능성이 높은 사람의 일기장을 가지고 있어요. 사실 연습장에 가깝죠." 토라는 얼굴을 붉혔지만 애써 태연함을 가장했다.

"네?" 매튜가 목소리를 높였다. "그 여자랑 아는 사이였어요?"

"한 번도 본 적 없어요."

"그런데 일기장을 가지고 있다고요? 그걸 어떻게 얻었어요?"

"우연히 발견했어요." 토라는 이렇게 말하고는 곧 이실직고를 했다. "사실은 훔쳤어요. 의도치 않게요."

매튜가 고개를 저었다. "의도치 않았다." 그는 기도하듯 두 손을 모으고 하늘을 올려다보며 말했다. "신이시여, 토라가 일기장 때문에 그 건축가를 죽인 건 아니겠지요? 의도치 않게라도 말입니다."

요나스는 로비에 서서 사복 차림의 세 형사가 비르나의 차 수색을 준비하는 광경을 바라보았다. 형사들은 주문제작한 밴을 타고 와 한쪽에 주차를 했다. 밴에서 내린 형사들은 방문 사실을 호텔 측에 확인조차 해주지 않은 채 작은 스포츠카와 그 주변 땅을 카메라로 촬영하기 시작했다. 프런트에 있던 비그디스가 밴의 정체를 파악하자마자 요나스에게 전화를 걸었고 요나스는 한 달음에 로비로 뛰어나왔다.

"대체 뭘 하는 거래요?" 비그니스의 물음에 요나스는 화들짝 놀라 뒤로 주춤했다. 그는 형사들이 분주하게 움직이는 모습을 지켜보느라 비그디스가 가까이 다가온 줄도 모르고 있었다.

요나스는 가슴을 움켜쥐며 비그디스를 바라봤다. "세상에, 심장마비 올 뻔했잖아요." 그가 이렇게 말하더니 다시 건물 밖 형사들을 관찰하기 시작했다. "내가 보기에는 비르나의 차를 검사하러 온 거 같아요. 무슨 꿍꿍인지 누가 알겠어요."

비그디스가 밖을 제대로 보려고 목을 길게 뺐다. "경찰은 비르나가 차에서 살해당했다고 생각하는 거예요?"

요나스가 고개를 저었다. "그럴 리가요. 차는 저 자리에서 며칠간 꼼짝도 하지 않았어요. 경찰에도 분명 그렇게 말했고요."

"그게 무슨 상관이에요?" 비그디스가 물었다. "제 말은, 비르나가 차 안에서 살해당했을 가능성이 여전히 남아있다는 거죠. 주차장에 세워진 채로요."

요나스가 몸을 휙 돌려 비그디스를 노려보았다. "빌어먹을! 말도 안 되는 소리 말아요. 일단 이게 살인사건인지도 확실치 않잖아요. 사건이 어디서 일어났는지는 말할 것도 없고요."

비그디스가 어깨를 으쓱했다. "어떤 바보가 해변에서 익사하겠어요? 깊이가 요 정도밖에 안 되는데요." 비그디스는 엄지와 검지로 1센티미터 간격을 표시하며 덧붙였다. "살해당한 게 분명해요."

요나스가 비그디스에게 과장하지 말라고 주의를 주려는 찰나 형사 중 한 명이 주머니에서 휴대폰을 꺼냈다. 형사의 휴대폰 벨소리가 요나스와 비그디스가 서있는 로비까지 희미하게 들려왔다. 형사는 전화를 받았고 두 사람은 그를 지켜보았다. 갑자기 형사가 고개를 번쩍 들어 로비 쪽을 보았다. 그의 시선이 요나스에게 향했다. 요나스는 가슴이 철렁했다. 형사는 요나스에게서 시선을 떼지도 않고 통화를 마치더니 입구 쪽으로 걸어왔다.

"와." 비그디스가 요나스에게 속삭였다. "저거 봤어요? 사장님이랑 얘기하러 오는 게 틀림없네요."

토라는 요나스의 사무실로 달려갔다. 요나스가 전화를 걸어 경찰들이 자기는 알지도 못하는 일에 대한 혐의를 뒤집어씌우려 한다며 당장 와달라고 애걸을 했기 때문이다. 토라는 매튜가 요나스에 대해 했던 말이 씨가 되었다는 묘한 느낌을 받았고, 잠깐이지만 빙하에 정말 신묘한 힘이 있을지도 모른다는 생각까지 들었다.

"실례합니다." 사무실 문을 두드린 후 토라는 안으로 들어갔다. 요나스는 책상 뒤에 앉아 누군가와 마주하고 있었다. 어찌된 영문인지 그의 얼굴이 새빨개진 상태였다. 요나스의 상대는 토라를 향해 등을 돌린 채 앉아있었다. "별일 없는 거죠?" 토라가 밝은 목소리로 말하자 남자가 뒤를 돌아다보았다.

"아뇨, 하나도 괜찮지 않아요." 요나스가 이렇게 쏘아붙이며 의자 하나를 더 끌어오려고 자리에서 일어섰다.

중년의 경찰은 키가 무척 컸다. 그는 자리에서 엉덩이를 5센티미터쯤 떼고 일어나 토라를 향해 손을 내밀었다. 그것만으로도 토라는 그가 얼마나 체격 좋은 근육질인지 실감했다. "안녕하세요. 저는 토롤푸르 캬르탄손 형사입니다."

"안녕하세요, 토라 구드문즈도티르입니다. 변호사예요." 두 사람은 악수를 나눴다. "그런데 무슨 일이에요?" 토라는 요나스를 향해 물었다.

"경찰은 내가 여자의 죽음에 어떤 식으로든 관련이 있다고 생각하는 모양입니다." 요나스가 불쾌감을 드러내며 투덜댔다. 그는 맞은편 경찰을 가리키며 덧붙였다. "내 컴퓨터랑 프린터를 가져갈 거래요. 게다가 내 휴대폰을 압수할 수 있는 영장도 가지고 왔다고요." 요나스는 치밀어오르는 분노 때문에 갑자기 말문이 막혔는지 그저 토롤푸르를 노려보기만 했다.

"알겠어요." 토라가 차분하게 나섰다. "영장을 보여주시겠어요? 요나스가 제게 법률 자문을 요청한 상태입니다."

토롤푸르는 말없이 종이 한 장을 건넸다. 출력물을 훑어본 토라는 서부지방법원에서 발부한 영장에 비르나 할도르스도티르의 살인사건 수사를 근거로 요나스 율리우손의 휴대폰을 압수하라는 명령이 포함되었다는 점을 확인했다. 토라의 심장이 빠르게 뛰기 시작했다. 해석의 여지가 없는 명백한 내용이었다. "왜 휴대폰이 수사에 필요한지 여쭤봐도 될까요?" 토라가 차분하게 물었다.

"저희는 수사에 도움이 될 만한 내용이 휴대폰에 들어있다고 판단하고 있습니다." 토롤푸르가 무표정하게 대답했다.

"휴대폰에는 다양한 종류의 정보가 보관되어 있습니다." 토라는 이렇게 말하면서 요나스의 휴대폰 모델이 뭔지 떠올리려고 애썼다. 어지간한 정보는 통신사를 통해 획득 가능하기 때문에 통화 내역을 확인하려는 목적은 분명 아니었다. 틀림없이 일정표나 사진을 검사하려는 의도일 것이다. 요나스의 휴대폰에 그런 기능이 있다면 말이다. 특이한 건 영장에 휴대폰 외에 다른 건 언급되지 않았다는 사실이었다. 사무실 전체에 대한 수색영장을 발부할 수도 있었을 텐데 말이다. 물론 경찰의 요청을 법원이 거부했을 수도 있었다.

"엄밀히 말하면 영장에 휴대폰 압수 내용은 있지만 심 카드에 대한 언급은 없습니다. 심 카드는 의뢰인이 가지고 있어도 될까요?" 토라는 경찰이 원하는 게 뭐든 전화기가 아닌, 심 카드에 저장되어 있기를 바라는 마음으로 이렇게 물었다.

토롤푸르는 토라의 손에서 영장을 낚아채며 나섰다. "영장에는 휴대폰 번호도 언급되어 있습니다." 그는 영장을 훑어보더니 토라를 향해 자랑스레 영장을 들이대며 손가락으로 번호를 짚었다. "667 6767. 보이시죠, 이게 요나스 씨의 심 번호입니다. 게다가 이 번호의 주인이 요나스 씨라는 사실도 명시하고 있습니다. 심 카드 없이 휴대폰만 넘기시는 건 영장의 내용에 부합하지 않는 행위입니다." 그는 등을 의자에 기대며 오만한 표정으로 요나스에게 말했다. "전화기를 저한테 넘기시죠."

토라가 요나스에게 물었다. "휴대폰을 넘기는 데 반대하세요?"

요나스가 분기탱천해서 소리를 질렀다. "당연히 반대죠! 휴대폰이 없으면 난 어쩌라고요? 여기 전화 연결상태가 안 좋기는 해도 난 상관없어요. 이건 내 전화라고요."

"의뢰인이 영장 내용에 따라 저에게 휴대폰을 넘기도록 변호사님이 조언하시죠. 영장 집행에 협조하지 않는 건 어리석은 행동입니다." 토롤푸르는 예기치 않은 지연에 짜증을 감추지 못했다.

"나는 비르나를 죽이지 않았어요!" 요나스가 주먹으로 책상을 쾅 쳤다. "어떻게 내가 그런 짓을 했다고 생각할 수 있습니까?"

"아무도 그런 얘기를 하지 않았습니다. 저는 더구나 아니고요." 토롤푸르는 어느 때보다 차분하게 대응했다. "그러나 선생님의 이런 행동은 분명 의심을 불러일으킬 만합니다."

"그게 무슨 뜻이에요?" 요나스는 여전히 언성을 높이며 또다시 책상을 내리쳤다. 그 힘이 얼마나 셌는지 연필꽂이를 비롯해 고정되어 있지 않은 물건들이 이리저리 요동쳤다. "저는 살인사건과 아무 관련도 없어요. 내 결백을 증명하기 위해서라면 거짓말 탐지기 검사도 받을 수 있지만 이 휴대폰은 절대 못 가져갑니다."

토라는 요나스를 향해 몸을 기울인 다음 그의 손을 부드럽게 잡으며 설득했다. "요나스, 우리나라에서는 거짓말 탐지기를 안 써요. 법정 증거로 채택되지 않거든요. 전화기를 넘겨드리세요. 잘못한 게 없다면 더더욱 그렇게 해야 해요."

"어림없는 소리예요." 요나스는 단호했다. 그는 가슴팍에서 팔짱을 낀 다음, 자신의 굳은 의지를 강조라도 하듯 의자에 기대었다. 그러더니 토라의 귀에 대고 이렇게 속삭였다. "무슨 일이 있어도 전화기는 못 넘겨줘요. 내 말 믿어요. 그랬다가는 큰일 난다고요." 그는 다시 의자에 등을 기대더니 형사를 향해 미소를 지었다.

"좋아요, 알겠어요. 전화기 줘봐요." 토라가 요나스를 똑바로 바라보며 달랬다. "날 한 번 믿어봐요."

요나스는 의심스런 눈초리로 토라를 바라보았다. "안 돼요. 경찰한테 넘길 거잖아요."

"요나스, 날 믿어보라니까요." 토라가 손을 내밀며 말했다.

요나스는 여전히 미심쩍은 눈으로 토라를 살폈다. 잠시 생각에 잠긴 요나스는 의자에 걸려있던 재킷주머니에서 휴대폰을 꺼냈다. 그러고는 토라를 향해 휴대폰을 내밀었지만 잡은 손을 놓지는 않았다. "정말이에요. 이걸 경찰에 넘기면 안 돼요."

토라가 고개를 끄덕였다. "알아요. 이제 전화기를 놔줘요." 마침내 요나스가 휴대폰에서 손을 떼자 토라는 한숨을 내쉬었다. 요나스의 휴대폰에는 카메라가 없었다.

"전화기를 저한테 넘겨주시죠." 토롤푸르가 자신의 권리를 확인시키기 위해 영장을 내밀며 재촉했다.

"잠시만요." 토라는 이렇게 말하고 자신의 휴대폰을 책상에 내려놓았다. 그녀는 자기 휴대폰 뒷면을 열어 심 카드를 꺼냈다. 그 다음 요나스의 휴대폰에서 심 카드를 꺼내더니 그 둘을 바꾸어 끼웠다. "여기 있습니다. 휴대폰 기기 하나, 그리고 요나스 율리우손의 이름으로 등록된 667 6767번 심 카드." 그녀는 심 카드를 바꿔 낀 자신의 휴대폰을 형사에게 넘기며 말했다. "영장이 요구한 바를 완벽하게 충족합니다. 제가 워딩을 잘못 이해한 게 아니라면 말이죠." 토라는 형사를 향해 미소를 지었다.

"천재적이에요, 천재적!" 요나스가 토라와 함께 그녀의 방으로 들어서며 찬사를 늘어놓았다. 요나스의 행위가 영장의 조건을 모두 충족한다는 사실을 토롤푸르가 전화상으로 확인받고 난 뒤 두 사람은 휴대폰을 들고 곧장 토라의 방으로 달려간 것이다. 그러나 곧 형사가 보다 더 정확한 새 영장을 들고 나타날 터였다. 따라서 토라에게는 요나스가 경찰에게 보이고 싶지 않았던 게 뭔지 알아낼 시간이 얼마 남지 않은 상태였다.

"매튜, 이쪽은 요나스예요. 요나스, 이쪽은 매튜예요." 시간이 촉박했으므로 토라는 간단히 소개만 하고 넘어갔다. 매튜는 조용히 고개만 끄덕였다. 그는 갑작스런 두 사람의 등장에 놀란 눈치였지만 아무런 질문도 하지 않았다. 토라가 요나스에게 물었다. "대체 무슨 이유로 형사에게 휴대폰을 넘기지 않았던 거예요?"

"경찰에게 보이고 싶지 않은 전화번호가 있었거든요. 문자도 몇 개 있고요." 요나스는 목소리를 낮추고 말을 이었다. "내가 대마초를 하거든요. 아는 공급책 두 명의 번호가 휴대폰에 저장돼 있어요. 전화 연락이 안 될 때 그 번호로 문자를 보낸 적도 있고요. 경찰이 그 문자를 보게 되는 날에는 그들이랑 연락을 주고받은 목적이 뭔지 만천하에 드러날 거예요."

토라는 요나스의 멍청함에 놀라며 고개를 끄덕였지만, 그 멍청함 덕분에 오히려 요나스가 비르나의 죽음과는 아무런 관련이 없다고 확신할 수 있었다. 마약을 이 정도로 허술하게 구입한 사람이라면 틀림없이 시신에 자기 이름이라도 새겨놓았을 것이다.

토라는 휴대폰을 건네며 말했다. "저는 위법적인 조언은 할 수 없지만 자, 전화기 받아요. 혹시나 해서 말씀드리는데 시간이 얼마 없어요. 내 심 카드 비밀번호는 4036이고요."

요나스가 휴대폰의 전원을 켜고 비밀번호를 입력했다. 그는 바로 주소록을 열더니 두 개의 번호를 삭제했고, 토라는 두 사람의 이름을 보지 않으려고 무던히 애썼다. 곧바로 받은 문자함으로 들어가 여러 개를 지운 뒤 보낸 문자함을 확인하던 그가 난데없이 중얼거렸다. "이게 뭐야?" 화면을 더 잘 보기 위해 그가 휴대폰을 눈에서 멀리 떨어트렸다. "빌어먹을, 이게 대체 뭐지?"

토라는 요나스에게로 몸을 기울여 휴대폰을 낚아챘다. "뭐가요? 뭘 봤는데 그래요?"

요나스는 토라에게 순순히 휴대폰을 넘겼다. "그럴 리가 없는데." 요나스는 무언가에 단단히 충격을 받은 얼굴이었다.

토라는 미리보기 기능을 통해 화면 맨 위에 있는, 가장 최근에 보내진 메시지의 앞부분을 확인했다. '오늘 밤 9시…,' 문자를 열었다. 전체 내용을 확인한 토라는 기겁을 했다. '오늘 밤 9시 동굴에서 만나. 당신 아이디어에 대해 논의해야겠어. 요나스.' 시신이 발견되기 전날인 목요일 저녁 7시 25분에 보낸 문자였다.

"제발 이게, 이게 비르나의 번호가 아니라고 해줘요." 토라는 요나스에게 휴대폰을 넘기면서 불안한 목소리로 말했다.

휴대폰을 보던 요나스는 토라를 향해 천천히 고개만 끄덕였다.

10장

"무슨 일이에요?" 토라와 요나스를 번갈아 살피며 매튜가 영어로 물었다. 요나스는 여전히 얼빠진 표정으로 휴대폰을 내려다볼 뿐이었다.

토라와 요나스가 말을 할 수 있게 되기까지는 다소 시간이 필요했다. 매튜는 두 사람이 주고받은 대화 내용을 단 한 마디도 이해하지 못했지만 뭔가 잘못됐다는 것만은 눈치챘다.

입만 벌린 채 한동안 아무 말이 없던 요나스가 매튜를 향해 돌아섰다. "그런데 이 사람은 누구예요?" 잠시 딴 생각을 할 수 있게 돼 다행이라는 표정으로 그가 물었다.

"여기는 매튜예요. 독일에서 온 제 친구요." 토라가 소개를 했다. "오랫동안 형사로 재직하다 지금은 은행의 보안관리자로 일하고 있어요. 저랑은 다른 사건을 조사하다 알게 됐고요. 믿을 수 있는 사람이에요. 우리 얘기가 새나가는 일은 없을 거예요."

"토라가 그렇게 얘기한다면야," 요나스는 못마땅한 얼굴로 대꾸했다. "이게 대체 어찌된 일인지 난 하나도 모르겠어요. 맹세컨대 그 문자 내가 보낸 거 아니에요."

토라는 생각에 잠긴 얼굴로 휴대폰을 뒤집어보았다. "요나스, 누군가는 보냈을 거예요. 그리고 지금 가장 유력한 용의자가 당신인 건 부인할 수 없는 사실이라고요." 토라는 매튜를 향해 돌아서서 자신이 한 말을 간단하게 통역했다. 요나스는 조마조마한 표정으로 조용히 기다렸다.

토라가 통역을 마치자마자 요나스가 치고 들어왔다. "몇 번이나 말해야 알겠어요? 내가 보낸 문자 아니라니까요. 더 이상 할 말도 없어요." 요나스는 매튜의 지지라도 얻기를 기원하는 마음에서 영어로 말했다.

"그날 저녁에 휴대폰을 두고 돌아다녔나요?" 매튜가 물었다. "선생님이 보낸 게 아니라면 누군가 몰래 선생님의 휴대폰을 이용해서 보냈을 겁니다. 선생님께 혐의를 뒤집어씌우려 했거나 비르나를 해변으로 불러내려고 그랬겠죠. 그 방법이 아니라면 비르나가 선뜻 만나러 가지 않았을 만한 사람일 겁니다."

"어느 쪽이든 우리는 아주 냉혹한 살인자를 상대하고 있는 거예요. 비르나를 살해할 의도를 가지고 계획을 세웠겠죠." 토라가 덧붙였다. "아이슬란드에서 이런 사건이 벌어지다니, 좀 의외긴 하네요. 보통 이 나라에서 일어나는 살인사건이라는 게 멍청이 둘이 부엌에서 술을 마시다 시비가 붙어 어느 한 쪽이 홧김에 고기 저미는 칼을 드는 식이거든요. 제 느낌에 비르나가 그런 짓을 했을 것 같지는 않아요."

토라와 매튜가 요나스를 향해 돌아섰다. "문자메시지가 보내진 시각에 어디 있었는지 정확하게 기억해내는 게 중요해요." 토라가 말했다. "평소에도 휴대폰을 아무 데나 두고 다녀요?"

"바로 그게 문제예요." 요나스가 대답했다. "여기는 전화 연결 상태가 워낙 안 좋아서, 휴대폰을 항상 몸에 지니고 다니는 게 무의미하거든요."

"그럼 그때 어디에 계셨나요? 기억나세요?" 매튜가 가세했다.

요나스는 머리를 긁적거렸다. "지금은 기억이 잘 안 나요. 혼자서 조용히 생각해보면 아마 기억날 거예요. 지금은 머리를 쥐어짜도 소용없어요. 여기가 텅 비었다고요. 알리바이를 생각해내는 게 늘상 있는 일도 아니잖아요. 평소에는 중요한 문제도 아니고요."

"대마초 때문에 단기기억력이 떨어진 거예요, 요나스." 토라가 쏘아붙였다. "그때 어디에 있었는지 반드시 기억해내야 해요. 겨우 이틀 전 일이잖아요. 교령회가 열렸던 날 아니에요? 프런트에 붙어 있는 포스터 봤어요."

요나스가 자신의 이마를 탁 쳤다. "아, 네. 맞아요. 목요일 저녁이었어요." 요나스의 표정은 여전히 멍해 보였다. "하지만 그 시간에 뭘 하고 있었는지는 여전히 기억이 안 나요. 한 가지 확실한 건, 교령회에는 안 갔어요."

"알겠어요." 토라가 말했다. "그렇지만 기억을 계속 떠올려봐요. 이건 중대한 문제라고요." 토라는 요나스의 손에 들려있던 휴대폰을 가져가 보낸 문자함을 다시 살폈다. "한 가지 이상한 점이 있어요." 문자를 모두 읽어본 그녀가 잠시 생각에 잠기더니 이내 말을 이었다. "어째서 비르나는 문자메시지만 보고 거기에 갔을까요? 만약 내가 요나스에게 이런 문자를 받았다면, 전화를 걸거나 직접 찾아가서 그 이유를 물었을 거예요."

"비르나는 그러지 않았을 거예요. 비르나가 동굴 옆 해변에 작은 레스토랑을 지으라고 제안했었는데, 난 그 제안이 별로 마음에 들지 않았거든요. 어쩌면 비르나는 내가 마음을 고쳐먹었을 거라고 생각하고 두 말 없이 그곳으로 나갔을지 몰라요." 요나스가 말했다.

"다른 사람들도 그 사실을 알고 있나요?" 매튜가 나섰다.

"아마 그럴 거예요. 비르나가 여기저기 떠들고 다녔으니까요. 비르나는 그리 입이 무거운 사람은 아니었어요."

토라가 생각에 잠긴 얼굴로 요나스를 응시했다. "하나만 더 말해줘요. 당신이 비르나를 죽이지 않았다면, 그런 짓을 저지를 만한 사람이 누가 있죠? 당신은 비르나가 누구나 좋아할 수밖에 없는 훌륭한 사람이라고 했잖아요. 평범하기 그지없는 건축가를 죽이려 드는 사람은 많지 않을 것 같은데요."

요나스가 토라와 매튜를 차례로 쳐다보았다. "으흠. 솔직하게 말하지 않은 부분이 있어요. 사실 비르나는 아주 못된 년이었어요. 우리 직원들도 하나같이 비르나를 못 견뎌했죠. 툭하면 사람 무시하는 투로 말하고, 호텔의 철학에 대해 비아냥거렸어요…. 그러니까 비르나를 싫어한 사람은 아주 많은 셈이죠. 그렇다고 누가 살해할 생각까지 하겠어요. 대체 누가요? 말도 안 되죠."

"선생님 자신을 위해서라도 아주 중요한 단서를 놓치고 계신 거라고 믿고 싶군요. 그렇지 않다면 경찰은 틀림없이 선생님을 유력한 용의자로 지목할 테니까요." 매튜가 말했다.

"가서 목요일 저녁에 어디 있었는지 떠올리려고 노력해보세요."
토라가 다그쳤다. "그동안 매튜랑 나는 비르나에 대해 좀 더 조사
해볼게요. 경찰한테 휴대폰 넘겨줄 준비도 하고요. 협조적으로 행
동해요. 어쩌면 경찰은 비르나의 휴대폰에서 그 문자를 이미 봤을
지도 몰라요. 당신 휴대폰을 가져가는 건 그저 확인용일 수 있어
요. 무슨 일이 있어도 그 문자는 지우면 안 돼요. 그랬다가는 의심
만 더 살 거예요."

"아, 그럴까요?" 요나스가 침울하게 대꾸했다.

"그리고 이제 내 심 카드 내놔요. 그것까지 경찰한테 넘겨줄 필
요는 없잖아요."

"어쩐지 이번 사건이 이 건물이나 지역과 연관됐을 거란 확신이
들어요." 토라가 무심하게 풀 한 포기를 잡아뜯으며 말했다.

"왜 그렇게 생각해요?" 매튜가 커피를 홀짝거리며 물었다. 두 사
람은 호텔 뒤편 잔디밭 일광욕 의자에 드러누워 팍사플로이 만의
경관을 감상하고 있었다. "살해 동기는 과거가 아니라 현재에 있을
가능성이 훨씬 높아요. 사랑, 돈, 광기 같은 거요. 어쩌면 범인은
이곳과 전혀 무관한 사람일지도 모르죠. 지나던 길에 혼자 있는 비
르나를 발견하고 통제력을 상실했을 수도 있잖아요."

토라는 풀잎을 씹으며 중얼거렸다. "문자의 내용으로 봐선 그럴
리 없어요." 토라가 입 안에서 풀잎을 이리저리 굴리며 말을 이었
다. "막연하지만, 이 사건이 호텔과 어떤 식으로든 관련이 있을 거

라는 느낌이 온다고요. 이 건물에는 뭔가가 있어요. 비르나의 일기장도 그렇고요. 일기장에는 돈이나 사랑에 관한 얘기는 한 마디도 없어요. 그 여자는 분명 일 중독자였을 거예요."

"그건 그냥 업무용 수첩일 수도 있잖아요? 어쩌면 사생활에 대해 적어두는 일기장은 따로 있었을지도 몰라요." 매튜는 토라의 입가에 비어져 나온 풀잎이 위아래로 움직이는 걸 빤히 바라보았다. "아이슬란드 여자들이 되새김질도 하는 줄은 몰랐네요." 그는 얼굴을 찡그리며 물었다. "그게 맛있어요?"

"한 번 씹어봐요. 집중하는 데 도움이 돼요." 토라는 풀을 또 잡아뜯으며 대꾸했다. 그녀는 잡아뜯은 풀을 매튜에게 건넸고, 얼굴을 찡그리던 매튜가 풀을 입에 넣자 흐뭇한 미소를 지었다. "틀림없이 일기장에 범인을 잡을 단서가 숨어있을 거예요." 토라는 풀을 씹는 매튜의 표정을 관찰했다. "맛있어요? 거기에 고무장화만 신으면 완벽한 아이슬란드 농부처럼 보일 텐데."

"고무는 신발이 아니라 타이어, 고무줄, 테니스공을 만들 때나 사용하는 거예요." 매튜가 풀을 탁 뱉었다. "그럼 일기장을 읽어보러 가는 게 낫지 않아요?"

토라가 몸을 일으켜 앉았다. "좋은 생각이 났어요. 일기장에 이 호텔 부지에 속한 또 다른 농가의 설계도가 있어요. 거기 뜻 모를 코멘트가 엄청 달려있는데, 그 농가에 직접 가보면 그게 무슨 뜻인지 알아낼 수 있을 거예요."

매튜도 몸을 일으켰다. "좋을 대로요. 나는 따라다니면서 보디가드 노릇이나 할 테니까." 매튜가 한쪽 눈을 찡긋하며 덧붙였다. "왠지 이번 사건 덕분에 당신이 온갖 미지의 영역에 발을 들일 것만 같은 느낌이 드네요. 벌써부터 죽은 여자의 방을 뒤져서 물건을 훔치질 않나, 요나스한테 의심스러운 정보를 지우게 해서 법 집행을 방해하질 않나. 이 사건이 어떻게 마무리될지 궁금해 죽겠는데요."

"크리스틴이라는 이름은 물음표랑 같이 여기 적혀있어요. 아무래도 여기서부터 살펴보기 시작하는 게 좋겠죠." 토라는 농가의 설계도가 나와있는 페이지를 가리키며 말했다. 비르나의 일기장에 등장한 농가로 간 토라와 매튜는 현관부터 이어진 복도 끄트머리에 서서 위층으로 올라갈지 아니면 1층부터 둘러볼지 선택을 해야 하는 상황이었다. 일기장의 설계도에 따르면 1층에는 두 개의 거실과 서재, 주방, 창고, 그리고 화장실이 있었다.

"이게 2층으로 올라가는 계단이죠? 1층부터 둘러보는 게 낫지 않을까요?" 매튜가 왼편에 있는 통로를 보며 말했다.

"좋아요." 토라가 일기장을 덮으며 동의했다. 토라는 이제 일기장에 지문을 남기지 않겠다는 조심성 따위는 포기해버렸다. 어쩔 수 없는 상황이 닥치지 않는 한 일기장을 자발적으로 돌려주지도 않기로 마음먹었다. "윽, 이게 웬 냄새야." 진원지를 알 수 없는 이상한 악취가 집 안 전체에 스며들어 있었다. 습기와 마른 먼지, 그리고 좀약이 한데 뒤섞인 냄새였다. 수십 년 간 제대로 환기를 하지 않은 것만은 분명했다. "우웩." 토라는 손으로 코와 입을 가렸다.

매튜가 숨을 크게 들이마시며 말했다. "당신도 이렇게 해서 최대한 빨리 익숙해지는 게 좋아요. 시간이 좀 지나면 더 이상 냄새가 나지도 않을 걸요." 매튜는 대담한 척 했지만, 말이 끝나기 무섭게 얼굴을 찌푸렸다. "어휴, 창문을 좀 열까요?"

두 사람은 왼편에 있는 방으로 들어섰다. 설계도에 따르면 그 방은 서재였다. 두툼한 목재 문손잡이는 고풍스럽기는 했지만 너무 짧았다. 때문에 문을 열기 위해서는 손으로 한껏 휘감아 쥐어야 했다. 토라는 문짝이 약간 뒤틀린 걸 보면서 요즘 만들어지는 문짝이 얼마나 견고한지 실감했다. 서재에 들어간 두 사람은 말없이 방 안을 둘러보았다.

"별로 건질 게 없네요." 매튜가 말했다. 두 사람은 벽을 따라 세워진 텅 빈 책장을 훑어보고 더러운 창문 아래 놓인 널찍한 책상의 서랍까지 모두 열어보았지만 수확이 없었다. 아주 오래된 연필 한 자루를 제외하고는 서랍도 책장처럼 비어있었다. 연필은 칼로 깎은 듯 보였다. 끄트머리에는 지우개도 달려있지 않았다.

"근데 이것 좀 봐요. 책장에서 책을 치운 지 얼마 안 된 거 같아요." 토라가 먼지를 가리켰다. 책장 끄트머리에는 먼지가 소복하게 쌓여있었지만 안쪽으로 갈수록 그 두께는 얇아졌다. 다만 가까이서 유심히 관찰해야만 알 정도의 차이였다.

매튜는 가까이 다가가 책장을 살폈다. "맞네요. 비르나가 책을 가져갔을까요? 값나가는 책들인지도 모르잖아요."

토라가 어깨를 으쓱했다. "아닐 거예요. 일기장에 책에 관한 내용이 전혀 없었어요. 물론 책을 훔쳐갈 생각이었다면 굳이 그런 얘기를 일기장에 쓰지는 않았겠죠. 틀림없이 이전 소유주들이 가져갔을 거예요. 요나스 말로는 그 사람들이 집 안의 물건들을 모두 치울 예정이었대요."

서재를 나와 더 안쪽으로 들어가니 서로 연결된 두 개의 거실이
나왔다. 거실에는 구식 가구들이 놓여있었다. 당시에는 최첨단을
달렸을 조잡한 소파 세트와 그럴싸하게 보이는 식기대, 그리고 색
바랜 자수 테이블보가 덮인 마호가니 식탁과 의자까지. 거기에 장
식이 전혀 없는 사이드테이블도 한쪽을 차지하고 있었다. 벽에는
그림 두 점이 걸려있는데 하나는 선박, 다른 하나는 스나이펠스외
쿨 빙하가 그려진 그림이었다. 두 점 모두 너무 더러워서 화가의 이
름을 볼 수도 없었다. 식기대는 비었고, 수납장도 마찬가지였다.

"저 소파에 털썩 앉아보지 그래요?" 매튜가 먼지 수북이 쌓인 소
파를 가리키며 장난을 쳤다. 먼지에 덮인 꽃무늬의 윤곽이 겨우 드
러났다. "먼지 구름이 정말 볼 만할 거예요."

"아뇨, 됐어요." 토라가 대꾸했다. "당신이 앉아봐요. 100크로나
줄게요."

매튜가 토라의 팔을 능글맞게 쓰다듬었다. "현금 말고 다른 걸로
보상해주면 되잖아요."

"뭐, 그 부분은 협의가 가능하겠네요." 토라는 소파를 돌아보고
코를 찡긋하며 말했다. "하지만 이번에는 그냥 넘어가는 게 좋겠어
요. 저 정도 먼지면 저녁이 될 때까지 가라앉지 않아서 나가는 길
을 아예 못 찾게 될지도 몰라요. 가서 주방이나 둘러보자고요."

기름 먹인 나무로 만든 평범한 찬장과 좁고 얕은 개수대가 설치
된 주방은 다른 방들처럼 간소한 편은 아니었지만 오래되기는 마
찬가지였다. 요즘 주방과 비교하면 일할 공간은 좁은 대신 바닥 공

간이 널찍했는데, 토라는 이런 구조가 영 낯설기만 했다. 나무 숟가락과 철제 뒤집개가 벽에 박힌 고리에 걸려있고, 양철 커피포트가 난로 위에 놓여있었다.

"이렇게 많은 걸 버려두고 갔다니, 이상하네요." 토라가 두리번거리며 말했다.

매튜가 한쪽 찬장을 열자 여러 개의 컵과 유리잔이 나왔다. "원래 이런 일은 다들 귀찮아하잖아요. 항상 마지막까지 미루다가 결국 마무리를 못 하게 되죠. 집주인이 죽고 나니까 이 물건들은 쓸모없어졌겠죠. 상속자들의 집에도 커피포트랑 가구 정도는 다 있었을 테고요. 그러다보니 이대로 남겨진 거죠." 매튜가 갑자기 말을 멈추더니 주방 의자에 놓인 종이상자를 가리키며 덧붙였다. "근데 이건 뭐죠?"

상자 안은 신문지에 싸인 물건들로 가득했다. 상자 옆으로 잡지가 수십 권 쌓여있었다. 토라는 잡지 한 권을 집어들고 날짜를 확인했다. "올해 5월에 발행된 잡지예요. 전 주인이 최근에 짐을 싸러 왔었나봐요. 이건 또 뭐지?" 토라는 상자 옆에 가려져 있던 보온병을 가리켰다. "이것도 오래된 게 아니에요." 보온병을 들어 흔들었다. 안에 든 액체가 찰랑거리며 소리를 냈다. 뚜껑을 열어 조심스럽게 냄새를 맡아본 토라가 말했다. "커피군요. 분명 엘린과 뵈르쿠르가 다녀갔을 거예요. 어쩌면 이 물건들을 치우기 위해 누군가 왔다가 두고 갔을지도 모르고요." 토라는 보온병을 내려놓았다.

"그 엘린이랑 뵈르쿠르는 어떤 사람들이에요? 예전에 여기서 살았어요?" 매튜가 물었다.

"이 땅을 물려받은 중년 남매예요. 여기서 살았는지 잘은 모르겠지만 물건들이 워낙 오래된 걸로 봐서 아닐 거예요." 토라는 주방을 둘러보았다. "그 사람들은 기껏해야 50대밖에 안 됐거든요. 근데 여기 물건들은 훨씬 오래됐잖아요. 그러니 여기서 자랐을 가능성은 없다고 봐야죠."

"그런데 왜 이제야 집을 치우기 시작했을까요?" 매튜가 물었다. "이곳을 판 게 벌써 일년 전이잖아요. 설령 호텔 건물을 더 짓는다고 해도 그게 한두 달 안에 시작되는 일도 아니고요."

"네, 맞아요. 여기다 별관을 짓겠다는 요나스의 계획 때문에 물건을 치우기로 마음먹은 거겠지만, 어쨌든 그 계획은 무산됐거든요." 토라는 서랍을 모두 차례대로 열어 안을 확인했다. 그녀의 관심을 끌만 한 물건은 하나도 없었다.

1층을 다시 한 번 둘러보았지만 아무런 수확도 얻지 못했다. 창고에는 선반에서 수십 년을 보냈을 물건들과 종이상자 몇 개가 놓여있었다. 그 중 두 개를 열어본 두 사람은 나머지 상자에도 거실에서 치워진 장식품과 먼지 쌓인 오래된 책이 담겨있을 거라고 짐작했다. 토라는 매튜에게 1층 화장실을 확인하고 오라는 임무를 맡겼는데, 그의 표정으로 보아 그곳에도 건질 건 없는 듯했다. 둘은 지하실로 통하는 문을 살짝 열어보았다. 지하실에 조명이 없는 것을 확인한 토라는 굳이 어두운 데까지 뒤져볼 필요가 없다고 판단했다.

"위층으로 올라갑시다." 매튜가 창백한 얼굴로 계단에 발을 디디며 말했다.

두 사람이 2층 계단참에 서자 닫혀있는 다섯 개의 방문이 한꺼번에 들어왔다. 매튜가 맨 먼저 열어본 문은 잠겨있었다. 두 번째 방의 문손잡이를 잡은 매튜가 갑자기 멈칫하더니 말했다. "일기장에 나온 설계도를 보고 이 방이 화장실인지 아닌지 알려줘요."

비르나의 일기장을 확인한 토라가 이 방이 '크리스틴?'이라 표시된 곳이라고 설명했다. "비르나가 가장 관심을 가졌던 곳이 바로 이 방일 거예요."

"혹시라도 여기가 화장실인데, 나한테 거짓말하는 거면 절대 용서하지 않을 거예요." 매튜는 문을 열기 전에 웃으며 경고했다.

"두고 보면 알겠죠." 토라는 이렇게 말하면서 매튜가 손잡이를 돌리자마자 문을 밀었다.

두 사람이 들어선 곳은 여자아이의 방으로 보이는 침실이었다. 흰색 페인트를 칠한 침대 머리판에 한쪽 눈알이 빠진 꼬질꼬질한 테디 베어 인형이 놓여있었다. 회색 천이 덧대어진 가슴 부분을 제외하면, 테디 베어는 옅은 갈색 털로 온통 뒤덮여 있었다. 네 다리는 검정색 금속 단추로 연결되고, 인형 목에 감긴 색바랜 빨간 리본이 중력을 이기지 못해 가슴팍까지 축 내려와 있는 모양을 본 토라는 어쩐지 마음이 짠했다. 테디 베어 옆에 닳아빠진 인형 하나가 앉아있었다. 물감으로 그려진 인형의 두 눈은 침대 맞은편 벽을 바라보고 있었다.

"어딘가 아주 이상한 느낌이 드는 방이에요." 토라가 찜찜한 기분으로 말했다.

"그래요." 매튜가 대답했다. "누군가 서둘러 방을 나간 게 분명

해요. 이걸 봐요." 매튜는 먼지 쌓인 책 몇 권이 세워진 책장 앞으로 다가갔다. 책장 아래, 흰색 책상에 그림을 반쯤 그리다 만 종이 한 장이 놓여있었다. 책상 위 여기저기에 크레용이 널린 채였다. 매튜는 그림을 집어들어 자세히 살펴보았다. 종이의 네 모서리는 모두 안쪽으로 말려 들어갔고, 두툼한 잿빛 먼지가 표면을 뒤덮고 있었다. 매튜는 먼지를 불어 날린 다음 공중에 뜬 먼지를 손으로 휘저었다. 그리고 그림을 토라에게 건넸다. "아이는 그림을 미처 완성하지도 못했어요."

토라는 그림을 찬찬히 뜯어보았다. 여섯 살 솔리보다 한두 살쯤 더 많은 아이의 그림처럼 보였다. 어떤 집이 불길에 휩싸인 채 뿌연 연기가 지붕 위 하늘로 솟구치는 장면을 담은 그림이었다. 그림의 절반 정도에 색이 칠해져 있었다.

"기묘한 주제네요." 토라가 그림을 내려놓으며 물었다. "이 집을 그린 걸까요?"

매튜가 고개를 저었다. "아뇨, 아닐 거예요. 아이의 그림이기는 해도, 그림 속 집은 일층밖에 없어요." 매튜의 미간에 주름이 잡혔다. "문도 지나치게 크고요."

토라는 그림 속 창문을 가리켰다. "이건 사람 눈일까요?" 그녀가 몸을 구부리고 자세히 살폈다. "이런 세상에. 누군가 집 안에 있는 모습을 그린 거예요. 봐요, 코는 없지만 입을 벌리고 있잖아요."

매튜가 몸을 수그렸다. "아이의 그림 치고는 꺼림칙하네요. 정신이 약간 이상한 아이였을지도 몰라요."

"아니면 끔찍한 일을 목격했을지 모르죠." 토라는 책상에서 몸을 돌렸다. "이 집안 사람들과 그들이 이곳을 떠난 이유를 알아봐야겠어요. 그리무르라는 남자가 여기 살았었는데, 그에게는 딸이 하나밖에 없었어요. 그 딸은 워낙 어린 나이에 죽었기 때문에 이런 그림을 그렸을 리 없어요. 그들 이후로 다른 가족이 이 집에서 살았을 수도 있고요." 토라는 벽에 달린 작은 문 앞으로 다가섰다. 조심스럽게 문을 여니, 옷장이 모습을 드러냈다. 가로대에 옷걸이 몇 개가 걸리고, 그 중 두 개에 작은 스웨터와 얇은 면 원피스가 걸려있었다. 두 벌 모두 에다의 옷이라고 하기에는 너무 컸다. 지하실에서 발견한 사진 앨범에 의하면 에다는 네 살에 세상을 떠났다.

"저 뒤에 있는 건 뭐죠? 매튜가 옷장 안쪽을 가리키며 물었다.

토라가 고개를 옷장 안으로 들이밀자 안쪽 벽면에 붙은 직사각형 모양 나무판이 보였다. 나무판은 주변 벽면보다 약간 안으로 들어간 상태였다. 토라가 나무판을 밀어보니 안쪽으로 스스르 밀렸다. "오, 이것 좀 봐요!" 토라가 소리쳤다. "경첩이 달린 작은 문이에요. 문 안쪽에 계단이 있어요."

번갈아 어두컴컴한 구멍 너머를 들여다보던 매튜가 주머니에서 차 열쇠를 꺼냈다. 열쇠에 아주 작은 조명이 달려있어서 손전등으로 사용할 수 있었다. 열쇠로 계단을 비추며 매튜가 말했다. "저것 봐요." 그는 작은 빛줄기에 모습을 드러낸 계단을 가리켰다. "먼지에 발자국이 찍혀있어요. 누군가 다녀간 거예요."

"비르나예요. 틀림없이 비르나일 거예요." 토라가 야무지게 대답했다. "일기장에 들보의 상태에 관한 기록이며, 서까래의 상태를 확인해보고 싶다는 얘기도 있었어요. 틀림없이 다락으로 이어진 계단일 거예요. 올라가볼까요?"

매튜가 재미있다는 표정을 지었다. "잠깐 여기서 기다려요. 내려가서 칼을 좀 가져올게요. 저기를 통과하려면 내 팔을 잘라야 해요. 어쩌면 어깨를 잘라야 할 수도 있어요." 매튜가 구멍을 가리키며 덧붙였다. "이 덩치로 어떻게 저기를 통과하겠어요."

"그럼 열쇠나 내놔요." 열쇠를 입에 물고 옷장 안으로 들어간 토라가 간신히 좁은 구멍을 통과했다. 토라는 계단을 오르기 전 매튜를 향해 돌아서서 웃었다. "이따 봐요. 혹시라도 내가 쥐를 밟아 넘어지기라도 하면 죽을 각오하는 게 좋아요." 토라는 첫 번째 계단을 밟았다. 그러더니 무슨 생각이라도 났는지 구멍으로 몸을 기울이고 덧붙였다. "생쥐가 나타나도 마찬가지예요. 죽은 목숨인 줄 알라고요."

다락은 텅 비어있었다. 가느다란 조명으로 바닥을 비추자 비르나가 남긴 발자국이 눈에 들어왔다. 토라는 마룻바닥이 자신의 무게를 못 견디고 아래로 꺼지기라도 할까봐 걸음을 내딛기 힘들었다. 비르나의 방에서 발견한 옷 사이즈로 봤을 때 그녀는 토라보다 몸집이 훨씬 작았다. 토라는 그 자리에 그대로 서서 다락 안을 둘러보고 싶었다. 하지만 들보를 떠받치고 있는 목재 기둥 옆에서 무언가 반짝거리며 빛을 반사하자 직접 확인하지 않고는 궁금해 견딜 수가 없었다. 조심스레 한 걸음을 내디뎠다. 토라가 걸음을 옮길 때마다 마루는 삐걱거리며 신음했고, 덕분에 그녀는 이러다가 아래층의 매튜 위로 떨어지는 것은 아닌지 혹은 1층에 있는 화장실로 추락하는 건 아닌지 불안에 떨어야 했다. 토라는 손톱만한 조명으로 저 앞의 바닥을 비추었다. 먼지에 찍힌 발자국으로 보아 비르나 역시 혹은 발자국의 주인공이 다른 누구이든, 그곳에 다녀갔다는 걸 알 수 있었다. 마침내 기둥에 다다르자 토라는 안도의 한숨을 내쉬었다. 몸을 수그려 반짝이는 물체에 조명을 가까이 비췄다.

금빛. 어쩌면 도금인지도 몰랐다. 토라는 웃으며 날개 달린 금색 브로치를 집어들었다. 희미한 조명에 의지해 눈을 가늘게 뜨고 브로치를 살펴보았다. 비행기 조종사의 배지처럼 보였다. 그녀는 브로치를 내려놓은 다음 그 옆에 있던 금 간 찻잔을 집어들었다. 찻잔 안에는 검게 변색된 은스푼과 두 개의 하얀 젖니, 그리고 십자가상 목걸이가 들어있었다. 찻잔 근처에 안으로 말려 들어간 영화배우들의 사진이 가지런히 쌓여있었다. 몸을 바로 세우려던 토라가 멈칫했다. 그녀는 수직 기둥에 조명을 비추고 얼굴을 가까이 댔다. 나무 기둥에 글이 새겨져 있었다. 몸을 약간 비틀어 내용을 확인했다.

"매튜!" 토라가 소리쳤다. "여기 크리스틴의 이름이 있어요!"

"뭐라고요?" 매튜의 목소리가 들렸다.

자신의 목소리를 제대로 들을 수 없는 매튜를 위해 토라는 다시 몸을 수그려 글을 읽고 머릿속에 새겼다. '아빠가 크리스틴을 죽였다. 난 아빠가 밉다.'

11장

"네. 그 사람들이 드디어 짐을 빼겠다고 약속했거든요. 내가 이야기했잖아요." 요나스가 의자에 등을 기대며 말했다. 토라와 매튜, 요나스는 바 옆 자그마한 방 안의 난롯가에 앉아 휴식을 취하는 중이었다. 벽에는 오래된 사진들이 걸려있었다. 매튜에 대한 배려로 세 사람은 영어로 대화를 나누었다. 요나스의 자연스러운 영어 발음을 들으며 토라는 새삼 그가 해외에서 돈을 벌었다는 사실을 떠올렸다. "곧 별관 공사가 시작될 테니 가져갈 물건이 있으면 빨리 챙겨가라고 비르나를 통해 그 사람들에게 전달했어요. 계획이 무산되기는 했지만, 어쨌든 그 사람들은 정리를 시작했고요. 얼마나 치웠는지는 나도 전혀 아는 바가 없어요. 여태까지 그쪽에서 물건을 다 정리했다는 얘기는 못 들었으니까요."

매튜가 맥주 한 모금을 들이켠 뒤 물었다. "그 사람들이 이 호텔에 묵은 적은 있나요?"

"아뇨. 묵을 방을 달라고 한 적은 없지만 호텔에는 여러 번 들렀고 레스토랑에서 식사도 했죠."

"남매가 같이 집을 치우러 왔나요, 아니면 엘린 혼자였나요?"

"저도 모르겠어요." 요나스가 대답했다. "여러 명이 한꺼번에 온 적은 있어요. 엘린이 딸을 동반해서 자기 오빠 부부와 그 집 아들이랑 같이 왔었어요. 당일치기로 들른 건지, 아니면 근방에서 묵었는지는 잘 모르겠네요. 비그디스 말로는 엘린의 딸이 한두 번 프런트에 와서 종이상자를 달라고 했었대요. 내가 알기로 근처에 그 집 안 사람들 땅이 남아있을 거예요. 어쩌면 거기서 머물렀을 수도 있겠죠. 스티키스홀무르나 올라스비크에도 집을 가지고 있는 걸로 알아요. 여름 별장으로 사용한대요. 둘 다 여기서 가까워요."

"그들 중 비르나에게 악감정을 품을 만한 사람이 있을까요?" 토라가 물었다.

"내가 알기로는 아니에요." 요나스가 말했다. "비르나가 뵈르쿠르와 얘기 나누는 걸 본 적이 있는데, 어디까지나 우호적인 대화였어요. 여기 두 농장에 아직 사람이 살던 시기의 지역 정보를 알아보는 중이었거든요. 뵈르쿠르에게 오래된 지도라든지 관련 자료를 얻을 수 있을까 싶어서 말을 붙였을 거예요."

"그래서 건진 게 있었대요?" 토라가 얼른 물었다.

"아마 없었을 거예요. 그런 물건을 얻었다는 말은 못 들었으니까. 어쩌면 뭔가를 얻기는 했는데 쓸모가 없었는지도 모르죠. 키르큐스테트 농가 지하실에 있는 오래된 물건들이랑 크레파의 다른 구역들도 보게 해줬다는 얘기는 들었어요."

"비르나가 크리스틴이라는 이름을 언급한 적은 있어요?" 토라가 다시 물었다. "그 사람들한테 크리스틴에 대해 물었다든지요?"

"아뇨. 그런데 크리스틴이 누구예요?" 요나스가 고개를 저었다.

"나도 몰라요. 아마 이 사건과는 관련이 없을 거예요. 그러니까 그 이름은…." 토라는 하마터면 비르나의 일기장에 대해 실토할 뻔했다. "농가의 목재 기둥에 새겨져 있었어요. 어쩌면 애완동물의 이름인지도 모르죠, 고양이나 새끼 양 같은…. 아이가 새긴 글씨 같았어요."

"고양이 이름으로 크리스틴은 어울리지 않는데요." 요나스가 다시 고개를 저었다. "사람이든 동물이든, 비르나가 크리스틴이라는 이름을 언급한 기억은 없어요."

잠시 정적이 흘렀다. 토라는 요나스가 주문해준 화이트와인을 마시며 주변을 둘러봤다. 현대식 건물 내부임에도 불구하고 고풍스럽게 장식된 방은 아늑했다.

"이 동네에서 구한 사진들이에요?" 토라가 벽에 걸린 오래된 사진을 가리키며 물었다.

"골동품 가게에서 샀어요. 비르나의 아이디어였죠." 요나스가 주위를 둘러보며 덧붙였다. "꽤나 쓸 만한 아이디어죠."

매튜와 토라가 동의의 뜻으로 고개를 끄덕였다. "그럼 지하실에 있는 상자 속 사진들도 사용할 수 있는지 그 가족들에게 물어보지 그래요? 사진 앨범이랑 액자가 여러 개 있던데, 이곳에 살았던 사람들인 것 같더라고요. 그 사진들도 여기에 걸어놓으면 근사해보일 거예요. 자세히 살펴보려고 대부분 내 방에 옮겨놨으니, 원하면 보여줄게요."

요나스가 몸서리를 쳤다. "아뇨, 됐어요. 고맙지만 사양할게요. 그 사람들에 대해 아는 게 없을수록 좋아요."

"그런데 유령이랑 똑같이 생긴 아이가 있다는 사진은 정확히 어떤 거예요?" 토라가 물었다. "사진을 모두 훑어봤는데, 후보에 오른 사진이 몇 장 있거든요."

"어린 여자의 사진이 담긴 액자예요." 요나스가 설명했다. "금발이고요. 내 방에 나타났던 그 존재와 판박이처럼 빼닮았어요."

"그럼 아이가 아니란 말이에요?" 토라가 물었다. "난 어린아이일 거라고 생각하고 있었거든요." 토라가 발견한 액자는 침대 협탁에 올려둔 구드니의 사진뿐이었다. 그 사진에서 구드니는 아이가 아닌, 10대 소녀로 성장한 모습이었다.

"아이가 맞든 아니든 간에," 요나스가 잘라 말했다. "어린 여자였어요. 나보다 훨씬 어렸죠. 내 눈에는 애처럼 보였어요."

"그럼 선생님은 유령이 정말 나타났었다고 확신하시는 겁니까?" 매튜가 끼어들었다. 그의 표정이 많은 것을 함축했다. "꿈을 꾼 건 아니고요?"

"아니에요." 요나스가 발끈했다. "말도 안 돼요. 난 그때 피곤한 상태였는데, 이것만으로도 충분히 설명된다고요. 몸이 지쳐있으면 정신의 방어체계가 경계를 늦추면서 초자연적인 현상을 보다 잘 수용하게 돼요. 내가 장담하는데 실제로 일어난 일이에요."

"좋아요. 그렇다면," 토라가 씩씩하게 나섰다. "일단 그렇게 알고 있자고요. 목요일 저녁에 어디에 있었는지 기억이 났어요?"

"아, 그거요?" 요나스가 대답했다. "다행스럽게도, 교령회가 시작될 즈음 호텔에 있었던 건 기억나요. 그러다가 교령회에 참석하지 않기로 마음먹었어요. 무슨 일이 생길까봐 두려웠거든요."

"두려웠다고요?" 매튜가 물었다. "뭐가 두려웠다는 거죠?"

"뭐가 또 모습을 드러낼까 두려웠어요. 알고 보니 여기는 사악한 기운으로 가득한데, 이 세상을 떠난 영혼들을 통해 그걸 굳이 확인받고 싶은 기분이 아니었어요." 요나스는 일상적인 대화라도 되는 양 아무렇지 않게 떠들었다. "산책이나 하면서 에너지 중심점을 회복시키기로 했죠. 안개가 낮게 깔려있으면 효과가 더 좋거든요."

토라는 매튜가 에너지 중심점에 대해 묻기 전에 얼른 다른 질문을 던졌다. "산책하는 동안 마주친 사람은 없었어요?"

"네." 요나스가 대답했다. "한 명도 없었어요. 날씨도 우중충하고 비수기라서 나를 제외하고는 개미 한 마리 없었어요."

"비르나를 까먹으면 안 되죠." 토라가 애원하는 표정으로 나섰다. "그 시간에 범인도 움직이고 있었을 거예요. 분명 비슷한 시간에 비르나의 뒤를 밟았을 거라고요. 제발 비르나의 시신이 발견된 해변 쪽으로 간 건 아니라고 해줘요."

"맞아요, 난 거기까지 내려가지 않았어요. 중간쯤 가다가 말았죠. 그때 상당히 긴장한 상태였어요. 난 그냥 주변을 배회했을 뿐이에요. 동네 배관공을 불러서 진입로 아래에 있는 배관을 수리해 달라고 했는데, 바로 그날부터 도로를 파내기 시작하더니 일을 끝내지도 않고 집으로 가버린 거예요. 교령회에 온 손님들은 큰길에다 차를 세워두고 호텔까지 걸어와야 했어요. 2킬로미터를요. 분명 그 중 많은 수가 차를 돌려 가버렸을 거예요. 호텔에 묵고 있는 다른 손님들 역시 차가 꽉 막혀 꼼짝도 못 하는 모습을 보자니 얼마나 짜증이 났겠어요."

"배관 수리는 언제 끝났나요?" 매튜가 물었다.

"그 다음날 아침 일찍요." 요나스는 배관공에 대한 기억을 떠올리며 불쾌한 얼굴로 말을 이었다. "그렇게라도 안 했으면 정말 본때를 보여줄 생각이었다고요."

"그러니까 그날 저녁에는 비르나가 살해당한 해변에서 호텔까지 차로 이동할 수 없었을 거란 말이죠?" 토라가 물었다.

"네, 불가능했지요." 요나스가 말했다. "도로에 커다란 구멍이 뚫려있었거든요."

"그날 산책을 나갈 때 휴대폰을 가지고 갔나요?" 매튜가 물었다.

요나스가 주저 없이 대답했다. "당연히 안 가져갔죠. 전자파 때문에 에너지 중심점을 회복하는 데 방해만 되니까요."

매튜가 미간을 찡그렸다. 그가 요나스에게 설명을 요구하려는 듯 입을 떼는 순간 비그디스가 출력물을 들고 나타났다.

"부탁하신 명단이에요." 비그디스는 요나스에게 두 장짜리 서류를 건넸다. "이건 목요일과 금요일 호텔에 묵었던 투숙객 명단이고요, 이건 예약을 해놓고 안 나타났거나 예약을 아예 취소한 사람들 명단이에요." 그녀는 토라와 매튜를 향해 가식적인 미소를 지었다. "저는 프런트 전화를 받아야 해서 이만 가보겠습니다." 비그디스는 성큼성큼 자리를 떴고, 요나스는 그녀의 뒷모습에 대고 고맙다는 인사를 했다.

요나스는 명단을 훑어본 다음 토라에게 건네며 말했다. "예약 시스템을 출력한 거예요. 도움이 될지 모르겠지만요. 호텔 손님 중 하나가 비르나를 죽였을 거라곤 생각 안 해요. 그건 너무 믿기 힘든 일이에요."

"그야 알 수 없죠." 토라가 대꾸하며 명단을 훑어보기 시작했다. 명단은 그리 길지 않았다. "이 정도면 예약이 다소 저조한 편 아닌가요? 예약자 명단이 길지 않네요."

"네, 맞아요." 요나스가 상처받은 표정으로 대답했다. "한여름이 아니고서야 호텔에 예약이 꽉 차는 건 기대하기 어려워요. 휴가 시즌이 워낙 짧아서 시즌이라고 부르기도 민망할 정도죠. 올 겨울에는 호텔에서 이벤트라도 열어 손님을 유치할 생각이에요. 그거라도 안 하면 너무 썰렁할 거예요."

토라가 명단에서 눈을 떼지 않고 말했다. "명단을 보면 목요일에는 여덟 개의 방에, 금요일에는 열 개의 방에 손님이 있었네요."

"맞아요. 물론 정확한 수치까지 기억은 못 해도, 대충 맞는 것 같네요." 그는 맥주잔을 들어 한 모금 마셨다. "이거 유기농 맥주예요." 요나스는 맥주잔을 다시 내려놓고 윗입술에 묻은 거품을 닦으며 이렇게 말했다.

토라는 매튜의 눈썹이 꿈틀대는 걸 알아챘다. 매튜는 의심스러운 눈초리로 맥주잔에 코를 킁킁거렸다. 매튜가 요나스에게 양조 방식에 대해 캐묻기 전에 토라는 명단을 들어보이며 요나스에게 물었다. "손님들 중에 아는 사람 있어요? 단골손님이라든지요?"

"워낙 최근에 문을 열어서 단골 만들 여유는 없었어요. 그렇지만 대강 기억이 날 거예요." 요나스가 명단 첫째 줄에 있는 이름을 가리키며 말했다. "어디 보자, 브리에트네스 부부. 아, 노르웨이에서 온 노부부인데 살인사건과 연관됐을 가능성은 전혀 없어요." 요나스는 손가락을 아래로 내리며 말을 이었다. "카를 헤르만손, 누군지 기억이 안 나요. 하룻밤만 묵었던 손님이네요. 그렇지만 이 부부는 기억나요, 아르나스 프리드릭손, 아우스디스 헤리스도티르. 전에도 여기 왔어요. 우리 호텔 프로그램에 관심이 많아서, 치료도 이것저것 받았고요. 사건이랑 관련 있을 리가 없어요. 잠깐, 이건 누구지? 트뢰스투르 레이비야르손?" 요나스는 잠시 생각을 하더니 말을 이었다. "아, 맞다. 카누 선수예요. 이 주변에서 카누를 타더라고요. 시합을 위해 훈련 중인 모양이에요. 다음주 수요일까지 예약이 돼있어요. 아주 조용하고 우울한 사람이에요. 어쩌면 범인일지도 모르겠네요."

"꼭 그러라는 법은 없죠." 토라가 대꾸했다. 그녀는 살인자들이 다른 사람들보다 말수가 적거나 숨기는 게 많을 거라고는 생각지 않았다. "이 외국인 손님은요?" 토라가 다음 이름을 가리켰다.

"다카하시 씨와 그의 아들이에요." 요나스가 고개를 들어 토라를 바라보며 웃었다. "너무 심하게 예의바른 분들이라 사람을 죽였을 리 없어요. 둘 다 아주 조용한 데다 아버지는 최근에 암 치료를 받고 회복 중인 상태예요. 아들이 아버지 곁을 떠나는 법이 없어요. 그 사람들은 제외해도 돼요. 어디 보자, 이 두 사람은 누군지 모르겠네요. 비요른 아이나르손, 구드니 스베인비요른스도티르. 기억이 안 나요. 그렇지만 토라도 이 사람은 알 거예요. 마그누스 발드빈손, 은퇴한 진보 정치인이잖아요."

159

이름을 듣자마자 점심 때 식당에서 마주쳤던 노인의 얼굴이 퍼뜩 떠올랐다. "네, 그럼요. 식당에서 봤어요. 며칠 전에 신문에서 이 사람에 관한 기사도 읽었어요. 요즘 한창 뜨고 있는 시의회 의원 발드빈 발드빈손의 조부라더군요. 근데 이 사람이 여긴 무슨 일로 왔대요?"

"그냥 쉬러 온 모양이에요. 입을 여는 법이 거의 없긴 하지만, 나한테 이 주변 시골에서 자랐다는 말은 했어요. 사람이 나이가 들면 어린 시절에 자주 갔던 곳으로 몸과 마음이 향하게 되나 봐요." 요나스는 계속해서 명단을 살폈다. "토르디스 로베르츠도티르, 이 여자는 누군지 모르겠어요. 하지만 로빈 코먼, 이 사람은 기억나요. 사진작가인데, 여행 잡지에 아이슬란드 서부 지역이랑 베스트피르디르의 사진을 실을 거래요. 한동안 어떤 저널리스트랑 같이 머무는 것 같더니, 저널리스트는 먼저 떠났어요. 화요일이나 수요일이었을 거예요. 그리고 이 테이투르라는 사람은 증권브로커인데, 여기서 며칠 머물고 있어요. 유쾌하기는 한데 약간 속물근성이 보이는 사람이죠. 여기 와서 말을 타다가 부상을 입었길래 바로 떠날 줄 알았는데 계속 있네요. 나머지 손님들은 잘 모르겠어요. 금요일에는 체크인한 손님도 없었고, 예약을 취소한 손님도 없었어요." 요나스가 명단을 테이블에 내려놓자 토라가 다시 집어들었다.

"내가 손님들과 대화를 좀 해봐도 될까요?" 토라가 물었다.

"그럼요." 요나스가 선선히 응낙했다. "하지만 조심스럽게 접근하세요. 불쾌하게 만들지 말고." 요나스는 옆 눈으로 매튜를 힐끗 보더니 아이슬란드어로 토라에게 속삭였다. "절대 저 사람이 손님들을 취조하게 하지 마요. 자연스러운 대화처럼 느껴지게 해야 한다고요." 요나스는 몸을 바로 세우고 자신의 허벅지를 탁 쳤다. "저는 가서 경찰들이 어쩌고 있는지 봐야겠어요. 지금쯤 비르나의 방을 수색하고 있을 거예요. 거기에 숨길 게 뭐 있다고 그러는지."

매튜가 토라를 향해 윙크를 하며 씩 웃었다. "그러게요. 분명 아무것도 못 찾을 겁니다."

"내 휴대폰도 가져갔으니 적어도 거기 있는 정보를 다 옮겨적느라 한동안은 바쁠 거예요."

스타이니는 창가에 앉아 진입로를 내다보며 생각에 잠겼다. 도로의 차들이 모두 지나쳐 간 뒤, 그는 세상에 홀로 남겨진 것만 같았다. 차도 없고, 사람도 없었다. 평생 보고도 남을 만큼 TV는 질리도록 봤지만 그는 이제 겨우 스물셋이었다. 인생이 꼬이지만 않았더라도 상황은 크게 달라졌을 것이다. 이런 건 예정에 없었다. 사실 그는 아직도 누군가 나타나 이 모든 게 오해일 뿐이며 그 일은 자신이 아닌 다른 누군가에게 일어난 불상사라고 말해주길 기다렸다. 자기만 아니라면, 그게 누구든 상관없었다. '불필요한 맘고생을 겪게 해서 미안해, 친구. 하지만 때로 이런 일이 생기기도 하지. 자네는 일어설 수 있어. 이 모든 건 오해일 뿐이야. 폐차장에 있는 건 자네 차가 아니라 다른 사람의 차라고. 그러니까 자네는 애초에 그 차에 있지도 않았던 거야.' 차갑고 씁쓸한 웃음이 그의 입에서 새어나왔다. 가망 없는 일이었다.

앉은 채로 자세를 바꾸자 창문에 얼굴이 비쳤다. 그는 움찔해서

상의에 달린 모자로 자신의 얼굴을 더 깊이 감췄다. 최대한 얼굴이 보이지 않게끔. 자신은 이 상황에 익숙해지지 않을 것이다. 절대로. 그는 익숙한 손짓으로 휠체어의 양쪽 바퀴를 잡고 창문에서 멀어져갔다.

베르타는 어디에 있는 거지? 베르타는 찾아오겠다고 약속을 했고, 언제나 약속을 지켰다. 오, 놀라운 베르타. 베르타가 없었다면 그는 도저히 버텨내지 못했을 것이다. 의사, 심리학자, 상담사 모두 가릴 것 없이 그에게 레이캬비크로 가서 대학에 진학해 새 인생을 살라고 끊임없이 잔소리를 해댔다. 이 꼴이 되었다고 인생이 끝나버린 건 아니었다. 치료만 제대로 받는다면 휠체어에 의존하지 않고도 잘 지낼 수 있겠지만, 그러려면 고통스럽고 기나긴 과정을 견뎌야 했다. 사람들은 그를 이해하지 못했다. 자신은 여기에 머물러야 했다. 여기가 자신이 있어야 할 곳이고 집이었다. 인구도 많지 않고 대부분 그가 아는 사람들이었다. 얼굴이 있어야 할 자리를 덮고 있는 끔찍한 마스크를 보고 놀랄 사람은 아무도 없었다. 레이캬비크였다면 하루에도 수백 번 불편한 상황이 반복될 것이다. 그곳에 간다면 자신은 얼마 안 가 말라죽고 말 것이다. 베르타에 대한 고마움은 이루 말할 수 없을 정도였다. 이 무력한 상태로도 이곳에서 지낼 수 있는 건 모두 베르타 덕분이었다.

베르타가 나를 버린 건 아니겠지? 이제 지쳐버렸나? 지난번에 본 게 마지막이었을까? 스타이니는 휠체어를 움직여 TV 앞으로 다가가 리모컨을 집었다. 암울한 결론에 이르느니 차라리 쓰레기 같은 TV를 보기로 했다. 그는 볼륨을 높이고 화면에 집중했다. 생각하지 말자, 생각하지 말자.

토라와 매튜는 잔을 부딪쳤다. "이건 유기농으로 재배한 와인이 아니겠죠." 매튜가 맛을 보기 전에 이렇게 말했다.

토라는 웃음을 터뜨렸다. "아니겠죠. 틀림없이 살충제와 수은이 들어간 비료까지 여러 통 들이부어서 재배한 것이길 바라야죠." 그녀는 와인 한 모금을 마셨다. "제조사에서 어떤 재료를 썼는지는 몰라도 맛은 일품이네요." 잔을 내려놓은 토라가 카나페 하나를 입에 넣고 오물거렸다. "배고파요, 배고파 죽겠어요."

"흠." 매튜가 헛기침을 했다. "식욕이 그대로인 거 같아서 좋군요. 당신도 변하지 않았고요." 그는 한쪽 눈을 찡긋했다. "심지어 옷 입는 스타일도 여전히…, 뭐랄까…?"

토라는 자신의 보잘것없는 스웨터를 내려다보고는 그를 향해 혀를 날름 내밀었다. "나보고 어쩌라고요. 저녁식사에 초대받을 걸 대비해 이브닝드레스에 스틸레토까지 챙겨왔어야 하는 거예요?"

"설령 당신이 저녁식사에 초대받았다고 해도 어차피 드레스 입고 나타나지는 않을 거잖아요." 그는 과장된 몸짓으로 넥타이를 바로 맸다.

"하하. 배가 너무 고파서 터무니없는 농담에 대꾸할 힘도 없어요. 음식은 대체 언제 나올까요?" 토라가 시계를 보더니 한숨을 쉬었다. "젠장. 솔리가 자러 가기 전에 통화를 해야겠어요." 핸드백을 집어들던 그녀가 휴대폰을 경찰에게 넘겼다는 사실을 기억해냈다. "미안한데, 전화 좀 쓸 수 있어요?"

"그럼요." 매튜가 휴대폰을 건네며 물었다. "애들은 잘 지내요? 물어보기가 겁나지만, 벌써 손주 본 건 아니죠?"

토라가 전화기를 낚아채며 대꾸했다. "안심해요. 아직은 젊은 여자랑 저녁을 먹고 있는 거니까." 토라는 매튜의 폴더폰을 열어젖혔다. 화면에 콘로우 스타일의 머리를 한 흑인 여자아이 사진이 떠있었다. "이건 누구예요?" 토라는 화면을 매튜에게 보이며 물었다. 매튜한테 아이가 있었나? 같이 사는 사람이 있는 건가? 매튜는 한 번도 그런 얘길 한 적이 없었다.

매튜가 웃으며 말했다. "내 딸이에요."

"정말요?" 토라는 화들짝 놀랐다. "아빠를 하나도 안 닮았는데요?" 그녀는 사진을 다시 보았다. "헤어스타일만 제외하고요." 당황한 토라가 아무 말이나 주워섬겼다.

매튜가 웃음을 터뜨리더니 손으로 짧은 머리칼을 쓸어넘겼다. "친딸이 아니거든요. 자선단체를 통해서 위탁 부모가 됐죠."

"오, 멋진데요." 토라는 안도감을 숨기기 위해 와인을 마셨다. "잠깐이지만 아내나 애인이 있는 줄 알았어요. 난 결혼한 남자는 별로거든요. 1에서 10까지 매력도를 점수로 환산하자면, 마이너스 2점쯤 되겠네요."

"여자들은 이상해요." 매튜가 불평을 했다. "난 당신이 유부녀였더라도 좋아했을 거예요."

"그렇다면 내가 이혼한 걸 다행으로 알아요." 토라는 다시 사진을 살펴보며 물었다. "같이 사는 건 아니죠?" 토라는 아이의 머리를 이렇게 깔끔하게 땋아주는 건 고사하고, 아이의 옷을 빨아주는 매튜의 모습조차 상상할 수 없었다.

"물론 아니죠. 아이는 르완다에 살아요. 지인이 그 마을에서 적십자 구호 프로그램을 진행하는데, 어쩌다보니 설득 당했어요."

"이름이 뭐예요?" 토라가 물었다.

"누구요? 적십자 직원요, 아니면 아이요?" 매튜가 장난을 쳤다.

"당연히 아이죠."

"레이야라고 해요."

"예쁜 이름이네요." 토라는 이렇게 말하고 두 손을 테이블에 놓인 매튜의 손에 올려놓았다. "짧게 할게요. 하기야 어차피 음식이 나오면 애들이고 뭐고 기꺼이 전화를 끊어버릴 테니까요." 토라는 길피의 번호로 전화를 걸었다. "여보세요, 길피. 뭐하고 있었어?"

"엄마 외국이야?" 길피가 놀란 목소리로 물었다.

"아니야." 토라는 얼른 얼버무렸다. "호텔에 있는 어떤 외국인한테 휴대폰을 빌렸어. 엄마 전화기가 고장났거든. 별일 없어?"

"거지같아. 지루해 죽겠어. 집에 가고 싶어." 길피가 심통난 목소리로 툴툴거렸다.

"진정해." 토라가 다정하게 다독였다. "틀림없이 재밌어질 거야. 솔리는 잘 놀고 있어?"

"걔야 항상 잘 놀지. 물어볼 필요도 없어." 길피가 투덜댔다. "그렇지만 난 미쳐버리기 일보직전이라고. 아빠가 아까부터 씽스타 80(플레이스테이션의 노래방 프로그램—옮긴이)을 틀어놓고 바보짓을 하고 있다고. 아빠가 '아이 오브 더 타이거'를 한 번 더 부르면, 난 나가버릴 거야. 농담 아니야."

165

"그래, 알았어." 토라가 말했다. "금방 끝날 거야. 솔리 좀 바꿔 줄래?" 토라는 전 남편의 노래 실력을 감싸주고 싶지 않았다.

"길게 통화하지 마. 시가한테 전화할 거야. 시가가 방금 전에 배 위에 휴대폰을 올려놨는데, 아기가 발길질을 한다고 나한테 문자 보냈단 말이야."

"정말?" 토라는 발랄하게 물었다. "뭐라고 보냈는데?"

"jxgt." 길피가 뿌듯한 말투로 대답했다. 그러고는 더 이상 아무 런 설명도 없이 동생에게 전화를 넘겼고, 이내 솔리가 또랑또랑한 목소리로 소리쳤다. "여보세요. 엄마, 엄마!"

"안녕, 우리 딸." 토라가 인사했다. "재밌게 놀고 있어?"

"응. 그럭저럭. 그래도 엄마가 왔으면 좋겠어. 아빠랑 오빠는 맨 날 싸워."

"조금만 참아. 엄마도 우리 솔리 빨리 데리러 가고 싶어. 아빠한 테 인사 전해주고, 우리는 내일 만나자." 토라는 통화를 마친 다음 휴대폰을 닫고 매튜에게 건넸다.

"전화로 무슨 얘기를 한 건지 한 마디도 못 알아듣겠어요." 매튜 가 휴대폰을 재킷주머니에 넣으며 말했다. "이따가 나한테 아이슬 란드어로 속삭여줄래요? 침대에서?"

"알았어요, 이 바보 같으니." 토라는 고대 스칸디나비아 말로 이 렇게 대답하고는 한 발을 매튜의 몸 한가운데로 내밀었다. 와인이 마침내 효능을 발휘하기 시작했다. "이제는 내가 스틸레토를 신지 않은 게 다행스럽죠?"

로사는 가스레인지 앞에 서서 구식 포트로 커피를 만들고 있었다. 집중력을 요하는 일이 아니기 때문인지, 로사는 이런저런 잡념에 빠졌다. 하지만 즐거운 기억이나 기분 좋아지는 생각은 금세 지나가고 예외 없이 우울한 일들이 그 자리를 차지했다. 그녀는 가장 아끼는 새끼 양 스투부르가 그날 아침 열심히 물마시던 장면을 떠올리려고 애썼지만, 그 모습도 금방 사라져 버렸다. 그러고는 기어코 그제 밤 베르구르가 집으로 돌아와 해변에서 발견한 시신에 대해 들려주던 말이 머릿속을 가득 채웠다. 로사는 그 기억을 몰아내기 위해 곧 집으로 놀러올 남동생을 떠올리려고 노력했다. 동생이 오면 틀림없이 기분이 유쾌해질 것이다. 동생은 언제나 활기가 넘쳤다. 게다가 이제는 그럴 때도 됐다. 요즘 들어 로사의 집은 너무도 적막해서 모르는 사람이 보면 로사 부부가 벙어리라고 착각할 정도였다. 로사는 슬픈 미소를 지었다. 하긴 어느 낯선 이가 이 집을 찾아올까. 지인들조차 자신의 집을 찾는 법이 없었다. 아주 가까운 친지들을 제외하면 누구도 이 집을 찾지 않았다. 별로 놀라운 일도 아니었다. 어떤 사람이 화분의 식물조차 불행에 감염된 집에 찾아오고 싶겠는가?

　로사는 한숨을 지었다. 그녀에게는 조언을 구할 친구도 없거니와 설령 있다고 하더라도 로사조차 잘 알지 못하는 문제에 대해 조언을 해줄 수 없는 노릇이었다. 베르구르가 불행한 건 사랑하지도 않는 여자와 살고 있기 때문이었다. 로사가 불행한 건 베르구르를 사랑하지만 그 사랑을 돌려받을 수 없기 때문이었다. 베르구르가 정확히 언제부터 자신을 사랑하지 않게 되었는지 아니면 사랑하기는 했었는지 알 수 없지만, 로사는 그와 사랑에 빠진 순간을, 그러니까 그를 처음 만난 바로 그날을 선명하게 기억하고 있었다. 로사는 여전히 그가 얼마나 미남이었는지, 그리고 그때까지 그녀가 알았던 또래 남자들과 얼마나 다른 사람이었는지 떠올릴 수 있었다. 아이슬란드 서부 출신이었던 그는 봄철 농번기 일을 거들기 위해 로사가 살던 지역으로 왔고, 로사는 그를 보자마자 마음을 빼앗겼다. 두 사람은 함께 양의 새끼를 받는 업무를 맡아 분주하게 일했다. 대화를 나누면서 그가 얼마나 지적이고 똑똑한 사람인지 그녀는 알아챘고 그에 대한 사랑도 깊어져 갔다. 예나 지금이나 그는 웬만한 사람들보다 훨씬 더 능숙하게 언어를 구사했다. 한 번도 외국에 나가본 적 없는 그였지만 어딘가 세련된 분위기마저 풍겼다. 처음 만난 날부터 지금까지 로사는 그의 옆에만 서면 무지렁이가 된 기분이 들었다. 그녀는 자신이 그에게 턱없이 부족한 여자라는 걸 한시도 잊은 적 없었다. 결국 그가 자신을 떠날 것이라는 생각이 그녀를 항상 슬프게 했고, 그런 불안감이 결혼생활을 숨막히게 만들었다. 무엇이, 어디서부터 잘못된 걸까?

빌어먹을. 로사는 고개를 흔들었다. 자기연민 따위는 그만두라고, 이 멍청아. 커피 향이 그녀의 코를 자극하자 기분이 조금 나아지는 것 같았다. 어쩌면 앞으로의 시간은 지금보다는 나을지도 모른다. 그녀는 갓 구운 스펀지케이크를 가져와 조각내기 위해 칼을 꺼냈다. 곧 베르구르가 집에 도착할 테니, 저녁 일을 마치고 지쳐 돌아올 그를 위해 로사는 식사 준비를 완벽히 해두고 싶었다. 베르구르는 물이 새는 축사 지붕을 수리하는 중이었다. 로사는 그 일이 그에게 얼마나 지루하고 힘든 일인지 잘 알았다. 베르구르가 목공일에는 소질이 없다는 걸 잘 알기 때문이었다. 하지만 로사에게 그런 건 중요치 않았다. 그녀가 베르구르를 사랑하는 건 어차피 그런 이유 때문이 아니었다.

로사는 지난 가을에 만들어 냉동해둔 마지막 블랙푸딩 덩어리를 감자와 함께 익혔다. 블랙푸딩과 감자만으로는 어딘가 밋밋하다는 느낌이 들어 후식으로 스펀지케이크와 커피를 낼 생각이었다. 냄비 안을 슬쩍 들여다보니 이제 막 물이 끓기 시작했다. 난데없이 눈물 한 방울이 그녀의 뺨을 타고 흘러내렸다. 앙큼한 년. 로사는 눈물을 닦아내고 훌쩍거리며 칼을 들어올렸다. 새파랗고 앙큼한 년. 베르구르는 임자가 있는 몸이라고, 그걸 몰랐어? 갑자기 냄비 뚜껑이 달가닥거리자 로사는 화들짝 놀랐다. 냄비 뚜껑을 들고 불을 줄이며 혼자 미소를 지었다. 그 년은 뒈졌어. 이미 뒈져버렸다고. 케이크 위로 칼을 든 로사의 기분이 훨씬 나아졌다. 뒈졌어, 이제 곧 땅에 묻히겠지. 죽은 여자 때문에 조강지처를 떠났다는 남자의 얘기는 이제껏 들어본 적이 없었다.

매튜는 베개에서 고개를 들었다. 갈증을 느꼈지만 그것 때문에 잠에서 깬 건지 아니면 밖에서 무슨 소리가 들렸던 건지 확신할 수 없었다. 열린 창문 너머로 정적 외에 아무 소리도 들려오지 않는다는 사실을 깨닫고는, 스스로의 어리석음에 실소를 터뜨렸다. 매튜는 하품을 하며 몸을 일으켰다. 토라를 깨우지 않으려고 애썼지만 그게 생각처럼 쉽지 않았다. 토라가 팔다리를 대자로 뻗은 상태로 자고 있었기 때문이다. 침대를 빠져나오는 동안 매튜는 토라를 건드리지 않으려고 진땀을 빼야 했다. 화장실로 가서 세면대의 수도를 틀고 유리잔을 가져왔다. 유리잔에 물을 받고 있는데 이상한 소리가 그의 귀를 때렸다. 그는 바로 수도를 잠그고 귀를 기울였다. 마치 아이가 우는 소리 같았다. 화장실을 나오면서 귀를 쫑긋 세운 매튜는 소리의 진원지가 어딘지 알아내려고 온 신경을 집중했다. 놀랍게도 갑자기 소리가 멈췄다. 아마도 호텔 손님 중에 자지 않고 보채는 아기가 있는 듯했다. 틀림없이 그럴 것이다. 매튜는 과민하게 반응한 스스로를 비웃으며 창문을 닫으려고 창가로 다가갔다. 그와 달리 토라는 창문을 활짝 열어놓고 자는 걸 선호했기 때문에 방 안은 꽤나 서늘해져 있었다.

창문을 잠그는데 다시 어린아이의 울음소리가 들렸다. 이제는 소리가 밖에서 들려온다는 걸 똑똑히 알 수 있었다. 매튜는 커튼을 걷고 달빛이 환히 빛나는 밖을 내다보았다. 시야에 들어오는 건 아무것도 없었다. 그리고 이전처럼 소리가 뚝 그쳤다. 그는 다시 소리가 들리지 않을까 잠시 창가에 서있다가 이불 속으로 들어갔다. 매튜는 아이의 울음소리를 들었다는 사실만큼이나 강하게, 소리의 주인공이 유령일 리 없다고 확신했다.

2006년 6월 11일 일요일

12장

일본인 부자가 부담스러울 정도로 예의를 갖춰 행동하는 통에 그
앞에 선 토라는 스스로가 술에 취한 시골뜨기처럼 느껴졌다. 그녀
는 최대한 차분하게 말하고 천천히 움직이면서 불필요한 표정을
짓지 않으려고 노력했지만 별 소용이 없었다. 반면 매튜는 훨씬 더
적절하게 대처했다. 토라는 매튜의 그런 몸가짐이 은행에서 근무하
는 동안 터득한 기술이리라 짐작했고, 최대한 자중하면서 매튜가
대화를 이끌어가도록 내버려두었다. 두 사람은 비그디스의 말대로
아침마다 짧은 산책을 하고 돌아오는 노인과 그의 아들을 만나기
위해 로비에서 기다렸다. 지금 토라와 매튜는 일본인 부자와 함께
호텔 앞 나무의자에 앉아 흔치 않은 햇살을 즐기는 중이었다.

"그럼 그 여성을 모르신다는 거군요?" 매튜가 낮고 또렷한 목소
리로 물었다. 그는 토라에게 여전히 짜증이 나있었다. 지난밤 아이
울음소리를 들었다고 한 것을 두고 토라가 그를 놀렸기 때문이다.
토라는 그가 꿈을 꾼 것이라고 믿었다.

아들이 매튜의 말을 아버지에게 일본어로 통역해줬다. 그런 다음 매튜를 향해 말했다. "아뇨. 죄송하지만 어떤 분을 말씀하시는 건지 모르겠다고 하셨습니다."

"호텔 소유주의 건축가로, 젊고 머리색이 짙은 여성입니다." 매튜가 설명했다.

노인이 깡마른 손을 아들의 어깨에 올리더니 뭔가를 말했다. 아들은 그 말을 귀담아 들으며 고개를 끄덕였다. 아들이 매튜에게 전했다. "어쩌면 그 여자 분을 봤을 수도 있다고 하시네요. 어떤 여자가 여기서 어린 여자와 휠체어에 탄 남자랑 대화하는 모습을 봤다고 하셔요. 아버지 말씀으로는 그 여자 분이 스케치한 종이를 몇 장 들고는 거기에 뭔가를 적었다는군요. 말씀하신 분이 혹시 그 여성 아닐까요?"

매튜가 알 수 없는 표정으로 토라를 바라보며 물었다. "비르나와 관련 있는 사람 중에 휠체어를 탄 사람이 있었나요?"

토라가 고개를 저었다. "내가 알기로는 없어요."

매튜는 노인이 그 두 사람을 알고 있는지 물었다.

또다시 노인과 아들이 무슨 말을 주고받았다. 잠시 후 아들이 토라와 매튜에게 영어로 설명했다. "아뇨. 저희 아버지는 그 세 사람을 모르지만, 예전에도 본 적은 있다고 하십니다. 여자 분은 호텔에서, 젊은 남녀는 인근에서 보셨답니다." 아들은 고개를 살짝 숙이고 말을 이었다. "아버지가 말씀하시길, 그 젊은 남녀가 기억에 남는 이유는 몸이 불편한 남자를 여자가 매우 살뜰하게 챙겼기 때문이라고 하시네요. 하지만 그 외에는 두 남녀나 건축가에 대해 아는 게 없다고 하셨습니다. 저는 말씀하신 그 여자가 누군지 모르므로 도움을 드리기는 어렵겠습니다."

매튜와 토라는 눈빛을 주고받았다. 부자를 더 이상 귀찮게 하는 건 무의미했다. 둘은 자리에서 일어났다. "다카하시 선생님, 정말 감사합니다." 매튜는 이렇게 말하며 머리 숙여 인사했다. 토라도 그의 행동을 따라했다. "이곳에서 즐거운 시간 보내시길 바랍니다."

"감사합니다." 아들도 인사를 하며 자리에서 일어났다. 그는 노쇠한 아버지를 부축해 일으켜세웠다. "여기는 지내기 좋은 곳입니다. 편찮으신 저희 아버지도 이곳의 깨끗한 공기 덕분에 한결 좋아지셨습니다."

"곧 쾌차하시길 바랍니다." 토라가 노인을 향해 따듯하게 웃으며 말했다. 노인도 그녀를 향해 미소를 지었고 서로 인사를 나눈 후 헤어졌다.

로비로 들어서기 무섭게 토라가 매튜를 향해 투덜거렸다. "별 소득이 없네요."

매튜가 어깨를 으쓱했다. "저 사람들이 범인을 알고 있을 리 없잖아요." 그러고는 얼굴을 찡그렸다. "다만 늙은 아버지도 본 적 있다는 비르나를 아들이 전혀 모른다는 게 좀 이상하네요. 요나스가 저 부자에 대해 했던 말 기억나요? 아들이 아버지를 항상 따라다닌다고 했잖아요, 그림자처럼. 그렇다면 비르나와 젊은 남녀가 함께 있는 걸 아버지가 목격했을 당시 아들은 대체 어디 있었다는 걸까요?"

"어쩌면 노인은 창을 통해서 본 걸지도 모르잖아요." 토라가 말했다. "기억을 하고 있다면 말했겠죠. 숨길 이유가 없잖아요?"

"글쎄요. 내가 보기에 두 사람이 길게 이야기를 나눈 것 치고는 아들이 통역해준 내용이 지나치게 짧다고 느껴졌어요. 우리가 비르나에 대해 질문하는 이유에 대해 묻지 않은 것도 이상하고요."

"일본인들이 워낙 예의를 중시하기 때문은 아닐까요? 호기심이라는 게 그 나라에서는 도둑질만큼이나 무례한 행동으로 여겨질지도 모르잖아요." 토라는 배가 고팠다. 그녀는 머리 높이 위에 달린 시계를 흘끗 쳐다보았다. "가요, 아침식사 시간이 끝나버리기 전에 뭐라도 좀 먹자고요."

매튜가 놀랍다는 눈빛으로 토라를 바라보더니 자신의 손목시계를 확인했다. "설마 아침 8시에 식당을 닫겠어요?"

"어서요." 토라는 발을 동동 구르며 조바심을 냈다. "당장 커피를 마시지 않으면 죽을지도 모른다고요. 식당에 가면 다른 손님들도 있을 테니 말을 걸어볼 수도 있잖아요."

"이런, 당신이 내 눈앞에서 죽는 모습은 보고 싶지 않아요." 매튜가 토라의 뒤를 따르며 낄낄댔다. "심지어 당신이 아이 울음소리를 들었다는 내 말을 믿어주지 않는다고 해도 말이에요."

"우우우." 토라가 외쳤다. "우리는 어린이 유령이다, 우우우." 토라는 잔뜩 약이 오른 매튜의 표정을 보고 키득거렸다. "바보처럼 굴지 말아요. 커피를 좀 마시면 기운이 날 거라고요."

식당에는 단 세 개의 테이블에만 손님이 앉아있었다. 한 곳에는 토라가 본 적 없는 노부부가, 다른 한 곳에는 은퇴한 정치인 마그누스 발드빈손, 그리고 나머지 테이블에는 우울한 표정의 젊은 남자가 앉아있었다. 햇볕에 그을려 피부가 가무잡잡한 남자는 트렌

디한 의상에 가려져 체격을 제대로 파악하기는 어려웠지만 탄탄한 몸을 가진 듯했다. 토라는 그에게 접근해보기로 마음먹었다. 그녀는 매튜를 쿡쿡 찌르며 작게 말했다. "아마 저 사람이 카누 선수라는 트뢰스투르 레이비야르손일 거예요. 요나스가 비르나의 죽음과 관련이 있을지도 모른다고 했던 그 사람 말예요. 아주 음울해 보이지 않아요? 가서 저 옆 테이블에 앉자고요."

두 사람은 뷔페 코너로 다가갔고, 토라는 빠른 움직임으로 접시에 몇 가지 음식을 대충 담았다. 매튜가 여기저기 돌아다니며 천천히 음식을 고르는 모습을 보고 토라는 속이 터질 것만 같았다. 그녀는 다시 한 번 매튜의 옆구리를 찔렀다. "서둘러요. 저 남자가 나가기 전에 자리에 앉아야 한다고요." 매튜는 실망한 표정이었지만 요거트는 잊지 않고 챙겼다. 두 사람은 카누 선수 옆자리로 다가갔다. 토라는 자리에 앉으며 남자를 향해 웃는 얼굴로 인사를 건넸다. "안녕하세요. 날이 화창하네요, 그쵸?"

남자는 자신에게 말을 건 줄도 모른 채 고개를 숙이고 있었다. 그는 하품을 하더니 오렌지주스 한 모금을 마셨다. 토라가 다시 도전했다. "실례합니다." 이번에는 남자의 주의를 제대로 끌 수 있을 만큼 큰 소리였다. "이 주변에 배를 빌릴 만한 곳을 아세요? 저희가 배를 빌릴까 생각 중이거든요. 카약도 좋고요."

남자가 깜짝 놀라 주스를 삼켰다. "죄송해요. 저한테 물어보시는 건가요?" 남자는 영어로 말했다. "죄송하지만 제가 아이슬란드어를 몰라서요."

"아." 토라는 순간 당황했다. 남자는 카누 선수가 아니었다. 그녀가 미안한 듯 미소를 지었다. "죄송합니다." 이번에는 그녀도 영어로 말했다. "다른 분이랑 헷갈렸네요." 토라는 남자가 계속해서 말을 하도록 화제를 돌렸다. "이제 막 도착하신 분인가요?"

남자가 고개를 저으며 대답했다. "아뇨. 들락날락 하기는 했지만 온 지는 좀 됐습니다. 여행 중이라서요."

토라는 여행이라는 말에 관심을 보이는 것처럼 가장했다. "어디 가보셨어요? 볼 데가 참 많죠?"

젊은 남자는 말동무가 생긴 걸 전혀 불편해하지 않는 기색이었다. 그는 토라와 매튜가 앉은 테이블을 향해 의자를 돌리기까지 했다. "주로 베스트비르디르에 있었어요. 여행 잡지사에서 일하는데, 독특한 여행지를 다루거든요."

"재미있는 직업을 갖고 계시네요." 토라가 처음으로 커피 한 모금을 마시며 말했다. 남자의 이름은 기억나지 않았지만, 요나스가 말한 그 사진작가임이 분명했다.

남자가 웃음을 터뜨렸다. "글쎄요. 일이 피곤한 건 다른 직장인들과 마찬가지예요. 저는 사진작가라서 종종 장시간 동안 고되게 일해야 하거든요."

토라가 손을 내밀며 인사했다. "무례하게 제 소개도 안 했네요. 저는 토라예요." 그녀는 매튜를 향해 고개를 까딱하며 덧붙였다. "이쪽은 독일에서 온 매튜고요."

젊은 남자가 자리에서 일어서더니 두 사람을 향해 손을 내밀어 악수를 했다. "반가워요. 저는 로빈이라고 합니다. 로빈 코먼, 미국에서 왔죠."

토라는 갑자기 생각난 것처럼 물었다. "그런데 혹시…, 여기서 함께 머물던 비르나를 아시나요?"

로빈이 무슨 말인지 모르겠다는 얼굴로 따라했다. "비르나요?"

"네, 비르나요. 여기서 지냈던 건축가인데…." 토라는 기대하는 듯한 어조로 말끝을 흐렸다.

"아, 네. 건축가 비르나 말씀이시군요." 로빈이 유쾌하게 소리쳤다. 그는 비르나의 이름을 토라와는 전혀 다르게 발음했다. "네, 비르나 알죠. 발음 때문에 이름을 못 알아들었어요. 아이슬란드어 발음이 아직도 낯설어서요. 모든 단어가 다 비슷하게 들려요." 로빈은 남은 주스를 마시고 냅킨으로 입을 닦았다. "비르나와는 조금 친해졌어요. 제가 사진을 몇 장 찍어줬더니 이 주변에서 사진을 찍을 만한 흥미로운 장소들을 알려줬거든요."

"비르나를 마지막으로 본 게 언제인지 기억하시나요?" 매튜가 물었다. 매튜는 아직 요거트 뚜껑을 열지도 않은 상태였다.

로빈이 잠시 생각에 잠기더니 대답했다. "며칠 된 거 같아요. 근데 무슨 일이 있나요?"

"아뇨. 그렇지는 않고요." 토라가 둘러댔다. "그냥 비르나를 좀 만나고 싶어서요." 토라는 곁눈질로 마그누스 발드빈손이 자리에서 일어나 나가는 걸 보았다.

"혹시라도 비르나랑 마주치게 되면 제가 아직도 사진을 가지고 있다고 좀 전해주세요." 로빈이 자리에서 일어났다.

"그럴 일이 없을 것 같긴 하지만, 비르나를 만나면 그렇게 전할게요." 매튜가 의미심장한 미소를 지으며 말했다. 로빈이 떠나자 매튜는 요거트를 든 채 토라의 얼굴에 대고 흔들어댔다. "이제 제대로 된 음식을 좀 먹어도 될까요?"

마그누스 발드빈손은 휴대폰 신호를 찾기 위해 호텔 주변을 이리저리 서성였다. 그의 방에서는 신호가 전혀 잡히지 않았다. 복도나 식당에서도 약한 신호가 전부였고 더군다나 다른 사람들이 있는 곳에서는 통화를 하고 싶지도 않았다. 신호를 찾아헤매던 그는 두 번이나 돌부리에 걸려 넘어질 뻔했다. 휴대폰 화면과 앞을 동시에 보면서 걸어다니는 건 그에게 참으로 힘든 일이었다. 마그누스는 화면 연결상태 칸에 막대기가 몇 개 더 잡히자 안도의 한숨을 쉬면서 얼른 집으로 전화를 걸었다. 그는 주차장에 서있었고 이제 곧 다른 사람들이 건물 밖으로 나오기 시작할 터였다. 전화벨이 울리는 동안 그는 조마조마한 마음으로 기다렸다. 마침내 반대편에서 전화를 받았다.

"여보, 나 때문에 깼소?"

"당신이에요? 지금 몇 시예요?" 마그누스의 아내가 요란하게 하품을 했다.

"이제 막 8시가 넘었소."

"무슨 일 있어요?" 프리다가 불안한 목소리로 물었다. 어느새 잠기운이 달아난 목소리였다.

"아니, 별일 없어요. 여기서 며칠 더 머물겠다고 말하려 전화한 거요." 마그누스는 호텔 출입문이 열리는 걸 바라보았다. 운동복을 입은 젊은 남자가 밖으로 나왔다. 마그누스는 남자가 주차장이 아닌 해변으로 향하는 걸 보고 안도했다. "여기 지금 비르나에 대해 캐고 다니는 사람들이 있어요."

"캐고 다닌다고요? 뭘 캐고 다니는데요? 그 사람들이 당신한테 말을 걸었어요?" 프리다는 질문을 쏟아냈다. 마그누스가 끼어들지 않으면 계속해서 캐물을 태세였다. 프리다의 목소리는 공포에 질려 있었다.

"프리다, 진정해요." 마그누스는 심호흡을 하며 화를 참으려고 노력했다. 프리다의 신경은 해가 갈수록 날카로워졌고, 사소한 일에도 쉽게 평정심을 잃었다. 근래 들어서는 잘 견디는 것도 같았지만 지금은 압박감이 심할 수밖에 없었다. "이 사람들이 왜 참견을 하고 다니는지 나도 몰라요. 그리고 나한테는 아직 접근하지 않았어요. 난 그냥 며칠 더 걸리겠다고 알려주려 전화한 거요. 도망치듯 사라져버리면 의심만 살 거예요. 경찰이 벌써 두 번이나 호텔에 다녀갔으니, 차라리 내가 여기 머무는 동안 나한테도 질문을 해줬으면, 바라고 있어요." 마그누스는 한숨을 내쉬었다. "틀림없이 경찰은 교령회 날 여기 있었던 사람들 모두를 조사하고 싶을 거요."

프리다는 잠시 말이 없더니 이렇게 소근거렸다. "발드빈이 전화했어요."

"뭐라고 했어요?" 마그누스가 조심스럽게 물었다. 최근의 불미스러운 사건에도 불구하고 손자를 떠올리는 것만으로 그는 자부심에 마음이 부풀었다. 발드빈은 할아버지가 그 나이 대에 그랬던 것처럼 주목받는 정치 신인이었다. 두 사람은 구분하기 힘들 정도로 생김새까지 닮아있었다. 어떤 신문에서는 발드빈의 인터뷰 기사와 함께 두 사람의 닮은 외모를 보여주기 위해 젊은 시절 마그누스의 사진을 싣기도 했다. 마그누스는 흐뭇한 미소를 지었다. 이렇게 늙은 자신과 젊고 혈기왕성한 손자를 실제로 헷갈려할 사람은 없을 것이다.

"당신에 대해 물었어요. 언제 돌아오는지 묻더군요." 프리다가 대답했다. "거기로 찾아갈 생각인 거 같아요."

"안 돼요!" 마그누스가 고함을 질렀다. "무슨 일이 있어도 여기 오게 하면 안 돼요. 그럼 상황만 더 복잡해질 거요. 여기 와서 나를 돕는 대신 그날 그냥 집에 있었으면 얼마나 좋았을지 생각해봐요."

"좋은 뜻으로 한 말일 거예요." 프리다가 남편을 다독였다. "어쩌면 별 상관이 없을지도 모르잖아요. 만약 비르나가 누군가에게 말을 했다면 지금쯤 알게 됐을 거예요. 어쩌면 그 여자가 죽으면서 함께 묻혔을지도 모르고요." 프리다가 한숨을 쉬었다. "그렇게 생각하고 그냥 이쯤에서 그만두면 안 되겠어요?"

마그누스가 짜증을 냈다. "프리다, 그건 모르는 일이에요. 마지막에 와서 포기하기에는 잃을 게 너무 많아요. 발드빈은 말할 것도 없고. 여기 머물면서 일이 어떻게 진행되는지 지켜볼게요. 며칠 있어보면 상황이 좀 더 명확해질 거요, 틀림없이."

"내가 그리로 갈까요? 약은 챙겨 먹고 있어요?" 프리다가 금방이라도 발작을 일으킬 듯한 목소리로 말했다.

"아니, 오지 말아요. 그리고 제발 부탁인데, 발드빈이 여기로 온다든지 하는 바보 짓을 하지 못하도록 단속해요." 마그누스는 심호흡을 하고 덧붙였다. "프리다, 여기는 전화 신호가 아주 약해서 내 휴대폰으로 연결이 안 될 수도 있어요. 그렇다고 호텔로 전화하지 말아요. 누가 받을지 장담할 수 없으니까. 내가 전화하리다."

마그누스는 전화를 끊고 잠시 서서 주변의 아름다운 해안 경관을 둘러보다가 몸을 돌려 북쪽 산악지대를 감상했다. 마음의 평화가 찾아오길 기다렸지만 달라지는 건 없었다. 갑자기 분노가 밀려왔다. 비르나는 교활한 계략으로 그에게 가장 소중한 것을 파괴해버렸다. 어린 시절의 추억을 간직한 장소들. 이제 그곳을 보고 있으면 불안감 외에 아무런 감정도 생기지 않았다. 이 불안감을 감당하기에는 자신이 너무 늙어버렸다. 그에게는 자신감이 조금도 남지 않았다. 이 일은 그와 발드빈 모두에게 좋게 끝날 리 없었다. 분노가 조금 잦아들었지만 우울함이 그 자리를 채웠다. 어쩌면 비르나가 모든 일의 원흉이고, 그녀의 죽음과 함께 모든 게 끝나버릴지도 모른다. 하지만 모든 것을 고려했을 때 잘못은 자신에게 있었다.

마그누스는 과거의 죄가 영원히 사람들을 따라다니며, 누구도 그 죄로부터 벗어날 수 없다는 글을 어디선가 읽은 적이 있었다. 그때는 미처 그런 생각을 못 했지만.

13장

비그디스는 프런트데스크에 앉아 토라와 매튜가 요나스의 사무실로 향하는 모습을 지켜보았다. 그녀는 요나스가 외출 중이라는 사실을 말해줄까 하다가 마음을 바꿨다. 어차피 금방 알게 될 테니까. 그녀는 읽고 있던 온라인 뉴스로 다시 시선을 돌렸다. 사실 비그디스가 즐겨 읽는 기사를 '뉴스'라고 부를 수는 없었지만, 어차피 그녀는 중동 문제와 정치·경제처럼 언론에서 지겹도록 떠들어대는 사안에 대해 관심을 끊은 지 오래였다. 그런 뉴스는 결말도 없이 제자리를 빙글빙글 돌 뿐이었다. 비그디스가 읽는 기사는 이해하기도 쉬울 뿐더러 시작과 중간, 결말이 있었다. 누가 좋은 사람이고 악당인지 명확했으며 화려한 사진자료가 제공되었다. 돈 많은 유명인이 등장하는 가십기사라는 게 그랬다. 비그디스는 신이 나서 스크롤바를 아래로 내렸다. 이제 막 니콜 리치와 키이라 나이틀리가 거식증 환자라는 부인할 수 없는 증거를 발견한 참이었다. 그녀는 드레스를 입은 키이라 나이틀리의 옆구리에서 툭 불거져나온 갈비뼈를 자세히 살펴보다 안타까운 마음으로 고개를 저었다.

"실례합니다." 누군가 말을 걸었다. 젊은 여배우의 건강을 걱정하던 비그디스가 고개를 들었다. "요나스가 어디 있는지 아세요?" 목소리의 주인공은 토라였다.

비그디스가 뉴스 창을 닫자 예약현황 화면이 나타났다. "요나스는 레이캬비크에 일 보러 갔어요. 오후에 돌아올 거예요." 비그디스는 직업적인 미소를 날리며 물었다. "혹 제가 도울 일이라도?"

토라가 매튜를 보더니 다시 비그디스에게로 시선을 돌렸다. "손님들 중 누가 지금 방에 있는지 궁금해요. 비르나를 알았던 사람들을 만나보고 싶거든요. 가령 카누 선수 같은 투숙객 말이죠."

"트뢰스투르 레이비야르손요?" 비그디스는 사람 이름을 기억하는 데 특출났다. 호텔 직원으로서 매우 유용한 재능이었다. 사실 요나스가 비그디스를 채용한 이유 중 하나도 바로 이런 능력 때문이었다. 게다가 컴퓨터 시스템도 자유자재로 다룰 줄 알았기 때문에 요나스는 비그디스의 다른 단점 따위는 가볍게 눈감아줬다.

"네, 그 사람요." 토라가 물었다. "지금 방에 있나요?"

"아뇨. 항상 새벽에 연습하러 나가거든요. 실은 엊저녁에도 해변에서 그 사람의 카누를 봤어요. 아마 지금도 카누를 타고 있을 거예요. 저기 해변 아래쪽 작은 방파제 근처에 없으면, 이미 바다로 나간 거겠죠. 항상 거기서 출발하더라고요."

토라는 매튜에게 비그디스의 말을 통역해줬고 두 사람은 트뢰스투르를 찾으러 해변에 나가보기로 했다. 자리를 뜨기 전, 토라는 비그디스를 돌아보며 물었다. "마그누스 발드빈손은요? 그 사람은 호텔에 있나요?"

비그디스가 어깨를 으쓱했다. "글쎄요. 조금 전까지 호텔 밖에서 배회하는 모습은 봤어요. 보통 멀리는 안 나가고, 길어봐야 한 시간 정도 주변 산책을 하더라고요. 연세가 많은 분이잖아요."

"아내와는 사별하셨나요?" 토라가 물었다. "요나스 말로는 여기 혼자 왔다고 하던데요."

"아니에요. 아내 분이 호텔로 여러 번 전화를 했었거든요."

"아내와 함께 오지 않았다니 이상하군요."

"어쩌면 몸이 아픈지도 모르죠." 비그디스가 말했다. "거동이 불편하다든지, 뭐 그럴 수 있잖아요."

"아무래도 나중에 만나봐야겠군요." 토라가 중얼거렸다.

비그디스는 열심히 고개를 끄덕였다. "네. 꼭 그래야 할 거예요."

"꼭 그래야 한다고요?" 토라가 놀라 물었다. "왜요?"

"왜냐면 비르나랑 아는 사이였으니까요." 비그디스가 잠시 말을 멈추더니 이렇게 덧붙였다. "모르긴 몰라도, 제가 보기엔 이전부터 아는 사이 같았어요. 체크인할 때 비르나에 관해 묻더라고요."

"정말요?" 토라가 의외라는 표정으로 되물었다. 요나스는 마그누스와 비르나의 관계에 대해 아무런 언급도 하지 않았다. "두 사람이 서로 어떻게 아는 사이인지 아세요?"

비그디스가 고개를 저었다. "전혀 몰라요. 말씀드린 것 이상으로 아는 게 없어요. 비르나에 대해 묻기에 제가 대답을 한 게 전부예요. 두 사람이 같이 있는 걸 본 적도 없고요. 어디로 가야 비르나를 만날 수 있는지 물은 것도 아니고, 비르나도 그분의 이름을 한 번도 입에 올린 적이 없었어요."

패들을 카누 위에 내려놓은 트뢰스투르는 손목에 찬 스톱워치를
내려다보았다. 수많은 훈련에도 불구하고 결과는 예전보다 안 좋
았다. 바다 위에 뜬 카누가 가볍게 흔들리는 동안 그는 어떻게 하
면 훈련 일정을 더욱 타이트하게 짤 수 있을지 고민했지만, 결과에
별 영향을 미치지 않는 듯했다. 그는 숨을 크게 들이마시고 내쉬
면서 신음했다. 사실 문제는 명확했다. 체력 단련이 부족했다. 호
텔 체육관의 장비는 보잘것없어서 근육량을 늘리기는커녕 유지하
는 것조차 힘들었다. 트뢰스투르는 뻣뻣한 근육을 풀어주기 위해
양쪽 어깨를 세 번씩 돌렸다. 땀방울이 건식 잠수복 안의 등줄기를
타고 내렸다. 따뜻한 물에 샤워하고 마사지를 받아야겠다는 생각
에 그는 육지를 향해 배를 돌렸다. 당장은 이걸로 충분했다. 그는
점심을 먹고 나와서 더 열심히 노를 젓기로 마음먹었다.

뱃머리가 호텔을 가리킬 즈음, 그가 잠시 주춤하더니 노를 쥐었
던 손의 힘을 풀며 눈을 가늘게 뜨고 해안을 바라보았다. 해변에
있는 저 사람들이 누구지? 그들은 트뢰스투르를 향해 손을 흔들고
있었다. 그는 끙끙거리며 짜증을 냈다. 멍청한 질문이나 쏟아놓는
관광객들보다 더 지루한 게 있을까? '그걸 타고 고래를 사냥하세
요?' '그걸 타고 그린란드까지 가본 적 있어요?' 그는 몇 가지 선택
지를 떠올렸다. 저 멍청이들을 만나러 갈 것인가, 아니면 배를 돌
려 다른 쪽 해변을 통해 육지로 올라갈 것인가? 후자를 택하면 혼
자 조용히 시간을 보낼 수 있겠지만 호텔에서 멀리 떨어진 곳으로

빙 둘러가야만 했다. 혀로 마른 입술을 핥자 소금 맛이 느껴졌다. 두 명의 멍청이가 이제 더 열심히 그를 향해 손을 흔들어댔다. 트뢰스투르는 그 중 며칠 전 호텔에서 묵기 시작한 여자를 알아보았다. 어제 프런트를 지날 때 건축가에 대해 묻고 있던 여자의 모습을 그가 기억해냈다. 여자와 말을 섞고 싶은 마음이 추호도 없었다. 어떤 질문을 할지 누가 알겠는가? 침착하게 카누를 뒤로 돌렸다. 반대 방향을 향해 나아가기 전, 그는 패들을 내려다보면서 아직도 피가 묻어있지는 않은지 살폈다. 물론 핏자국은 남아있지 않았다. 이미 깨끗이 닦아낸 뒤였다. 무슨 일을 하든 그는 철두철미했다. 트뢰스투르는 다시 노를 젓기 시작했다.

"어라, 지금 뭐하는 거예요?" 카누가 반대 방향을 향해 멀어지기 시작하자 토라는 소리를 질렀다. 그녀는 카누 선수의 시선을 끌기 위해 미친 듯이 손을 흔들어대던 두 팔을 내렸다. "분명 우리를 봤어요. 대체 뭐하자는 거지?"

매튜가 한 손을 이마에 댄 채 해안 반대편 서쪽으로 열심히 노를 젓는 카누 선수를 지켜보았다. "네, 틀림없이 우릴 봤어요. 바쁜 게 아니라면 우릴 피하는 거겠죠." 카누는 이제 바위 뒤편으로 자취를 감춰버렸다. "우리와 말하고 싶지 않았나 봐요. 낯을 가리는 성격일지도 모르죠."

"여기서 기다려야 하지 않을까요?" 토라는 쌀쌀맞기 그지없는 카누 선수를 당장이라도 만나고 싶어 조바심을 냈다. 요나스가 좀 엉뚱하기는 해도 꽤나 눈치 빠른 사람이었다. 그런 그가 트뢰스투르를 의심스러워하는 데는 그럴 만한 이유가 있을 터였다. "뭔가 숨기고 있는 게 틀림없어요. 그게 아니면 우리와 대화를 했겠죠."

"꼭 그렇지 않을 수도 있어요." 매튜가 말했다. "그저 몸이 피곤해서 말하고 싶은 기분이 아닐 수도 있고. 우리가 어떤 질문을 할지 저 사람은 모르잖아요. 안으로 들어가는 게 어때요? 가요, 대신 마그누스라는 은퇴한 정치인에게 말을 걸어보면 되잖아요."

언제 나타날지도 모르는 트뢰스투르를 기다리느라 해변에서 시간을 죽이느니 매튜의 제안에 따르는 게 현명하다는 걸 토라도 인정했다. 두 사람은 다시 호텔 안으로 들어왔다. 비그디스는 그때까지도 마그누스를 보지 못했지만, 아마도 방 안에 있을 거라고 알려주었다. 토라와 매튜는 그의 방이 있는 맨 위층으로 올라갔다.

"말은 내가 할게요." 토라가 단호한 동작으로 문을 두드리며 속삭였다. 방 안에서 움직이는 소리가 들렸다. "워낙 나이가 많은 분이라 덴마크어라면 모를까, 다른 외국어는 할 줄 모를 거예요." 문이 살짝 열리더니 마그누스가 고개를 내밀었다. "안녕하세요. 마그누스 발드빈손 선생님이시죠? 저는 토라라고 합니다. 여기는 매튜고요. 잠깐 저희와 이야기 좀 하실 수 있을까요?"

"무슨 일이오?" 마그누스가 적대감을 보였다. "당신들 누구요?"

"오, 죄송해요. 저는 이 호텔 소유주인 요나스 씨의 변호사입니다. 이쪽은 제 동료고요." 토라는 발로 문을 강제로 열어젖히고 싶은 충동을 제어했다. "오래 걸리지 않을 겁니다. 저희를 좀 도와주실 수 있을 것 같아서요."

잠시 문틈이 좁아지더니 이내 문이 활짝 열렸다. "들어오시죠."

"감사합니다." 토라가 자리에 앉으며 말했다. "오래 걸리지 않을 거라고 약속드립니다."

마그누스가 토라를 쏘아보았다. "하나도 바쁘지 않으니 그건 염려할 필요 없습니다. 이 나이까지 살아보니 시간이란 젊었을 때나 귀중한 것이더군요. 변호사님도 언젠가 알게 될 겁니다."

"과연 그럴까요." 토라가 정중하게 대꾸했다. "저희가 선생님과 이야기를 나누고 싶었던 건 해변에서 죽은 채 발견된 비르나라는 건축가 때문입니다." 토라는 마그누스의 반응을 면밀히 살폈다.

"네. 그 소식은 저도 들었습니다. 끔찍한 일이죠." 마그누스의 목소리에는 감정이 조금도 드러나지 않았다. "살인사건이라는 얘기가 있던데, 그게 사실이라면 더욱 안타까운 일입니다."

"사람들 사이에서 그런 얘기가 돌고 있더군요." 토라가 미소를 지으며 덧붙였다. "저희는 비르나가 죽기를 바란 사람이 누구인지 알아보는 중입니다."

"저도 그 중에 포함되는 겁니까?" 마그누스가 냉랭하게 물었다.

"아뇨. 그렇지 않습니다." 토라가 서둘러 부인했다. "다만 비르나를 아신다는 얘기가 있기에, 도움이 될 만한 사실을 들을 수 있을까 해서 찾아온 겁니다."

"내가 그 여자를 안다고요?" 마그누스가 흠칫 놀라며 불쾌감을 감추지 못했다. "누가 그런 소리를 했죠? 전혀 사실이 아닙니다."

"안다는 표현이 다소 과장됐을 수 있겠지만 프런트 직원에게 비르나에 대해 물으셨다는 얘기를 듣고, 아시겠거니 짐작했습니다."

마그누스가 주저하며 대답했다. "그런 기억은 없지만 요즘 내 기억력이 예전 같지 않습니다. 내가 혹시라도 그런 질문을 했다면, 프런트데스크라든지 다른 어디선가 그 여자의 이름을 봤기 때문일 겁니다. 저희 부부가 건축가를 찾는 중인데 어쩌다가 그 여자의 이름이 떠올랐을 수도 있겠고요. 장담은 못 하겠습니다만, 프런트 직원이 정말 내가 그런 질문을 했다고 하던가요?"

토라는 마그누스가 거짓말을 하고 있다는 걸 간파했다. 그녀는 마그누스의 정확한 나이가 궁금해졌다. 적어도 여든은 되어보였다. 80대의 노부부가 무엇 때문에 건축가를 필요로 하겠는가? 이제 막 60대에 접어든 토라의 부모는 새 차를 사야 할지 모른다는 말에도 기겁했다. 새 집을 짓는다는 건 생각조차 하기 힘들었다. "집을 지을 계획이신가요?" 토라가 물었다.

"네? 오, 그건 아닙니다." 마그누스가 천천히 설명했다. "싱그바들라 호(아이슬란드 남서부에 위치한 호수—옮긴이) 인근에 오래된 여름 별장을 하나 가지고 있는데 사계절 내내 지낼 수 있는 주택으로 개조하고 싶어서요. 건축가한테 자문을 받아보려던 중입니다." 그의 무표정한 얼굴에서 미심쩍은 구석은 발견할 수 없었다. "그런데 건축가 구하기가 하늘의 별 따기더군요. 요새 워낙 경기가 호황이라 그런가봅니다."

"설마 건축가를 찾으려고 여기까지 오신 건 아니겠지요?" 토라는 마그누스에게 빠져나갈 구실을 줄 생각이 추호도 없었다.

마그누스가 토라를 똑바로 쳐다보며 말했다. "아뇨. 물론 그건 아닙니다. 제가 여기 온 이유는 그쪽이 알 바 아니니, 대화를 이쯤에서 마무리했으면 좋겠군요." 마그누스는 두 사람의 반응을 기다렸다. 토라와 매튜는 잠시 말이 없었다. 매튜는 두 사람의 대화를 전혀 이해하지 못했고, 토라는 마그누스를 더 이상 자극하고 싶지 않았다. 두 사람이 먼저 입을 열지 않을 거라는 사실이 분명해지자 마그누스가 다시 말을 이었다. "제가 여기 온 이유에 대해 말씀드리죠. 그래야 저를 가만두실 것 같으니. 두 분은 제가 뭔가 숨기고 있다고 생각하는 모양이지만, 그건 가당치 않습니다."

"아뇨. 그렇게 생각하지 않습니다." 토라가 그를 안심시켰다. "저희는 단지 무슨 일이 있었는지 정확히 알고 싶은 것뿐입니다." 토라는 웃으며 덧붙였다. "제 얘기가 공격적이거나 의심하는 투로 들렸다면 용서하십시오. 저희 의도는 그런 게 아닙니다."

"그렇게 말씀하신다면야." 마그누스가 조심스럽게 말을 이었다. "실은 제가 몸이 좋지 않아 휴식이 필요하던 참이었습니다. 경험상 조용히 혼자 시간을 보내는 게 정신뿐만 아니라 육신에도 최고의 치료제더군요. 요즘처럼 번잡하기 짝이 없는 현대사회에서는 좀처럼 그런 시간을 갖기가 힘들었습니다."

"그럼 특별히 이 호텔을 선택하신 이유라도 있으신가요? 이곳은 동종요법과 강신론을 전문으로 하는 곳이라, 이렇게 말씀드리면 기분 나빠하실지 모르겠지만 선생님은 딱히 그런 주제에 관심을 가지실 만한 세대도 아닌 듯해서요."

마그누스는 대화를 시작한 이후 처음 미소를 지었다. "맞습니다. 저는 그런 헛소리 따위 믿지 않아요. 여기 온 이유는, 제가 자란 곳이 바로 이 지역이기 때문입니다. 여기서 멀지 않은 농장에서 어린 시절을 보냈거든요. '유대는 끈끈하기에 사람은 아버지가 일군 땅으로 돌아갈 뿐이다.' 어느 시인은 이렇게 표현하기도 했죠."

토라의 눈이 커졌다. "정말요? 그럼 여기 농장에서 살았던 사람들을 아시겠네요?"

마그누스가 당황한 기색을 보였다. "네, 실은 그렇습니다. 그게 중요한가요?"

"아마 중요치 않을 겁니다. 다만 비르나가 이 농장의 역사에 각별한 관심을 보였다고 해서, 그 사실이 그녀의 죽음과 어떤 식으로든 관련이 있을 거라고 짐작했거든요. 그걸 뒷받침할 근거는 전혀 없지만요."

마그누스의 얼굴이 창백해졌다. "다소 가능성 없는 가설이 아닐까요?" 그의 목소리가 약하게 떨렸다.

토라는 짐짓 태연하게 접근했다. "네. 분명 그렇겠죠. 그래도 이 지역을 잘 아신다니 반가운 일이에요. 이 지역 역사나 유령에 관한 소문에 대해 알고 계신 걸 좀 들려주실 수 있을까요?"

마그누스는 말을 잊은 듯했다. 그는 헛기침을 하더니 이내 평정심을 되찾았다. "저는 유령을 믿지도 않을 뿐더러, 어린 시절 이후로 그런 얘기는 들어보지도 못했습니다. 오랫동안 그런 소문이 여기서 떠도는 모양이지만, 그런 얘기라면 다른 사람에게 물어보셔야 할 겁니다." 마그누스는 축 쳐져있던 어깨를 바로 펴고 말을 이었다. "저는 역사학자도 아니고, 어렸을 때 딱히 가계도에 관심이 있었던 것도 아니에요. 오래 전에 여기서 무슨 일이 있었는지 자세히 알아보지도 않았기 때문에 두 분한테 별 도움이 안 될 겁니다."

"그렇지만 여기 살았던 농부를 안다고 하셨죠? 그 농부…, 이름이 뭐였죠…?" 토라는 사진 뒤에 적혀있던 이름을 떠올리려고 애썼다. "비요른이었던가요?"

마그누스가 의자에 뿌리라도 박힌 듯 꼼짝하지 않은 채 중얼거렸다. "비야르니, 비야르니 토롤프손입니다. 키르큐스테트 농장 주인이었죠."

"맞아요! 그 형도 바로 옆 농장에서 살지 않았나요?"

"네. 크레파 농장의 그리무르가 비야르니와 형제지간이었죠." 마그누스가 우거지상을 하고 말했다. "그리무르는 의사였습니다. 비야르니보다 몇 살 많았죠. 그 형제에게 있었던 일은 정말 끔찍한 비극이었습니다. 영웅 전설들이 그런 것처럼 비극적인 운명과 재물이 언제나 나란히 따라오는 건 아니었지만요."

"그런가요?" 토라는 궁금증을 참을 수가 없었다. 사진앨범을 보면서 음울한 느낌을 받기는 했지만 그건 그저 사진 속 주인공들이 모두 죽어 사라진 탓이라고 생각했다. 인간이 얼마나 덧없이 망각 속으로 사라지는 존재인지, 흑백사진으로 남은 증거물을 바라보는 게 영 불편했던 것이다. 하지만 어쩌면 그 불편함 너머에 다른 뭔가가 숨어있었는지도 몰랐다. "어째서요?"

마그누스가 한숨을 쉬며 말했다. "그 아버지가 이 지역에서 손꼽히는 어업용 선박회사 소유주였습니다. 게다가 배 여러 척이 딸린 수산물가공소 두 곳도 운영하고 있어서, 큰돈을 벌어들였죠. 요즘 같은 원양어선 업체나 은행가 수준은 아니더라도 당시 기준으로는 아주 부유한 사람이었어요. 어업용 범선을 정확히 얼마나 가지고 있었는지는 기억나지 않지만 꽤 많았을 겁니다. 스티키스홀무르에도 여러 척을 두고 있었고요."

"그 형제는 아버지의 사업을 함께 운영했나요?" 토라가 물었다.

"아니에요. 두 아들이 성인이 되기 전에 그 아버지가 사업을 다 정리하고 땅에 투자했어요. 스나이펠스네스 반도 남부지역 농지를 엄청나게 사들였어요. 결과적으로 현명한 판단이었죠. 얼마 지나지 않아 어장들이 급격한 경영난에 시달렸거든요. 트롤선이 업계를 장악하면서 기존 범선 업체들이 대부분 파산했습니다."

"그럼 그분은 그걸 미리 예측했던 건가요?"

"아뇨. 그분이 심령술사는 아니었으니까요. 혹시 그런 뜻으로 물어본 거라면 말입니다. 그저 당신의 두 아들이 바다로 나가는 걸 원치 않았던 겁니다. 너무나 많은 젊은이가 바다로 나가 익사하거나 다쳤으니, 행여 아들들이 잘못될까 두려웠겠죠. 그는 두 아들이 아직 어릴 때 레이캬비크로 보내서 교육을 받게 했습니다. 명석한 학자 성향의 그리무르는 말씀드린 대로 의사가 됐지만 비야르니는 공부와는 거리가 멀었죠. 그는 언제나 유쾌하고 붙임성이 좋은, 일종의 장난꾸러기였습니다. 모범생인 형과 정반대였죠. 그렇게 성격이 다른 형제를 찾기도 어려울 겁니다. 지금 들려드리는 얘기는 제가 직접 겪은 일이 아니라는 걸 유념하시길 바랍니다. 저도 부친으로부터 전해들은 이야기지만, 저희 아버지가 진실한 분이셨으니 적어도 이야기를 꾸며내지는 않았을 겁니다."

"그럼 그리무르는 여기서 진료를 했겠군요?" 토라가 물었다.

"네. 그는 이곳으로 돌아와 크레파 농장을 지었죠. 진료를 하면서 동시에 농장 일도 겸했습니다. 당시만 해도 여기서 의사 일만 해서는 먹고 살기가 힘들었거든요. 농장 일에 전념하려고 노력은 했지만 결과가 썩 좋지는 않았습니다. 반면 비야르니는 처음부터 농장 일에만 헌신했고, 결국 성공했죠. 나중에는 투자를 해서 돈도 많이 벌었고요."

"그런 형제에게 어떤 비극이 일어난 거죠?" 토라가 물었다.

"아, 네. 비극…," 마그누스가 근엄한 어조로 말을 이었다. "사랑이 문제였죠, 많은 경우가 그러하듯이. 비야르니는 아주 어린 나이에 매우 아름다운 여자와 결혼을 했습니다. 아달하이두르라는 여자였죠." 마그누그는 매우 애석하다는 듯한 표정을 지었다. "당시 제 나이가 어리긴 했지만, 그 얼굴은 절대 잊을 수 없습니다. 주변의 어떤 여자들보다 빼어난 미모였죠. 아름다우면서도 상냥하기 이를 데 없는 여자였죠. 게다가 부지런하기까지 했어요. 비야르니와 그녀는 레이캬비크에서 처음 만났다고 해요. 두 사람이 함께 이곳으로 이사를 했을 때만 해도 아달하이두르는 농장 일에는 문외한이었습니다. 그녀는 파티에 가는 사람처럼 옷을 입었죠. 어떤 유형인지 아실 겁니다. 당연히 이 지역 주민들은 아달하이두르가 농부의 아내로 살기에는 부적합하다고 생각했는데, 그녀 스스로 그런 편견을 완전히 깨버렸습니다. 농장 일을 배우는 데 열과 성을 다했죠. 엄청난 끈기와 노력이 필요했음에도, 얼마 지나지 않아 그녀를 탐탁지 않게 여기던 주민들을 침묵하게 만들어버린 거예요. 반면 그리무르의 아내 크리스트룬은 전혀 다른 사람이었습니다. 그녀는 이 지역 출신으로 아달하이두르처럼 근면했지만 성격이 정반대였어요. 늘 웃는 얼굴로, 이런저런 문제가 생겨도 심각하지 않게 넘기는 아달하이두르와는 딴판이었습니다. 분명한 건 두 여자 모두 각자의 남편과 잘 어울렸다는 점입니다. 비야르니는 아주 쾌활했지만 그리무르는 항상 먹구름을 두른 듯한 표정이었거든요."

"아달하이두르는 젊은 나이에 죽었나요?" 토라는 그녀가 앨범에서 자취를 감춘 걸 떠올리고는 불쑥 물었다.

"네." 마그누스가 한숨을 내쉬었다. "두 사람 사이에는 구드니라는 어린 딸이 있었습니다. 자기 엄마를 꼭 빼닮은 아름다운 아이였죠. 구드니가 태어나기 얼마 전까지, 그리무르 부부에게도 딸이 있었습니다. 에다라는 아이였는데 구드니가 태어날 즈음 사망했고, 그 일 때문에 크리스트룬과 아달하이두르 사이에 갈등이 생겼죠. 크리스트룬이 아달하이두르가 자기 딸에게 독을 먹였다고 주장한 겁니다. 말도 안 되는 소리였죠. 딸을 잃은 상실감 때문에 아마도 제정신이 아닌 상태에서 그런 말을 했을 겁니다. 당연히 형제 사이도 소원해졌고, 그 사건이 닥쳤을 즈음에는 이미 말도 섞지 않는 정도가 됐습니다."

"그 사건이라고요?" 토라가 물었다.

"아달하이두르가 패혈증으로 세상을 떠난 후 크리스트룬은 완전히 미쳐버렸다더군요. 수년 간 크리스트룬을 봤다는 사람이 없었고, 그렇게 두 형제가 남겨지게 됩니다. 동생은 어린 딸아이와, 형은 딸을 잃고 정신이 나간 아내와 남은 거죠. 자존심 때문에 그 뒤로도 서로 왕래가 없었으니, 각자 외롭고 고통스러운 시간과 싸워야 했겠죠. 그리고 시간이 흘러 전쟁 직전에 그리무르와 크리스트룬 사이에 딸이 태어났는데, 아이의 이름은 말프리두르였어요. 크리스트룬은 아이를 낳다가 죽었다고 해요. 항간에는 그 여자가 자살을 했고 그리무르가 사망진단서를 조작했다는 소문도 있습니다. 아내의 사망진단서를 직접 작성했다는 거죠. 하지만 그게 근거 있는 얘기인지는 잘 모르겠습니다. 아시겠지만 크리스트룬이 살았던 시대에는 나이든 여자가 아이를 낳는 게 지금보다 훨씬 더 위험한 일이었으니까요."

"아, 물론 그랬을 겁니다." 토라가 맞장구를 쳤다. "그럼 두 형제는 영영 화해를 하지 않았나요?"

"네. 하지만 비야르니가 병에 걸리면서 두 집안 사이에 왕래가 좀 있었을 겁니다."

"폐결핵에 걸린 게 맞나요?" 토라는 솔디스가 한 말을 떠올렸다.

"네. 비야르니는 스스로를 집에 가둔 채 레이캬비크에 있는 요양원에 입원하기를 거부했죠. 그러다가 몇 년 뒤 세상을 떠났습니다." 마그누스는 심호흡을 했다. "하지만 간병을 하던 구드니에게 이미 병을 옮긴 뒤였죠. 몇 년 안 가서 구드니도 세상을 떠났어요. 비야르니가 몸져 누운 동안 그리무르가 대신 농장을 돌봤다고 해요. 비야르니가 레이캬비크의 요양원에 가서 치료만 받았더라도 상황은 크게 달라졌을 겁니다." 마그누스는 슬픔에 잠긴 듯 희끗희끗한 머리를 가로저었다. "그 일을 겪은 후 그리무르는 딸과 함께 레이캬비크로 떠났습니다. 동생의 유산을 모두 물려받았으니 이곳에 있는 농장이나 부동산을 처분할 필요도 없었죠. 하지만 그리무르도 그리 오래 살지는 못했습니다. 레이캬비크로 이사를 가고 불과 몇 년 지나 세상을 떠났으니까요. 아내처럼 그리무르도 심각한 정신질환을 앓았다더군요."

"그럼 크리스틴은요?" 토라가 물었다. "크리스틴이 누구죠?" 순간 마그누스의 얼굴이 굳어졌다. 그는 말을 하려는 듯 입을 벌렸다가 다시 닫아버렸다. "두 농장에서 살았던 사람 중에 크리스틴이라는 이름은 없었나요?"

마그누스의 표정은 냉담하기만 했다. "네. 크리스틴이라는 사람은 없었습니다." 마그누스는 기침을 하더니 덧붙였다. "여기까지만 해야겠군요."

"한 가지만 더요. 이 지역에서 나치 조직과 관련 있던 사람이 누군지 아시나요?" 토라는 마그누스가 자신들을 문 밖으로 쫓아내기 전에 얼른 질문을 던졌다.

"더 이상 해드릴 말이 없군요." 마그누스는 자리에서 일어섰다. 잠시 비틀거리는 마그누스를 본 토라는 순간 그가 쓰러지는 건 아닌지 걱정스러웠다. 하지만 그는 곧 균형감각을 되찾고 문을 가리키며 말했다. "안녕히 가시길."

토라는 노인을 더 이상 귀찮게 하는 게 무의미하다고 생각했다. 하지만 이 농장의 비극이 나치나 크리스틴이라는 이름과 어떤 연결고리가 있는 걸까? 그리고 대체 크리스틴은 누구일까?

14장

"앞으로 며칠 동안 일정을 비워두십시오." 토롤푸르 형사가 사뭇 엄숙하게 전했다. 그는 레이캬비크에서 전화를 걸어온 참이었다. "그러니까 의뢰인의 변호인으로 참석하실 생각이라면 말입니다."

토라가 한숨을 쉬었다. "가능할지 모르겠네요. 오늘 레이캬비크로 돌아가야 하거든요."

"그렇다면, 좋으실 대로요." 토롤푸르가 잘라 말했다. "저는 단지 앞으로 며칠 간 호텔에서 머물며 진술을 받을 예정임을 알려드리는 겁니다. 시간을 놓칠 경우 증언을 확보하기 어려운 관광객을 중심으로요. 당연히 요나스 씨와도 대화를 나눌 겁니다. 그분의 변호인이라고 선언하시기에 절차상 연락하는 것뿐입니다. 물론 변호사님 일정이야 변호사님 마음대로 결정할 일이죠."

"아, 그런가요?" 토라가 씁쓸하게 대꾸했다. 토라는 가르치려 드는 형사의 태도가 몹시 불쾌했다. 하지만 요나스를 생각해서라도 경찰과 원만한 관계를 유지해야 했기에 부드러운 어조로 말을 이었다. "알려주셔서 고마워요. 일정을 조정할 수 있을지 알아보죠."

토라는 전화를 끊자마자 요나스에게 연락했다. 경찰에게 휴대폰을 압수당한 후 요나스는 비그디스의 전화기를 빌려서 사용하고 있었다. 그는 토라에게도 벽돌만한 크기의 구형 휴대폰을 빌려주었고, 토라는 그 휴대폰에 자신의 심 카드를 넣어 사용하고 있었다. 토라는 어제 있었던 일을 떠올리며 경찰이 자신의 휴대폰을 서둘러 돌려주는 일은 없을 거라고 짐작했다.

벨이 몇 번 울리자 요나스가 전화를 받았다. 주변 소리를 듣자하니 요나스는 차 안에 있는 듯했다. 경찰이 호텔 투숙객의 진술을 받는 며칠 동안 요나스와도 대화를 나누고 싶어한다고 전하자 그는 진심으로 놀랐다.

"나랑 얘기를 하고 싶어한다고요?"

"네, 물론이죠. 그 문자 잊었어요? 당신은 용의자라고요."

"그렇지만 내가 보낸 게 아니라고 말했잖아요." 요나스는 상처라도 받은 목소리로 변명했다.

"그건 알죠. 그렇다고 당신이 의심스러워 보인다는 사실 자체가 변하지는 않아요. 부드럽게 말해서 이 정도예요." 전화기 너머로 차가 삐삐거리는 소리가 들렸다. "경찰에 진술할 때 내가 동석했으면 좋겠어요, 아니면 혼자 할 수 있겠어요?"

"혼자서는 못 해요." 요나스가 겁먹은 말투로 대꾸했다. "어떻게 대처해야 할지 모른다고요. 토라가 꼭 도와줘야 해요." 그러더니 기분이 좀 나아졌는지 이렇게 덧붙였다. "당신이 살인범을 찾아주면 나로서는 그게 제일 좋아요. 그래야 경찰이 날 의심하지 않겠죠. 사례는 제대로 할게요."

토라는 참지 못하고 웃음을 터뜨렸다. "범인은 경찰이 잡을 거예요, 요나스. 걱정 말아요. 잘못한 게 없으면 잡혀갈 일도 없죠."

"그거야 모르는 일이죠." 요나스가 어정쩡한 어조로 대꾸했다. "조사받을 때 옆에 있어줘요."

"알겠어요. 그렇지만 여기서 더 머물려면 준비가 필요해요. 호텔에 내가 묵을 방은 있어요?"

"당연하죠. 7월까지는 항상 남는 방이 있어요."

"그럼 더 있을게요, 우리 애들 봐줄 사람만 찾는다면." 토라가 설명했다. "이번 주말은 애 아빠가 아이들을 보는 중인데, 벌써 일요일이니 곧 집으로 돌아올 거예요."

"그건 문제도 아니네요. 아이들을 여기로 데려오면 되잖아요!" 요나스가 경쾌하게 소리쳤다. "아이들은 자연을 좋아하니까 이곳으로 오면 해변에서 노느라 시간 가는 줄도 모를 거예요."

토라는 미소를 지었다. 길피는 컴퓨터와 인터넷만 있으면 해변 위에서도 빈둥거리며 즐겁게 시간을 보낼 것이다. "그런 상황까지는 안 생겼으면 좋겠지만, 일단 알아보고 얘기해줄게요." 토라는 전화를 끊고 매튜를 향해 돌아서며 앓는 소리를 냈다.

"왜요?" 매튜가 호기심에 찬 표정으로 물었다. "별로 기분 좋은 목소리가 아닌데요."

"네, 아니에요." 토라가 묵직한 휴대폰을 만지작거리며 얼굴을 찡그렸다. "요나스가 경찰조사를 받을 때 같이 있어달래요."

매튜가 환하게 웃었다. "잘된 일이잖아요? 어차피 난 서둘러 떠날 생각도 없었다고요."

토라가 힘없이 미소를 지으며 설명했다. "그렇죠. 아이들만 아니라면 잘된 일이죠. 지금 애 아빠랑 같이 있는데 원래대로라면 조금 있다가 데리러 가야 한단 말이에요."

"아." 매튜는 알겠다는 듯 대꾸했지만 토라가 지금 어떤 상황에 처한 건지 제대로 이해하지는 못했다. "아이들한테 전화해서 그 집에 며칠 더 있으라고 하면 안 돼요?"

"네, 어차피 다른 선택지가 없네요." 토라가 뾰로통하게 대답했다. 그녀는 비위를 맞추려고 굽실대는 자신의 모습에 한스가 얼마나 즐거워할지 너무도 잘 알았다. 그래서 더더욱 그에게 아쉬운 소리를 하고 싶지 않았다. 물론 정반대의 입장이었다면 토라도 전 남편에게 똑같이 굴었을 테지만.

전화상으로 토라와 한참 언쟁을 벌인 끝에 한스는 아이들을 딱 하룻밤만 더 재워주는 데 합의했다. 한스는 아이들을 돌보느라 미뤄왔던 운동이며 여러 가지 귀찮은 일들을 처리해야 한다고 우는 소리를 해댔다. 토라는 한스를 달래듯 그 심정 이해한다고 말하면서, 혹시 최근에 살이 찐 건 아니냐고 묻는 것도 잊지 않았다. 토라는 전화를 끊으면서 한스가 트레드밀 위에서 달리기를 하다가 발목이라도 삐끗하기를 간절히 바랐다. 그녀는 일시적인 충동을 이기지 못하고 전화기를 향해 혀를 뾰죽 내밀기까지 했다.

"이혼한 남편에게 성숙하게 대처하는 모습을 보니 참 좋네요." 매튜가 참견했다. "전 부인의 상황까지 이해해주는 남자는 그리 많지 않다고요."

토라는 매튜를 향해서도 미간을 찌푸렸다. "그거 경험에서 나온 말이에요?" 토라가 이렇게 묻더니 덧붙였다. "애들을 겨우 하루만 더 맡아준다잖아요. 그러니까 애 봐줄 사람을 구하든지, 아니면 집으로 돌아가야 해요."

"난 이혼한 적 없어요. 내게 딱 맞는 여자를 찾는 게 쉽지 않더라고요." 매튜가 대꾸했다. "물론 최근 들어 상황이 나아지긴 했지만요." 토라의 못마땅한 표정을 본 매튜는 손뼉을 치더니 화제를 돌렸다. "이제 시간도 얼마 남지 않았으니, 현명하게 시간을 보내야겠군요. 걷는 건 이 정도면 충분한 듯한데, 뭘 하고 싶어요?"

"한 가지 확실한 건 내가 사건에 대해 더 많이 알면 알수록 요나스가 조사를 받을 때 도움이 된다는 사실이에요." 토라는 이렇게 말하더니 잠시 생각에 잠겼다. "다른 손님들을 더 만나보거나 아니면 유령 이야기의 진원지인 아우라 전문가 에이리쿠르를 찾아봐야겠어요. 요나스 말로는 어제 호텔에 돌아왔을 거라던데요."

매튜가 의기소침한 표정을 지었다. "아, 내 말의 의도는 그게 아니잖아요. 다른 손님이나 아우라 전문가를 찾아나설 생각은 눈곱만큼도 없어요."

토라는 얼굴을 붉혔지만 애써 못 알아들은 척했다. "가요, 어서움직여야죠. 말한 대로 남은 시간을 최대한 활용해야 해요."

에이리쿠르는 앞에 펼쳐놓은 타로 카드를 바라보았다. 펜타클킹, 좋은 뜻이군. 데스, 안 좋은 거네. 그는 검지로 데스 카드의 끄트머리를 만지작거리면서 생각에 잠겼다. 똑같은 카드가 두 번 연속 나온 것이다. 타로 카드에 대해 잘은 몰랐지만, 이럴 가능성이 매우 낮다는 것 정도는 알았다. 이 두 장의 카드가 말하는 게 뭘까? 그는 타로 카드에 대해 잘 아는 사람을 찾아볼까 하다가 너무 귀찮은 일이라는 생각에 마음을 접었다. 이 아늑한 직원 전용 오두막을 나가 호텔까지 걸어가야 하는데, 굳이 그렇게까지 하고 싶지는 않았다. 이곳엔 유선전화도 없었고, 휴대폰 연결상태도 형편없었다. 게다가 에이리쿠르는 한 번도 휴대폰을 사용해본 적이 없었다. 아우라 전문가로서 휴대폰의 전자파가 얼마나 안 좋은 영향을 미치는지 그 누구보다 잘 알기 때문이다. 휴대폰에 대고 통화를 하고 있으면 1분 1초가 무섭게 아우라의 기운이 약해진다는 걸 알기에, 그런 짓을 하느니 차라리 가장 가까운 유선전화가 있는 곳으로 걸어가는 게 나았다. 아니, 자신이 어떻게든 카드의 의미를 직접 해석해낼 수 있을 것이다. 그는 한쪽 손바닥으로 이마를 괴고 카드를 응시하며 집중했다. 펜타클 킹과 데스 카드라.

에이리쿠르는 몸을 바로 세웠다. 어쩌면 데스는 에이리쿠르 자신이나 다른 누군가의 죽음이 아니라 그 건축가의 죽음을 의미하는 게 아닐까? 그는 혼자 고개를 끄덕였다. 틀림없어. 그녀의 죽음이 내 인생에 엄청난 영향을 끼칠 거라고 예언하는 거야. 그러니까 똑같은 카드가 반복해서 나온 거겠지. 그렇다면 펜타클 킹은 무슨 뜻이지? 에이리쿠르는 타로에 대한 기초적인 정보를 어디선가 들은 적이 있었다. 아마도 펜타클 킹은 재물을 의미할 것이다. 이 두 카드가 어떻게 연결되는 거지? 그녀의 죽음으로 인해서 부자가 된다는 뜻일까? 에이리쿠르는 비르나에게 경고했었다. 그녀의 아우라는 먹구름처럼 검었다. 그건 불길한 징조일 수밖에 없었다. 이 예지력을 어떻게든 활용하면 아우라 전문가로서 유명세를 타게 된다는 뜻일까? 비르나의 죽음을 예측했다는 사실을 누구에게도 알리지 않은 게 아까울 뿐이었다. 이제 그 사실을 증명할 사람은 에이리쿠르 자신뿐이었다. 다른 사람들이야 그가 말을 지어낸다고 생각할 게 뻔했다.

에이리쿠르는 담배를 피우고픈 충동을 누르기 위해 신음했다. 요나스는 호텔에서 직원들이 흡연하는 걸 못마땅해했다. 여기서 10대처럼 몰래 숨어 담배를 피워야 한다는 사실이 에이리쿠르는 영견디기 힘들었다. 그러기에는 자신의 나이가 너무 많았다. 아무에게도 들키지 않게 담벼락에 몰래 숨어서 담배를 피우는 신세라니. 한심하기 짝이 없었다. 영양사나 개인 트레이너에게 금연을 요구하는 건 납득할 수 있다. 하지만 제정신 박힌 손님이라면 그 누가 담뱃불을 붙이는 아우라 전문가를 보고 항의를 할까? 아마 한 명도 없을 것이다. 담배 생각에 빠져있던 에이리쿠르는 한순간 정신이 번쩍 들었다. 머릿속 깊이 잠들어있던 기억이 갑자기 떠오른 것이다. 비그디스가 뭐라고 했더라? 시신은 금요일에 발견됐지만, 목요일 저녁 이후로 비르나를 본 사람은 없다고 했다. 그가 몰래 담배를 피우러 나갔던, 교령회가 열린 바로 그날 저녁이었다. 당시에는 미처 알아차리지 못했던 사실이 불현듯 이해되기 시작했다. 그 사람이 뭘 하고 있었는지. 자신이 살인범을 목격한 것이다. 담배를 피우는 게 백해무익하다고? 에이리쿠르는 이런 생각을 하며 우쭐해졌다.

그는 카드를 한데 모으며 미소 지었다. 이제야 펜타클 킹이 어떻게 죽음과, 그러니까 데스 카드와 연관이 있는지 깨달았다. 더러운 곳에 돈이 있다는 옛말처럼, 돈이 그에게 굴러 들어올 참이었다. 정확한 액수는 협상을 해봐야 알겠지만, 비밀유지는 값을 매길 수 없을 만큼 귀중하겠지? 하지만 그는 공평한 사람이었고, 세세한 부분에 대해 지나치게 신경 쓰지 않을 생각이었다. 잽싸게 호텔로 가서 전화를 쓰고 정제된 언어로 고용주인 요나스에게 몇 마디 쏘아붙여 주면 그만이었다. 밥줄 끊길 걱정 없이 당당하게 요나스와 대화를 나누는 건 틀림없이 즐거운 경험일 게다. 오랫동안 고대해온 경제적 자립이 눈앞에 보이기 시작했다. 더 이상은 사장에게 굽실거릴 필요도 없었다.

그는 카드를 상자 안에 넣고 자리에서 일어나 밖으로 나갔다. 지체할 시간이 없었다. 당장 협상에 들어가야 했다. 어찌나 서둘러 나갔는지, 이번에는 문 앞 옷걸이 옆에 매달린 작은 거울에 얼굴을 비춰보며 자신의 외모에 감탄할 새도 없었다. 만약 거울에 얼굴을 비춰봤다면 자신의 아우라가 매우 무겁고 어둡다는 사실을 알아챘을 것이다. 그의 아우라는 칠흑처럼 어두웠다.

토라가 한숨을 쉬며 중얼거렸다. "그러니까 다들 나간 거예요?"

비그디스가 토라를 냉정하게 바라보며 대답했다. "뭐, 그렇다고 말할 수는 없지만 손님들 대부분은 여기 머무는 동안 관광을 하거나 다른 여흥거리를 찾아다니게 마련이니까요. 이 호텔까지 온 손님들이 변호사님을 만나려고 방에 틀어박혀 있을 리 없잖아요."

비그디스의 말을 한 마디도 알아듣지 못한 매튜가 그녀를 향해 상냥한 미소를 지어보였다. "날이 좋네요." 그가 영어로 말했다.

"아주 좋죠." 비그디스가 대꾸했다. "아마도 그래서 호텔에 남아 있는 손님이 별로 없는 것 같아요." 비그디스는 토라를 향해 말했다. "무례하게 구는 게 아니라 그냥 변호사님을 도와드릴 수 없는 거예요. 저녁식사 시간이 되면 손님들이 돌아올 거예요. 새로 체크인할 손님들이야 물론 좀 더 일찍 찾아오겠지만, 오늘은 아직까지 체크인을 한 손님도 없어요."

"젠장." 토라가 물었다. "그럼 직원들 중에도 잠깐 대화를 나눌 만한 사람이 없을까요?"

비그디스가 고개를 저었다. "지금 호텔에 있는 직원이 많지도 않을 뿐더러 다들 일하느라 바빠요. 저녁시간이 지나야 한가해질 거라고요." 비그디스가 의심스러운 눈초리로 물었다. "그나저나 뭘 알고 싶으신 거예요?"

"특별한 건 없어요." 토라가 설명했다. "그저 비르나에 대해 더 알고 싶을 뿐이에요. 여기서 무슨 일을 했고 누구랑 어울렸는지 등등. 누군가 그녀의 죽음에 대해 설명을 해줄지도 모르잖아요."

"살인사건이라고 해야 더 정확하죠." 비그디스가 토라의 말을 바로잡았다. "머릿속이 꽉 막혀버렸으면 교회에 한번 가보세요. 비르나도 종종 거기에 갔거든요. 제가 열쇠를 빌려줘서 알아요."

"교회요?" 토라가 물었다. "무슨 교회요?"

"근처에 있는 작은 교회예요. 원래 이 농장의 일부는 아닌데, 저희가 열쇠를 보관하고 있어요. 관광객을 태운 버스가 거기에 들를

때가 있거든요. 외국인들이 보기에는 교회가 귀여운 모양이에요."
비그디스가 데스크 아래로 손을 뻗더니 오래된 열쇠 하나를 건넸
다. "문을 좀 민 상태에서 열쇠를 돌려야 열려요." 매튜가 열쇠를
받아들자 비그디스는 교회의 위치를 설명했다. "1864년도에 지어
진 교회지만 아직도 지역 주민들이 예배를 드리는 곳이에요. 그러
니까 어지럽히지 마세요." 비그디스가 하품을 하며 덧붙였다. "비
르나가 교회 묘지를 보고 와서 엄청 흥분했던 게 기억나요. 거기서
비석을 찾고 있었던 것 같던데."

그는 방을 엉망으로 만들었다. 방 안의 모든 걸 샅샅이 뒤져보았
지만 아무것도 찾을 수 없었다. 그 멍청한 여자가 대체 그걸 어디
다 둔 거지? 좌절감에 한숨을 내쉬며 소리가 밖으로 새어나가지 않
게 조심했다. 그것만 찾으면, 이 모든 불미스러운 사건에도 마침내
종지부를 찍을 수 있게 된다. 그는 문에 귀를 갖다 대고 숨을 죽였
다. 복도에서는 아무 소리도 들리지 않았다. 다시 방을 향해 돌아
섰다. 계속해서 찾아야 하나, 아니면 그게 여기 없다는 사실을 받
아들여야 할까? 더 이상 방을 뒤지는 건 무의미해 보였다. 정원으
로 이어진 문으로 다가가 커튼 틈으로 조심스럽게 밖을 내다보았
다. 주변에 아무도 없었다. 그는 조용히 문을 열고 밖으로 나왔다.
문을 닫고 장갑을 벗어 주머니에 넣은 다음 서둘러 빠져나왔다. 그
렇다면 대체 어디에 있는 거지?

15장

교회는 해변에서 얼마 떨어지지 않은 초원 위에 서있었다. 나지막한 언덕 위에 자리한 교회는 아담한 크기에 새카만 목재로 지어져 토라로 하여금 초등학교 시절 그렸던 교회 그림을 떠올리게 했다. 작은 교회 건물 위로 뻗어나온 첨탑과 그 위의 십자가. 토라의 그림이 보다 밝은 색으로 칠해지긴 했지만, 이 교회 건물에는 검정색이 잘 어울린다는 사실을 인정하지 않을 수 없었다. 하얀 페인트로 마무리한 창문과 출입문이 돋보였다. 전체적으로 마을 사람들이 형편 닿는 데까지 교회 장식에 신경을 쓴 흔적이 역력했다. 이런 색상으로 칠해진 교회를 한 번도 본 기억이 없는 토라는 건물이 처음부터 이 색깔이었는지 궁금해졌다. 건축사에 관한 그녀의 지식수준이 빈약하기는 했지만, 옛날에는 건물에 페인트 대신 타르를 칠했다는 사실 정도는 알았다. 토라는 스스로 이렇게 믿기로 마음먹고 매튜에게 마치 이것이 엄연한 사실이라도 되는 양 설명했다. 매튜는 토라의 설명을 진지하게 받아들였다.

교회를 에워싼 널따란 돌담은 풀과 이끼로 뒤덮여서, 그 사이로 회색 돌이 드문드문 보였다. 돌담 앞쪽에 세워진 높다란 철문은 경내로 연결되었다. 매튜와 토라가 철문을 열자 오래된 문이 요란스럽게 삐걱거렸다. 두 사람이 교회 마당으로 들어서자마자 토라가 말했다. "봐요. 묘지가 있어요." 마당 가장자리의 비석 몇 개가 시야에 들어왔다.

"이곳에서 사망한 사람의 숫자가 예상보다 적었던 모양이에요." 매튜가 예배당과 비석 사이에 널찍하게 비어있는 구역을 바라보며 말했다.

"그러게요. 다만 뭔가 이상해요. 비그디스 말로는 교회에서 아직도 예배가 열린다던데, 아마 시간이 지나면 무덤이 더 생기겠죠."

"그럴 것 같지 않은데요." 매튜가 이렇게 대꾸하며 예배당 출입문으로 다가가 잠금장치를 확인했다. "어떻게 해야 열린다고 했죠? 밀어요, 아니면 당겨요?"

"밀라고 했던 거 같아요. 그게 아니면 당기면 되죠. 어차피 둘 중 하나잖아요." 토라가 애매모호하게 말했다. 토라는 매튜를 지켜보는 대신 묘지와 비석들을 둘러보았다. "크리스틴의 무덤을 찾을 수 있을까요?" 토라가 매튜를 향해 돌아서며 중얼거렸다. 매튜는 열쇠로 문을 열기 위해 진땀을 빼고 있었다. "비르나도 여기 와서 틀림없이 크리스틴의 무덤을 찾았을 거예요."

"나야 모르죠." 매튜가 받아쳤다. "나한테는 지금 이 망할 문을 여는 게 제일 중요하다고요." 그는 한쪽 어깨로 문을 밀면서 열쇠를 돌렸다. 그러자 작게 달칵 하는 소리가 들렸다. "나 엔들리히!"

(독일어로 '드디어!'라는 뜻—옮긴이). 매튜는 뿌듯하게 외치며 문을 열었다. "비테, 프라우."(독일어로 '여자 분, 먼저'라는 뜻—옮긴이).

문 바로 안쪽 공간은 사람 넷이 겨우 들어설 정도로 비좁았다. 그곳을 벗어나면 제단과 긴 좌석, 설교단이 있는 본당이 나왔다. 대부분 목재로 짜인 실내는 은은한 색상의 페인트가 칠해지고 좌석을 따라 난 통로와 천정 가장자리는 꽃무늬로 장식되어 있었다. 골고다 언덕에서 십자가에 못박히는 예수 모습을 담은 제단화를 제외하면, 전체적으로 깔끔하고 아늑한 분위기였다.

"이 좌석들은 왜 이렇게 작을까요?" 매튜가 앉으려고 애를 쓰며 불평했다. 의자가 너무 작아 엉덩이를 제대로 붙일 수 없었다. 앞 좌석과의 간격도 좁아 다리를 펼 수도 없었다.

"분명 신도들이 예배 중에 졸지 않게 하려는 의도에서 이랬을 거예요. 아니면 공간을 최대한 활용하려 했거나. 아무래도 이게 더 그럴 듯한 추측이네요."

"아이슬란드가 예전에 난쟁이들의 나라였다면 그렇겠죠." 매튜가 자리에서 일어서며 대꾸했다. 그는 토라가 서있는 2층 발코니로 통하는 계단 옆으로 다가왔다. "저 위도 둘러볼까요? 들어온 지 15초밖에 안 됐는데 1층은 이미 다 본 거 같아요."

두 사람은 좁은 계단을 따라 2층으로 올라갔다. 모든 게 1층과 마찬가지로 부드러운 색상의 페인트로 칠해져 있었다. 난간에 기대서니 1층 본당이 훤히 내려다보였다. 천정 중간에 매달린 황동 샹들리에가 토라의 눈에 선명하게 들어왔다. 둘은 주변을 두리번거렸지만 볼 게 많지는 않았다. 한쪽에 자리잡은 오르간 위에 악보집

211

이 펼쳐져 있고, 찬송가집을 비롯한 여타 합창 용품이 들어있는 나무함이 놓인 게 보였지만 그밖에는 아무것도 없었다.

"시간만 버렸네요." 토라가 실망한 투로 말했다. "좀 더 흥미진진한 뭔가가 있을 줄 알았는데."

"예를 들면요?" 매튜가 물었다. "살인사건과 관련된 게 여기 있을 리 없잖아요. 비르나는 교회 건물을 보고 들뜬 거예요. 건축가잖아요."

토라는 납득하지 못하겠다는 듯 얼굴을 찡그렸다. "이 안에 창고 같은 공간이 있지 않을까요? 목사들이 예배를 볼 때마다 짐을 다 끌고 오갈 리는 없잖아요."

매튜가 어깨를 으쓱했다. "제단에 성경이 있잖아요. 그게 예배에 필요한 전부인가 보죠. 거기에 촛대 두 개만 있으면 되겠죠."

"교회 기록지요? 모든 교회는 의무적으로 기록지를 두게 되어 있지 않아요?" 토라가 다시 난간에 기대 교회 안을 둘러보았다. 어딘가 수납장이나 상자가 교묘하게 숨겨져 있을지 모르는 일이지만, 그럴 만한 공간이 눈에 띄지 않았다. "교회에서 일어난 모든 일을 기록해두는 기록지가 있을 거예요."

매튜가 의아한 표정으로 바라보았다. "그게 무슨 소리예요?"

"결혼식, 세례식, 견진성사 같은 거 말이에요. 그런 걸 모조리 교회 기록지에 기록해둔다고요." 토라는 계단이 있는 반대편 벽 쪽으로 다가가며 해치 같은 뚜껑이 나타나길 기대했다. "이럴 줄 알았어!" 토라는 위쪽 천정에서 직사각형의 해치를 발견하고는 신이 나 소리를 질렀다. "이 위에 뭔가가 있을 거예요."

매튜가 토라 옆으로 다가오며 위를 올려다보았다. 천정이 낮았기 때문에 매튜가 어려움 없이 해치를 열 수 있었다. 두 사람 모두 머리 위의 어두컴컴한 구멍을 들여다보았다. "안쪽에 계단이 있는 거 같아요." 매튜가 말했다. "조명이 있으면 좋을 텐데."

토라가 계단 옆쪽에 있는 구식 스위치를 올리자 벽에 붙은 전구 몇 개에 불이 들어왔다. "이제 보여요?"

"그렇기도 하고, 아니기도 해요." 매튜가 말했다. "안이 보이기는 하는데, 아무것도 없어요."

"아무것도 없다고요? 책 한 권도 없어요?" 토라가 안을 보기 위해 목을 쭉 빼며 절망적인 목소리로 물었다.

"네. 내가 보기에 이건 그냥 첨탑으로 이어진 통로예요. 여기에 책을 보관할 리 없어요." 그는 구멍 가장자리를 양 손으로 잡더니, 위로 몸을 끌어올렸다. "아무것도 없어요." 그가 아래로 내려와 먼지 묻은 두 손을 털어냈다. "비그디스는 교회 기록지가 어디 보관 돼 있는지 알지도 몰라요. 열쇠도 보관하고 있었으니, 혹시 모르죠. 그런 것들을 관리하고 있을지도."

"난 그냥 제단이나 자세히 살펴볼래요." 토라가 말했다. "어딘가 숨겨진 공간이 있을 거예요." 두 사람은 1층으로 내려왔고, 토라는 매튜를 앞질러 고난의 예수가 그려진 제단화 앞으로 갔다. 언뜻 보기에 제단 위에는 성경 한 권과 커다란 촛대 두 개만 놓여있는 듯 했다. 제단화 아래에는 아름답게 수놓인 보라색 직물로 덮은 테이블이 벽에 바짝 붙어있었다. 토라가 보라색 직물을 들추자 테이블 가운데 작은 수납공간이 드러났다. "매튜, 이것 좀 봐요." 토라가 불렀다. 토라는 몸을 수그려 움푹 들어간 손잡이를 잡았다. 다행히 뚜껑은 잠기지 않아서 토라가 손잡이를 잡아당기자 삐거덕거리는 소리를 내며 열렸다. 토라는 개선장군이라도 된 듯한 눈빛으로 매튜를 돌아보며 안에 있던 세 권의 가죽양장본을 꺼냈다.

맨 위에 놓인 책은 비교적 새 것이었다. 표지를 펼친 토라는 더 이상 볼 것도 없겠다고 생각했다. 첫 페이지의 날짜가 1996년으로 기록돼 있었기 때문이다. 두 번째 책을 열어 뒤로 넘기자 1940년 즈음의 날짜가 나왔다. "크리스틴은 전쟁이 터진 시기에 이곳에 살았을 거예요." 토라가 말했다. "그 농가 서까래 옆에서 발견된 사진 속 영화배우들이 그 무렵 사람들이거든요." 토라가 전부 훑어보았지만 아무것도 찾을 수가 없었다. 출생기록과 세례식, 결혼식, 사망기록 등이 나온 책자 어디에도 크리스틴의 흔적은 없었다.

책자를 넘기며 1941년의 기록을 살펴보던 토라가 문득 고개를 갸웃했다. 어느 신부의 이름이 기록된 왼쪽 페이지의 맞은편 우측 페이지에 곧바로 장례식에 관한 기록이 나온 것이다. "그것 참 이상하네." 토라는 중얼거리며 책을 활짝 펼쳐 가운데 이음새 부분을 자세히 살폈다. 토라가 책을 매튜에게 넘기며 말했다. "봐요, 중간에 한 장이 찢겨나갔어요."

매튜가 책을 자세히 들여다보더니 고개를 끄덕였다. "그렇군요." 그가 책을 다시 토라에게 넘겼다. "이상하네요. 누가 이런 짓을 했을까요? 누군가 결혼식 기록을 없애고 싶었을까요?"

"아니면 아이의 출생기록을 지우고 싶었을 수도 있죠." 토라가 중얼거렸다. "이 시기에 태어난 아이의 출생기록을 없애면 아이의 모든 기록을 지우는 셈이 되니까요. 당시에도 주민등록제도가 있었는지 모르지만, 설령 있었다고 해도 이런 시골에서 제대로 작동됐을지는 알 수 없죠. 누군가를 시스템 밖으로 밀어내는 건 별로 어렵지 않았을 거예요." 토라는 세 권의 책자 어디에도 크리스틴의 흔적이 없다는 사실을 확인한 후 책을 다시 넣어두었다.

두 사람은 묘지로 나갔다. 무덤 몇 개를 지나쳤을 뿐인데, 세월의 흐름이 고스란히 느껴졌다. 아담한 묘지의 비석 대부분에는 이렇게 새겨져 있었다. '남아─사산됨.' '여아─세례받지 않음.' 같은 부모에게서 태어난 여러 명의 아이들은 대개 나란히 묻히거나 비석 하나에 몰아서 설명이 새겨져 있었다. 토라는 아는 이름이 나올지도 모른다는 기대감으로 모든 비석을 차분하게 살펴보았다. 크리스틴이라는 이름이 새겨진 비석을 두 개 발견했지만, 둘 다 노년에 사망한 사람이었다. 토라는 두 비석 아래 묻힌 크리스틴이 서까래 아래에 새겨진 수수께끼의 주인공일 가능성은 거의 없다고 생각했다.

잠시 후 매튜와 토라는 낮은 울타리를 사이에 두고 나란히 자리한 두 개의 무덤을 발견했다. 두 무덤 모두 눈에 띄게 크고 장엄한 비석이 세워져 있었다. 밝은 톤의 비석은 높이가 족히 150센티미터는 되어보였다. 주황색 이끼류가 여기저기를 뒤덮은 두 비석 중하나에는 몸을 동그랗게 구부려 자신의 꼬리를 물고 있는 뱀과 등잔이 새겨졌다. 토라는 두 심벌의 의미를 이해하지 못했지만 '기드온 성경' 표지에 등잔이 그려져 있었다는 사실을 기억해냈다. 비명을 읽어 내려가다 보니, 지금은 호텔의 일부가 된 키르큐스테트 농장 가족들의 이름이 차례로 나왔다. 맨 위에 가장의 이름 '비야르니 토롤프손, 키르큐스테트의 농부 1896-1944'가 등장하고, 그 밑에 부인의 이름이 새겨져 있었다. '그의 아내 아달하이두르 욘스도티르 1900-1928'. 그 아래 두 개의 이름이 더 등장했다. '비야르니 1923-1923' '구드니 1924-1945'.

"내가 말한 사진 속 가족들이에요. 마그누스도 안다고 했던 그 사람들 말예요." 아이슬란드어를 모르는 매튜도 비명의 내용 정도는 이해할 수 있었다. 그는 상체를 구부려 비명을 읽어 내려갔다. 토라가 말을 이었다. "마그누스의 말에 의하면 아버지와 딸은 폐결핵으로 사망했고, 그 부인은 이미 수 년 전 패혈증으로 죽었다고 했어요." 토라는 아달하이두르의 생몰연도를 가리켰다. "호텔 여직원 말로는, 이 농장에서 근친상간이 일어났다고 했고요. 어쩌면 비야르니와 구드니 사이에서 일어난 일인지도 모르죠."

"그게 사실인지는 알 수 없잖아요." 매튜가 지적했다. "어떻게 그녀가 70년 전에 있었던 근친상간에 대해 알 수 있겠어요?"

"동네 할머니가 말해줬대요." 토라가 덧붙였다. "나는 대체로 할머니들이 거짓말을 하지 않는다고 믿거든요."

"모든 할머니들이 다 똑같지는 않죠." 매튜가 씩 웃었다. "그런 얘기는 의심하면서 들을 필요가 있어요. 선량해 보이는 꼬부랑 할머니가 들려준 얘기라고 해도."

"그래야겠죠." 토라가 수긍했다. "그리고 구드니를 위해서라도 그게 헛소문이었으면 좋겠어요." 토라는 태어난 해에 사망한 아이의 이름을 가리키며 말을 이었다. "사진에서 아달하이두르가 임신한 모습은 확인했는데, 그 이후 아기의 모습은 보이지 않더라고요.

분명 며칠 못 살고 죽었을 거예요."

"여기 묻힌 대부분의 아이들처럼요." 매튜가 다른 무덤을 둘러보며 말했다. "몇 년 살지 못하고 세상을 떠난 아이들 무덤이 절반을 넘는군요."

"이곳에서는 아이들을 성인이 될 때까지 키울 수 없다고 여겼다는 말이 사실인가 봐요." 토라는 주위를 둘러보았다. "당시 아이슬란드 전역의 영아사망률이 이 정도로 높았던 게 아니라면 말이에요. 이게 다 과거의 일이라는 게 천만다행이에요." 토라는 몸서리를 치며 좀 더 평범해 보이는 옆 무덤으로 다가갔다. "이상해요." 묘비의 절반 정도에만 비명이 새겨져 있었다. "이름이 둘뿐이에요. '그의 아내 크리스트룬 발게이르스도티르, 1894-1940' 그리고 아래에는 '에다 그림스도티르, 1921-1924'라고만 나와있어요." 토라는 매튜를 쳐다보며 말을 이었다. "남편의 이름은 없지만 분명 비야르니의 형 그리무르 토롤푸르 가족 무덤일 거예요. 아내와 딸의 이름이 일치해요."

"크리스틴을 죽였다는 '아빠'가 이 사람일까요? 어쩌면 살인자는 가족 곁에 묻히지 못했을지도 몰라요. 아니면 아직도 살아있는 걸까요? 어느 쪽이든 여기 묻히지 않은 건 분명하군요."

토라가 고개를 저었다. "그럴 리 없어요. 마그누스 말로는 그리무르가 레이캬비크로 이사를 하고 몇 년 뒤에 죽었다고 했어요."

"그럼 대체 어디 묻혔을까요?" 매튜가 물었다. "본래 여기 묻혔어야 마땅한데요. 비석에 남은 공간도 많잖아요. 이렇게 빈 공간이 많은 것도 좀 이상하군요."

토라는 뒤로 돌아 묘지를 둘러보았다. "여기 묻혔을 리 없어요. 비석에 이름이 없잖아요." 두 사람은 경내를 모두 돌아다녔지만 그리무르나 크리스틴의 무덤은 찾을 수 없었다. "크리스틴은 정말 고양이의 이름이었을지도 몰라요." 삐걱거리는 철문을 통과하며 토라가 의기소침하게 중얼거렸다.

"그럼 찢겨나간 교회 기록지는 어떻게 된 거죠? 다음에는 요나스에게 부탁해 땅을 판 남매와 이야기를 나눠보는 게 어때요?" 매튜가 제안했다. "유령 이야기를 핑계 삼아 농장의 역사에 대해 캐내면 되겠네요. 그리무르와 크리스틴에 대해 알아볼 수도 있고."

토라가 생각에 잠긴 듯 고개를 끄덕였다. 나쁘지 않은 선택지였다.

엘린 토르다르도티르는 전화를 끊은 뒤에도 수화기에서 손을 떼지 않았다. 그녀는 깊이 한숨을 내쉬고는 다시 수화기를 들어 귀에 갖다 댔다. 빠르게 번호를 누른 그녀는 신호가 가는 동안 안절부절 못하며 기다렸다. "오빠." 엘린이 다짜고짜 불렀다. "무슨 일이 있었는지 알아?"

"무슨 일이야, 엘린? 지금 통화하기 어려워." 뵈르쿠르는 동생이 전화를 걸 때마다 매번 기분이 좋지 않았다. "집에 일이 좀 있어."

"무슨 일인데?" 엘린은 이렇게 물었지만 보나마나 오빠의 아내 스바바가 문제를 일으킨 게 틀림없었다. 신경질적인 성격의 스바바는 사소한 일에도 신경쇠약 직전 상태까지 갔다.

"그건 네가 알 바 아니고," 뵈르쿠르가 쏘아붙였다. "뭣 때문에 전화한 거야?"

오빠의 쌀쌀맞은 말투에 익숙한 엘린은 냉담한 반응을 무시했다. 엘린은 한결같이 땅 매매를 반대했지만 끝없이 이어지는 오빠의 잔소리에 결국 두 손 들어버렸다. 어머니마저 오빠의 생각에 반대하지 않은 게 안타까울 뿐이었다. 결과적으로 땅 판 돈은 자식들에게 돌아갔지만, 어디까지나 소유권은 어머니에게 있었기 때문이다. 뵈르쿠르가 기어코 어머니를 구워삶은 덕이었다. 엘린은 이제야 권위적인 오빠에게 복수할 기회를 잡은 셈이다. "토라라는 여자한테 전화가 왔어. 키르큐스테트랑 크레파를 사간 요나스의 변호사라고." 엘린은 오빠를 안달나게 할 의도로 말을 잠시 멈췄다.

"그래서?" 뵈르쿠르는 여전히 짜증을 냈지만 궁금해하는 기색이 역력했다. "원하는 게 뭐래?"

"문제가 있는 모양이야." 엘린이 우쭐거렸다. "요나스가 땅에서 숨겨진 결함을 발견했는데, 그 부분에 대해 상의를 하고 싶대."

"말도 안 되는 소리! 숨겨진 결함? 땅에서? 그 사람들 머리가 어떻게 된 거야? 무슨 결함이 있어? 토양이 오염되기라도 했대?"

엘린은 오빠가 한동안 지껄이는 걸 듣고만 있다가 느긋하게 끼어들었다. "자세한 얘기는 안 했어. 그냥 만나고 싶다고만 했지. 가급적이면 현장에서 만나자더군."

"현장에서? 그 여자는 내가 스나이펠스네스로 하이킹이나 갈 만큼 한가한 사람인 줄 아나보지?" 뵈르쿠르는 이제 거의 고함을 치고 있었다. "일 때문에 정신없다고! 일에 파묻혀 죽을 지경이야!"

"오, 힘들겠네." 엘린이 연민을 가장해 대꾸했다. "아무래도 나혼자 가는 게 좋겠어."

뵈르쿠르가 잠시 뜸을 들이더니 툭 내뱉었다. "아냐, 나도 갈 거야. 언제 만나기로 했어?"

"내일." 엘린이 대답했다. "오늘 밤에 스티키스홀무르로 미리 가 있으면 어때? 그럼 내일 아침 일찍 운전할 필요도 없잖아."

"봐서. 저녁 전에 일을 좀 마무리하면 미리 갈 수 있겠지."

"오빠." 엘린이 불렀다. "한 가지 더 있어. 내 생각엔 숨겨진 결함이라는 게 어딘가 이상한 건가봐. 변호사가 전화상으로 아주 수상쩍게 굴었어."

"수상쩍다는 게 무슨 뜻이야?" 뵈르쿠르가 물었다.

"그냥 수상했어. 뭔가 이상한 일이 벌어지고 있는 것만은 분명해. 그게 뭔지는 나도 모르겠어."

"혹시 뉴스에 나온 그 시신이랑 관련 있는 거 같아?" 뵈르쿠르가 당황한 듯 떨리는 목소리로 물었다.

"아, 아니. 그 생각은 못 했네." 엘린이 대답했다. 그녀는 마치 다른 사람이라도 된 것 같은 뵈르쿠르의 목소리에 놀랐다.

통화를 마친 엘린은 전화기 옆에 앉아 생각에 잠겼다. 전해들은 사건 내용을 떠올리던 엘린은 시신이 주말 직전에 발견됐다는 사실을 기억해내고는 미간을 찌푸렸다. 뵈르쿠르가 사소한 일로 스나이펠스네스까지 헛걸음을 했던 것도 바로 그때였다. 우연의 일치치고는 뜻밖이었다.

16장

"이쯤일 거예요." 토라가 해변을 훑어보았다. "여기서도 쓸 만한 정보를 얻기는 어렵겠네요." 발밑에서 자갈이 달그락거렸다. 썰물이었지만 동그랗게 깎여나간 자갈들은 여전히 젖어있었다. 이 장엄한 풍경에는 며칠 전 이곳에서 시신이 발견됐다는 사실을 짐작할 만한 구석이 전혀 없었다. 토라는 자신이 뭘 기대하고 있었던 건지 문득 궁금해졌다. 노란 폴리스라인?

매튜가 손목시계를 들여다보며 말했다. "호텔에서 여기까지 걸어서 정확히 35분 걸린다는 사실은 알아냈네요."

"하지만 빠르게 걷지 않았잖아요. 최대한 서둘렀으면 얼마나 걸렸을까요?"

매튜가 어깨를 으쓱했다. "글쎄요. 25분 정도 걸렸겠죠. 뛰지 않는 이상 시간이 크게 단축되지는 않았을 거예요."

"그렇다면 누군가 호텔에서 여기까지 내려와 비르나를 죽이고 한 시간 안에 호텔로 돌아갈 수 있었을 거란 뜻이네요." 토라가 중얼거렸다.

　매튜가 피식 웃었다. "그렇다면 범인은 시간에 쫓겼겠네요. 분명 비르나를 살해할 목적으로 여기까지 내려왔을 테니, 피해자와 말다툼을 벌일 여유조차 없었을 거예요."

　"새들 울음소리 때문에 시끄러워 죽겠어요." 토라가 절벽을 바라보며 소리쳤다. "불쌍한 아기새들." 토라는 잠시 소란스러운 절벽을 바라보다가 매튜를 향해 돌아섰다. "비르나의 비명 소리도 들리지 않았겠어요. 이 난리통에 무슨 소리가 들렸겠어요."

　매튜가 팔을 휘저으며 대꾸했다. "누가 있기나 했겠어요? 이쪽으로는 사람들이 지나다니지도 않잖아요."

　토라가 주위를 둘러보며 매튜의 말에 수긍하려는 찰나 멀리 경사면 꼭대기에서 해변을 향해 내려오는 사람 둘을 발견했다. "단정하기에는 너무 이른 거 같은데요." 토라가 두 사람을 향해 고개를 까딱하며 말했다.

　토라와 매튜는 두 사람이 천천히 자갈 깔린 경사면을 따라 내려오는 모습을 지켜보았다. 앳된 모습의 여자가 누군가를 태운 휠체어를 뒤에서 밀고 있었다. 휠체어에 앉은 사람은 코트에 달린 모자로 머리와 얼굴을 가리고 있었기 때문에 성별을 파악할 수 없었다. 여자는 이판암泥板岩이 여기저기 널린 길을 따라 휠체어를 미느라 힘들어 보였다.

　"일본인 부자가 언급했던 커플임에 틀림없어요." 토라가 말했다. "비르나와 대화를 나눴다는 그 사람들 말이에요. 말을 걸어볼까요?" 토라는 매튜를 보며 물었다.

"안 될 거 있나요?" 매튜가 대꾸했다. "이번 사건을 조사하면서 이보다 더 황당한 일도 많이 저질렀잖아요." 그는 이렇게 말하고 얼른 덧붙였다. "물론 불평하는 건 아니에요. 이 사건이 어떻게 마무리될지 감도 안 잡히기는 하지만 나름 즐기고 있다고요."

토라가 팔꿈치로 매튜의 옆구리를 찔렀다. "갑자기 그 나이에 아나키스트라도 될 참이에요? 얼른 가요."

두 사람은 경사면을 따라 느긋한 속도로 커플이 있는 쪽을 향해 걷기 시작했다. 그들에게 다가가는 동안 처음에 토라는 눈에 뭔가 들어갔다고 생각했다. 아무리 초점을 맞추려고 해도 모자에 가려진 얼굴을 제대로 볼 수가 없었기 때문이다. 하지만 얼마 지나지 않아 토라는 이상한 건 자신의 눈이 아니라는 사실을 깨달았다. 순간 위장이 뒤틀렸다. 토라는 뒤로 돌아 달아나고 싶은 충동을 간신히 억눌렀다. 휠체어에 탄 사람의 얼굴이 왜 저럴까? 토라는 발그레한 볼에 미소를 띤 여자에게 집중하려고 노력했지만, 그녀의 시선은 의도치 않게 모자에 감춰진 얼굴에, 미끈하게 늘어난 분홍색 피부가 왼쪽 얼굴을 뒤덮고 있는 쪽으로 쏠렸다. 토라는 푹 눌러쓴 모자 너머로 형체가 훼손된 남자의 눈구멍과 처참하게 뭉그러진 코, 턱에서 이마까지 비닐로 이어붙인 듯 흉터 진 피부를 차마 똑바로 바라볼 수가 없었다. 토라는 이 불쌍한 젊은 남자가 자기 얼굴이 얼마나 흉측해 보이는지 모르기를 바랐지만, 그럴 가능성은 없다는 걸 잘 알고 있었다. 그녀는 매튜가 자기보다 이 상황에 더 적절히 대처하기를 간절히 바랐다. 그럼에도 행여 겁먹은 자신의 표정을 들키기라도 할까봐 매튜에게 눈길조차 줄 수 없었다.

"안녕하세요." 토라는 웃음을 쥐어짜내며 여자를 향해 인사했다.

"안녕하세요." 여자는 상냥하게 미소를 지었다. 숱 많은 금발을 하나로 질끈 묶은 여자의 머리는 말을 할 때마다 이리저리 흔들렸다. 낯설지 않은 듯한 얼굴이지만 그녀를 어디서 봤는지 토라는 기억이 나지 않았다. "저 아래까지 내려갈 수 있을지 모르겠어요." 여자가 말을 이었다. "어떻게든 내려간다고 해도 올라오는 게 훨씬 더 만만치 않을 것 같아요."

"별로 볼 건 없어요." 토라가 말했다. "원하시면 여기 매튜가 아래까지 가시도록 도와드릴 수도 있고요." 토라가 매튜를 쳐다보지도 않은 채 손짓했다. "물론 올라가는 것도 도와드릴 수 있어요."

"글쎄요. 어떻게 하는 게 좋을지." 나이 어린 여자는 이렇게 말하면서 휠체어를 향해 고개를 수그렸다. "어떻게 할까? 도움을 받아서라도 내려갈까 아니면 그냥 다시 올라갈까? 아래 해변에 별로 볼 게 없다고 하시네." 남자가 토라는 알아들을 수 없는 소리로 웅얼거렸지만, 여자는 그의 말을 이해한 듯했다. "좋아. 네가 원한다면 그렇게 하자." 그녀는 토라를 올려다보며 부탁했다. "다시 올라가는 게 좋겠어요. 실례지만 저희를 좀 도와주시겠어요?"

매튜가 휠체어를 밀기 시작했고, 네 사람은 함께 경사면 위로 걸어 올라갔다.

"지난 목요일에도 이렇게 도와주는 분이 있었다면 좋았을 거예요." 여자가 웃으며 말했다.

"목요일에요?" 토라가 깜짝 놀라 물었다. "지난 목요일 저녁에 여기 계셨나요?" 어쩌면 두 남녀는 그날 부지불식 간에 중요한 뭔가를 목격했거나 비르나의 살인사건에 연루됐을지도 몰랐다. 토라는 대답을 기다렸지만 정작 말을 듣고는 실망만 했다.

"아뇨. 그게 아니고," 여자는 여전히 숨을 헐떡이며 설명했다. "호텔에서 열리는 교령회에 같이 갈 계획이었는데 결국 저 혼자만 갔어요. 진입로 근처 도로에 커다란 구멍이 파헤쳐져 있어서 휠체어를 밀고 갈 수가 없었거든요. 이 주변에서는 딱히 할 것도 없는 데다 스타이니도 교령회를 고대하던 참이었는데, 정말 짜증나는 상황이었죠." 여자는 토라를 향해 눈을 굴리며 귀띔했다. "실은 교령회도 시시했어요. 우스꽝스럽기만 하고. 제가 보기에는 그 영매라는 사람도 가짜였거든요."

토라는 영매를 믿기는 하는지 묻고 싶었지만 참았다. 대신 해변을 내려다보며 물었다. "해변에는 조개 주우러 나오셨나요?"

"저희는 그냥 시신이 발견된 곳을 확인하러 나온 거였어요." 여자는 아주 자연스러운 일이라는 듯 이렇게 덧붙였다. "죽은 여자분이랑 아는 사이였거든요."

토라는 마음 한구석으로 안도했다. 이제는 말을 빙빙 돌리지 않고도 살인사건에 대해 물을 수 있었다. "이럴 수가." 토라는 최대한 자연스럽게 대응했다. "저희도 사실 그 이유 때문에 나왔어요. 현장을 보고 싶었거든요."

여자는 놀란 표정으로 물었다. "정말요? 그분을 아세요?"

토라가 고개를 저었다. "아뇨, 그렇지 않아요. 간접적으로 관계가 있을 뿐이죠. 저는 토라라고 합니다."

여자가 손을 내밀며 인사했다. "저는 베르타예요." 베르타가 몸을 돌려 해변을 둘러보았다. "끔찍한 일이에요. 뉴스를 보다 살해당했다는 소식을 들었어요." 그녀가 다시 토라를 돌아보며 침울하게 말했다. "대체 어떤 사람이 비르나를 죽이고 싶어했을까요?"

"알 수 없죠." 토라가 솔직히 대답했다. "어쩌면 비르나의 사생활과는 아무런 관련이 없을지도 몰라요. 그저 재수 없어서, 예상치도 않게 엉뚱한 곳에서 정신 나간 사람과 마주쳤을 수도 있죠."

"그렇게 생각하세요?" 베르타가 겁먹은 얼굴로 물었다. "이곳에서요?"

"아뇨." 토라가 말했다. "그건 아닐 거예요. 다만 유령과 관련 있을 거라는 주장보다는 더 개연성 있는 가설이죠."

"유령요!" 베르타의 얼굴이 창백해졌다. "아마도 어부들의 유령이겠죠? 어부들이 쓸려왔다는 해변이 바로 이곳이잖아요." 베르타는 몸을 떨었다. "항상 이곳에만 오면 기분이 안 좋았어요."

토라는 깜짝 놀라 베르타를 가만히 쳐다보았다. 유령 얘기를 베르타가 웃어넘길 거라고 예상했었기 때문이다. 확실히 이 동네에서는 유령이 농담거리가 아닌 듯했다. "유령을 믿으세요?" 토라가 조심스레 물었다.

"오, 그럼요." 베르타가 진심을 담아 대답했다. "이곳은 틀림없이 유령이 씌었어요. 어두워지고 나면 정말 으스스해요."

토라는 뭐라고 대꾸할 말이 없었다. 그럼에도 만에 하나 유령을 빌미로 한 손해배상 청구소송이 진행될 경우 베르타가 잠재적인 증인이 될 수 있다는 점은 기억해두기로 했다. 네 사람은 경사면의 꽤 높은 곳까지 다다랐다. 토라는 유령 이야기는 미뤄두고 본론으로 들어가기로 했다. "비르나와는 어떻게 아는 사이였어요?"

"비르나는 호텔 건축가였어요. 저희 엄마가 예전에 그 땅 주인이어서 제가 비르나를 좀 도와줬죠." 베르타는 여전히 힘들게 경사면 위로 휠체어를 밀고 올라오는 매튜를 힐끗 보며 말했다. "정말 좋은 분이었어요."

토라는 굳이 캐묻지 않았지만, 매튜를 보는 베르타의 눈빛에서 비르나가 휠체어 탄 젊은 남자에게 상냥했을 거란 사실을 유추해냈다. 그리고 문득 베르타의 얼굴이 낯익은 이유를 깨달았다. 베르타는 모친인 엘린과 무척 닮아있었다. 그러니까 토라가 부동산 매매계약을 진행할 때 만났던 오누이 중 여동생이 바로 베르타의 엄마였다. 토라는 베르타가 법정에서 가족에게 불리한 증언을 하도록 만드는 건 잔인하다고 생각했다. 그래서 소송까지 가는 일은 없기를 바랐지만, 어찌 되었든 베르타를 알아서 나쁠 건 없었다. "비르나를 어떻게 도와주셨나요?" 토라가 물었다.

"이 지역 역사에 관심이 많았는데, 저희 엄마랑 뵈르쿠르 외삼촌 두 분 다 비르나한테 그런 얘기 들려주는 걸 귀찮아하셨어요. 그래서 제가 아는 대로 말해주고, 오래된 설계도랑 그림 같은 것도 같이 찾아봤죠. 사실 대단한 건 찾지 못했지만 사진 몇 장은 건졌어요. 비르나가 정말 기뻐했죠."

"어떤 사진이었는지 기억하세요?" 이렇게 묻는 토라는 매우 당황스러웠다. 지하실에는 사진이 아주 많았다. 그 정도면 비르나에게는 차고 넘칠 정도였다. 어쩌면 똑같은 벽에, 똑같은 사람들이 나온 사진이 대부분이라 그걸로는 충분치 않았을지도 모른다.

"주로 오래된 농장이랑 저희 할아버지의 아버지와 어머니 사진이었어요. 다른 사람들 사진도 있었는데, 누군지는 모르겠어요." 베르타는 입을 다물더니 불안한 시선으로 토라를 바라보았다. "사진을 돌려받을 수 있을까요? 엄마랑 외삼촌은 제가 사진을 비르나에게 빌려준 사실을 모르거든요."

"물론 돌려받게 될 거예요." 토라가 말했다. "경찰에 부탁해보세요. 내일 여기로 올 거예요. 이 근처에 살아요?"

"아뇨. 여기에는 안 살지만, 스티키스홀무르에 집이 있어서 그곳에 머물 수 있어요. 되도록 이곳에 자주 오려고 하거든요." 베르타는 토라를 뚫어져라 쳐다보며 속삭였다. "스타이니 때문에요. 스타이니는 레이캬비크에 살고 싶어하지 않거든요."

토라가 고개를 끄덕이며 물었다. "두 분은 친척 간이에요?" 토라와 베르타는 이제 매튜보다 뒤쳐져 있었지만, 스타이니에게 무슨 일이 있었는지 물어볼 만큼 멀리 떨어진 건 아니었다. 토라는 다른 사람이 자신의 외모에 대해 묻는 걸 스타이니가 듣게 하고 싶지 않았다.

"네. 저희 아빠 쪽 사촌이에요."

앞서 가던 매튜가 숨이 찬 얼굴로 휠체어를 멈춰 뒤돌아섰다. 언덕 정상에 다다른 것이다. 토라는 서둘러 화제를 살인사건으로 돌렸다. "비르나를 죽일 만한 사람이 누가 있을까요? 비르나한테 사귀던 사람이 있었나요? 아니면 비르나가 적을 만들었나요?"

베르타가 고개를 가로저었다. "적을 만들지는 않았어요, 제가 알기로는 그래요. 잘은 모르지만 그런 얘기를 들은 적은 없어요. 비르나와는 여러 번 만났어요. 저는 가족들 물건을 치우러 크레파의 오래된 농가에 갔었는데 비르나도 거기에 자주 왔거든요. 비르나와 수다를 떠는 게 참 즐거웠어요. 그리고 이 사건과 관련이 있을지는 모르겠지만 비르나 말로는 남자친구가 있다고 했어요."

"남자친구요?" 토라가 관심을 보이며 물었다. "남자친구에 관해 아는 게 있어요?"

베르타가 잠시 주저하다가 대답했다. "이런 말씀을 드려도 되는지 모르겠어요. 이미 결혼한 남자라서 몰래 만나고 있었거든요. 저한테 비밀을 말했으니 누군가에게는 털어놓고 싶었다는 뜻이겠죠. 비르나가 죽었다고 해서 신뢰를 져버리고 싶지는 않아요."

이렇게 앳된 소녀에게 비밀을 털어놓은 걸로 보아 비르나가 무척 외로운 사람이었을 거라고 토라는 짐작했다. 베르타는 스무 살도 안 되어보였다. "저한테는 알려주셔야 해요. 바보 같이 들릴지 몰라도, 이런 일은 주로 연인관계에서 벌어지거든요. 이런 일을 저지른 사람이 처벌도 받지 않고 빠져나가는 걸 원하지는 않죠?"

베르타가 열심히 고개를 끄덕였다. "맙소사, 절대 아니에요." 그녀는 토라와 매튜, 스타이니와 나란히 선 채 우물쭈물했다.

"이제 가도 되는 거야?" 모자 아래서 쉰 목소리가 흘러나왔다. "난 이제 가고 싶어."

베르타가 휠체어의 손잡이를 잡으며 말했다. "그러자, 스타이니." 베르타는 이렇게 말하며 매튜에게 감사인사를 전했다. 그러더니 토라를 향해 돌아서서 웃었다. "기회가 닿으면 또 뵈어요. 이곳에 집이 있으세요?"

"아뇨, 저희는 호텔에 머물고 있어요." 비르나의 내연남을 알아 내고 싶어 안달이 난 토라가 대답했다. 그녀는 작별인사를 한 베르 타가 천천히 휠체어를 밀며 앞으로 걸어가는 모습을 지켜보았다.

겨우 몇 걸음쯤 갔을까, 베르타가 갑자기 돌아서서 말했다. "그 남자 이름은 베르구르예요. 통가에 사는 농부요." 베르타는 더 이 상 아무 설명도 없이 가던 길을 계속 갔다.

토라와 매튜는 그 자리에 선 채 울퉁불퉁한 길 위로 휠체어를 밀 며 걸어가는 소녀의 뒷모습을 바라보았다. 더 이상 아무 소리도 들 리지 않을 만큼 멀어지자 매튜가 토라를 향해 말했다. "대체 저 불 쌍한 친구는 무슨 일을 당한 걸까요?"

비그디스는 프런트데스크 밖으로 고개를 내밀고 주위를 둘러보 았다. 아무도 없었다. 시간을 확인한 그녀는 아직 손님들이 돌아올 때가 되지 않았다고 판단했다. 다양한 국적과 관심사에도 불구하 고 호텔 투숙객들은 체크인을 한 뒤 약속이나 한 듯 똑같은 패턴으 로 움직였다. 오전 8~9시에 일어나 아침식사를 마치고 산책을 나 가는 것이다. 그들은 보통 오후가 지나서야 호텔로 돌아왔다. 비그 디스는 이런 패턴 때문에 요나스가 걱정한다는 사실을 잘 알았다. 계획대로라면 투숙객이 시간과 돈을 호텔 안에서 써야 했다. 안마 사와 동종요법 치료사, 섹스 치료사, 아우라 전문가 등 모든 분야 전문가들 역시 걱정스러워하긴 마찬가지였다. 그들은 서비스 건당 돈을 받았기 때문이다. 저녁시간과 주말에만 손님이 몰리는 상황 이라, 그들 대부분은 먹고 살기 위해 특가서비스를 제공해야만 했다. 요나스는 겨울이 오고 내국인 손님이 많아지면 상황이 개선될 거라고 생각했다. 그 시기가 오면 주말에 특가 할인을 시작할 수 있기 때문이다. 하지만 이제 겨우 초여름이고, 치유 프로그램을 찾는 손님이 늘어나지 않는다면 도중에 그만두는 직원들이 나올 게 뻔했다.

비그디스는 온갖 돌팔이 전문가들의 고용 상황에 대해서는 눈곱만큼도 관심 없었다. 자신에게는 이 자리가 딱 맞았다. 다만 그녀를 못 견디게 하는 건 궁금증이었다. 경찰이 요나스와 그녀에게 비르나의 방 근처에 그 누구도 얼씬 못하게 하라고 요구한 뒤로 그녀는 줄곧 금기를 깨고 싶은 압도적인 충동에 사로잡혔다. 요나스가 경찰에게 방문을 열어주면서 짧게나마 비르나의 방을 확인했지만 특이한 점은 없었다고 했다. 그렇다고 해도 비그디스는 직접 방을 보고 싶어 미칠 지경이었다. 어쩌면 요나스가 미처 발견하지 못한 핏자국이나 그보다 더한 게 있을지 모른다. 아니면 요나스가 뭔가를 보고도 말할 수 없었던 것일지도 몰랐다.

비그디스는 마스터키를 챙겨 자리에서 일어섰다. 복도에 아무도 없는 것을 확인한 그녀는 비르나의 방 앞으로 성큼성큼 다가가 한 치의 망설임도 없이 열쇠를 꽂았다. 그런 다음 잽싸게 문을 열고 안으로 들어가 등 뒤로 문을 닫았다. 달칵 하며 문 잠기는 소리가 들리는 순간, 비그디스는 자신이 얼마나 큰 실수를 저질렀는지 깨달았다. 방 안은 난장판이었다. 핏자국은 없지만 옷가지들이 사방에 널려있고 찢겨진 종이가 함께 나뒹굴었다. 경찰에게 누군가 방에 침입했다고 알려야 했지만 어쩌다가 방에 들어가게 됐는지 설명할 길이 없었다. 먼지 청소를 하는 중이었다고 둘러댈 수는 없지 않은가? 안에서 이상한 소리가 들려서 들어와 봤다고 거짓말을 할 수는 있지만 그렇게 되면 수사에 혼선을 초래할 수 있었다. 경찰은 침입이 방금 전에 일어난 일이라고 생각할 가능성이 높았다. 비그디스는 끙끙거리며 등 뒤의 문손잡이를 더듬거렸다. 그녀는 조용히 복도로 빠져나오면서 몰래 방 안으로 숨어 들어간 그럴싸한 구실을 필사적으로 쥐어짜냈다.

"지금 장난하는 거야? 범죄현장 담당 누구야?" 토롤푸르가 하급자를 노려보며 다그쳤다. 그가 시신이 발견된 스나이펠스네스 해변에서 수집해온 증거물들이 담긴 금속 트레이를 가리켰다. "조개껍질에, 메기가 웬 말이야!" 토롤푸르는 잠시 두 눈을 감고 관자놀이를 문질렀다. 심각한 두통이 찾아온 것이다.

"음, 구드문두르입니다. 신참이에요." 라루스가 웅얼거렸다.

"이건 뭐, 열 살짜리 어린 애가 해변으로 소풍 나갔다 온 것도 아니고. 구드문두르라는 녀석은 도대체 자기 업무를 어떻게 생각하는 거야? 진공청소기로 빌어먹을 해변 청소라도 한 거야? 미결서류함이 모래로 가득 차지 않은 걸 아주 고맙게 여겨야겠어." 그는 테이블 반대편으로 가더니 트레이를 자세히 살폈다.

"자갈입니다." 라루스는 말을 내뱉은 걸 곧바로 후회했다. 토롤푸르가 뒤로 휙 돌더니 그를 노려보았다. "그러니까…, 해변이 모래가 아니라 자갈로 뒤덮여 있거든요."

"자갈이든 모래든, 그게 중요해?" 토롤푸르가 소리를 질렀다.

"이 구드문두르라는 놈은 자기가 뭘 해야 하는지도 모르는 거야. 그 넓은 해변을 샅샅이 뒤진 다음에, 뭔지 모르겠는 물건은 죄다 집어온 거라고." 토롤푸르는 찌그러진 오래된 맥주 캔 구멍에 꽂힌 연필을 집어들었다. "이런 거 말이야." 그는 캔을 휘두르며 지껄였다. "눈곱만큼이라도 상식이 있는 인간이라면 이게 해변에 버려진 지 족히 몇 개월은 됐다는 사실을 알아챘을 거야. 그리고 이거는…," 토롤푸르는 옆에 놓인 트레이로 다가가며 두 손을 하늘 위로 치켜들었다. "죽은 메기라니!" 그는 라루스를 향해 돌아서며 씩씩댔다. "시신 사진 본 적 있어? 죽은 메기가 여자의 죽음과 어떤 관련이 있다는 거야? 이 구드문두르라는 놈 말야, 여자가 죽은 메기를 밟고 넘어진 뒤 바위에 머리라도 찧었다고 생각하는 거야? 네 눈에는 그게 사건의 전말인 거 같아?"

라루스는 아무 말도 없이 고개를 저었다. 토롤푸르가 소리를 지르기 시작하면 항상 끝이 좋지 않았다. 라루스는 안절부절못하며 무슨 말이라도 하려고 입을 달싹였지만 센스 있는 말을 채 떠올리기도 전에 토롤푸르가 좀 전보다 한결 차분한 어조로 중얼거렸다. "이건 뭐지? 섹스토이 같은 건가?" 라루스는 물체를 자세히 보기 위해 다가섰다. 상관의 말이 맞았다. 쩍 벌어진 죽은 메기의 입 사이로 뭉개진 플라스틱 물체가 튀어나와 있었는데, 과연 그 생김새가 딜도와 매우 흡사했다.

17장

토라는 매튜의 옆구리를 쿡쿡 찌르더니 젊은 남자가 걸어가는 방향을 향해 고갯짓을 했다. "저 사람이 요쿨이에요. 비르나한테 악감정을 가지고 있다는 웨이터." 토라는 이렇게 속삭이며 자리에서 일어섰다. "둘 사이에 뭔가 있었으니 그렇게까지 싫어하겠죠. 그 이유를 알아야겠어요." 두 사람은 호텔 로비 옆 작은 대기공간에 앉아 커피를 마시며 다음 수에 대해 상의하고 있었다. 결론을 내리지는 못했지만 비르나의 내연남인 베르구르를 만나야 한다는 데는 두 사람 다 이견이 없었다. 다만 그에게 접근할 뾰족한 방법이 떠오르지 않았다. 이리저리 궁리만 하다 따분해진 토라에게 웨이터의 등장은 반갑기만 했다.

토라는 요쿨에게 다가갔다. 그는 식당으로 가는 중이었는데 다행히 식당 안으로 사라지기 전에 토라가 어깨를 가볍게 두드려 멈춰세운 뒤 인사했다. "안녕하세요. 저 기억나세요?"

예상치 못한 습격을 당한 요쿨이 뒤돌아섰다. "네? 아, 네. 그 변호사님 아니세요?"

"맞아요. 저는 토라라고 해요. 5분만 시간 내줄 수 있어요? 비르나에 대해 좀 더 이야기를 나누고 싶어서요."

요쿨이 손목시계를 보더니 말했다. "네, 안 될 거 없죠. 하지만 해드릴 수 있는 얘기가 별로 없어요. 제가 비르나를 어떻게 생각하는지 아시잖아요. 그 이상으로 할 말이 없어요."

"그거야 모르는 일이죠. 여기 앉을까요?" 토라는 복도에 놓인 소파를 가리키며 말했다. 소파는 장식용 이상의 기능은 없어보였다. 소파에 앉으면서 토라는 여기에 앉는 건 아마도 자신이 처음일 거라고 생각했다. 그녀는 옆자리를 탁탁 두드려 먼지를 일으켰다. "비르나와는 어떻게 알았나요? 그냥 식당에서 만난 거예요?"

요쿨은 소파의 끄트머리에 앉으며 대답했다. "사실 알았다고 할 수도 없지만, 여긴 작은 호텔이니 종종 마주칠 수밖에요. 여기서 일한 지 오래되지 않았고, 제가 비르나를 피해 다녀서 가까워질 기회는 없었어요. 이 호텔에서 비르나에 대해 아는 게 제일 없는 사람이 바로 저일 거예요."

토라가 미간을 찌푸렸다. "이해가 잘 안 돼요. 비르나를 잘 몰랐다고 하지만, 그녀에 대해 확고한 견해를 가지고 계시잖아요. 매우 강하게 나쁜 감정. 이유가 있을 텐데요."

분노가 요쿨의 얼굴을 빠르게 스쳤다. "제가 사람을 좀 볼 줄 알거든요." 그는 더 이상의 설명도 없이 이렇게 말했다.

토라는 요쿨을 더 이상 불편하게 만들지 않기 위해 일반적인 주제로 화제를 돌렸다. "성함이 요쿨이라고 했죠?"

"네." 그는 여전히 방어적인 태도로 대답했다. "요쿨 구드문드손이에요."

"이 지역 주민이에요?" 토라가 물었다.

"네, 실은 맞아요." 요쿨이 대답했다. "이 근처 농장에서 자랐어요. 레이캬비크로 가서 웨이터 훈련 프로그램을 이수하고 거기서 좀 살다가, 요나스가 직원을 구한다는 소식을 듣고 돌아왔죠."

"충분히 그럴 만하네요." 토라가 동의했다. "매우 아름다운 곳이잖아요. 돌아오고 싶을 수밖에 없었겠어요."

"네. 레이캬비크와는 무척 다른 곳이죠." 요쿨이 이렇게 말하며 처음으로 미소를 지었다.

"이 지역 역사에 대해 아는 게 좀 있나요?" 토라가 물었다. "가령 유령이 나온다고 알려진 농장에 관해 아는 게 있어요?"

요쿨이 입을 꼭 다물고 토라를 응시했다. "도시에서 온 분들이랑 유령에 대해 이야기하는 건 시간낭비예요." 그가 말했다. "어차피 이해 못 하니까요. 도시 사람들은 콘크리트나 타맥으로 만들어진 게 아니면 진지하게 받아들이지 않잖아요."

토라가 눈을 크게 뜨고 대꾸했다. "저는 초자연적 현상에 대한 믿음을 깎아 내리려는 게 아니에요. 요나스를 대신해 소송을 준비 중인데, 유령과 관련된 일이에요. 그게 다죠. 이 지역에 떠도는 유령에 관한 어떤 이야기라도 저에게는 큰 도움이 될 거예요."

"과연 그럴까요." 요쿨이 시니컬하게 대꾸했다. "그렇다고 해도 이야기는 다른 사람들한테 들어야 할 거예요. 아는 이야기가 몇 개 있지만, 저도 그 주제에 대해서는 문외한이에요. 제가 말씀드리고 싶은 건, 이 세상은 복잡한 곳이고 레이캬비크에서 온 사람들이 복잡한 세상에 대해 모든 걸 다 알지는 못한다는 사실이에요."

"그렇다면 유령은 잊으시고요, 농장에 대해서는 아는 게 있나요? 예를 들어 이곳에서 살았던 사람들에 대해?"

요쿨이 고개를 저었다. "아뇨, 몰라요. 마을 역사에 관심을 갖기에는 아직 너무 젊거든요."

일리가 있는 말이군. 토라는 속으로 생각하며 이 지역에 대해 알 만한 나이 지긋한 주민들을 찾아보기로 마음먹었다. "이 근처에 사는 친척이 있나요?"

"누나 한 명이 있어요."

"부모님은 도시로 나가셨나요?"

"아뇨. 돌아가셨어요." 요쿨이 간결하게 대답했다.

"오, 죄송해요." 토라는 개인사에 대해 더는 캐묻고 싶지 않았다. "자꾸 지역 역사에 대해 물어서 미안하지만 혹시 이 지역에서 활동했던 나치 조직에 대해 아는 게 있나요?"

요쿨은 휘둥그레진 눈으로 바로 대답을 했고 토라는 그의 말을 믿었다. "아뇨. 그런 얘기는 한 번도 들어보지 못했어요. 제가 과거사를 추적하고 다니는 타입은 아니지만, 만약 그런 얘기를 들었다면 분명 기억했을 거예요. 그게 사실일 리가 없죠."

"아마 그렇겠죠." 토라가 동의했다. "하지만 이 지역 주민이니 이거 하나는 대답해주실 수 있을 듯해요. 옛날 일도 아니니까."

"뭔데요?" 요쿨이 의심스런 눈초리로 물었다.

"오늘 어떤 젊은 남자를 만났는데, 이 지역 사람인 거 같아요. 정확한 나이는 모르겠지만, 그쪽이랑 비슷할 거예요. 휠체어를 타고 다니는데 상태가 말이 아니더군요. 아마도 화상을 입은 게 아닐까 싶어요. 그 사람한테 무슨 일이 있었는지 아세요?"

요쿨은 대답을 하지 않고 자리에서 일어섰다. "일하러 가봐야겠어요. 말씀하신 5분은 한참 전에 넘은 거 같네요." 그는 말하기가 두렵다는 듯 입을 앙다물었다.

"그 사람을 모르시나요?" 토라가 따라 일어서며 다시 물었다.

"늦었어요. 그럼 이만." 요쿨이 잘라 말했다.

토라는 멀어지는 청년의 뒷모습을 지켜보았다. 아픈 곳을 건드린 게 분명했다.

"아주 이상하게 굴었어요." 토라가 커피를 마시며 중얼거렸다. 커피는 차게 식은 지 오래였다. 그녀는 한 모금을 삼키며 얼굴을 찡그렸다.

"살인사건과 관련이 있다고 생각하는 거예요, 아니면 그저 태도가 좀 이상했다는 거예요?" 매튜가 물었다.

"솔직히 말하자면, 그가 사건과 관련이 있는지는 모르겠어요. 비르나를 미워한 건 분명지만 이유는 말 안 했거든요. 그냥 '사람 볼 줄 안다'고만 했죠. 혹시 비르나의 전 애인일까요? 그 농부 때문에 차였을지도 모르잖아요."

"아니면 정말 사람 보는 눈이 정확한 건지도 모르잖아요." 매튜가 어깨를 으쓱하며 말했다. "나 배고파요. 지금 몇 시예요?"

토라는 못 들은 척 이야기를 계속했다. "아니에요. 뭔가 수상해요. 그리고 내가 그 휠체어 탄 남자에 대해 물었더니 얼굴색이 싹 변하더군요."

매튜가 깜짝 놀라 소리쳤다. "그 사람에 대해 물어봤다고요? 대체 무슨 생각으로 그런 짓을 한 거예요?"

"그냥 물어봤어요. 두 사람 다 이 지역에 살고 연배도 비슷해 보이잖아요. 무슨 일이 있었는지 알 거라고 생각했어요." 토라가 애써 해명했다. "내가 좀 참견하는 성격인지는 몰라도, 그런 반응은 전혀 예상 못 했어요. 요쿨은 그 질문에 왜 그리 민감한 반응을 보였을까요? 적어도 이제 그 남자한테 일어난 일을 알아내야겠다는 것만은 분명해졌어요."

"내가 보기에 그건 정말 부적절한 행동이에요." 매튜가 여전히 아연실색한 표정으로 만류했다. "전혀 관계도 없는 사람에 대해 사적인 질문을 하다니요. 게다가 그 사람은 장애인이잖아요."

"그래서요? 장애인에 대해 묻는 게 불법이에요?" 토라가 반문했다. "당신은 지금 배가 고프니까 짜증이 난 거라고요. 가서 뭐라도 먹읍시다." 토라가 자리에서 일어섰다.

매튜의 표정이 밝아졌다. "밖에 나가서 사먹는 게 어때요? 이 근처에 갈 만한 곳 없어요?"

"있죠." 토라가 시원하게 대답했다. "근처에 헬나르라는 동네가 있어요. 또 모르죠, 유령이나 베르구르에 대해 말해줄 사람을 만나게 될지도."

매튜가 신음했다. "맙소사. 그런 일은 없었으면 좋겠네요."

에이리쿠르는 사력을 다해 두 눈을 떴다. 그는 몇 년 만에 최악의 두통에 시달리고 있었다. 몸을 움직여보려고 애썼지만 감당하기 힘든 메스꺼움이 느닷없이 밀려드는 바람에 두 눈을 질끈 감아버리고 말았다. 이 고비를 넘기자. 그는 자신이 어디에 있는지 알아내려고 발버둥쳤다. 무슨 일이 있었던 거지? 술을 마시는 중이었나? 에이리쿠르는 그럴 리 없다고 생각했다. 입에서도 술 냄새는 전혀 나지 않았다. 그는 직원 숙소에서 타로 카드 점을 본 기억을 희미하게 떠올렸다. 내 점을 보고 있었나, 아니면 다른 사람의 점을 보고 있었던 건가? 요나스와 대화를 나눈 듯한 기분이 들었지만 그게 무슨 얘기였는지 생각나지 않았다. 일 때문이었을까, 아니면 타로 카드 점에 관한 이야기였나? 기억이 나지 않았다.

갑자기 다리에 극심한 통증이 느껴지면서 머리가 빙글빙글 돌기 시작했다. 처음에는 통증이 너무 심해서 정확히 어느 부위가 아픈지도 모를 지경이었다. 양쪽 발목이 부러진 건가, 아니면 다른 부위를 다친 건가? 그러더니 통증이 조금 가라앉았다. 에이리쿠르는 그제야 발바닥에서 따끔거리는 통증이 느껴진다는 걸 알아챘다. 무슨 일이 벌어진 거지? 내가 호텔에 있었나?

에이리쿠르는 따뜻하면서도 딱딱한 뭔가에 누워있었다. 그는 두 손으로 주위를 더듬거렸다. 바닥에 깔려있는 게 풀이거나 짚일 거라고 생각했지만, 역겨운 냄새가 나는 걸로 봐서 야외는 아닐 거라고 짐작했다. 정체 모를 소리도 들렸지만 정확히 무슨 소리인지 가늠할 수 없었다. 숨소리인가? 다른 누가 여기 있는 걸까? 그는 조심스럽게 한쪽 눈을 뜨고는 이곳이 실내라는 걸 확인했다. 매우 어두웠지만 주변 어딘가에서 희미한 불빛이 새어나왔다. 뒤로 돌아 빛이 어디서 나오는지 확인할 기운이 없었다. 숨 쉬는 것조차 어려웠다. 그는 조심스레 숨을 들이마셨다가 내쉬었다. 들이마시고, 내쉬고. 그리고 시시각각 더욱 심해지는 메스꺼움과 싸워야 했다. 소용없는 짓이었지만 이곳이 어딘지, 무슨 일이 있었는지 알아내기 전까지는 구토를 하고 싶지 않았다. 그러다 갑자기 기억이 떠올랐다.

타로 카드. 펜타클 킹과 데스 카드. 심장이 쿵쾅거리기 시작했다. 그는 천천히 고개를 돌리며 기억이 잘못된 것이기를 바랐지만 부질없는 희망이었다. 그가 있는 곳은 마구간이었다. 돈은 어디에도 보이지 않았다. 다만 죽음이 코앞에 닥쳤다는 느낌은 들었다. 갑자기 숨 쉬기가 힘들어지면서 엄청난 양의 토사물이 쏟아져 나왔다. 한동안 다른 것에 신경 쓸 겨를조차 없을 정도였다. 욕지기가 잦아들자 그는 이제 공포에 사로잡혔다. 히이잉, 하는 소리가 들리더니 육중한 말발굽 소리가 달가닥거리며 이어졌다. 이 소리는 어느 방향에서 나는 거지? 말은 어디쯤 있는 거야? 에이리쿠르는 젖 먹던 힘을 다해 상체를 일으키고 눈을 떴다. 그 탓에 또다시 구역질이 났지만 조금 전의 구토가 워낙 강력했던 나머지 더는 아무것도 나오지 않았다. 뒤틀린 속이 가라앉자 그는 팔꿈치로 상체를 받치고 주위를 천천히 둘러보았다. 이 모든 혼란 속에서 자신의 몸을 내려다본 그는 그제야 견디기 힘든 악취의 진원지가 어디인지 깨달았다. 비명소리가 목구멍으로 새어나오려는 걸 간신히 막았다. 그리고 자신의 가슴께에 묶여있는 물체를 보지 않으려고 애써 고개를 돌렸다. 피범벅이 된 털뭉치와 떡 벌어진 입, 축 늘어진 머리. 그는 대신 자기 몸 위쪽에 있는 말에 집중했다. 당장이라도 이 끔찍한 물체를 가슴에 고정시킨 끈을 풀어헤치고 싶어 미쳐버릴 지경이었지만, 살고 싶은 욕구가 더 강했다. 그는 천천히 고개를 들었다.

다리. 늘씬하고 건장한 네 개의 다리가 눈에 들어왔다. 사람들은 그에 대해 뭐라고 할까? 다들 그저 사고일 뿐이라고 생각할 것이다. 작은 사고가 죽음을 불러온 괴상한 사건 정도로 치부하겠지. 그렇게 내버려둘 수는 없었다. 한낱 바보 같은 사고가 아닌, 살인사건이라는 걸 알려야 했다. 지난 몇 년 간 에이리쿠르는 자신의 직업 때문에 지겹도록 웃음거리가 되었다. 그는 불현듯 사람들의 비웃음이 자신의 무덤까지 따라오지 못하도록 만들겠다고 결심했다. 살아야겠다는 욕구만큼이나 이 사실을 알려야겠다는 충동이 강렬했다. 자신에게 무슨 일이 벌어지는지 알게 됐으니 이제 이 사실을 알릴 방법을 찾아야만 했다.

에이리쿠르는 집중하려고 노력했다. 좁고 밀폐된 공간에 갇힌 그로서는 선택지가 많지 않았다. 지푸라기로 글자를 만들어서 상황을 알릴 수는 없었다. 누군가 나타날 때까지 지푸라기가 그 자리에 있을 리 만무했기 때문이다. 아니, 글자를 적어야만 했다. 말발굽이 닿지 않는 곳, 평평한 표면을 찾아야 했다. 빠르게 주변을 둘러보던 그가 가장 가까운 곳에 있는 벽면을 발견했다. 살아오는 동안 단 한 번도 끌어내지 않았던 초인적 의지력을 발휘해 그는 벽까지 몸을 끌고 가는 동안 욕지기를 참아냈다. 벽을 향해 다가가면서 그는 너무 늦어버리기 전에 반지로 벽에 글씨를 새길 수 있게 해달라고 신에게 기도했다. 말의 숨소리가 거칠어지자 그는 그 자리에 굳어버렸다. 에이리쿠르는 이 종마가 바닥에 누워있는 사람을 발견하는 즉시 겁에 질려 날뛰다가 그를 밟아 죽인다는 말을 들은 기억이 있었다. 말의 숨소리가 잦아들자 그는 조금씩 벽을 향해 다시 움직이기 시작했다. 두 발로 서는 건 도저히 불가능했다. 발바닥의 통증이 점점 심해졌다. 마치 발바닥의 피부가 타버리는 것처럼 느껴질 정도였다.

에이리쿠르의 한쪽 어깨가 벽에 닿았다. 그는 손을 뻗어 반지로 벽을 긁어대기 시작했지만 반지가 벽을 긁는 소리가 들리자마자 말이 콧김을 내뿜었다. 에이리쿠르는 흥분한 갈색 눈이 자신을 향하는 걸 보며 공포에 질렸다. 말이 히힝, 소리를 냈다. 그는 최대한 빨리 벽에 글씨를 새기려고 안간힘을 쓰면서도 말에게서 시선을 떼지 못했다. 말이 발로 바닥을 긁어대더니 뒤로 돌아 거칠게 에이리쿠르를 찼다. 그의 머릿속에는 벽에 끼적인 흔적이 살인범의 정체를 드러낼 수 있을까 하는 걱정뿐이었다. 시간이 조금만 더 있었더라면 좋을 텐데. 누구도 그 글씨를 알아볼 수 없을 것이다. 말이 소름끼치는 소릴 내자 에이리쿠르는 목숨이라도 건져보겠다는 듯 본능적으로 머리를 감쌌다.

하지만 그의 몸짓은 말이 벽에 새겨진 글자 R E R을 읽을 수 있다고 믿는 것만큼이나 부질없는 짓이었다.

18장

"그 종마는 저희 아내 것입니다. 저는 말을 그리 좋아하지 않아요."
베르구르가 바닥을 응시하며 말했다.

낡은 식탁에 몸을 수그린 토롤푸르는 베르구르가 떨리는 손으로
따르다가 식탁에 쏟아버린 커피에 소매를 적시지 않으려 조심하며
물었다. "그럼 그 안에서 뭘 하고 계셨죠? 말을 그리 좋아하지도
않는다면서요?"

"말들에게 먹이를 주는 게 제 일입니다." 베르구르가 고개를 숙
인 채 대답했다. "먹이를 주는 데 말 애호가일 필요는 없잖습니까."

오랜 경찰생활로 잔뼈가 굵은 토롤푸르가 터득한 지혜가 있다면
자신의 직감을 믿어도 된다는 점이었다. 그는 맞은편에 구부정한
자세로 앉은 남자가 뭔가를 숨기고 있다는 느낌이 강하게 들었다.
그게 뭔지 신만이 알겠지만, 자신이 직접 밝혀보기로 마음먹었다.
"네, 물론 그럴 필요는 없죠." 토롤푸르는 이렇게 대답하고는 곧바
로 말을 이었다. "그런데 왜 말들을 아직도 마구간에 가둬두신 거

죠? 제가 알아본 바로는 보통 6월이 되면 말을 방목지에 풀어둔다고 하던데요."

"말 대여 사업을 하고 있습니다." 베르구르가 망설임 없이 대답했다. "실은 저의 아내가 하는 사업이지만, 일손이 필요할 때 종종 제가 돕고 있습니다." 그는 왼손의 각피를 물어뜯기 시작했다. "종마를 근처 방목지에 풀어둘 생각이었습니다. 아직 그럴 짬을 못 냈을 뿐이죠."

토롤푸르는 수첩에 몇 자를 적더니 고개를 들었다. "뭔가 잘못됐다고 생각한 건 언제였습니까?"

베르구르가 어깨를 으쓱했다. "정확한 시간을 물으시는 거라면, 잘 모르겠습니다. 손목시계나 여타 시간 확인용 기기를 지니고 있지 않았으니까요." 베르구르는 식탁에 올려진 토롤푸르의 휴대폰을 가리키며 말했다. "다만 저녁 먹이를 주기 위해 마구간에 들어서고 얼마 지나지 않았다는 건 분명합니다." 그는 말을 멈추더니 다 들릴 만큼 크게 침을 꼴깍 삼켰다.

"물론, 그러셨겠죠." 토롤푸르가 성급하게 받았다. "그런데 어떻게 곧바로 알아채셨던 거죠? 종마가 있던 칸은 맨 끝이지 않습니까. 그쪽으로 바로 다가간 이유라도 있나요?"

베르구르가 다시 침을 삼켰다. "저는 항상 종마에게 가장 먼저 먹이를 줍니다. 아직 길이 덜 들어서 쉽게 흥분하거든요. 다루기 여간 힘든 말이 아닙니다. 사람을 매우 경계해서 제가 마구간에 들어가기만 해도 날카로워지죠. 종마를 먼저 먹여야 마음 편히 다른 말들에게 먹이를 줄 수 있습니다."

"그렇군요. 종마가 마구간에서 칸막이도 제일 높고, 가장 넓은 칸에 있었던 게 맞습니까?" 토롤푸르가 묻자 베르구르가 고개를 끄덕였다. 경찰은 질문을 이어나갔다. "왜 그렇죠? 종마의 성격 때문인가요?"

"아뇨. 그 때문만은 아닙니다. 종마는 어디를 가도 가장 철저하게 분리를 해둡니다. 안 그러면 다른 말들과 부딪치는 일이 생겨서 자칫 재앙을 초래할 수 있죠."

"그럼 이 종마가 유별나게 사나운 건 아니라는 말씀인가요?" 토롤푸르가 물었다. "그러니까 종마들이 원래 다 그런가요? 다른 말들에게 심각한 위협이 되는 겁니까?"

"글쎄요. 종마가 암말이나 거세한 수말보다 더 공격적이기는 합니다." 베르구르가 차분하게 대답했다. "다만 이 종마는 눈에 띄게 야생성이 강해요. 제가 전문가는 아닙니다만, 그 사실은 틀림없습니다."

"알겠습니다." 토롤푸르가 이렇게 말했지만 베르구르는 대답의 저의를 명확히 이해할 수 없었다. "그러니까 마구간에 들어서자마자 바로 그…."

"칸막이요." 베르구르가 정정했다.

"네, 칸막이." 토롤푸르가 짜증난 듯 대꾸했다. "거기로 가자마자 남자가 누워있는 걸 보셨다는 거죠?"

"네. 그런 셈이죠." 베르구르가 즉각 대답했다. "너무 비현실적인 상황이라, 이걸 어떻게 설명해야 할지 모르겠습니다."

"그래도 한번 시도는 해보시죠?" 토롤푸르가 싸늘하게 말했다.

"제 기억에 여우를 먼저 보고, 그 다음에 남자를 발견했던 것 같습니다. 톱밥에 묻은 피를 보고 처음에는 말이 저 혼자 상처를 입었겠거니 했어요. 곧 여우가 시야에 들어왔고, 피가 여우한테서 나온 거라고 확신했죠. 그런데…," 베르구르가 거칠게 숨을 내쉬며 차분함을 잃지 않으려고 애썼다. "끔찍했어요. 남자가 바닥에 누워있더군요. 남자가 죽었는지 살았는지 알 수가 없었어요. 몸을 수그려 확인해보니 죽어있었습니다." 베르구르는 숨을 깊이 들이마셨다 내뱉기를 반복했다. "정말 끔찍했습니다. 그리고 남자의 발. 하느님, 맙소사…."

"그러니까 아직 익숙해지지 않으셨던 모양이군요?" 토롤푸르가 손가락으로 식탁을 두드리며 질문했다.

베르구르가 고개를 들어 놀라고 불안한 표정으로 물었다. "그게 무슨 뜻이죠?"

"불과 며칠 사이에 발견한 두 번째 시신이지 않습니까. 두 번째는 첫 번째보다 나을 거라는 생각이 들어서요." 토롤푸르가 덧붙였다. "생각해보면, 참 기막힌 우연입니다. 그렇지 않습니까?"

"무슨 말을 해야 좋을지 모르겠군요." 베르구르가 낮은 목소리로 중얼거렸다. "그런 일을 다시 겪는다는 건 상상조차 하고 싶지 않습니다. 애초에 일어나지 않았어야 하는 일이죠, 두 번 다 말입니다." 베르구르는 몸을 일으켜세우더니 토롤푸르의 눈을 똑바로 바라보았다. "난 이 사건과 아무런 관련이 없습니다. 혹시 그런 생각을 하고 계신다면 말이죠."

"아뇨, 아닙니다. 당연히 그런 일은 저지르지 않으셨겠지만, 흥미롭기는 합니다." 토롤푸르가 의미심장한 표정으로 베르구르와 눈을 마주치며 대꾸했다.

"우연이었습니다." 베르구르가 고집스럽게 경찰을 바라보았다. "그걸·의심하는 사람은 아마 없을 텐데요?"

"그럼 그 우연을 어떻게 설명하시겠습니까?" 토롤푸르가 물었다.

"글쎄요. 저는 잘 모르겠습니다." 베르구르가 대답했다. "혹여 사냥꾼이 여우를 따라 마구간으로 들어간 건 아닐까요? 아니면 더 이상한 일이…."

"더 이상한 일이라는 게 무슨 뜻이죠?" 토롤푸르가 서둘러 물었다.

"욕구를 충족하기 위해 가축우리에 들어가는 남자들이…, 종종 있다고 들었습니다. 어쩌면 그런 사람 중 하나일 수도 있죠." 베르구르가 얼굴을 살짝 붉히며 설명했다.

"그렇다면 밟고 올라간 의자나 상자가 있어야 말이 되지 않겠습니까? 그리고 여우는 어떻게 설명할 수 있죠? 어쩌다가 여우가 거기 있게 된 걸까요? 게다가 핀은 어떻고요?" 토롤푸르가 냉랭한 표정으로 덧붙였다. "말씀하신 두 가지 가정 모두 매우 가능성이 낮아 보입니다."

베르구르가 의자에 기대며 대응했다. "사건을 수사하는 건 제가 아니라 형사님 몫이죠. 그 남자가 어쩌다가 마구간에서 발견됐는지 저는 모릅니다. 형사님이 질문을 하셨고, 저는 대답을 했습니다. 제가 아는 건 하나, 이 사건이 저와 무관하다는 사실뿐입니다."

"좋습니다. 그래도 선생님은 여전히 헛간 주인…."

"마구간입니다. 헛간은 소를 키우는 곳이고요." 베르구르가 짜증스럽게 정정해주었다. 그는 한숨을 쉬며 화를 가라앉히고는 다시 침착한 어조로 말을 이었다. "지금은 대화를 더 이어가기 힘들 것 같습니다. 저는 아직도 충격에서 벗어나지 못했습니다." 그가 고개를 숙이더니 시선을 다시 식탁에 고정했다.

"이제 거의 다 끝났습니다." 토롤푸르는 이렇게 말했지만 맞은편에 앉은 남자에 대한 연민이라고는 한 줌도 없었다. "안쪽 벽에 소총이 하나 걸려있는 걸 봤는데, 선생님 총이 맞습니까?"

"네. 제 겁니다. 이 동네에 사는 농부 치고 소총 한 자루 없는 사람은 없을 겁니다." 그는 심기 불편한 표정으로 고개를 들었다. "그 남자는 총에 맞은 게 아니지 않습니까. 대체 뭐가 문제죠?"

토롤푸르가 냉랭하게 웃었다. "네. 그렇지만 제가 잘못 알고 있는 게 아니라면 여우는 총에 맞았습니다. 선생님이 그 여우를 쏘셨나요?"

베르구르는 식탁에 놓인 물 빠진 유포를 어색하게 만지작거렸다. "아뇨, 아마도요. 저도 모르겠습니다."

"아, 그러신가요?" 토롤푸르가 과장되게 당황한 기색을 드러내며 다그쳤다. "좀 더 자세히 설명해주시겠습니까? 무슨 말씀인지 제가 제대로 이해를 못 해서요. 그 여우를 총으로 쐈는지 안 쐈는지 확신할 수 없다는 말인가요?"

유포를 만지작거리던 베르구르가 손을 멈추고 고개를 들었다. "여우가 눈에 띄면 총을 쏘기는 합니다. 근처에 솜털오리 서식지가 있어서 포식자가 막 돌아다니게 할 수 없으니까요. 그렇지만 지난 몇 달 간은 여우를 쏘지 않았습니다. 며칠 전에 달아난 그 여우만 빼면요. 핏자국과 털 뭉치가 있는 걸로 봐서, 맞춘 건 분명한데 사체를 못 찾았습니다. 도망갔을 거라고 생각했지만, 누가 알겠습니까? 같은 여우일 수도 있죠."

"그러게요. 누가 알겠습니까?" 토롤푸르가 대꾸했다. "여우를 쏜 게 정확히 어디였는지 말씀해주시면 좋겠군요. 물론 그 외에도 구체적으로 확인해야 할 부분이 많지만요."

"지금 당장은 말고요." 베르구르가 지친 기색으로 대답했다. "지금은 도저히 못 하겠습니다."

"물론이죠." 토롤푸르가 쾌활하게 응했다. "마지막으로 두 가지만 더 여쭤보고 오늘은 이만 마무리하겠습니다. 첫 번째, 마구간 문은 보통 열어두십니까 아니면 잠가두십니까? 그리고 두 번째, 죽은 남자를 알거나 알아보시겠습니까?"

베르구르는 고개를 들지 않았다. "마구간은 한 번도 잠근 적이 없습니다. 그럴 필요를 못 느꼈으니까요." 그는 고개를 들어 피곤한 얼굴로 토롤푸르를 바라보았다. "제가 아는 사람인지 여부는 확인할 도리가 없습니다. 누구라도 될 수 있겠죠. 형사님도 시신의 상태를 보시지 않았습니까."

"지당한 말씀입니다." 토롤푸르가 자리에서 일어서다 말고 질문을 했다. "아, 죄송합니다. 마지막으로 딱 하나만 더 여쭤보겠습니다."

베르구르가 체념한 표정으로 반문했다. "뭔가요?"

"종마가 있는 칸 벽에서 글씨를 발견했습니다. 긁힌 자국이라고 하는 게 더 정확할지 모르겠습니다만. 철자 몇 개가 새겨져 있었는데, 그게 원래 있던 것들인지 알고 싶습니다."

"글씨요?" 베르구르가 놀란 표정으로 물었다. "글씨는 전혀 본 기억이 없습니다. 뭐라고 새겨져 있던가요?"

"제가 보기에 RER이라고 새겨진 것 같았습니다. 무슨 뜻인지 아시나요?"

베르구르가 고개를 저었다. "전혀요. 그런 건 본 적도 없을 뿐더러 무슨 뜻인지는 더더욱 모르겠습니다." 그의 얼굴에서 거짓을 암시하는 기색은 찾을 수 없었다. 그럼에도 토롤푸르는 베르구르가 뭔가를 감추고 있다는 기분을 떨쳐낼 수 없었다. 문제는 그게 무엇이냐 하는 것이었다.

"내가 이렇게 허기지지만 않았더라도 다른 데 가자고 했을 거예요." 매튜가 토라를 대신해 문을 열며 투덜댔다. 토라가 창문에 붙은 신문 스크랩을 보며 각종 언론의 찬사를 간단하게 해석해주었지만 채식 전문 레스토랑은 매튜에게 갑자기 날아든 비보와 같았다.

"맥주도 야채잖아요." 토라가 씩 웃으며 말했다. "적어도 야채로 만든 거잖아요."

매튜가 가엾다는 듯 고개를 저었다. "맥주에 대해 어떤 정보를 가지고 있는지 몰라도, 그건 사실이 아니에요. 기껏해야 곡류 제품이라고요."

"곡류나 채소류나." 토라가 웨이터를 찾으며 중얼거렸다. "그게 무슨 차이라고요." 토라는 바에 앉아있는 여자를 알아보고는 매튜를 쿡쿡 찔렀다. "저 여자 호텔에서 일하는 사람이에요. 저쪽으로 가서 말을 걸어봐야겠어요."

"메뉴 먼저 받고. 저기서 바로 주문을 할 게 아니라면 난 안 갈 거예요." 매튜가 말했다. "그리고 소금 친 땅콩이 없다고 해도 안 가요."

"알겠어요." 토라가 자신들을 향해 다가오는 웨이터를 향해 웃으며 말을 걸었다. "가능하다면 바에서 식사를 하고 싶어요. 그런데 저희가 지금 너무 허기져서, 바로 메뉴를 봤으면 해요."

두 사람은 바가 있는 곳으로 걸어갔다. 바는 테이블이 있는 곳보다 비좁았다. 토라는 여자 옆자리에 앉았다. 바에 의자가 네 개뿐이라 매튜는 토라의 맞은편 바 테이블에 자리를 잡았다. 매튜 바로 앞에 땅콩 담긴 접시가 놓여있었다.

"안녕하세요?" 토라는 여자가 자기 얼굴을 볼 수 있도록 고개를 앞으로 수그리며 인사했다. "호텔에서 뵙지 않았나요? 요나스의 호텔요."

여자는 술을 많이 마신 게 분명했다. 여자 앞에 청초록색 액체가 담긴 화려한 유리잔이 놓여있고, 그 옆으로 검처럼 생긴 자그마한 빨간색 플라스틱 장식물 여러 개가 놓여있었다. 장식물마다 칵테일 체리가 꽂혀있는 게 보였다. 자신이 질문을 받았다는 사실을 한참이 지나서야 알아챈 여자는 한동안 눈의 초점을 맞추려고 애썼다. 두꺼운 화장 너머 여자의 눈에 눈물이 반쯤 차있는 듯했다. 하지만 정작 여자가 입을 열었을 때, 목소리에는 술기운이 전혀 묻어나지 않았다. "저희가 아는 사이인가요?" 여자가 또렷한 말투로 물었다.

"아뇨. 한 번도 만난 적은 없지만 지나가면서 뵀어요. 저는 토라라고 해요. 요나스를 위해 작은 프로젝트를 진행 중이죠." 토라가 손을 내밀었다.

악수하는 여자의 손에 힘이 없었다. "아, 네. 맞아요. 이제 기억이 나네요. 저는 스테파니아라고 합니다. 호텔에서 섹스 카운슬러로 일하고 있어요."

여자의 표정이 변하지 않는 것으로 보아 토라가 눈을 휘둥그렇게 뜨지는 않은 듯했다. "그렇군요. 일이 바쁘신가요?"

여자가 어깨를 으쓱하고는 칵테일을 홀짝였다. "바쁠 때도 있고, 아닐 때도 있어요." 여자는 잔을 내려놓더니 빨간 입술을 혀로 핥았다. "요나스는 앞으로 상황이 나아질 거래요. 솔직히 말해서 이 정도면 시작이 아주 안 좋은 거예요."

"오, 세상에." 토라가 공감한다는 듯 말했다. "하지만 그 점을 제외하면 일하기 좋은 곳 아닌가요? 근사한 호텔이잖아요."

여자가 코웃음을 치고는 눈을 부라렸다. "아뇨, 그렇지 않아요!" 여자는 몸을 돌려 토라를 쳐다보았지만 여전히 초점을 맞추는 게 힘들어 보였다.

"혹시 유령 때문인가요?" 토라가 물었다. "그게 신경 쓰이세요?"

스테파니아가 결연하게 고개를 저었다. "아뇨. 다행히 제가 저녁에는 호텔에 없거든요. 유령을 한 번도 못 봤는데, 아무래도 저녁에만 돌아다니나 봐요. 유령이 낮시간에 사람들을 놀라게 한다는 소리는 들어본 적 없거든요." 그녀는 한쪽 눈을 가린 머리칼을 뒤로 휙 넘기고 말했다. "아니, 제 문제는 거기서 일하는 여자들이에요." 스테파니아는 한숨을 쉬었다. "항상 여자들이 문제죠. 직원들이 다 남자였으면 좋았을 텐데." 이번에는 여자가 딸꾹질을 했다. "물론 저는 있어야죠."

"네, 물론 그래야죠." 토라가 대꾸했다. "그런데 어떤 여자들을 말씀하시나요? 여자 직원들을 많이 만나지는 못했지만 프런트에서 근무하는 비그디스와는 얘기를 나눠봤어요."

"비그디스, 피그디스." 스테파니아가 중얼거렸다. "걔가 제일 나쁜 년이에요."

"아," 토라가 놀라서 얼버무렸다. "물론 제가 그분을 잘 아는 건 아니지만 괜찮아 보이던데요. 제가 잘못 안 것일 수도 있죠."

"당연히 잘못 아신 거예요." 스테파니아가 씩씩거렸다. "나를 참아줄 수가 없나 봐요. 난 잘못한 게 하나도 없는데 말이에요." 그녀는 갑자기 진지한 말투로 덧붙였다. "실은 제가 분석을 해봤는데요, 뭐가 걔 문제인지 알아냈어요." 그녀는 극적인 효과를 연출하기 위해 잠시 말을 멈췄다. "비그디스한테 제가 위협인 거예요, 성적인 위협." 스테파니아가 의기양양한 표정으로 토라를 쳐다보았다.

"그게 무슨 뜻이죠?" 토라가 당혹스러운 표정으로 물었다. "당신이 자기를 강간할까봐 두려워한다는 건가요?"

스테파니아가 키득거렸다. 예상치 않게 가볍고 자연스러운 웃음소리였다. "아뇨, 바보 같기는. 여자로서 자기보다 더 매력적인 여자한테 본능적인 위협을 느끼는 거예요." 그녀는 오만하게 웃었다. "제가 걔보다 섹시해 보인다는 건 굳이 따져볼 필요도 없잖아요." 스테파니아는 칵테일을 한 모금 마셨다. "저한테는 항상 있는 일이에요. 이 정도면 신호를 알아챌 때도 됐죠."

매튜가 토라의 소매를 잡아당겼다. "주문할까요? 난 이미 정했어요. 배고파 죽겠다고요."

토라는 텅 빈 땅콩 접시를 보았다. "알았어요. 웨이터 불러서 주문해요." 토라가 스테파니아를 향해 몸을 돌리려고 하는데 매튜가다시 그녀를 잡았다.

"당신은요? 뭐 먹을 거예요?" 매튜가 메뉴를 가리키며 졸랐다. 토라는 아직 메뉴를 들춰보지도 않은 상태였다.

"아무거나요. 그냥 아무거나 시켜줘요." 매튜가 웨이터를 부르는동안 토라는 스테파니아를 향해 고개를 돌렸다. "여자 이야기가 나와서 말인데요, 건축가인 비르나를 아셨나요?"

스테파니아의 표정이 일순간 변했다. 얼굴이 굳어지다 못해 아주 잠깐이지만 녹아내릴 것처럼 보였다. "오, 하느님." 그녀는 울먹이며 소리쳤다. "정말이지 끔찍해요."

"네, 그렇죠. 비르나는 짜증나는 부류가 아니었나 봐요?"

"네, 전혀 아니었어요. 비르나는 정말 좋은 사람이었어요." 스테파니아가 단숨에 남은 칵테일을 들이켰다. 그녀는 칵테일 체리가꽂힌 플라스틱 검을 잔에서 꺼내 입에 끼우고 한 번 쪽 빨더니, 의식이라도 치르듯 다른 검들 옆에 나란히 내려놓았다. "도저히 이충격에서 벗어날 수가 없어요. 어떤 감정을 느껴야 하는 건지도 모르겠고요." 그녀는 토라를 올려다보며 말을 이었다. "저는 원래 대낮에 이런 데 와서 술을 마시는 사람이 아니에요. 이 동네 주민이면서도요."

"어떤 심정인지 짐작이 가요." 토라는 이렇게 말했지만 사실 전혀 이해하지 못했다. "비르나와 가까웠던 것 같은데, 혹시 누가 비르나를 해치고 싶어했는지 아시나요?"

스테파니아가 빈 잔을 들더니 휘휘 돌렸다. 잔 바닥에 남은 몇 방울의 술도 움직임에 따라 소용돌이쳤다. "네, 알아요." 스테파니아가 차분하게 대답했다.

"정말요?" 궁금증을 참지 못한 토라가 냉큼 물었다. "그게 누군데요?"

스테파니아가 눈을 빛내며 토라를 바라보았다. "전 비밀유지 서약에 맹세했어요. 섹스 카운슬러도 그런 면에서는 의사들과 비슷해요. 변호사들도 그렇고."

토라는 스테파니아의 비유에 웃음을 터뜨리지 않으려고 정신을 바짝 차렸다. 어쩌면 터무니없는 얘기는 아닐지도 몰랐다. 사실 브라기가 맡았던 몇몇 이혼소송도 섹스 상담치료와 경계가 모호해질 지경까지 가기도 했다. "글쎄요. 저도 변호사지만 그 서약에도 예외는 있어요. 예를 들어 공공의 선을 위해서는 포기할 수 있는 거죠."

스테파니아는 잠시 고민하더니 이내 납득하는 표정을 지었다. "변호사라면 제가 털어놔도 괜찮겠죠? 어차피 이름 몇 개에 불과하고, 다른 사람들한테 소문내지 않으실 거죠? 공공의 선이니 뭐니 하는 그런 문제가 아니잖아요."

토라는 일이 이렇게 쉽게 풀릴 거라고 예상하지 못했다. 스테파니아가 비밀유지 서약 따위 잊어버릴 만큼 만취할 때까지 바에서 긴 시간을 축내야 할 거라고 예상했던 것이다. "절대 아니죠. 다른 사람들한테는 철저히 비밀 지킬게요. 약속해요."

"좋아요." 스테파니아가 중얼거렸다. "그 소식을 들은 이후로 줄
곧 토할 것만 같았어요. 아무한테도 말할 수가 없으니까요. 털어놓
고 나면 기분이 나아질지 모르죠." 그녀는 토라의 눈을 똑바로 바
라보면서 말했다. "약속하신 거죠?"

"약속할게요." 토라는 이렇게 말했지만 등 뒤로 손가락을 꼬고
있었다. 다른 사람은 몰라도 매튜에게는 사실을 알려줘야 했다.
"비르나를 해치고 싶어했던 게 누구죠?"

스테파니아는 비밀을 지켜야 한다는 부담감을 털어내고 싶은 게
분명했다. 한번 입을 열자 세 배는 빠른 속도로 떠들어대기 시작했
다. "비르나는 이 주변에 사는 유부남과 바람을 피우고 있었어요.
퉁가에 사는 베르구르라는 농부예요. 섹스가 상당히 거칠었던지
비르나가 저를 찾아와서 조언을 구했죠. 도를 넘어선 게 아닌가 걱
정하더라고요."

"그래서 조언을 해줬어요?" 토라가 얼른 물었다. "그 남자를 만
나지 말라고 했나요?" 정신적으로 문제가 있는 남자라면 이별 통
보는 충분한 살인 동기가 될 수 있었다.

스테파니아는 술잔을 내려놓았다. "아뇨." 그녀는 빨갛게 칠한
손톱을 입으로 가져가 있는 힘껏 깨물었다. 입에서 손톱을 뺐을 때
는 빨간 매니큐어에 하얀 이빨 자국이 남아있었다. "아뇨, 그렇게
말하지 않았어요." 그녀는 최면에라도 걸린 듯 빈 잔을 멍하니 응
시했다. "그냥 시도해보라고만 했죠. 거친 섹스가 꼭 위험한 것만
은 아니니까요."

"오, 세상에." 토라가 공감을 표했다. "당신이 왜 불편한 감정을 느끼는지 이제 알겠어요."

천천히 고개를 끄덕이던 스테파니아가 토라 맞은편에 앉은 매튜를 발견했다. 지금껏 스스로의 비참함에 매몰된 나머지 매튜가 있는지도 알아채지 못한 것이다. 스테파니아는 다소 기분 나쁜 미소를 지었다. "저 사람은 누구예요? 변호사님 친구인가요?" 그녀가 교태를 부리듯 물었다.

토라는 언어 장벽을 이용해보기로 했다. "외국인이에요. 여기 쉬러 왔죠." 그녀는 스테파니아에게 몸을 수그리더니 낮은 목소리로 속삭였다. "에이즈 환자예요." 그러고는 의미심장하게 고개를 끄덕인 다음 몸을 바로 세웠다.

스테파니아의 눈이 휘둥그레졌다. "참 아깝네요." 풀이 죽은 얼굴로 그녀가 말했다. "원하시면 도움이 될 만한 테크닉을 몇 가지 알려드릴 수 있어요. 삽입 없이도 즐길 수 있는 방법은 많거든요."

"아녜요, 괜찮아요." 토라는 정중하게 웃으며 덧붙였다. "그래도 제안은 감사해요." 토라는 매튜를 향해 고개를 돌리고 독일어로 말했다. "조금만 기다려요. 음식이 곧 나올 거예요."

스테파니아가 매튜를 향해 미소 지으며 연민에 찬 목소리로 조언했다. "끼니 거르지 않고 잘 드시는 게 아주 중요해요."

"네, 고맙습니다." 매튜가 얼떨떨한 표정을 지으며 대답했다.

토라는 한 손을 스테파니아의 어깨에 올리고 말했다. "정말 감사해요. 곧 다시 뵙게 되겠죠. 요나스를 위한 프로젝트를 계속 진행할 테니까요."

스테파니아가 의외라는 눈빛으로 토라를 쳐다보았다. "다른 사람은 누군지 알고 싶지 않으세요?"

"누구요?" 토라가 그녀의 말뜻을 채 이해하지 못한 표정으로 물었다.

"비르나를 해치고 싶어했던 또 다른 남자." 스테파니아가 살짝 짜증스러운 기색을 비치며 말했다.

토라는 기민하게 대응했다. "아, 네. 물론 알고 싶죠."

스테파니아가 토라의 귀에 얼굴을 갖다 댔다. 그 거리가 너무 가까운 나머지, 토라는 스테파니아의 립스틱이 자신의 귀에 묻었을 거라고 확신했다. 스테파니아가 낮게 속삭였다. "요나스요."

경찰차들이 들이닥치는 광경을 토라는 가만히 지켜보았다. 세 대나 나타난 걸로 보아 무슨 일이 생긴 게 틀림없었다. 호텔 밖 자갈 덮인 주차장으로 들어온 차들이 한쪽에 나란히 멈추어섰다. 문을 쾅 닫는 소리가 정적을 가르고, 여섯 명의 경찰이 차에서 내렸다. 그 중 한 명은 여자 경관이었다.

"이번엔 또 무슨 일이지?" 토라는 혼자 중얼거렸다. "내일 온다고 했었는데."

호텔 밖 의자에 앉아 저녁 햇살 맞으며 와인을 마시던 매튜와 토라는 경찰들이 로비를 향해 성큼성큼 걸어가는 모습을 바라보았다. 토라는 여전히 배가 고팠다. 점심 메뉴에 대한 토라의 무관심을 매튜가 풀만 가득한 샐러드를 주문하는 것으로 앙갚음했기 때문이다. 한 입거리밖에 안 되는 채식 라자냐를 주문한 매튜의 상황도 크게 낮지는 않았다. 결과적으로 두 사람은 두 번이나 빵을 추가 주문했고, 그럼에도 허기는 가시지 않았다.

토라는 단번에 두 명의 경관을 알아보았다. 요나스를 심문하고 그의 휴대폰을 압수해간 한 쌍이었다. 토라가 기억하기로 그 중 나이 많은 형사의 이름은 토롤푸르였다.

"안녕하세요?" 토라가 형사를 향해 인사했다.

"안녕하세요." 토롤푸르가 건조하게 대꾸했다.

"내일이나 되어야 오실 줄 알았는데요." 토라가 물었다. "뭐가 잘못됐나요?"

토롤푸르는 멈춰서거나 시선을 돌리지도 않은 채 두 사람이 앉아있는 테이블을 지나치며 말했다. "상황이 바뀌었습니다." 여섯 명의 경찰은 곧장 문 안으로 사라졌다.

19장

토라는 목청을 가다듬었다. "이해 안 가는 게 하나 있어요." 그녀는 창백한 얼굴로 옆에 앉아있는 요나스를 바라다보았다. "제 의뢰인과 이야기를 나누고 싶어하는 이유가 뭐죠? 마구간이 제 의뢰인의 소유도 아니고, 초동수사에서 제 의뢰인이 이 사건과 관련 있다고 판단할 만한 사실이 드러나지도 않았을 텐데요." 토라는 토롤푸르를 똑바로 쏘아보며 다그쳤다. "그런 사실이 드러났나요?"

이번에는 토롤푸르가 목청을 가다듬고 대응했다. "충분히 짐작할 수 있는 일 아닙니까. 지난번 호텔 인근에서 발견된 시신의 신원이 의뢰인 밑에서 일하던 여성으로 밝혀졌어요. 그게 불과 며칠 전이었으니 우리로서는 호텔에서 또 사라진 사람이 없는지 가장 먼저 확인할 수밖에요. 같은 사람이 범인일 거라고 믿는 데는 그만한 근거가 있습니다."

요나스가 몸을 앞으로 기울이며 끼어들었다. "부탁인데 제 이름을 불러주시면 안 될까요? 의뢰인이라고 불리는 게 영 불편해서요."

토라는 짜증을 누르고 요나스를 쳐다보며 고개를 끄덕였다. 그런 다음 토롤푸르를 향해 말했다. "다시 말해서 요나스를 찾아오신 이유가 그저 시신이 호텔 투숙객이거나 직원일 수 있기 때문이라는 거죠? 요나스가 사건과 관련 있다고 생각해서가 아니라요?"

토롤푸르가 주먹을 꽉 쥐며 대답했다. "그렇다고는 말 안 했습니다. 말씀드렸듯 수사는 아직 초기 단계입니다. 현재로서는 사망자의 신원을 밝히는 게 급선무라는 걸 분명히 알려드리고 싶군요. 그 후의 조치에 관해서는 결정된 바가 없습니다."

"마구간이 누구의 소유인지 여쭤봐도 될까요?" 토라가 물었다.

"궁금하신 걸 얘기하십시오." 토롤푸르가 변덕스럽게 대꾸했다. "제가 대답해드릴 수도 있겠죠." 그는 우두둑, 소리를 내며 손가락 마디를 주물렀다. "다만 문제의 마구간이 퉁가에 있는 농장의 일부라는 건 이미 알려진 사실입니다."

깜짝 놀라 움찔하던 토라는 자신이 놀랐다는 걸 경찰이 알아채지 못했기를 바라며 물었다. "농장이 여기서 가까운가요?"

"바로 옆에 있는 농장이에요. 여기서 서쪽으로 조금만 걸어가면 나와요." 요나스가 대화에 낄 수 있다는 데 안도하며 대답했다.

"그렇군요. 그럼 비르나의 시신이 발견된 해변에서도 아주 가깝겠네요, 그렇죠?" 토라는 토롤푸르를 향해 묻다가 경찰이 대답하려는 기미를 보이지 않자 얼른 덧붙였다. "그렇다면 이 호텔이 아니라 그 농장에 사는 사람들을 심문하는 게 맞지 않나요?" 토라는 베르구르를 직접 만나기 전에는 그와 비르나의 관계에 대해 경찰에 말하지 않기로 작정했다. 둘의 관계가 곧 밝혀질 테니, 토라는 내일 아침 일찍 베르구르와 접촉해보기로 마음먹었다. 불륜 사실이 드러나고 나면 그와 대화할 기회마저 사라질지 몰랐다.

"원래 하던 얘기로 돌아가죠." 토롤푸르가 요나스를 향해 고개를 돌리며 까칠하게 질문했다. "문제의 마구간을 알고 계시죠?"

"네, 그런 셈입니다." 요나스가 대답했다. "마구간의 위치도 알고 그 안에 들어가 본 적도 있어요."

"말을 타십니까?"

"아뇨, 전혀 탈 줄 몰라요." 요나스가 즉각 대꾸했다. "그저 관심이 있는 정도죠. 앞으로 그쪽 사업에 뛰어들어 보고 싶어서요. 지금으로서는 호텔 운영만으로도 정신이 없습니다."

"마구간 안에 들어가 보셨을 때 거기서 뭘 했나요?"

"로사가 친절하게도 말을 보여줬어요." 요나스가 얼른 덧붙였다. "로사는 그 농장 안주인이에요, 베르구르의 부인. 몇 번 만나 말에 관해 이야기했는데 저한테 이제 막 구입한 종마를 보여주고 싶어했거든요. 꽤 예전 일이에요. 적어도 여섯 달은 됐을 겁니다."

"그 종마의 이름을 기억하십니까?" 토롤푸르가 물었다.

"제 기억에 스노위였던 것 같아요." 요나스는 웃으며 말을 이었다. "파이어라는 이름이 훨씬 더 잘 어울렸을 거예요. 그렇게 성깔이 대단한 말은 처음 봤거든요."

토롤푸르는 다음 질문을 생각하며 수첩에 뭔가를 적었다. 토라는 마음이 편치 않았다. 말에 관한 이런 질문이 단순한 사실 확인을 넘어 어떤 의도를 숨기고 있다는 생각이 들었다. 토라는 상황을 더 지켜보며 경찰의 의도를 파악하기로 했다.

토롤푸르가 다시 요나스를 똑바로 쏘아보았다. "다시 말해서 지난 6개월 전부터 그 마구간에 성깔이 대단한, 그러니까 통제 불가능한 말이 있다는 사실을 알고 계셨다는 거죠? 맞습니까?"

"네." 요나스가 놀란 표정으로 물었다. "그건 왜 물으시죠?"

"특별한 이유는 없습니다." 토롤푸르는 또 뭔가를 적으며 질문했다. "그럼 여우는요? 이 주변 여우들에 대해 아는 게 있나요?"

요나스가 황당하다는 표정으로 토라를 향해 고개를 돌리며 물었다. "이 질문에 대답해도 돼요?" 토라는 고개를 끄덕였다. 이 모든 질문의 결론이 무엇일지 궁금해 죽을 지경이었다. 요나스가 다시 토롤푸르에게 시선을 돌리며 말했다. "질문을 정확히 이해 못 했습니다. 여우에 대해 일반적인 게 궁금하신가요, 아니면 제가 여우를 기르는지 알고 싶은 건가요?"

"저는 인근에 여우가 많이 사는지 궁금합니다. 하지만 여우를 키우신다면 그 부분에 대해서도 알고 싶군요."

요나스는 의자에 등을 기대앉으며 미간을 찌푸렸다. "여우 안 키워요. 제가 뭣 하러 여우를 키우겠어요? 여긴 모피농장이 아니잖아요." 요나스는 토라를 보면서 이렇게 말했고, 토라는 계속 하라는 의미로 어깨를 으쓱했다. 요나스는 말을 이었지만, 형사의 질문이 불편한 게 분명했다. "하지만 이 주변에 야생여우들이 살기는 합니다. 여우가 산다는 건, 솜털오리를 공격하는 여우들 때문에 농부들 불만이 많다는 소식을 통해 알았어요. 이게 제가 아는 전부예요." 잠시 침묵하던 그가 덧붙였다. "여우가 이미 정착시대부터 아이슬란드에서 서식하던 유일한 포유류라는 건 알고 있어요."

토롤푸르가 미소를 지었지만 웃음기가 눈까지 미치지 못했다. "저는 자연과학에 대한 강연을 부탁드린 게 아닙니다." 토롤푸르는 손으로 머리칼을 쓸어넘기고 질문을 계속했다. "다른 걸 물어보죠. RER이라는 글자가 무슨 뜻인지 아십니까?"

요나스는 고개를 저었다. "아뇨. 모르겠습니다." 요나스는 토라에게 시선을 돌렸다. "토라는 알아요?"

"전혀 모르겠는데요." 토라는 이렇게 답하고 토롤푸르를 향해 물었다. "그게 무슨 뜻이죠?"

"그건 중요치 않습니다." 토롤푸르는 딱 잘라 말하고는 화제를 돌렸다. "호텔 안에 바느질하는 공간이 따로 마련되어 있나요?"

"아뇨. 혹시 떨어진 단추나 실밥이 터진 치마라도 있나요?" 요나스가 순진무구한 말투로 되물었다.

토롤푸르는 요나스의 질문에 대꾸도 하지 않고 질문을 이어나갔다. "호텔에서 침술요법도 제공하나요?"

"아뇨. 그렇지만 임시 침술사를 부르자는 얘기가 나온 적은 있습니다." 요나스가 의아한 표정을 지었다. "고대로부터 전해져 내려오는 치료법인데, 가벼운 질환에는 놀라울 정도로 효력이 좋아요. 필터 없는 카멜 담배를 하루 한 갑씩 30년 간 피워온 남자를 아는데…." 요나스의 말은 여기서 끊겼다.

"혹시 이해를 못 하셨을까봐 다시 말씀드리자면 저는 지금 수다나 떨려고 여기 온 게 아닙니다." 토롤푸르가 퉁명스레 지적했다. "제 질문에 대답만 하시면 됩니다. 가급적이면 예, 아니오로 대답하는 게 적절하겠군요." 토롤푸르는 이렇게 말하면서 한쪽 어깨를 주물렀고, 토라는 요나스가 형사에게 핫 스톤 마사지를 권하는 멍청한 실수를 저지르지 않기를 간절히 바랐다.

"제가 알고 싶은 건 이겁니다. 호텔에 바느질하는 공간이 따로 있습니까? 침술요법을 받을 수 있습니까? 만약 둘 다 아니라면, 바늘이나 핀을 사용하는 서비스를 제공하고 있습니까?"

잠시 고민하던 요나스가 대답했다. "네."

토롤푸르가 한숨을 쉬더니 말했다. "네, 그리고요? 어떤 종류의 서비스를 말하는 거죠?"

토라는 요나스에게 질문에 대답하라는 눈빛을 보냈다. "방마다 성냥갑만한 작은 바느질 세트가 있어요. 간단한 옷 수선이 필요한 투숙객을 위해 준비해둔 거죠. 원하시면 하나 가져다드릴 수 있어요. 제 기억이 정확하다면 바늘과 옷핀, 여러 개의 색실, 그리고 단추가 두 개인가 세 개쯤 들어있어요. 그게 다예요."

"다른 핀은 없나요?"

"없어요." 요나스가 고개를 저었다. "그건 확실합니다."

"가기 전에 그 바느질 세트를 직접 확인해봐야겠습니다. 또 바느질 세트 재고를 보관해둔 장소도 살펴봐야겠군요." 토롤푸스가 갑자기 요나스를 노려보았다. "마지막 질문입니다. 누군가 비르나의 방에 침입했다는 사실을 조금 전에 알았습니다."

"뭐라고요?" 요나스가 소리를 질렀다. "저는 몰랐어요. 누가 얘기해주던가요?"

"그건 선생님이 신경 쓸 문제가 아닙니다. 범인이 누구고, 언제 그런 일이 벌어졌는지 알고 있는 게 아니라면 말이죠." 요나스를 쏘아보는 토롤푸르의 눈빛이 완고했다.

"저는 아는 바가 전혀 없어요. 금요일 저녁에 폴리스라인으로 봉쇄되고 출입이 금지된 이후 얼씬도 안 했어요. 맹세컨대 저는 아니에요." 요나스는 이제 거의 꽥꽥거리기 시작했다. "거기 들어갈 이유가 전혀 없다고요."

"그건 선생님의 주장일 뿐이죠." 토롤푸르는 다시 수첩으로 시선을 떨구었다. "누군가는 그 방에 들어가야 할 이유가 있었을 겁니다. 선생님이 아니라면 누구죠?" 그가 요나스를 쏘아보았다.

"글쎄, 저야 모르죠. 아마 살인범이 아닐까요?" 요나스가 당황한 표정으로 웅얼거렸다.

"다 하셨나요?" 토라가 끼어들었다. "마지막 질문이라고 하셨고, 요나스는 그 질문에 대답을 했습니다. 이제 가도 될까요?"

토롤푸르가 귀찮다는 듯 손짓을 했다. "그러시죠. 하지만 내일도 추가조사가 필요할 겁니다." 토롤푸르는 요나스에게 고개를 돌렸다. "어디 가지 마십시오."

요나스의 눈이 휘둥그레지자 토라가 얼른 다시 끼어들었다. "네, 물론이죠. 어디 안 갈 겁니다. 다만 요나스가 조사받을 때는 반드시 제가 동석할 겁니다. 그게 문제가 되지는 않겠죠?"

"네." 토롤푸르가 응수했다. "그게 왜 문제가 되겠습니까?"

토라와 요나스는 경찰에게 빌려준 사무실을 나왔다. 사실 그곳은 사무실이라고 부르기도 애매했다. 본래 청소용품 창고로 사용하는 방이었는데, 공교롭게도 다른 방에는 맞지 않는 책상들을 보관하고 있었다. 의자를 몇 개 가져와 비좁은 공간 안에서도 최대한 편안함을 줄 수 있도록 배치했지만 그 결과는 의외로 독특했다. 방에 처음 들어섰을 때 토라는 하나도 위협적이지 않은 분위기에 깜짝 놀랐다. 그녀는 주변 환경으로 인해 경찰이 이전에 진행한 조사들에서 불리한 조건에 놓였던 것은 아닌지 문득 궁금해졌다. 하지만 한동안 방 안에 있어보니, 소독제 냄새가 너무 강렬한 나머지 보잘것없는 방의 분위기를 상쇄해주었을 거라는 결론에 도달했다. 토라는 방에서 벗어난 것에 대해 이루 말할 수 없는 해방감을 느꼈지만 머릿속은 여전히 어지러웠다. 여우? 핀? RER?

요나스가 코냑을 쭉 들이켰다. 요나스는 토라와 매튜를 자신의 집으로 초대했고, 토라 역시 심문을 마친 뒤 요나스와 할 얘기가 있던 참이었다. 작지만 아늑한 요나스의 집은 사실 호텔 건물의 일부였다. 토라는 한 손에 와인 잔을 든 채 부드러운 가죽소파에 매튜와 나란히 앉아있었다. 서쪽 창문 너머로 빙하의 밤 절경이 펼쳐졌다. 요나스는 소파 옆 의자에 자리를 잡고 있었다.

"경찰은 내가 비르나와 그 남자를 죽였다고 생각해요." 요나스가 또다시 코냑을 들이키며 투덜거렸다. "정말 코냑 안 마실 거예요? 이걸 마시면 진정이 된다니까요."

"방금 경찰에 진술한 것 이상으로 아는 게 있어요?" 토라가 물었다. "여우랑 바늘은 대체 무슨 얘기예요? 그 글자는 또 뭐고요?"

"맹세하는데, 나도 정말 몰라요." 요나스가 답답해했다. "그 남자가 누군지도 모르고, 그 글자나 여우, 바늘에 대해서는 더더욱 아는 게 없어요. 아까는 정신이 나갈 뻔했다고요. 경찰이 함정수사를 하는 줄 알았어요."

"그럴 가능성은 거의 없어요." 토라가 요나스를 안심시켰다. "다만 아주 이상하기는 했어요." 토라는 요나스가 남은 술을 모두 마시고 잔을 다시 채울 때까지 기다렸다. "하나만 말해봐요, 요나스." 요나스가 고개를 돌렸다. "비르나가 주변에 사는 농부와 관계를 맺고 있었다는 사실을 알았어요? 그 농부가 유부남이라는 사실도요?"

요나스가 얼굴을 붉혔다. "네. 뭐 그럴 거라고 의심은 하고 있었어요." 요나스는 이렇게 말하며 묘한 표정을 지었다.

"그렇다면 바로 그 농부가 시신이 발견된 마구간의 주인이라는 사실도 알아챘겠네요?" 토라가 몰아붙였다.

"네. 알고 있었어요. 그렇지만 아무 말도 하고 싶지 않았어요."

"왜요?" 토라가 물었다.

"그냥 말하고 싶지 않았어요." 요나스가 술을 마시며 말했다.

"혹시 당신도 비르나와 사귀고 있었기 때문에 숨기고 싶었던 거 아니에요? 사건과 더는 엮이고 싶지 않아서 그랬던 거 아니냐고요."

"아마도요." 요나스가 샐쭉한 표정으로 대답했다.

"도대체 왜 나한테 비르나랑 사귀었다고 털어놓지 않았어요?" 낙담한 토라가 소리를 질렀다.

"아무것도 아니었어요, 아무것도." 요나스가 변명을 했다. "난 비르나를 해칠 이유가 전혀 없어요."

"그럼 비르나와 원만하게 헤어졌다는 거예요?" 토라가 물었다. 토라는 곁눈질로 매튜가 간신히 하품을 삼키는 걸 보았다. 아이슬란드어로 대화중이었기 때문에 요나스는 매튜를 전혀 개의치 않았다. 하지만 매튜는 딱하게도 시중꾼처럼 옆자리에 앉아 창밖의 빙하나 내다보아야 했다. 토라는 평정을 잃지 않는 매튜가 존경스러웠다. 전 남편 같았으면 벌써 일어나자고 몇 번이나 그녀의 옆구리를 찔렀을 것이다.

"네, 그런 셈이에요." 요나스가 대답했다. 그의 눈이 약간 흐리멍덩해 보였는데, 토라는 그게 벌써 자정을 넘긴 늦은 시간으로 인한 피로 때문인지 아니면 술 때문인지 확신할 수 없었다. "더 만나도 좋았겠지만 비르나가 헤어지길 원했어요. 내가 너무 늙었다고요."

"헤어진 게 별로 기쁘지 않았던 것처럼 들리는데요?" 토라가 다그쳤다. "그럼 당신이랑 헤어지고 나서 바로 베르구르한테 간 거예요?"

"네." 요나스가 불만스럽게 대꾸했다. "그랬을 거예요."

"화난 것처럼 보이네요." 토라가 쉬지 않고 몰아붙였다. "내가 뭔가를 놓치고 있는지 모르지만, 그런 상황에서 비르나가 계속 일할 수 있도록 해줬다는 게 이상하잖아요. 설령 원만하게 헤어졌다고 해도 그래요."

"좋게 헤어졌어요. 거짓말 아니에요." 요나스가 애써 해명을 했다. "내가 뭘 어쩌겠어요? 더 이상은 나를 원하지 않는다는데. 인생이라는 게 그렇잖아요. 비르나는 유능한 건축가이고 이 지역 개발에 대한 내 계획을 제대로 이해하고 있었어요. 내가 공과 사도 구분하지 못하는 어린애는 아니잖아요."

"좋으시겠어요." 토라가 빈정댔다. "이제는 당신 얘기를 뒷받침해줄 다른 증인이 나타나길 바라는 수밖에 없어요." 그녀가 심각한 표정으로 요나스를 쏘아보았다. "그런 증인이 나타나지 않는다면,

상황이 당신한테 불리하게 돌아갈 거예요."

"어째서요?" 요나스가 분개해서 물었다. "난 여자친구도 사귀면 안 돼요?"

"당연히 사귈 수 있죠." 토라가 약간 짜증난 말투로 대꾸했다. "내 말이 무슨 뜻인지 알잖아요. 그리고 또 하나, 마구간에서 발견된 남자는 누구일까요? 어쩌면 베르구르일지도 몰라요. 그럼 어떻게 되겠어요?"

요나스의 얼굴이 창백해졌다. "나…, 나도 모르겠네요."

토라가 자리에서 일어났다. "너무 비관할 필요는 없어요. 아직은 이 사건이 사고인지 아니면 더 끔찍한 일인지도 모르니까요."

요나스가 토라를 빤히 보았다. "단순히 농장 인부가 건초 다락에서 떨어졌으면 경찰이 나한테 여우니 수수께끼 같은 글자에 대해 질문했을 거라고 생각해요? 아니죠. 틀림없이 이 근처에서 일어난 사건과 관련이 있을 거예요."

매튜는 한쪽 팔을 토라의 어깨에 가볍게 두른 채 해변에 서서 밀려오는 파도를 보았다. 토라의 콧속에 밴 소독제 냄새가 자칫 편두통을 유발할 수 있기 때문에 잠자리에 들기 전 짧은 산책을 다녀오자고 그녀가 매튜에게 부탁한 것이다. 토라가 두 눈을 감고 뭔가 낭만적인 말을 하려는 찰나 휴대폰이 울렸다.

"누가 보면 호텔만 빼고 이 주변의 전화 연결상태가 아주 좋은 줄 알겠어요." 매튜가 한숨을 지었다.

토라가 얼른 전화를 받았다.

"여보세요? 토라. 너무 늦은 시간에 전화해서 미안해요." 여자의 목소리였다. "옆집 사는 디사에요."

"오, 안녕하세요?" 토라가 놀란 목소리로 인사했다. 집에 불이라도 난 것인가?

"아까도 전화했었는데, 휴대폰을 꺼놓았던 모양이에요." 디사가 미안한 듯 말했다.

"아니에요. 제가 지금 스나이펠스네스에 와있는데 전화 연결상태가 불안정해요." 토라는 이렇게 말하며 디사가 바로 본론으로 들어가 주길 바랐다. "그래서 오락가락해요."

"네. 시외로 나갔을 거라고 생각했어요. 그래서 전화한 거예요. 11시쯤에 누가 캐러밴까지 달고 토라의 SUV를 끌고 나가는 걸 봤어요. 아무래도 이상해서요. 다른 사람한테 차 빌려줬어요?"

"아뇨." 토라가 당황한 목소리로 말했다. "고마워요, 디사. 가족 중 누군가 내 차를 타고 갔는지 먼저 확인해본 뒤 그게 아니라면 경찰을 부를게요. 정말 고마워요."

토라는 전화를 끊자마자 읽어주길 기다리고 있는 여섯 개의 문자를 발견했다. 가장 최근 메시지를 열어서 확인했다. '당장 전화해. 길피가 솔리를 데리고 나갔어.'

토라는 웃음을 터뜨렸지만 그 소리는 이내 신음으로 바뀌었다. 그녀는 매튜를 바라보며 지친 목소리로 말했다. "절대 아이는 갖지 말아요. 아프리카에 있는 그 소녀나 잘 챙기라고요."

2006년 6월 12일 월요일

20장

토라는 휴대폰 신호를 잡으려고 주차장을 빙빙 돌고 있었다. 매튜는 그런 토라의 모습을 신기한 듯 지켜보았다. "방 안에 있는 전화기를 쓰면 안 돼요?" 매튜가 온기를 유지하려고 제자리에서 폴짝폴짝 뛰며 말했다. 날씨는 을씨년스러웠다. 자신이 짙은 안개에 둘러싸인 건지 아니면 구름이 아주 낮게 깔린 건지, 토라로서는 알 길이 없었다.

토라는 전날 밤 발을 동동 구르며 아들에게 전화를 걸었으나 소용없었다. 그래서 아침 일찍 일어나자마자 아들과 캐러밴의 행방을 찾으려고 수선을 떠는 중이었다.

길피는 정식 운전면허는 없었지만 운전 강습을 받는 중이었다. 사고라도 난 건 아닌지, 토라는 애가 탔다. 휴대폰의 문자를 차례대로 읽어보니 어떤 상황이 벌어졌는지 명확하게 파악됐다. 첫 세 문자는 길피가 보낸 것이었다. 첫 번째 문자에서 길피는 집으로 돌아가기로 한 계획이 틀어진 것에 대해 불만을 쏟아냈다. 두 번째는 아빠 때문에 열통 터져 죽겠다는 내용이, 마지막 세 번째는 '아이 오브 더 타이거, 나 나갈 거야'라는 짧은 메시지가 남겨져 있었다. 전 남편이 보낸 문자가 뒤를 이었다. 그는 길피에 대해, 같이 사는 게 불가능한 애라고 비난하면서 모든 잘못을 토라에게로 돌렸다. 토라는 전 남편의 문자를 모두 지워버렸다. 평상시 길피는 비교적 온화하고 공부도 열심히 하는 아이였다. 전 남편이 말하는 버르장머리 없는 아이와는 거리가 멀었다. 다만 아직 어려서 때로 솔직한 생각을 드러내놓고 말하기도 했다. 특히 지독한 음치인 주제에 가라오케에 맞춰 노래를 즐겨 부르는 아빠를 못 견뎌했다. 전 남편이 '아이 오브 더 타이거'를 또 부른 게 화근이었다. 토라는 길피가 아빠네 집에서 지내는 걸 반기는 모습을 한 번도 본 적이 없었다. 솔리의 씽스타 CD를 챙겨가지 않은 날도 마찬가지였다. 이혼 이후 한스는 열렬한 말 애호가인 여자를 만나면서 승마에 빠져버렸다. 하지만 길피와 솔리 모두 말에는 취미가 없었다. 더 엄밀히 말하자면 길피는 말을 무서워했다. 말에 대한 공포는 토라로부터 물려받은 것이었다. 길피는 아빠의 집에 갈 때면 언제 말을 타러 갈지 모른다는 두려움 때문에 늘 조바심을 냈다. 아들의 마음을 설명하려는 토라의 노력에도 불구하고 전 남편은 고집을 꺾지 않았다. 그는 매번 아직 요령을 터득하지 못한 거라는 말만 반복했다.

토라는 깊은 한숨을 내쉬며 길피와 연락이 닿기만을 기다렸다. 길피의 여자친구 부모에게도 전화를 걸어볼까 하다가 금세 마음을 접었다. 길피는 충동적인 캐러밴 여행에 여자친구까지 데리고 간 게 분명했다. 토라는 여자친구의 엄마로부터 문자를 한 통 받았는데 다시 떠올리고 싶지 않을 만큼 험한 말로 가득 차있었다. 하지만 같은 엄마로서, 토라는 상대의 심정을 충분히 이해했다. 만약 솔리가 출산을 코앞에 둔 열여섯 살 소녀이고, 비슷한 또래 남자친구와 함께 캐러밴을 뒤에 단 SUV를 끌고 종적을 감춰버렸다면 절대 입에서 좋은 소리가 나오지 않았을 게다. 토라는 그나마 길피가 무면허로 운전하고 있다는 사실을 여자친구의 부모가 모른다는 걸 천만다행으로 여겼다.

마침내 휴대폰에서 길피의 졸린 목소리가 들렸다. "여보세요."

"어디야!" 토라가 다짜고짜 소리를 질렀다. 침착하게 통화하겠다는 다짐은 이미 날아간 뒤였다.

"왜? 나?" 아직 상황 파악이 안 된 길피가 물었다.

"그래, 그럼 너지 누구겠어. 어디야?"

길피가 하품을 했다. "크베라게르디 근처 어디쯤일 거야. 어제 크베라게르디를 지나쳐 왔거든."

토라는 진작 아이들을 차에 태우고 전국 곳곳을 돌아다니지 않은 걸 자책했다. 경험상 길피에게 '크베라게르디 근처'는 아이슬란드 남부 전역을 뜻하는 말이고, '아쿠레이리 근처'는 아이슬란드 북부 전역이라는 의미였다.

"지금 캐러밴 안에 있는 거야?" 토라는 곧바로 덧붙였다. "누구랑 같이 있어?"

"나랑 시가." 길피가 천천히 대답했다. "참, 솔리도 같이 있지."

"솔리가 아직 너랑 같이 있다고?" 토라가 고함을 쳤다. "솔리는 할머니 댁에 내려줬어야지! 너 아직 운전면허 없잖아. 설령 면허가 있어도 넌 캐러밴을 끌고 나가면 안 된다고. 임신한 여자친구랑 여섯 살짜리 동생을 태우면 안 된다는 거야 말할 필요도 없고."

"운전은 누워서 떡 먹기야." 길피가 마초적 자신감을 드러내며 말했다. "그리고 혹시나 해서 말하는데 솔리를 데려온 건, 걔가 자기를 데려가지 않으면 캐러밴 열쇠를 어디다 숨겼는지 안 알려주겠다고 협박해서였다고. 또 솔리도 꽥꽥거리면서 노래 부르는 아빠를 더는 못 참아했어. 아빠가 그 망할 씽스타를 줄창 틀어놓는 바람에 솔리가 플레이스테이션을 가지고 놀지도 못했다니까."

토라가 끙끙거렸다. "길피." 최대한 차분한 목소리로 아들을 구슬렸다. "거기서 꼼짝하지 말고 있어. 오늘밤에 엄마가 찾으러 갈 테니까. 지금 있는 곳이 캠핑지야?"

"어, 아니." 길피가 우물거렸다. "아닌 거 같은데. 그냥 적당한 데다 차를 세웠거든."

"알았어." 토라는 두 눈을 꼭 감은 채 비명을 참기 위해 고개를 가로로 흔들었다. "지금 있는 곳이 어딘지 정확히 확인해서 엄마한테 알려줘. 문자로 보내. 여기 전화 연결상태가 안 좋으니까. 아무 데도 가지 말고 거기 있어. 복잡한 데서 운전했다가는 너나 다른 사람들까지 다치게 할 수 있다고."

길피의 동의를 받아낸 다음 토라는 전화를 끊었다. 토라는 아들이 엄마의 말에 따라주기만을 바랄 뿐이었다. 평소 길피는 말 잘 듣는 아이였지만 혹시라도 차를 길가나 다른 엉뚱한 곳에 세웠다면 얼마 안 가 허기가 져서 틀림없이 다시 이동하게 될 터였다. 토라는 휴대폰을 주머니에 넣고 매튜를 향해 돌아섰다. "어제 한 말,

다시 할게요. 절대 아이 갖지 말아요."

토라는 손에 들고 있던 펜으로 책상 모서리를 두드렸다.

"그렇게 하면 생각하는 데 도움이 돼요?" 매튜가 물었다. "그랬으면 좋겠군요. 난 그렇게 정신없는 소리가 나면 전혀 집중을 못하겠던데."

토라는 펜을 내려놓고 우울한 표정으로 매튜를 바라다보았다. "이거 중요한 일이라고요. 난 집중하려고 노력 중인데 캐러밴 타고 있을 애들 생각에 도저히 생각을 할 수가 없어요." 토라는 눈을 감고 숨을 깊이 들이마셨다. "대체 왜 캐러밴을 산 거지?"

"돈 관리에 젬병이라서요?" 매튜가 웃으며 대꾸했다.

두 사람은 호텔 방에 있었다. 토라는 책상 앞에, 매튜는 침대에 앉은 채였다. 매튜는 침대 머리판에 몸을 기댄 채 편한 자세로, 토라는 편안함이나 실용성보다는 겉모양이 중시된 듯 모던한 디자인의 의자에 앉아 조바심을 쳤다.

"명백한 사실들을 먼저 적어봐요." 매튜가 더욱 편안한 자세로 고쳐 앉으며 조언했다. "나머지는 저절로 따라올 거예요."

토라는 펜을 들고 잠시 생각에 잠겼다. 두 사람은 요나스에게 땅을 판 뵈르쿠르와 엘린 남매를 만나기 전에 사건의 세부사항들을 짚어보기로 한 참이었다. 토라는 이번 만남이 사건에 대해 두 남매와 대화할 수 있는 유일한 기회라는 느낌이 들었다. 그래서 만남 전에 모든 사실을 정확히 정리해두고 싶었다. "좋았어." 토라는 이렇게 말하고 적어 내려가기 시작했다.

얼마 후 토라가 고개를 들었을 때 A4용지 세 장이 가득 찬 상태였다. 사실대로 말하자면, 글자 간 간격이 워낙 컸기 때문에 글자수 자체는 그리 많지 않았다. 세부적인 내용을 명료하게 복기하고 싶었던 토라가 뿌듯함을 느끼며 침대 쪽으로 눈을 돌렸다. "일어나요." 매튜를 향해 토라가 소리쳤다.

"나 안 잤어요." 매튜가 툴툴거리며 잠에서 깨어나 물었다. "벌써 다 썼어요?"

"네." 토라가 종이를 집어들었다. "일단 기억나는 건 모두 적었어요."

"나한테 설명해봐요." 매튜가 몸을 바로 세우며 말했다. 잠든 사이 몸이 머리판 아래로 흘러내렸던 것이다.

"먼저, 유령 문제가 있어요. 여러 사람들과 대화를 해본 결과, 이 곳에 유령이 출몰한다는 데 모두가 동의했어요. 물론 이 지역 주민 대부분이 너무 순진해서 그럴 수 있겠지만, 난 여기서 무슨 일인가가 일어났을 거라고 생각해요."

매튜가 펄쩍 뛰었다. "농담해요? 유령 이야기가 사실일 거라고 믿어요?"

"물론 아니죠." 토라가 까칠하게 받아쳤다. "내 말 아직 안 끝났어요. 그러니까 내 말은 보다 정상적인 설명이 가능할 거란 뜻이에요. 여기 주민들 대다수가 초자연적인 현상을 믿고 있으니, 이상한 사건을 그런 관점으로 해석했을 가능성이 있어요. 좀 더 평범하고 논리적으로 설명할 수 있는 상황을 그렇게 받아들였을 거예요. 그 정체가 뭔지 우리가 알아내야 해요. 잔디밭에 나타난 유령, 한밤중의 아이 울음소리, 침실에 나타난 허깨비 같은 거 말이에요."

"유령이 모습을 드러낸 건 요나스의 방뿐이었어요." 매튜가 어느 때보다 학구적인 체하며 말을 이었다. "하지만 그건 중요하지 않을지도 모르죠. 그 현상을 어떻게 다 설명할 수 있어요? 어쩌면 외계인의 소행이었을까요?"

"하하." 토라가 웃음기 없이 말했다. "비르나와 베르구르가 야외에서 섹스하는 소리였을지도 모른다는 생각이 갑자기 드네요. 섹스 카운슬러 말로는 그 두 사람이 거친 섹스를 즐겼다고 해요. 누가 알겠어요. 울음소리를 낸 것도 그들이고, 유령 역시 은밀한 장소를 찾던 두 사람이었을지 모르잖아요?"

"내가 들은 건 울음소리였어요. 섹스랑은 전혀 상관없는 소리였다고요." 매튜는 이렇게 말하다가 자신이 그 장면을 상상했다는 걸 토라에게 들켰다고 생각했는지 살짝 얼굴을 붉혔다. "게다가 내가 그 소리를 들었을 때 비르나는 이미 사망한 뒤였어요."

토라는 생각에 잠긴 얼굴로 매튜를 바라보았다. "이걸 어떻게 말해야 좋을지 모르겠지만, 솔직히 난 당신이 아무것도 듣지 못했다고 생각해요. 당신은 꿈을 꾼 거예요." 매튜가 반박하려는 찰나 토라가 얼른 말을 이었다. "어쨌든 나는 현상을 정상적으로 설명할 방법이 있을 거라고 확신하고, 반드시 그 답을 찾아낼 거예요. 살인사건과 연관됐을 가능성이 있잖아요."

"그렇다면 이 땅에 숨겨진 결함이 있다는 요나스의 주장은 사실이 아닌 게 되잖아요?" 매튜가 물었다. "당신이 유령에 대해 이성적인 설명을 도출해내면 보상 청구를 할 근거도 사라져버리죠."

"네, 물론 그래요. 그게 가장 큰 걸림돌이죠. 애초 그 주장이 법적으로 다퉈볼 여지라도 있다면 말이에요." 토라가 진지하게 설명했다. "그렇지만 난 요나스가 진실을 말하고 있다고 생각해요. 이 '유령'이라는 존재가 직원들과, 나아가 사업 전체에 악영향을 미치고 있고요. 그러니까 내가 유령에 대한 정상적인 설명을 찾아내 그게 초자연적 현상이 아니라는 걸 증명하면 궁극적인 목표를 달성하는 셈이죠. 직원들도 기뻐할 테고, 요나스도 퇴사 및 임금인상에 대해 걱정할 필요가 없어질 테니까요."

"그 사람들이 당신 말을 믿어준다면 말이죠." 매튜가 덧붙였다. "사람들이 누군가의 말을 듣는다고 해서, 그 말을 진심으로 믿는다는 뜻은 아니잖아요."

토라가 다른 종이를 집어들었다. "어찌되었든 나는 이성적으로 이 현상을 설명할 수 있다고 확신해요." 종이를 훑던 그녀가 고개를 들었다. "그 다음은 비르나의 죽음이에요. 여기서는 구체적으로 검토해볼 할 사항이 여러 개 있어요."

"예를 들어, 그 괴짜 의뢰인 같은 사람요?" 매튜가 히죽거렸다.

토라는 순간적으로 매튜를 향해 재떨이를 던지고픈 충동을 눌렀다. 대신 그녀는 이렇게 말했다. "네, 맞아요. 요나스도 그 중 하나죠. 어쩌면 그가 이 사건에 깊숙이 개입돼 있을지도 몰라요. 비르나와의 관계도 숨겼으니까. 좀 더 객관적인 관점에서 두 사람의 관계와 이별에 대해 알아볼 수 있다면 도움에 될 거예요."

"그의 휴대폰에서 보내진 문자메시지에 대해서는 어떻게 생각해요?" 매튜가 물었다. "요나스도 모르는 사이에 보내졌을까요?"

토라가 어깨를 으쓱했다. "내가 그걸 무슨 수로 알겠어요? 솔직히 나는 요나스가 그 메시지를 보냈든 보내지 않았든, 그가 비르나를 죽였을 거라고 생각하지 않아요. 만약 보냈다고 해도, 그 후에 일어난 사건 때문에 사실을 부인했을 거예요. 게다가 약속 장소에서 비르나를 만나지 않았을 가능성이 있고요. 갑자기 무슨 일이 생겼거나 그저 마음이 바뀌었을 수도 있어요." 토라는 잠시 숨을 고르고는 말을 이었다. "그럴 경우, 어쩌면 요나스가 범인에게 비르나를 만나기로 한 장소를 은연중에 알려줬을 수도 있어요. 그 사실을 안 범인이 기회를 엿봤을지도 모르죠."

"그게 누군데요?" 매튜가 물었다.

"그건 나도 모르지만, 요나스에게 물어보면 뭔가를 알려줄 수 있겠죠." 그러더니 토라가 고개를 흔들었다. "아니, 말할 수 없겠네요. 뭔가를 알려주려면 문자를 보냈다는 사실을 먼저 인정해야 하는데, 절대 그렇게 할 수는 없어요."

"혹은 범인이 요나스의 휴대폰을 훔쳐서 그의 이름으로 문자를 보냈을 수 있겠죠. 자기는 휴대폰을 잘 가지고 다니지 않는다고 요나스 스스로 인정했잖아요." 매튜가 거들었다. "누구라도 휴대폰을 슬쩍하기 수월했을 거예요. 호텔 손님과 직원은 물론이고, 교령회에 왔던 사람들까지. 이 가정의 맹점은 호텔에 머물거나 교령회에 참가했던 사람들은 해변까지 내려가서 비르나를 죽이고 돌아올 시간적 여유가 없었다는 사실이에요. 정말 살인이 9시경에 일어났다면 말이에요."

"동의해요." 토라가 이렇게 말하고 다시 종이를 들여다보았다. "그럼 이제 남는 건 베르구르라는 농부예요. 종이 맨 아래에 그의 이름을 적은 이유는 두 사건 모두 그와 연관이 있기 때문이에요. 두 번째 시신이 발견된 장소가 그의 마구간이잖아요. 우연의 일치라고 치부하기에는 많이 수상해요. 사흘 사이 두 구의 시신이 발견됐는데, 한 사람은 그의 정부이고 다른 하나는 그의 소유지에서 발견됐어요. 두 번째 시신의 신원이 정말 궁금하군요."

매튜가 눈을 가늘게 뜨고 말했다. "베르구르의 아내에 대해서도 생각해봤어요? 남편보다 결혼생활을 소중하게 여겼다면 그 여자한테도 비르나를 없앨 동기는 충분해 보이는데요."

토라가 천천히 고개를 끄덕였다. "맞아요, 그렇겠죠. 아무래도 그 여자를 만나보는 게 좋겠어요. 뭐라고 하면서 접근할까요?"

"마구간 청소를 해준다고 할까요?" 매튜가 농담하듯 제안했다. "틀림없이 청소가 필요할 시점일 거예요."

토라가 헛웃음을 날렸다. "네, 그게 먹힐 수도 있겠네요. 그 여자가 앞이 안 보이는 바보라면 말이에요. 그 누가 당신을 마구간 청소부라고 착각할까요? 차라리 아이슬란드어 교습을 해주겠다며 접근하는 건 어때요." 토라는 반듯하게 다려진 매튜의 바지와 주름 하나 없는 하얀 셔츠를 살펴보며 비아냥댔다. "어쩌면 모르몬교 전도사라고 하는 게 나을지도 모르겠군요. 옷을 따로 갈아입을 필요도 없잖아요."

매튜가 토라의 농담을 무시하며 말했다. "아니면 그냥 솔직하게 얘기하는 게 어때요? 부부를 따로 만나는 방법도 있어요."

"솔직하게 뭐라고 말해요? 당신을 살인자로 의심하고 있다고요?" 토라가 고개를 저었다. "그게 먹힐 리 없잖아요."

"진실에는 여러 측면이 있죠." 매튜가 설득했다. "그냥 유령에 대해 조사 중이라고 말하면 되잖아요. 그게 거짓말은 아니고요."

잠시 고민하던 토라가 동의했다. "맞네요. 게다가 농장과 인근 지역 역사에 대해 들을 수도 있고요. 나쁘지 않은 방법인데요?"

"또 뭐가 남아있어요?" 매튜가 물었다. "설마 이 세 개가 전부는 아니죠?"

토라가 빠르게 다음 내용을 읽어 내려갔다. "물론 아니죠. 그 카누 선수라는 트뢰스투르 레이비야르손도 아주 수상쩍어요. 그와도 꼭 얘기를 나눠봐야겠어요."

매튜가 납득하지 못하겠다는 듯 어깨를 으쓱했다. "왜요, 해변에서 우리를 보고 바다로 도망을 가버려서요?"

"네. 여러 이유 중 그것도 포함되어 있죠." 토라가 말을 이었다. "그리고 일본인 부자가 보인 반응도 상당히 이상했어요. 내 상상에 불과할지도 모르지만요." 토라는 다시 종이를 들여다보았다. "웨이터 요쿨도 비르나를 굉장히 부정적으로 생각했어요. 그리고 은퇴한 정치인 마그누스, 그도 틀림없이 뭔가를 숨기고 있어요. 그러지 않고서야 체크인을 하면서 비르나에 대해 물었던 사실을 왜 인정하지 않았겠어요?"

"농담이죠?" 매튜가 정색을 했다. "그 사람은 너무 늙어서 풀 한 포기도 못 죽일 거예요. 뭔가를 숨기는지는 몰라도, 그가 누군가를 죽이려고 문자메시지를 보내고 해변까지 허둥지둥 달려가는 모습이라, 상상이 돼요? 그리고 왜 범인이 남자일 거라고만 생각해요? 여자도 충분히 살인을 저지를 수 있다고요."

"예를 들면요?" 토라가 반문했다. "프런트의 비그디스? 아니면 술 취한 섹스 카운슬러 스테파니아?"

"아니라는 증거도 없잖아요?" 매튜가 정색을 했다. "아니면 좀 전에 말한 대로 베르구르의 아내일 수도 있고요. 그러니까 내 말은 누군가를 용의선상에서 제외할 만큼 충분한 정보를 확보하지 못했다는 거예요."

토라가 한숨을 지었다. "나도 알아요. 불행하게도요." 토라는 마지막 장을 집어들었다. "그리고 비르나의 죽음과는 무관하더라도 더 자세히 알아보고 싶은 것들이 있어요."

"얼른 말해봐요." 매튜가 채근했다. "이거 은근히 재밌는데요."

"크리스틴이 누군지 궁금해요." 토라가 계속했다. "크리스틴이라는 이름이 비르나의 일기장에 등장했으니, 이번 사건과 연관될 가능성도 있고요."

코웃음을 치던 매튜는 토라가 노려보는 것을 알아채고 얼른 멈췄다. "계속 해봐요."

"비르나의 작업실도 둘러보고 싶어요. 비르나가 묵는 방에는, 건축 문외한인 내가 봐도 일거리가 거의 없었어요. 예컨대 컴퓨터조차 없더라고요."

"요나스한테 물어봤어요?"

"아뇨, 아직. 지금 정리하던 중 생각난 거예요. 하지만 요나스에게 꼭 물어봐야겠어요. 누군가 비르나의 방에 몰래 들어가 쑥대밭을 만들 정도라면 분명 거기에 중요한 물건이 숨겨져 있다는 뜻일 거예요."

"동의해요." 매튜가 말했다. "하지만 비르나의 작업실이 레이캬비크에 있다면 틀림없이 경찰이 봉쇄했을 거예요."

"비르나가 분명 이 근처 어딘가에서 일했을 거라는 확신이 들어요. 요나스도 그렇게 알고 있는 듯했고요." 토라가 뒷면으로 넘기며 말을 이었다. "아직 더 있어요." 토라는 나머지 메모 내용을 읽어 내려갔다. "그리무르가 어디에 묻혔는지도 알고 싶어요. 그리고 휠체어 타고 다니는 그 젊은 남자한테 무슨 일이 있었던 건지도 궁금해 죽겠고요."

"맙소사." 매튜가 손을 내저었다. "그 얘기는 꺼내지도 말아요."

"난 알아야겠어요." 토라가 고집스럽게 버텼다. "내가 그 남자에 대해 물었더니 요쿨이 아주 불편한 기색을 보였다고요. 정말 이상했다니까요." 토라는 다시 종이를 내려다보았다. "경찰이 요나스에게 여우와 핀, RER의 의미에 대해 물었던 이유도 알아내야 해요. 그리고 좀 전에 말한 대로 두 번째 시신에 대해서도 알고 싶고요."

"원하는 걸 정확히 알고 있으니 좋군요." 매튜가 장난치듯 말했다. "어떤 사람들에게는 그것만으로도 충분하죠."

토라는 매튜의 말을 귀담아 듣지 않았다. "가만 있자, 아이슬란드의 나치운동에 대해서도 좀 더 알고 싶어요." 토라는 종잇장을 한데 모았다.

매튜가 너무 큰 소리로 신음한 나머지 토라는 순간적으로 그가 고통을 느낀다고 착각했다. "하느님 맙소사, 망할 나치 놈들 같으니." 매튜가 투덜거렸다. "하여간 빠지는 데가 없다니까."

21장

토라는 반세기쯤 전으로 시간여행을 온 듯한 기분이 들었다. 그녀는 고풍스런 가구들로 가득 찬 거실에 앉아있었다.

"요나스는 계약서 서명 당시 이 문제가 언급되지 않은 것에 대해 매우 유감스럽게 생각하고 있습니다." 토라가 설명했다. 오래된 소파에 등을 기대자 스프링이 삐걱거리며 소리를 냈다. 흔히 보기 힘들 정도로 좌석이 넓고 깊은, 위풍당당한 분위기의 소파였다. 소파에 등을 기대자 꽤나 우스꽝스러운 자세가 되었고, 당황한 토라는 얼른 몸을 바로 세웠다. 등을 기대고 앉으면 토라의 발끝이 겨우 바닥에 닿을 정도였다.

뵈르쿠르와 엘린은 그날 아침 일찍 전화를 걸어 토라를 스티키스홀무르에 있는 남매의 집으로 초대했다. 토라는 호텔로 남매를 부르는 대신 그들의 제안을 받아들이기로 했다. 호텔에서 벗어날 기회에 반색하며 그녀는 풍경이 바뀌면 머리도 맑아질 거라고 기대했다.

남매의 집은 스티키스홀무르에서도 손꼽힐 정도로 우아한 주택이었다. 한눈에도 부유한 자산가의 집으로 보일 만큼 멋진 외양에다 관리도 매우 잘 되어있었다. 아마 증조부로부터 물려받은 집이겠지. 토라는 생각했다. 어업용 선박회사를 운영해서 돈을 벌었지만 트롤선이 시장을 잠식하기 전에 사업체를 팔아치울 만큼 선견지명도 있는 증조부였다. 토라와 함께 남매의 집에 도착한 매튜는 전경을 보며 감탄했다. 아름답게 장식된 주택은 박공지붕과 창틀, 홈통이 하얀 페인트로 칠해져 있었다. 대화를 아이슬란드어로 진행해야 했기 때문에 매튜는 같이 들어가는 대신 주변을 둘러보기로 했다. 토라 혼자 거실에서 뵈르쿠르와 엘린의 감시 아래 앉아있을 수밖에 없었다. 토라 맞은편에 앉은 남매는 고압적인 태도로 두 손을 화려한 의자의 팔걸이에 올려놓았다.

"다 실없는 소문일 뿐입니다. 게다가 그런 소문이 현대의 사업 계약에서 문제가 될 거라고 누가 상상이나 하겠습니까. 버려진 아이들의 유령이라니! 어떻게 대응해야 할지 모르겠군요." 뵈르쿠르가 경멸스럽다는 듯 떠들었다. "설령 요나스가 당시 그 소문을 들었다고 해도 계약에 지장이 있었을 것 같지도 않고요. 그 사람 머릿속은 계약을 성사시키려는 생각뿐이었어요. 연어가 강을 거슬러 올라가는 모습에도 눈 하나 깜짝하지 않았다고요."

"요나스의 사업 생리를 고려할 때 이건 매우 중대한 문제입니다." 토라는 정중하게 뵈르쿠르의 말을 바로잡았다. "그런 맥락에서 연어는 부차적인 문제지만, 초자연적 현상은 전혀 그렇지가 않습니다."

뵈르쿠르가 조롱하듯 콧방귀를 뀌었다. "그래서 이런 말도 안 되는 주장을 근거로 요나스가 얻으려는 게 정확히 뭡니까? 판매가를 할인해 달라는 건가요?"

"네, 예를 들면요." 토라가 대꾸했다. "그것도 하나의 선택지가 될 수 있겠죠."

"이런 말도 안 되는 소리는 내 듣다 처음이오!" 뵈르쿠르가 쩌렁쩌렁하게 고함을 쳤다. "우리도 변호사를 고용하는 게 좋을까?" 뵈르쿠르는 노발대발하며 여동생에게 물었다.

냉담한 표정으로 옆에 앉아있던 엘린이 나섰다. "좀 더 논의해봐야 하지 않을까요? 분명 해결 방법이 있을 듯한데요." 엘린이 토라를 향해 물었다. "그게 가능할까요? 아니면 정말 오빠 말대로 해야 할까요?"

"할인이나 손해배상 요구를 유일한 해결책이라고 생각했다면 제가 처음부터 그런 취지의 서신을 두 분께 발송했겠죠." 토라가 말했다. "제가 여기까지 온 건 이 문제에 대해 논의하고 다른 방법이 없을지 알아보기 위해서였습니다."

"손해배상이라니." 뵈르쿠르가 소리를 질렀다. "손해배상을 요구해야 할 사람은 바로 납니다. 이런 말도 안 되는 이야기나 하려고 내 업무를 제쳐두고 여기까지 왔겠습니까."

"오, 그만해." 엘린이 짜증을 내며 만류했다. "오빠네 직원들은 틀림없이 오빠를 사무실 밖으로 내보낼 수 있어서 기뻐할 거야. 오빠를 멀리할 수만 있다면 돈이라도 걸겠지."

뵈르쿠르는 얼굴을 새빨갛게 붉히면서도 아무런 대꾸를 하지 않았다. 대신 그는 다시 토라를 쳐다보았다. "내 대답은 이겁니다." 그는 호통 치듯 단언했다. "요나스에게 가서 우리는 얼토당토않은 소리에 눈곱만큼도 신경 쓰지 않으며, 그건 다른 사람들도 마찬가지라고 전해요. 나 참, 유령 때문에 손해를 입었다는 주장에 손을 들어줄 법원이 있을지나 모르겠네요." 뵈르쿠르는 씩씩대며 덧붙였다. "하기야 당신 같은 사람을 찾는 것부터 보통 일이 아니겠어요. 이런 말도 안 되는 사건을 덥석 맡아줄 변호사 말입니다."

자신을 삼류 변호사라고 돌려 까는 게 반가울 리 없지만, 토라는 대꾸하지 않기로 마음먹었다. 침착함을 잃은 사람이 논쟁에서 패배한다는 걸 토라는 잘 알고 있었다. "물론 결정은 두 분의 몫입니다." 토라가 차분하게 응수했다. "하지만 판사들은 쌍방이 분쟁 해결을 위해 최선의 노력을 다하지도 않은 채 법정 다툼 벌이는 걸 가장 싫어한답니다. 법은 최후의 수단이지 최초의 조치가 돼서는 안 되니까요."

엘린은 팔걸이 부분을 꽉 잡고 있던 오빠의 손에 자신의 손을 올려놓았다. "알겠습니다." 엘린이 토라에게 말했다. "다만 이 문제를 해결하기 위한 다른 방법으로 고려하시는 바가 있나요?" 엘린은 오빠를 향해 격려하듯 미소를 지으며 덧붙였다. "저희는 다양한 제안에 귀 기울이겠습니다."

"퇴마사라도 부를까?" 뵈르쿠르가 퉁명스럽게 쏘아붙였다. "그건 어떻소?"

토라는 뵈르쿠르를 무시하며 엘린에게 말했다. "일단 두 분이 그곳에서 일어난 초자연적 현상에 대해 아시는 바가 있는지 서로 이야기해보는 게 순서 아닐까요?"

"네, 그러죠." 엘린이 오빠의 손을 더 세게 잡으며 대답했다. "별로 어려운 일도 아니거든요. 저는 그 지역에서 지낸 기간이 아주 짧아요. 농장에서 이상한 일이 벌어진다든가 하는 얘기를 들은 적도 없고요. 저희 어머니는 할아버지 그리무르와 함께 크레파에서 사셨어요. 작은할아버지인 비야르니는 지금 호텔이 세워진 키르큐스테트의 농장을 가지고 계셨는데, 일찍 돌아가셨고요. 설령 그 농장에 대한 소문이 떠돌았다고 해도, 저희가 알 리는 없잖아요."

"선생님은 어떠신가요?" 토라가 이번에는 뵈르쿠르에게 물었다. "두 농장에서 이상한 점을 발견했거나 유령이 나온다는 소문을 들은 적이 있나요?"

뵈르쿠르가 조급하게 고개를 저었다. "물론 없습니다, 없어요. 나는 그런 헛소리 따위는 믿지도 않아요. 게다가 내가 거기서 보낸 시간은 엘린보다 더 짧아요."

토라가 다시 엘린을 바라보았다. "그럼 어째서 두 농장의 상태가 그렇게 양호한가요? 호텔이 지어지기 전 키르큐스테트의 모습을 본 적은 없지만, 크레파를 둘러보고 나서 키르큐스테트도 비슷한 상태였을 거라고 짐작하고 있습니다만."

"네, 아마 비슷한 상태였을 거예요." 엘린이 차분한 목소리로 대답했다. "두 농가를 열심히 관리했거든요." 엘린은 거실 안을 가리키며 말했다. "이 집도 증조부께서 지은 이후로 줄곧 저희 가족이 사용했어요. 이 지방에 올 때마다 머무는 일종의 거처였죠. 오래된 두 농가보다 훨씬 더 안락하고 외지지 않으니까요. 저희 남매 모두 이곳에 자주 오지는 않지만, 자주 왔더라도 사이 좋게 공유했을 거예요."

"그런데 오래된 농가는 왜 관리를 하신 건가요? 그게 무슨 소용이 있죠?" 토라가 다시 물었다.

"그러니까 저희 어머니가 아직 건강하실 때만 해도 의미가 깊은 장소였어요. 본래의 모습 그대로 유지되기를 바라셨어요. 노년에 다시 그곳으로 돌아가실 계획이었거든요. 모든 게 예전 그대로이길 원하셨죠. 하지만 돌아가실 수가 없었어요. 레이캬비크와 비교하면 이 지역의 노인요양 서비스는 기초적인 수준이니까요." 엘린은 턱을 들고 말을 이었다. "그럼에도 어머니 건강이 악화된 이후 한동안 농가를 팔지 않았어요. 언젠가는 오빠와 저희 아이들에게 농가를 한 채씩 물려줘야겠다고 생각하고 있었거든요. 물론 저희 남매는 이 집을 함께 사용하는 데 전혀 불만이 없지만, 아이들이 다 자랐을 때 각자 가족들과 머물 곳이 필요하지 않을까 생각했어요."

"그럼 왜 농장을 판 거죠?" 토라가 물었다. "아이들 때문에 수십 년 간 농장을 훌륭하게 관리하셨는데, 정작 아이들이 다 자라고 나서 농장을 파신 셈이네요." 토라는 부연설명을 위해 말을 이었다. "참, 선생님 따님인 베르타를 만난 적이 있어요. 그래서 두 분의 자녀가 비슷한 연령대일 거라고 짐작했습니다."

엘린이 냉랭한 미소를 지었다. "어쩌다 보니 그렇게 됐어요. 저한테는 딸 하나뿐이지만 오빠에게는 아들 둘이 있거든요. 그런데 셋 다 스나이펠스네스에는 전혀 관심이 없더라고요. 그래서 굳이 농장을 가지고 있을 필요를 못 느꼈어요."

"베르타는요?" 토라가 물었다. "해변 근처에서 만났는데, 이 지역에 자주 오는 모양이더군요."

엘린이 또다시 냉랭하게 웃어보였다. "베르타가 이곳에서 많은 시간을 보내는 건 사실이에요. 하지만 이 집에 대한 오빠의 공동소유권을 제가 사들이기로 합의한 상태라서, 굳이 서부지역에 저와 제 딸 앞으로 여러 채의 집을 가지고 있을 필요가 없어졌어요. 저희 가족으로서는 농장을 여럿 소유하는 것만으로 충분한 투자거든요. 실은 농장들도 하나씩 매매할 계획이에요."

"이 주변에 다른 농장도 갖고 계시나요?" 토라가 물었다.

"네." 자부심으로 가슴이 부풀어오른 뵈르쿠르가 끼어들었다. "꽤 여러 개 있습니다."

토라가 어리둥절한 표정으로 눈썹을 찡그렸다. "그럼 왜 요나스에게 다른 농장 중 한 곳을 파시지 않으셨나요?" 토라가 보기에 정서적으로 가치 있는 집을 파는 경우는 흔치 않았기 때문이다.

"그야 요나스가 오래된 집이 딸린 농장을 찾고 있었으니까요." 뵈르쿠르가 퉁명스럽게 대답했다. "농가가 두 채나 있다는 얘기를 듣자마자 당장 계약하고 싶어 안달을 했어요."

"아시다시피 아주 높은 금액을 제시하기도 했고요." 엘린이 덧붙였다. "결정을 내려야 할 시점이 찾아온 거죠."

토라는 농장 매매 이유를 좀 더 캐물어야 할까 잠시 고민했다. 무엇보다 엘린의 차가운 태도 때문에 망설여졌다. 껄끄러운 질문으로 엘린의 신경을 거스르고 싶지 않았던 토라는 화제를 돌렸다. "혹시 농장의 역사에 대해서는 아는 게 있으신가요?"

"농장의 역사에 대해 아냐고요?" 엘린이 반문했다. "물론 더러 이야기를 듣기는 했지만, 역사나 족보에 대해선 그리 밝은 편이 못 돼요." 엘린은 뵈르쿠르의 손을 놓으며 덧붙였다. "안타깝게도 오빠 역시 마찬가지랍니다."

뵈르쿠르가 자세를 바로 하더니 목청을 가다듬었다. "항상 관심이야 있었는데 시간이 나지 않더군요."

"그렇더라도 어머니께 들은 이야기가 있으실 텐데요?" 토라가 물러서지 않고 캐물었다. "농장에 관한 이야기 중 특별히 기억나는 게 있나요?"

"어머니는 이곳에서 보낸 시간에 대해서는 거의 말씀이 없었어요." 엘린이 이야기를 했다. "워낙 어릴 때 할아버지와 함께 레이캬비크로 옮겨 가셨으니까요." 엘린이 무릎을 내려다보며 계속했다. "어머니가 꽃길만 걸어오지 않았다는 건 공공연한 사실이에요. 할머니 크리스트룬은 제 어머니를 낳다가 돌아가셨고, 할아버지는 모범적인 아버지와는 거리가 멀었던 것 같아요. 여러 문제를 지닌 사람이었다고 해야 할까요. 할머니가 돌아가신 뒤로는 정상적인 상태로 회복하지 못하셨죠." 엘린이 고개를 들어 토라의 눈을 바라보았다. "불행히도 할아버지에 대한 기억이 전혀 없어서 제가 뭐라고 말할 입장은 아니지만, 심성이 나쁜 분은 아니었을 거라고 생각합니다."

토라가 미간을 찡그리며 물었다. "왜 그렇게 평가하시나요? 할아버지가 어머니를 학대하기라도 했나요?" 솔디스가 말한 근친상간 때문일까?

"네, 어떤 면에서는 그렇죠." 엘린이 대답했다. "할아버지는 스스로 목숨을 끊었어요. 그때 어머니 나이가 겨우 열아홉 살이었죠. 저라면 절대 내 아이가 부모의 시신을 발견하게 하는 어리석음은 범하지 않았을 거예요. 그 때문에 제게 할아버지는 좋은 아버지일 수가 없어요. 다른 면에서는 어떤지 몰라도요."

"오, 그건 아니지." 뵈르쿠르가 난데없이 반박하고 나섰다. "할아버지 상태가 안 좋았다는 거 알잖아. 정신적으로 우울한 사람이 사회 통념에 따라 정상적으로 행동하기를 기대해서는 안 되지. 그건 차별이라고."

엘린이 눈에서 불이라도 쏠 듯 화난 표정으로 한동안 오빠를 노려보았다. 잠시 후 엘린은 화를 가라앉히고 설명했다. "물론 오빠 말에도 일리가 있어요. 어머니에 대한 제 마음이 애절하다보니, 아버지로서 책임을 다하지 못한 할아버지를 좋게 볼 수 없을 뿐이죠." 엘린이 방 안을 둘러보았다. "어머니가 농장을 원래 모습 그대로 유지하셨던 이유도 분명 이곳에 사실 때는 모든 게 완벽했기 때문일 거예요. 할아버지 증세가 악화된 것도 도시로 이사하고 난 후였으니까요. 어머니는 행복했던 어린 시절을 붙들고 싶으셨겠죠."

"그렇군요. 무척 힘든 시간을 보내셨겠어요." 토라가 공감하는 어조로 말했다. "농장 옆에 있는 교회 묘지에서 할머니의 비석은 발견했는데, 할아버지는 그곳에 묻히지 않으신 모양이더군요. 괜찮다면 이유를 알려주실 수 있나요?"

엘린이 입술을 약간 내밀었다. "어머니 말씀으로는 할아버지가 돌아가신 뒤에 결정한 일이라고 하셨어요. 할아버지가 생전에 묻히고 싶은 장소에 대해 전혀 언급을 안 하신 데다 어머니는 할아버지를 스나이펠스네스에 묻고 싶어하지 않으셨어요. 아무래도 어머니가 레이캬비크에 사셨으니 가까운 곳에 할아버지를 모시고 싶으셨나 봐요."

토라는 엘린의 논리가 어딘지 이상하다고 생각했다. 몸을 움직여 좀 더 편한 자세를 잡으며 토라가 물었다. "그럼 원래 키르큐스테트에 사셨다는 작은할아버지 비야르니에 대해서는 아는 게 있나요?"

"젊었을 때 폐결핵으로 돌아가셨어요." 뵈르쿠르는 동생보다 먼저 대답을 할 수 있어 즐겁다는 듯 얼른 끼어들었다. "작은할머니도 젊을 때 돌아가셨으니, 형제가 비슷한 삶을 살았던 셈이죠. 두 분 모두 슬하에 딸 하나를 둔 젊은 홀아비였으니까요."

"그분도 돌아가셨죠?" 토라가 슬쩍 물었다. "그러니까 작은할아버지의 딸인 구드니 말이에요. 그분도 폐결핵으로 사망하시지 않았나요?"

"맞아요." 엘린이 단호한 어조로 대답했다. 표정으로 보아 엘린은 오빠에게 대화의 주도권을 뺏기는 게 마음에 들지 않는 듯했다. "두 분 다 폐결핵에 걸렸는데 레이캬비크에 있는 요양원에 가길 거부했다고 해요. 당시에는 결핵치료소를 요양원으로 불렀다더군요. 요양원에 입원했다고 해도 결과가 달라졌을지 장담할 수는 없죠. 폐결핵에 대해서는 저도 사실 아는 게 전혀 없어요. 그렇지만 할아버지가 두 분을 아주 극진하게 돌보셨다는 건 알고 있어요. 할아버지가 의사셨거든요. 안타깝게도 그것만으로는 충분치 않았던 거죠."

토라가 몸을 앞으로 기울이고 말했다. "실은 한 가지 여쭤볼게 있는데, 두 분 입장에서는 다소 기분 나쁘실 수도 있는 주제입니다." 토라는 잠시 말을 멈췄다. 남매는 마비라도 된 것처럼 꿈쩍하지 않고 토라의 말을 기다렸다. "농장에서 근친상간이 있었다는 소문을 들었어요. 작은할아버지가 그 딸을 학대했다더군요. 그게 사실일까요?"

"아녜요!" 엘린이 고함을 질렀다. "순전히 헛소문이에요. 당시 사람들이 퍽이나 한가했던 모양이지요. 이미 세상을 떠나 자기방어도 할 수 없는 훌륭한 사람들에 대해 그런 추잡한 이야기나 지어내고요." 엘린은 얼굴이 새빨개진 채로 입을 다물었다. 분명 이런 얘기를 들은 게 처음은 아닌 듯했다.

"그걸 어떻게 확신하시죠?" 토라가 조심스럽게 물었다. "말씀하신 대로 어머니도 당시 너무 어린 나이라 몰랐을 수 있고, 선생님 역시 할아버지를 뵌 적이 없으니 자세한 이야기를 들을 기회가 없었잖아요."

엘린이 토라를 향해 눈을 부라렸다. "어머니가 완강히 부인하셨으니 저로서는 믿는 게 당연하죠. 새빨간 거짓말이에요." 엘린은 얼굴을 일그러뜨리고 말을 이었다. "솔직히 말해서 내가 왜 이 대화를 계속 이어가야 하는지 모르겠군요. 더 정상적인 질문을 안 하실 거라면 이쯤에서 그만하죠."

"죄송합니다." 토라가 저자세로 돌아섰다. "이 얘기는 여기까지만 하겠습니다." 쫓겨날지도 모른다는 절박감에 토라는 냉큼 다른 질문을 꺼냈다. "할아버지가 작은할아버지와 무슨 이유 때문에 싸웠는지 알고 계시나요? 두 분이 수십 년 간 서로 말도 안 하고 지

내신 걸로 알고 있습니다만."

여전히 화가 풀리지 않은 엘린 대신 이번에는 뵈르쿠르가 나섰다. "아내들 때문이었어요. 두 아내 사이가 틀어지면서 형제도 같은 길을 걷게 된 거죠. 할머니와 작은할머니가 정확히 무슨 일로 다퉜는지, 그건 모르겠어요. 다만 둘 사이 앙금이 얼마나 깊었던지 그 후 할아버지와 작은할아버지도 화목하지 못했죠. 할머니와 작은할머니가 돌아가셨을 때까지 말예요. 아집과 원한이 핏줄을 타고 흐르는…."

엘린이 부랴부랴 끼어들었다. "어머니 말씀으로는, 자식 잃은 상실감에 빠진 할머니가 아이 죽은 걸 작은할머니 탓으로 돌렸대요. 전혀 근거 없는 주장이었죠. 아이가 아픈 상태였을 무렵부터 할머니의 정신 상태는 이미 안 좋았다는군요. 작은할아버지는 아내에 대한 모욕을 참지 못해 할아버지와 크게 다투셨지만, 작은할아버지가 돌아가실 때쯤 두 분은 화해하셨어요. 작은할아버지가 편찮으실 때도 할아버지가 돌보신 걸로 알고 있고요. 다른 사람들은 병이 옮을까봐 얼씬도 하지 않았는데 말이죠."

토라가 고개를 끄덕였다. "두 농장에서 화재가 난 적이 있나요?" 토라는 크레파의 농가에서 발견한 아이의 그림 속에서 불타고 있던 집을 떠올리며 물었다.

"화재요?" 남매가 동시에 물었다.

엘린이 고개를 저었다. "아뇨. 그런 얘기는 한 번도 못 들었어요. 두 농장 모두 원래 모습 그대로예요."

토라가 다시 고개를 끄덕였다. "혹시 농장과 관련된 사람들 중에 크리스틴이라는 이름을 가진 사람이 있었나요?"

"제 기억으로는 없습니다." 불쑥 전환된 화제에도 뵈르쿠르는 당황한 기색 없이 대답했다. "이 지역에 크리스틴이라는 이름을 가진 사람이야 있겠지만, 제가 기억하는 사람은 없습니다." 엘린 역시 고개를 저었다. 남매의 태도는 진실하게 보였다.

신중하게 다음 질문을 고민하던 토라는 아마도 이게 마지막 질문이 될 거라고 짐작했다. "할아버지나 작은할아버지 중 2차 대전 기간에 민족주의자들에게 동조했던 분이 계신가요?"

"민족주의자요?" 뵈르쿠르가 얼굴을 붉히며 물었다. "나치 말씀인가요?"

"네." 토라가 대답했다.

"더 이상은 못 참아주겠군요." 엘린이 두 손으로 소파 팔걸이를 세차게 내려치며 자리에서 일어났다. "이 터무니없는 대화에 1초도 더 낭비하고 싶지 않습니다."

토라 역시 자리에서 일어났다. "다른 문제에 대해 하나만 더 여쭙겠습니다. 지난주에 살해된 여자에 관한 소식은 아마 들으셨을 겁니다. 그 뒤로 살인사건이 또 일어났는데요, 모든 상황을 종합해 볼 때 어제 저녁에 벌어졌을 가능성이 높습니다. 혹시 살인사건이 일어난 저녁에 두 분은 이 근처에 계셨나요?"

엘린과 뵈르쿠르의 얼굴이 분노로 붉으락푸르락해지자 남매는 신기할 정도로 닮아보였다. 거의 동시에 화난 표정을 짓는 남매는 꼭 쌍둥이 같았다. "변호사님의 불쾌한 암시에 대해 유일하게 제가 드릴 수 있는 정중한 대답은 아니라는 겁니다. 저희 두 사람 다 그

살인사건과는 아무런 관련이 없습니다. 이제 나가주시죠." 엘린이
쏘아붙였다. "유령에 근친상간, 나치, 이제는 살인까지. 이런 무례
하기 짝이 없는 대화는 더 이상 사절합니다."

　무심하게 집 밖의 가로등 기둥에 기대어 서있던 매튜는 토라의
모습이 보이자 몸을 바로 세웠다. 현관 밖으로 나오는 그녀의 등
뒤로 쾅하고 문이 닫혔다. 매튜가 짓궂은 미소로 물었다. "그 화상
입는 청년에 대해 물어봤어요?"
　"아뇨." 토라가 부루퉁하게 투덜거렸다. "거기까지는 가지도 못
했어요."
　매튜가 더욱 환하게 웃으며 말했다. "상관없어요. 가요, 보여줄
거 있어요."

22장

"대체 뭐 때문에 난리법석이에요?" 토라가 작은 상점의 쇼윈도 앞에서 돌아서며 물었다. 매튜가 쇼윈도 너머 먼지 쌓인 하얀 선반을 가득 메운 골동품들을 가리켰지만, 토라는 그가 왜 만면에 미소를 짓는지 이해할 수 없었다. "오래된 골동품이잖아요. 그래서 어쩌라고요?"

"봐요." 매튜가 자기로 만든 매와 시든 장미 한 송이가 담긴 꽃병 사이에 놓인 작은 물체를 가리켰다.

유리 너머로 토라는 헬멧과 두 개의 검이 새겨진 은빛 방패를 발견했다. 방패 모양의 물체가 선반 위에 누워있어서, 토라는 물건을 제대로 살펴보기 위해 까치발을 디뎌야 했다. "저게 뭐예요?"

"1차 세계대전 중에 만들어진 독일군 훈장이에요." 매튜가 자랑이라도 하듯 떠벌렸다.

"그래서요?" 토라가 물었다. "사고 싶어요?"

매튜가 웃음을 터뜨렸다. "아뇨, 그럴 리가." 매튜는 토라를 출입문 쪽으로 이끌며 말했다. "내가 아까 가게 주인 얼굴을 힐끗 봤는데, 여기서 파는 물건들보다 나이가 훨씬 더 많은 것 같더군요. 가게 안으로 들어가서 스나이펠스네스 지역의 나치들에 대해 물어보면 어떨까 해서요. 틀림없이 아는 게 있을 거예요. 메달을 미끼로 말을 걸어보면 되잖아요."

"아." 토라가 미소를 지었다. "이제 무슨 상황인지 알겠어요."

두 사람이 가게 안에 들어서자 문에 달린 벨이 시끄럽게 울렸다. 가게가 워낙 작아서 안에 들어오는 사람을 보지 못할 확률은 아예 없음에도 주인이 왜 굳이 벨을 달았는지 토라는 이해할 수 없었다. 가게 안 곳곳은 오래된 물건들로 발 디딜 틈이 없었다. 그 때문에 가게는 실제보다 훨씬 더 좁아 보였다. 사면을 둘러싼 선반은 거의 천정에 닿을 정도였고 한쪽 면에는 사다리가 세워져 있었다. 모든 물건에 먼지가 얇게 쌓인 걸로 보아 장사가 그리 잘 되는 것 같지 않았다. 가게 안쪽에 백발 노인이 구식 금전등록기 뒤편에 서있었는데, 토라가 보기에는 세무 당국의 엄격한 기준에는 맞지 않을 듯했다. 두 사람은 잠시 가게 안을 둘러보는 시늉을 하다가 좁은 공간 여기저기에 흩어져 있는 가구들을 비집고 카운터로 향했다.

"안녕하세요?" 마침내 아무것도 깨지 않고 카운터에 다다른 토라가 노인을 향해 웃으며 인사했다.

"안녕하세요?" 노인이 웃음기 없이 차분하게 응했다. "무얼 도와드릴까요?"

"독일에서 온 제 친구가 쇼윈도에서 호기심을 자극하는 브로치를 하나 발견했거든요." 토라가 말했다. "그 브로치를 좀 볼 수 있을까요?"

허락의 뜻으로 고개를 끄덕인 노인은 잡동사니 사이를 살금살금 빠져나와 창문으로 다가갔다. "아, 네. 여기 오래 있었던 물건이군요." 노인이 손을 뻗었다. "사실 이건 브로치가 아니라 훈장이에요." 노인은 카운터로 돌아와 훈장을 내려놓았다. "전투에서 부상당한 군인들에게 주던 훈장이죠."

"오." 토라가 훈장을 집어들며 반응을 했다. 창 밖에서 본 대로 헬멧과 검 두 개가 새겨져 있었지만 가까이서 보니 헬멧에 스와스티카 문양이 새겨진 게 눈에 들어왔다. 테두리에는 월계관이 둘려져 있었다. "그러니까 전쟁에서 부상당한 병사들에게 수여하던 훈장이라는 거죠? 이런 훈장은 시중에 많이 유통되고 있지 않나요?"

노인이 토라를 나무라듯 표정을 찡그렸고, 토라는 자신의 말을 후회했다. 노인은 토라가 흥정을 하려 든다고 생각한 듯하다. 그는 토라의 손에 있던 훈장을 도로 집어갔다. "네. 이런 훈장이 많이 돌아다니는 건 맞습니다. 전쟁이 한창일 때는 폭격으로 부상당한 민간인에게도 수여했으니까요. 이 훈장이 특별한 건 은으로 만들어졌기 때문입니다. 병사의 부상 정도에 따라 훈장은 일반, 은, 금 이렇게 세 등급으로 나뉘었죠. 일반 훈장은 주로 전투에서 다친 병사들에게 주어지는 등급이었으니, 단연 가장 흔한 훈장이었죠."

"부상 정도가 얼마나 심각해야 은으로 된 훈장을 받을 수 있었죠?" 토라가 물었다.

"여러 근거가 있겠지만 팔다리를 잃거나 경미한 뇌손상 정도는 입어야 했을 겁니다." 노인은 훈장을 들어올리더니 약한 햇살에 비쳐보았다. "모르긴 몰라도, 이 훈장을 받고 싶어서 안달 난 병사는 없었겠죠."

"금으로 된 훈장은 말할 것도 없겠군요." 토라가 노인의 말에 호응을 했다. "금 훈장을 받으려면 어떤 부상을 입어야 했을지 알고 싶지도 않네요." 토라는 노인을 향해 미소를 지었다. "보나마나 이 친구가 사고 싶어할 텐데요, 혹시 이 훈장에 얽힌 뒷이야기를 아시나요?"

노인의 얼굴에도 웃음이 떠올랐다. "아쉽게도 뒷이야기는 모릅니다. 수십 년 전에 사망한 누군가의 저택에서 다른 유품들과 함께 구한 거예요. 그게 어쩌다 그 집으로 흘러 들어갔는지 아는 바가 전혀 없습니다."

"저는 아이슬란드 사람의 것이지도 모른다고 생각했어요. 그랬다면 더욱 흥미로운 물건이 됐겠죠."

"그렇지는 않을 겁니다." 노인이 말했다. "가능성이 아주 없지는 않겠지만요. 이건 독일인들에게만, 그것도 주로 민간인에게 수여한 훈장이거든요."

"그렇지만 아이슬란드인 중에도 독일군 편에서 싸운 사람들이 있지 않나요? 그들 중 훈장을 받은 사람이 있지 않을까요?" 토라는 이렇게 암시하면서 대화 주제가 스나이펠스네스 지역의 나치운동으로 흘러가게 하려고 애썼다.

"아마 없을 겁니다. 몇몇 미치광이들이 노르웨이와 덴마크에서 독일군에 입대했지만 실제 전투에 참가한 사람은 한 명도 없을 거예요." 노인이 훈장을 카운터에 내려놓고 말했다. "그 당시 아이슬란드 나치들은 전쟁 영웅이 아니었어요. 그저 생각 없는 멍청이들에 불과했죠. 대부분은 나치 군복이 좋아서 가입했을 겁니다."

"정말요?" 토라가 화들짝 놀라는 시늉을 했다. "솔직히 말해서 저는 당시 아이슬란드 상황에 대해서는 전혀 아는 게 없거든요. 그럼 이곳에도 나치 운동원들이 있었나요?"

"오, 그럼요." 노인이 대답했다. "민족주의자들이 있었죠. 깃발을 들고 행진하면서 사회주의자들한테 시비나 걸던 10대 남자애들이 대부분이었습니다. 정치적인 성향보다는 젊은 혈기를 못 이겨 그러고 다녔던 거겠죠."

"스나이펠스네스에서도 나치를 지지하던 사람들이 많았나요?" 토라가 아무것도 모른다는 듯 물었다.

노인은 머리를 긁적였다. 하얗게 세기는 했어도 노인의 머리칼이 그 나이에 비해 눈에 띄게 굵다고 토라는 생각했다. "다행히도 여기까지는 발을 들여놓지 못했습니다." 그는 엷고 흐릿한 눈으로 토라를 바라보며 말했다. "여기서 가까운 남부해안에 나치 선전을 하면서 당원을 모집하려던 남자가 있었는데, 성과를 내기도 전에 병에 걸리고 말았어요. 그 남자가 민족주의로 전향시킨 동네 남자애들도 그 후 얼마 가지 않아 흥미를 잃었으니, 결과적으로 아무일도 일어나지 않은 셈이죠."

토라는 속으로 쾌재를 불렀지만 최대한 경쾌하고 사심 없는 목소리로 물었다. "네, 그렇네요. 혹시 그 남자가 크레파에 살았다는 그리무르 토롤프손이라는 농부 아닌가요?" 토라는 자신의 짐작이 들어맞기를 간절히 바랐다. 그리무르가 맞다면 지하실 상자에서 발견한 나치 용품도 설명될 참이었다.

노인은 눈을 가늘게 뜨고 의심스럽게 토라를 훑어보았다. "아는 게 전혀 없다고 하셨던 거 같은데요." 노인이 말했다. "그런 것 치고는 정답을 거의 맞히셨네요."

"그저 그 가족들을 조금 아는 정도죠." 토라가 대충 얼버무렸다. "나치운동에 대해서는 전혀 아는 게 없습니다." 토라는 매튜를 향해 돌아서더니 노인이 볼 수 없게 음모라도 꾸미는 듯 윙크를 하며 말했다. "이 브로치 안 살 거예요?"

"훈장이에요." 매튜가 정정하며 지갑을 꺼냈다. "얼마입니까?"

노인이 가격을 계산기에 찍어 매튜에게 보여주었다. 매튜의 표정으로 보아 저렴한 가격은 아니었다. 매튜가 말없이 값을 치르더니 노인이 물건을 포장하는 동안 토라를 향해 물었다. "생일이 언제예요? 당신 줄 선물이 생겼네요."

토라는 그를 향해 혀를 삐죽 내밀고는 뒤돌아 포장된 훈장을 받아들었다. "감사합니다." 토라는 인사를 하고 매튜와 함께 문으로 향했다. 문 앞에 다다른 토라가 형제 중 나치 운동원이 누구였는지 물어볼 요량으로 돌아다보았지만 굳이 그럴 필요가 없었다.

노인은 양 손을 카운터에 올린 채 그 자리에 그대로 서있었다. 잠시 토라를 빤히 바라보던 노인이 그녀가 질문을 던지기도 전에 입을 열었다. "비야르니입니다." 노인은 신중하게, 서두르지 않고 이렇게 말했다. "그리무르의 동생 말이오. 키르큐스테트의 비야르니 토롤프손입니다."

"비야르니는 유쾌한 것과는 거리가 먼 인물이군요." 매튜가 훈장을 둘 사이 테이블에 내려놓으며 말했다. "자기 딸을 학대하고, 나치 선전활동을 했다니." 그는 헬멧과 검이 자신을 향하도록 훈장을 돌렸다. "당신한테 아주 잘 어울리겠는데요."

토라가 훈장을 한쪽으로 밀어내며 대응했다. "가당치도 않아요. 난 절대 안 하고 다닐 거예요. 틀림없이 재수 없는 일이 생길 거라고요. 게다가 사람들이 날 정신이상자로 볼 걸요." 토라는 매튜 앞에 놓인 음식을 가리키며 말했다. "어서 먹어요. 내가 남자한테 점심을 사는 일은 흔치 않아요." 두 사람은 작은 레스토랑에 앉아있었다. 매튜가 훈장을 산 것에 대한 보상으로 토라가 식사를 대접하기로 한 것이다. "이거 훈장 값 대신 사는 거예요, 알죠?" 토라는 포크로 파스타를 떠올려 입에 넣었다. 음식을 삼킨 후 토라가 말했다. "그런데 난 아직도 이게 비르나와 관련이 있기는 한 건지 모르겠어요. 이전과 달라진 게 전혀 없다고요."

"메모지에 있던 스와스티카 스케치에 대해서는 더 이상 파헤쳐 볼 필요가 없잖아요."

"네, 그럴지도 모르죠." 토라가 대꾸했다. "한데 말예요, 난 이 모든 게 다 연결돼 있다는 직감이 들어요."

"직감에 귀 기울여야 할 때도 있지만, 항상 그럴 필요는 없어요." 매튜가 물을 마시고 말했다. "직감을 뒷받침해줄 근거가 있으면 가장 좋겠죠. 가급적이면 논리적인 근거로."

토라가 포크로 파스타를 쿡쿡 찔렀다. 그러더니 고개를 들어 씩 웃었다. "뭘 해야 할지 알았어요."

"음, 아마도 이 모든 걸 잊고 경찰에 수사를 맡기는 거요?" 매튜가 기대에 차서 물었다.

"아뇨." 토라가 쏘아붙였다. "인터넷에서 검색도 하고, 비르나의 일기장을 좀 더 자세히 검토해보는 거예요. 죄책감 때문에 제대로 읽어보지 못했거든요. 어쩌면 뭔가 놓쳤을지도 몰라요." 토라는 레모네이드가 든 유리잔을 들어 매튜의 잔에 쨍하고 부딪혔다. "건배하자고요."

토라는 프런트데스크 근처, 손님들을 위해 마련된 인터넷용 컴퓨터 앞에 앉아있었다. 방에 있는 노트북으로 무선인터넷 연결을 열 번이나 시도하다 결국 실패한 뒤 매튜를 끌고 로비로 나온 것이다. "이게 그 사람일 거예요. '그리무르 토롤프손, 1890년 스티키스홀무르 출생, 1957년 레이캬비크 사망'." 토라는 레이캬비크에 위치한 공동묘지들을 검색해보다가 그리무르의 이름을 발견했다. 그의 이름을 클릭하자 화면에 이렇게 떴다. '포스보구르 공동묘지. H-36-0077 구획.' 토라는 득의만만하게 매튜를 쳐다보았다.

"흥을 깨고 싶지는 않은데, 그런다고 해서 우리한테 무슨 득이 되겠어요?" 매튜가 물었다.

"난 비석에 뭐라고 새겨져 있는지 알고 싶어요. 또 모르잖아요, 크리스틴이 그리무르 바로 옆 자리에 묻혀있을지도. 구획 번호만으로는 확인이 안 되거든요. 그러니까 누군가를 묘지로 직접 보내는 수밖에요."

"누구를요?" 매튜가 물었다. "설마 캐러밴을 타고 도주 중인 당신 애들은 아니겠죠?"

"아니에요." 토라가 잘라 말했다. "하나뿐인 우리의 원더우먼, 벨라요."

"그래, 벨라. 나 대신 포스보구르 공동묘지에 가서 무덤을 하나 찾아달라는 거야." 토라가 매튜를 향해 신음하는 시늉을 하더니 눈알을 굴렸고 매튜는 미소를 지었다. "그런 다음 비석에 뭐라고 적혀있는지 나한테 알려주면 되는 거야. 또 하나, 크리스틴이라는 사람이 근처 어딘가 묻혀있는지도 확인해주고." 벨라의 항변에 토라는 잠시 멈췄다가 다시 말을 이었다. "물론 공동묘지에 가있는 동안 사무실을 비울 수밖에 없다는 건 나도 잘 알아. 오래 걸리지 않을 거야. 사무실 전화를 휴대폰으로 착신해 놓으면 되잖아. 눈 깜짝할 사이에 사무실로 돌아와 있을 걸." 토라는 자신의 이마를 움켜잡으며 귀를 기울였다. "좋아. 묘지에서 알아낸 건 나한테 바로 알려줘." 토라는 전화를 끊었다. "젠장, 난 왜 평범한 비서를 둘 수도 없는 걸까요? 밖에 나가서 바람도 쐬고 얼마나 좋아요? 아무리 공동묘지라고 해도 말이에요."

매튜가 웃어보였다. "벨라는 괜찮은 사람이에요. 기회를 줘봐요." 매튜는 벨라를 포함한 세상 모든 것에 흡족한 기분으로 침대에 누워있었다. 벨라 덕분에 토라와 매튜에게는 남는 시간이 생겼고, 매튜는 그 시간을 최대한 활용하고 있었다. 처음에 벨라는 토라의 전화를 받지도 않았다. 그 후로 두 번 더 시도했지만 계속해서 응답이 없었다. 결국 토라는 30분을 기다린 뒤에 네 번째 시도를 한 후에야 벨라와 통화를 할 수 있었다.

토라는 드레싱 가운을 입고 앉아, 호텔 방에 구비된 작은 기계에서 내린 커피를 마셨다. 토라 앞 작은 협탁 위에 비르나의 일기장에 놓여있었다. 토라는 펼쳐진 일기장을 손가락으로 두드리며 말했다. "이상하네." 토라가 매튜를 내려다보았다. 매튜는 커다란 침대 위에 이불을 덮고 앉아 꾸벅꾸벅 졸고 있었다.

"나중에 일기장이 경찰 손에 들어갈 경우를 대비해 일기장 구석구석에 지문을 남기려고 작정이라도 한 거예요?" 매튜가 졸린 목소리로 물었다.

"아뇨, 들어봐요." 토라가 흥분한 투로 말했다. "스와스티카가 등장하기 전 페이지들을 보면 비르나가 지하실의 상자들을 살펴보고 있었다는 게 감지되거든요. 상자 속 물건들에 대한 설명이 나와 있잖아요." 토라는 매튜를 향해 해당 페이지를 펼쳐보였다. "봐요, 그 안에 있던 물건들이 차례로 정리되어 있잖아요. 메모를 해놓은 거예요. 나치 깃발을 포함해 내가 본 상자들을 비르나도 열어봤던 게 틀림없어요. 내가 제일 먼저 열어본 상자는 이건데, 비르나는 나와는 다른 순서로 상자를 열어봤을지도 모르죠."

"그래서요?" 매튜가 물었다. "이 놀라운 발견이 뭘 의미하죠?"

토라가 일기장을 내려놓고 말했다. "나도 잘 모르겠어요." 토라는 스와스티카 스케치를 다시 바라보며 말했다. "심벌을 아주 세밀하게 그리고 색까지 입힌 걸 보면 비르나에게 중요한 의미가 있었던 게 분명해요. 봐요." 토라는 다시 매튜를 향해 일기장을 들어보였다.

"마흔이 되면 시력이 예전 같지 않다고요." 매튜가 그림을 제대로 보기 위해 몸을 일으켰다. 그는 눈을 가늘게 뜨고 그림을 자세히 들여다보더니 다시 몸을 베개에 기댔다. "당신 말대로 아주 세밀하게 그린 그림이네요. 그림 주변에는 뭐라고 써놓은 거예요?"

"이것저것." 토라가 말했다. "일부는 그 위에 낙서가 돼있어서 제대로 보이지 않지만, '스와스티카?'랑 '그럼 그는 어디 있었지?'라고 쓴 건 선명히 보여요. 그리고 전화번호가 몇 개 나와있는데 위에 줄이 그어져서 정확히 알아볼 수가 없어요."

"아마 그 번호로 전화해본 다음에 줄을 그어놓은 거겠죠?"

"5, 8, 다음 번호는 못 알아보겠어요…." 코가 닿을 정도로 일기장을 가까이 들여다보던 토라가 갑자기 몸을 일으켜세우고 허벅지를 탁 내려쳤다. "참, 비르나가 호텔 방 전화기로 걸었던 번호 몇 개를 적어놨어요. 거기에 전화해보면 되겠네요."

토라는 주머니에서 종이쪽지를 꺼내자마자 전화기 앞으로 다가가 첫 번째 번호를 눌렀다. 이내 수화기 반대편에서 목소리가 들렸다. "KB은행입니다. 무엇을 도와드릴까요?"

토라는 수화기를 내려놓았다. "여긴 건질 게 없네요." 매튜를 향해 이렇게 말하고 두 번째 번호로 전화를 걸었다. 통화 중에 조용히 하라는 뜻으로 토라는 입술에 손가락을 갖다 댔다.

"레이캬룬드르 재활클리닉입니다. 무엇을 도와드릴까요?" 쾌활한 여자의 목소리가 들렸다.

비르나를 잘 아는 누군가의 전화번호이기를 바랐던 토라는 뜻밖의 반응에 당황했지만, 곧바로 본론으로 들어갔다. "여보세요, 저는 토라라고 합니다.”

“안녕하세요, 어떻게 도와드릴까요?”

“저는 비르나 할도르스도티르라는 건축가에 대한 정보를 모으고 있습니다. 비르나가 이 번호를 적어두었길래 혹시 그녀를 아시거나 혹은 그녀를 알았던 분이 그 시설에 계신지 문의하려고요.” 토라는 스스로를 책망했다. 이런 접근법이 먹힐 리 없었다.

전화선 반대편 여자는 토라의 질문을 가볍게 해치웠다. “죄송하지만 저희 시설에 전화하시거나 방문하신 분들을 기록해두지 않습니다. 환자가 워낙 많아서 그게 불가능하거든요.”

“환자가 아닐 수도 있어요.” 토라는 비르나가 직원 중 한 명에게 전화를 걸었기를 바라면서 물었다.

“그 또한 마찬가지입니다.” 여자가 차가운 목소리로 덧붙였다. “죄송하지만 도움을 드릴 수 없습니다. 지금 다른 전화가 들어오고 있어서, 이만 끊겠습니다.”

“레이캬룬두르 클리닉이래요.” 토라가 끙끙거리며 매튜에게 말했다. “누구한테 전화를 걸었는지 알아내는 건 불가능해요.” 토라는 쪽지를 집어들었다. “이제 마지막 번호예요. 막 휘갈겨 썼더니 알아볼 수가 없네요. 이게 5예요, 6이에요?” 토라는 수화기를 들고 번호를 눌렀다. 열 번째 전화벨이 울리고 토라가 막 수화기를 내려놓으려는 순간, 전화가 다른 곳으로 연결된다는 자동응답기 소리가 들렸다. 그리고 전화벨이 한 번 더 울리더니 사람 목소리가 나왔다.

“시청입니다. 무엇을 도와드릴까요?”

"안녕하세요?" 토라가 인사했다. "죄송하지만, 방금 하신 말을 제대로 못 들어서요. 시청이라고 하셨나요?"

"네." 전화선 반대편에서 여자의 목소리가 들려왔다. "발드빈 씨에게 전화하신 건가요?" 토라가 대답을 못 하고 우물거리는 사이 여자가 말을 이었다. "그분 직통번호로 전화를 거셨더군요. 월요일 오후 4~6시에는 전화 상담치료를 받으십니다. 나중에 다시 걸어보세요." 여자는 쾌활한 목소리로 전화를 끊었다.

토라는 매튜를 향해 몸을 돌리고 말했다. "시청에 있는 발드빈 발드빈손의 사무실 전화번호였어요. 시의원이니 거기에 사무실이 있겠죠."

"그런데 발드빈이라는 사람이 누구였죠?" 매튜가 무심하게 물었다.

"마그누스의 손자요." 토라가 일기장을 다시 집어들고는 줄이 그어진 여러 개의 전화번호를 뚫어져라 보았다. "발드빈은 현재 아이슬란드에서 가장 전도유망한 정치인이에요. 비르나가 그런 사람한테 그 할아버지의 여름 별장을 사계절용으로 개축하는 문제에 대해 상의하려고 전화했을 리가 없어요. 그리고 일기장에 적혀있던 번호 중 하나도 틀림없이 발드빈의 사무실 번호였을 거예요." 토라는 빠르게 일기장을 훑어보았다. "지난번에 이메일 주소를 하나 봤던 것 같은데, 그땐 그냥 지나쳤거든요. 어쩌면 발드빈의 이메일 주소일지 몰라요." 토라는 일기장을 반대 방향으로 빠르게 넘기다가 baldvin.baldvinsson@reykjavik.is라는 이메일 주소가 구석에 적힌 페이지에서 멈췄다. "이거예요. 발드빈의 이메일이 틀림없어요."

"비르나가 그에게 원하는 게 뭐였을까요?" 매튜가 물었다.

"모르겠어요. 다만 마그누스와 다시 이야기를 해봐야 한다는 사실만은 분명하네요." 토라는 다시 일기장을 넘겼다. "여기 쓸 만한 정보가 넘쳐날 거예요. 쭉정이와 밀알을 구분해낼 수만 있다면 말이에요."

"경찰이 이 일기장을 손에 넣으면 얼마나 기뻐할지 상상해봤어요?" 매튜가 물었다. "어쩌면 지금쯤 범인을 잡았을지도 몰라요."

"그게 무슨 뜻이에요?" 토라가 물었다. "경찰이 나보다 더 똑똑하다는 거예요?"

"아니, 아니에요." 매튜가 한 발 물러섰다. "그저 당신한테는 이런 사건을 수사할 만한 자원이 없다는 뜻이었어요."

토라는 다시 일기장을 집어들어 읽기 시작했다. 매튜의 의견에 할 말을 잃어버린 그녀는 일기장을 아무 데나 펼쳐 열심히 읽는 척했다. 대충 펼친 페이지에는 건축 용지 계획과 비르나의 메모가 적혀있었다. '이 지점은 뭐가 잘못된 거지??? 오래된 설계도???' 토라는 두 페이지를 샅샅이 살펴보더니 특기할 만한 게 눈에 띄지 않자 다음 장으로 넘겼다. 다음 페이지에는 이렇게 적혀있었다. '어쩌면 그 바위? 틀림없이 설계도가 있을 거야. 요나스에게 물어보자.'

토라는 의자에서 일어나 창문으로 다가갔다. 창밖에는 비르나의 호기심을 무한하게 자극했던 풍경이 펼쳐져 있었다. 그 속에 눈길을 사로잡는 게 무엇인지 토라는 알고 싶었다. 커튼을 젖힌 토라가 목초지를 내다보았다. 땅은 비교적 평평했기 때문에 토라가 보기에도 공사에 적합한 용지 같았다. 별관 부지의 정확한 위치를 가늠하기 위해 토라는 일기장을 넘겼다. 호텔 동쪽에 위치한 부지는 본관과 충분히 떨어져 있어서 이미 지어진 호텔 객실의 조망권을 해치지도 않았다.

"저 땅에는 아무런 하자가 없어요." 토라는 흡사 스스로에게 말하듯 이렇게 중얼거렸다. "그냥 평범한 풀밭이에요. 풀을 좀 깎기는 해야겠지만." 토라는 눈을 가늘게 떴다. 바람을 따라 파장을 일으키는 풀밭 가운데에 커다란 회색 바위가 불쑥 솟아있었다. "일어나요." 토라가 이불 끄트머리를 잡아당기며 채근했다. "옷 입어요. 나가서 바위를 살펴봐야겠어요."

23장

"고작 여기 오려고 날 침대 밖으로 끌어낸 거예요?" 매튜가 주위를 둘러보며 구시렁거렸다. 두 사람은 호텔 뒤편 풀이 길게 자란 목초지에 서있었다. "평범한 풀밭이잖아요."

"내가 궁금한 건 풀이 아니에요." 토라가 풀 위로 튀어나온 바위로 몸을 구부리며 중얼거렸다. "난 이걸 보고 싶었다고요."

"아, 뭐 그렇다면 퍽이나 이해가 가는군요." 토라가 있는 곳으로 다가서며 매튜가 고개를 저었다. "이건 회색 바위군요, 토라. 굳이 만져보지 않아도 알 수 있는 거잖아요."

"네. 그렇지만 원래 여기 있던 바위가 아니에요." 토라는 이렇게 말하며 주위의 풀을 옆으로 밀쳐냈다. 바위는 커다란 토블론(스위스에서 생산되는 삼각형 모양 초코바—편집자)처럼 삼각기둥 형태를 띠고 있었다. "주위를 둘러봐요." 토라가 말했다. "목초지에 다른 바위가 있나요?"

"아뇨." 매튜가 주변을 둘러보며 빈정거리는 투로 말했다. "이야기가 더 복잡해지는군요."

"장난치지 말고요." 무릎을 꿇고 있던 토라가 위를 올려다보며 설명했다. "옛날 사람들은 목초지의 돌들을 치우려고 무진장 애를 썼어요. 그런 사람들이 왜 목초지 한가운데에 커다란 바위를 그냥 남겨뒀겠어요?"

"너무 무거워서요?" 매튜가 토라 옆에 쭈그려 앉으며 대꾸했다. "어쩌면 마법에라도 걸린 요정 바위가 아닐까요?"

토라가 고개를 저었다. "아뇨. 목초지에 있던 돌들은 크기가 훨씬 컸어요." 토라는 자리에서 일어나 바위 반대편으로 갔다. "내가 전문가는 아니지만 이쪽 면은 다듬어진 흔적이 남아있네요. 봐요." 반대편으로 간 매튜는 토라의 말이 맞다는 걸 확인했다. 방금 전에 본 단면은 거칠고 울퉁불퉁한 반면 이쪽 면은 톱으로 잘려 다듬어진 것처럼 보였다. 토라가 손으로 부드러운 바위의 단면을 만졌다. "이것 좀 봐요." 토라가 흥분한 목소리로 말했다. "뭔가 새겨져 있어요." 토라가 길게 자란 풀을 옆으로 밀어내자 바위 한가운데 닳아 해진 듯 희미하게 남은 문장이 보였다.

"뭐라고 적혀있어요?" 매튜가 물었다.

토라는 몸을 더 가까이 수그려 비문을 읽어 내려갔다. 처음에 바위가 비석인 줄만 알았던 토라는 바위에 새겨진 글이 이름과 날짜가 아닌, 시라는 사실을 알아냈다. 토라는 비문을 소리내어 읽었다.

촌부들을 물리쳤어야 했네,

땅은 본래 나의 것이었으니,

혼례를 올렸어야 했네,

마치 그대처럼.

"그게 무슨 뜻이에요?" 매튜가 궁금해 못 견디겠다는 듯 물었다. "뭔가 중요한 내용이에요?"

토라는 몸을 바로 세우고 말했다. "나도 전혀 모르겠어요. 시처럼 보이는데, 완전히 이해를 못 했어요. 정확한 뜻을 알 수 없는 단어가 하나 있거든요." 다시 몸을 수그리고 '촌부kerns'라는 단어를 제대로 읽은 게 맞는지 확인한 토라는 몸을 똑바로 일으켰다. "비르나가 이것 때문에 목초지를 두고 고민했던 걸까요?"

"이 바위요?" 매튜가 웃음을 터뜨렸다. "아닐 걸요. 마음만 먹으면 쉽게 옮길 수 있는 돌 때문에 공사가 막히지는 않았을 거예요." 매튜는 넓은 목초지를 돌아보았다. "전혀 이상할 게 없는 평범한 풀밭에 바위 하나가 세워져 있을 뿐이라고요. 자신의 시를 높게 평가한 어느 농부가 새겼을지도 모르잖아요. 이곳에 화단이나 애완동물의 무덤이 있었을지도 모르고. 시에 동물이 등장하나요?"

"아뇨." 토라가 자리에서 일어났다. "촌부라." 그녀는 생각에 잠긴 듯 중얼거렸다. "혹시 비르나의 일기장에서 발견한 '추모곡keens'이라는 단어가 사실은 '촌부kerns'가 아니었을까요?"

"난들 알겠어요?" 매튜가 대꾸했다. "그런데 왜 이쪽에 있는 풀은 깎지 않은 걸까요?" 매튜가 아래를 내려다보며 난데없이 물었다. 발이 보이지 않을 만큼 풀이 빽빽이 자라나 있었다.

"왜냐고요?" 토라가 대답했다. "왜긴요? 멋져 보이잖아요. 자연스럽고요."

"호텔 반대편 목초지는 다듬어져 있잖아요." 매튜가 지적했다.

"그러고 보니, 정말 그렇네요." 토라가 근처에 있는 나지막한 갈색 흙더미를 가리켰다. "저건 뭘까요?" 토라는 이렇게 말하며 흙더미 쪽으로 다가갔다.

"당신의 추리력에는 한계가 없는 건가요?" 매튜가 흙더미를 보며 고개를 가로저었다. "흙무더기를 찾아내다니 대단한데요."

"이게 흙인 건 나도 알아요. 문제는 이 흙더미가 왜 풀밭에 있냐는 거죠."

매튜가 주위를 둘러보았다. "누군가 목초지를 파헤쳤던 모양인데요. 여기저기에 이런 흙더미가 널려있어요."

"어떻게 된 걸까요? 호텔 별관이랑 관련이 있을까요?" 토라가 갑자기 걷기 시작했다. "어쩌면 비그디스가 알지도 몰라요. 이쪽 목초지의 풀을 자르지 않고 그대로 둔 이유 역시 알지 모르고요."

"호텔 방 이외에, 비르나가 작업했던 별도의 공간이 있었는지도 물어보면 되겠네요." 매튜가 토라의 뒤를 따르며 말했다.

토라는 뒤로 돌아 환하게 웃으며 물었다. "혹시 내 수사 방향이 옳다고 생각하는 거예요?"

매튜가 의미심장한 미소를 지으며 대답했다. "눈이 사시인 경주마만큼이나 트랙에서 완전히 벗어나 있어요."

프런트데스크에 앉은 비그디스의 얼굴이 흥분한 듯 빨갛게 상기되어 있었다. 두 눈은 흐리멍덩한 채 양손을 덜덜 떨고 있었다. 비그디스는 딴 데 정신이 팔린 나머지 토라와 매튜가 다가온 것도 알아채지 못했다. 따라서 둘은 어쩔 수 없이 소리를 내어 헛기침까지

했다. 화들짝 놀란 비그디스가 마침내 입을 떡 벌린 상태로 고개를 들었다. 그런 다음 한참이나 들고 있던 수화기를 쾅하고 내려놓았다. "하느님 맙소사!" 비그디스가 소리를 지르며 몸을 떨었다.

"괜찮아요?" 토라가 물었다.

비그디스가 눈을 크게 뜨고 토라를 쳐다보았다. "아뇨. 안 괜찮아요." 비그디스는 떨리는 목소리로 말했다. "하나도 괜찮지가 않아서 무슨 말을 해야 할지 모르겠어요."

"무슨 일이에요?" 토라가 불안한 목소리로 물었다. "시신이 또 발견된 건 아니죠?"

"아뇨, 그건 아니에요." 비그디스가 대답했다. "마구간에서 발견된 시신의 신원을 방금 알게 됐어요." 비그디스의 볼이 더욱 붉어졌다. "에이리쿠르였어요." 그녀는 침울하게 고개를 흔들었다.

"에이리쿠르요?" 토라가 물었다. "누구죠?"

"이제 그가 누구였냐고 물어야죠." 비그디스가 토라의 표현을 바로잡았다. "이제는 에이리쿠르를 과거형으로 부르는 데 익숙해져야 해요. 세상에, 기분이 정말 이상해요. 처음에는 비르나, 이제는 에이리쿠르까지."

"그래서 그게 누구…?" 토라가 얼른 말을 바로잡았다. "그러니까 그게 누구였냐는 말이었어요."

"호텔에서 일하는 아우라 전문가요. 키 크고 마른, 머리가 벗겨지기 시작한 남자 말이에요." 비그디스가 칭얼거리듯 덧붙였다. "정말 믿기지가 않네요."

토라는 이 소식을 매튜에게 전했다. 독일어로 '아우라'가 떠오르지 않아 손짓발짓까지 동원했지만 매튜는 그걸 후광으로 잘못 이 해했다. 조급해진 토라는 에이리쿠르의 직업에 대해서는 나중에 설 명하기로 하고 비그디스를 향해 돌아섰다. "이 소식을 어떻게 안 거예요? 누군가 전화로 알려준 거예요?"

"네." 비그디스가 훌쩍이며 말했다. "에이리쿠르의 여동생이 전 화를 했어요. 그의 주머니에서 찾은 신용카드 영수증으로 신원 조 회를 했대요. 경찰이 전화로 시신 확인을 하러 와달라고 요청했 고요. 가장 가까운 친족이니까요. 시신은 지금 레이캬비크에 있대 요." 비그디스는 그 사실이 지금 이 상황에서 가장 안타까운 일이 라도 되는 듯 한숨을 지었다. "여동생은 충격을 받아서 제정신이 아니에요. 여동생 말로는 밟혀 죽었다고 하더군요."

"말에 의해서요?" 토라가 물었다. 경찰이 요나스를 심문할 때 정 확한 사인은 밝히지 않았다.

"그런 말은 안 했어요. 저도 너무 충격을 받아서 물어볼 생각을 못 했고요." 비그디스가 갑자기 겁먹은 표정으로 중얼거렸다. "계 속 여기서 지내도 괜찮을까요? 대체 무슨 일이 벌어지는 거죠?"

"그건 각자가 판단할 문제겠죠." 토라는 이렇게 말하고 안심시키 듯 덧붙였다. "혹시나 해서 말씀드리자면, 저는 연쇄살인범이 활개 를 치고 돌아다닌다고 생각하지 않아요. 아직은 이 남자가 사고로 죽은 건지도 확실치 않잖아요. 어쩌면 그냥 우연일지도 몰라요." 토라가 잠시 생각하더니 말을 이었다. "경찰이 이 일을 살인사건으 로 의심하고 있지는 않다던가요?"

"아뇨, 그런 말은 없었어요." 비그디스가 주저하며 말했다. "그런데 좀 이상하기는 했어요. 전화를 끊을 때 저한테 조심하라고 했거든요. 마치 뭔가 잘못됐다고 암시하는 것 같았어요." 비그디스는 참견이라도 하듯 눈을 가늘게 떴다. "그렇지만 누가 에이리쿠르를 죽이고 싶어했겠어요? 그가 딱히 유쾌한 사람은 아니었지만, 그렇다고 나쁜 사람은 더더욱 아니었어요. 아, 너무 불쌍해요." 비그디스가 눈을 깜빡이자 토라는 그녀가 눈물을 쥐어짜내려 한다는 인상을 받았다. "살아있을 때 더 잘해줬어야 하는데. 그렇지만 너무 괴짜였어요. 게다가 제일 바쁠 때만 골라 나타나서 말을 거는 취미가 있었죠."

토라는 비그디스의 과장된 행동을 봐주거나 그녀를 위로하느라 시간을 낭비하고 싶지 않았다. "에이리쿠르가 말을 좋아했나요?" 토라가 물었다.

"오, 아뇨. 아닐 거예요." 비그디스가 대답했다. "안색이 엄청 창백해서 담배 피울 때를 제외하고는 거의 밖에 나가지도 않았을 거예요." 이렇게 말하고는 단호하게 덧붙였다. "절대 말을 좋아할 타입이 아니에요."

"그럼 혹시…, 여우에 관심이 있었나요?" 토라는 이렇게 물으면서 질문이 얼마나 바보 같이 들릴지 생각하지 않으려고 애썼다.

"여우라고요?" 비그디스가 놀란 표정으로 물었다. "그게 무슨 말씀이세요?"

"오, 아무것도 아니에요." 토라는 이미 바보 같이 보인 김에 여우와 관련된 또 다른 질문을 던져보기로 했다. "그 여동생이 여우에 대해 언급하지는 않던가요?"

"네, 그런 얘기는 안 했어요." 비그디스는 이렇게 대답하고는 정신 상태가 의심된다는 표정으로 토라를 빤히 쳐다보았다. "여동생한테 들은 얘기는 좀 전에 말씀드린 게 전부예요."

"에이리쿠르가 굳이 마구간에 갈 이유가 있었나요?" 토라는 더 이상 여우에 대해 캐묻지 않기로 했다. "그곳에 사는 베르구르와 친구였나요?"

비그디스가 한쪽 눈썹을 치켜떴다. "에이리쿠르는 베르구르와 친구가 아니었어요." 비그디스는 이렇게 말하더니 비밀이라도 털어놓듯 매혹적인 톤으로 덧붙였다. "하지만 비르나와 베르구르는 아주 가까운 사이였죠."

"네, 저도 그건 압니다." 토라는 이렇게 말하고는 가십에 대한 비그디스의 욕구가 사라져버리는 모습을 지켜보았다. "에이리쿠르가 비르나와 자주 대화를 나누거나 혹은 비르나에 대해 자주 언급했나요? 두 사람은 친분이 전혀 없었나요?"

"전혀 없었어요." 비그디스가 자신 있게 말했다. "그 두 사람은 공통점이라고는 눈곱만큼도 없었어요. 에이리쿠르는 좀, 뭐랄까…." 비그디스는 말끝을 흐렸다.

"솔직히 얘기하셔도 괜찮아요." 토라가 말했다. "죽은 사람이라고 해서 성인군자로 포장해줄 필요는 없잖아요."

이 말을 들은 비그디스는 기운이 난 듯했다. "맞아요. 사실 에이리쿠르는 게을렀어요. 지저분하고 면도도 거의 안 했지요. 옷도 꼭 떠돌이처럼 입고 다녔고요. 불만투성이에, 구두쇠 기질도 좀 있었어요." 솔직하게 알려달라는 토라의 말이 떨어지기가 무섭게 비그디스는 냉정한 평가를 쏟아냈다. "반면 비르나는 자기관리가 철저했고, 언제나 세련되게 하고 다녔어요. 하지만 마음 속 깊은 곳은 겉보기와 전혀 달랐죠. 뭔가 필요로 할 때는 상냥했지만, 그렇지 않을 때는 상종 안 하는 게 나았죠. 비르나는 요나스를 마음대로 조종하는 법을 알았어요." 비그디스는 그제야 숨을 고르려고 잠시 말을 멈췄다. "지금 생각해보면 비르나와 에이리쿠르가 닮은 구석이 하나 있기는 했어요. 둘 다 돈에 집착했어요. 그것만 빼면, 둘은 완전히 다른 사람이었죠."

토라는 넘쳐나는 독설에 당황한 기색을 감추려고 애쓰면서 심각한 표정으로 고개를 끄덕였다. "그럼 두 사람은 같이 시간을 보낸 일이 없었겠군요?" 토라가 물었다. "에이리쿠르도 다른 사람들만큼이나 비르나의 최근 행적에 대해 아는 게 없었겠네요?"

"네, 물론이죠." 비그디스가 근엄한 얼굴로 대답했다. "비르나는 지구상에 에이리쿠르와 단둘만 남았다고 해도 그에게 말을 걸지 않았을 거예요."

"그렇군요. 그럼 그 둘 중 누구라도 살해당하기 전 이상한 행동을 보인 게 있었나요? 뭔가 평소와 다른 행동이나 말을 하지는 않았나요?"

비그디스가 곰곰이 기억을 되짚더니 고개를 저었다. "아뇨, 없어요. 비르나를 마지막으로 본 게 언제인지 기억나지 않지만, 만약 이상한 행동을 했다면 틀림없이 내가 기억할 거예요. 에이리쿠르와 마지막으로 대화를 나눈 건 요나스를 찾으러 왔을 때였어요." 비그디스가 한 손으로 입을 가리며 놀란 표정을 지었다. "어머, 그리고 보니 에이리쿠르가 살해당하기 직전이었네요."

토라가 심호흡을 하고 차분하게 물었다. "그래서 요나스를 만났나요?"

"글쎄요, 잘 모르겠어요. 요나스의 사무실로 가보라고 했는데, 실제로 둘이 만났는지는 몰라요."

토라는 에이리쿠르에 관한 질문이 더 이상 떠오르지 않자 원래 계획했던 질문으로 돌아갔다. "호텔 서쪽 풀밭은 잘 다듬어져 있던데, 동쪽 풀밭은 그대로 놔둔 이유가 뭐죠?"

비그디스는 갑작스런 화제 전환에 당황한 듯했다. "저도 모르죠." 비그디스가 눈을 가늘게 뜨고 물었다. "그건 왜 물으세요?"

"그냥 궁금해서요. 좀 이상해 보였거든요." 토라는 얼른 다음 질문을 던졌다. "요나스가 그쪽 땅을 검사해보려고 여기저기에 구멍을 낸 적이 있나요? 아니면 비르나가 그런 건가요?"

비그디스가 멍한 표정으로 토라를 바라다보았다. "땅을 검사하려고 구멍을 냈다고요? 삽으로 파낸 일반적인 구멍을 말씀하시는 건가요?"

토라가 고개를 끄덕였다. "작은 구멍 말이에요. 땅을 할퀴어놓았다고 표현하는 게 더 정확하겠네요. 확실히 토목장비로 파헤친 흔적처럼 보이지는 않았어요."

비그디스가 단호하게 고개를 흔들었다. "그런 일은 전혀 없었어요. 누군가 풀밭에 나가서 땅을 파라는 지시를 받았다면 제가 모를 리 없죠. 제가 모든 상황을 주시하고 있으니까요. 요나스는 정신을 딴 데 팔고 다니는 사람이라 제가 호텔의 눈과 귀가 돼야 해요."

"비르나가 이 근방에 사무실이나 스튜디오를 두고 있었나요?"
매튜가 끼어들었다. "호텔 방을 제외하고요."

"저도 잘은 모르겠지만, 충분히 그럴 가능성은 있죠." 비그디스
가 말했다. "밤낮으로 호텔을 비우는 일이 많았거든요. 줄창 야외
로 돌아다니지는 않았을 테니, 따로 가는 곳이 있었을 거예요." 비
그디스는 음흉한 눈빛으로 토라를 쳐다보았다. "아마도 베르구르
를 만나러 갔겠죠."

"누가 알겠어요?" 토라는 비그디스를 향해 공모하는 듯한 미소
를 짓고는 손목시계를 확인했다. "마지막으로 딱 하나만 물어보고
더 이상 귀찮게 하지 않을게요. 누가 풀밭을 깎나요?"

비그디스가 머뭇거리다가 이내 어깨를 으쓱하고 대답했다. "요
쿨요. 식당에서 웨이터로도 근무하는 직원이에요."

"지금 농담하세요?" 요쿨은 주변에 몰래카메라라도 숨겨진 건
아닌지 주위를 두리번거리며 물었다. "정말 그쪽 풀밭을 다듬지 않
은 이유가 알고 싶으신 거예요?"

"네, 그래요." 토라가 미소를 지으며 말했다. "그 일도 하신다고
들었어요."

부루퉁한 요쿨의 표정이 말끔하게 차려입은 블랙 앤 화이트 유
니폼과 대조를 이루었다. "네. 가외로 돈을 좀 더 벌려고요. 식사
때를 제외하면 시간이 남아돌아서 둘 다 할 여유가 되거든요."

"효율적인 시간 활용이네요." 토라가 다시 물었다. "그런데 왜 그
쪽 풀밭은 깎지 않은 건가요? 중간에 있는 큰 바위 때문인가요?"

"아뇨. 그건 전혀 방해가 되지 않아요." 요쿨이 웅얼거리듯 말했다. "풀 아래에 뭔가가 있어서 잔디 깎는 기계를 엉망으로 만들어 버려요. 뭔가 덩어리진 게 있는 듯해요. 기계가 항상 그 지점에만 가면 멈춰버려서 주변을 깎기가 힘들더라고요. 그래서 그냥 거기는 안 깎게 된 거죠. 불평하는 사람도 없고요. 왜요? 요나스가 뭐라고 하던가요?"

"아뇨, 전혀요." 토라가 그를 안심시켰다. 토라는 자리를 뜨려다가 다시 뒤로 돌아서 물었다. "혹시 삽 한 자루 빌릴 수 있어요?"

"솔직히 말해서," 매튜가 삽으로 뜬 흙을 뒤편으로 던지며 말했다. "당신이 특별한 여자라는 건 인정해야겠군요. 다른 여자였다면 내가 삽질을 하는 일은 절대 없었을 테니까."

"쉿! 말을 줄이고 삽질에 집중해야죠." 두 사람은 다시 목초지에 나와있었다. 목초지 위를 더듬거리다 낮은 언덕을 발견한 토라가 매튜에게 그곳을 파달라고 부탁한 것이다. "틀림없이 뭔가 있을 거예요."

매튜가 신음 소리를 냈다. "반드시 그래야 할 거예요." 매튜는 삽을 땅에 내던지고 두 손을 허리춤에 올렸다. "다 팠어요."

토라가 옆으로 다가오더니 낮게 파인 구멍을 들여다보았다. "일종의 토대처럼 보이는데요."

"건물 토대요? 이 자리에 집이 있었을까요?" 이마를 긁으며 내려다보던 매튜가 삽을 집어들더니 흙을 양쪽으로 더 긁어냈다. "세상에 이럴 수가."

"당신 눈에도 저게 보여요?" 몸을 구부려 흙을 만지던 토라가 다시 일어서더니 손바닥을 매튜에게 들어보였다. "재예요." 토라는 매튜를 보며 덧붙였다. "여기 있던 건물이 불에 탔나 봐요."

"아이의 그림 속에 있던 집처럼요?" 매튜가 물었다. 잠시 생각에 잠긴 듯 침묵하던 그가 입을 열었다. "그 그림 속 집에 사람이 있지 않았었나요?"

24장

"전화를 그냥 끊어버렸어요." 토라가 얼굴을 찡그렸다. 그녀는 요나스가 빌려준 휴대폰 화면을 바라보며 고개를 저었다. "신호가 갑자기 끊긴 건 아니겠죠? 아니야, 그냥 끊어버린 게 맞아요."

"그래서 놀랐어요?" 매튜가 웃었다. "오늘 아침에 당신을 집 밖으로 쫓아내다시피 한 사람이잖아요. 통화하고 싶을 리가 없죠."

"네, 그렇겠죠." 토라는 퉁명스럽게 대꾸하며 휴대폰을 주머니에 넣었다. "여기에 어떤 건물이 있었는지 알면 정말 도움이 될 텐데." 토라와 매튜는 목초지 끝자락에 서 있었다. 바위 옆에서는 신호가 잡히지 않았기 때문이다. "어쩌면 그 딸인 베르타가 뭔가를 알고 있을지도 몰라요. 내가 베르타까지 불쾌하게 만든 건 아니어야 할 텐데."

"그렇지는 않았을 거예요. 하지만 당신이 휠체어에 탄 친구에 대해 묻기 시작하면 바로 등을 돌려버리겠죠."

"아뇨." 토라가 대꾸했다. "그 부분에 대해서는 일단 묻지 않을 거예요. 지금은 이곳에 있었던 건물에 대해 알고 싶을 뿐이에요."

둘은 호텔을 향해 걷기 시작했다. 매튜가 땅을 파내 토대를 발견한 지점을 지나치던 토라가 갑자기 멈춰섰다. "어떻게 비르나가 이곳에 대해 모르고 있었을까요? 일기장의 내용을 그대로 믿자면, 이부근 땅에 대해 고민을 많이 한 흔적이 남아있던데 말이에요."

"뻔한 거 아니에요?" 매튜가 말했다. "풀 깎는 일을 한 건 요쿨이었으니, 울퉁불퉁한 이곳의 지형에 대해 아는 사람도 그 사람뿐이었겠죠. 서로 미워하던 사이였으니 설령 비르나가 땅에 대해 물었다고 해도 요쿨이 사실대로 말해주지 않았을 거예요."

"하지만 누군가 이곳에 뭔가를 찾으러 온 건 분명하잖아요. 만약 토대를 찾으려고 했다면 이곳을 제대로 살펴보지 않았을까요? 그런데 구멍이 난 곳들을 보면 토대가 발견된 지점과는 상당히 떨어져 있어요."

"그걸 구멍이라고 부르기는 어렵죠. 하지만 타버린 집의 터를 찾고 있던 정체불명 채굴꾼이 관찰력이 떨어지는 사람이라는 데는 동의해요."

"다시 지하실로 내려가서 상자를 남김없이 확인해보고 싶은 마음이 들 정도예요." 토라의 머리가 빠르게 돌아가기 시작했다. "상자를 뒤져보면 여기에 뭐가 있었는지 밝혀낼 단서를 찾을 수 있을지도 모르잖아요. 가령 사진 같은 거로요."

매튜가 손목시계를 들여다보았다. "그게 좋은 생각인지 모르겠네요. 이제 애들을 데리러 가야 하지 않아요?"

"밤에 가면 돼요." 토라가 딱 잘랐다. "좀 전에 길피랑 통화했는데 애들은 잘 있어요. 차를 주차한 곳에서 가까운 데 있는 가게에 가볼 생각이래요." 토라는 간절한 마음으로 말했다. "부디 길피의 여자친구도 잘 지내고 있다고 부모한테 전화했기를 바랄 뿐이에요. 난 그 사람들한테 전화할 마음이 추호도 없거든요. 길피 때문에 딸 인생 망쳤다는 얘기를 끝도 없이 늘어놓을 테니까요. 이게 다 내 잘못이라고 생각한다고요."

"전 남편은 이 사실을 알고 있어요?" 매튜가 물었다. "길피가 아빠에게도 전화를 할까요?"

"안 그랬으면 좋겠네요. 한스도 죽도록 걱정을 해봐야 해요. 애초 애들이 도망친 것도 다 한스 때문이거든요." 토라는 휴대폰이 든 주머니를 툭툭 두드렸다. "읽지 않은 한스의 문자메시지가 수백 개쯤 쌓여있을 거예요. 나중에 시간이 되면 읽든가, 아니면…." 전화벨이 울리자 토라는 주머니에서 휴대폰을 꺼냈다. 벨라였다.

"여보세요?" 토라가 전화를 받았다. "어떻게 됐어?" 토라는 비서와 통화하면서 주머니를 뒤져 종이와 펜을 꺼냈다. "크리스틴은 없었다, 이거지?" 그녀는 벨라의 말을 받아 적기 시작했다. 그런 다음 전화를 끊고 매튜를 향해 돌아섰다. "그리무르는 혼자 묻혀있대요. 주변에 크리스틴이라는 이름의 무덤도 없고요." 토라는 실망한 듯 한숨을 지었다. "그리무르의 묘비에 그의 이름과 생몰년도, 그리고 짧은 시구 하나가 새겨져 있었대요."

"이렇게 즐거울 수가." 매튜가 말했다. "또 다른 시라니. 계속 말해봐요."

토라는 종이에 적은 메시지를 읽기 시작했다.

작을지언정,

밭이 좋다네,

모든 사내는 자신의 보금자리를 사랑하고.

매 끼니마다 구걸해야 하는

사내의 심장은

피투성이라네.

시를 다 읽은 토라가 매튜를 올려다보았다. "바위에 새겨진 시는 한 번도 들어본 적이 없어서 모르겠지만 이건 어떤 글인지 알겠어요. 어쩌면 인터넷에서 찾을 수 있을 거예요. 아무래도 하바말(바이킹 시대 고대노르드어 시로 오딘의 지혜가 담긴 잠언이며, 영미권에서는 '높으신 분이 말하기를'이라는 뜻으로 풀이되어 사용된다―옮긴이)의 일부인 것 같아요."

갑자기 매튜가 토라의 어깨를 가볍게 두드렸다. "경찰이 병력을 증강한 모양이에요." 매튜는 호텔 앞에 멈춰서는 경찰차를 가리키며 말했다. "지하실에 내려가 보는 건 잠시 미뤄야겠네요."

"밖으로 나가는 게 어떨까?" 베르타가 커튼을 젖히며 말했다. 흐릿한 빛이 순식간에 방을 밝혔다. "날씨도 화창한데." 잠시 창밖을 내다보던 베르타가 다시 재촉했다. "가자, 너한테도 좋을 거야."

"너나 가." 스타이니가 한쪽 휠체어 바퀴의 느슨해진 고무 덮개를 만지작거리며 냉담하게 말했다. "난 나가기 싫어."

"그러지 말고." 베르타가 애원했다. 그녀는 스타이니 앞으로 다가가 무릎을 꿇고 눈높이를 맞췄다. 베르타는 눈을 맞추면 좀 더

긍정적인 반응을 얻을 수 있다는 걸 경험으로 알았다. "내가 장담하는데, 신선한 공기를 마시면 기분이 훨씬 좋아질 거야. 보아하니 뭔가 고민하고 있는 것 같은데, 혹시 모르잖아. 다른 데로 관심을 돌리면 도움이 될지도."

"도움 안 돼." 스타이니가 죽을상을 하고 말했다.

베르타는 그의 짧은 대답에 익숙해져 있었다. 입 안 일부에 입은 화상으로 위아래 입술 피부가 녹아 붙어버리면서 발음 기능이 크게 떨어졌기 때문이다. 베르타는 의료진의 실력이 이 정도밖에 안 된다는 사실에 놀라는 한편, 스타이니가 추가 수술을 거부한 것은 아닌지 의구심이 들었다. 베르타가 수술에 대해 물을 때마다 스타이니는 말하기를 거부했기 때문이다. 한번은 아직 대기자 명단에 올라가 있다고 둘러댔지만 그럴 리 없다는 걸 베르타는 잘 알았다. 그보다는 초기 수술로 인한 고통과 불편함에서 헤어나지 못해, 추가 수술을 엄두내지 못한다는 쪽이 더 설득력 있었다. 지난주, 베르타는 스타이니의 자동응답기에 남겨진 물리치료사의 메시지를 들었다. 치료를 재개하려면 상담이 필요하니 전화를 달라는 내용이었다. 메시지를 들은 베르타가 치료사에게 전화하라고 하자 스타이니는 입을 꾹 다물어버렸다. 그는 여전히 정신적으로나 육체적으로 회복할 시간이 필요했다.

"드라이브가 더 편하면 그렇게 해도 돼." 베르타가 부드럽게 달랬다. "난 뭐든 상관없지만, 밖으로 나가기는 해야 한다고 생각해."

"뭐든 상관없다고?" 스타이니가 눈을 부릅뜨고는 베르타를 똑바로 쳐다보았다.

"거의 뭐든지." 베르타는 쾌활함을 가장하며 자리에서 일어섰다. 스타이니가 무슨 말을 하려는지 그녀는 알지 못했지만 왠지 모를 불안감이 느껴졌다. 지금도 그렇고 아마 앞으로도 그럴 것이다. "내 말이 무슨 뜻인지 알잖아." 베르타는 한 손을 그의 무릎에 올리고 말했다. "나가자, 제발."

스타이니는 바퀴에서 비어져 나온 작은 고무 꼬리표를 잡아채며 물었다. "넌 겁도 않나?"

"겁이 나?" 베르타가 놀란 듯 물었다. "뭣 때문에 겁이 나?" 베르타가 웃으며 덧붙였다. "여름이 다가오고 있는데."

스타이니는 아무 말 없이 베르타를 바라보았다. 그러고는 자신의 무릎 위로 시선을 떨궜다. "난 기분이 좋지 않아."

베르타는 가슴이 아렸다. 스타이니가 괴로워하는 모습을 견딜 수가 없었다. 안 그래도 그는 충분히 고통스러운 삶을 살고 있었다. 너무나 불공평했다. 어째서 사고까지 당하고 이렇게 망가져 버려야 한단 말인가? 사고를 당하고도 멀쩡히 잘 사는 사람도 많지 않은가? 자신이 그에게 전화를 걸지만 않았더라도….

베르타는 억지로 미소를 지으며 유쾌하게 말했다. "알아. 크레파에 가보자. 짐 쌀 게 엄청 밀려있거든. 어쩌면 흥미로운 물건을 찾을 수 있을지도 몰라. 지난번에 정말 재미있었던 거 기억하지?"

스타이니가 차갑게 웃었다. "그걸 재밌다고 하는 거야?" 그는 한숨을 쉬었다. "아, 나도 모르겠다. 그냥 가자."

"잘 생각했어. 절대 후회하지 않을 거야." 베르타는 이제야 마음이 놓였다. 언제나 그랬듯, 문 밖을 나서는 순간 스타이니의 기분도 좋아질 것이다. 그 순간 스타이니가 손을 뻗어 베르타의 손목을 움켜잡았다. 베르타는 화들짝 놀랐다.

"나를 용서할 수 있겠어?" 그가 힘없이 물었다.

"널 용서한다고?" 베르타가 반문했다. "뭘 용서해?"

"최악의 상황이 벌어져도 날 용서할 수 있겠냐고."

당황한 베르타가 고개를 저었다. 지난 수 개월 간 스타이니가 한 말 중 가장 긴 문장이었다. "그게 무슨 소리야?" 베르타는 자신의 손목을 잡고 있던 스타이니의 손을 부드럽게 풀고는 휠체어 뒤쪽으로 갔다. "방금 한 얘기 말이야, 내가 널 용서한다고?" 베르타는 휠체어를 밀면서 중얼거렸다. "바보 같기는. 네가 나한테 잘못한 게 뭐가 있는데?"

"없길 바라야지." 스타이니는 이렇게 말한 뒤 베르타가 휠체어를 문 밖으로 미는 사이, 모자를 뒤집어썼다.

토롤푸르는 인상을 찡그리며 호텔에 마련된 임시 사무실 문에 몸을 기댔다. "수사에 상당한 진전이 있었습니다. 현 상황에서 말씀드릴 수 있는 건 이 정도입니다."

토라는 팔짱을 낀 채 복도에서 그와 마주하고 서있었다. 그녀는 사무실 안에 앉아있는 요나스에게 들리지 않게 반쯤 속삭이듯 말했다. 요나스는 경찰 조사를 받는 동안 같이 있어달라고 토라에게 부탁했지만, 자리에 앉기가 무섭게 토롤푸르는 용의자로서의 권리를 읊으며 불리한 내용에 대해서는 묵비권을 행사할 수 있다고 요나스에게 고지했다. 토라가 복도에서 형사와 언쟁을 벌이는 것도 이런 상황 때문이었다.

"제 질문에 답을 안 하셨잖아요. 왜 요나스가 갑자기 용의자 취급을 받는 거죠?" 토라가 물었다. "뭐가 달라진 거예요?"

토롤푸르가 토라처럼 팔짱을 끼더니 굳은 표정으로 말했다. "어제와 오늘 이틀 간 여러 명의 목격자와 이야기를 나눴습니다. 목격자들의 증언을 종합해본 결과, 그쪽 의뢰인에게 불리한 그림이 그려지더군요."

토라가 가쁜 숨을 들이마시며 반문했다. "그게 무슨 뜻이죠? 요나스를 체포하실 건가요?"

"그건 심문을 받는 동안 무슨 얘기를 하느냐에 달렸죠." 토롤푸르가 어깨를 으쓱했다. "누가 알겠습니까, 어쩌면 새로운 사실을 털어놓을지도 모르죠."

"새로운 사실이라고요? 어떤 사실 말예요? 요나스가 아는 건 이미 전부 말씀드렸는데요."

"말씀드렸다시피 수사에 꽤 진척이 있었고, 지난번 의뢰인을 심문할 때 알지 못했던 사실들을 새로 파악했습니다. 게다가 여태까지 의뢰인의 답변은 전혀 만족스럽지도 않았습니다." 토롤푸르가 말을 이었다. "일단 심문을 진행하는 게 어떨까요? 심문을 하다보면 저희가 알고 싶은 게 뭔지 저절로 아시게 될 겁니다."

"제 의뢰인과 먼저 2분만 얘기할 수 있게 해주세요. 이 상황을 설명해줘야겠어요."

토롤푸르는 토라의 제안을 마지못해 받아들였다. 이제 요나스는 용의자 신세였기 때문에 심문에 앞서 변호인과 별도의 대화를 나눌 법적 권리가 있었던 것이다. 토롤푸르는 부하 경찰에게 나오라고 지시했고 토라가 안으로 들어갔다. 토라는 혼란스러운 표정으로 자신을 바라보는 요나스 옆자리에 서둘러 앉았다.

"어떻게 된 거예요?" 요나스가 불안한 목소리로 물었다. "복도에는 왜 나갔어요?"

토라는 요나스의 무릎에 손을 올리고 말했다. "요나스, 상황이 달라졌어요. 지금까지는 참고인으로 조사받았고, 조사 전에 그에 따른 권리를 고지받았지만 이제 당신은 용의자예요."

"네?" 요나스가 쉰 소리를 질렀다. "용의자요?"

"네, 용의자요." 토라가 잘라 말했다. "지금 허비할 시간이 없어요. 그러니까 내 말 들어요." 토라는 요나스의 눈을 응시하며 서둘러 말했다. "토롤푸르가 목격자 조사를 통해 새로운 사실들을 밝혀냈대요. 그 결과 당신이 용의자가 된 거고요."

"뭐라고요? 난 아무 짓도 안 했어요. 경찰에도 그렇게 말했잖아요." 요나스는 고함을 치다시피 말했다. "목격자들이 거짓말을 한 거예요." 요나스의 다리가 떨렸다.

"목격자들이 거짓말을 했을 가능성도 있겠죠." 토라는 요나스를 진정시킬 생각으로 그의 무릎을 더 세게 잡았다. "어쨌든 지금부터는 당신의 행적에 대해 정확히 진술하고 토롤푸르의 질문에 납득이 갈 만한 답을 하는 게 중요해요. 어떤 식으로든 당신의 진술이 불충분하거나 마음에 들지 않으면 체포될 수도 있어요."

요나스가 떨던 다리를 멈췄다. 그의 얼굴이 창백해졌다. "체포요? 그게 무슨 소리예요?"

"경찰이 당신을 잡아갈 수도 있다고요." 토라가 말했다. "경찰서로 연행되면, 내일 오전에 판사가 구속 여부를 결정하게 된다는 뜻이에요." 토라의 의뢰인 중 짧은 기간 구속된 사례는 세 차례에 불과했다. 따라서 토라는 구속 절차를 구체적으로 알지 못했다. 또한 그 사건들의 경우 사안이 대수롭지 않았다. 토라는 요나스에게 자신의 경험 부족을 드러내서 그를 더욱 불안하게 만들 필요는 없다고 판단했다.

"난 감옥에 못 가요." 요나스는 눈으로 확인할 수 있을 만큼 심하게 몸을 떨었다. "절대 못 가요. 오늘은 월요일이라고요."

토라는 눈썹을 치켜올리며 물었다. "월요일요? 월요일이 다른 날보다 특히 더 나쁘다는 건가요?"

요나스가 반쯤 정신이 나간 채로 중얼거렸다. "어쨌든 오늘은 절대 잡혀가고 싶지 않아요. 월요일은 재수 없는 날이라고요."

토라는 요나스가 별자리며 아우라에 대해 두서없이 떠들어대기 전에 말을 잘랐다. "내 말 잘 들어요. 곧 형사들이 다시 들어와서 심문할 거예요. 경찰이 혐의가 있다고 판단할 만한 질문에 대해 충분히 설명해야 해요. 만약 그렇게 한다면 아무 일 없던 듯 나랑 같이 여기를 걸어서 나갈 수 있어요."

"그렇게 못 하면요?" 요나스가 토라의 손을 잡으며 애원하듯 말했다. "그때는 어떻게 되는데요?"

"그렇게 되면 상황이 흘러가는 대로 받아들일 수밖에요." 토라가 요나스의 어깨를 두드리며 달랬다. "얼굴 펴요, 최대한 아무렇지 않은 듯 행동해야죠." 토라는 자리에서 일어나 문으로 걸어갔다.

"준비됐어요?" 토라는 한 손을 문손잡이에 올린 채 물었다. 요나스는 고개를 끄덕였지만 전혀 준비된 표정이 아니었다.

"음, 모르겠습니다." 요나스는 이렇게 말하며 옆에 앉은 토라를 불안한 눈빛으로 바라보았다.

토롤푸르는 과장되게 놀란 표정을 지으며 대꾸했다. "정말요? 제가 그 상황이라면 지난주 목요일에 젊고 아름다운 여성과 성관계를 가진 일에 대해 또렷하게 기억했을 겁니다. 선생님한테는 그런 일이 매일 일어나나 보죠?"

토라는 속으로 혀를 찼다. "제 의뢰인은 그 질문에 대답하지 않겠다는 의사를 밝힌 겁니다." 토라가 냉담하게 알렸다.

"뭐, 알겠습니다." 토롤푸르가 말했다. "어차피 DNA 샘플을 요청할 테니 답변 내용은 별로 중요치 않습니다."

굳이 DNA 검사를 받아볼 필요도 없었다. 굳은 자세로 토라 옆에 앉은 요나스는 이미 온몸으로 유죄라고 외치는 듯했다. 누가 보더라도 비르나가 잔혹하게 목숨을 잃은 바로 그날, 요나스가 비르나와 섹스를 했다는 게 자명했다.

"비르나의 질에서 정액이 검출됐나요?" 토라가 물었다. "미리 말씀드리지만 제 의뢰인에 대해 구속영장이 발부될 경우 경찰의 모든 입증자료를 요청해 대법원에 상고할 겁니다." 토라는 요나스가 낮게 한탄하는 소리를 들었다.

토롤푸르는 생각에 잠긴 채 들고 있던 연필을 잘근잘근 씹었다. "이걸 알려드린다고 해도 법적으로 문제가 될 것 같지는 않군요.

사망자의 질에서 정액이 검출된 게 맞습니다." 토롤푸르가 마침내
입을 열었다.

"수사를 통해 비르나가 지역의 한 농부와 내연관계를 맺고 있었
다는 사실도 밝혀졌나요?" 토라는 경찰이 아직 이 사실을 모르기를
바라는 심정으로 물었다. "정액은 그 농부의 것일 수도 있습니다."

"그 농부에 대해서는 저희도 이미 알고 있습니다." 이렇게 말하
는 토롤푸르의 얼굴에 이상한 표정이 스쳤다.

"정말인가요? 그렇다면 요나스 대신 그 농부를 조사해야 하는
게 맞지 않나요?"

"오, 이미 그러고 있습니다." 토롤푸르가 손가락으로 연필을 능
숙하게 돌리며 대답했다. "그 농부의 DNA 검사와는 별개로 의뢰인
의 DNA 샘플도 필요해서요."

"왜죠? 정액이 농부의 것으로 밝혀진다면 요나스는 용의선상에
서 제외돼야죠." 토롤푸르가 차가운 미소를 지어보이자 토라는 진
실을 깨달았다. "두 남성의 정액이 발견됐나요?"

토롤푸르가 돌리고 있던 연필을 갑자기 멈추더니 잠시 후 이렇
게 대답했다. "어쩌면요."

토라에게는 그 대답만으로 충분했다. 비르나는 살해당한 그날
두 명의 남자와 섹스를 한 것이다. 둘 중 하나는 틀림없이 요나스
이고, 다른 하나는 베르구르이거나 살인범일 것이다. 베르구르가
살인범이 아니라면 말이다. 점점 굳어지는 요나스를 본 토라가 그
의 귀에 대고 속삭였다. "당신이 첫 번째였을 거예요." 남자들의 속
성을 꿰고 있는 토라는 뭐가 요나스를 불안하게 만드는지 잘 이해

했다. 토라로서는 어떻게든 요나스가 더욱 불안정해지는 걸 막아야만 했다. 이 말에 요나스는 살짝 진정된 모습을 보였다. "누군가와 섹스를 했다고 해서 그 사람을 죽였다는 뜻은 아닐 텐데요?" 토라가 토롤푸르에게 말하며 이렇게 덧붙였다. "물론 그렇다고 요나스가 지금 이 시점에서 사망자와 성관계를 가졌다고 인정하는 건 아닙니다만."

"네, 꼭 그렇지는 않을 수 있죠." 토롤푸르가 말했다. "그러나 사망자의 생식기 내외부가 강간 사건과 일치하게 손상된 경우에는 이야기가 달라지죠. 그렇지 않습니까?"

토라는 토롤푸르의 질문에 대꾸하지 않기로 했다. "요나스가 설명해야 하는 사항이 더 있나요, 아니면 이게 전부인가요?"

"더 있습니다." 토롤푸르가 말했다. "당신의 휴대폰에서 보내진 문자메시지에 대해 이야기해보도록 하죠, 요나스 씨. 그 문자와 관련해서 지난번보다 좀 더 진일보한 답을 하실 수 있나요? 예를 들어, 그날 밤 9~10시 사이의 행적에 대해 설명한다든지요?"

요나스가 당혹스러운 얼굴로 토라를 바라보았다. 토라는 얼른 고개를 끄덕이며 눈을 깜빡였다. "그 문자에 대해서는 여전히 설명을 할 수가 없습니다. 누군가 제 휴대폰을 가져갔던 게 틀림없습니다. 저녁 7시쯤 산책을 하러 갈 때 휴대폰을 두고 나갔어요. 내가 외출한 사이에 누군가 휴대폰을 훔쳐간 겁니다."

"훔쳐갔다…," 토롤푸르가 비아냥거리듯 질질 끌며 물었다. "그러니까 누군가 휴대폰을 훔쳐갔다가 다시 돌려놨다는 건가요?"

"네, 그렇죠." 요나스가 주저하며 말했다. "전화기를 항상 가지고 다니지 않거든요. 아무 데나 놔두고 다니죠. 그러니까 마음을 먹으면 훔쳐가는 게 어렵지 않았을 겁니다." 요나스는 신경이 곤두섰는지 관자놀이를 문질렀다. "당시 호텔은 손님들로 가득 찼어요. 교령회가 열리는 중이었으니까요. 누구라도 훔쳐갈 수 있었습니다."

"그렇게 말씀하시다니 이상하군요." 토롤푸르가 혼잣말을 하듯 중얼거렸다. "바로 그 지점이 저희가 이해할 수 없는 부분이라서요. 말씀하신대로 호텔은 손님으로 북적였는데 그날 저녁 선생님을 봤다고 진술한 사람이 하나도 없습니다. 어딘가로 산책을 가신 거죠? 해변 쪽으로 가셨습니까?"

"아니에요!" 요나스가 책상을 쾅 내리치며 울먹였다. "산책을 가긴 했지만, 배관 수리가 제대로 진행되고 있는지 확인하려고 진입로로 먼저 내려갔어요. 그러고 나서 한 시간쯤 산책을 다녀온 거죠. 그 후 호텔 사무실에 들른 다음 집으로 돌아갔죠. 틀림없이 호텔에 있던 누군가는 저를 봤을 거예요. 사람들 눈에 띄지 않으려고 조심스럽게 행동하지도 않았습니다. 제 기억이 정확하다면 10시가 되기 직전에 돌아왔고, 그때도 교령회는 계속 진행 중이었습니다."

"그렇다고 하더라도 그 시각에 호텔 안에서든 밖에서든, 선생님을 봤다고 진술한 사람은 아무도 없었습니다. 교령회는 9시 30에서 10시 사이에 휴식시간을 가졌고, 손님들은 호텔 여기저기를 돌아다니고 있었죠. 담배를 피우러 나간 사람도 있고 커피를 마시러간 사람도 있었지만, 그 중 누구도 선생님을 보지 못했습니다. 그 시각에 호텔로 돌아왔다고 진술하셨음에도 말입니다." 토롤푸르는 말을 이었다. "하지만 일단 화제를 돌려보죠. 어제 저녁, 인근 마구간에서 또 다른 시신이 발견됐습니다. 어제 저녁, 그러니까 일요일 저녁에 어디 계셨는지 말씀해주시겠습니까?"

"저요? 저는 레이캬비크에 있었습니다." 요나스가 대답했다.

"여기서 몇 시에 출발하셨죠?"

"2시쯤이었을 겁니다." 요나스의 목소리가 살짝 흔들렸다.

"그러면 터널을 지나서 가셨겠네요?"

"네." 토라가 막기도 전에 요나스가 대답했다. 일련의 질문에는 숨겨진 저의가 있었고, 그게 토라를 불편하게 했다.

"아마도 직접 차를 몰아서 가셨겠죠?" 토롤푸르가 질문을 이어갔다. 그는 가장 맛있는 간식을 얻은 고양이마냥 미소를 지었다.

"제 의뢰인은 그 질문에 대답하지 않겠습니다." 토라가 얼른 끼어들었다. 토라는 요나스의 허벅지를 세게 움켜쥐었다.

"알겠습니다." 토롤푸르가 쓴웃음을 지었다. "하지만 이미 터널을 통해 레이캬비크로 가셨다고 진술을 하셨지요. 말이나 자전거를 타거나 걸어서 터널을 지나는 건 엄격히 금지되어 있으니 저희로서는 선생님이 어떤 종류든 차를 운전하여 터널을 통과했다고 추론할 수밖에 없습니다."

"네, 제 차를 몰아서 갔습니다." 토라가 그의 허벅지를 힘껏 압박하고 있음에도 불구하고 요나스는 어리석게 대답을 했다. 화가 난 토라는 바보 같은 행동에 대한 대가로 그의 허벅지를 손톱으로 꽉 눌렀다. 요나스는 움찔하더니 성난 눈빛으로 토라를 노려보았지만 토라는 못 본 척했다.

토롤푸르가 좀 전보다 환하게 미소 짓더니 금세 경멸에 찬 표정으로 돌변했다. 그는 스테이플러로 묶인 서류뭉치를 집어들어 요나스 앞에 탁 내려놓았다. "어제 크발피외르뒤르 터널을 통과한 모든 차량의 목록입니다. 그런데 선생님의 차량 정보는 거기에 없습니다." 토롤푸르는 요나스를 노려보며 다그쳤다. "이건 어떻게 설명하실 겁니까?"

그제야 정신을 차린 요나스가 아무 대꾸도 하지 않았다. "제 의뢰인은 그 질문에 답하지 않겠습니다." 토라가 나섰다. "제 의뢰인의 현재 정신 상태가 극도로 혼미하다는 점을 분명히 밝혀야겠군요. 그러니 방금 전에 한 진술은 착오일 수 있습니다."

"고작 하루 전 일입니다!" 토롤푸르가 소리쳤다. 토라와 요나스 모두 아무런 반응을 보이지 않자 그는 어깨를 으쓱하고 말했다. "그건 그렇다고 치고, 다른 주제로 넘어가죠."

다른 주제라고? 토라는 요나스를 생각해서라도 지금 느끼는 괴로움을 드러내지 않으려고 노력했다. 또 어떤 불리한 증거가 요나스를 기다리고 있는 것일까?

"그러고 나서 요나스가 에이리쿠르와 말다툼을 벌였다는군요. 마구간에서 시신으로 발견된 그 사람 말이에요." 토라가 매튜에게 설명했다. "에이리쿠르가 호텔을 나서기 직전에 말이죠. 뿐만 아니라 에이리쿠르의 혈액에서 다량의 진정제가 검출됐대요. 요나스가 침대 밑에 보관하는 것과 동일한 진정제가." 토라가 한숨을 내쉬었다. "그 망할 형사가 수색영장을 발부받았더라고요."

매튜가 휘파람을 불었다. "그러니까 요나스가 범인이라는 뜻이네요?"

"내가 그걸 알면 얼마나 좋겠어요." 토라가 대꾸했다. "그의 지문이 비르나의 벨트에서 발견됐다고 하니 요나스가 사건 당일 비르나와 섹스를 한 건 분명해요. 요나스는 인정하지 않겠지만요. 그리고 어제 레이캬비크에 간 일에 대해서도 거짓말을 했어요." 토라는 매튜에게 차량정보 목록을 보여주었다. "어제 터널을 지난 차량 번호를 몽땅 적어놨더라고요. 어떤 불쌍한 인간이 밤새 보안카메라 영상을 빠짐없이 모니터링한 모양이에요. 경찰이 목록을 놔두고 갔길래 가져왔어요."

"그래서요?" 매튜가 물었다. "경찰이 요나스를 어디로 연행해간 거예요?"

"보르가르네스요. 내일 오전 서부지방법원에 나올 거예요. 경찰이 구속영장을 신청했거든요." 토라는 손으로 머리칼을 쓸어넘겼다. "판사가 술에 취한 게 아니라면 구속영장은 발부될 거예요."

"판사들이 정말 술을 마시고 심사를 하나요?" 매튜가 충격받은 얼굴로 물었다.

"아뇨. 말이 그렇다는 거예요." 토라는 안락의자에 몸을 세워 앉으며 말했다. "제발 그랬으면 하는 마음이죠."

"아, 요나스랑 조사받으러 간 사이에 있었던 일을 말해준다는 걸 깜빡했네요." 매튜가 느닷없이 화제를 돌렸다. "바에서 커피를 마시다가 돈을 꺼내려고 주머니를 뒤졌는데 스티키스홀무르에서 산 훈장이 만져지더라고요. 그래서 별 생각 없이 잔돈이랑 같이 훈장을 카운터에 올려놨는데 옆에 앉아있던 남자가 광분하는 거예요.

345

그게 마그누스 발드빈손이었어요."

"정말요?" 토라가 놀란 얼굴로 물었다. "그 사람이 뭐랬는데요?"

"몰라요. 아이슬란드 말이었거든요. 다만 좋은 소리는 분명히 아니었어요. 결국 훈장을 집더니 카운터 뒤로 던져버리더라고요. 그러고는 일어나서 나가버렸어요. 바텐더조차 할 말을 잃을 정도였죠. 바텐더 말로는 내가 자기를 도발했다며 고래고래 소리를 질렀다더군요. 훈장은 바텐더가 돌려줬어요. 그 사람도 나만큼이나 황당해했거든요."

"당연히 그랬겠죠." 토라 역시 자신의 귀를 믿을 수가 없었다. "마그누스는 내가 나치에 대해 물었을 때도 굉장히 이상하게 행동했잖아요? 아이슬란드에서 기대할 만한 반응이 전혀 아니었죠." 토라가 설명했다. "아이슬란드에서 나치운동은 얼마 지속되지도 못했고, 영향력도 거의 없었어요. 그러니 다들 나치를 역겨워하기는 해도 나치 기념품을 보고 일면식도 없는 사람에게 달려들지는 않죠. 아무래도 마그누스와 다시 이야기를 나눠봐야겠어요." 토라는 휴대폰을 집어들었다. "하지만 그건 잠시 미뤄두고, 당장 내 우선순위는 애들을 무사히 돌려보내는 거예요. 하루이틀 안으로 집에 돌아가긴 글러먹었으니까요." 토라는 아들에게 전화를 걸었다.

"여보세요, 길피. 엄마야. 셀포스에서 재밌게 놀고 있어?"

25장

"당신이 먼저 말해봐요." 토라가 매튜를 가볍게 밀치며 중얼거렸다. "말 애호가인 척하면 되잖아요. 독일인이니까 틀림없이 당신 말을 믿을 거라고요." 두 사람은 베르구르와 만나길 기대하며 퉁가의 농가 앞뜰에 서있었다. 토라는 요나스가 아니라 베르구르가 살인 용의자라고 확신했다. 두 사람은 농가 현관 앞까지 다가선 상태였는데, 겉보기에 집은 싸구려 자재를 사용한 듯했다. 1970년대 초반에 지어진 여느 단독주택들과 비슷했지만 관리가 거의 안 된 듯 엉망이었다. 골함석지붕 페인트는 여기저기 벗겨져 커다란 얼룩처럼 보였고, 더러운 벽을 따라 누렇게 녹슨 철근이 그대로 노출된 채 늘어져 있었다. "어서요, 부끄러워 말고." 토라가 재촉했다.

"문제가 그리 단순하지 않다는 거 알잖아요." 매튜가 이렇게 말하며 코를 찡그렸다. "그런데 이 역겨운 냄새는 뭐죠?" 그는 앞뜰을 둘러보며 말했다.

"익숙한 시골 냄새 아니겠어요?" 토라가 깊이 숨을 들이마셨다.

"고래 시체 냄새가 우리를 향해 부는 게 아니라면 말이에요." 그러더니 그녀가 앞으로 나섰다. "다시 생각해보니 말은 내가 하는 게 낫겠어요. 여기 온 목적을 솔직하게 말하는 게 최선일 거 같아요." 토라는 낡은 현관문을 두드렸다. 문에는 화려한 서체로 거주자 이름을 적은 목재판이 걸려있었다. '베르구르와 로사.' 토라는 안주인이 문을 열어주는 일이 없기를 바랐다. 두 사람의 목적은 베르구르와 이야기를 나누는 것이었다. 게다가 그의 아내가 남편과 비르나와의 관계를 알고 있는지도 확인하지 못한 상태였다. 토라는 결코 그런 소식을 전하는 사람이 되고 싶지 않았다. 하지만 그 이야기를 꺼내지 않고는 베르구르와 대화를 나눌 수가 없었다. 토라는 베르구르가 두 사람을 맞아주기를 간절히 바랐다.

곧 문이 열리고 30대로 보이는 남자가 얼굴을 드러냈다. 말랐지만 넓은 어깨에 강인한 팔 근육을 가진, 체격 좋은 남자였다. 토라는 비르나가 그의 어떤 점에 끌렸는지 단박에 알 수 있었다. 강렬한 인상의 얼굴과 짙은 곱슬머리 역시 무척 매력적이었다.

"안녕하세요?" 토라가 말했다 "베르구르 씨인가요?"

"네." 베르구르가 조심스럽게 대답했다.

토라는 웃으며 자신을 소개했다. "저는 토라라고 합니다. 근처 호텔 주인인 요나스의 변호사예요. 여기는 독일에서 온 매튜이고, 저를 도와주는 분입니다." 매튜가 정중하게 고개를 끄덕였다. "선생님과 잠시 대화를 나누고 싶은데요." 토라는 베르구르의 눈을 바라보며 말했다. "비르나와 어제 시신으로 발견된 남자 사건에 관한 겁니다."

베르구르가 두 사람을 노려보았다. 토라의 예상대로 베르구르는 둘을 조금도 반기지 않았다. "제가 말씀드릴 게 있을지 모르겠군요." 진력난 표정으로 그가 말했다. "경찰에게 쉴새없이 취조를 당한 탓에 진이 다 빠져버렸습니다. 진술서를 읽어보면 되지 않나요? 그 이상 할 말도 없습니다."

토라가 실망스러운 표정을 지었다. "사실 저는 이야기를 글로 읽는 것보다 직접 만나서 듣는 편을 선호합니다. 그리고 제가 궁금해하는 건 경찰이 묻지 않는 경우가 많아서요." 토라는 가볍게 한숨을 내쉬고 덧붙였다. "하지만 저희와 이야기하고 싶지 않으시다면 내일 아내 분께 연락을 드려보도록 하죠. 제 생각에 아내 분은 선생님만큼 피곤하지 않으실 겁니다."

베르구르가 주저하며 말했다. "저만큼이나 아내도 두 분과 이야기하고 싶지 않을 겁니다."

"그건 저희가 직접 알아볼 수밖에 없겠네요, 그렇죠? 아내 분께 전화를 드려서 제가 연락한 이유를 설명하겠습니다. 틀림없이 저를 만나고 싶어하실 겁니다." 이 정도면 되겠지, 토라는 속으로 생각하며 최대한으로 포커페이스를 유지했다.

베르구르는 슬쩍 집 안을 돌아보더니 토라를 쏘아보았다. 그는 매튜를 애써 외면했다. "알겠습니다." 베르구르가 불만스럽게 대답했다. "이야기는 하겠지만 여기서는 안 됩니다. 마구간에 작은 커피 룸이 있습니다." 그는 문 안쪽으로 가더니 신발을 신고 집 안을 향해 소리쳤다. "로사, 나 나갔다 올게!" 그러고는 자신을 향해 뭐라고 외치는 아내의 목소리에도 불구하고 문을 등 뒤로 닫아버렸다. 그는 말없이 걷기 시작했다.

"그러니까 이 마구간이," 토라는 비교적 새것처럼 보이는 골함석 건물 쪽으로 걸어가는 베르구르를 향해 물었다. "여기가 에이리쿠르의 시신이 발견된 장소인가요?" 베르구르가 대답을 하지 않자 토라는 매튜를 보며 눈을 굴렸다. 이대로는 진전을 보기 힘들었다. 토라는 자신의 입을 가리키며 매튜에게도 대화에 참여하라는 뜻을 전달했다. 매튜는 그저 미소만 짓더니 고개를 저었다.

두 사람은 베르구르를 따라 커다란 문 앞으로 갔다. 베르구르가 문을 열었다. "들어오시죠."

"고맙습니다." 토라는 문을 열자마자 뺨을 때리듯 무섭게 밀려오는 말똥 냄새에 얼굴을 일그러뜨린 매튜를 보고 즐거워졌다. "구수한 말똥 냄새네요." 토라는 베르구르가 들을 수 없게 속삭이며 매튜를 향해 윙크했다. 매튜는 입을 너무 꾹 다문 나머지 미소를 지을 수조차 없었지만, 커피 룸에 다다르자 다소 안도하는 기색이 역력했다.

"여기 앉으시면 됩니다." 베르구르가 오래된 식탁 주위에 놓인 딱딱한 의자 세 개를 가리키며 말했다. 그는 더러운 커피잔과 소총 탄약이 들어있던 상자가 놓인 작은 싱크대에 기대어섰다.

"감사합니다." 토라는 앉으며 인사했다. 매튜가 앉기 전에 의자의 먼지를 털어내자 베르구르가 입술을 삐죽거리는 장면을 그녀는 놓치지 않았다. "좀 전에 제가 한 질문을 들으셨는지 모르겠지만 이 마구간에서 에이리쿠르의 시신이 발견된 건가요?"

베르구르가 고개를 끄덕였다. "네." 그는 마지못해 대답했다.

"그리고 시신을 발견한 사람이 선생님이었죠?" 베르구르가 말없이 고개를 끄덕이자 토라가 질문을 이어갔다. "비르나의 시신을 우연히 발견한 것도 선생님이었고요, 우연치고는 섬뜩한 일이지 않나요?" 토라가 속마음을 숨기고 말했다.

베르구르는 대답 대신 짙은 눈썹 아래 두 눈으로 토라를 뚫어져라 응시했다. 그 바람에 토라는 눈을 깜빡일 수밖에 없었다. 그제야 베르구르가 다시 입을 열었다. "듣고 싶은 얘기가 있는 겁니까? 만약 그렇다면 경찰에 했던 말을 똑같이 들려드릴 수밖에요. 저는 두 사람의 죽음과는 아무런 관련이 없습니다."

"살인사건입니다." 토라가 바로잡았다. "두 사람 모두 살해되었습니다. 뭐, 그건 그렇다 치더라도 저희가 알기로 선생님은 비르나와 내연관계에 있었죠. 비르나와의 관계에는 문제가 없었나요?"

베르구르가 얼굴을 붉혔다. 토라는 그게 분노 때문인지 아니면 낯선 사람과 자신의 불륜 사실을 말해야 하는 수치심 때문인지 정확히 가늠하기 어려웠다. 다만 베르구르의 목소리는 후자 쪽임을 암시했다. "저희 둘 사이는 아주 좋았습니다." 그는 이렇게 말하고 입을 다물었다.

"그럼 부인께서도 그 사실을 알고 계셨나요? 부인 성함이 뭐였죠?" 토라가 이렇게 묻고는 스스로 대답했다. "아, 로사라고 하셨죠. 로사도 그 사실을 알았나요?"

베르구르의 얼굴이 더욱 붉어졌다. "아뇨. 아내는 모르고 있었고, 제가 알기로 아직도 모르고 있을 겁니다. 적어도 제가 말해주지는 않았으니까요."

351

"그럼 그냥 즐기기만 하는 관계였나요?" 토라가 물었다. "아직 아내 분께 털어놓지 않았다고 하니 여쭤보는 겁니다."

"저희 관계는 그런 것 이상이었습니다." 베르구르가 기분이 상한 듯 대답했다. "로사와 이혼할 생각이었습니다. 타이밍이 맞지 않았을 뿐이죠."

"알겠습니다. 그럼 비르나가 사망했으니 이제 와서 아내에게 털어놓는 건 무의미하겠군요?"

"그건 댁이 신경 쓸 문제가 아닙니다." 베르구르가 레이저라도 쏠 듯한 표정으로 소리쳤다.

"네, 맞는 말씀입니다." 토라가 말했다. 자세를 편하게 고쳐 앉으려고 몸을 움직이자 의자에서 삐걱거리는 소리가 났다. "오늘 비르나에 대해 새로운 사실을 한 가지 알게 됐는데, 방금 하신 말씀을 듣고 보니 좀 이상하다는 생각이 드는군요." 토라는 베르구르에게 비밀을 알려줄지 말지 고민이라도 하듯 입을 다물었다.

"그게 뭡니까?" 베르구르가 호기심을 보였다.

"아닙니다. 아마도 사실이 아니겠죠." 토라는 이렇게 말하고 자신의 손톱을 내려다보다가 고개를 들었다. "그냥 말씀드리겠습니다. 살해당하던 날, 비르나는 두 남성과 섹스를 했다고 합니다. 한 명은 선생님일 테고, 다른 하나는 어쩌면 범인이거나 다른 누구일 수 있겠죠. 두 분의 관계가 비르나에게는 그저 불장난이었을 수도 있지 않을까요?"

베르구르가 몸을 바로 세우더니 심호흡을 했다. "어디서 무슨 이야기를 들었는지 모르겠지만, 비르나는 저에게 강간을 당했다고 털어났습니다. 제가 굳이 지적하지 않아도 또 다른 섹스가 타의에 의한 것이었다는 사실 정도는 아시겠죠." 베르구르가 언성을 높였다.

"그럼 두 남성 중 하나가 선생님이었다는 걸 인정하시는 건가요?" 토라가 물었다.

베르구르가 다시 싱크대에 기대며 말했다. "네, 전적으로 합의하에 한 성관계였고 비르나가 죽기 몇 시간 전에 있었던 일입니다. 그날 오후를 같이 보냈고, 비르나가 살해된 건 저녁이었습니다."

토라가 잠시 생각에 잠겼다. "그럼 선생님은 누가 비르나를 죽였다고 생각하시나요?" 토라가 물었다. "가까운 사이였으니 틀림없이 알고 싶으실 텐데요."

"요나스요." 베르구르가 적개심을 보이며 대답했다. "아니면 누구겠습니까?"

토라가 어깨를 으쓱했다. "요나스는 결백을 주장하고 있습니다. 선생님과 마찬가지로요." 토라는 말을 이었다. "그리고 왜 요나스가 그녀의 죽음을 원했겠습니까? 비르나는 요나스에게 매우 중요한 프로젝트를 진행 중이었어요. 비르나가 없는 상황에서 그 프로젝트는 완전히 무산되거나 적어도 오랜 기간 보류될 겁니다. 게다가 두 사람은 합의 하에 헤어지기로 결정했으니 요나스가 질투할 이유는 없죠, 그렇지 않나요?"

"두 사람은 결코 연인이었던 적이 없습니다." 베르구르가 벌컥 화를 냈다. "섹스를 하기는 했지만, 그 이상의 관계로 이어지지 않았어요." 그는 말을 멈추고 숨을 골랐다. "요나스는 비르나를 못 잊어했어요. 요나스가 이별을 극복했다는 건 사실이 아닙니다."

"그걸 어떻게 아시죠?" 토라가 물었다.

"비르나가 말해줬어요." 베르구르가 열변을 토했다. "요나스는 계속해서 그녀를 쫓아다녔어요. 비르나가 호텔 방을 작업실로 사용하지 않게 된 것도 다 그 때문이라고요. 요나스가 끊임없이 귀찮게 했으니까요."

토라가 들뜬 목소리로 물었다. "그럼 비르나의 새로운 작업실은 어디에 있나요? 아마 호텔 근처 어디쯤이겠죠?"

단박에 토라의 호기심을 알아챈 베르구르는 상황을 은근히 즐기며 잠시 시간을 흘려보냈다. "작업실은 크레파에 있습니다." 그가 다시 입을 열었다. "호텔 부지에 속한 농장인데, 아무도 살지 않거든요. 거기로 작업물들을 옮겼죠."

"저도 아는 농장입니다." 토라가 대꾸했다. "농가 안에도 들어가본 적이 있는데, 최근에 누군가 거기서 작업을 한 흔적은 없었습니다." 토라는 미심쩍은 듯 물었다. "비르나가 어떤 방을 사용했는지 아시나요?"

"2층 방 중 하나였습니다." 베르구르가 짧게 대답했다.

"그렇군요." 토라는 최대한 이른 시일 내에 농가를 다시 찾아가기로 마음먹었다. 분명 비르나의 물건이 아직 거기 남아있을 테니, 그녀의 죽음과 관련된 단서를 찾을 가능성도 있겠지만, 어쩌면 모든 게 그저 토라의 희망사항에 불과할지도 몰랐다. "궁금한 게 있는데요, 크레파와 키르큐스테트 농장의 역사에 대해 아시나요?"

베르구르가 고개를 저었다. "아뇨. 저는 베스트피르드르 출신입니다. 스무 살쯤에 이곳으로 이주했습니다."

"키르큐스테트에서 불이 난 적이 있다는 얘기 들어보셨나요?" 토라는 혹시나 하는 마음으로 질문을 던졌지만 그럴 가능성이 낮다는 걸 알고 있었다.

"아뇨, 전혀 없습니다." 베르구르가 말했다. "두 농장 모두 아직도 원래의 상태를 유지하고 있으니, 만약 화재가 발생했다면 완공 직후였을 테고 집은 화재가 일어난 이후에 바로 수리됐을 겁니다. 하지만 그럴 가능성은 낮아 보입니다. 왜냐면 비르나는 두 농장에 푹 빠져 있었는데, 한 번도 그런 얘기를 꺼낸 적이 없었거든요."

"비르나가 두 농장에 대해 이야기하던가요?" 토라가 물었다. "그럼 혹시 농장과 관련해서 나치에 대해 언급한 적이 있었나요?"

베르구르가 놀란 표정을 지었다. "네, 실은 그런 얘기를 한 적이 있습니다. 길게 이야기를 나눈 건 아니지만 이 지역에서 나치운동이 일어난 사실을 알고 있는지 묻더군요. 물론 저야 아는 게 없었어요. 다만 왜 그게 궁금한지 물었더니 화제를 바꾸면서 별로 중요하지 않다고 대답했습니다. 그런데 변호사님이 그 얘기를 꺼내다니 기분이 이상하군요. 까맣게 잊고 있었거든요."

"그럼 크리스틴에 대해서는요?" 토라가 물었다. "비르나가 크리스틴이라는 이름을 언급한 적이 있나요?"

베르구르가 공허하게 웃었다. "아이슬란드인이라면 살면서 한 번쯤은 크리스틴이라는 이름을 가진 사람과 이야기를 나눠보지 않았겠습니까?" 그는 웃음을 멈추고 덧붙였다. "하지만 비르나가 그 이름을 언급한 기억은 없습니다."

"알겠습니다. 괜찮으시다면 에이리쿠르에 대해 여쭤보고 싶습니다만," 토라는 베르구르의 답을 기다리지 않고 물었다. "에이리쿠르와는 알고 지낸 사이였나요?"

"아뇨." 베르구르가 말했다. "누군지는 압니다. 하지만 그게 전부였죠. 대화를 나눈 적도 없습니다."

"그의 시신을 어떻게 발견했는지 설명해주실 수 있나요?"

"직접 보시는 게 낫지 않을까요?"

토라와 매튜는 자리에서 일어나 베르구르를 따라 마구간으로 들어갔다. 토라는 말똥 냄새에 익숙한 듯 태연한 표정을 지었지만 매튜는 커피 룸을 나서자마자 토라를 향해 얼굴을 찡그렸다. 세 사람은 다른 곳보다 유독 칸막이가 높은 칸으로 다가갔다.

"여기서 발견했습니다." 베르구르가 창백한 얼굴로 설명했다. "종마도 이 칸에 함께 있었죠. 종마가 그를 밟아 죽인 겁니다. 아무튼 제 눈에는 그렇게 보였습니다." 그는 칸막이 문을 열었다. "말은 지금 다른 곳으로 옮겼고요."

토라가 안을 둘러보았다. 바닥은 청소가 돼있었기 때문에 별로 볼 게 없었다. "이미 경찰이 사건현장을 샅샅이 조사했겠죠?" 토라가 물었다.

"네. 밤새도록 마구간을 조사하더군요. 전혀 보기 좋은 광경이 아니었죠."

"물론 그랬겠죠. 그때 마구간에는 무슨 일로 들어오신 거죠?"

"말들에게 먹이를 줄 시간이었습니다." 베르구르가 무뚝뚝하게 대답했다. "불행히도요."

"불행하다고요?" 토라가 물었다. "그게 무슨 뜻이죠?"

"그 광경을 못 봤더라면 좋았을 겁니다. 정말 처참했죠." 베르구르가 솔직한 심경을 드러냈다. "끔찍한 광경이었어요. 여우에, 바늘, 피… 그리고 에이리쿠르가 누워있었죠."

"여우요?" 토라가 물었다. "여기에 여우가 있었나요?"

"네." 베르구르가 설명했다. "시신의 가슴에 묶여있었습니다. 처음에는 가발인 줄 알았는데, 자세히 보고 나서야 여우인 걸 알았죠. 한참이나 옴짝달싹 못하고 여기 서있었어요. 도무지 그 광경에서 눈을 뗄 수가 없었습니다." 베르구르는 이렇게 말하고 칸막이 문을 닫았다.

"대체 어떤 사람이 여우를 자신의 가슴에, 혹은 다른 사람의 몸에 묶어두려고 했을까요?" 토라가 물었다. "여우가 이 지역에서 특별히 상징하는 바가 있나요?"

"제가 알기론 없습니다." 베르구르가 대답했다. "여우가 무슨 의미인지 저로서는 알 도리가 없죠. 그냥 에이리쿠르를 괴롭히려고 그랬을 수도 있고요. 여우 냄새가 역겨웠거든요. 에이리쿠르보다 한참 전에 죽어있던 상태였습니다."

토라가 생각에 잠기며 고개를 끄덕였다. 도무지 논리적인 설명을 찾을 길이 없었다. "그런데 바늘은 어떻게 된 건가요? 에이리쿠르가 자기 몸에 주사라도 놓은 건가요?" 경찰관 토롤푸르가 침술과 바느질 세트에 대해 괴상한 질문을 던진 이유도 어쩌면 이 일 때문일지 몰랐다.

기억을 되살리는 게 괴로웠던지 베르구르가 얼굴을 찡그렸다. 그는 침을 꼴깍 삼키더니 입을 열었다. "핀 여러 개가 시신의 발바닥에 꽂혀있었어요." 베르구르는 잠시 망설이더니 말을 이었다. "비르나도 마찬가지였고요." 그는 몸서리를 쳤다. "그런 짓을 한 게 누구든지 간에 사이코패스인 게 틀림없습니다."

"핀이요?" 토라가 놀란 얼굴로 물었다. "바느질할 때 쓰는 핀 말씀이세요?"

"네." 베르구르가 입술을 깨물고 대답했다. "더 이상 그 일에 대해서는 이야기하고 싶지 않습니다. 기억을 자세히 떠올리고 싶지 않거든요."

예기치 못한 사실에 너무 놀란 나머지 토라는 다음 질문이 떠오르지도 않았다. 대체 어떤 인간이 사람을 죽이기 전에 피해자의 발바닥에 핀을 꽂는단 말인가? 비르나와 에이리쿠르로부터 정보를 빼내기 위해 고문이라도 한 것일까? 토라는 추측을 누르며 화제를 돌렸다. "경찰이 밝힌 비르나와 에이리쿠르의 사망 추정시각 전후에 어디에 계셨는지 설명해주실 수 있나요?"

"설명할 수야 있지만 소용없을 겁니다." 베르구르가 대답했다. "제 행적에 대해 알려드릴 수 있지만, 저는 혼자 돌아다녔기 때문에 아내를 제외하고는 아무도 제 말을 입증해줄 수 없거든요." 베르구르는 자신의 말에 반박해보라는 듯 도발적인 눈빛으로 토라를 노려보았다. 토라는 그의 말에 이의를 제기할 수가 없었다. 금방 들통날 거짓말을 지어내는 요나스보다 베르구르가 훨씬 영리하다고 그녀는 생각했다. "아내는 경찰에 거짓말 같은 걸 할 줄 아는 사람이 아니거든요." 베르구르는 그게 엄청난 결함이라도 된다는 듯 건조하게 말했다.

"궁금한 게 하나 더 있습니다." 토라가 얼른 말을 이었다. "RER 이 무슨 뜻이죠?"

베르구르가 다시 칸막이 문을 열었다. "저도 그게 무슨 의미인지 전혀 모릅니다." 그는 벽을 가리키며 말했다. "에이리쿠르가 죽기 전 벽 판자에 새겨놓은 거죠."

토라가 안으로 들어가자 매튜가 그 뒤를 따랐다. 토라는 매튜에게 베르구르가 한 말을 설명한 뒤 몸을 수그려 판자를 자세히 들여다보았다. 매튜는 휴대폰을 꺼내 사진을 찍었다.

"RER이라." 토라가 매튜를 따라 밖으로 나오며 중얼거렸다. "아니면 Reb? Rebbi가 여우의 애칭이잖아요. 에이리쿠르가 혹시 Rebbi라고 쓰려던 건 아니었을까요? R이 B처럼 보이기도 해서요."

베르구르가 어깨를 으쓱했다. "말씀드렸다시피 저는 모릅니다." 그는 칸막이 문을 닫았다. "저는 이만 집으로 돌아가야겠습니다. 이 정도면 될까요?"

바로 그때 삐걱거리는 소리가 들리더니 마구간 문이 열렸다. 베르구르와 비슷한 나이대의 여자가 조심스럽게 안으로 들어왔다. 여자의 외모를 본 토라는 놀라지 않을 수 없었다. 여자는 못생긴 건 아니되, 자세와 옷차림 때문인지 매우 못나 보였다. 낡아빠진 끈으로 한데 질끈 묶은 머리칼은 뻣뻣하고 생기가 없었다. 짤막한 속눈썹에서는 마스카라의 흔적을 찾을 수가 없었다. 방을 나가고 5분이면 생김새가 잊혀버릴 법한 인상에다 스스로 그런 점을 잘 아는 듯했다. 여자는 땅 속으로라도 숨고 싶은 듯한 표정이었다. 토라는 열린 문 앞에 우물쭈물 서있는 여자에게 용기를 주기 위해 미소라도 지어보려고 노력했다.

여자가 목청을 가다듬더니 작은 목소리로 중얼거렸다. "집으로 올 거예요?" 토라와 매튜의 존재를 알아차리지 못했다는 듯, 여자가 베르구르를 향해 물었다.

"응." 베르구르가 싸늘한 목소리로 대답했다. "먼저 들어가. 나도 갈게."

"그럼 이제," 토라가 유쾌한 어조로 말했다. "저희도 가봐야겠네요." 토라는 베르구르를 향해 돌아섰다. "감사합니다. 이렇게 직접 사건현장을 둘러볼 수 있는 기회를 주셔서요." 토라는 로사를 향해서도 감사를 전했다. "남편께서 친절하게도 시신이 발견된 칸을 보여주셨어요. 저는 변호사인데, 제 의뢰인을 대신해 사건을 조사하는 중이거든요."

로사가 별다른 반응 없이 고개를 끄덕이며 웅얼거렸다. "안녕하세요, 저는 로사예요." 그녀는 악수를 청하지도 않았다. 시선은 아주 짧게 토라를 스쳐 남편 쪽을 향했다. "집으로 올 거죠?" 로사가 질문을 반복했다. 베르구르는 아무런 대꾸도 하지 않았다.

토라는 긴장감을 늦출 겸 마지막 질문을 던지려고 했다. 매튜가 알아듣지 못해 다행인 질문이었다. "마지막으로 하나만 더 여쭤보고 돌아가겠습니다." 토라가 말했다. "호텔 근처에서 휠체어를 탄 젊은 남자를 봤어요. 이 동네 주민인 것 같은데, 혹시 그 청년이 어쩌다가 그렇게 된 건지 아시나요?" 베르구르와 로사가 그 자리에 굳어버린 채 토라를 빤히 쳐다보았다. "그러니까 화상을 심하게 입은 청년 말이에요." 토라가 다시 말했다. 그 이상 어떤 말도 보탤 필요가 없었다. 그 말을 들은 로사가 느닷없이 욕설을 퍼붓기 시작한 것으로 보아, 그들은 토라의 질문을 정확한 이해한 게 분명했다. 할 말을 잃은 토라는 베르구르가 아내의 팔을 잡아채 끌고 나가는 모습을 멍하니 지켜보기만 했다.

그러자 매튜가 한 손을 토라의 어깨에 올리고 말했다. "내가 이 악취 도가니에서 얼마나 간절히 벗어나고 싶은지 굳이 말 안 해도 알겠지만, 저 불쌍한 여자한테 대체 무슨 말을 지껄인 건지 말해주기 전까지는 한 발짝도 움직이지 않을 거예요."

마그누스 발드빈손은 혼자 미소를 지었다. 나이든 은퇴자였지만 여전히 자신이 젊게 느껴지는 순간들이 있었고, 지금이 바로 그 순간이었다. 그는 유쾌한 기분으로 전화번호를 누르고 아내가 응답하기를 기다렸다. 바에서 산 코냑을 한 모금 마시고 금빛 액체의 온기를 음미한 다음 목으로 넘겼다. "여보세요, 프리다." 마그누스가 말했다. "이제 다 끝났소."

"네?" 프리다가 물었다. "이제 집으로 돌아오는 거예요? 어떻게 됐어요?"

"경찰이 비르나 살해 용의자로 어떤 남자를 체포했어요." 마그누스가 술잔을 눈높이로 들어 휘휘 돌리며 대답했다. "이제 발드빈한테 시간 날 때 언제든 와서 날 데려가라고 해줘요."

"정당협의회 준비 차 동부지역으로 출장갔어요. 오늘밤 늦게야 돌아올 거예요." 프리다는 어딘가 두려움이 서린 목소리로 물었다. "다른 사람한테 당신을 데리러 가라고 부탁할까요?"

"아니, 걱정 말아요." 마그누스가 쾌활한 어조로 말했다. 손자를 생각할 때마다 차오르는 자랑스러운 감정이 그의 기쁨을 배가시켰다. 지난 며칠 간 그를 괴롭혀온 두려움과 긴장감이 마침내 해소됐다. "발드빈과 함께 하는 드라이브야 언제나 즐거운 일이니 기다릴 수 있어요. 또 협의회 소식이 듣고 싶기도 하고 말이오."

"당신이 거기에 간 뒤로 발드빈이 줄기차게 당신 소식을 물었어요." 프리다가 이야기했다. "당신이 돌아온다고 하면 틀림없이 기뻐할 거예요." 짧은 침묵이 이어진 후 프리다는 의심과 걱정이 묻은 목소리로 물었다. "두 사람 혹시 무슨 일이라도 꾸미고 있는 거예요?"

"아니, 절대 아니에요." 마그누스가 단호하게 대답했다. "그럼, 이만 끊어야겠소. 발드빈에게는 시간 날 때 데리러 오라고 전해줘요. 호텔에서 기다리고 있을 테니."

두 사람은 인사를 나눈 뒤 전화를 끊었다. 마그누스는 잠시 손을 수화기에 올려놓았다. 술기운 때문인지 아니면 주름지고 오그라든 손 때문인지 알 수 없지만 무언가 그를 다시 냉혹한 현실로 돌려놓았고, 다시 늙어버린 기분이 들었다. 놀랍게도 눈물이 그의 주름진 얼굴을 타고 흘러내렸다. 눈물이 바지 위로 떨어지는 걸 그는 쓸쓸히 지켜보았다. 눈물 자국을 바라보던 그가 죄책감과 슬픔에 사로잡혔다.

오, 크리스틴.

토라는 두 눈을 비볐다. "이게 얼마나 도움이 될지 모르겠지만 내 말이 맞았어요. 그리무르의 비석에 새겨진 시는 하바말의 일부였어요." 토라는 이렇게 말하며 컴퓨터를 마주하고 의자에 등을 기댔다. 의기양양한 표정으로 매튜를 보던 토라는, 방금 자신이 한 말이 무슨 뜻인지 그가 조금도 이해하지 못했다는 걸 알아차렸다. "하바말이라는 건 오딘이 남긴 것으로 전해지는 지혜의 잠언이에요. 하바말의 격언은 현대인에게도 많은 교훈을 준다고요." 매튜의 무관심한 표정을 본 토라는 하바말에 대해 처음 배웠던 학창시절, 자신 또한 흥미가 없었음을 기억해냈다. "어쨌든 인터넷으로 알아보니까 그 시구는 다른 사람에게 의존해 산다는 게 얼마나 비참한 일인지 설명하는 거래요."

"다시 말해서 우리한테는 별 의미 없는 내용이네요." 매튜가 말했다. "그걸 모르는 사람은 없잖아요."

"아뇨, 이 내용은 우리한테도 의미하는 바가 커요." 토라가 반박했다. "그러니까 이 시구가 그리무르의 비석에 새겨진 건 그만한 이유가 있어서죠. 무작위로 이 시를 선택했을 리 없잖아요."

토라는 다시 컴퓨터 화면을 향해 돌아앉아 호텔 뒤편 목초지의 바위에서 발견한 시를 검색하기 시작했다. 하지만 건질 게 별로 없었다. 토라가 알아낸 거라고는 아이들을 야생에 버리던 풍습에 대해 설명하는 웹페이지에서 19세기 욘 아르나손Jón Árnason(아이슬란드 최초의 민간설화집을 엮어낸 19세기의 작가—옮긴이)의 민간설화집과 이 시가 관련 있다고 언급한 사실뿐, 몇 번을 더 검색해봐도 시 자체를 찾을 수는 없었다.

"그 시가 영유아를 내다버리는 풍습과 관련이 있대요." 토라가 설명했다. "이 웹페이지의 내용을 보면, 세례받지 못하고 버려진 채 죽은 아기들의 울음소리가 바람이 죽은 장소를 향해 불 때마다 들려온다고 설명하고 있어요. 아기들의 원혼은 한쪽 무릎을 꿇고 한 손을 땅에 짚은 채 몸을 질질 끌고 돌아다닌대요." 토라는 고개를 들고 매튜를 바라다보았다. "당신이 창문 너머로 본 것도 이런 장면 아니에요?" 매튜가 심술 맞은 표정으로 토라를 째려보자 토라는 씩 웃으며 컴퓨터를 향해 돌아앉았다. "다음에 아기의 원혼과 마주치게 되면, 원혼이 당신 주위를 세 번 돌지 못하게 해요. 안 그러면 정신이 나가버린대요. 그리고 원혼을 만나면 꼭 쫓아버려야 한다고요. 그래야 원혼이 물러가서 결국에는 자기 엄마를 찾게 된대요." 토라는 순진한 미소를 지으며 매튜를 돌아보았다.

"재미있어 죽겠네요." 매튜가 부루퉁하게 대꾸했다. "장난이 아니었다고요, 정말 그 소리를 들었다니까요."

"이 설화집을 꼭 구해서 읽어봐야겠어요." 토라가 하품을 했다. "하지만 그건 나중에 해도 되겠죠."

"네, 서두를 필요 없어요. 그 책을 읽는다고 해도 살인범에 대한 단서를 얻을 수는 없을 거라는 느낌이 드네요."

"그야 모르는 일이죠." 토라는 마지막으로 아이슬란드에서 돌았던 폐결핵 전염병에 대해 알아보기 위해 검색어를 입력했다. 불과 몇 개의 웹페이지만이 검색됐고, 토라는 그 사이트를 찬찬히 살펴보았다. "운도 더럽게 없었네요." 토라가 툭 내뱉었다. "폐결핵 치료제가 판매되기 시작한 게 1946년이었대요. 구드니가 죽고 불과 일년 뒤에 말이죠." 토라는 검색 결과를 좀 더 읽다가 로그아웃을 하고 자리에서 일어났다. "구드니와 비야르니가 왜 모두 요양원에 가길 거부했는지 이제야 알겠어요. 검색 내용을 보니까 당시 폐결핵 치료법으로 알려진 것들이 아주 끔찍했어요. 한쪽 폐의 기능을 망가뜨리지를 않나, 갈비뼈 여러 개를 제거하기도 했대요. 치료에 전혀 도움도 안 될뿐더러 많은 경우 환자에게 심각한 장애만 남긴 모양이에요."

매튜가 토라의 어깨를 두드리며 알렸다. "그 이야기도 꽤나 흥미롭긴 하지만, 지금 누가 호텔 안으로 들어왔는지 먼저 확인하는 게 좋겠어요."

로비를 향해 고개를 돌리던 토라가 얼른 시선을 피했다. "저 여자가 여긴 대체 무슨 일이죠? 날 봤을까요?"

"당신을 두들겨 패러 왔을지도 몰라요." 매튜가 토라의 귀에 대고 속삭였다. "내 말이 위안이 될지 모르겠지만, 두 사람이 한판 붙는다면 난 당신한테 돈을 걸게요."

토라는 대꾸하는 대신 로비를 곁눈질했다. 그때 호텔 웨이터이자 잔디관리사인 요쿨이 프런트데스크 앞에서 우물쭈물하는 로사를 향해 다가갔다. 방수 점퍼에 등산화를 신은 요쿨은 애정을 듬뿍 담아 로사를 끌어안더니 함께 밖으로 나갔다. 두 사람 모두 토라나 매튜를 보지 못한 듯했다.

토라는 매튜를 향해 돌아서며 물었다. "두 사람이 어떻게 서로 알고 있는 거죠?"

26장

"곧 퇴근시간인 건 나도 알아, 벨라." 토라가 지친 목소리로 말했다. "꼭 오늘 저녁에 해달라고 부탁하는 것도 아니야. 내일 아침에 알아봐도 된다고." 토라는 전화선 너머로 들려오는 벨라의 불평을 들으며 매튜를 향해 고개를 저었다. "벨라. 네가 말을 그렇게나 좋아한다고 하길래, 난 이게 너에게 딱 맞는 일일 거라고 생각했어." 토라는 거대한 몸집의 벨라가 어떻게 말 위에 올라탈 수 있는지 여전히 상상이 되지 않았다. "말과 여우 사이에, 아니면 여우와 죽음 사이에 어떤 관련이 있는지 알아봐 주면 돼." 토라는 벨라가 또다시 질문을 던지며 끼어들자 한숨을 쉬며 눈을 감았다. "벨라, 어디서 뭘 찾아봐야 하는지는 나도 몰라. 그냥 여우와 말 사이에 어떤 연결고리가 있는지, 그중에서도 종마와 무슨 관계가 있는지 알아봐줘." 토라는 전후맥락에 대해 좀 더 자세히 설명해야겠다는 생각이 들었다. "중요한 건 종마에 밟혀 죽은 남자의 시신이 마구간에서 발견됐다는 거야. 남자의 시신에 여우 사체가 묶여있었지. 분명 그 둘 사이에 어떤 연관성이 있을 거야."

매튜가 토라를 향해 윙크를 하더니 미소를 지었다. 토라와 벨라 사이의 마찰에 대해 잘 아는 매튜로서는, 아이슬란드어를 전혀 이해하지 못했음에도 두 사람의 통화를 지켜보는 게 즐겁기만 했다. "나 대신 안부 전해줘요." 매튜가 속삭였다.

토라가 그를 향해 얼굴을 찡그렸다. "그래, 알았어, 벨라. 분명 뭔가 건지는 게 있을 거야. 공동묘지 건도 훌륭하게 처리했잖아. 틀림없이 이번에도 그렇게 될 거야. 그리고 매튜가 안부 전해달래." 토라는 통화를 하면서 매튜를 향해 상냥하게 미소를 지었다. "레이캬비크로 돌아가면 꼭 너랑 같이 마구간에 가보고 싶대. 안 그래도 오늘 오전 마구간에 다녀왔는데 매튜가 완전히 넋을 잃어버렸다니까. 지금 말한테 먹이도 줘보고 싶고, 말똥 청소도 해보고 싶어서 안달이 났어. 독일 사람들이 아이슬란드 말을 좋아하잖아." 토라는 전화를 끊고 매튜를 향해 돌아서서 빈정거렸다. "벨라가 레이캬비크에 돌아오면 같이 마구간에 가보자고 당신을 초대했어요. 또 당신한테 안부 전해달래요."

"하하." 매튜가 코웃음을 쳤다. "너무 웃겨서 배꼽이 빠지겠어요. 아까 마구간에 갔다가 얼마나 대단한 환대를 받았는지도 벨라에게 얘기해주지 그랬어요. 뭐라 그랬더라? 몇 마디 하지도 않았는데 로사가 광분했잖아요."

"당신이 보기에도 로사의 반응이 정말 이상하긴 했잖아요." 토라가 정색을 했다. "아무리 내 질문이 부적절했더라도 말이에요. 로사와 요쿨이 어떤 사이인지 꼭 알아내야겠어요."

"로사가 과민반응을 보인 건 사실이지만, 내가 전에 분명히 그 문제에 대해 캐묻고 다니지 말라고 경고했잖아요."

"정작 나는 베르구르가 로사한테 너무 냉담해서 분위기를 풀어보려고 그랬던 거라고요. 하필 그때 떠오른 게 휠체어 탄 청년에 대한 질문뿐이었어요."

"심정은 알겠지만," 매튜가 다독였다. "그냥 인터넷으로 검색해보면 안 되는 거예요? 흉터를 보아하니 선천적인 증상은 아니던데요. 화재로 입은 화상 같았어요. 보통 화재 사건은 뉴스에 보도되잖아요. 특히 다친 사람이 있는 경우 더 그렇죠. 신문사 웹사이트에서 예전 기사들을 검색해볼 수 있잖아요."

"네, 물론 시도해볼 수 있죠." 토라가 반박했다. "그렇지만 동네 주민 중 그 일에 대해 설명해줄 사람을 찾으면 일이 훨씬 더 간단해지잖아요. 어떤 사건을 찾아봐야 하는지도 모르고, 거기다 그 일이 10년 전인지 아니면 한 달 전 일인지도 모른다고요. 신문에서는 부상 정도에 대해서는 자세히 보도하지 않아요. 그냥 피해자가 위독하다거나 중상을 입었다거나 그도 아니면 부상을 잘 이겨내고 있다고 보도하는 게 전부라고요. 게다가 집에 화재가 발생한 건지, 아니면 그 청년이 실수로 뜨거운 온천수에 빠졌는지도 모른다고요." 토라가 한숨을 쉬었다. "그리고 난 이제부터 불쌍한 요나스를 돕는 데 집중해야 해요."

매튜가 끙끙 앓는 소리를 냈다. "이제는 요나스가 유죄일 수도 있다는 사실을 받아들여야 해요."

"네. 불행히도 잘 알고 있어요." 토라가 말했다. "그렇지만 요나스가 이 두 건의 살인사건과 무관하다는 생각이 강하게 들어요."

"그럼 누가 죽였는데요?" 매튜가 물었다. "또 다른 용의자가 있었다면 상황이 지금보다는 훨씬 나았겠죠."

토라는 매튜의 말을 곱씹어보더니 말했다. "베르구르도 용의자일 확률이 높지만, 그가 무슨 이유로 에이리쿠르를 죽였을지 짐작도 되지 않아요." 토라는 입술을 깨물었다. 벨라에게 전화를 걸려고 나왔던 두 사람은 호텔 주차장에 세워진 매튜의 렌터카에 기대서있는 중이었다. "교령회에 참석했던 사람들은 용의선상에서 제외해도 되겠죠? 경찰 말에 따르면 교령회가 열리고 있던 시각에 비르나가 살해당했잖아요."

"정확한 사망 시각은 아직 모르는 거예요?" 매튜가 물었다.

"토롤푸르는 지난 목요일 밤 9~10시 사이라고 말했어요. 틀림없이 부검결과를 보고 그렇게 판단했겠죠. 그리고 그게 비르나에게 9시에 만나자고 한 문자 내용과도 일치해요." 토라가 한숨을 쉬었다. "교령회는 저녁 8시 정각에 시작했어요. 해변에서 호텔까지 걸어서 30분이 걸렸으니, 만약 살인범이 걸어서 호텔을 나섰다면 9시 반에 시작된 휴식시간 전까지는 절대 호텔로 돌아오지 못했을 거예요. 호텔 진입로가 공사 때문에 파헤쳐진 상태였으므로 누구도 차를 타고 거기를 지나갈 수는 없었을 테고요. 그리고 큰길까지 걸어 나가려고 해도 시간이 너무 많이 걸렸을 거예요."

"교령회에 누가 참석했었는지 알아요?" 매튜가 물었다. "이름도 모르는 사람들을 용의선상에서 왕창 제외해버리는 건 아무런 의미가 없어요."

"그렇죠. 비그디스라면 누가 참석하기로 했었는지 알 거예요. 비그디스가 교령회 티켓을 판매했거든요." 토라가 말했다. "그리고 많은 사람들이 신용카드로 결제를 했을 테니, 이름을 알아낼 수도 있을 거예요."

"현재 상황에서는 범인이 아닌 게 확실한 사람들을 골라내기보다 용의자일 가능성이 높은 사람들에게 집중해야 하지 않을까요?" 매튜가 제안했다.

"네, 하지만 이 방법을 사용하면 많은 사람들을 제외할 수 있어요. 게다가 휴식시간쯤에 요나스가 호텔을 어슬렁거리던 모습을 목격한 손님들을 확보해서 그의 알리바이를 증명할 수 있을지도 몰라요." 토라는 이렇게 말하며 두 사람 머리 위로 날아가는 갈매기를 바라보았다. "범인이 날아서 도망간 게 아니라면 말이에요." 토라는 별생각 없이 이렇게 내뱉다가 갑자기 몸을 곧추세웠다. "바닷길을 이용했을 수도 있잖아요? 어쩌면 모터보트를 타고 만으로 접근한 게 아닐까요?"

매튜가 애매한 표정을 지었다. "그건 좀 번거롭지 않았을까요? 나도 만에 가보았지만, 나라면 배를 타고 그쪽 해변에 접근하고 싶지 않았을 거예요. 물 위로 배를 끌어올려야 하잖아요." 이렇게 중얼거리던 매튜가 갑자기 말꼬리를 돌렸다. "실은 거기서 멀지 않은 곳에 콘크리트 둑이 하나 있어요. 그 둑을 이용했다면 가능했겠네요." 그는 잠시 말을 멈추고 생각에 잠겼다. "그랬다면 교령회 전에 미리 배를 호텔 앞 해변에 묶어뒀을 수도 있고. 누군가 그걸 기억하고 있을지도 몰라요. 가서 확인해봅시다."

두 사람은 호텔을 지나 본관 건물 동쪽에 위치한 작은 만에 지어진 둑으로 갔다. 둑의 끄트머리에 다다르자 매튜는 뒤로 돌아 호텔을 바라보았다. "호텔에서는 여기가 잘 보이지 않겠어요." 매튜가 호텔을 가리켰다. 두 사람이 선 지점에서 호텔 지붕은 시야에 들어왔지만, 창문이나 문은 눈에 띄지 않았다. "여기서는 무슨 짓이든 방해받지 않고 저지를 수 있겠는데요." 그는 주위를 둘러보며 덧붙였다. "그렇지만 평소 사람들이 둑을 자주 이용한 흔적은 보이지 않네요. 심지어 밧줄이나 계선주 하나 없어요."

토라는 몸을 수그려 둑 측면을 내려다보았지만 충격방지용 타이어를 비롯해 둑을 정기적으로 사용하는 흔적은 전혀 찾을 수 없었다. "그렇네요. 하지만 비그디스에게 그날 저녁에 배를 본 기억이 있는지 물어봐야겠어요." 바람의 방향이 바뀌자 고래 시체 냄새가 두 사람을 에워쌌다. "맙소사!" 토라가 해변을 바라보며 소리쳤다. "저쪽에 고래 시체가 있어요, 봐요!" 토라는 둑에서 조금 떨어진 곳에 누워있는 거대한 검은 덩어리를 가리켰다.

매튜는 손으로 코와 잎을 가리면서도 토라가 가리키는 곳을 향해 눈을 가늘게 떴다. "저게 대체 뭐에요? 이건 정말이지, 지구상에 존재하는 최악의 악취일 거예요."

"가서 살펴볼까요? 이 만을 따라 걷기만 하면 1분 안에 도착하겠어요."

토라가 제안하자 매튜가 믿을 수 없다는 표정으로 바라보았다. "농담이죠? 진심이군요. 저기로 가서 부패 중인 고래의 지방덩어리를 보고 싶다는 거군요."

"네, 당연히 보고 싶죠. 바로 코앞에 있잖아요." 토라가 이렇게 말하는데 휴대폰이 울렸다. 번호를 확인한 토라가 앓는 소리를 내며 전화를 받았다. "여보세요."

"내 문자에 답을 하기는 할 생각이었어, 아니면 계속 씹을 심산인 거야?" 토라의 전 남편이 으르렁거렸다. "지금 당신이 어디 있는지 모르겠지만, 숨바꼭질놀이 하는 거 이제 지쳤어. 내가 그렇게 순진한 줄 알아? 보나마나 만난 지 얼마 되지도 않는 놈이랑 노닥거리느라 휴대폰도 꺼놓고 있었던 거겠지."

토라는 억지를 부리는 전 남편에게 대꾸할 가치를 못 느꼈지만 한참이나 그런 훈계를 듣고 있자니 한 마디 하지 않을 수 없었다. "한스, 제발 1분만이라도 입 좀 닥쳐봐. 그럼 내가 업무상 출장을 와있다는 사실을 알려줄게. 그리고 애초 당신이 도시에서 한 발자국이라도 벗어나봤다면, 이런 시골의 전화 연결상태가 얼마나 엉망인지 굳이 말하지 않아도 잘 알겠지." 사실 아무런 죄책감 없이 이렇게 말하는 토라 역시 지방의 전화 연결상태가 이토록 엉망이라는 사실을 알게 된 지 며칠밖에 되지 않았다. "내가 해줄 말은 길피와 솔리가 지금 셀포스 외곽에 있으니까, 누군가 애들을 데리러 가야 한다는 사실뿐이야. 시가도 우리 애들이랑 같이 있대."

"나보고 뭘 어쩌라는 거야?" 한스가 고함을 질렀다. "나도 근무 중이야. 당신이 오란다고 오고, 가란다고 갈 수 없다고."

"애들 데리러 갈 수 있어, 없어?" 토라가 다짜고짜 물었다. "당신이 못 하겠다면 우리 부모님한테 부탁할 수밖에 없어. 한 가지 분명히 말해두는데 엄밀히 말해서 이건 당신 잘못이야. 당신이 '아이

오브 더 타이거'를 지겹도록 불러대지만 않았어도 애들이 도망치지는 않았을 거야." 토라는 전화선 너머로 희미하게 음악소리가 들려오는 걸 알아챘다. "뭐야? 지금 '더 파이널 카운트다운' 멜로디가 들리는데?" 토라가 충격에 빠진 목소리로 다그쳤다. "당신 설마 아직도 씽스타 틀어놓고 있는 거야?"

결국 한스는 자신이 아이들을 데리러 가기로 했고, 토라는 한스 때문에 짜증내는 스스로에게 짜증이 났다. 토라는 길피에게 전화를 걸어 아빠가 곧 데리러 갈 거라고 전했다. 그러고는 몸서리를 치면서, 호기심에 찬 얼굴로 자신을 바라보는 매튜에게 말했다. "한심한 연속극 같은 상황이에요. 자, 크레파에 가서 비르나의 작업실이나 찾아보자고요."

"분부대로 하지요." 매튜가 나섰다. "고래 시체 보는 것만 아니라면 뭐든 좋아요. 그리고 누가 알겠어요? 어쩌면 살해당한 다른 사람의 이름이 집 안 어딘가에 더 새겨져 있을지도요."

호텔을 향해 돌아가던 토라가 자신들을 향해 손을 흔드는 남자를 발견했다. 남자는 사진작가 로빈 코먼이었다. 토라가 로빈을 향해 손을 흔들자 로빈이 두 사람을 향해 걸어오기 시작했다.

"안녕하세요?" 로빈이 가까이 다가오며 소리쳤다. "두 분을 찾던 중이었어요."

"정말요?" 토라가 발걸음을 재촉하며 말했다. "저희는 여기저기 돌아다니던 참이었어요."

"제가 오늘밤에 떠나거든요." 로빈은 두 사람과 인사를 나누며 말했다. "그래서 두 분한테 비르나의 사진을 전해드리고 싶었어요." 로빈이 침울하게 덧붙였다. "살인사건에 대해 듣고 나서 생전에 비르나를 알았던 분께 이걸 꼭 드리고 싶더라고요." 그는 슬픈 얼굴로 고개를 저었다. "너무 비극적인 일이에요. 아이슬란드 같은 나라에서 이런 일이 벌어질 거라고는 생각도 못 했어요."

"네, 끔찍한 일이죠." 토라가 동조했다. "경찰이 꼭 범인을 체포하기를 바랄 뿐이에요."

"경찰이 선생님과도 대화를 나눴나요?" 매튜가 물었다. "호텔 투숙객들이 체크아웃을 하기 전에 조사하고 싶어할 게 분명해서요."

로빈이 고개를 끄덕였다. "네. 오늘 아침에 경찰과 이야기를 했는데, 별로 해줄 말이 없더라고요."

"그래서 경찰에게 사진을 넘겨주고 싶지는 않으셨던 건가요?" 토라가 웃으며 물었다. "그렇다고 사진을 받고 싶지 않다는 건 물론 아닙니다."

"네, 사건과는 무관하다고 생각했거든요." 로빈이 대답했다. "비르나의 죽음과 제가 찍은 사진들이 어떤 식으로든 연관될 일이 없잖아요. 그냥 평범하고 순수한 사진들이에요." 로빈이 미소를 지으며 덧붙였다. "죽은 여우가 등장하는, 약간 기괴한 사진이 하나 있긴 하지만요."

매튜가 사진을 내려놓았다. 토라와 매튜는 로빈과 함께 바에 앉아있었다. 세 사람 앞의 테이블에는 비르나의 이름이 크게 적힌 서류봉투에서 로빈이 꺼낸 사진들이 쌓여있었다.

"이 사진은 어디서 촬영한 거죠?" 매튜가 죽은 여우의 모습이 정중앙에 나온 사진을 가리키며 물었다. 뼈만 앙상하게 남은 여우는 풀밭 위에 모로 누운 모습이었다. 여우의 혀는 입 한쪽 밖으로 삐죽 밀려나오고, 풍성한 갈색 털은 누더기처럼 더럽혀져 여기저기에 피가 묻어있었다.

"호텔 인근 오래된 농장으로 가는 길 옆에 쓰려져 있었어요." 로빈이 말했다. "비르나가 그쪽 풀밭으로 같이 가서 사진을 좀 찍어달라고 부탁하기에, 그 근방을 돌아다니다가 우연히 발견했어요. 비르나가 그걸 보더니 여우 사진도 한 컷 찍어달라고 하더군요. 측은했나 봐요. 사진에서는 드러나지 않지만 실제로 봤을 때 여우가 다른 곳에서 심각한 부상을 입고 혼자 거기까지 몸을 질질 끌고 간 흔적이 역력했어요." 로빈은 여우의 몸 한쪽에 난 상처를 가리키며 말했다. "사냥꾼으로부터 가까스로 달아나기는 했지만 결국 사냥꾼이 쏜 총에 맞아서 목숨을 잃은 거죠."

"그래서 여우를 데려갔나요?" 토라가 물었다.

"아뇨. 제가 미쳤나요?" 로빈이 펄쩍 뛰었다. "저희는 건드리지도 않았어요. 엄청난 악취를 내뿜고 있었거든요."

"비르나와 당신이 다녀간 뒤 누군가 그곳으로 가서 여우를 가져갔을 가능성이 있다고 보시나요?" 토라가 물었다.

로빈이 놀란 표정으로 토라와 매튜를 차례로 쳐다보았다. "질문의 요지가 뭔지 모르겠지만, 물론 그건 가능하죠. 그 길을 지나간 사람이라면 누구나 여우를 볼 수 있었어요." 로빈이 인상을 쓰고 말했다. "하지만 과연 어떤 사람이 동물 사체에 관심을 가질지 모르겠네요. 여우의 털이 값비싼 거라면 모를까." 로빈은 토라를 향해 물었다. "아이슬란드 사람들이 여우를 유독 좋아하나요?"

토라가 웃으며 대답했다. "아뇨. 사체를 집으로 가져갈 정도로 좋아하지는 않아요. 저희는 전혀 다른 이유 때문에 이 여우에 관심을 갖는 겁니다. 그걸 다 설명하자면 밤을 새워야 할 거예요." 토라는 사진 뭉치를 집어들고 빠르게 넘겨보았다. "비르나가 이런 사진들을 찍어달라고 부탁한 이유에 대해 설명하던가요?" 토라가 물었다. "대부분 오래된 농장과 호텔 뒤편 부근을 촬영한 것들이군요. 하나는 철제 해치를 찍은 거고 다른 하나는 내벽을 촬영한 걸로 보여요. 이런 피사체들에 대해 전혀 설명을 안 하던가요?" 토라는 들고 있던 사진을 로빈에게 건넸다.

로빈은 사진을 자세히 보더니 고개를 끄덕였다. "제 기억이 맞는다면, 이건 언덕 반대편에 있는 오래된 농장 옆 목초지에 난 해치예요. 내벽 사진은 예전에 농가의 일부였던 호텔 지하실 내부를 촬영한 겁니다. 같이 사진을 찍으러 다니기 시작한 지 이틀째 되던 날 비르나가 찍어달라고 부탁한 건데, 해치도 그렇고 이 벽에 대해서도 자세한 설명은 없었어요. 비르나의 일과 관련이 있을 거라고 짐작했을 뿐, 왜 이런 사진을 원했는지는 알 수가 없죠."

"그럼 이 바위에 대해서는 뭔가 얘기를 하던가요?" 매튜가 호텔 뒤편 목초지에서 발견한 바위 사진 세 장을 내밀며 물었다.

로빈은 사진을 보며 설명했다. "네. 꽤나 기묘한 이야기였죠. 바위를 여러 각도에서 촬영하면서 비르나에게 바위에 대해 물었어요. 비르나가 시의 내용을 해석해줬고, 시가 그런 곳에 있는 게 좀 특이해 보여서 바위에 시를 새기는 게 아이슬란드의 전통이냐고 제가 비르나에게 물어봤죠." 로빈은 사진을 내려놓고 말을 이었다. "아니라고 하더라고요. 비르나가 바위에서 시를 발견하고 많이 놀라는 눈치였어요."

"시에 대해 설명을 하거나 바위가 거기 서있는 이유에 대해서는 얘기를 하던가요?" 토라가 기대에 차 물었다.

"그렇지는 않았어요." 로빈이 대답했다. "비르나는 농장 주민이 그 시를 쓴 건지, 아니면 예전에 거기 살았던 시인이 쓴 건지 궁금해했어요. 애완동물의 무덤이 아닐까도 추측했지만, 그러기에는 시의 내용이 적절하지 않다고 말하더군요. 제 기억에 비르나도 딱히 결론을 내리지 못했어요."

매튜가 토라의 소매를 잡아당기며 끼어들었다. "흥미로운 사진이 하나 더 있네요." 매튜는 비르나가 호텔 출입문 앞에서 어떤 노인과 대화하는 사진을 건넸다. 토라가 사진을 낚아챘다. "어쩌면 둘이 여름 별장을 사계절용으로 개조하는 문제에 대해 논의하고 있었을지도 모르겠네요." 매튜가 음흉하게 웃었다.

로빈은 어떤 사진이 두 사람의 호기심을 자극했는지 보려고 몸을 수그렸다. "아, 이 사진요. 제가 그냥 재미 삼아 찍은 거예요. 농장에 갔다가 호텔로 돌아오는 길이었는데 이 노인이 호텔 안에서 나오더니 비르나와 이야기를 나누기 시작했어요. 호텔 식당에서 여러 번 마주친 적이 있는 노인이라 투숙객이라는 걸 알았죠."

토라가 고개를 끄덕였다. "두 사람이 무슨 얘기를 나눴는지 혹시 아세요?"

"아뇨, 전혀 몰라요. 실은 두 사람이 아이슬란드어로 대화를 나

넜는데, 그 내용을 이해하지는 못해도 우호적인 분위기가 아니라는 것만은 확실했어요. 한 장밖에 못 찍은 이유도, 얼마 안 가 두 사람이 언쟁을 벌였기 때문이에요. 뭔가 예민한 상황이라 더 찍으면 안 되겠다고 생각한 거예요."

"두 사람이 뭣 때문에 언쟁을 했는지 나중에 비르나가 설명하던가요?" 매튜가 물었다.

"글쎄요. 비르나가 사람은 자신의 행동에 대해 책임을 져야 한다는 식으로 중얼거리는 건 들었어요." 로빈이 말했다. "상당히 화가 난 것 같아서 더는 묻지 않았죠." 로빈은 잠시 생각에 잠겼다가 다시 입을 열었다. "그러더니 오래된 빚처럼 오래된 죄에도 대가가 따르게 마련이라는 이야기를 했어요. 무슨 말인지 이해가 안 가서 제가 그냥 화제를 돌려버렸죠."

토라와 매튜는 재빨리 눈빛을 교환했다. 마그누스 발드빈손과 오래된 죄?

간호사는 노부인의 침대 맡으로 다가와 가볍게 어깨를 흔들었다. "말라, 일어나보세요." 간호사가 부드럽게 말했다. "일어나세요. 약 드실 시간이에요."

노부인은 아무 말 없이 두 눈을 떴다. 그녀는 머리 위 천정을 바라보더니 눈을 몇 번 깜빡이고 약하게 기침을 했다. 간호사는 조용히 기다렸다. 노부인이 정신을 차리는 데 때로는 시간이 좀 걸린다는 사실을 잘 알았기 때문이다. 간호사는 노부인 곁에 차분히 서서 한 손은 노부인의 앙상한 어깨에 올리고, 다른 한 손으로는 작은 플라스틱 컵을 들고 있었다. 컵에는 노부인에게 먹여야 할 하얀 알약과 빨간 알약이 들어있었다. "어서요." 간호사가 상냥하게 일렀다. "약 드시고 다시 누우세요."

"그 애가 왔었어." 노부인이 갑자기 입을 열었다. 그녀는 인내심 있게 자기 옆에 서있는 간호사는 쳐다보지도 않은 채 천정에 시선을 붙박아두고 있었다.

"누가 왔어요?" 간호사가 모호하게 물었다. 간호사는 노인들이, 특히 잠에서 완전히 깨지 않은 상태로 늘어놓는 온갖 헛소리에 익숙했다. 그들은 자신들이 젊고 날씬하고 거동이 가뿐하던 오래 전의 과거로 시간여행이라도 떠난 것처럼 행동했다.

"그 애가 왔었어." 노부인이 웃으며 반복했다. "나를 용서해줬어." 여전히 환하게 웃으며, 노부인이 처음으로 간호사를 바라보았다. "화를 내지도 않았어. 언제나처럼 너무 상냥했지."

"잘됐네요." 간호사가 노부인을 달랬다. "화내는 건 좋지 않잖아요." 간호사는 알약이 든 컵을 흔들었다. "자, 이제 몸을 일으켜드릴 테니까 약을 드셔야 해요."

노부인은 알약을 보는 대신 젊은 간호사를 바라보았다. "내가 그 애한테 화났냐고 물어봤어. 그랬더니 '내가 뭣 하러 화를 내?'라고 말하는 거야." 노부인은 간신히 팔꿈치로 몸을 일으켜세웠다. "언제나 너무 상냥했지."

"물컵을 들어드릴까요, 아니면 혼자 하실래요?" 간호사가 침대 옆 협탁에 놓은 컵을 집어들고 물었다. 간호사는 노부인에게 물이 든 컵을 건넸다.

"물론 난 그 애가 화를 낼 수밖에 없는 이유에 대해 말해줬지."
노부인은 알약과 물컵은 안중에도 없이 이야기를 계속했다. "내가
거기 있었다는 사실을 걔도 알았다고 줄곧 생각했거든." 노부인이
놀란 표정으로 고개를 양 옆으로 흔들자 곱슬거리는 백발이 이리
저리 흔들렸다. "알고 보니 모르고 있었나 봐." 노부인은 눈을 감으
며 중얼거렸다. "하지만 그래도 걔는 나를 용서해줬어."

"아주 잘됐네요." 간호사가 알약과 컵을 내려놓으며 달랬다.
"자, 이제는," 간호사는 노부인의 겨드랑이 아랫부분을 잡았다. "몸
을 좀 더 일으키셔야 해요." 마침내 노부인의 몸을 한결 나은 자세
로 일으켰다. 노부인의 등이 구부러져서 똑바로 앉는 것은 불가능
했으니 이 정도면 충분했다. "자, 약을 드릴게요." 간호사가 알약을
집었다. "기다리는 환자가 많으니까 얼른 드셔야 해요." 간호사는
노부인의 가늘고 창백한 입술 가까이로 컵을 들이댔다.

노부인은 입을 벌리고 간호사가 알약을 입 안으로 넣는 동안 가
만히 있었다. 이제는 이런 일과에 익숙한 터라 물을 마시기 전까지
는 약을 삼키지도 않았다. 노부인은 물과 함께 약을 꿀꺽 삼켰다.
요란하게 삼키는 소리가 났음에도, 전혀 창피하지 않은 표정이었다.

약을 다 먹은 부인은 손등으로 입을 쓱 닦고 간호사를 올려다보
았다. "그 애는 너무 착했어. 아주 상냥했지. 한번 생각해봐."

"뭐를 상상해보는데요, 어르신?" 간호사는 정중하게 물으면서도
속으로는 노부인의 지각 능력이 온전히 돌아가고 있는 건지 의심
스러웠다.

"그 애가 나를 용서해줬어." 노부인이 갑자기 놀란 목소리로 말

했다. "그런데 나는 걔를 조금도 도와주지 않았지."

"오, 그게 정말이세요?" 간호사가 미소를 지었다. "틀림없이 많이 도와주셨을 거예요. 그냥 기억이 안 나시는 것뿐이죠."

노부인이 눈을 빛냈다. "아니, 뚜렷하게 기억나. 그 애는 죽었어. 내가 어떻게 그걸 잊을 수가 있겠어?"

간호사는 노부인의 백발을 부드럽게 쓰다듬었다. 예상한 대로 딱한 노부인은 횡설수설하고 있었다. 죽은 여자가 찾아왔다고? 간호사는 웃지 않으려고 애쓰면서 환자의 몸을 원래대로 내려놓았다. "자자, 말라 할머니. 이제 다시 주무세요."

베개에 머리가 닿자마자 노부인은 눈을 감았다. "살해당했어. 어디에나 악마는 있거든." 노부인은 손으로 자신의 입술을 탁 치더니 졸린 목소리로 중얼거렸다. "사랑하는 나의 친구, 나의 크리스틴."

27장

"에이리쿠르의 몸에 묶여있던 여우가 분명히 그 여우일 거예요." 매튜가 말했다. "어쨌든 지금 여기서는 여우가 보이지 않으니까요." 비르나와 로빈이 크레파로 갈 때 택했던 길을 따라 걷던 토라와 매튜는, 그들이 여우를 발견했다는 바로 그 지점에 와있었다. 어디에도 여우의 흔적은 보이지 않았다.

"다른 동물에게 먹혔을 수도 있죠. 하지만 당신 말이 맞는 것 같네요." 토라가 거들었다. "이 주변에서 본 동물이라고는 양이 전부인데, 양이 여우를 먹을 리 없잖아요." 토라는 하늘을 올려다보았다. "어쩌면 새들이 먹어치웠을 수도 있지만, 그랬다면 뼈는 여전히 남아있겠죠."

"그럼 범인은 이 길을 오가는 사람이겠군요." 매튜는 죽은 여우를 찾다가 주운 나뭇가지로 길게 자란 풀을 옆으로 밀어내면서 말했다.

"그럴 수도 있고 아니면 범인이 어디선가 여우를 쏘고 나서, 비르나와 로빈이 이 자리를 떠난 후에 이곳까지 여우를 추적해왔을 수도 있어요." 토라가 덧붙였다. "내가 궁금한 건 그런 짓을 한 이유예요."

"혹시 모르잖아요. 우리의 원더우먼 벨라가 그 이유를 밝혀내 줄지도." 매튜가 웃으며 말을 이었다. "여우를 통해 뭔가를 말하려고 했을지도 모르죠."

"일종의 메시지처럼?" 토라가 납득이 가지 않는다는 표정으로 물었다. "동물권리단체가 보내는 뭐 그런 메시지 말이에요?"

"아뇨, 범인의 메시지죠. 어떤 사이코가 뭔가를 말하려고 하는 건지도 몰라요. 비르나의 몸에는 여우가 묶여있지 않았던 게 확실해요?"

"내가 알기로는 확실해요." 토라가 말했다. "두 사람 다 발바닥에 핀에 박혀있었지만 비르나의 죽음에 여우나 다른 동물이 연관돼 있다는 얘기는 전혀 듣지 못했어요."

두 사람은 자갈로 덮인 농가 앞 진입로에서 멈췄다. "이건 누구 차죠?" 매튜가 새것처럼 보이는 르노 메간을 가리키며 물었다.

토라가 어깨를 으쓱했다. "나야 모르죠. 여기는 아무도 살지 않잖아요." 토라는 창문 중 하나에서 빛이 새어나오는 걸 알아챘다. "어쩌면 엘린과 뵈르쿠르가 짐을 치우고 있는지도 몰라요. 그랬으면 좋겠네요." 토라는 열쇠를 꺼내 문 앞으로 다가갔지만 문은 잠겨있지 않았다. 토라는 문을 열고 고개를 안으로 내밀었다. "안녕하세요?" 토라가 소리쳤다. "안에 누구 계세요?"

"네!" 누군가 대답했고 이내 발자국 소리가 가까워졌다.

"안녕하세요, 베르타?" 베르타가 모습을 드러내자 토라가 쾌활하게 인사했다. 베르타는 두건으로 머리를 뒤로 넘겨 고정한 채 더러운 먼지털이개를 들고 있었다.

"깜짝 놀라 죽는 줄 알았어요!" 베르타가 활짝 웃었다. "들어오세요. 엄마랑 외삼촌 대신 오래된 물건들을 싸는 중이었어요." 베르타는 먼지털이개를 휘두르며 말했다. "물건들마다 먼지가 수북이 쌓여있어서 상자 안에 넣기 전에 다 닦으려고요. 덕분에 시간이 엄청 걸리기는 하지만요."

매튜도 베르타를 향해 미소를 지었다. 그는 베르타가 자신이 외국인임을 기억하고 기꺼이 영어로 말을 걸어주는 게 고맙기 그지없었다. "안녕하세요?" 매튜가 베르타에게 손을 내밀며 인사했다. "다시 만나서 반갑습니다."

"저도요." 베르타가 상냥하게 말했다. "제가 신선한 커피를 보온병에 꽉 차도록 내려왔거든요. 그런데 스타이니는 커피를 안 마시겠다고 해서 너무 많이 남을까봐 아까워하던 참인데, 마침 두 분이 오셨네요."

두 사람은 베르타를 따라 부엌으로 들어섰다. 그곳에 휠체어를 탄 스타이니가 기다리고 있었다. 지난번처럼 얼굴이 다 가려지도록 모자를 깊이 드리워 쓴 그는 세 사람이 들어서자 슬쩍 보기만 할 뿐 아무 말도 하지 않았다.

"손님들이 오셨어, 스타이니." 베르타가 이렇게 말하자 스타이니는 알아들을 수 없게 뭐라고 중얼거렸다. "편하게 커피 따라서 드세요." 베르타는 싱크대의 도자기 잔을 가리키며 덧붙였다. "걱정 마세요. 제가 다 씻어놓았어요." 베르타가 다시 미소를 지었다.

"고마워요." 토라가 말했다. "커피가 얼마나 마시고 싶었는지 여태 깜빡 잊고 있었네요." 토라는 매튜에게 한 잔 따라 주고, 자기도 한 잔 따라 마셨다. "할 일이 엄청 많지 않아요?" 토라는 커피 한 모금을 마시며 물었다.

"아, 네." 베르타가 힘차게 고개를 끄덕였다. "무슨 생각으로 제가 하겠다고 나선 건지 모르겠어요." 베르타는 말을 이었다. "그래도 꽤 재미있어요. 저희 엄마의 할머니 할아버지가 애지중지하던 물건들을 만지고 있으면 기분이 이상하기도 하고요."

"그렇겠네요." 토라가 맞장구를 쳤다. "저희는 비르나가 작업하던 방을 둘러보려고 왔어요. 여기에 작업실을 마련했다고 하던데, 맞나요?"

"네, 위층에 있어요." 베르타가 손짓을 했다. "보여드릴까요? 물건이 그리 많지는 않아요. 컴퓨터도 없고 드로잉이랑 잡동사니들만 있거든요. 노트북을 사용하기는 했는데 절대 여기서 전원을 연결하지는 않았어요." 베르타는 커피메이커 선이 꽂혀있는 콘센트를 가리키며 말했다. "콘센트가 워낙 낡아서 어댑터가 있어야 해요. 비르나는 건물 전기 상태가 불안하다고, 괜히 컴퓨터 선을 연결했다가 망가뜨리고 싶지 않다고 했어요. 항상 여기 오기 전 호텔에서 충전을 해왔죠."

"그건 상관없습니다." 매튜가 얼른 나섰다. "꼭 컴퓨터를 찾으려던 게 아니거든요. 그저 비르나가 무슨 일을 하고 있었는지 확인하고 싶었습니다."

베르타가 의심스럽다는 듯 눈을 가늘게 뜨고 물었다. "혹시 비르나가 살해당한 게, 그녀가 디자인하던 건물과 관련이 있다고 생각하시는 거예요? 두 분한테는 어떤 사이코가 비르나를 강간하고 죽인 것처럼 보이지 않나요?"

"네, 전혀 그렇게 보이지 않아요." 토라는 요나스의 체포 사실을 알리지 않은 채 대답했다. 자칫 베르타에게는 자신들이 살인범을 위해 일하는 것처럼 비춰질 수 있고, 베르타는 그게 누구든 자기 친구의 죽음과 관련 있는 사람을 돕지 않으려 할지도 몰랐다. "물론 비르나가 작업한 설계도안과 살인사건이 연관돼 있을 가능성은 낮다고 생각해요. 저희는 그저 사건에 대한 단서가 될 만한 게 없을지 직접 보고 싶었을 뿐이에요."

"그렇군요." 베르타가 중얼거렸다. "비르나가 죽고 난 이후 그 방에 들어간 적이 없어요. 경찰이 그 방을 수색할 거라고 생각했기 때문에 아무것도 건드리고 싶지 않았거든요. 그런데 경찰에서 아무런 얘기가 없으니 이제는 들어가도 상관없겠죠." 베르타가 토라를 쳐다보며 물었다. "변호사라고 하셨죠? 요나스와 호텔을 대신해서 일하신다고요?"

"맞아요." 토라는 이렇게 대답하며 베르타가 요나스에 대해 더 이상 묻지 않기를 간절히 바랐다.

"그럼 들어가지 못할 이유가 전혀 없네요. 수사에 방해가 될 만한 일은 하시지 않을 거잖아요?"

"물론 아니죠." 토라는 적극적으로 거짓말을 했다. "절대 그런 짓은 안 할 거예요. 아무것도 가져가지 않고, 그냥 보기만 할 거예

요." 토라가 커피를 더 마셨다. "커피가 정말 맛있어요." 토라는 미
소를 지었다.

"고맙습니다. 어떤 사람은 제가 커피를 너무 진하게 내린다고 하
더라고요." 베르타가 턱으로 슬쩍 스타이니를 가리키며 웃었다.

"너무 진한 거 맞잖아." 모자를 푹 내려쓴 스타이니가 말했다.
"너무 심하게 진해."

매튜는 토라만큼 어색한 분위기를 감지하지 못했는지 스타이니
를 향해 바로 이렇게 말을 붙였다. "우유를 좀 더 넣으세요. 그게
비결이죠." 매튜는 아무런 거리낌도 없이 덧붙였다. "한 번 해보세
요. 크림을 넣으면 더 좋아요."

"그럴 수도 있겠네요." 스타이니가 대꾸했다. "저는 코카콜라를
더 좋아합니다."

베르타가 매튜를 향해 따듯하게 웃어보였고 토라는 젊은 청년을
향해 해줄 말이 없을지 고심했다. 친구를 향한 베르타의 마음이 어
딘가 짠했다.

"그럼 방을 보여드릴까요? 스타이니랑 저는 안 그래도 오늘은
이쯤에서 마무리하려던 참이었거든요." 베르타가 복도 쪽으로 걸
어가며 물었다.

"좋아요." 토라와 매튜가 컵을 내려놓으며 동시에 대답했다. "원
하시면 먼저 가셔도 괜찮아요." 토라가 베르타의 뒤를 따르며 속삭
였다. "아무것도 가져가거나 망가뜨리지 않을게요."

"괜찮아요." 베르타가 쾌활하게 대꾸했다. "어차피 마무리할 게
좀 남아있거든요."

세 사람은 한꺼번에 계단을 올라가 비르나의 방문 앞으로 다가갔다. 토라와 매튜가 지난번에 이곳을 찾았을 때 들어가 보지 못했던 방이었다.

"사건 소식을 듣자마자 방문을 잠갔어요." 베르타가 열쇠를 뻑뻑한 열쇠구멍에 넣으며 말했다. 베르타는 능숙한 동작으로 열쇠를 돌려 문을 열었다. 책상에는 탄산음료수 병 하나가, 창턱에는 재떨이가 놓여있었다. 또 방 안 여기저기에 다양한 신식 물건들이 널려있었다. 비르나의 호텔 방과 마찬가지로 여러 장의 드로잉이 벽에 붙어있었는데, 대부분 직접 스케치한 것이고 나머지 몇 개만 출력한 것이었다.

토라는 벽에 붙은 드로잉을 살펴보았다. 별관 예정부지와 여러 단면도가 그려져 있었다. "이건 뭐죠?" 토라는 뒤편에 소나무가 보이는 건물 드로잉을 가리키며 물었다. 그림에는 버스와 보행자들의 모습도 보였다. "이게 설마 호텔 별관을 위해 비르나가 그린 설계 도안은 아니겠죠?" 그림 속 건물은 유리로 뒤덮여 있었다. 투명한 유리창으로 둘러싸인 호텔 방은, 토라로서는 상상도 할 수 없었다.

베르타가 그림이 있는 쪽으로 다가와 말했다. "절대 아니죠. 비르나가 별관 도안을 보여준 적이 있는데, 이것과는 완전히 다른 모양이었어요." 베르타는 상체를 구부리고 도안의 한쪽 모서리를 자세히 들여다보았다. "날짜가 일주일 전으로 돼있네요. 그리고 비르나가 저를 마지막으로 이 방에 초대했을 때 이 그림은 없었어요."

"그렇지만 사건 이후 문을 잠글 때는 여기 있었겠죠?" 매튜가 물었다. "비르나가 죽고 난 후에 그림이 걸렸을 리는 없으니까요?"

베르타는 코를 찡긋거리며 기억을 되짚었다. "솔직히 잘 모르겠어요. 문을 잠그기 전에 고개만 살짝 들이밀고 방을 봤거든요. 이 그림이 벽에 붙어있었는지 아닌지 기억이 나지 않아요." 베르타는 직무태만이라도 저지른 사람처럼 창피한, 거의 죄책감을 느끼는 듯한 표정을 지었다. "하지만 문을 잠근 뒤로는 누구도 이 방에 들어오지 않았어요. 그건 확실해요."

"문을 잠근 게 정확히 언제였죠?" 토라가 물었다.

"토요일요." 베르타가 대답했다. "정확한 시간은 기억나지 않지만 오후였어요. 그게 중요한가요?" 베르타가 불안한 목소리로 물었다. "범인이 여기에 들어온 걸까요?"

"아뇨." 토라는 베르타를 안심시켰다. "그러지 못했을 거예요. 여기에 비르나의 비밀 작업실이 있었다는 사실을 아는 사람도 거의 없거든요."

토라는 책상 앞으로 걸어갔다. 여러 장의 드로잉이 신용카드 영수증과 함께 책상 위에 널려있었다. 비르나가 에쏘에서 기름을 넣었고, 크발피외르뒤르 터널을 이용했다는 사실 외에는 알 수 있는 게 없었다. 책상 서랍은 형태가 뒤틀린 채 꽉 닫혀있었기 때문에 젖먹던 힘까지 동원해 겨우 열었다. 두 개의 서랍은 텅 빈 반면 나머지 서랍에는 연필 한 자루와 연필깎이, 그리고 금속 열쇠고리에 열쇠 하나가 달려있었다. 열쇠고리에는 토라가 모르는 로고가 새겨져 있었다. 토라는 열쇠를 집어들었다. 방 문 열쇠나 차 키로 보기에는 크기가 작았다. "이게 어디 열쇠인지 알아요?" 토라가 물었다.

베르타가 고개를 저었다. "전혀 모르겠어요. 그렇지만 비르나의 열쇠인 건 틀림없어요. 비르나가 처음 여기에 짐을 옮겨왔을 때만 해도 없었거든요. 그 전에 제가 방에 있는 물건들을 다 치운 상태였어요."

토라는 열쇠를 주머니에 넣었다. "그럼 제가 잠깐 빌려갈게요." 토라가 베르타에게 말했다. "경찰에 대해서는 걱정 마세요. 경찰이 필요하다고 하면 바로 넘길게요."

"상관없어요. 저는 그냥 범인이 빨리 잡혔으면 좋겠어요. 그게 누구든지 말이에요."

"이제 다 둘러본 건가요?" 방 전체를 살펴보고 나자 매튜가 물었다. "집 안에 비르나의 다른 물건들은 없나요?"

"아래층에 유리잔이 하나 있을지도 몰라요." 베르타가 말했다. "아! 맞다, 그리고 현관 앞에 부츠도 한 켤레 있어요. 그것도 드릴까요?"

토라가 웃으며 말했다. "아뇨, 그럴 필요 없어요. 한데 뭐 하나만 물어볼게요. 비르나가 이 집 밖에 있는 해치에 유독 관심이 많았더라고요. 혹시 그 이유가 뭔지 아세요?"

베르타가 천천히 고개를 저었다. "몰라요. 하지만 이 건물을 증축하려고 여기저기 살펴보다 우연히 발견한 게 아닐까요. 그러니까 제가 이 집에서 비르나를 처음 만나기 두 달쯤 전일 거예요."

"아뇨. 그 후의 일이었어요. 아주 최근요." 매튜가 바로잡았다. "저희가 말하는 해치가 어떤 건지 아시겠어요?"

"네." 베르타가 대답했다. "알 것 같아요. 밖에 있는 해치는 하나뿐이거든요. 보여드릴까요?"

토라가 매튜를 올려다보더니 어깨를 으쓱하고 말했다. "그러면 저희야 좋죠."

두 사람은 베르타와 함께 방을 나왔다. 베르타가 양심적이게도 문을 잠그는 동안 둘은 옆에 서있었다. 토라는 밖으로 나가면서 베르타에게 짐을 싸는 동안 오래된 나치 기념품을 발견하지는 않았는지 혹은 비르나가 그런 물건에 대해 언급한 적은 없었는지 물었다.

베르타가 현관 앞 계단에서 뒤돌아 당황한 표정으로 토라를 바라보았다. "아뇨. 그건 왜 물으세요?"

"그냥 궁금해서요." 토라가 얼른 둘러댔다. "호텔 지하실에 있는 상자에서 몇 개 발견했거든요."

"정말요?" 베르타는 놀라움을 감추지 않고 말했다. "이상한 일이네요. 저희 가족이 아닌 다른 사람의 물건일 수도 있을까요?"

"어쩌면요." 토라는 이렇게 대답했지만 실상을 이미 알고 있었다. "그리고 한 가지 더요." 토라가 걸어가면서 물었다. "크린스틴이라는 이름을 아세요?"

"크리스틴 스베인스도티르요?" 베르타는 고개를 돌리지 않고 말했다. 토라의 심장이 빠르게 뛰기 시작했다. "몇 년 동안 같은 학교에 다녔거든요. 그런데 못 본 지 한참 됐어요." 베르타가 토라를 향해 돌아서며 물었다. "그 친구를 아세요?"

토라는 실망감을 감추려고 애썼다. "제가 말하는 크리스틴은 아주 오래 전에 이 집이나 이 동네에 살았던 사람일 거예요."

베르타가 고개를 저었다. "그런 이름은 들어본 적이 없어요. 제가 나이 드신 분들에 대해서는 아는 게 별로 없으니까요. 저희 엄마한테 물어보면 혹시 알지도 몰라요."

가망이 없다는 뜻이군. 토라는 속으로 생각했다. "이게 그 해치 인가요?" 베르타가 멈춰선 지점에 나있는 용접 손잡이가 달린 강판을 가리키며 토라가 물었다. 강판은 집 뒤편에서 20미터쯤 떨어져 있었다.

"네." 베르타가 대답했다. "별로 대단한 건 아니에요. 한번 열어 보고 싶으세요?" 해치를 열어보고 싶다면 직접 해야 한다는 뜻으로 베르타가 매튜를 향해 물었다.

매튜는 무릎을 꿇고 육중한 강판을 들어올리려 용을 썼다. 해치의 경첩 부분에서 삐걱거리는 소리가 나긴 했지만 문은 열리지 않았다. "저 아래 뭐가 있죠?" 매튜가 물었다.

"아무것도 없어요. 제가 알기로는 저장고로 사용된 곳이에요. 지하실에 저기로 통하는 입구가 있거든요. 옛날에는 난방용 석탄을 여기에 보관했나 봐요. 해치가 마지막으로 열린 게 언제인지는 아무도 몰라요. 제 기억 속에서 이 집은 항상 전기난방 시스템을 사용해왔으니까요."

"지하실을 둘러볼 수 있을까요?" 매튜가 더러워진 손을 풀밭에 닦으며 물었다.

베르타는 고개를 끄덕였지만 저 아래에는 아무것도 없다고 충고했다. 베르타와 두 사람은 함께 계단을 내려갔다. 지하실 끝의 작은 문으로 들어가 거의 터널처럼 생긴 복도를 지나자 철문이 나왔다. 베르타는 그 문을 밀어서 열었다. 문 안으로 암흑 외에 아무것도 보이지 않았다. 지하실에 밝혀진 희미한 조명을 통해 세 사람은 저장고 안이 석탄가루로 뒤덮여 있으며 바닥에 검은 덩어리 몇 개가 나뒹굴고 있다는 정도만 간신히 파악했다.

"도저히 못 봐주겠네요." 베르타가 저장고 문을 닫으며 말했다. "비르나가 이런 데 관심을 가졌을 리 없어요. 심지어 여기로 내려가는 모습을 한 번도 본 적이 없는걸요." 베르타는 계단 쪽으로 걸어갔다. "물론 비르나는 주로 집에 아무도 없을 때 왔으니 혼자 지하실을 둘러봤을지도 모르죠. 하지만 대체 비르나가 무슨 이유로 이곳에 관심을 가졌는지 전혀 모르겠어요."

1층으로 올라온 토라와 매튜는 오늘은 이쯤에서 물러가기로 했다. 두 사람은 베르타에게 도와줘서 고맙다고 말한 뒤 작별인사를 나누었다. 매튜는 스타이니에게도 인사를 전해달라고 한 반면 토라는 또다시 스타이니의 흉터에 대해 묻고 싶은 충동을 여러 번 다스리느라 애를 먹었다. 그러다 결국 토라는 질문을 내뱉고 말았다. "베르타, 이런 질문을 해도 괜찮을지 모르겠지만 스타이니에게 무슨 일이 있었던 거예요?" 토라는 부엌까지는 들리지 않을 낮은 소리로 물었다.

베르타가 무거운 한숨을 내쉬었다. "교통사고를 당했어요. 어떤 차가 스타이니의 차를 들이받았고, 스타이니의 차에 불이 났어요. 스타이니가 그때 담배를 피우고 있었거든요." 베르타 역시 토라만큼이나 낮은 목소리로 말했다.

"세상에." 토라가 혀를 찼다. "끔찍한 일이에요. 그래서 마비가 된 건가요?"

"아뇨." 베르타가 대답했다. "적어도 척추손상은 피했어요. 두 다리의 부상이 너무 심해서 제대로 걸을 수가 없는 거죠. 근육 일부가 타버렸고, 피부 이식수술 때문에 여전히 불편해하고 있어요. 스타이니가 조만간 다시 물리치료를 받으러 다니도록 설득하려 해요. 물론 아직은 시간이 더 필요한 듯하지만요." 베르타는 혹시라도 친구에게 대화 소리가 들리지는 않을까 얼른 뒤를 살폈다. "최악인 건 스타이니의 차를 친 운전자가 술에 취해있었다는 거예요. 스타이니는 술을 입에 대지도 않은 상태였고요."

"그럼 그 운전자는 어떻게 됐나요?" 토라가 물었다. "처벌을 받았나요?"

베르타가 차갑게 웃었다. "그렇다고 볼 수 있죠. 그 사고로 목숨을 잃었으니까요. 아내와 함께요." 베르타는 말을 더 해야 할지 고민하는 듯 멈췄다가 다시 입을 열었다. "실은 이 주변 농장 주인이었어요. 그 부부의 딸이 베르구르의 아내인 로사예요."

맙소사, 그런 일이. 토라는 속으로 생각했다. 모든 단서가 베르구르에게로 향하고 있었다.

28장

토라는 요나스의 사무실 컴퓨터 앞에 앉아 그와 통화를 하고 있었다. "경찰이 판사에게 당신 혐의에 대한 증거를 제시하면, 나는 그 증거들이 사건과 관련이 없거나 불충분하다고 주장할 겁니다. 그 후 판사가 당신에게 질문을 하면 혐의에 대해 직접 대답할 기회가 주어지는 거예요. 반드시 답변해야 할 의무는 없지만, 정말 예외적인 상황이 아니고서야 답변을 거부하는 건 좋은 생각이 아니에요."

"판사한테 결백을 주장할 기회는 주어지지 않나요?" 요나스가 겁먹은 목소리로 물었다. "내가 진실을 말하면 판사가 그걸 못 알아볼 리 없잖아요. 판사는 사람을 꿰뚫어보는 안목을 가졌을 거 아니에요?"

피식 웃음이 터지는 바람에 토라는 수화기를 손으로 가려야만 했다. "요나스." 토라는 호흡을 가다듬고 말했다. "판사도 평범한 사람이라 잘못된 결론을 내릴 수 있어요. 게다가 판사는 경찰이 제시한 증거 또한 검토해야 해요. 증거를 검토해서 당신에게 죄가 있다거나 뭔가를 숨기고 있다는 분명한 의심이 들면 당신이 아무리 결백하다고 설득력 있게 주장해도 증거에 근거해 판단을 내린다고요."

"똥줄이 빠지게 무서워요." 요나스가 흥분한 목소리로 하소연했다. 토라는 그가 내일 아침 판사 앞에서 결백을 주장할 때도 이 정도로 절절하게 감정을 드러내주길 바랐다. 어떤 판사를 만나게 될지 누구도 모르는 일이었다.

"물론 그럴 거예요, 요나스." 토라가 다독였다. "그렇지만 두려움에 압도당하지는 말아요. 내가 옆에 같이 있을 거예요. 다 잘될 거라고 희망을 가져요."

"내일 뭐라고 할 거예요?" 요나스가 물었다. "내일 새로운 증거를 제시할 수 있겠어요?"

"글쎄요, 그러려면 오늘밤에 엄청난 사건이라도 일어나야겠죠. 내일 오전 10시에 판사 앞에 서야 하는데 그 전까지 새로운 사실을 밝혀내긴 어려울 거예요." 전화선 너머 요나스의 침묵 아래 흐르는 절박함을 토라가 모를 리 없었다. "하지만 내가 할 수 있는 건 뭐든지 할 게요. 약속해요."

"뭐든지 해줘요!" 요나스가 소리쳤다. "범인을 찾을 수만 있으면, 아니 범인인 척하는 사람이라도 좋다고요."

"판사 앞에서 자신이 저지르지도 않은 범행을 자백할 만한 배우를 찾기란 하늘의 별따기일 거예요." 토라가 마우스를 흔들자 컴퓨터 화면이 밝아졌다. "요나스, 비밀번호가 뭐예요? 방금 컴퓨터를 켰는데 로그온을 할 수가 없어요."

"해시시hashish(대마초의 일종—옮긴이)예요." 요나스가 대답했다.

"이것도 다 소문자고요."

토라가 버럭 화를 냈다. "지금 제정신이에요? 당장 변경할게요. 경찰이 당신 컴퓨터를 압수했다가 비밀번호를 알아내기라도 하면 득될 게 하나도 없다고요. 결백한 느낌을 주는 걸로 바꿀게요." 토라는 전화를 끊자마자 비밀번호를 바꾸었다. "엠네스티(사면 또는 자비라는 뜻─옮긴이)." 토라는 타이핑을 하며 소리내어 혼잣말을 했다. "다 소문자로."

"누구한테 얘기하는 거예요?" 매튜가 안으로 들어오며 물었다. "유령이랑 대화해요?"

토라가 웃으며 고개를 들었다. "네, 시도해볼 만하죠. 어쩌면 내일 오전 10시 전까지 범인의 이름을 알려줄지도 모르잖아요."

매튜가 과장된 몸짓으로 토라 맞은편에 있는 의자에 털썩 주저앉았다. 그는 두툼한 서류뭉치를 책상 위에 툭 던졌다. "명단에 나온 차량 주인을 확인해봤어요." 매튜가 말했다.

토라는 서류뭉치를 집어들었다. 매튜는 에이리쿠르가 살해당하던 날, 호텔 손님이나 직원 명의로 된 차 중에 크발피외르뒤르 터널을 통과한 차량이 있었는지 확인하기 위해 명단을 들고 주차장에 나갔다 온 참이었다.

"차주 이름과 차량번호가 이렇게 많은데 어떻게 이걸 다 확인했어요?" 토라가 물었다. "차량번호가 총 몇 개나 되죠?"

"5,000개쯤 되는데, 경찰이 친절하게도 명단에 사건과 관련 있을 만한 번호를 표시해놓았어요. 호텔 직원들의 차량에도 표시를 했더라고요." 매튜가 말했다. "문제는 렌터카인데, 렌터카 회사가 차

주로 등록되어 있어서 이 명단만 가지고는 정확히 확인하기가 어려워요."

"그래서 주차장에 있는 차들의 번호판이랑 비교해본 거예요?" 토라가 물었다.

"네. 밖에 있는 렌터카 중 몇 대가 명단에 있는 걸 보고 비그디스의 도움을 좀 받았죠." 매튜가 말을 이었다. "나랑 같이 주차장에 나가서 누가 그 렌터카를 모는지 알려줬어요. 비그디스의 기억력이 얼마나 좋던지 이 세상 사람이 아닌 것 같았다니까요." 매튜는 명단을 집어들고 빠르게 넘겼다. "안타깝지만 그것도 별 도움은 안 됐어요. 렌터카를 모는 손님들은 죄다 외국인이라 당연히 용의자일 가능성도 낮아요. 다만 일본인 부자와 로빈이 그날 터널을 이용하지 않았다는 사실은 확인했죠."

"로빈은 그날 베스트피르드르에 다녀왔다고 했어요." 토라가 말했다. "터널을 통과할 필요가 없었겠죠. 비그디스의 말에 의하면 일본인 부자는 절대 어디를 가는 법이 없댔어요. 그러니까 그 부자가 터널을 지나지 않았다고 해도 별로 놀랄 일은 아니고요. 다른 사람들은 어때요?"

"이게 무슨 의미가 있는지 모르겠는데, 경찰이 표시해놓은 걸 보니까 베르구르가 오전에 터널을 지났다가 다시 돌아온 기록이 나오더라고요. 그러니까 베르구르는 여전히 용의선상에 있는 셈이죠." 매튜가 고개를 들지 않은 채로 말했다. "목발 짚고 다니는 증권브로커는 아무 데도 안 갔어요. 적어도 명단에는 이름이 없더라고요. 사실 그 상태로 운전을 하기는 어렵죠. 카누 선수인 트뢰스투르는 6시경에 차를 몰아 호텔을 떠났어요. 살인이 저녁시간쯤 벌어졌으니 그가 범인일 가능성은 낮은 거죠. 그리고 한참 뒤에 돌아왔거든요."

"정확히 몇 시간 뒤에 돌아왔어요?" 토라가 물었다. "실은 우회할 수 있는 경로가 하나 있어요. 터널을 통과하는 대신 크발피외르 뒤르 피오르를 지나는 거죠. 터널을 통과해 나갔다가 우회로를 통해 여기로 와서 에이리쿠르를 죽이고 다시 우회로를 지나 터널 반대쪽으로 나갔다가 터널을 통해 돌아올 수 있는 거죠." 토라는 얼굴을 찡그렸다. "하지만 그럴 가능성은 낮아 보이네요. 만약 그가 살인사건이 일어나기 30분이나 한 시간 전에 터널을 통과했다면 이곳으로 돌아와서 에이리쿠르를 마구간으로 끌고 가 살해한 뒤 다시 우회로를 통해 나갔다가 터널을 통해 돌아오기에는 시간이 너무 촉박해요. 에이리쿠르의 사망 시각이 저녁시간이라고만 했지, 정확한 내용은 우리도 모르잖아요."

매튜는 트뢰스투르가 호텔을 떠난 시간과 돌아온 시간을 확인했다. "카누 선수는 터널을 통과해 나간 지 두 시간 반 후에 다시 터널을 통해 돌아왔어요."

"그럼 방금 말한 가설은 가능성이 없네요." 토라가 정정했다. "그가 범인일 가능성은 전혀 없어 보이지만, 그래도 이야기는 나눠 봐야겠어요. 뭔가를 알고 있을지도 모르죠. 또 다른 건 없어요?"

"직원들은 거의 다 호텔에 있었던 거 같아요. 명단에 있는 차량 중에서 직원들의 소유는 몇 대 안 되거든요. 물론 내가 뭔가를 간과했을 수도 있지만, 지금까지 살펴본 결과 그날 터널을 이용한 직원은 두 명이에요. 요쿨은 낮에 터널을 통과하고 두 시간 뒤에 돌아왔으니 여전히 용의선상에 있는 셈이죠. 경찰이 표시해준 차량 중 하나는, 비그디스에게 확인해보니 안마사의 차였어요. 안마사는 정오경에 터널을 통과했다가 다시 돌아오지 않았고요. 경찰이 표시해준 것 중에서 여자 직원의 차가 한 대 더 있었어요. 이 역시 비그디스가 알려줬어요. 그 직원의 이름은 솔디스이고, 호텔 청소부래요. 그녀는 오후에 이곳을 떠난 걸로 되어있어요. 비그디스 말로는 솔디스가 일요일에 레이캬비크에 있는 정비소에 차를 맡기러 갔다가 다른 사람의 차를 얻어 타고 돌아왔다고 했어요. 솔디스가 누군지는 모르겠지만 언제든 호텔에 돌아왔을 수 있어요. 누가 그녀를 호텔까지 태워줬는지 모르잖아요."

"솔디스는 아직 어린 애예요. 그 애가 사건과 관련돼 있을 가능성은 극히 낮아요." 토라가 말했다. "당신이 여기 도착하기 전에 그 직원이랑 잠깐 얘기를 나눠봤는데 괜찮은 아이 같았어요. 어쨌든 나는 용의자가 여자일 거라고 생각지 않아요." 토라가 덧붙였다. "두 사건이 동일범의 소행이라고 추정한다면 말이에요. 비르나는 강간당했잖아요."

"물론 그렇기는 하지만 경찰은 남자뿐 아니라 여자들의 이름에도 표시를 했어요." 매튜가 설명했다. "그리고 차주가 직접 운전하지 않은 차량이 있을 거예요. 여성인 차주가 다른 사람에게 차를 빌려줬거나 범인이 다른 사람의 차를 몰았을 수도 있어요. 물론 남성 차주들의 경우도 마찬가지고요. 등록된 차주가 반드시 차를 운전했을 거라고 단정할 수는 없어요."

"네, 맞아요. 그러니까 결국 차량 명단은 별 도움이 안 되는 거네요, 그렇죠?"

"그렇죠." 매튜가 대답했다. "그래도 경찰이 누구를 쫓는지 모르는 일이니, 명단에 있는 다른 이름들도 훑어봤어요." 그는 엄지손가락으로 서류를 넘겼다. "뵈르쿠르와 엘린 두 사람 모두 그날 살인이 일어나기 전 시점에 터널을 통해 호텔 방향으로 들어왔더군요. 다시 돌아간 기록은 없고요. 아 참, 명단에 베르타도 있더군요. 사건 발생 한 시간쯤 전에 레이캬비크로 가는 길에 터널을 통과했고, 그날 돌아오지 않았어요."

"그 남매가 범인일 수도 있다고 생각해요?" 토라는 얼굴을 찡그리며 물었다. "난 한 번도 그들을 의심해본 적이 없거든요. 두 사람을 죽일 만한 동기가 뭔지 짐작할 수도 없고요."

"그야 모르는 거죠." 매튜가 말했다. "아, 그리고 비그디스에게 마그누스 발드빈손에 대해서도 물어봤거든요. 그런데 마그누스는 자기 차를 타고 오지 않았대요. 손자가 차로 데려다 줬다는군요. 그러니까 마그누스는 그날 하루 종일 호텔 근처를 벗어나기가 어려웠을 거예요. 설령 살인을 할 수 있는 사람이라고 해도."

"베르구르의 아내도 있잖아요." 토라가 말했다. "그 농장 바로 앞에서 이 모든 일이 벌어졌고, 그 부부가 사건과 전혀 무관하다고 단정하기는 어려워요. 베르구르는 비르나의 내연남이었고 그녀의 시신을 발견한 당사자이기도 하죠. 게다가 에이리쿠르는 그 부부의 마구간에서 살해당했어요. 로사 역시 비르나를 살해할 동기는 충분해요. 물론 에이리쿠르를 죽일 만한 이유를 찾을 수가 없지만요." 토라가 매튜를 쳐다보았다. "혹시 비르나를 죽인 게 로사 아닐까요? 오늘 마구간에서 보인 행동을 고려하면 충분히 그러고도 남을 정신 상태였어요. 자기 대신 비르나를 강간해줄 남자 공범이 있지 않았을까요?"

매튜가 어깨를 으쓱했다. "네, 그럴 수 있죠. 그런데 누가요? 그녀의 친구 요쿨요?"

토라는 끙끙거리며 컴퓨터로 몸을 돌렸다. "배고파 죽을 지경이에요." 토라는 화면 모서리를 바라다보며 중얼거렸다. "뭘 좀 먹어야 하지 않겠어요? 여기서 계속 이러고 있다가는 식당 영업시간이 끝나버릴지도 몰라요. 컴퓨터는 배를 채우고 나서도 쓸 수 있잖아요."

두 사람은 사무실을 나왔다. 명단이 사무실에 남아있었기 때문에 토라는 누군가 몰래 들어와 명단을 훔쳐가지 못하도록 신경 써서 문을 잠갔다. 명단이 사라질 경우 경찰이 토라에게 사본을 마련해줄 리도 없거니와 애초에 토라는 그 명단을 가져와서는 안 됐다. 설령 경찰이 사본을 준다고 해도 그렇게 편리하게 표시되어 있지도 않을 테니 제자리걸음만 할 게 뻔했다.

"조개가 들어간 메뉴가 있으면 좋겠네요." 이렇게 말하는 토라의 배에서 꼬르륵 소리가 났다. "아니면 미트볼도 좋고요."

"난 두툼한 샌드위치에 맥주 한 잔." 매튜가 말했다. "고래 고기만 아니면 아무 거나 좋아요. 그리고 조개 들어간 당신 메뉴를 나와 나눠먹어야 한다는 부담감은 전혀 가질 필요 없어요." 토라가 소매를 잡아당기자 매튜는 말을 멈췄다. 토라는 로비로 함께 걸어오는 마른 여자와 나이 지긋한 부인을 향해 고개를 까딱했다.

"저 애가 솔디스예요." 토라가 속삭였다. "당신이 누군지 모르겠

다고 했던 여자 직원." 매튜와 함께 솔디스를 향해 다가가면서 토라
는 손을 흔들었다. "안녕하세요? 솔디스." 토라가 인사를 건넸다.

솔디스와 노부인이 그 자리에 멈춰섰다. 솔디스가 토라를 향해
어정쩡한 웃음을 지었다. "아, 안녕하세요."

토라는 노부인에게 자기소개를 하며 악수를 청했다. "안녕하세
요? 저는 이 호텔 소유주의 변호사로 일하고 있어요. 손녀 분이 제
게 물심양면으로 도움을 주었죠." 노부인의 이름은 라라였다. 토라
는 솔디스를 향해 웃으며 말했다. "바쁘지 않으면 한 가지 물어보
고 싶은 게 있어요."

"나는 괜찮아요." 노부인이 말했다. "그저 손녀를 데려다주러 온
거라 저희 둘 다 서두를 필요가 없지요. 솔디스, 대화 나누렴."

"네, 저도 상관없어요." 솔디스는 10대 특유의 무심한 표정을 지
으며 대답했다. 풍선껌을 씹고 있었는데 껌이 너무 컸는지 발음이
약간 부정확하게 들릴 정도였다. "알고 싶으신 게 뭐예요?"

"대단한 건 아니에요." 토라가 말했다. "일요일에 크발피외르뒤
르 터널을 통과한 차량 목록을 살펴보던 중이었는데, 솔디스도 그
날 차를 수리하러 레이캬비크에 갔던 모양이더라고요."

"맞아요." 솔디스가 대답했다. 그녀는 엄지손가락으로 옆에 있던
할머니를 가리켰다. "수요일은 돼야 차를 찾을 수 있어서 할머니가
저를 호텔에 데려다 주시죠."

"그렇군요. 음, 제가 알고 싶은 건 누가 레이캬비크에서 이곳까
지 솔디스를 차로 태워줬느냐예요. 그날 호텔 직원과 투숙객들의
동선을 전부 파악하는 중이거든요."

솔디스의 표정으로 보아 질문이 생뚱맞다고 생각하는 듯했다. "트뢰스투르가 태워줬어요."

"카누 선수요?" 토라가 놀란 목소리로 물었다.

"네. 트뢰스투르가 레이캬비크에 잠시 다녀온다고 말하는 걸 들었거든요. 차 수리를 맡기고 나면 이러지도 저러지도 못 하는 상황이라서, 날 이곳까지 태워다 줄 수 있는지 물어봤어요. 트뢰스투르가 그러겠다고 했고요." 솔디스는 껌으로 커다란 풍선을 불더니 터뜨렸다. 그러고는 이리저리 퍼져버린 껌을 매우 힘차게 입 안으로 쏙 빨아들였다. "스타이니 때문에 상황이 그렇게 된 건데, 다행히 트뢰스투르가 절 도와줬죠."

"스타이니요?" 토라가 물었다. "스타이니가 누구죠?" 설마 휠체어에 탄 그 청년일 리 없다고 토라는 생각했다.

"제 친구예요." 솔디스가 대답했다. "친구라고 할 수 있죠. 날 데려다 주기로 했었는데 막판에 약속을 취소해버렸어요. 걘 좀 이상해요. 예전에는 그렇지 않았는데, 그 사고를 겪고 나서…." 솔디스가 검지를 관자놀이에 대고 빙빙 돌렸다.

"그러니까 온몸에 화상을 입고 휠체어를 타고 다니는 그 청년 말인가요?" 토라가 물었다. "그 사람이 운전을 할 수 있어요?"

"아, 그럼요." 솔디스가 말했다. "화상을 입은 건 오른손이라 왼손은 멀쩡해요. 두 다리도 엉망이 되기는 했지만 차에 특수장치가 달려있어서 페달을 밟을 수 있고요. 차도 오토매틱이거든요."

"그럼 돌아다니기가 훨씬 수월하겠군요." 토라는 놀란 기색을 감추며 고개를 끄덕였다. 스타이니가 운전을 할 수 있을 거라고는 짐작도 하지 못했다. 그녀가 볼 때마다 휠체어에 앉아있었던 터라 전적으로 주변 사람들에게 의지해 살 거라고만 추측했다. "그 청년을 어떻게 아세요?" 토라가 물었다.

"여섯 살 때부터 같은 반이었어요." 솔디스가 말했다. "한 학년에 반이 하나밖에 없었거든요. 동갑이기도 하고요. 사고를 당해 이 근처 집으로 이사를 온 뒤 제가 종종 찾아가기 시작했어요. 처음에는 안쓰러워서 그랬는데, 지금은 그냥 수다나 떨러 가요."

"그럼 스타이니와 친하겠네요?" 여전히 상황 파악이 덜 된 토라가 주절주절 말을 이었다. "스타이니를 두 번 만난 적이 있었는데 음, 뭐랄까… 좀 말수가 적었어요."

"네, 그래도 괜찮은 친구예요. 낯선 사람들을 어려워해서 그렇죠." 솔디스가 딱딱거리며 껌을 씹었다. "사람들이 자기를 쳐다보는 게 불편한가봐요. 스타이니랑 어울리는 사람이 딱 둘 있는데, 저랑 걔 사촌 베르타뿐이에요."

"저도 만난 적 있어요." 토라가 말했다. "베르타와도 친구예요?"

"네, 그런 셈이죠. 걔 레이캬비크 출신이라서 그 전에는 몰랐어요. 스타이니 집에서 만난 거죠. 스타이니한테 정말 상냥해요. 꽤 괜찮은 애 같아요."

"끔찍한 사고였죠." 라라가 불쑥 끼어들었다. "여기 주민 수가 얼마 되지 않아서, 두 사람이나 죽고 한 사람이 중상을 입은 사고는 기억할 수밖에 없답니다."

"이 근처 농장에 살던 중년 부부가 그 사고로 죽었다고 들었어요." 토라가 아는 체를 했다.

"네, 정말 처참했어요." 노부인이 말을 이었다. "최악인 건 구드문두르가 술에 취해있었다는 점이죠. 음주운전만 하지 않았더라도 그런 사고는 없었을 거예요. 그 부부의 딸 로사는 그 일로 견디기 힘든 중압감을 느꼈어요. 사고 이후 고립된 삶을 살았고요. 본래 사교적인 성격이 아니었지만 사고 이후에는 완전히 외부와 담을 쌓아버렸죠. 전혀 그럴 필요가 없는데. 누구도 로사를 탓하지 않았거든요."

토라가 고개를 끄덕였다. "그럼 부인도 이 지역 주민이세요?" 토라가 물었다.

"네, 여기서 태어나고 자랐죠." 라라는 웃으며 대답했다. 토라는 솔디스가 얼마나 할머니를 닮았는지 비로소 깨달았다. 두 사람 사이에는 60년이라는 시간 차가 있었지만 얼굴 생김새가 똑같았다. "젊었을 때 레이캬비크에서 몇 년 살았는데, 나한테는 이곳이 어울린다는 걸 금세 깨달았어요. 다른 곳에서 살아봤자 얻을 게 없었죠. 시간이 갈수록 그 생각은 더 강하게 들어요."

토라가 미소를 지었다. "여기 머무는 동안 온갖 종류의 흥미로운 일들을 경험하고 있어요. 혹시 호텔 부지에 속한 예전 두 농장에 살던 가족들에 대해서 알고 계시나요?"

"크레파와 키르큐스테트요? 물론 잘 알죠." 라라가 자랑스럽게 말했다. "가장 절친한 친구였죠. 저와 키르큐스테트에 살던 구드니 말이에요. 여기 오는 게 즐거운 이유도 바로 그 때문이죠. 비록 과거와 현재의 경계가 흐릿하기는 해도요."

"그럼 예전 일에 대해 기억하고 계시겠네요?" 토라는 이렇게 말하며 어떤 질문을 가장 먼저 던져야 할지 고민했다.

"그럼요. 물론 나이가 들어 기억력이 예전 같지는 않지만, 신기하게도 가장 오래된 기억이 제일 오래 가더라고요. 궁금한 게 있으면 뭐든 물어봐요. 그리무르와 그의 동생 비야르니가 워낙 평범하지 않은 삶을 살았어요. 이곳 농장에서의 삶이라는 게 아주 별났으니, 무슨 질문을 해도 이 늙은이를 놀라게 하지는 못할 겁니다."

토라는 노부인에게 뽀뽀라도 해주고 싶은 심정이었다. "오, 그렇게 말씀하시니 마음이 놓이네요. 옛날 일에 대해 이야기해줄 수 있는 분을 만나기가 어려웠어요. 그 시절에 대해 전혀 모르거나 설령 알아도 이야기를 꺼내고 싶어하지 않았거든요." 토라는 숨을 깊이 들이마시고는 말을 쏟아내기 시작했다. "이 농장과 나치가 어떤 관련이 있었는지 기억하시나요? 나치 깃발을 비롯해서 관련된 물건들을 발견했는데, 전후 상황을 하나도 모르겠어요. 솔직히 말씀드리자면, 그런 물건을 시골의 농가 지하실에서 발견했다는 것도 놀랍고요. 그 일에 대해 조금이라도 아시는 게 있나요?"

라라가 깊은 한숨을 쉬었다. "놀라웠겠죠. 안타깝게도 비야르니가 나치에 집착했어요. 그의 아내 아달하이두르가 1930년쯤엔가, 세상을 떠난 뒤 비야르니는 전혀 다른 사람이 됐어요. 그에게는 아내가 전부였으니, 아내의 죽음과 함께 그의 정신도 죽어버린 셈이죠." 라라는 쾌활하게 웃으며 말했다. "그런데 아내의 죽음 이후 뜻밖의 행운이 찾아왔죠. 사람은 이상해졌는데 큰돈이 들어오기 시작한 거예요. 다른 사람들이 보기에는 파산하기 딱 좋은 온갖 터무니없는 사업에 투자를 했는데, 그때가 워낙 수상한 시절이다 보니 그걸로 엄청난 재산을 긁어모았어요. 그가 투자를 시작한 바로 그 시점에 전쟁이 터지면서 운수대통한 셈이죠. 연합군이 점령하고 인구가 늘어나면서 하룻밤 사이에 나라 경제가 뒤바뀌었으니 순전히 운이 좋았던 거죠. 반대로 냉철한 그리무르에게는 안타깝게도 운이 따르지 않았어요."

"파산했나요?" 토라가 물었다.

"아뇨. 그 정도까지는 아니었지만 파산 직전까지 갔을 거예요. 그리무르는 의사였는데, 이 동네에는 이미 진료를 하던 의사가 있어서 할 일이 많지 않았어요. 그는 시간이 갈수록 농장 일에 더 많은 시간을 쏟아부었지요. 나중에는 진료를 완전히 포기하고 농장을 키우는 데 사활을 걸었지만 도저히 일할 사람을 구할 수가 없었죠. 다들 연합군이 더 높은 임금을 주는 레이캬비크로 떠나버렸거든요. 결국 비야르니가 파산 위기에 처한 형을 구했죠. 그리무르의 모든 땅을 사들인 다음, 형이 자기 땅처럼 사용할 수 있도록 했어요. 하지만 형제끼리 말도 하지 않고 지내던 터라 그리무르의 입장에서는 틀림없이 동생의 도움을 받아들이기가 어려웠을 거예요. 엎친 데 덮친 격으로 그리무르의 아내 크리스트룬이 그 즈음 세상을 떠났고, 그리무르는 혼자서 딸을 길러야만 했어요. 생전에 크리스트룬은 정신질환에 시달렸다고 해요. 난 그녀를 거의 본 적이 없어요. 크리스트룬은 사람들과 어울리는 성격이 아니었죠." 라라는 잠시 멈춘 뒤 다시 말을 이었다. "나치 활동과 관련해 레이캬비크에서 비야르니를 찾아온 사람들이 있었어요. 그들은 비야르니가 아이슬란드 서부에서 일종의 민족주의 대표자로 활동해주기를 바랐어요. 대표자가 되려면 지역 젊은이들을 모집해 정치적인 세를 넓혀야 했죠. 내가 알기로는 남부와 북부에도 그런 사람들이 있었을 거예요. 다만 그리 진전을 보지는 못했죠."

"그래서 비야르니는 어떻게 했나요?" 토라가 물었다. "자기도 당에 가입하고 사람들을 모았어요?"

"그러기 시작했지요. 그리고 나름 성과도 있었을 거예요." 라라가 다시 미소를 지으며 말했다. "하지만 정작 젊은 사람들이 이리로 모여든 건 정당이나 강령, 스와스티카 때문이 아니었어요. 비야르니의 딸 구드니 덕분이었죠."

"그분과 친구 사이라고 하셨죠?" 토라가 물었다.

"네, 그랬죠. 옛날에는 우정이라는 게 지금과 달랐지만요. 요즘 여자아이들처럼 자주 만나지는 못했어요. 그래도 우리는 진짜 우정을 나눴죠. 그보다 더 친할 수 없었어요." 라라는 꿈을 꾸는 듯한 눈빛으로 허공을 응시했다. "구드니는 매우 아름다웠어요. 예쁜 소녀가 아름다운 여자로 성장했죠. 꼭 자기 엄마처럼요. 구드니가 사춘기로 접어들었을 무렵부터 동네 청년들이 걔를 숭배할 정도였어요. 그러니 구드니네 집에 모일 기회를 놓칠 수 없었겠죠. 설령 하룻밤 동안 나치 시늉을 해야 하더라도 말예요. 그들은 민족주의가 뭔지도 몰랐을 거예요. 그저 구드니의 곁에 있고 싶었을 뿐."

"구드니도 그 모임에 참여했나요?"

"오, 절대 아니에요. 다만 커피를 만들고 간식거리를 준비하기는 했어요. 나도 가끔 도왔죠. 구드니와 나는 남자애들한테 한 번씩 눈웃음을 치면서 깔깔거리고 놀았어요." 라라의 눈이 흐릿해지더니 이내 슬픈 듯 고개를 저었다. "어쩌다가 그런 일이 벌어졌는지 모르지만, 운명을 거스를 수가 없었던 게지요"

"폐결핵 말씀이세요?" 토라가 물었다.

"폐결핵도 그 중 하나였죠." 라라가 말했다. "비야르니가 아프기 시작하면서 집에 틀어박혀 버렸어요. 구드니도 마찬가지였고요." 라라는 한숨을 쉬었다. "그 즈음 난 고모와 함께 레이캬비크로 이주를 해서 가끔 편지를 보내는 것 말고는 구드니와 연락이 끊겼어요. 나치 사업도 흐지부지 되었고요."

"비야르니가 구드니를 학대했다는 소문에 대해서는 어떻게 생각하세요?"

라라가 토라를 똑바로 쳐다보았다. 그녀는 숨을 짧게 내쉬더니 눈을 감았다. "세상에, 정말 오래 전 일이네요. 실은 요즘 들어 구드니 생각이 부쩍 많이 들어요." 라라는 옆에서 쉬지 않고 껌을 씹어대는 솔디스를 가리켰다. "솔디스가 여기서 일을 시작하면서 옛날 기억이 죄다 떠올랐어요." 라라는 잠시 머뭇거리더니 단호한 눈빛으로 토라를 바라보았다. "비야르니는 구드니에게 손가락 하나 대지 않았을 거예요. 분노에서든 다른 어떤 이유에서든 말이에요. 온갖 이상한 일을 저지르기는 했어도 그는 좋은 사람이었어요. 구드니의 편지에서도 아버지를 많이 사랑한다는 게 느껴졌지요. 나는 그 소문이 사실일 거라고 절대 생각하지 않아요." 라라가 고개를 떨구었다. "하지만 무슨 일이 있었던 것만은 분명해요. 구드니의 편지가 점점 뜸해지다가 마지막 편지에서 불쑥 아이를 낳았다고 털어놨거든요. 아버지가 세상을 떠난 직후에 쓴 편지였는데, 그때 벌써 아이가 네 살이라고 했어요. 도저히 말할 용기가 나지 않았다고 하더군요. 당시 그런 일은 입 밖으로 꺼내기도 창피한 사건이었으니까요. 아이를 낳았을 때 구드니는 고작 열여섯 살이었어요. 아버지에 대해서는 아무런 얘기도 없었지만, 구드니는 나중에 모든 걸 털어놓겠다고 편지에 썼어요. 하지만 그런 기회는 오지 않았죠. 그 뒤로 구드니가 죽었다는 소식만 들려왔어요."

"아이 아버지는 누구였을까요?" 토라가 물었다. "비야르니가 구드니를 학대한 게 아니라면요."

"의심할 만한 사람은 그리 많지 않죠. 그건 확실해요." 라라가 말했다. "다들 폐결핵이라면 무서워했거든요. 아주 쉽게 전염되고 치료제도 없던 때였으니까요. 비야르니가 레이캬비크에 가지 않고 집에 머물기로 결정한 이후 두 부녀는 철저히 외부와 단절된 채로 지냈어요. 구드니가 아버지 곁을 떠나려 하지 않았으니 자연히 그렇게 된 거죠. 내가 알기로 그 두 사람을 찾아간 건 그리무르가 유일해요. 난 항상 그리무르가 구드니를 학대했을 거라고 의심했지만, 증거도 없이 그런 얘기를 함부로 해선 안 되겠죠. 다만 그리무르는 좋은 사람이 아니었어요."

"구드니의 아이는 어떻게 됐죠?" 토라가 물었다. "아들이었나요, 딸이었나요?"

"딸이었어요. 그 아이에게 무슨 일이 있었는지 모르겠어요. 내가 이 동네로 돌아왔을 때는 아무도 그 아이에 대해 아는 사람이 없었죠. 아이에게 세례를 준 목사도 막 세상을 떠난 뒤였고요. 내가 만난 사람들 모두 아이의 존재를 몰랐어요. 다만 그 중 몇몇이 아기를 키우는 집에서나 사용할 만한 물건들을 구드니가 주문했다는 소문을 들었다고 했을 뿐…. 아기가 밖에 버려져 죽었다거나 자기 엄마처럼 폐결핵으로 죽었다는 소문도 있었죠. 비야르니와 구드니가 죽은 뒤부터 근친상간에 대한 소문이 돌기 시작했어요. 어쩌면 아이를 찾으려는 내 노력이 헛소문을 만들어냈을지도 모르죠."

"그 문제에 대해 그리무르와 이야기를 해보셨나요?" 토라가 물었다.

"노력을 했죠. 그런데 그리무르는 그 일에 대해 아예 입을 다물더군요. 그는 내가 여기로 돌아오고 얼마 지나지 않아 레이캬비크로 이사를 가버렸죠. 근친상간이라는 게 워낙 터부시됐으니 누구도 진실을 밝히는 데 도움을 주려고 하지 않았어요. 그 일을 입에 올리는 것조차 수치스럽게 여겼으니까요."

"아이의 이름을 알고 계셨나요?"

"크리스틴이에요. 구드니가 편지에서 알려주었지요. 혹시 그 이름이 새겨진 묘비가 없는지 샅샅이 뒤져봤지만 소용이 없었어요. 대체 그 아이가 어떻게 됐는지, 나는 아직도 궁금해요."

"크리스틴." 토라가 중얼거렸다. "그러니까 크리스틴이 정말 존재했었군요."

"존재했었다고요?" 라라가 두 눈을 크게 떴다. "난 아직도 그 애가 살아있을 거라는 희망을 놓지 않고 있어요. 구드니가 아이에게 좋은 가정을 찾아주고는, 그걸 비밀에 부쳤을 거라고 지금껏 믿어 왔죠. 크리스틴이 폐결핵에 걸린 엄마나 할아버지 손에서 자랐다는 사실이 알려지길 원치 않았을 테니까요. 아마 아이가 태어난 순간부터 그런 생각을 했을 거예요. 어쩌면 큰아버지인 그리무르에게 아이의 출생신고서를 당국에 제출하지 말거나 없애달라고 부탁했을지 몰라요. 비야르니와 구드니의 집에 외부인의 발길이 끊긴 후 크리스틴이 태어났으니, 그리무르가 아기를 직접 받았을 거예요." 라라는 이를 악물었다. "구드니는 하느님을 무서워할 줄 아는 친구였어요. 자기 아이가 성지가 아닌 다른 곳에 묻힐 거라고는 상상조차 하지 못했을 친구지요. 그러니 아이가 죽었다면 틀림없이 이곳 교회 경내에 묻혔을 거예요. 아이가 아직 살아있다고 믿는 이유도 바로 그 때문이죠."

토라가 고개를 끄덕였다. 제정신 박힌 엄마라면 교회 공동묘지를 지척에 두고 아이를 들판에 함부로 묻지는 않았을 것이다. 크리스틴은 분명 자기 엄마보다 오래 살아남았을 것이다. 토라는 노부인에게 농가 기둥에서 발견한 크리스틴의 죽음에 관한 메시지에 대해 알리고 싶지 않았다. 아직은 크리스틴이 살아있다고 믿는 편이 나을 것이다.

토라가 화제를 전환했다. "호텔 뒤편에 있던 건물에 대해 아시나요? 오래 전 불에 타 없어졌을 거예요."

"건물이라고요?" 라라가 물었다. "이곳에 있던 건물은 하나뿐이고, 그게 바로 이 호텔이 된 거죠. 물론 예전 건물을 증축하기는 했지만." 라라는 눈썹을 찌푸리며 생각에 잠겼다. "혹시 헛간에 대해 묻는 게 아니라면요." 라라가 갑자기 두 눈을 치켜떴다. "지금 그 얘기를 듣고 보니 헛간이 없어진 것 같네요." 라라는 고개를 돌려 창문 너머로 호텔 뒤편을 보았지만 그곳엔 아무것도 없었다. "농가 맞은편에 헛간과 축사로 사용하던 건물이 하나 있었어요. 화재 때문에 없어진 게 맞다면 아마 내가 여기로 돌아오기 전이었을 거예요. 난 여기서 불이 난 걸 본 기억이 없거든요."

"이상하게 들릴지도 모르겠지만, 혹시 크레파에 있던 석탄창고와 관련해 특별히 기억나는 건 없으세요?" 토라가 물었다. "지하에 있던 저장고인데, 농가 지하실과 목초지에 난 해치를 통해 접근할 수 있는 창고였어요."

라라는 얼굴을 찡그리고 생각에 잠겼다. "기억나는 게 없네요. 중요한 문제인가요?"

"저 인간들이 지금 무슨 짓을 하는 거지?" 토라가 미처 대답을 하기도 전에 솔디스가 버럭 소리쳤다. "여기가 야영 금지구역인 걸 모르나? 진입로에 커다란 표지판도 있는데 말이야. 여긴 자연보호구역이라고."

"오, 안 돼." 토라는 덜덜거리며 호텔 주차장으로 들어오는 자신의 SUV와 캐러밴을 보며 한숨을 쉬었다.

29장

캐러밴은 정해진 주차공간을 훨씬 벗어나 있었다. 토라는 운전석에서 내린 길피가 뒷좌석에 앉은 시가와 솔리를 위해 문을 열어주는 모습을 지켜보았다. 분명 사고가 났을 때 앞좌석의 에어백 때문에 태아가 다칠까봐 미리 조치를 취한 것이다. 길피는 뭐가 우선순위인지 정확히 이해하는 듯했지만, 아무리 그렇다고 해도 무면허 운전이었다. 시가는 차에서 내리자마자 허리를 쭉 폈다. 불룩한 배가 가녀린 몸에 비해 지나치게 비대해 보였다. 토라는 산모를 위해서라도 태아가 아빠 쪽 유전자를 물려받지 않기를 바랐다. 길피와 솔리 모두 태어날 때 머리통의 크기가 호박만했기 때문이다. 저 아이들을 어떻게 치워버릴지 고민하던 토라는 지금이 밤 10시라는 사실을 퍼뜩 깨달았다. 운전기사를 불러 아이들을 돌려보내기에는 너무 늦은 시간이었다.

"왜 아빠 안 따라간 거야?" 토라가 서둘러 주차장을 가로지르며 길피를 향해 소리쳤다. "아빠가 셀포스로 너희들을 데리러 가기로 했단 말이야."

"그냥 안 갔어." 길피가 꼼꼼하게 차문을 잠그며 대답했다. "우리 중 누구도 아빠네 집으로 돌아가거나 시가 부모님네 집으로 가고 싶지 않았다고. 그래서 계속 야영하기로 한 거야. 헛걸음할까봐 아빠한테는 미리 전화했어. 엄마가 걱정하는 게 그거야?"

토라는 그딴 건 눈곱만큼도 신경 쓰지 않았다. 자신이 마음 고생한 걸 생각하면 한스는 지구 반 바퀴를 헛걸음해도 모자랄 지경이었다. 토라가 걱정하는 건, 미래의 며느리인 시가는 물론이거니와 요나스와 매튜, 두 아이들까지 상대하다가 무언가 혹은 모든 것을 망쳐버리지 않을까 하는 점이었다.

"시가, 몸은 좀 어떠니?" 황홀한 얼굴로 엄마에게 착 들러붙은 솔리를 안아올리며 토라가 물었다.

"글쎄요." 시가가 웅얼거렸다. "등이 좀 아파요."

토라는 턱 숨이 막혔다. "아기가 나올 거 같니? 그렇다면 절대 여기 있으면 안 돼."

"아냐, 엄마." 길피가 얼른 나섰다. "아직 9개월 안 됐어." 길피는 한 번도 조산에 대해 들어본 적이 없는 게 분명했다.

"어서 들어와." 토라는 아이들을 로비로 안내하며 말했다. "길피, 우리는 단둘이 이 황당한 여행에 대해 면담을 해야겠지만, 그건 일단 미루도록 하자." 토라는 아들의 귀에 대고 속삭였다. "엄마는 너한테 너무 실망했어." 그러고는 모두가 들을 수 있도록 큰 소리로 알렸다. "너희 모두가 묵을 만한 방이 있는지 알아볼게. 야영은 이쯤이면 충분할 거야. 이제 야영은 아기가 태어나고 난 다음에 하도록." 토라는 길피가 갓난아기를 안은 채 캐러밴 차양을 치려고 진 땀 빼는 모습을 상상하면서 얼른 덧붙였다. "아기가 학교 들어가고 난 뒤에 하면 더 좋겠지."

매튜는 입이 찢어질 듯 환하게 웃으며 출입문 앞에 서있었다. 토라는 아이들의 머리 위로 매튜를 향해 얼굴을 찡그렸다. "얘들아, 매튜 아저씨 기억나지? 아저씨는 지금 호텔과 관련된 일로 엄마를 도와주고 있어. 엄마 여기서 일하는 중이니까 최대한 얌전히 행동해야 한다. 아무 데도 가지 말고, 아무것도 부수면 안 돼." 토라는 아무것도 낳지 말라고 하려다가 마음을 고쳐먹었다. 앞에서 말한 두 가지 계명을 지키는 것만도 아이들에게는 충분히 벅찰 것이다.

"걱정 말아요." 매튜가 달래듯이 말했다. 두 사람은 다시 요나스의 사무실에 있는 컴퓨터 앞에 앉은 참이었다. "문제될 거 없잖아요. 난 당신 애들 좋아요. 내가 상상했던 휴가는 아니지만 이것도 나름대로 흥미롭다고요." 매튜가 짓궂은 표정으로 윙크를 했다. "아니면 베이비시터를 구한 다음 유기농 재배한 별꽃만 전문으로 요리하는 레스토랑에 가면 되죠."

토라는 컴퓨터에서 시선을 떼지 않고 중얼거렸다. "욘 아르나손의 설화집은 왜 인터넷에서 찾을 수가 없는 거지?"

"좋다는 뜻으로 받아들여도 되죠?" 매튜가 물었다.

"네?" 토라는 읽고 있던 웹페이지의 스크롤을 내리며 건성으로 대답했다. "아, 그래요." 자신이 뭐에 동의하는지도 모르는 게 분명했다. "아무리 검색을 해봐도 시는 나오는데, 설화 자체는 찾을 수가 없어요. 도서관에 가봐야겠어요."

매튜가 손목시계를 보며 말했다. "지금은 문 연 곳이 없겠죠. 그 시가 정말 그 정도로 중요하다고 생각해요?"

토라가 고개를 들었다. "아뇨. 지금은 이거 말고 할 게 없어요. 내일 있을 구속적부심 심사에 대비해 지푸라기라도 잡는 심정이랄까, 딱히 물고 늘어질 게 없잖아요."

"당신이 생각하는 대로 정말 베르구르나 로사 둘 중 한 사람이 범인이라면 바위는 더더욱 사건과 무관할 거예요. 옛날 일보다는 최근에 일어난 일에 집중하는 게 더 합리적이지 않을까요." 창문 앞으로 다가가 밖을 내다보던 매튜는 차 한 대가 호텔 앞에 멈춰서는 걸 지켜보았다. 차는 사무실 창문 바로 아래쪽에 있는 주차 공간에 섰다. 그가 얼른 고개를 돌렸다. "저 번호판 어디서 본 거 같아요. 명단 어딨죠?"

토라가 그를 빤히 쳐다보았다. "당신이 살펴본 차량번호만 수 천 개인데, 그 중 하나가 기억난다는 말이에요?" 토라가 명단을 건네며 말했다.

"개인맞춤형 번호판이에요. 맞춤형 번호는 드물어서 눈에 띄지요." 그가 명단을 넘겼다. "여기 있네요. 오후 5시 51분에 터널을 통과해 이쪽으로 왔어요." 매튜는 해당 번호를 가리키며 명단을 다시 토라에게 넘겼다. "여기, VERITAS라고 쓰인 번호판이에요. 유독 이 번호가 기억나는 또 다른 이유는 차주의 직업이 뭘까 궁금했기 때문이에요. 수학교사를 제외하고는 '진리'라는 단어와 관련된 직업을 떠올릴 수가 없었어요. 그래서 이름을 확인했죠."

토라가 명단을 받아들더니 차주의 이름을 확인했다. "아, 발드빈 발드빈손이네요. 마그누스의 손자 말이에요." 토라는 명단을 내려놓고 자리에서 일어났다. "여긴 또 무슨 일일까요?"

"할아버지를 만나러 왔겠죠?" 매튜가 눈을 빛냈다. "아니면 표를 얻으려고 왔을 수도 있고."

"직접 물어보자고요." 토라가 앞장을 섰다. "적어도 이게 자기 번호판이 맞는지 진실을 알려주겠죠."

발드빈은 프런트데스크를 손가락으로 두드리며 로비에서 대기하고 있었다. 바로 맞은편의 비그디스는 등을 돌린 채 컴퓨터를 두드리는 중이었다. 비그디스가 프런트를 비우는 걸 한 번도 본 적이 없는 토라는 최소한 그녀가 정당한 임금이라도 받길 바랐다.

"어떻게 한 번도 쉬는 법이 없어요?" 매튜와 함께 발드빈이 있는 곳으로 다가가며 토라가 물었다. 발드빈에게 바로 접근하기보다는 비그디스에게 먼저 말을 거는 게 낫다고 판단한 것이다. 더구나 발드빈은 뭔가를 기다리는 중이었으니 도망가버릴 염려도 없었다.

비그디스가 고개를 돌려 토라를 발견했다. "아! 네. 물론 쉴 때도 있죠. 요나스가 원래 교대해주기로 했는데…," 비그디스는 말끝을 흐렸다. "아시잖아요. 교대근무할 직원을 뽑아주기로 했는데 그럴 짬이 나지 않았죠." 그녀는 다시 컴퓨터 자판을 두드리더니 발드빈을 향해 돌아섰다. "14호실로 가시면 됩니다. 할아버님이 묵고 계신 방 바로 옆이에요." 비그디스는 열쇠를 건넸다.

토라가 발드빈을 향해 돌아서며 인사했다. "마그누스 선생님의 손자 되시죠? 시의원이시고요?"

발드빈이 화들짝 놀랐다. 피곤한 표정 때문에 그는 더욱 할아버지와 닮아보였다. 마그누스의 젊은시절 사진을 기억하는 토라는 수십 년 뒤 자신이 정확히 어떤 모습일지 안다는 건 어떤 기분일지 궁금했다. "네. 맞습니다." 발드빈이 대답했다. "저를 아시나요?"

토라가 악수를 청했다. "아뇨. 하지만 할아버지에 대해서는 익히 들었습니다. 저는 비르나의 친구예요." 토라는 발드빈의 손을 놔주기 전에 단도직입적으로 물었다. "비르나와 아는 사이셨죠?"

발드빈은 파리라도 삼킨 듯한 표정을 지었다. 그가 경련하듯 침을 꿀꺽 삼키더니 본래의 모습을 되찾았다. "비르나의 친구라고 하셨나요? 죄송하지만 지인들 중에 비르나라는 사람은 없습니다."

"정말요?" 토라는 이렇게 말하면서도 지나친 욕심은 자제하기로 했다. 그녀는 여전히 발드빈의 손을 쥐고 있었고, 그의 손바닥은 축축해진 상태였다. "그래요? 일요일에 여기 있지 않으셨어요?"

발드빈의 손에 힘이 들어갔지만, 토라는 그게 자신의 악력 때문인지 아니면 질문 때문인지 알 수 없었다. "저요? 아뇨. 다른 사람과 혼동하신 모양이네요." 그는 지나치게 나긋나긋한 미소를 지었다.

"제가요?" 토라는 놀란 시늉을 했다. "제 기억에 그날 터널을 통과할 때 선생님 차가 바로 앞에 있었던 거 같아서요. 어쩌면 제가 헷갈렸을 수도 있겠네요." 토라는 이제야 발드빈의 손을 놓아주었고 그는 토라가 나병환자라도 되는 양 서둘러 손을 뺐다.

"틀림없이 헷갈리셨을 겁니다. 그날 저는 다른 곳에 있었거든요." 그는 비그디스를 향해 말했다. "고마워요." 그러고는 토라를 향해 환하게 웃으며 만나서 반가웠다고 인사를 했다. 진정 정치인다운 태도였다.

"저도요." 토라 역시 방긋 웃으며 대꾸했다. 발드빈이 복도로 사라지자 토라는 매튜에게 돌아서서 다급하게 속삭였다. "새빨간 거짓말을 하고 있네요." 그런 다음 비그디스에게 물었다. "저 분 엊저녁에도 여기 왔었나요?"

비그디스는 고개를 저으며 하품했다. "아뇨. 얼굴을 본 건 두 번뿐이었어요. 한 번은 할아버지를 여기 모셔올 때이고, 다른 한 번은 교령회 날이었어요."

토라는 프런트데스크 끄트머리를 움켜잡았다. "그날 여기 있었다고요?"

"네, 그렇다니까요." 비그디스가 못마땅한 투로 대답했다. "할아버지랑 저녁을 먹었어요. 그 후 함께 교령회에 갔죠. 그런데 자기네 취향이 아니라고 생각했는지, 휴식시간쯤에 나가버리더라고요."

토라는 눈을 크게 뜨고 매튜를 쳐다보았다. 매튜가 이제 막 자리에서 일어난 비그디스를 향해 손짓했다. 토라는 즉시 매튜의 의도를 알아차렸다. 비그디스가 들고 있던 열쇠고리가 비르나의 작업실에서 발견한 열쇠고리와 일치했던 것이다.

"뭐가 잘못됐나요?" 비그디스는 두 사람이 아직 자리를 떠나지 않았다는 데 놀라며 물었다. "아이들 방에 문제는 없죠?"

"오, 그럼요." 토라는 열쇠고리를 바라다보며 물었다. "그 열쇠를 좀 봐도 될까요?" 토라는 주머니에 있던 다른 열쇠를 꺼내며 덧붙였다. "그거랑 똑같은 걸 찾았는데, 어디 열쇠인지 몰라서요."

"이건 직원 라커 열쇠예요." 비그디스는 심드렁하게 열쇠를 보이며 알려주었다. "같은 걸 발견하셨다면 다른 직원 열쇠일 거예요. 종종 분실하니까요."

토라는 두 열쇠를 비교해보았다. 다른 구석을 찾을 수 없었다. 토라는 비그디스에게 열쇠를 돌려주며 물었다. "이건 직원 열쇠가 아닌 거 같아요. 혹시 비르나도 마음대로 사용할 수 있는 라커가 있었나요?"

비그디스는 입술을 오므리고 잠시 생각했다. "제 기억에는 없지만 뭐, 그랬을 수도 있죠. 설치한 지 얼마 안 됐거든요. 비르나가 직접 고르고 주문한 라커였으니 하나쯤은 본인이 사용했을 수 있어요." 비그디스가 데스크 반대편으로 나오며 말했다. "저랑 같이 가시죠. 라커 수가 많지 않아서 금방 찾을 수 있을 거예요."

토라와 매튜는 비그디스를 따라 직원사무실로 들어갔다. 사무실 한쪽 벽에 철제 라커가 한 줄로 세워져 있었다.

"열쇠를 꽂아볼까요?" 토라가 열쇠를 휘두르며 말했다.

"그러세요." 비그디스가 대답했다. "7번 라커는 열어보실 필요 없어요. 제 라커거든요."

토라는 차례대로 열쇠를 꽂았다. 세 번째 시도만에 맞는 라커를 찾았기 때문에 시간은 얼마 걸리지 않았다. 열쇠가 돌아가며 달칵 소리를 냈다. 토라는 조심스럽게 크롬 손잡이를 돌려 라커를 열었다. 심호흡과 함께 매튜를 곁눈질하고는 라커 안을 들여다보았다. 고개를 안으로 넣자마자 토라가 실망한 표정으로 다시 얼굴을 뺐다. "비었어요. 젠장." 토라는 매튜가 볼 수 있도록 옆으로 비켜섰다. 머리를 라커 안으로 들이민 매튜가 금방 나오지 않자 토라는 조급하게 그의 등을 두드렸다. "왜요? 뭐가 보여요?"

매튜가 고개를 돌려 라커 천정 부분을 올려다보았다. "이 위에 뭔가 붙어있어요." 그의 목소리가 라커 안에서 울렸다. "집게 같은 거 없어요?" 매튜가 고개를 밖으로 빼내며 물었다. "중요한 증거물일지도 모르는데 지문을 묻히면 안 되잖아요."

토라가 비그디스를 바라보았다. "혹시 여기에 구급상자가 있나요?" 라커 안으로 머리를 밀어넣은 토라는 작고 네모난 종이가 천장에 테이프로 고정되어 있는 걸 발견했다. 종이의 네 모서리는 약간 안으로 말려 들어가 있었다. "저게 대체 뭘까요?" 토라는 비그디스에게서 집게를 받아들며 말했다.

매튜와 비그디스는 토라가 테이프 떼어내는 모습을 지켜보았지만, 그녀의 등 말고는 아무것도 보이지 않았다.

"빙고!" 토라는 이렇게 외치며 집게에 집힌 하얀 종이와 함께 머리를 밖으로 빼냈다. "사진이에요." 토라가 종이를 뒤집었다. "오!" 토라는 매튜와 비그디스가 볼 수 있도록 사진을 내밀었다.

"오, 하느님!" 비그디스가 외쳤다. "발드빈 발드빈손이잖아요! 이 사람이 네오나치일 거라곤 상상도 못 했어요!"

"발드빈이 아니에요." 토라가 사진을 테이블에 내려놓으며 중얼거렸다. "이건 그의 할아버지 마그누스예요. 수십 년 전에 촬영한 사진이죠."

"맙소사! 둘이 판박이처럼 닮았어요." 비그디스가 놀라워했다. "내가 마그누스나 발드빈이었다면 이 사진을 갖다버렸을 거예요."

"그럴 기회를 잡지 못했을 수도 있죠." 토라는 이렇게 말하며 비그디스를 향해 돌아서서 말했다. "이 사실은 누구에게도 발설하면 안 돼요."

"오, 물론이죠. 그런 일은 없을 거예요." 이렇게 말하는 비그디스는 이미 친구 굴라의 새 전화번호가 몇 번이었는지 기억해내고, 카타가 내일 아침 몇 시쯤 미용실에 나타날지 계산하는 중이었다. 물론 둘 다 믿을 만한 친구들이었다. 가장 친한 친구에게만 살짝 털어놓는 게 비밀 누설일 리 없잖은가.

비그디스는 라커에서 핸드백을 꺼내 프런트로 향했다. 그녀는 매튜의 옆을 지나치면서 그의 어깨에 잠시 손을 올리고는, 아이슬란드 사람들은 의식 수준이 매우 높아서 편견을 갖지 않으니 걱정하지 말라고 상냥하게 말했다. 어리둥절한 표정의 매튜는 멀어져가는 비그디스의 뒷모습을 바라보기만 했다.

"대체 무슨 뜻으로 저런 소리를 하는 거죠?" 매튜는 황당한 얼굴로 토라에게 물었다.

그제야 토라는 스테파니아가 언급한 비밀유지 서약이라는 게 그다지 신성한 약속이 아니었음을 깨달았다. "여기 사람들 원래 다 괴짜잖아요." 토라는 순진한 얼굴로 대답했다. 그러더니 희미하게 웃으며 이렇게 덧붙였다. "나는 이제 가서 솔리를 재워야겠어요. 돌아가는 꼴을 보아하니 난 좀 더 있다가 잠자리에 들어야겠네요."

토라는 다시 요나스의 컴퓨터 앞에 앉아있었다. "모든 게 들어맞아요." 그녀는 발드빈 발드빈손에 대한 구글 검색결과를 살펴보는 중이었다. 몇몇 링크를 클릭했지만 쓸 만한 정보는 없었다. 그래서 별 수 없이 매튜와 대화를 나누며 남은 링크를 하나씩 열어보았다.

"어떻게요?" 매튜가 물었다. "사진이 그런 장소에서 발견됐다는 건, 비르나가 사진을 숨기고 싶어했다는 뜻이겠죠. 그 사진을 원했을 유일한 사람은 마그누스일 테고요. 하지만 그는 살인을 하기에는 나이가 너무 많아요. 게다가 비르나에게 그 사진이 있다는 걸 알았다고 쳐도, 굳이 살인까지 저지른다는 건 납득이 안 돼요."

"마그누스 혼자 범행을 저지르지 않았을 거예요." 토라가 말했다. "그보다는 손자인 발드빈이 잃을 게 훨씬 많거든요. 이 기사를 보면 발드빈은 내년 봄에 열리는 총선 예비선거에 출마할 예정이에요. 그리고 또 다른 최근 기사에서는 그가 모든 면에서 조부를 닮았다고 지적했어요. 발드빈 본인으로 오인될 여지가 충분한, 나치 단복을 입은 할아버지의 사진이 공개되는 날에는 총선이고 뭐고 모든 게 날아가 버리잖아요." 토라가 침을 꿀꺽 삼켰다. "이 남자는 자동차 번호판에 '진리'라고 새기고 다니는 정치인이에요. 유권자들에게 어떤 이미지를 주고 싶은지 뻔하잖아요. 나치 이미지는 절대 그가 원하는 그림이 아니에요. 한데 그가 정치 신인으로 주목받았던 배경에는 조부가 있어요. 조부의 명성에 금이 갈 경우, 그 얼룩은 발드빈에게까지 번지게 돼죠. 비록 당시에 발드빈은 태어나지도 않았다고 해도 말예요."

"그렇다면 비르나의 동기는 뭐였을까요?" 매튜가 물었다. "왜 사진을 그냥 넘겨주지 않은 걸까요? 두 사람을 협박하려고? 할아버지와 손자 모두 자산가처럼 보이지는 않던데 말예요. 발드빈의 차는 고작 오래된 지프였어요."

"비르나가 사진을 발견했을 때는 좀 더 자세히 살펴보려고 가져왔을 거예요. 지하실에서 찾은 오래된 앨범에 사진 하나가 사라진 흔적이 있었거든요. 아마도 거기서 꺼낸 거겠죠. 비르나는 틀림없이 사진 속 유명 정치인의 모습을 보고 놀랐을 거예요. 그리고 사진을 자신에게 유리하게 이용할 방법을 떠올렸겠죠. 아마 돈 아닌 다른 걸 얻어내려고 했을 거예요." 토라가 또 다른 링크를 클릭해 화면 내용을 빠르게 읽더니 매튜를 바라보았다. "이거 꽤 흥미로운 내용인데요." 토라가 설명을 해주었다. "발드빈이 레이캬비크에 건설 예정인 새 버스터미널 설계안 선정 심사위원 중 하나래요. 비르나의 작업실 벽에 붙어있던 유리 건물 드로잉 기억하죠? 아이슬란드에는 삼림지역이 많지 않아요. 그런데 건설부지로 제안된 장소 중 하나가 도심에 있는 외스큘흘리드 언덕이라는군요. 그 드로잉에 버스도 그려져 있었다고요." 토라는 자랑스럽게 손가락으로 하늘을 찌르며 말했다. "비르나는 자신의 도안이 선정되도록 손을 쓰려던 거예요. 그렇다면 비르나가 발드빈에게 전화했던 이유도 설명되잖아요."

매튜가 미심쩍은 표정을 지었다. "비르나가 발드빈을 협박해 심사위원단을 조종하려 하기라도 했다는 거예요? 고작 프로젝트를 따내려고?" 매튜는 고개를 저었다. "믿기 어려운데요."

"아이슬란드에서 활동하는 건축가에게 그런 프로젝트는 복권 당첨이나 다름없어요." 토라가 계속했다. "도심에 있는 대규모 공공시설이에요. 설계도를 그린 건축가는 단번에 전 국민에게 이름을 알릴 기회를 잡는 거지요. 그 다음부터는 작업 의뢰자가 줄을 설 거예요. 아이슬란드가 원래 그래요. 물론 다른 나라들도 비슷하게 돌아가겠지만요."

"하지만 위원 한 명이 어떻게 다른 위원들의 선택까지 좌우할 수 있겠어요?" 매튜가 물었다. "분명 다른 의견도 나올 텐데요."

"물론이죠." 토라가 말했다. "하지만 발드빈은 경쟁에 참여한 일반 건축가들에게 공개되지 않는 정보를 모두 가지고 있잖아요. 가령 다른 위원들이 중요하게 생각하는 기준도 미리 알 수 있다는 거죠. 물론 모든 디자인 대회가 기본 요건을 충족하도록 조건을 걸지만 우승한 디자인을 보면 본래의 요건에서 다소 벗어난 작품들이 종종 있어요. 예를 들어 어느 건축가가 심사위원단이 경쟁자들에게 요구한 것보다 더 큰 건물을 원하고 있다는 사실을 미리 안다고 가정해봐요." 토라가 어깨를 으쓱했다. "당연히 그 건축가는 유리한 고지를 선점하는 거죠. 그리고 나는 심사위원 한 명이 위원단 전체를 좌우할 수 있다고 생각해요. 특히 그 위원이 목표의식 뚜렷한 달변가라면 더욱 간단하겠죠. 발드빈이 대학 시절 2년 연속 토론대회에서 우승했다는 기사도 봤어요. 대단히 설득력 있는 연설가인 게 틀림없어요."

"그래서 어쩔 생각이에요?" 매튜가 물었다. "이건 확실한 증거도 아니고, 에이리쿠르의 죽음은 전혀 설명해주지 못하잖아요."

"비르나의 일기장에 있던 발드빈의 이메일 주소 기억나요?"

"물론이죠. 발드빈한테 이메일이라도 보내게요?"

"아뇨. 작게 도박을 해보려고요." 토라는 전화기를 들었다. "경찰에 비르나의 컴퓨터를 뒤져서 발드빈에게 보낸 이메일을 확인하라고 할 거예요. 분명 비르나의 컴퓨터를 보관하고 있겠지만, 발드빈에게 보낸 메시지를 찾아봤을 확률은 매우 낮아요."

한참을 기다린 끝에 전화가 연결되자 토라는 자기소개를 한 다음 최대한 공식적인 업무 요청처럼 들리게끔 말했다. "토롤푸르 캬르탄손 형사님을 연결해주시겠습니까? 스나이펠스네스에서 발생한 살인사건과 관련한 용무입니다. 긴급하게 전달할 메시지가 있어서 가급적이면 형사님과 직접 통화하고 싶습니다."

토라는 전화선 너머 대기 음악에 맞춰 휘파람을 따라 불며 기다렸다. 잠시 후 음악이 멈추고 토롤푸르의 지친 목소리가 들려왔다. "무슨 일입니까?"

토라는 한 팔로 딸을 안은 채 침대에 누워있었다. 길피와 시가의 방에서 깊이 잠든 솔리를 안아서 자기 방으로 옮긴 건, 순전히 시가가 밤중에 솔리 위에 아기를 낳을지도 모른다는 두려움 때문이었다. 매튜는 군말 없이 자기 방으로 돌아갔다. 안 그래도 신경 쓸 일이 많은 토라는 그런 매튜가 고맙기만 했다. 내일 아침 일에 대한 걱정이 한 가득이었다. 특히나 토롤푸르가 미끼를 물지 않을까 봐 토라는 불안했다. 그가 미끼를 물지 않으면 토라가 할 수 있는 거라곤 일반적인 수준의 방어뿐이었다. 그건 떠올리고 싶지 않은 시나리오였다.

그녀를 괴롭히는 생각은 그뿐만이 아니었다. 마그누스나 발드빈 중 한 사람이 비르나를 살해했다고 해도, 그들이 에이리쿠르까지 죽일 만한 뚜렷한 동기나 연결고리를 찾을 수가 없었다. 에이리쿠르가 비르나의 공범이었을까? 여우는 이 사건에서 대체 어떤 역할을 하는 것이며 RER은 무슨 의미일까? 의미가 있기는 한 걸까?

크리스틴 역시 토라를 괴롭히는 주요인이었다. 크리스틴이 구드니의 딸이라는 사실은 알아냈지만, 사건과는 아무 관련도 없어 보였다. 복잡한 생각이 토라의 머릿속을 흐트러뜨렸지만 너무 피곤해서 집중을 할 수가 없었다. 이내 여러 생각들은 하나의 거대한 덩어리로 뭉뚱그려졌다. 석탄, 벽, 말, 매매계약서, 권리 실효, 부러진 다리….

토라는 아기 울음소리에 깜짝 놀라 선잠에서 깼다. 잠든 딸의 머리 밑에 깔려있던 팔을 빼낸 토라가 비몽사몽 간에 몸을 일으켰다. 울음소리가 계속되자 토라는 침대에서 빠져나와 창가로 갔지만 어스름 속에 아무것도 보이지 않았다. 건물 밖 어딘가에서 기괴한 울음이 이어지다가 시작할 때와 마찬가지로 예고 없이 뚝 끊겨버렸다. 토라는 창문을 닫고 밖이 보이지 않도록 커튼을 꼼꼼히 쳤다. 그 순간, 갓 태어난 아기가 피 묻은 배내옷을 입고 한 팔로 자기 몸을 질질 끌고 가는 장면이 매튜를 놀려먹을 때보다 훨씬 더 설득력 있게 느껴졌다. 토라는 딸이 자는 침대 위로 뛰어올랐다. 아무에게도 이 사실을 말하지 않을 작정이었다. 틀림없이 모든 게 상상에 불과할 것이다. 그러나 토라는 닫힌 창문 틈으로 희미하게 가련한 울음이 다시 시작되는 소리를 들었다.

2006년 6월 13일 화요일

30장

진청색 공단 장식이 달린 검은 가운 차림의 판사가 토라를 바라다 보았다. 그는 두 손으로 입과 턱을 가리고 있었다. 토라는 판사가 실은 손 안쪽으로 혀를 삐죽 내밀거나 혹은 지루한 표정을 숨기고 있는 게 아닌지 의심스러웠다. "용의자 변호인 계속하시죠." 판사가 굵은 목소리로 말했다. "매우 흥미로운 주장이군요."

토라는 정중하게 미소를 지었다. "이미 말씀드렸듯이 제가 이 증거물을 발견한 건 순전히 우연이었고, 증거물을 발견한 즉시 경찰에 그 존재를 알렸습니다. 사진을 보기 전에는 그것이 수사에 갖는 중요성을 파악할 수 없었으므로, 저는 사진을 라커에서 제거하기 전에 먼저 경찰에 알렸어야 한다는 경찰 측 주장을 받아들일 수 없습니다. 저는 증거물의 정체를 확인하기 위해 어쩔 수 없이 라커에서 사진을 떼어냈습니다. 증거물을 훼손하지 않기 위해 신중을 기했으며, 집게를 사용하여 사진을 집었습니다."

"CSI 마이애미에서 본 건가요?" 판사가 이렇게 말하며 입을 가리던 손을 뗐다. 판사는 토라를 향해 미소를 지어보였다.

"네, 그렇다고 할 수 있죠." 토라도 미소를 지으며 대꾸했다.

판사는 요나스에 대해 구속 신청을 한 지방경찰청의 담당 경관을 향해 고개를 돌렸다. "경찰에서 수사를 제대로 진행하지 않은 것으로 보입니다. 용의자 측 변호인의 주장에 반박할 게 아니라 오히려 수사에 도움을 줘서 고맙다고 인사를 해야겠어요. 그렇지 않았다면 문제의 사진은 영영 수사당국에 알려지지도 않았을 겁니다."

경관은 판사에게 허락을 구한 뒤 자리에서 일어났다. "이 증거물이 발견된 것은 저희로서도 환영할 일이고, 당연히 새로운 각도에서 사건을 수사할 것입니다. 어젯밤 늦은 시간에 사진이 발견되었음에도 저희는 즉시 현장에 경관을 파견했고, 지금 이 순간에도 사진에 대한 조사는 계속되고 있습니다." 경관은 목청을 가다듬었다. "다만 이러한 근거만으로 용의자를 방면하라는 요구는 받아들일 수 없습니다. 용의자의 알리바이는 불충분할 뿐더러, 그는 여전히 이 악랄한 범죄의 주요 용의자입니다. 사진이 발견되었다고 해서 그 사실이 변하지는 않습니다."

"이에 대한 용의자 변호인의 견해는 무엇입니까?" 판사가 토라에게 물었다.

"이 사진 한 장이 유일한 증거가 아닙니다. 발드빈 발드빈손의 차량은 일요일 오후 5시 51분에 크발피외르뒤르 터널을 통과한 것으로 확인됐습니다. 그는 차를 타고 스나이펠스네스에 제시간에 도착해 두 번째 살인을 저질렀을 가능성이 있음에도 불구하고, 저에게는 그날 터널을 통과한 일이 전혀 없다며 부인했습니다. 경찰은 비르나가 살해된 목요일과 일요일에 터널을 통과한 차량정보 목록을 비교했을 테고, 저는 발드빈 발드빈손이 목요일에도 호텔에 있었다는 사실을 확인했습니다. 그는 저녁에 열린 교령회에 참석했다가 휴식시간 전에 자리를 떴습니다. 비르나를 살해할 시간은 충분했던 셈입니다. 경찰은 발드빈과 비르나가 주고받은 이메일 정보를 가지고 있음에도 불구하고, 저에게는 이메일 정보와 더불어 다른 어떤 증거도 확인해주지 않았습니다. 일요일에 터널을 통과한 차량 목록을 제외하고 말이죠. 경찰은 친절하게도 이 목록만은 저에게 전달해주었습니다." 토라는 곁눈질로 토롤푸르가 자세를 고쳐 앉는 모습을 보았다. 그는 토라의 허위진술을 바로잡고 싶어 안달이 났지만 그러기 위해서는 목록을 놔두고 간 자신의 실수를 먼저 인정해야 했기 때문에 그냥 참기로 했다. 토라는 말을 이었다. "또한 에이리쿠르가 레이캬비크Reykjavík의 약어를 벽에 새기려고 의도했으나 마지막 철자를 정확하게 적지 못했을 가능성이 있다는 점을 지적하고 싶습니다. K를 R처럼 보이게 잘못 새긴 것이죠. 글자를 새기는 도중 광분한 종마가 그를 밟아 죽였을 거라는 점을 고려해야 합니다. 다시 말해 레이캬비크의 약어 REK는 레이캬비크의 시의원인 발드빈의 직함을 드러내기 위한 것으로 볼 수 있습니다."

판사가 천천히 고개를 끄덕였다. "그렇더라도 성급하게 결론을 내려서는 안 되겠지요. 발드빈 발드빈손은 시의원이고 그의 조부 마그누스는 전직 장관입니다. 따라서 그들이 심각한 위법행위를 저질렀다고 주장할 때는 신중을 기해야 합니다. 그런 의혹이 근거 없이 대중에 공개될 경우 어떤 결과를 초래할지, 제가 굳이 설명할 필요도 없겠죠."

"제 의뢰인 또한 마찬가지입니다. 자칫 그에 대한 근거 없는 혐의가 공개될 경우, 매우 곤혹스러운 상황이 초래됩니다." 토라가 변론을 이어나갔다. "다시 말해 제 의뢰인 역시 자신의 평판을 소중하게 여기는 시민입니다." 토라는 아무도 요나스의 컴퓨터 비밀번호를 모른다는 사실에 감사했다. "제 의뢰인은 첫 번째 사건 당일인 목요일 오후 피해자와 성관계를 가졌다고 인정했으나, 살인은 그로부터 한참 뒤에 일어났습니다. 피해자의 벨트에 제 의뢰인의 지문이 묻어있던 것도 그런 이유 때문입니다. 피해자가 그 뒤로 옷을 갈아입지 않았던 것이죠. 적어도 피해자가 옷을 갈아입었다는 증거는 발견되지 않았습니다. 뿐만 아니라 제 의뢰인은 사건이 발생한 목요일과 일요일의 자기 행적에 대해 설명했습니다. 다만 그걸 입증할 만한 시간이 주어지지 않았던 겁니다. 경찰 진술서에 따르면 그는 일요일 레이캬비크에 갔던 일에 대해 정확히 기억하지 못했지만, 그건 단순히 인간적 실수에서 기인한 것입니다."

판사는 지방경찰청 담당 경관에게 의견을 제시하라고 손짓했다. "지금까지의 심의를 통해 두 사건현장에 대한 수사가 여전히 진행 중이며, 증거를 취합하는 중이라는 사실이 확인됐습니다. 그러므로 이 단계에서 용의자를 풀어줄 이유는 전혀 없습니다. 저희는 용의자가 앞으로 어떤 증거물을 제거하려 들지 알 수 없습니다. 발드빈 발드빈손에 대한 가설은 흥미롭지만 개연성이 매우 낮을 뿐더러, 결코 여기 출석한 용의자에 대한 의심을 거둘 사유가 되지 않습니다. 가령 발드빈과 에이리쿠르의 연관성에 대해서는 아무것도 입증되지 않았습니다. 따라서 경찰은 14일 간의 구금을 다시 한 번 요청하는 바입니다."

"형사법 제103조 1항에 근거하여." 이번에는 토라의 차례였다. "제 의뢰인에 대한 혐의는 모든 면에서 근거가 심각하게 부족하며, 또한 해당 조항에서 명시하는 구금 요청에 필요한 조건을 충족하지 못하고 있습니다. 저희는 경찰 측의 수사 부실에 대한 의구심을 제기한 바, 앞서 언급한 조항의 A호에서 명시한 대로 용의자가 증거를 제거하여 수사를 위태롭게 한다고 추측하는 것은 불합리한 주장임을 지적합니다. 제 의뢰인이 사진의 존재를 인지하고 있었다면, 그에게는 증거를 훼손하거나 대중에 공개할 시간이 얼마든지 있었습니다. 따라서 제 의뢰인은 증거를 훼손할 가능성이 명백하게 낮으며, 그럴 의도가 있었다면 지난 며칠 간 이미 그렇게 했을 것입니다. 하지만 사진의 존재가 증명하듯 제 의뢰인은 그렇게 하지 않았고, 따라서 저희는 경찰의 구속 신청을 기각해주실 것을 요청하며, 이 요청이 받아들여지지 않을 경우 경찰이 신청한 구속 기간을 단축시켜 주실 것을 예비안으로 제시합니다. 또한 구속 여부가 결정된 직후에는 사건과 관련한 경찰의 모든 수사자료에 대한 접근권을 요청하겠습니다."

"재판장님," 경관이 나섰다. "두 사람이 한 살인범의 손에 살해되었다는 사실 및 경찰이 용의자를 의심하는 데에는 상당한 근거가 있음이 명백합니다. 범인이 희생자들을 충동이 아닌, 다른 기준에 근거해 선택했는지 여부가 불분명하기 때문에 이런 사건은 공공의 이익을 심각하게 저해할 수밖에 없습니다. 누구든 다음 희생자가 될 수 있기 때문입니다. 만약 형사법 제103조 1항에 따른 구금 조건이 불충분하다고 판단된다면, 공공의 이익에 관한 2항에 따라 용의자에 대한 구금 결정을 내려주실 것을 요청합니다."

판사는 이것으로 심사를 마치겠다고 선언한 뒤 자리에서 일어났다. 더불어 정오까지 구속 여부를 결정해 판결을 내릴 예정이므로 경찰과 변호인 양측 모두에게 법원을 떠나지 말 것을 요청했다. 판사가 재판장을 떠나자 재판 기록관이 그 뒤를 따라 나갔다.

토라는 요나스를 향해 몸을 돌렸다. "이제 기다리는 수밖에 없어요." 토라가 속삭였다.

"어떤 결정이 나올까요?" 요나스가 물었다. "내가 보기에는 토라가 정말 멋지게 해냈어요. 거짓말 하나도 안 보태고 천체 배치도 나에게 아주 유리해요. 경찰의 구속 신청은 보란 듯이 내동댕이쳐질 게 분명해요." 요나스는 뿌듯한 얼굴로 토라를 바라보았다. "그 많은 법조문 번호를 다 외우고 있다니 천재 같았어요."

토라는 그를 향해 씨익, 웃었다. 마침내 자신의 암기력을 인정해주는 사람이 나타난 것이다. 이런 순간을 얼마나 고대해왔던가. 다만 자신을 찬양하는 남자가 살인 용의자에다 이런 상황에서 천체 배치 운운하는 사람만 아니었다면 더욱 완벽했을 것이다. "그 정도는 아무것도 아니에요." 토라가 거들먹거렸다. "내가 우편물 투입구에 대해 법리적으로 논하는 걸 봤어야 하는데."

신음소리를 내며 호텔 출입문 앞 나무의자에 털썩 주저앉은 토라가 묵직한 수사자료 파일을 테이블에 내려놓았다. 슈퍼마켓 비닐봉지에 담긴 수사자료를 법원에서 건네받은 것이다. "아쉽게도 별 소득이 없었어요." 토라는 옆에 앉은 매튜를 향해 말했다. "일주일 구금 판결이 났어요." 토라는 주변을 둘러보며 물었다. "애들은 어디 있어요?"

"고래 시체 보러 갔어요." 매튜가 대답했다. "애들이 내 설명을 제대로 이해한 건지 잘 모르겠어요. 어쩌면 고래 시체를 보고 기겁할 수도 있어요."

토라는 매튜의 짐작이 맞을 거라고 생각했다. "그럼요, 당신 말을 알아들었을 리 없죠." 토라는 자기 아이들이 부패 중인 고래는 말할 것도 없고, 어떤 동물 사체든 일부러 그걸 보러갈 성격이 아니라는 것쯤은 잘 알았다. 다만 시가에 대해서는 충분히 파악하지 못했기 때문에 그 아이가 고래 시체를 감당할지는 미지수였다.

토라는 오렌지색 비닐봉투를 톡톡 두드리며 웃었다. "그래도 수사자료는 얻었어요. 토롤푸르가 레이캬비크에 있는 부하 직원을 시켜서 최대한 이른 시일 내에 사본을 준비하겠다며 미룰 구실을 댔거든요. 그런데 판사가 나서서 당장 경찰 파일을 받아 사본을 만들라고 자기 비서에게 지시하더군요. 경찰 측 대리인이 법정에서 사용하려고 사본 한 부를 가져왔거든요." 토라는 작은 승리를 되새기며 미소를 지었다. "우리가 모르는 사실이 없는지 얼른 자료를 모두 훑어봐야겠어요."

"요나스에게 불리한 내용은 없어야 할 텐데요." 매튜가 말했다. "요나스가 당신한테 알린 것보다 더 불리한 증거를 경찰이 가지고 있을까요?"

"내가 장담하는데요, 경찰이 확보한 요나스의 증거는 오늘 다 깠어요. 어떤 결정이 나올지 가늠할 수가 없었다니까요." 토라의 말은 과장이 아니었지만 적어도 판사가 구금기간을 일주일로 줄여줬으니 변호사로서 어느 정도 기여를 한 셈이었다. 토라는 그렇게 믿기로 했다. "가여운 요나스는 결과를 잘 받아들이지 못했지만요."

"뭘 기대했어요?" 매튜가 물었다. "그래서 요나스는 지금 어디에 있어요?"

"경찰이 리틀라 흐라인(아이슬란드 최대 규모의 교도소―옮긴이)으로 후송했어요. 아직 유치 중인 수감자를 거기로 보내다니 못 견딜 노릇이죠. 레이캬비크에서도 차로 한참 걸리는 곳이에요." 토라가 부연했다. "여기서는 훨씬 더 오래 걸리죠."

"곧 레이캬비크로 돌아가야 하지 않아요?" 매튜가 물었다.

"실은 여기 있는 게 나아요. 토롤푸르가 앞으로 이틀 간은 요나스를 취조하지 않을 거라고 했어요. 이곳에서 꼼꼼하게 조사하고, 지금까지 소재를 찾지 못했던 참고인들의 진술을 받는 데 집중할 거예요. 판사가 범죄현장 관리를 소홀히 했다고 몇 마디 하니까 토롤푸르 표정이 썩던걸요."

"여기서 더 찾을 게 있을까요?" 매튜가 물었다. "라커 열쇠를 발견한 건 순전히 운이잖아요. 그런 행운이 또 찾아오기는 쉽지 않을 거예요."

"나도 모르겠어요. 다만 뭔가 계속 찜찜해요. 그러니까 사건과 관련해 미진한 부분 때문이 아니라 다른 무엇이 있다는 느낌이 들어요." 토라는 자리에서 일어나 파일이 든 비닐봉지를 끌어안았다. "사건의 판도를 확 뒤집을 만한 게 나올지 모르니 수사자료를 빨리 훑어볼게요. 그 설화집을 빌리려고 도서관까지 들러서 왔어요. 만에 하나 그 시를 발췌해낸 이야기에 단서가 있을까 싶어서요. 오래 걸리진 않겠지만, 혹시라도 아이들이 돌아오면 새로운 임무를 줘서 다른 곳으로 좀 보내줘요."

두 시간 뒤 토라는 아무런 진전도 없이 요나스의 사무실에서 나왔다. 수사자료 내용을 한 글자도 빼놓지 않고 모조리 읽었다. 파일에는 수많은 목격자의 진술서와 현장조사 개요서, 부검보고서, 시신과 체액에 대한 분석결과가 포함되어 있었다. 비르나의 몸에서 발견된 정액에 대한 유전자 감식결과는 수사자료에 포함되지 않았지만, 감식을 요청하는 신청서는 있었다. 또한 정액에 대해 혈액형 검사를 진행한 결과보고서도 들어있었는데, 보고서에 따르면 정액은 두 남성의 것으로 확인됐다. 토라는 혈액형 검사를 진행한 것이 단순히 우연인지, 아니면 검사를 진행하기 전에 어느 정도 결과를 예측했던 것인지 확신할 수 없었다. 직업적인 이유가 아닌 경우, 한 여성이 하루에 두 명의 남성과 성관계를 갖는 게 얼마나 일반적인 것인지 토라는 궁금했다. 자료 중 그녀를 어리둥절하게 만든 것은 정액 이외에 또 다른 유기물이 비르나의 질에서 발견되었다는 내용이었다. 결과보고서에 따르면 유기물은 아 바르바덴시스 밀A. barbadensis Mill, 그리고 아 불가리스 람A. vulgaris Lam이라는 물질이었다. 토라는 매튜라면 알지도 모른다는 기대로 이름을 적어두었지만 그럴 가능성은 낮아보였다. 어쩌면 두 물질은 비르나가 직접 체내에 삽입했을 수 있겠지만 토라는 그 이유를 짐작하기 어려웠다.

토라는 바에 앉아있는 매튜를 향해 손을 흔들며 그가 맥주를 마시는 자리로 다가갔다. 토라는 파일을 내려놓고 매튜 옆에 앉았다. "아직 애들이 세 명인 거 맞죠?" 토라가 물었다.

"아슬아슬했어요." 매튜가 말했다. "해변에서 돌아온 길피와 솔리의 안색이 창백하더라고요. 임신한 시가만 유일하게 멀쩡했어요. 바에서 코카콜라 한 잔씩 사줬더니 비디오 보겠다고 방으로 올라갔어요."

"난 혹시 네 번째 아이가 태어난 건 아닌지 걱정돼서 물어본 거예요." 토라는 바텐더를 향해 손짓하고는 콜라 한 잔을 주문했다.

"아직은 할머니 된 거 아니니까 안심해요." 매튜가 이렇게 말하며 자신의 잔을 토라의 잔에 부딪치고는 파일을 가리켰다. "뭘 좀 건졌어요?" 매튜는 맥주를 한 모금 마셨다.

"아뇨. 그렇다고는 말 못 하겠네요. 우리가 이미 알고 있거나 짐작했던 사실들을 확인한 정도에 불과해요. 바늘 혹은 핀이 두 시신의 발바닥에 꽂혀있었고, 여우는 에이리쿠르의 몸에만 묶여있었대요. 그리고 여우의 사체에 대한 검사결과에 따르면 죽은 지 한참 됐으며 소총에 맞은 거래요. 아쉽게도 여우가 에이리쿠르의 몸에 묶여있었던 이유에 대해서는 아무런 설명이 없어요."

"사랑스러운 우리 벨라한테서 무슨 소식 없었어요?" 매튜가 물었다. "여우에 대해 알아봐주기로 했잖아요?"

"젠장, 까맣게 잊고 있었어요." 토라는 휴대폰을 꺼내 얼른 사무

441

실로 전화를 걸었다.

"여보세요." 벨라가 무뚝뚝하게 전화를 받았다. '중앙법률사무소'라든지 '무엇을 도와드릴까요?'처럼, 전화를 건 곳이 일반 가정집이 아니라 품격 있는 법률회사라는 사실을 짐작할 만한 인사말은 전혀 없었다.

"안녕, 벨라. 토라야. 여우와 말의 연결고리에 대해 알아낸 것 좀 있어?" 토라는 비서의 전화 예절에 대해 새삼 잔소리를 할 필요도 없다고 생각했다.

"에?" 벨라가 멍청하게 대꾸했다. "아, 그거요." 벨라는 아무 말이 없었고, 토라는 전화선 너머로 뭔가를 빨아들였다가 빠르게 내쉬는 소리를 들은 듯했다.

"벨라, 지금 사무실에서 담배 피우는 거야?" 토라가 언성을 높였다. "실내에서는 금연인 거 알잖아."

"당연히 안 피워요. 제정신이세요?" 벨라가 신경질을 냈다.

토라는 분명 타닥거리며 타들어가는 담배 소리를 들었다. 벨라가 파이프 담배 피우는 습관이라도 들인 걸까?

토라가 다시 질문을 하기도 전에 벨라가 말을 이었다. "주변에 말 타는 사람들한테 물어보니까 여우랑 말 사이에 특별한 관계가 있는 걸 모르더라고요. 그래서 아는 여우 사냥꾼한테 물어봤더니 자기가 아는 걸 얘기해줬어요."

토라는 실내 흡연에 대해서 이미 까맣게 잊어버렸다. "그 사람이 뭐래?" 토라가 안달이 나서 물었다. 마침내 벨라가 자신의 쓸모를 증명하는 걸까?

"그게요." 벨라가 대답했다. "말은 여우 사체의 냄새만 맡아도 겁을 먹고 미쳐 날뛴대요. 특히 부패가 시작된 사체일수록 더 그렇대요."

"그게 여우 사냥꾼들이나 알만 한 정보인 거야?" 토라가 흥분한 어조로 물었다. "아니면 말 타는 사람들이라면 다 아는 정보야? 혹시 아까 물어봤다는 주변 사람들이 잘 모르는 건 아니었을까?"

"여우에 대해 잘 모른다고요?" 벨라가 빈정거리는 투로 말했다. "그거야 저도 모르지만, 대체로 모르는 게 일반적일 거예요. 그러니까 제 말은, 살면서 여우를 직접 보는 사람이 얼마나 되겠어요?"

"고마워, 벨라." 처음으로 토라는 진심을 담아 인사를 했다. "오늘은 일찍 퇴근하는 게 어때?" 벨라가 자리를 비운다고 해도 사무실 업무에 큰 차질은 없기 때문에 사실 토라의 제안은 그다지 후한 건 아니었다. 토라는 전화를 끊고 매튜에게 통화 내용을 자세히 설명했다.

"그러니까 범인이 에이리쿠르에게 여우를 매달아놓은 이유는 말을 미치게 하기 위해서였군요. 단순히 부상을 당하는 정도가 아니라 피해자가 확실히 사망하게끔 유도한 거였어요." 매튜가 한쪽 눈썹을 치켜뜨며 말했다. "꽤나 잔혹한 놈이네요."

"그런데 말 타는 사람들은 대부분 말이 여우 사체를 보면 미친다는 점을 모른대요." 토라가 생각에 골몰한 듯한 투로 중얼거렸다. "그 사실을 아는 건 여우 사냥꾼이고요." 잠시 생각에 잠긴 토라가 말을 이었다. "베르구르가 여우를 사냥하는지 궁금하네요. 자기 땅에 솜털오리 서식지가 있잖아요." 토라가 매튜를 올려다보았다. "그를 만나러 갔을 때 마구간 커피 룸에 소총 탄환 상자가 있었어요."

매튜가 토라를 빤히 쳐다보았다. "RER이 사실은 베르구르Bergur의 BER를 쓰려다가 제대로 적지 못한 건 아닐까요?" 매튜는 자신의 휴대폰을 꺼내 마구간 벽을 촬영한 사진을 열었다. 그는 잠시 휴대폰을 만지작거리더니 문제의 사진을 확대해 가운데로 맞췄다. "세상에, 이럴 수가." 매튜는 사진을 자세히 들여다보며 중얼거렸다. 그가 전화기를 토라에게 건넸다. "첫 번째 R의 아래 획이 두 번째 R보다 더 안으로 구부러져 있어요."

토라가 전화기를 내려놓으며 매튜를 향해 돌아섰다. "우리가 걱정했던 것보다 훨씬 더 소식을 잘 받아들이네요. 토롤푸르 이 사람, 침착한 척했지만 내심 기뻐하는걸요. 아마 경찰이 곧 베르구르를 찾아갈 거예요."

"어쩌면 그의 아내를 찾아갈 수도 있고요." 매튜가 말했다. "그건 모르는 일이잖아요."

"아뇨, 알 수 있어요." 토라가 대꾸했다. "어떤 일은 그냥 알게 된다고요. 부검보고서를 읽어보니 비르나가 아주 잔인하게 강간을 당했다는 데는 의심의 여지가 없어요. 그러니까 여자는 용의선상에서 제외해야죠. 누군가의 공범이라면 모를까. 만약 로사가 이 사건의 공범이라면 남편과 이런 일을 공모하지는 않았을 거예요. 두 사람은 이런 끔찍한 범죄는 말할 것도 없고 간단한 대화조차 제대로 나누지 못했을 거예요."

바로 그때 솔디스가 두 사람이 있는 곳으로 다가왔다. "할머니가 변호사님이랑 이야기를 하고 싶다고 전화를 하셨어요." 솔디스가 어색하게 말을 꺼냈다. "할머니한테 전화를 달라고 하시네요. 어제 얘기했던 거랑 관련이 있대요." 솔디스는 자신의 발을 내려다보았다. "원하지 않으면 전화 안 하셔도 돼요. 어쨌든 이건 할머니 전화번호예요." 솔디스는 토라에게 포스트잇 한 장을 건넸다.

토라는 상냥하게 고맙다고 인사를 한 다음 바로 휴대폰을 꺼내 들었고, 그 사이 솔디스는 뒤돌아 바를 빠져나갔다. 전화벨이 딱 한 번만 울리자 반대편에서 응답을 했다.

"안녕하세요, 라라. 저 토라예요. 호텔 변호사요. 솔디스한테 들었어요. 저와 얘기를 하고 싶어 하신다고요."

"네, 안녕하세요. 전화 주셔서 정말 반가워요. 어제 얘기를 나눈 뒤로 구드니 생각밖에 나지 않더군요. 난 변호사님이 마침내 크리스틴의 행방을 밝혀줄 사람이라는 생각이 들어요." 토라는 라라가 극도로 마음이 약해진 상태임을 직감했지만, 목소리에서는 그런 기색이 잘 드러나지 않았다. "지금 구드니가 보낸 편지를 들고 있어요. 어제 얘기한 그 편지요." 라라는 거의 들리지 않게 훌쩍였다. "온 집안을 다 뒤지다가 그 시절 물건들과 같이 보관되어 있는 걸 찾았어요. 몇 번이고 반복해서 읽어봤는데, 행간을 읽다보니 여태 몰랐던 점이 눈에 띄더군요."

"그게 무슨 말씀이세요?" 토라가 물었다.

"편지에서 구드니는 나도 한눈에 알아볼 정도로 아기가 제 아빠를 닮았다고 했어요." 라라가 설명했다. "근친상간에 대한 소문이 돌기 시작할 무렵에는 나도 구드니가 지칭한 아기 아빠가 자기 친부이거나 큰아버지였다고 어렴풋이 생각했어요. 그런데 나이를 먹고 지금 와서 생각해보니 그런 조건에서 태어난 아기라면 어떤 여자도 아기에 대해 그런 얘기를 하지 않았겠죠. 그리고 구드니는 편지에서 내가 도시로 떠나오기 전에 호감을 가졌던 한 청년의 행방을 아는지 묻기도 했어요. 그 남자에게 편지를 쓰고 싶다더군요." 라라가 말을 멈추고 심호흡을 했다. "내 생각에는 그 남자가 아이의 아버지임에 틀림없어요. 내가 레이캬비크로 떠나고 얼마 안 돼서 그 남자도 레이캬비크로 이사를 왔어요. 일년 뒤엔가, 우연히 도시에서 그와 마주쳤는데 굉장히 이상하게 굴었던 게 기억나요. 그 사람은 나와 이야기를 하고 싶어하지 않았죠. 그 당시에도 그게 이해되지 않았고, 지금도 마찬가지예요. 하지만 아기 때문이라면 그런 행동이 설명되죠. 아마 내가 아기나 구드니의 임신 사실에 대해 안다고 생각해서 그랬던 것 같아요. 그 당시 어떤 젊은 여자의 팔짱을 끼고 있었어요."

"그 남자가 누구예요?" 토라가 물었다. "아직 살아있나요?"

"물론이죠." 라라가 대답했다. "그가 죽으면 온갖 신문에서 보도할 테니까요. 그는 장관까지 지냈던 사람이에요."

토라는 휴대폰을 더욱 세게 쥐었다. "마그누스 발드빈손인가요?" 토라는 최대한 차분한 목소리로 물었다.

"네. 어떻게 알았어요?" 라라가 놀랍다는 듯 대꾸했다. "그 사람을 아시나요?"

"지금 호텔에 묵고 있어요." 토라가 알렸다. "어쩌면 지금쯤 떠났을지도 모르죠. 엊저녁에 그의 손자가 데리러 왔었거든요."

"거참 이상하군요." 라라가 말했다. "그 옛날에 레이캬비크로 떠난 이후 이곳에는 아주 짧게만 몇 번 다녀간 게 전부였어요."

"정말 생각지도 못했어요." 토라는 다른 말이 떠오르지 않았다. "혹시 아기의 존재에 대해 알고 나서 불만스러웠던 나머지…," 토라는 적당한 표현을 찾느라 망설였다. "그랬던 나머지 어떻게든 구드니가 죽고 나서 아이를 입양시켰거나 아니면 그냥…, 없애버렸을 가능성이 있을까요?" 토라는 에둘러 말했지만 라라에게 뜻이 분명히 전달됐기를 바랐다.

"나도 모르겠다우." 라라의 노쇠한 목소리가 파르르 떨렸다. "세상에, 대체 어떤 인간이 그런 일을 저지를 수 있을까요. 마그누스가 줏대 없는 사람인 건 맞지만, 그렇다고 그렇게까지 사악한 짓을 했을까요? 도무지 모르겠군요. 난 사람이 그런 짓을 저질렀을 거라고 도저히 상상도 못 하겠어요. 그런 사람들은 응당한 대가를 치러야 해요. 지금이든 옛날이든 마찬가지로요." 라라는 말을 멈추고 코를 풀었다. "그리고 어제 다른 것에 대해서도 물었죠. 석탄창고 말이에요. 그 문제에 대해 생각해보다가 두 농장 모두 내가 도시로 떠나기 전에 전기난방으로 바꾼 게 기억났어요. 그때만 해도 그런 건 상류층이나 할 수 있는 일이었지요. 비야르니가 큰 길 북쪽 산비탈에 있는 폭포 옆에 작은 발전기를 설치했어요. 이게 도움이 될지 모르겠지만, 두 농장 모두 그때부터 석탄을 땔 필요가 없어졌고 창고도 더 이상 사용하지 않게 됐죠." 난방 시스템과 같은 현실적인 주제에 대해 말하기 시작하자 라라는 기운을 회복한 듯했고 목소리에서도 슬픈 기색이 묻어나지 않았다. "구드니의 편지를 보관해둔 상자에서 오래 전 농장 뒤편에서 찍은 저와 구드니의 사진을 한 장 발견했는데, 그걸 찬찬히 들여다보고 있자니 이 모든 게 기억나기 시작했어요. 석탄 해치가 눈에 들어오면서 기억들이 물밀듯 되살아나더군요."

토라가 끼어들었다. "농장 뒤편이라고 하셨는데, 정확히 어떤 농장을 말씀하시나요?"

"키르큐스테트요." 라라가 대답했다. "당시에는 크레파에 잘 가지 않았어요. 비야르니와 그리무르는 거의 대화도 나누지 않는 상태였고, 아마 왕래라고 해봐야 두 농장에 전기를 공급하던 발전기에 대해 상의하는 정도가 전부였을 거예요."

"그러니까 키르큐스테트에도 크레파와 같은 종류의 석탄창고가 있었다는 말씀이시죠?" 토라가 물었다. "호텔 뒤편에는 아무런 흔적도 없어서요. 혹시 호텔을 지으면서 덮어버렸을까요?"

"아뇨. 그럴 리 없어요." 라라가 단언했다. "내 기억이 정확하다면 창고는 농장에서 좀 떨어진 곳에 있었어요. 창고 해치는 아마 호텔 뒤편 목초지 어디쯤에 있었을 거예요. 두 농장 모두 같은 구조를 가지고 있었거든요. 당시에는 석탄창고를 집에서 떨어진 곳에 두는 게 무척 신식이라고 생각했어요. 석탄을 그냥 지하실에 보관하는 것보다 그쪽이 훨씬 더 많은 돈이 들었으니까요. 그 중에서도 가장 인상적이었던 건, 창고가 집에서 좀 떨어져 있는데도 창고로 통하는 입구가 지하실에 나있다는 사실이었죠."

토라는 휘둥그렇게 뜬 눈으로 매튜를 바라다보았다. 토라는 창고로 난 입구를 찾기 위해 지하실을 뒤져야 한다는 기대감에 들떠서 라라와 통화를 마쳤다. 전화를 끊기 전에 토라는 크리스틴의 행방에 대한 단서를 발견할 경우, 아주 작은 거라도 알려주기로 라라에게 약속했다.

"짧게 전화 한 통화만 더 할게요." 토라는 교도소 번호를 누르며 매튜에게 말했다. "금방 다 설명해줄게요." 토라는 비르나가 로빈에게 부탁해 찍은 지하실 내벽 사진을 처음 봤을 때를 떠올렸다. 그때만 해도 지하실에 문이 있을 거라고 상상도 못 했었다. 요나스가 마침내 전화를 받자 토라는 곧장 본론으로 들어갔다. "요나스, 아무래도 호텔 지하실 벽에 구멍을 뚫어야겠어요. 뚫기 전에 미리 알리려고요. 그래도 괜찮겠어요?"

토라와 매튜, 길피는 목초지로 향하는 통로가 난 게 분명한 지하실 벽 앞에 서있었다. 어디서부터 시작할지 갈피를 잡지 못했던 세 사람은 솔리를 머리 위로 높이 들어 작고 더러운 창문을 통해 바깥을 확인한 다음, 사진에서 본 그 벽이 맞다고 확신했다. 사진을 내려놓은 매튜가 대형 해머를 집어들었다. 토라는 시가와 솔리가 기대에 찬 눈을 빛내고 있는 곳으로 물러섰다. 매튜 옆에 선 길피는 매튜가 지쳤을 때 교대해줄 준비를 단단히 하고 있었다.

토라와 매튜가 지하실 내벽에 구멍을 내기 전 목초지에 해치가 있는 게 맞는지 확인하기 위해 삽을 꺼내자 길피가 자기도 끼워달라고 나섰고 시가와 솔리도 다른 할 일이 생겼다는 데 반색하며 따라가겠다고 졸랐다. 그들은 호텔 뒤편에서 30미터쯤 떨어진 곳, 시가 새겨진 바위 너머로 해치를 발견했지만 힘들게 해치 주변을 파헤치는 대신 지하실로 내려가 어딘가 있을 통로를 찾기 시작했다. 매튜는 어차피 땅 속에 묻힌 지 수십 년이 지난 해치는 크레파 뒤편에서 발견한 해치만큼이나 열기 어려울 거라고 말했다.

"그런데 저 안에 대체 뭐가 있는 거예요?" 여전히 벽을 허문다는 게 꺼림칙했던 길피가 물었다.

"솔직히 말해서 엄마도 모르겠어." 토라가 대답했다. "하지만 이 벽이 사람들의 출입을 막으려고 세워졌다는 것만은 분명해. 그렇지 않고서야 지하실 문에 콘크리트를 발라놓을 이유가 없잖아. 이렇게 철저히 가려놓았다는 건 뭔가 숨기려는 게 있었다는 뜻이겠지."

"그러다가 저 안에 아무것도 없으면 어떡해?" 길피가 걱정스레 다시 물었다. "그럼 호텔 주인이 뭐라고 하지 않을까?"

"아무 말 안 할 거야." 토라가 아들을 안심시켰다. "우리 계획을 미리 알려줬거든. 그리고 최악의 상황이라고 해봐야 호텔 지하실이 몇 제곱미터쯤 넓어지는 수준일 거야." 토라가 조바심을 내며 매튜와 길피를 향해 손을 흔들었다. "이제 시작하세요!"

두 남자는 토라의 말이 떨어지기가 무섭게 벽을 해머로 두드리기 시작했다. 토라와 두 소녀는 기대감에 찬 눈빛으로 지켜보았지만 얼마 지나지 않아 꽤나 힘겨운 작업이 될 거라는 사실을 깨달았다. 그 사이 지루함을 못 견딘 솔리는 상자 위에 누워 잠이 들었고, 시가는 연신 하품을 내뿜었다. 30분이 넘게 지났을 무렵 벽에 틈이 생기면서 그 위를 타고 넘어갈 수 있을 정도로 커다란 목재와 돌덩어리들이 모습을 드러냈다. 소매를 걷어올린 채 땀과 먼지로 뒤범

벽이 된 매튜와 길피는 숨을 헐떡이며 뒤로 물러섰다.

"난 먼저 안 들어갈래요." 토라가 갈라진 틈 사이에서 머리를 빼내며 말했다. "숨이 탁 막힐 정도로 공기가 답답해요. 꼭 불이라도 난 것 같은 냄새가 나요."

"내가 들어갈게." 길피가 나섰지만 토라는 그게 진심이 아니라는 걸 알 만큼 아들을 꿰뚫고 있었다.

"매튜, 당신이 먼저 들어가요." 토라가 매튜를 벽 쪽으로 밀었다. "손전등 어디 있어요?"

매튜가 앞장서자 토라와 길피도 뒤이어 어두침침한 통로로 들어섰다. 손전등에서 새어나오는 가느다란 빛은 매튜의 시야만 겨우 확보해주는 정도였다. 때문에 통로 끝에 다다른 매튜가 멈춰서자 세 사람은 서로 부딪히고 말았다. 매튜가 뒤돌아서 손전등으로 자신의 턱을 비추자 모자는 소스라치게 놀랐고 이 모습을 본 매튜는 무척이나 흡족해했다. 그는 손전등으로 통로 끝의 문을 비추며 말했다. "이제 열어보실까요?"

문 뒤에서 무엇이 기다리고 있는지, 그들은 까맣게 몰랐다.

31장

"그러니까 순전히 우연하게, 이걸 발견했다는 얘기죠? 그 사진을 발견했을 때처럼?" 토롤푸르가 의심 가득한 눈길로 물었다. "우연히 대형 해머를 들고 지하실에 내려갔다가, 갑자기 한쪽 벽을 부수면 실내장식에 도움이 되겠다는 생각이라도 했다는 건가요?"

머리칼에 낀 가느다란 나뭇조각을 빼낸 토라는 걱정과 달리 이물질의 정체가 이빨이 아니라는 사실에 안도했다. "아뇨." 토라가 대답했다. "분명히 말씀드린 거 같은데요. 저희는 경찰 병력을 괜히 엉뚱한 데 사용해 세금 낭비하는 일을 만들고 싶지 않았던 겁니다. 직접 확인해보기 전까지 저 아래에 뭐가 있는지 알 수 없잖습니까. 솔직히 저도 이런 게 나올 거라고는 상상조차 못 했습니다." 토라는 두 형사가 유골이 가득 든 수레를 끌고 나가는 모습을 보며 몸서리를 쳤다. 타는 듯한 악취가 수레와 함께 스쳐 지나갔다.

호텔은 레이캬비크에서 파견된 전문 수사관뿐만 아니라 관할 경찰서에서 지원온 경찰들로 바글거렸다. 토라는 그 중 대부분이 제대로 된 업무 수행이 아닌, 단순한 호기심에서 몰려들었을 거라고 의심했다. 그녀는 얼굴을 찡그리고 말을 이었다. "말씀드렸다시피 제가 예상했던 건 한 아이의 유골이지, 천정까지 쌓아올린 뼈 무더기가 아니었습니다."

"이것들이 동물 뼈라는 사실을 모르셨나요?" 토롤푸르가 물었다. "아무래도 저 아래는 어두워서 제대로 보이지 않았겠군요?"

"제가 처음 본 유골은 동물의 뼈가 아니었습니다." 토라가 단호하게 말했다. "뼈 무더기가 무너지기 전에 손전등이 작은 벙어리장갑 한 짝을 비췄어요. 소맷동 아래로 뼈가 튀어나와 있었기 때문에 저로서는 저기 어딘가 아이의 유골이 있을 거라고 생각할 수밖에 없습니다. 벙어리장갑 안에 사람 손 말고 뭐가 있겠어요. 무더기 맨 아래에 깔려있었으니 뼈를 다 걷어내기 전에는 찾을 수 없겠죠. 제가 형사님이라면 경관들에게 조심해서 작업하라고 지시…." 토라가 말을 끝내기도 전에 토롤푸르가 끼어들었다.

"보셔서 아시겠지만, 이건 더디게 진행되는 작업입니다." 그는 주위에서 일하고 있는 경찰들을 가리켰다. "저희는 모든 절차에 따라 범죄현장을 관리하고 있습니다. 그게 사람의 뼈든 동물의 뼈든 상관없이 말입니다. 반쯤 타버린 동물 사체가 이런 식으로 묻혀있는 건 자연적인 현상으로 보기 힘드니 무슨 일이 벌어졌는지 규명해야죠. 그러니 증거가 훼손될까봐 염려하실 필요 없습니다. 그보다는 요나스를 걱정하시는 게 나을 겁니다. 어차피 그의 혐의와 이곳 현장은 아무런 관련이 없으니까요."

"뼈 무더기 아래 묻혀있는 아이가 2차 대전 중 사망한 마그누스 발드빈손의 사생아라고 해도 그렇게 말씀하실 건가요?"

"그게 사건과 무슨 상관인지 모르겠군요." 토롤푸르는 퉁명스럽게 대꾸했지만 궁금한 기색이 역력했다. "혹시 그 사람이 자기 아이를 살해한 다음, 수십 마리의 동물을 도축해서 아이의 시신 위로 사체를 버리기라도 했다는 뜻인가요?" 그는 히죽거리며 말을 이었다. "그리고 60년이 지난 후 남기고 간 과거사를 지우려고 이곳으로 돌아왔다는 겁니까?"

"이 사건으로부터 어떤 걸 유추해내든 그건 형사님이 판단할 문제입니다. 다만 아이 유골에 대한 유전자 검사가 진행될 테니 누가 아버지인지 곧 밝혀지겠죠. 유전자 검사가 아이 살인범을 밝혀내지는 못해도 친부 확인 검사를 둘러싸고 여러 의문이 제기될 테고, 그렇게 되면 마그누스 발드빈손의 깨끗한 이미지도 그대로 유지되기는 힘들 겁니다."

"그러니까 변호사님은 마그누스나 발드빈이 비르나와 에이리쿠르를 살해했다는 가설을 고집하겠다는 거군요?" 토롤푸르가 물었다.

토라는 머리칼에서 또 다른 잔해 조각을 떼어냈다. "실은 베르구르나 그의 아내가 공범의 도움을 받아 살인을 저지른 게 아닐지 의심하던 참이었습니다." 토라는 그날 매튜와 이야기 나누었던 소총 탄환과 여우, 그리고 에이리쿠르가 남긴 정체불명의 글자에 대해 설명했다. "로사가 여기서 웨이터로 일하는 남자와 함께 호텔을 나서는 걸 목격했어요. 두 사람이 꽤나 가까워 보이더군요." 토라가 말을 이었다. "로사가 그를 유혹해 비르나를 죽이도록 사주한 것은 아닌지 의심이 들었어요. 남편의 외도에 대한 복수로 충분히 그런 일을 저지를 수 있으니까요."

토롤푸르가 눈썹을 너무 높이 치켜뜬 나머지 눈썹이 앞머리 속으로 모습을 감추어버렸다. "베르구르의 아내를 만나셨군요. 그분이 남자를 유혹할 사람처럼 보이던가요?"

"아뇨. 그렇게 보이지는 않았어요." 토라가 대답했다. "하지만 아름다움은 보는 사람의 시각에 달린 것이니, 장담할 수 없죠."

토롤푸르는 심술궂은 미소를 지었다. "혹시 그 웨이터의 이름이 요쿨 구드문드손인가요?"

"네. 성은 기억나지 않지만 이름은 틀림없이 요쿨이었어요. 두 사람의 관계에 대해 알고 계셨나요?"

"둘은 남매지간입니다." 토롤푸르가 비아냥댔다. "두 사람이 그렇게 가까워 보였던 데는 그만한 이유가 있었던 거죠."

토라는 아무 말도 하지 못했다. 요쿨이 비르나에 대해 왜 그렇게 반감을 보였는지 이제야 설명이 됐다. 비르나는 매부의 불륜 상대였던 것이다. 스타이니에 대해 물었을 때 요쿨이 보인 반응도 자연스레 이해가 됐다. 자신의 아버지가 사고를 냈으니 그 문제에 대해 말을 꺼내는 것 자체가 로사만큼이나 민감할 수밖에. "아, 그렇다면 상황이 좀 달라지겠네요." 토라가 마침내 입을 열었다.

"네, 그렇죠? 베르구르 연루 가능성에 대해서는 저희도 수사를 진행하고 있다는 걸 말씀드려도 되겠네요." 토롤푸르는 비교적 부드럽게 말했지만 베르구르가 요나스와 마찬가지로 용의선상에 올라있는지는 짐작조차 할 수 없었다. "그리고 여우 사체에서 나온 탄환과 베르구르의 소총을 비교분석하는 중입니다. 아이슬란드에는 장비가 없어서 해외 수사기관에 의뢰를 해놓은 상태예요. 결과가 나오려면 며칠 걸리겠지만 그동안 몇 가지 사항에 대해 더 조사해볼 생각입니다." 토롤푸르는 수색이 얼마나 진행됐는지 확인하기 위해 지하실로 향했다.

토라는 진술 막바지에 이른 매튜에게 다가갔다. 진술은 생각보다 시간이 오래 걸렸다. 해당 경관이 굳이 통역을 쓰겠다고 고집했기 때문이다.

"우리도 요나스처럼 교도소로 연행될까요?" 매튜는 토라와 함께 그곳을 벗어나며 말했다. "지금 내 꼴을 보면 교도소에 딱 어울릴 것 같긴 해요." 뼈 무더기가 그들을 향해 무너져 내린 이후 옷을 갈아입을 틈이 없었다. 때문에 매튜의 옷은 먼지와 흙투성이였다.

토라는 즐거운 표정으로 그를 위아래로 훑어보았다. "이렇게 더러워진 게 얼마만이에요?" 토라는 그의 스웨터에 붙은 뼛조각을 떼어내며 물었다.

"기억도 안 나요." 매튜가 대답했다. "은행에서는 건물 벽을 부술 일이 별로 없거든요. 게다가 일층 높이만큼 쌓인 뼈는 이제껏 본 적이 없다고요."

토라는 몸서리를 치다가 매튜에게 로사와 요쿨의 관계에 대해 설명했다. 토라와 매튜가 상상했던 보니와 클라이드와는 거리가 멀었던 것이다. "생각해봤는데," 토라가 말을 이었다. "목초지에 시를 새긴 바위를 갖다놓은 사람은 틀림없이 이 아래 뭐가 있는지 알았을 거예요. 분명 일종의 묘비처럼 바위를 세워둔 거죠. 자기만 아는 추모비인 셈이죠."

"그 말인즉슨, 아이가 자연사한 건 아니라는 뜻이겠죠? 그게 아니라면 뭐 하러 숨겼겠어요?" 매튜가 이렇게 말할 즈음 두 사람은 토라의 방에 도착했다. "더구나 제정신 박힌 사람이라면 죽은 아이를 여기에 두지 않았을 거예요. 뭔가 숨기고 싶은 게 있었겠죠."

"내 생각엔 마그누스가 바위를 세운 것 같아요." 토라가 문을 열며 말했다. 토라는 협탁에 있는 전화기 앞으로 바로 걸어갔다. "엘린한테 전화해서 지하실에 대해 알고 있는지 물어볼게요. 어쩌면 그 남매는 누가 언제 바위를 세웠는지 알지도 몰라요."

"엘린이 당신이랑 대화를 하려고 들까요?" 매튜가 물었다.

"이번에는 전화를 그냥 끊을 수 없을 걸요. 자기 조부모가 살았던 터전이자 수십 년 간 자기 모친이 소유했던 땅에서 아이 유골이 발견되었다는 이야기를 들으면 절대 그럴 수 없죠." 토라는 엘린의 번호를 검색했다. "그리고 내 휴대폰 번호를 알아볼 경우에 대비해서 호텔 전화를 사용할 거라고요." 토라는 전화기를 향해 돌아섰다. "여보세요, 토라 구드문즈도티르입니다."

"원하는 게 뭐예요?" 엘린이 언짢은 목소리로 쏘아붙였다. 토라는 소리를 통해 엘린이 운전 중이라는 걸 알아챘다.

"방금 전 농장에서 엄청난 양의 뼈 무더기가 발견됐다는 사실을 가장 먼저 말씀드리고 싶군요."

"그래서 그게 나랑 무슨 상관이죠?" 엘린이 말했다. "뻔한 얘기겠죠. 어떻게 된 노릇인지 요나스가 농장을 산 이후로는 거기서 끊임없이 시신이 발견되네요. 요나스가 오늘 아침에 구속됐다는 소식은 라디오로 들었어요."

"네, 맞습니다." 토라는 언론이 요나스 사건을 보도했다는 사실에 밀려오는 짜증을 애써 눌렀다. "하지만 이 유골은 요나스와 아무런 관련이 없어요. 요나스가 농장을 매입하기 한참 전부터 거기 있었으니까요. 제 기억이 정확하다면 그쪽 집안이 지금의 농가 건물을 지었을 뿐만 아니라 줄곧 농장주였죠. 제 기억이 틀렸나요? 안타깝지만 이번 일은 요나스보다는 당신 남매한테 훨씬 불리하게 작용할 거예요. 대부분 동물의 뼈지만, 십중팔구 아이임이 분명한 유골 한 구가 함께 발견될 테니까요."

"뭐라고요?" 엘린이 찢어질 듯한 목소리로 물었다. "아이의 유골이라고요?" 엘린은 진심으로 충격을 받아 혼란스러워하는 듯했다. "무슨 아이요?"

":아직은 알 수 없습니다." 토라가 대꾸다. "곧 경찰 연락이 갈 거예요. 그러니까 저도 너무 많은 걸 말씀드리지 않는 게 좋겠군요. 전화를 한 건, 한 가지 묻고 싶은 게 있어서예요." 잠시 멈추었던 토라는 엘린이 아무런 대꾸도 않자 말을 이었다. "호텔 동쪽 뒤편 커다란 바위에 시가 새겨져 있던데, 제가 알기로 민간설화에서 발췌한 내용이더군요. 분명 누군가 거기에 바위를 세워뒀을 거예요. 본래 바위가 있을 만한 자리가 아니니까요. 그 바위에 대해 아는 게 있나요? 아니면 누가 그 바위를 세웠는지 아시나요?"

"바위요?" 엘린이 놀란 목소리로 물었다. "바위가 대체 무슨 상관이죠?"

"아무 관련이 없을 수도 있죠." 토라는 거짓말을 했다. "단지 그게 증거인지 아닌지 판단하려면 바위의 정체가 뭔지 알아야 합니다." 토라는 엘린이 자신의 말을 곧이곧대로 믿어주길 바랐다.

"내가 장담하는데 바위는 이 일과 아무 상관없어요. 그 바위는 저희 어머니가 아주 오래 전에 거기 세우신 거예요. 당신 자신에게 주는 결혼선물이었죠. 이유는 묻지 마세요. 저에게도 자세히 설명하신 적이 없으니까. 어쨌든 죽은 아이와 아무런 관련이 없다는 것만큼은 믿어도 돼요."

토라는 그리무르의 딸인 말프리두르가 바위를 세웠다는 사실에 놀라면서도 아무렇지 않은 척 질문을 이어나갔다. "한 가지만 더 여쭤볼게요. 일요일 저녁에 선생님과 오빠 분은 어디에 계셨나요? 경찰한테 그날 터널을 통과한 차량 정보가 나온 명단을 받았는데 두 분 차량이 목록에 올랐더군요."

"변호사님 만나러 갔잖아요." 엘린이 짜증을 냈다. "기억 안 나세요? 월요일에 우리 만나러 오셨잖아요. 출근시간에 차 막히는 거 피하려고 일요일 저녁에 미리 스티키스홀무르로 이동했어요. 설마 저랑 오빠가 살인사건에 연루됐다고 생각하시는 건 아니겠죠?"

토라가 얼버무리듯 중얼거렸다. "그냥 확실히 해두고 싶어서요."

"뭐, 그렇다면 하나 더 확실하게 말씀드리죠. 오빠가 목요일에 그쪽으로 갔던 것도 살인과는 무관해요." 엘린이 쏘아붙였다.

토라는 대꾸를 하지 않았다. 목요일에 뵈르쿠르가 스나이펠스네스로 온 사실을 전혀 모르고 있었다는 걸 드러내고 싶지 않았기 때문이다. 엘린은 토라가 살인이 일어난 두 날짜의 차량정보 목록을 모두 가지고 있다고 짐작한 것이다. "그럼 여기는 왜 온 거죠?" 토라가 조심스럽게 물었다.

"내가 얘기한 걸 알면, 오빠가 길길이 날뛸 거예요. 이걸 실토하게 만드느라 한참 애를 먹었거든요." 바로 그때 경적 소리가 날카롭게 울리더니 엘린이 전화기에 입을 댄 채 욕설을 퍼붓기 시작했다. "저런 멍청한 늙은이를 봤나! 운전대만 잡으면 노망나는 저런 노인네들은 운전면허를 취소해버려야 하는 거 아냐?" 엘린은 신경질을 부리다가 다시 말을 이었다. "제가 이걸 알려드리는 이유는 딱 하나예요. 더 이상 우리를 귀찮게 하지 말고, 근거도 없이 죄를 우리한테 덮어씌우려 들지 말라는 뜻이라고요."

"저한테 비밀을 털어놓는 이유 같은 건 아무래도 상관없습니다." 토라가 받아쳤다. "그래서 뵈르쿠르가 왜 왔다는 겁니까?"

"남아있는 농장에 관심을 보이는 부동산 중개업자를 만나러 간 거였어요. 땅을 팔아버릴 속셈으로." 엘린이 말을 이었다. "내가 서두르지 않는 걸 잘 아니까, 자기 혼자 몰래 만나러 간 거죠. 확인을 원하시면 부동산 중개업자한테 전화를 해보셔도 좋아요."

토라는 인사를 한 후 전화를 끊었다. "목초지에 바위를 세운 게 엘린의 모친이래요." 토라가 매튜에게 전했다. "정말 이상한 남매예요. 가족 병력을 고려하면 별로 놀라운 일도 아니지만. 할머니와 할아버지 모두 정신적으로 문제가 있었잖아요. 뭐 그렇다고 해도 살인범은 아닐 거예요. 일요일 저녁 이곳에 온 이유를 설명했는데, 아귀가 착착 맞았어요."

토라는 자리에서 일어나 욘 아르나손의 민간설화집 세트가 든 가방을 집어들었다. "바위에서 찾은 시가 설화집에 수록되었다면,

그에 대한 해설도 어딘가 있을 거예요. 그러면 엘린의 어머니가 바위에 시를 새겨 그 자리에 세워둔 이유를 밝혀낼 수 있을지 모르죠." 토라는 가방을 책상에 올렸다. "레이캬비크로 돌아가는 길에 까먹지 말고 책을 반납해야 해요. 이미 우리 동네 도서관에 내야 할 연체금이 도서관 별관을 지어주고도 남을 정도예요. 전국을 돌아다니면서 도서관 연체금을 쌓고 싶지는 않아요."

"설마 그 책을 다 읽어볼 건 아니죠?" 매튜가 두툼한 설화집을 한 권씩 꺼내는 토라의 모습을 지켜보며 물었다. "그동안 나는 샤워라도 해야겠네요."

"찾는 데 얼마 안 걸릴 거예요." 토라가 대꾸하면서 1권의 목차를 펼쳐 '버려진 아이들'이라는 항목을 찾았다. "여기 있네요." 토라는 들뜬 목소리로 말하며 고개를 들었다. "'혼례를 올렸어야 했네'라는 제목의 이야기가 있어요. 이게 틀림없어요." 토라는 빠르게 이야기를 훑어보더니 펼쳐진 책을 무릎 위에 올렸다.

"뭐예요?" 매튜가 물었다. "그런 표정을 지으면 좋다는 건지 나쁘다는 건지 분간을 할 수가 없잖아요."

"나도 모르겠어요." 토라가 말했다. "아기를 밖에 내다버려 죽게 만든 한 어머니의 이야기예요. 아기를 내다버리고 몇 년이 지나 낳은 둘째 딸은 버리지 않고 길렀어요. 딸이 결혼할 나이가 되자 젊은 청년이 딸에게 청혼을 하고 두 남녀는 약혼을 하죠. 그리고 결혼식 날 한창 예식을 올리는데, 갑자기 창문을 쿵쿵 때리는 소리가 들리더니 하객들에게 어떤 목소리가 이렇게 말했대요. '촌부들을 물리쳤어야 했네. 땅은 본래 나의 것이었으니, 혼례를 올렸어야 했네. 마치 그대처럼.'" 토라는 매튜를 쳐다보며 말을 이었다. "죽은 아기의 혼령이 자기 동생을 향해 말을 한 거예요."

"그러니까 그 시는 일종의 우화군요. 죽은 아이의 몫을 동생이 누리고 있다는 메시지를 담은 게 맞나요?" 매튜가 물었다.

"네, 그런 뜻이에요. 구드니에게 또 다른 자식이 있었을까요?" 토라는 이렇게 물으면서 고개를 저었다. "아냐, 그럴 리가 없겠죠."

"그렇다면 누가 죽은 아이의 몫을 차지했다는 거죠?" 매튜가 물었다. "아마 크리스틴이 구드니의 상속자였겠죠?

토라는 양 볼을 빵빵하게 만들더니 입으로 천천히 공기를 빼냈다. "그건 구드니가 폐결핵으로 사망한 시점에 따라 달라지죠. 만약 아이가 엄마보다 먼저 죽었다면 당연히 아무것도 상속받지 못했겠죠. 하지만 구드니의 사망 이후 아이가 죽었다면 상황은 달라져요. 구드니의 아버지가 먼저 세상을 떠났잖아요. 아버지는 이미 어머니와 사별한 상태였고, 구드니는 그의 외동딸이었으니 유일한 상속자이죠. 그리고 구드니의 사망과 동시에 그 딸이 어머니의 모든 재산을 물려받게 되겠죠."

"만약 그게 사실이라면 누군가는 아이의 죽음으로 인해 이득을 볼 수 있었겠군요." 매튜가 유추를 이어나갔다. "아이에게 돌아가야 했을 구드니의 모든 재산을 물려받을 수 있는 사람, 이런 경우 누가 그 재산을 물려받게 될까요?"

"구드니의 가장 가까운 친척이죠." 토라가 매튜의 말을 받았다. "구드니의 큰아버지이자 아이의 큰할아버지인 그리무르요." 토라는 책을 덮었다. "솔디스의 할머니 라라에 따르면 그리무르는 금전적인 어려움을 겪고 있었어요. 그러니 아이가 성년이 되기 전에 살해했을 가능성을 배제할 수 없군요. 그 아이가 결혼하거나 자기 아이를 갖게 되면 그리무르는 상속권을 잃게 되니까요."

"너무 섬뜩한 가설이군요." 매튜가 몸을 떨었다. "하지만 바위를 세운 건 그리무르가 아니잖아요. 그리무르의 딸이자 엘린과 뵈르쿠르의 모친 말프리두르라면…, 그녀는 틀림없이 그 아래 시신이 있다는 사실을 알았을 거예요. 시신이 숨겨진 장소 바로 위에 그런 내용의 바위를 세웠다는 건 절대 우연일 리 없어요."

"말프리두르라." 토라가 생각에 잠긴 듯 중얼거렸다. "말프리두르는 오래 전 자신의 아버지가 레이캬비크에서 사망한 이후 아이 몫의 재산까지 모두 물려받았죠. 만약 아이가 실제로 존재했고, 구드니의 아이라는 가정을 한다면요."

"그 가정에는 만약이라는 단서가 너무 많아요." 매튜가 덧붙였다. "그렇더라도 개연성 있게 들리는 건 사실이에요. 말프리두르가 아버지 그리무르보다 아이의 살인범일 가능성이 더 높을까요?"

"그럴 리가…. 2차 대전이 일어났을 무렵 말프리두르는 아주 어린 여자애였어요. 전쟁이 끝나고 라라가 이 동네로 돌아왔을 때 구드니의 아이는 이미 이 세상에서 종적을 감춰버린 뒤였고요. 구드니의 딸인 크리스틴이, 기둥에 이름이 새겨진 바로 그 크리스틴이라고 추정을 해도 무리는 아니에요. 만약 그렇다면 기둥에 '아빠가 크리스틴을 죽였다. 난 아빠가 밉다.'라고 새긴 게 말프리두르일 가능성이 매우 높아지죠. 거긴 두 부녀의 집이었잖아요. 어쩌면 말프리두르는 아버지의 범행을 직접 목격했을 수도 있어요. 아니면 그리무르가 털어놨을 수도 있고요."

"어쩌면 우리가 이 오래된 사건의 진실에 다가서는 건지도 모르 겠군요." 매튜가 이렇게 말하면서 손을 씻기 위해 화장실로 들어갔 다. 물소리가 나자 그가 목청을 높였다. "다만 요나스에게는 별 도 움이 안 된다는 게 안타깝네요. 이 일 때문에 비르나와 에이리쿠르 가 살해당한 건 아니잖아요."

"글쎄요, 나도 알 수 없죠." 토라가 소리쳤다. "어쩌면 비르나가 이 오래된 사건에 대해 냄새를 맡은 바람에 누군가 그녀를 죽이려 했을 수도 있어요. 진실이 드러나는 걸 원치 않는 누군가가. 비르 나는 지하실에 있던 오래된 물건들을 살펴보던 중이었잖아요. 가 령 라커에서 찾은 마그누스의 사진 같은 것들 말예요."

매튜가 수건으로 손을 닦으며 화장실을 나왔다. "하지만 누가 그 런 이유 때문에 비르나를 죽이려 들까요? 엘린과 뵈르쿠르요?"

"그 가능성은 낮아요." 토라가 나섰다. "비밀을 감추고 싶었다면 애초 농장을 팔지도 않았겠죠."

"두 사람은 비밀에 대해 전혀 몰랐을 수 있어요." 매튜가 수건을 화장실에 가져다두며 계속했다. "다만 비르나가 남매에게 비밀을 알리면서 협박했을 가능성은 있죠. 이미 마그누스와 발드빈을 협 박하려 든 전력도 있으니 충분히 타당성 있는 가설이죠."

"어쩌면요. 그렇지만 나는 비르나가 비밀을 몰랐을 거라는 느 낌이 들어요. 일기장을 보면 뭔가 농장에서 수상한 일이 벌어졌다 고 의심한 정황은 보이지만, 정확히 진실을 알았다는 징후는 찾을 수 없거든요." 토라는 일기장을 가져와 천천히 책장을 넘겼다. "작업실 벽에 별관 부지 위치를 나타내는 도안이 붙어있던 거 기억나요?" 토라가 물었다. "그 도안에 바위와 해치의 지점도 포함되어 있었나요?"

매튜는 도안을 떠올리려고 머리를 쥐어짰다. "그랬던 거 같아요." 마침내 매튜가 대답했다. "그건 왜 물어요?"

"혹시 누군가 별관이 들어서는 걸 막으려고 비르나를 살해했을 가능성은 있을까요?" 토라가 물었다. "건설이 진행된다면 숨겨져 있던 석탄창고가 파헤쳐지잖아요. 그런 일을 미연에 방지하려고 살인을 저질렀을지 몰라요. 목초지 곳곳에 파헤친 흔적이 있잖아요. 어쩌면 누군가 별관 건설이 시작되기 전에 해치와 아이의 유골을 찾으려다 실패하자 최후 수단으로 비르나를 죽였을지도 몰라요."

"결국 그 비밀을 지키려 한 사람이 누구인가 하는 질문으로 돌아가는군요." 매튜가 유추를 이어갔다. "엘린과 뵈르쿠르는 절대 진실이 드러나는 걸 원치 않았을 거예요. 자신의 할아버지가 아동살해범이라는 사실로 집중 조명되는 걸 반기는 사람이야 없겠지만, 그렇더라도 살인까지 저질렀다는 건 어딘가 억지스러워요."

"남매가 비밀을 지키고 싶어했다면 애초에 농장을 팔지도 않았을 테고요. 그리고 매튜 당신의 생각에 나도 동의해요. 스캔들을 피하겠다고 살인까지 저지르는 건 너무 극단적이에요." 토라가 눈을 감았다. "뭔가 놓치고 있는 것 같아요. 아주 명백한 것인데, 그게 뭔지 콕 집어 말할 수가 없어요." 토라는 수사자료를 넘겨보았다. "여기서 뭘 찾아야 할지도 모르겠어요." 토라의 한숨이 짙어졌다.

매튜가 침대 협탁 앞으로 다가가더니 터널을 통과한 차량정보 명단을 집어들었다. "만약 살인범이 피해자들과 직접적인 관련이 없었다면요? 누군가 자신의 가족을 지키려고 살인을 저질렀을 가능성은 없을까요?"

토라가 호기심에 찬 표정으로 고개를 갸우뚱했다. "누가요?"

매튜가 명단을 건네며 한 차량번호를 가리켰다. "당신이 오전에 법원 가고 나서 솔디스에게 스타이니의 성명 전체를 물어봤어요. 스타이니가 운전은 할 수 있다고 하기에, 혹시 명단에 그의 이름이 있는지 확인해봤거든요. 있더라고요." 매튜는 레이캬비크에서 스나이펠스네스 방향으로 터널을 통과한 어느 차량을 가리켰다. 차주의 이름은 토르스타인 캬르탄손, 바로 스타이니였다. "그날 레이캬비크에 못 가게 돼서 솔디스를 태워주지 못했다고 했던 거 기억나죠?" 매튜가 말했다. "하지만 실제로는 레이캬비크에 갔어요. 몇 시간 뒤 터널을 통과해 이곳으로 돌아왔고요."

"뭐예요. 그러니까 베르타가 가족사로 상처받는 걸 막기 위해 스타이니가 살인을 했다는 거예요?" 토라가 물었다. "말도 안 돼요. 그는 장애인이라고요. 살인을 저지르는 게 가당키나 해요?"

"시간이 지날수록 스타이니의 장애가 애초 우리 생각보다 심하지 않다는 사실이 드러나고 있잖아요." 매튜가 말했다. "레이캬비크 방향으로 터널을 통과한 차량 명단을 보면 베르타의 차 역시 비슷한 시간에 그곳을 지난 것으로 확인된다고요. 어쩌면 스타이니는 베르타가 용의선상에 오르는 걸 원치 않아서, 그녀가 이곳을 떠나있는 동안에 살인을 저질렀을지도 몰라요. 베르타를 보호하려고 비르나와 에이리쿠르를 살해했는데, 정작 자신의 의도와 달리 베르타가 곤란한 상황에 빠지면 아무 소용이 없잖아요."

토라가 인상을 찌푸렸다. "우리가 생각한 것보다 스타이니의 장애가 심하지 않다고 해도 그가 흉포한 종마가 있는 마구간에 사람을 마구 밀어넣는 모습은 상상이 안 돼요."

"만약 에이리쿠르가 제정신이 아니었다면요?" 매튜가 물었다. "약에 취한 상태에서 스타이니가 시키는 대로 움직였을지도 모르잖아요. 로사의 아버지 때문에 사고를 당했으니 그에 대한 복수로 에이리쿠르를 그 집 마구간에 넣어놓았을 수도 있고. 그렇게 되면 베르구르나 로사가 용의선상에 오를 거라고 생각했을 거예요. 베르나를 보호하는 것 외의 동기로 작용했을 수 있죠."

토라가 깊이 생각에 잠긴 채 고개를 끄덕였다. "그렇다면 강간은 어떻게 설명하죠? 스타이니가 비르나를 강간했어야 앞뒤가 맞는데, 비르나는 당시 약에 취한 상태도 아니었잖아요." 토라는 부검 보고서를 뒤적였다. "보고서에 따르면 비르나는 뒤에서 공격을 당했고, 돌로 머리를 맞은 것으로 되어있어요." 보고서를 조금 더 훑어보던 토라가 물었다. "혹시 아 바르바덴시스 밀, 그리고 아 불가리스 람이 뭔지 알아요?" 토라가 비르나의 질에서 발견된 물질의 이름을 다시 발견하고는 물었다.

"그렇다고는 못 하겠는데요." 매튜가 미안한 듯 미소를 지었다. "내가 알기로 불가리스는 일반적이라는 뜻인데, 이것만으로는 별 도움이 안 되겠죠. 인터넷으로 찾아보면 안 돼요?"

"네, 물론 그래도 되죠." 토라가 말했다. "그럴 틈이 없었던 것뿐이에요. 아무래도 길피한테 부탁해서 찾아봐 달라고 해야겠어요.

동물 뼈를 발견한 충격에서 벗어나려면 뭔가 할 일이 필요할 거예요." 토라는 길피의 방으로 전화를 걸어 로비에 있는 투숙객 전용 컴퓨터에서 유기물의 뜻을 검색해달라고 부탁했다. "조금 있다가 찾아보겠대요." 토라가 전화를 끊으며 매튜를 바라다보고는 미소를 지었다. "애들이 열두 살을 넘어서면 엄마가 시키는 일은 바로 할 수 없는 병에라도 걸리나봐요. 늘 조금 있다가 하겠다고 하거든요. 저희 아빠가 저도 똑같았다고 하던데, 심지어 할아버지도 아빠에 대해 똑같이 말씀하셔요. 유전자에 문제가 있는지도 모르고요."

"스타이니를 만나러 가볼까요, 아니면 베르타를 먼저 만날까요?" 매튜가 물었다. "어쩌면 베르타가 내 가설을 입증해줄 뭔가를 알려줄지 모르잖아요. 스타이니의 친구이기는 해도 이런 상황에서는 두둔해주기 어려울 거예요."

"그럴 수도 있죠." 토라는 이렇게 말하며 자리에서 일어났다.

"베르타를 만나러 가요. 날 위해 벽도 부숴줬으니 이 은혜를 갚으려면 당신의 가설이 아무리 터무니없더라도 조사를 해봐야겠죠. 겸사겸사 내 가설도 확인해보고요."

"나한테 은혜 갚을 방법은 따로 있는 거 알잖아요." 매튜가 씩 웃으며 말했다.

토라는 아무런 대꾸도 하지 않았다. 대신 그녀는 펼쳐진 설화집을 든 채 가만히 서있었다. "잠깐만요." 토라가 들뜬 목소리로 말했다. "이게 뭐죠?"

32장

토라는 손가락으로 펼쳐진 책장을 가리켰다. 매튜는 토라가 가리킨 곳을 봤지만 무슨 뜻인지 이해하지 못했다. "이 부분 말이에요. 죽은 아이의 목소리가 결혼식에서 울려퍼지는 장면 이전에 나오는 내용이거든요. 망령이 돌아다니는 걸 막으려면 망자의 발바닥에 바늘을 꽂아야 한다고 쓰여있어요." 토라는 책을 탁 덮었다. "살인범은 자기가 죽인 사람들의 유령이 떠돌아 다니는 걸 원치 않았던 거예요."

매튜가 못 믿겠다는 표정을 지었다. "대체 왜요?"

"우리로서는 이해하기 힘들지만, 살인범은 분명 유령을 믿는 사람이에요." 토라는 전날 밤 밖에서 들려온 아기의 울음소리를 떠올리며 얼굴을 붉혔다. 그 일을 아무에게도 발설하지 않겠다고 작정한 터였다. 매튜에게는 더더욱 솔직히 말할 수 없었다.

"얼굴은 왜 붉혀요?" 매튜가 물었다. "그 나이 먹어서 유령의 존재를 믿기 시작한 거예요?" 매튜가 토라의 팔을 쿡 찔렀다. "혹시 당신도 그 소리 들은 거예요?"

토라는 가까운 사람들에게 거짓말하는 데 영 젬병이었다. "네, 뭔가 들었어요." 토라가 이실직고했다. "물론 버려진 아기의 유령이 내는 소리는 아니었지만 아기 울음처럼 들리기는 했어요."

"그럼 그렇지!" 매튜가 흡족해하며 놀렸다. "설마 죽은 아기의 영혼이 당신 주위를 세 번 돈 건 아니겠죠? 아직까지 멀쩡한 걸로 봐서 그렇지는 않았나 보군요."

토라는 매튜를 향해 혀를 내밀었다. "어서 가요. 유령에 대해 수다를 떠는 것보다 중요한 일이 많다고요. 가서 베르타나 스타이니를 만나보자고요."

"아기 유령을 꼭 엄마한테 돌려보내야 해요." 매튜는 계속해서 농담을 했다. "그렇지 않으면 저주에 걸릴 거예요."

토라는 어떻게든 로비를 빨리 벗어나고 싶었다. 지하의 동물 뼈가 로비를 통해 운반되고 있었기 때문에 매캐한 악취가 진동했다. 프런트를 지나칠 때 코를 싸쥐고 싶은 마음이 굴뚝같았지만, 대신 숨을 참고 빠르게 걷기로 했다. 잰걸음으로 걷던 토라가 트뢰스투르 레이비야르손과 부딪혔다. "오, 죄송해요." 토라가 중심을 잡으며 사과했다. "오는 걸 못 봤어요."

"괜찮습니다." 트뢰스투르가 퉁명스럽게 대꾸했다. 머리칼이 젖은 그는 잠수복 차림이었다. "다친 것도 아닌데요, 뭘. 제 카누도 그랬으면 좋았을 텐데." 트뢰스투르가 중얼거렸다.

"네? 카누가 망가졌나요?" 트뢰스투르의 성난 표정을 본 토라가 자기도 모르게 내뱉었다. "저는 안 건드렸어요."

"네, 압니다." 트뢰스트르는 이렇게 대꾸하고 발걸음을 옮겼다.

"잠시만요, 여쭙고 싶은 게 있어요." 토라가 그의 팔을 얼른 잡았다. 그제야 그가 얼마나 근육질인지 깨달은 토라는 내심 깜짝 놀랐다. "당신을 만나려고 했는데 뵙기가 힘들더라고요."

"알고 싶은 게 뭔가요?" 트뢰스투르가 물었다. "카누를 타고 나갔다가 물에 처박힌 경험이 있는지 궁금하신가요?"

"어, 아뇨." 우연한 기회를 놓치고 싶지 않아 그의 팔을 잡았던 토라가 당황한 목소리로 웅얼거렸다. "그런 생각은 한 번도 못 해봤어요. 제가 궁금한 건 여기서 벌어진 두 살인사건과 관련된 겁니다. 두 사건에 대해서는 들어보셨겠죠."

트뢰스투르는 짜증과 불안이 뒤섞인 뜻 모를 표정을 지었다. 때마침 뼈를 잔뜩 실은 수레가 호텔 문 밖으로 나가는 장면을 본 그가 물었다. "저건 또 뭐죠?"

"많은 일들이 있었죠. 죄다 안 좋은 일이었어요. 잠깐 이야기를 나눌 수 있을까요? 중요한 문제라서요." 토라는 그가 동물 뼈를 보고 마음이 흔들렸길 바랐다.

"네, 알겠습니다." 트로스투르가 무심하게 대답했다. "어차피 경찰한테 말하러 가려던 참이었어요. 카누까지 망가진 마당에 더 이상 입을 다물 이유도 없죠."

"무슨 일인데요?" 토라가 그를 야외 테이블로 안내하며 물었다. 토라는 자리에 앉으며 매튜를 그에게 소개했다. "경찰에 말하려던 게 뭐였나요?"

트뢰스투르가 무거운 표정을 지었다. "지난 금요일 아침에 연습하러 나왔는데, 제 카누가 온통 피로 뒤덮여 있더라고요." 그는 자신의 말을 정정했다. "그러니까 완전히 뒤덮인 건 아니었지만 패들이랑 좌석에 피가 묻고, 여기저기에 핏방울이 흩뿌려져 있었죠. 제 피는 아니었기 때문에 틀림없이 목요일 저녁에 벌어졌다는 살인사건과 관련 있을 거라고 짐작했어요."

토라가 그를 빤히 보며 물었다. "오늘은 화요일인데요, 도대체 무슨 이유로 지금껏 아무 말도 안 하셨던 거죠?"

"토요일에 프런트 직원이 알려주기 전까지는 사건에 대해 전혀 모르고 있었어요. 그 때쯤에는 이미 피를 대부분 닦아낸 뒤였고요." 트뢰스투르가 안절부절못하며 해명했다.

"그럼 피가 아직도 좀 묻어있다는 건가요?" 토라가 기대에 찬 어조로 물었다. 어쩌면 범인의 지문이 남아있을지도 몰랐다.

"어, 아뇨. 그렇지는 않아요." 위축된 목소리로 웅얼거리던 트뢰스투르가 다소 우쭐거리는 말투로 덧붙였다. "저는 2주 뒤에 열리는 세계챔피언십 대회에 출전할 예정이에요. 그러니 제 카누를 조사하라고 무슨 연구실 같은 곳에 보낼 수 없는 노릇이었죠. 그래서 피를 닦아내고 입을 다물기로 결정한 겁니다. 제가 피를 거의 닦아버려서 증거는 이미 훼손됐을 거예요."

토라는 그의 처지가 조금도 부럽지 않았다. 이제 곧 그는 토롤푸르에게 모든 사실을 모두 털어놓아야 판이었다. "그런데 왜 마음을 고쳐먹으신 거죠?" 토라가 물었다.

"어떤 멍청이인지 모르겠지만, 카누를 바위 위로 끌어올리다가 아랫부분을 망가뜨린 게 틀림없어요. 왜 이렇게 기록이 안 나오나 이해가 안 가던 참에 카누가 망가진 걸 발견했어요. 지난주에 마지막으로 확인했을 때만 해도 멀쩡했으니, 분명 그 빌어먹을 범인이 엉망으로 망가뜨린 거겠죠." 그는 의자에 기대고는 팔짱을 꼈다. "경찰이 카누를 가져갈 테니, 이제 대회에 출전하기는 글렀겠죠."

트뢰스투르는 살인범이 자신의 카누를 망가뜨렸다는 점이 가장 속상한 모양이었다.

"지금 상황을 이해 못 하시는 것 같은데," 토라가 설명했다. "만약 토요일에 바로 그 사실을 경찰에게 알렸더라면 일요일 저녁에 벌어진 살인사건은 막을 수 있었을지 모릅니다."

"그럴 리 없어요!" 트뢰스투르가 쏘아붙였다. "그땐 이미 피가 거의 남아있지도 않았어요. 말했잖아요." 그는 다른 사람의 지지라도 얻어보겠다는 듯 매튜를 쳐다보다가 화제를 돌렸다. "범인이 밝혀지면 무슨 일이 있어도 고소해서 카누에 대한 보상을 받을 겁니다. 이번 대회에서는 어렵지 않게 수상권에 들었을 거라고요."

"비극적인 일이네요." 토라는 빈정거림을 드러내지 않으려고 노력했지만 소용이 없었다. "하나만 더 물어보죠. 일요일 저녁에 차를 타고 크발피외르뒤르 터널을 지나가셨죠?"

"네." 트뢰스투르가 대답했다. "단백질 보충제가 다 떨어져서 큰 약국에 가야 했거든요." 그는 토라를 노려보았다. "제 말 못 믿겠어요? 레이캬비크의 약국에서 받은 영수증도 있어요."

"네? 아, 그렇군요." 토라가 대충 대답했다. 그녀는 다른 점에 정신이 팔려있었다. 더 이상 교령회에 참가했던 사람이나 호텔 인근에 있었던 직원들을 용의선상에서 제외할 수 없게 돼버렸기 때문이다. "카누를 타고 호텔 쪽에서 건축가가 살해당한 작은 만까지 이동하면 시간이 얼마나 걸리나요?" 토라가 물었다.

"눈 깜짝할 새에 도착하죠." 트뢰스투르가 말했다. "바다로 가면 아주 짧은 거리거든요. 육지로 가려면 빙빙 돌아야 하지만, 바다에서는 그럴 필요가 없죠. 파도가 잠잠하면 전 5분이면 갈 거예요. 카누에 익숙지 않은 사람이라면 10분 정도 걸리겠죠."

"초보자도 쉽게 패들을 저을 수 있을까요?" 그때까지 조용히 듣기만 하던 매튜가 물었다.

"네, 심하게 서투른 사람만 아니라면요." 트뢰스투르가 대답했다. "카누를 잘 타려면 훈련이 필요하겠지만, 그냥 잔잔한 물 위에서 짧은 구간 이동하는 거라면 특별한 기술이 없어도 가능해요. 힘만 있으면 됩니다." 그는 자리에서 일어났다. "저는 이만 가서 샤워를 하고 경찰을 만나러 가야겠어요. 조용히 넘어갈 생각은 눈곱만큼도 없으니 경찰에게 이 사건을 진지하게 수사하라고 요청할 겁니다." 그는 무거운 나무의자를 테이블 아래로 밀어넣더니 몸을 돌렸다. 그러더니 갑자기 뭔가 떠올랐는지 다시 돌아섰다. "그리고 차에 있던 그 청년이 틀림없이 저를 기억할 겁니다." 트뢰스투르가 말했다. "그 청년은 분명 쉽게 찾을 수 있을 거예요."

"어떤 청년요? 누구 말씀이시죠?" 토라가 물었다.

"차를 타고 터널을 빠져나갈 때 도로 한쪽에 세워져 있던 차 한 대를 봤거든요. 저는 고장나서 멈춰있는 줄 알았어요. 그래서 도움이 필요할까 싶어 차를 세웠는데, 얼굴이 심하게 망가진 청년이 자기는 아무 데도 안 간다고 하더라고요. 그냥 잠깐 차 안에 앉아있을 뿐 아무 문제도 없다고요. 그러고는 창문을 올려버렸어요."

"그게 몇 시쯤이죠?" 매튜가 물었다.

"6시쯤이었을 겁니다." 트뢰스투르가 대답했다. "그날 저녁 늦게 돌아오면서 보니까 그 자리에 없더라고요. 어쩌면 괜찮냐고 물어보는 사람들 때문에 귀찮아서 자리를 떴을 수도 있죠. 그 청년의 차가 고장났다고 생각한 게 저만은 아니었을 거예요. 제가 떠나면서 백미러로 보니까 또 다른 차가 그 차 옆에 멈춰서더라고요." 그는 이렇게 말하고 호텔 안으로 들어가 버렸다.

매튜가 테이블 밑으로 토라의 다리를 툭툭 쳤다. "베르타가 완전히 떠났는지 확인하기 위해 스타이니가 터널 끝에 잠시 차를 세웠던 거예요. 그런 다음 반대 방향으로 돌아와 에이리쿠르를 죽였을 거예요. 트뢰스투르는 스타이니가 잠시 정차한 모습을 목격했던 거고요. 모든 게 맞아떨어지네요."

"너무 번거롭지 않나요. 스타이니가 6시경 터널에 있었다면 이곳까지 다시 차를 몰아 돌아왔어야 하는데, 그러기엔 꽤 먼 거리죠."

"에이리쿠르의 정확한 사망 시각은 우리도 모르잖아요." 매튜가 말했다. "경찰은 저녁시간이라고만 했어요. 저녁 먹는 시간은 집마다 제각각이고요." 매튜가 자리에서 일어섰다. "가서 명단을 가져와야겠어요. 스타이니가 터널을 지나간 게 정확히 몇 시인지 다시 확인해볼래요."

토라는 악취로 가득 찬 로비를 다시 지날 엄두가 나지 않아 밖에서 기다리기로 했다. 얼마 후 매튜가 서류뭉치를 들고 허겁지겁 모습을 드러냈다. "베르타가 레이캬비크 방향으로 터널을 통과한 이후 다섯 대의 차량이 지나가고 나서 스타이니가 터널을 통과했어요. 내 가설이 맞아떨어져요. 틀림없이 베르타가 레이캬비크로 떠나는 걸 두 눈으로 확인하고 싶었을 거예요." 매튜는 서류를 토라 앞 테이블에 탁 내려놓았다. "퍼즐을 완성할 만한 정보를 알고 있을지도 모르니 반드시 베르타와 이야기를 나눠봐야겠어요."

"설령 베르타가 뭔가를 안다고 해도 우리한테 솔직히 털어놓을지 장담할 수 없어요." 토라가 자리에서 일어서며 걱정했다. "스타이니가 무슨 짓을 저질렀는지 알게 된다고 해도 친구의 비밀을 순순히 우리에게 넘겨주지 않을 거예요. 자신의 친구이자 사촌이 살인범이라는 얘기를 듣고 반길 리도 절대 없고요. 자기 친구가 얼마나 잔혹한 범행을 저질렀는지 깨닫기까지 시간이 좀 걸릴 수도 있어요." 토라는 얼굴을 찌푸렸다. "정말 스타이니가 범인이라면 말이에요. 난 아직도 모르겠어요."

토라는 손바닥으로 이마를 탁 쳤다. "이제야 지금껏 날 괴롭힌 게 뭔지 깨달았어요." 토라가 이야기를 계속했다. "상속 순서가 문제였어요. 만약 비야르니와 구드니가 사망한 이후에도 아이가 살아있었다면, 모든 재산은 지금 엉뚱한 사람들한테 가있는 셈이에요. 아이의 재산은 그리무르에게 돌아가면 안 되는 거였다고요." 두 사람은 크레파의 진입로에 정차한 차 안에 앉아있었다. 베르타를 만날지도 모른다는 기대로 찾아간 그 집에는 아무도 없었다.

"무슨 소리예요?" 매튜가 물었다. "아이의 엄마와 할아버지가 사망할 경우 그리무르가 제일 가까운 친척이잖아요."

토라가 고개를 저었다. "아뇨, 아이의 아버지죠. 아이의 엄마가 사망할 경우 모든 재산은 아이의 아빠가 물려받게 돼요."

"그렇다면 이 경우에는 마그누스가 재산을 물려받는 게 맞군요." 매튜가 이제야 납득을 했다. "그 생각은 못 했어요. 그리무르는 아무것도 상속받을 수 없던 처지였고요. 그래서 아이를 숨기고 아이의 존재를 드러낼 만한 모든 정보를 없애버렸군요. 남아있는 모든 걸 말이에요."

토라가 숨넘어갈 듯 말했다. "그것만이 아니에요. 말프리두르가 크리스틴의 죽음에 대해 알고 있었다면 재산을 상속받은 것 자체가 불법이에요."

"당연한 거 아니에요?" 매튜가 장단을 맞추었다. "그리무르가 부정한 방법으로 유산을 상속받았다면 그 재산에 대한 권리도 없어질 테고, 그건 딸도 마찬가지겠죠."

"100퍼센트 확신할 순 없지만 내가 보기에 그리무르의 딸이 사건에 대해 전혀 몰랐다면 상황은 달라질 수도 있어요. 만약 내 가정대로 말프리두르가 그 사실을 알았다면, 게다가 그녀는 아직 살아있잖아요. 엘린과 뵈르쿠르가 요나스에게 농장을 판매할 때 어머니 대리인으로 권한을 행사했지만, 공식적으로는 아무것도 상속받지 못했기 때문에 두 사람이 그 사실을 알았는지 여부는 상관이 없어요. 계약서의 위임 관련 조항에 의하면 부동산에 대한 소유권은 남매의 어머니에게 있고, 이와 관련해 별도로 공증을 거치지 않았어요. 따라서 공모 혐의가 남매에게까지 적용되지는 않아요."

"그 가족은 잃을 게 무척 많군요." 매튜가 말을 이었다. "반면 아이의 아버지인 마그누스는 얻을 게 아주 많을 테고요."

"네. 아이의 존재가 드러나는 걸 막기 위해 비르나를 살해한다고 해도 마그누스가 얻을 건 거의 없어요. 오히려 그 반대죠." 토라가 와이드스크린 너머로 오래된 농가를 바라보았다. "하지만 엘린과 그 가족들은 사정이 달라요. 가령 베르타의 경우 서부지역에 머물 집이 사라져 버리죠. 스티키스홀무르에 있는 그 집은 그리무르가 경제적으로 어려워졌을 때 비야르니가 사들였으니까요. 농장도 마찬가지고요. 만약 이 지역에 베르타가 머물 곳이 사라진다면, 스타이니는 홀로 외롭게 지내야만 하겠죠." 토라는 매튜를 바라보았다. "스타이니와 이야기를 나눠보는 게 좋지 않을까요? 베르타와 언제, 어디서 마주치게 될지 가늠할 수 없잖아요. 솔디스가 분명 스타이니의 집을 알고 있을 테니 그를 찾는 건 문제도 아니에요."

"그럼 토롤푸르는 어떻게 할까요?" 매튜가 물었다. "적어도 그에게 이 사실을 알리거나 아니면 직접 스타이니를 찾아가 보라고 전해야 하지 않을까요?"

토라는 잠시 생각에 잠겼다. "아뇨, 아니에요. 지하실 벽이랑 비슷한 상황이에요. 경찰을 귀찮게 하기 전에 우리가 먼저 알아야 해요. 게다가 경찰은 지금 다른 일로 정신없잖아요."

매튜와 토라는 스타이니의 집 현관 앞에 서서 기다렸다. 조금 전 스타이니가 곧 나간다고 소리를 쳤지만 기다리는 시간은 예상보다 길었다.

"몸이 좋지 않으니 시간이 꽤 걸리나 봐요." 매튜가 재킷으로 몸을 바짝 감싸며 중얼거렸다. 기온이 갑자기 뚝 떨어진 데다 대기가 습해서 추위가 뼛속까지 스며들었다. "으으으, 이게 정말 6월 날씨 맞아요?"

토라가 대답하기 전에 문이 열렸지만, 겨우 반 정도만 벌어졌다. "무슨 일이죠?" 익숙한 모자 아래에서 목소리가 새어나왔다.

"안녕하세요?" 토라가 최대한 상냥한 어조로 인사를 건넸다. "저희 기억하세요? 어제 베르타와 함께 크레파에서 만났죠. 지난번 해변에서도 마주쳤고요."

"네, 그래서요?" 스타이니의 목소리가 너무 작아서 마치 입 속에 음식을 잔뜩 넣고 말하는 것 같았다. 입을 열기가 힘들어서 말을 제대로 못 하는 게 아닐까 토라는 생각했다. 말하는 게 고통스럽지는 않기를 토라는 간절히 바랐다. 스타이니가 무슨 짓을 했든 간에, 토라는 그가 진심으로 안쓰러웠다.

"이야기를 좀 나눌 수 있을까요." 토라는 스타이니가 자신들을 안으로 들여보내주길 간절히 바라며 덧붙였다. "일요일 저녁에 있었던 일 때문에요."

휠체어가 뒤로 물러나더니 문이 활짝 열렸다. "들어오세요." 스타이니가 웅얼거렸다. 얼굴의 화상이 너무 심한 탓에 두 사람은 스타이니가 자신들과의 대화를 어떻게 생각하는지 읽어내기도 힘들었다. 두 사람은 조심스럽게 시선을 교환할 뿐 아무런 말도 하지 않았다.

"여기서 산 지 오래 됐나요?" 토라는 평범해 보이는 거실로 들어와 자리를 잡으며 다정하게 물었다. 한눈에 보기에도 스타이니의 집은 상당히 우울한 분위기를 내뿜었다. 모든 게 깨끗하고 단정하게 정돈되어 있었지만 사람이 산다고 느낄 만한 흔적은 어디에서도 찾을 수 없었다. 벽에는 그림 한 점 걸리지 않았고, 일상적인 소지품도 전혀 없이 그저 거실로 들어서는 통로 앞에 목발만 세워져 있을 뿐이었다. 그나마 거실이 현관에서부터 이어진 복도보다는 조금 더 아늑하게 보였다. 거실에는 야생화가 담긴 꽃병이 놓여있었는데, 토라는 베르타가 가져다 놓은 것으로 짐작했다. 휠체어를 탄 스타이니가 꽃을 꺾어와 꽃병에 꽂았을 거라고는 도저히 상상조차 할 수 없었다.

"네." 스타이니가 어떠한 설명도 없이 단음절로 대답했다.

"그렇군요." 토라가 이야기를 이어나갔다. "바로 본론으로 들어 갈게요. 저희는 당신이 일요일 저녁에 차를 타고 터널을 지나갔는지 알고 싶어요. 당신 명의로 된 차가 저녁시간쯤 터널을 통과한 걸 확인했어요."

스타이니는 아무 대꾸도 하지 않은 채 고개를 푹 수그렸다. 한참 후 그가 입을 열었다. "네. 제가 차를 운전한 게 맞아요." 역시나 이번에도 목소리로 그의 기분을 짐작하기란 불가능했다.

"레이캬비크에서 뭘 했는지 물어봐도 될까요?"

"아뇨." 스타이니가 갑자기 모자 아래로 푹 숙였던 고개를 들자 토라는 아무렇지 않은 척하려고 마음을 단단히 먹었다. "내가 그 남자를 죽였다고 생각하는 겁니까?" 스타이니가 물었다. 이제 그의 감정을 분명히 알 수 있었다. 그는 끓어오르는 화를 주체하지 못했다. "그렇게 생각하냐고요?" 그가 휠체어에서 몸을 일으켜세웠다. 그는 팔걸이를 꽉 쥔 채 간신히 균형을 잡았다. 그의 한쪽 다리는 뒤틀리고 쪼그라들어 있었다. 건강한 다리라면 절대 그런 모습일 리 없었다.

"아니에요." 토라가 급하게 둘러댔다. "전혀 그렇게 생각하지 않아요." 토라는 당혹감을 감추려고 거짓말을 했다. "저희는 당신이 누군가에게 차를 빌려줬을 거라고 생각했어요. 에이리쿠르가 살해당하던 시간에 사람들의 행적을 알아보는 중이거든요."

"저는 그 근처에도 가지 않았고, 비르나가 죽었을 때도 마찬가지였습니다." 스타이니는 휠체어에 도로 주저앉으며 말했다.

그의 기이한 목소리에 익숙해진 토라는 이제 거의 모든 단어를 명확히 알아들을 수 있었다. 스타이니는 여전히 화가 나 있었으며 호흡은 거칠고 불규칙했다. 토라는 그가 발작이라도 일으키는 건 아닌지 걱정스러웠다.

"호텔 뒤편 목초지에서 오래된 무덤이 발견됐어요." 토라는 그를 놀라게 해 화를 가라앉힐 요량으로 이렇게 말했다.

"나가요." 스타이니가 느닷없이 소리쳤다. "여기서 당장 나가주세요." 그가 토라를 향해 휠체어를 몰았다.

매튜는 두 사람의 말을 이해하지 못했지만 이제 대화가 끝나버렸으며 둘 사이 대화가 안 좋은 방향으로 흘러갔다는 사실만은 알아챘다. "그럼 이제," 매튜가 채근했다. "우리는 이만 일어나죠." 매튜가 토라의 손을 잡고 일으켜세웠다. 그런 다음 스타이니를 향해 돌아서서 고맙다고 인사한 후 토라를 자기 앞에 세우고 거실 밖으로 나갔다.

"제정신이 아닌 듯하지만, 살인을 저지를 수 있는 상태 역시 아닌 것 같군요." 매튜가 현관문을 닫고 이렇게 말했다. 스타이니는 물론 두 사람을 배웅하지 않았다.

"그렇지만 뭔가 이상해요. 무덤을 발견했다는 소식을 듣고 보인 반응이 너무 부자연스러워요. 터널에 대해 물었을 때 역시 마찬가지고요. 범인을 감춰주고 있는 걸까요?"

"그렇지 않을 거예요." 매튜가 토라를 위해 차문을 열어주며 말했다. "그가 살인범이 아니라면 베르구르나 발드빈, 둘 중 한 명이 범인일 거예요. 당신 가설대로라면 스타이니는 사고를 낸 로사의 아버지와 인척관계인 베르구르에게 원한이 있어요. 또 발드빈과는 아무런 연결고리가 없으니, 그가 둘 중 누군가를 감춰줄 가능성은 제로에 가까워요."

"젠장." 토라가 툴툴거렸다. "정말 그럴싸한 가설이었는데." 조수석에 올라탄 토라는 매튜가 운전석에 앉길 기다렸다. "스타이니가 살인을 저질렀을 가능성이 낮다는 데는 전적으로 동의해요. 육체적으로 그럴 만한 상태가 아니잖아요. 베르구르가 범인일 것 같지도 않아요. 그가 범인이라면 자기 집에서 호텔까지 걸어와 카누를 타고 만까지 나가서 비르나를 죽였다는 뜻인데, 말이 안 되잖아요. 차를 타고 곧장 살해 장소로 가는 쪽이 훨씬 편하잖아요. 어차피 방향이 달라서 호텔 앞 대로에 나 있던 구멍을 지나칠 일도 없었을 테고요. 게다가 베르구르가 무슨 수로 요나스의 휴대폰을 훔쳐 비르나에게 문자를 보낼 수 있었겠어요?" 토라는 고개를 저었다.

"베르구르도 범인이 아닐 거예요. 반면 발드빈의 경우, 당시 호텔에 머물렀기 때문에 손쉽게 요나스의 전화기를 훔칠 수 있었겠죠. 교령회에 참석했지만 휴식시간 전에 자리를 떴으니, 서둘러 둑으로 내려가 카누를 훔쳐 타고 만으로 가서 비르나를 죽였을 수 있어요. 동기도 충분하고요." 그때 토라의 휴대폰이 울렸다.

"여보세요. 엄마가 찾아보라는 거 찾았어." 길피였다. "그게 알로에 베라의 라틴어식 표기래."

토라는 고맙다며 전화를 끊고는 안전벨트를 차고 있던 매튜를 쳐다보았다.

"왜요?" 토라의 시선을 눈치챈 매튜가 물었다.

"여자가 굳이 자기 질 속에 알로에 베라를 넣은 이유가 뭘까요? 일종의 러브젤처럼 사용한 걸까요?" 토라가 물었다.

매튜는 웃음을 터뜨렸다. "그걸 왜 나한테 물어요? 내가 그렇게 경험이 많아 보여요? 그 섹스 카운슬러한테 물어봐요." 그는 차를 후진하며 말했다. "호텔에서 나올 때 보니까 발드빈의 차가 아직 주차장에 세워져 있던데, 얼른 가서 이야기를 좀 들어볼까요?"

"좋은 생각이네요." 토라가 미소를 지었다. "분명 우리한테 진실을 말해주겠죠?"

운전대를 돌려 자갈길을 미끄러지듯 달리며 매튜가 시시덕거렸다. "물론이죠. 정치인이잖아요."

33장

매튜는 마그누스의 방문을 시끄럽게 두드렸다. 발드빈의 방에 아무도 없었기 때문에 두 사람은 그가 할아버지와 함께 있을 거라고 짐작했다. '진리'라고 새겨진 차는 여전히 주차장에 세워져 있었다. 마그누스와 발드빈 모두 호텔 어딘가에 있는 게 분명했다. 방 안에서 소리가 들리자 토라는 기대감으로 두 손을 비비적거렸다. 마침내 문이 열리더니 마그누스가 모습을 드러냈다. 토라와 매튜를 발견한 마그누스는 미간을 찌푸렸지만 너무 지쳐보여서 그 모습이 조금도 위협적으로 느껴지지 않았다. "원하는 게 뭐요?" 마그누스가 짜증을 냈다.

"실은 발드빈을 찾는 중입니다." 토라가 정중하게 물었다. "여기 있나요?"

"누구예요?" 또 다른 목소리가 방 안에서 들려왔다.

"그 변호사랑 독일인이야." 마그누스는 노쇠한 손을 여전히 문손잡이에 올린 채 말했다.

"들어오라고 하세요. 우리는 숨길 게 없잖아요." 발드빈이 이렇게 말하자 마그누스가 문을 활짝 열었다.

"앉으세요." 발드빈이 의자 두 개를 가리키며 말했다. 조부가 침대 끄트머리에 자리를 잡자 그는 남는 의자에 앉았다. "저희가 어떻게 도와드리면 될까요?" 발드빈이 두 팔을 앞에 놓인 테이블에 내려놓았다. 토라는 그의 크고 강인해 보이는 두 손에 시선을 고정한 채 패들을 저을 때는 완력이 필요하다고 했던 트뢰스투르의 말을 떠올렸다. 저 정도 손이라면 설령 파도가 몰아쳐도 끄떡없겠군. 토라가 생각했다.

"몇 가지 여쭤보고 싶은 게 있습니다." 토라가 자세를 고쳐 앉으며 말했다. "아마 두 분은 아실지 모르겠지만 저는 호텔 소유주인 요나스의 법률 대리인입니다. 현재 요나스는 부당한 이유로 구속되어 있습니다. 이곳에서 벌어진 살인사건에 대한 혐의로요."

"그건 우리도 다 아는 사실이오." 마그누스가 받아쳤다. "혹시라도 여기 온 이유가 우리 둘 중 누군가에게 살인 누명을 덮어씌우기 위한 거라면 포기하는 게 좋을 거요. 나나 발드빈이나 살인과는 아무런 관련이 없소. 내 경험상 경찰이 체포한 용의자가 범인인 경우가 대부분이었소. 그러니 이제 현실을 받아들이고 우리를 더 이상 귀찮게 하지 마시오."

"자 자." 발드빈은 조부를 다독이고는 토라를 향해 겸연쩍은 미소를 지었다. "저와 할아버지 모두 당장 집에 돌아갈 수가 없게 돼서 좀 짜증이 난 상태입니다. 경찰이 우리와 얘기를 하고 싶다면서 기다리라고 요청했거든요. 요나스라는 분이 결백한지 아닌지 판단할 입장은 아닙니다만, 저희 할아버지처럼 양심에 따라 있는 그대로 말씀드리자면 저희는 사건과 무관합니다. 궁금하신 점을 물어봐 주시면, 아마 저희 말이 옳다고 생각하시게 될 겁니다."

"일요일 저녁 이곳에 오신 이유가 뭔가요?" 토라가 단도직입적으로 물었다. "차를 타고 크발피외르뒤르 터널을 지나셨던데요."

발드빈이 의자에 등을 기대며 테이블에 올렸던 손을 뗐다. "말을 완곡하게 하지 않는 성격이시군요. 저는 그 남자 분을 살해하려는 목적으로 여기 온 게 아닙니다. 혹시 그런 뜻으로 물어보신 거라면요."

"그럼 무슨 일로 오신 거죠?" 토라가 다시 물었다. "그저 할아버지를 만나려고 그 먼 길을 운전해서 오신 건 분명 아닐 텐데요?"

"네." 발드빈이 대답했다. "모든 걸 말씀드리겠습니다. 이미 다 털어놓기로 마음먹었습니다. 여기 오게 된 이유가 자랑스럽지는 않지만 그렇다고 감출 생각도 없습니다." 그는 몸을 바로 세웠다. "변호사님이 그 사진을 찾으셨다고요? 비르나가 새 버스터미널 설계안 공모전에서 선정될 목적으로 저희를 협박하려 했다는 사실도 이미 알고 계신다고 경찰을 통해 들었습니다." 토라가 고개를 끄덕였다. "정말 탐욕스런 여자였죠." 발드빈이 얼른 덧붙였다. "그렇다고 살인이 정당화될 수 있다는 말을 하려는 건 아닙니다. 절대 아니죠. 비르나는 저에게 전화를 하고 이메일도 보내면서 집요하게 괴롭혔습니다. 저희 할아버지께도 똑같은 짓을 했죠. 결국 할아버지는 요양원을 나오셔서 비르나가 있는 이곳까지 찾아와 그녀를 설득해보려고 했습니다. 할아버지는 자신의 과거가 저에게 큰 위협이 될까봐 비탄에 빠지셨죠."

"그것 참 슬픈 일이군요." 토라가 비아냥거렸다. "그렇지만 일요일에 왜 여기에 오신 건지는 아직 말하지 않으셨습니다."

"비르나의 방에 몰래 들어가려고 왔습니다." 발드빈은 솔직하게 털어놓았다. "경찰이 그녀의 방을 제대로 수색하기 전이라는 소식을 듣고 그 사진을 찾을 수 있을지도 모른다고 생각했습니다. 하지만 사진은 거기 없었습니다."

"그럼 목요일에는요? 두 분 모두 교령회 중간에 자리를 뜬 다음, 다시 돌아오지 않으셨죠. 무슨 일이 있었던 건가요?"

발드빈이 미소를 지으며 할아버지를 가리켰다. "할아버지가 기절할 뻔하셨거든요. 몸이 좋지 않으셔서 자리를 떴습니다. 어차피 그런 행사는 관심도 없었고요. 거기에 간 건 순전히 비르나를 만날지도 모른다는 기대 때문이었습니다."

"그걸 입증해줄 사람이 있나요?" 토라가 물었다.

"네, 물론이죠." 발드빈이 명쾌하게 대답했다. "할아버지를 방으로 모시고 가서 주치의에게 전화를 했어요. 주치의가 이 근처 병원에서 근무 중이던 동료 의사의 전화번호를 알려줘서 그 의사가 호텔로 왕진을 왔고요. 아마 의사가 9시쯤 왔다가 10시경에 떠났을 겁니다."

이 말을 들은 토라는 두 사람 모두 용의선상에서 제외됐다는 걸 깨달았다. 적어도 첫 번째 살인사건은 그랬다. 토라는 의사의 이름을 묻지도 않았다. 알리바이 입증은 토롤푸르가 알아서 진행할 것이다. "그렇군요." 토라가 매튜를 힐끗 쳐다보며 말했다. "이제 더 이상 물어볼 것도 없겠네요." 토라가 자리에서 일어섰다. "참, 한 가지 말씀드리고 싶은 게 있습니다. 이건 할아버지가 아셔야 할 내용입니다." 토라가 마그누스를 바라보았다. "곧 이곳에서 아이의 유골 한 구가 발견될 겁니다. 유골의 주인은 구드니 비야르나도티르와 당신 사이에서 태어난 딸, 크리스틴입니다."

"뭐라고요?" 마그누스가 꺽꺽거렸다. "내 딸이라고요?"

"네, 구드니가 선생님께 편지로 알렸던 바로 그 딸 말입니다." 토라는 도박을 해보기로 했다. "아마 옆 농장에 살았던 비야르니의 형 그리무르가 당신 대신 동생의 재산을 상속받기 위해 아이를 살해했을 겁니다."

"저 대신이라고요? 상속을요?" 마그누스가 창백한 얼굴로 반복했다. 토라는 그가 편지를 받았다는 말에 반박하지 않는 점을 놓치지 않았다.

"사실 저는 선생님이 그 문제를 외면함으로써 상속받을 권리를 스스로 포기했다고 믿고 있습니다. 당신은 아이의 존재를 알았고, 그랬다면 당시에 상속권을 주장했어야 맞겠죠. 솔직히 말하자면 당신이 할 수 있는 일은 꽤 많았습니다. 가령 아이의 행방을 수소문해 본다든지 혹은 아이의 존재를 알게 됐을 때 당신이 친부임을 인정할 수도 있었겠죠." 토라는 매튜와 함께 문으로 걸어갔다. "만약 그때 당신이 옳은 일은 했다면 오늘 지하실에서 유골이 발견되는 일은 없었겠죠."

"하지만…," 노인이 말끝을 흐렸다. 발드빈은 불가해한 표정으로 그저 할아버지를 빤히 바라보기만 했다. "왜 내게 그런 말을 하는 거요?" 마그누스가 물었다.

토라가 문 앞에서 뒤로 돌아 대답했다. "왜냐고요? 크리스틴의 생부가 자기 딸의 존재를 알고 있다는 사실만이라도 그리무르가 인지했다면, 아이를 이 세상에서 깨끗이 사라져 버리게 할 수는 없었을 테니까요." 토라는 두 남자를 향해 미소를 지었다. "안녕히 계세요. 두 분을 알게 돼 반가웠습니다." 토라와 매튜는 돌처럼 굳어 버린 두 남자를 두고 복도로 나왔다.

"그럼 이제 베르구르만 남았군요." 밖으로 나오자마자 토라가 한숨을 내쉬었다. "하지만 아무래도 베르구르는 아닌 것 같아요. 목에 칼이 들어오지 않는 이상 카누를 타고 패들을 저을 사람처럼 안 보이거든요. 더군다나 누군가의 발에 바늘을 꽂는 짓을 할 것 같지도 않고요."

"원래 인생이라는 게 놀라움으로 가득 찬 거잖아요." 매튜가 한 손을 토라의 어깨에 올리고 지껄였다. "가령 내가 더러운 운동화나 신고 다니는 여자한테 빠질 거라고 누가 상상이나 했겠어요?"

토라는 자기 발을 내려다보고는 씩 웃었다. 반짝반짝 광을 낸 매튜의 구두에 비해 그녀의 운동화는 추레하기 짝이 없었다. "마찬가지로 내가 광 나는 구두 성애자한테 빠질 거라고, 누군들 생각이나 했겠습니까."

토라는 한참을 서성이며 두뇌를 가동해보려고 애썼지만 아무 소용이 없었다. 매튜와 함께 자기 방으로 돌아온 이후 그녀는 생각의 활로를 뚫어보려 무던히도 노력을 하고 있었다. 매튜가 창가에 놓인 안락의자에 조용히 앉아 맥주를 홀짝이는 동안 토라는 침대 주위를 배회했다. "베르구르가 틀림없어요. 남은 사람이 없잖아요." 매튜가 맥주잔을 내려놓으며 중얼거렸다. "요나스가 범인이라면 모를까."

토라가 한숨을 지었다. "그게 사실이라면 우린 완전 망했어요." 그녀는 머리칼을 움켜잡은 채 쉬지 않고 서성거렸다. "다른 가능성은 전혀 없을까요?"

"없어요. 이제 남아있는 남자가 없잖아요. 베르구르와 요나스가 전부라고요."

"살인범이 여자가 아니라는 사실이 안타깝네요." 토라가 장탄식을 했다. "로사와 요쿨이 보니와 클라이드 같은 살인 커플이었다면 참 좋았을 텐데. 남매 사이였다니, 매력이 사라져 버렸다고요." 토라는 자리에 멈춰서서 매튜를 바라다보았다. "혹시 남매가 범인인 사건은 한 번도 들어본 적 없어요?"

매튜가 고개를 저었다. "아뇨, 없어요. 형제가 범인인 사건은 있었어요. 크레이 형제처럼. 하지만 남매 범죄자는 전혀 못 들어봤어요."

"비르나가 강간을 당한 이후 로사와 마주쳤다가 살해당했다고 하면, 너무 억지 설정이겠죠?" 토라가 혼자 묻고 대답했다. "아녜요. 그건 말도 안 되죠."

그때 누군가 방문을 두드렸다. 아이들 중 하나일 거라고 생각하며 문을 열었던 토라는 스테파니아가 서있는 걸 보고 살짝 놀랐다.

"안녕하세요." 스테파니아가 어색하게 웃으며 인사했다. "갖다드리고 싶은 게 있어서요. 실은 변호사님이 먼저 찾아오실 줄 알았는데, 아무래도 안 오실 거 같아서 제가 왔어요." 그녀는 두 손을 등 뒤에 모은 채 안절부절못했고, 토라는 등 뒤에 숨긴 게 뭔지 궁금해졌다. "제가 도와드릴 수 있거든요." 스테파니아는 여전히 미소를 지으며 말했다.

순간 속이 뒤틀렸다. 설마 이 여자가 지금 나랑 매튜에게 안전한 섹스에 대해 조언하러 온 건 아니겠지? 토라는 갑자기 샘솟기 시작한 침을 꿀꺽 삼켰다. 언어 차이를 핑계로 대거나 오해가 있었다고 둘러댈 수도 없는 상황이었다. "정말 친절하시네요." 토라가 할 수 있는 말이라고는 이게 전부였다. 토라는 스테파니아가 안으로 들어와 매튜에게 에이즈에 대해 떠들어대기 시작할까봐 문에서 떨어질 수가 없었다.

"아무튼 지금은 바쁘신 모양이니, 이것만 드리고 갈게요." 스테파니아는 토라에게 작은 상자를 건네면서 말을 이었다. "필요할 때 언제든 전화주세요. 상자 안에 제 명함도 넣었어요. 제품은 보시면 알 거예요. 딜도인데, 완전히 새로운 거예요. 반복적으로 움직이다가 끝에서 젤이 뿜어져 나와요. 뭐랄까, 아주…, 실제와 같은 사용감을 주죠. 새로 출시된 제품이에요." 스테파니아는 뿌듯한 눈빛으로 토라를 쳐다보았다.

토라는 상자를 바라보았다. "오, 젤요. 그렇군요." 토라는 어쩔 줄 몰라하며 웅얼거렸다. 바로 그때 어떤 생각이 섬광처럼 번쩍였다. 토라는 상자를 스테파니아에게 다시 들이밀고는 급하게 방 안으로 돌아섰다. "잠깐만요." 토라는 입을 벌린 채 자신을 바라다보는 스테파니아에게 이렇게 말했다. 토라가 지하실에서 가져온 물건을 담아두었던 상자를 들고 다시 나타났다. "이거랑 같은 건가요?" 토라가 '알로에 베라 액션'이라는 글자를 가리키며 물었다.

스테파니아는 정신 상태가 의심스럽다는 듯 황당한 표정으로 토라를 보았다. "음, 아니요." 스테파니아는 토라의 얼굴에 실망한 기색이 떠오르는 걸 보며 둘러댔다. "이건 예전 모델이에요. 제가 드린 게 최신 제품이고요." 그녀는 토라를 의심스러운 눈초리로 바라보며 덧붙였다. "이 구형 모델은 얼마 전에 다 팔렸어요. 아주 인기 있는 제품이었거든요. 실은 마지막 재고를 도둑맞았어요. 바로 지난주에 도둑이 들었는데, 오늘에야 재고조사를 하다가 사라진 물건이 있다는 걸 알았어요. 원래는 그 마지막 재고를 변호사님한테 드리려고 했거든요." 그녀는 여전히 혼란스러운 표정으로 토라를 바라보았다. "제가 방금 드린 제품도 그것 못지않게 좋아요. 유일한 차이점이라면 윤활유 역할을 하는 젤이 알로에 베라가 아니라는 것뿐이죠."

"도둑이 들었다고요?" 토라가 물었다. "그 일이 일어난 게 언제예요?"

"지난주요." 스테파니아가 대답했다. "가만 있어보자, 그러니까 제가 화요일에 휴가를 가기 전까지만 해도 모든 게 제자리에 있었는데 금요일에 돌아와서 보니까 자물쇠가 억지로 열려있더라고요. 물론 그때는 비르나 사건이 훨씬 더 중요했고, 사라진 게 아무것도 없는 줄 알았어요. 조금 전에 변호사님 드릴 생각으로 재고를 확인해보기 전까지만 해도요."

"있잖아요." 토라가 상자를 든 채 방으로 돌아오며 말했다. "로사가 다시 용의선상에 올랐어요. 그것도 최우선순위로."

매튜가 잔뜩 흥분한 토라를 어리둥절한 눈으로 바라다보며 물었다. "어쩌다 그렇게 됐는데요?"

"비르나는 남자에 의해 살해된 게 아니에요. 범인은 여자예요. 경찰수사에 혼선을 주기 위해 강간이 일어난 것처럼 꾸몄을 뿐이에요." 토라가 상자를 바닥에 내려놓고 말했다. "과연 누가 그런 짓을 할까요?" 토라는 자신이 한 질문에 대답했다. "물론 여자죠. 알로에 베라 젤에 대해 모르는 여자요."

매튜는 여전히 아리송한 표정으로 토라를 바라보았다. "상황을 좀 더 자세히 설명해봐요." 매튜가 맥주를 한 모금 들이켰다.

토라가 수사자료를 가져다가 빠르게 넘겨보더니 매튜에게 건넸다. 그녀는 철제 트레이에 담긴 딜도 사진 사본을 가리켰다. "해변에서 다른 물건들과 뒤엉킨 채 발견된 거라서 아마 경찰도 이 물건의 정체를 알아채지 못했겠죠." 토라는 빌려온 상자를 가리켰다. "저 상자의 제품과 사진 속 제품은 같은 모델이에요. 내가 어떻게 섹스 토이 전문가가 됐는지 궁금해할까봐 알려주는 거예요."

매튜가 상자를 보더니 씩 웃었다. "알겠어요. 하지만 아직도 이게 사건과 어떤 관련이 있는지 모르겠어요."

"상자에 적힌 설명에 의하면 이 제품에서는 알로에 베라 젤이 발사돼요." 토라가 얼굴을 붉혔다. "이유는 묻지 말아요." 토라는 다시 사진을 가리켰다. "비르나의 질에서 두 남자의 정액이 발견되긴 했지만, 둘 다 강간이 아닐 가능성이 있다는 거죠."

"하지만 그걸 어떻게 확신해요?" 매튜가 물었다. "요나스와 베르구르가 비르나와 섹스를 했다고 인정했지만, 합의에 의한 성관계가 아닐 수도 있잖아요."

"내 생각에는 범인이 강간처럼 보이게 만든 거예요." 토라가 설명했다. "섹스 토이를 이용해서요. 알로에 베라 젤의 존재를 설명할 수 있는 건 이 가설뿐이에요. 하루에 두 남자와 섹스를 한 여자라면 해변에서 이런 물건을 가지고 돌아다녔을 리가 없다고요." 토라는 다시 사진을 가리켰다. "그렇다면 왜 강간처럼 보이게 만든 걸까요? 경찰을 속이기 위해서죠. 그 말인즉, 범인이 여자라는 거예요. 여자는 다른 여자를 강간하지 않으니까, 강간처럼 보이게 위장해 경찰이 자신을 의심하지 못하도록 만든 거예요."

"그렇다면," 매튜가 대꾸했다. "일리는 있지만 비르나의 살인범이 다른 여자일 가능성도 농후해요. 꼭 로사가 범인이라는 법은 없잖아요."

"맞아요. 다만 반드시 그럴 만한 동기가 있는 여자이겠지요."

"그렇죠." 갑자기 매튜가 입을 다물었다. 방 안으로 들어오는 스테파니아를 보고 말문이 막혀버린 것이다.

스테파니아는 두 사람을 보며 미소를 짓더니 여전히 한 손에 들고 있던 작은 상자를 매튜에게 건넸다. 새로운 발견에 흥분한 나머지 토라가 그녀를 완전히 잊고 있었던 것이다.

"여기, 당신을 위한 선물이에요. 받으세요. 당신 같은 많은 남자들에게 도움이 됐어요. 제 말 믿으세요." 스테파니아는 매튜에게 엉터리 영어로 중얼거리고는 뒤돌아 자리를 떴다.

매튜는 그 자리에 못박힌 듯 가만히 앉아있었다. 그의 한 손에는 맥주잔이 쥐어져 있고 다른 손에는 섹스 토이가 들려있었다. 말을 잃은 채 상자를 들여다보던 매튜는 스테파니아가 복도로 나가 문을 닫자마자 토라를 쏘아보았다. "설마 저 여자한테 내가 게이라고 한 건 아니죠?"

"아뇨, 미쳤어요?" 토라가 아무것도 모른다는 듯 천연덕스럽게 대답했다. "그런 짓을 왜 해요? 어서 가요, 가서 토롤푸르를 찾아보자고요. 어쩌면 아직 이 사실을 모르고 있을지도 몰라요."

"저 이상한 여자가 이 섹스 토이를 사방에 뿌리고 다니지만 않는다면요." 매튜가 중얼거리며 상자를 내려놓고 자리에서 일어났다.

프런트에 있던 비그디스는 토롤푸르와 다른 경관 한 명이 트뢰스투르와 함께 카누를 수거하러 나갔다고 토라에게 전했다. 토라는 트뢰스투르가 증거를 완벽하게 없애버리지만 않았다면 경찰이 카누를 어디론가 보내 분석을 진행할 거라고 생각했지만, 트뢰스투르의 말을 그대로 믿자면 크게 기대하지 않는 편이 좋았다.

프런트에 선 채 토롤푸르를 기다릴지 아니면 다른 경찰에게 연락을 할지 고민하던 토라가 저 멀리서 다리를 절뚝거리며 이쪽으로 걸어오는 증권브로커를 알아보았다. 그는 힘들게 여행가방을 끌며 걷고 있었다. "도와줘야겠어요." 토라는 매튜에게 이렇게 말하고 서둘러 테이투르를 향해 다가갔다. "안녕하세요. 가방은 제가 밀게요." 토라가 이렇게 말하자 테이투르가 웃어보였다.

"고맙습니다." 그는 안도하며 토라가 가방을 가져가도록 했다. "아직 완전히 나은 건 아니지만 이제 집에 돌아가야 해서요."

"누가 데리러 오시나요?" 토라가 물었다. 그녀는 이 상태로 운전을 해선 안 된다고 생각했다.

"네. 형이 데리러 오기로 했어요." 테이투르가 숨을 고르며 덧붙였다. "제 차는 나중에 사람을 보내서 가지고 오게 하려고요. 혹시 레이캬비크로 돌아가실 때 타고 갈 차가 필요하세요?"

토라가 웃음을 터뜨렸다. "아뇨, 괜찮아요." 이렇게 말했지만 SUV와 캐러밴을 끌고 어떻게 집으로 돌아갈지 토라는 고민스러웠다. 물론 길피가 운전을 하는 일은 단연코 없을 것이다.

발을 헛디딘 테이투르가 비틀거렸다. "이게 다 그놈의 말 때문이에요." 그가 웃으며 투덜거렸다. "다른 사람들이 아무리 꼬셔도 영원히 말은 안 탈 거예요."

"그래도 그만하길 다행이에요." 토라가 다독이듯 대꾸했다. "말 대여업체에서 왜 그렇게 위험한 말을 빌려준 건지 도무지 이해할 수가 없네요. 말을 어디서 빌렸어요?"

"오, 바로 위쪽에 있는 농장에서 빌렸어요. 아마 퉁가였을 거예요. 하지만 그 사람들 잘못은 아니에요." 테이투르가 덧붙였다. "여자 분이 무척 속상해하더라고요. 새로 시작한 사업인데 출발이 좋지 않았던 거죠."

"퉁가요?" 토라가 물었다. "거기서 말을 빌렸어요? 혹시 종마를 빌려줬나요?"

그가 웃음을 터뜨렸다. "아뇨, 제가 그렇게 어리석지는 않아요. 그냥 평범한 말이었어요. 하지만 운이 너무 없었죠. 그러니까 말을 타고 나갔다가 죽은 여우를 우연히 마주치게 될 확률이 얼마나 되겠어요? 제가 떨어지고 한참 뒤에까지 말이 미쳐 날뛰었어요."

토라가 그 자리에서 멈춰섰다. "그게 이 근처였나요? 여우 사체를 발견한 게 혹시 오래된 농장으로 나있는 길목이었나요?"

테이투르가 고개를 끄덕였다. "네, 맞아요. 말이 죽은 여우를 그렇게 싫어하는지 꿈에도 몰랐죠."

"말을 빌려준 농장에 이 사실을 알렸나요?" 토라는 가까스로 평정심을 유지하며 물었다.

"네, 물론이죠." 테이투르는 토라가 그토록 관심을 보이자 다소 놀란 듯했다. "농장으로 가서 말이 숲으로 도망쳐버렸다고 알려줘야 했으니까요."

"그 사람들한테 어느 장소에서 무슨 일이 있었는지도 설명했나요?" 토라가 다시 물었다. "죽은 여우와, 그 여우를 본 말이 보인 난데없는 반응에 대해서 말예요."

"네. 제 말을 들은 부인이 매우 충격을 받았죠. 말이 도망쳐버린데다 제가 부상까지 입었으니까요."

"그 부인이, 그러니까 이름이 로사인가요?" 테이투르가 고개를 끄덕였다. "혹시 그때 여우에 대해 들은 사람이 또 있었나요?" 토라가 캐물었다. "부인의 남편이라든지요?"

"아뇨." 테이투르가 대답했다. "집에 부인 혼자 있었어요. 남편한테도 알렸는지 장담할 수야 없지만, 아마 그랬겠죠." 그는 탐색하는 듯한 표정으로 토라를 쳐다보았다. "그건 왜 물으세요?"

"그냥 궁금해서요." 토라는 대충 얼버무렸다. "그럼, 조심해서 돌아가세요. 얼른 회복하시길 바랄게요." 토라는 이렇게 말하며 여행

가방을 프런트데스크 옆에 내려놓았다.

"그럴게요." 테이투르는 재킷주머니에서 지갑을 꺼냈다. 순간적으로 토라는 그가 팁이라도 주는 줄 알았지만, 그가 내민 건 명함이었다. "돈을 어디에 투자해야 할지 모르실 때는 언제든 연락주세요." 테이투르가 웃으며 말했다. "제 고객들의 투자금에 대해서는 높은 수익을 보장해 드리거든요."

토라는 예의를 갖추기 위해 명함을 쓱 읽어본 다음 주머니에 넣었다. 토라의 인생에서 투자를 할 만큼 충분한 돈을 모으려면 복권에라도 당첨돼야 할 판이었다. "고마워요." 토라가 인사했다. "혹시 또 모르죠."

"한 가지 말끔하지 않은 대목이 있어요." 매튜가 반론을 제기했다. "교령회가 열리던 날 저녁, 로사가 호텔에 왔었는지 모르잖아요. 그리고 요나스의 휴대폰과 카누는 또 어떻게 설명할 건데요?"

호텔 출입문이 열리자 토라는 마침내 토롤푸르가 돌아온 것이기를 바랐다. 그러나 안으로 들어온 건 여행가방을 끌고 나타난 젊은 커플이었다. 그들은 체크인을 위해 프런트로 향했다. 토라는 매튜를 바라보며 말했다. "어쩌면 요쿨이 로사 대신 휴대폰을 훔쳐다가 문자를 보냈을지도 모르죠."

"그래도 카누는 설명이 안 되잖아요. 틀림없이 여기에 와야 했을 거예요. 그렇지 않고 카누를 사용할 수는 없다고요."

"정말 호텔에 왔을 수도 있죠." 토라가 대꾸했다. "그렇다고 해서 꼭 교령회에 참석했다는 법은 없잖아요."

매튜가 미심쩍은 표정을 지었다. "내가 보기에 범인이 카누를 사용한 유일한 목적은 누구의 눈에도 띄지 않고 교령회 장소를 떠났다가 휴식시간 전에 돌아오는 거예요. 다른 설명이 가능할지도 모르겠지만, 내 눈에는 그래요."

토라가 자리에서 일어섰다. "비그디스와 이야기를 해봐야겠어요." 토라는 프런트데스크로 걸어가 비그디스가 젊은 커플을 상대하는 동안 기다렸다. 마침내 커플은 열쇠를 쥐고 행복한 표정으로 자리를 떠났다.

"비그디스," 토라가 물었다. "요쿨의 누나가 어떻게 생겼는지 알아요?"

비그디스가 바로 앞에 있는 프린터에서 종이 한 장을 꺼내더니 펀칭기를 집었다. "이름이 로지였나, 아니었나? 암튼 네, 알아요." 그녀는 종이에 구멍을 뚫으며 대답했다. "왜요? 요쿨의 누나 찾고 있어요?"

"그 여자의 이름은 로사예요." 토라가 정정했다. "아뇨, 찾고 있는 건 아니에요. 단지 지난주 목요일 교령회에 왔었는지 기억하고 있나 해서요."

"아뇨," 비그디스가 딱 잘라 말했다. "안 왔어요." 비그디스는 파일을 열어 종이를 끼웠다. 그러고는 잠깐 멈칫하더니 고개를 들어 토라를 보았다. "아, 잠시만요. 네, 왔었어요."

"왔었어요?" 토라는 흥분을 감추려 애썼다.

"네, 안쓰럽게 느껴졌던 기억이 나요. 말에서 떨어져 다친 그 남자 있잖아요, 테이투르. 방금 전에 체크아웃한 손님요. 그 사람한

테 주려고 꽃 한 다발을 가지고 찾아왔어요." 토라가 고개를 끄덕
였다. "도로에 구멍이 뚫려있어서 여기까지 걸어왔을 거예요. 게다
가 꽃다발도 약간 시들어 있었고요."

"그게 목요일 저녁이 틀림없어요?" 토라가 물었다.

"그럼요." 비그디스가 대답했다. "교령회에 온 손님들을 상대하
느라 너무 바빠서 로사와 이야기할 틈도 내지 못했던 게 기억나요.
제가 꽃다발을 대신 전해주겠다고 했어요. 그랬더니 고맙다고 하고
는 주방에 있는 동생을 보러 잠깐 들어가도 되겠냐고 묻더라고요."

"로사가 이곳을 떠나는 걸 봤어요?" 토라가 물었다.

"아뇨, 못 봤어요." 비그디스가 말했다. "저도 교령회에 참석하고
싶어서 필요한 게 있으면 행사장 안으로 들어오라고 프런트에 메
모를 남기고 자리를 비웠거든요. 전화가 올지도 몰라서 무선전화
기를 들고 다녔어요."

"혹시 로사랑 에이리쿠르 사이에 무슨 일이라도 있었어요?" 토
라가 물었다.

비그디스가 천천히 고개를 저었다. "아뇨, 없었을 거예요. 실은
에이리쿠르가 임금인상 요구를 하러 요나스의 사무실로 가기 전에
저를 찾아왔어요. 이 주변 토지 소유주들의 연락처를 묻더라고요.
그 남매의 전화번호가 필요하다고 했어요. 엘린이랑 그 사람 이름
이 뭐였더라…."

"뵈르쿠르요." 토라가 얼른 나섰다. "어째서 그 남매에게 연락하
고 싶어했죠?"

"저도 모르겠어요. 유령이 나타난 일이랑 관련이 있는 거 같았

어요. 최근에 유령이 나타난 일에 정신이 팔려있었거든요. 물론 저한테는 그 남매의 번호가 없지만, 요즘 오래된 농가를 치우고 있는 베르타의 연락처는 갖고 있었어요. 그래서 베르타에게 전화해서 번호를 물어보라고 했죠." 비그디스는 파일을 덮고는 다시 제자리에 꽂았다. "에이리쿠르가 프런트 전화로 베르타에게 연락을 시도했지만 전화를 받지 않았어요. 그래서 주변 다른 농장주의 연락처를 알려줬어요. 베르타의 번호를 제외하고 제가 아는 번호는 그게 유일했거든요."

"그게 누구의 연락처였죠?" 토라가 물었다.

"로사요." 비그디스가 말했다. 그녀는 책상 위에 쌓여있던 A4용지 한 장을 집어 토라에게 건넸다. "이게 그 집 마구간 광고포스터인데, 요쿨이 저한테 좀 걸어달라고 부탁했거든요. 로사의 이름이랑 전화번호가 나와있죠." 비그디스는 종이를 도로 가져가며 말을 이었다. "그 손님이 다치고 난 이후에 제가 떼었어요. 손님들이 다리를 절룩거리며 다니게 만들 수는 없잖아요." 비그디스는 토라의 관심이 온통 자신에게로 쏠려있다는 사실을 그제야 알아챘다. "에이리쿠르가 마구간에서 살해당하기 직전에 있었던 일이라 경찰에게도 이 사실을 알렸죠."

"그럼 에이리쿠르가 로사에게 전화를 걸었나요?" 토라가 조바심을 내며 물었다.

"그건 모르죠." 비그디스가 대꾸했다. "베르타와 로사의 연락처를 모두 적어 그에게 주기만 했어요." 그녀는 몸을 수그리더니 손으로 가리켰다. "저기 있는 전화기로 가서 전화를 했어요. 너무 엉

뚱한 곳에 있어서 저 전화기를 누군가 사용한 건 그때가 처음이
자 마지막이었을 거예요." 비그디스가 몸을 바로 세우고 덧붙였다.
"통화를 한참 동안 했으니 둘 중 누군가와 연락이 닿기는 했겠죠."
그녀는 포스트잇에 뭔가를 적어 토라에게 건넸다. "혹시 로사와 베
르타에게 물어보고 싶으시면 이 번호로 연락하세요."

전화기는 머리가 축 늘어진 거대한 엘크 인형 아래 캐비닛에 놓
여있었다. 토라는 엘크 인형 뿔에 눈을 찔리지 않게 조심하면서 수
화기를 들었다. 그리고 '지난 번호 불러오기' 버튼을 눌렀다. 첫 번
째 번호는 비그디스가 포스트잇에 적어준 두 번호와 일치하지 않았
지만 그 다음 번호는 로사의 집 전화였다. 그리고 그 다음에 뜬 건
베르타의 휴대폰 번호였다. 토라는 가장 최근에 걸린 첫 번째 번호
는 에이리쿠르와 관련이 없는 번호일 거라고 짐작했다. 그는 베르
타의 휴대폰으로 먼저 전화를 걸었다가 받지 않자 로사의 집으로
전화를 건 것이다.

이제 모든 퍼즐 조각이 맞춰지고 있었다.

토라는 의자에 몸을 파묻었다. "그러니까 모든 게 들어맞는다니
까요." 그녀가 큰소리를 쳤다.

"지금쯤이면 토롤푸르가 돌아왔어야 하는 거 아닐까요?" 매튜가
손목시계를 들여다보며 말했다. "이제 슬슬 그가 호텔을 떠난 게
아닌가 하는 생각마저 든다고요. 시간이 너무 많이 흘렀잖아요."

"안개 때문에 시간이 더 오래 걸릴 거예요." 토라가 유리창 밖을
내다보며 대꾸했다. 한치 앞도 보기 힘들 정도로 시야가 형편없었

다. 지하실로 통하는 문이 휙 하고 열리자 토라는 깜짝 놀랐다. "뭐죠? 여태까지 저 아래 있었던 걸까요?" 뭔가 심상치 않은 일이 지하실에서 벌어지고 있는 게 분명했다. 빈손으로 나오기 시작한 사람들이 보이는 걸로 미루어 동물의 뼈는 모두 다 제거한 게 틀림없었다. 사람들은 토라와 매튜를 거들떠보지도 않고 지나쳐 갔다가 카메라와 진공청소기, 삽 같은 장비를 들고 다시 나타났다.

"아무래도 아이의 유골이 발견된 모양이에요." 매튜가 속삭였다. "동물 뼈를 치울 때보다 훨씬 더 수선을 떨잖아요."

"으으," 토라가 몸서리를 쳤다. "어떻게 어린아이한테 그런 짓을 할 수 있는지 도저히 이해가 안 가요. 상속 때문에 어린아이를 석탄창고에 가두고 죽게 내버려두다니."

"그리무르도 제정신이 아니었으니 그가 한 짓을 이해하기란 불가능하겠죠." 매튜는 커다란 아크 등을 들고 지하실로 향하는 남자를 바라보며 말했다.

토롤푸르가 토라와 매튜 맞은편 의자에 털썩 주저앉았다. 거구의 남자가 인기척도 내지 않고 두 사람이 있는 곳으로 다가온 것이다. "자자," 토롤푸르가 말했다. "저한테 할 말이 있다고요." 토롤푸르가 엄지손가락으로 지하실 쪽을 가리키며 채근했다. "전 시간이 많지 않습니다. 빨리 아래로 가봐야 해요. 무슨 일이죠?"

토라는 수사자료가 담긴 파일을 내밀었다. "누가 비르나와 에이리쿠르를 죽였는지 알 것 같아요." 토라가 말했다. "전부 설명하자면 몇 분으로는 부족해요. 하지만 절대 시간낭비라고는 생각지 않으실 겁니다."

토롤푸르가 헛기침을 했다. "너무 자신만만해 하지는 마세요." 그는 의자에 등을 기대고 구시렁댔다. "설명해보시죠. 사족은 빼고 핵심만 부탁합니다."

로사와 여우, 알로에 베라 젤, 그리고 죽기 직전 에이리쿠르의 통화 등 지금껏 알아낸 모든 사실에 대해 설명을 마친 토라는 불안한 눈으로 토롤푸르를 쳐다보았다. "로사가 범인임이 분명해요. 모르긴 몰라도 요쿨이 그녀의 범행을 도왔을 거예요. 형사님은 사건을 제대로 수사할 자원을 가지고 있지만 저는 그렇지 않죠."

토롤푸르가 생각에 잠긴 표정으로 토라를 바라보았다. 그는 침착하게 토라의 설명을 듣고는 아무런 질문도 하지 않았다. "사실은 로사에게 에이리쿠르와의 통화에 대해 물어봤습니다." 그가 입을 열었다. "로사의 진술에 따르면 에이리쿠르가 말 대여에 대해 물었다더군요. 말 대여를 농장에서 하는 건지 아니면 다른 곳에서 하는 건지 물었답니다."

토라가 얼굴을 찌푸렸다. "대체 뭣 때문에요?"

토롤푸르가 어깨를 으쓱했다. "저도 알 수 없죠. 어딘가 좀 이상한 이야기라고 생각했는데, 방금 설명한 꽃다발이며 젤이 나오는 섹스 토이에 대한 가설이 무척 흥미롭군요." 그는 자리에서 일어나 하품을 했다. "오늘은 이쯤에서 마무리하려고 했는데, 가서 그 두 가지 가설에 대해 좀 더 알아봐야겠네요." 그는 지하실 쪽을 힐끗 바라보며 덧붙였다. "지하실에서 발견된 유골은 수십 년 간 저 아래 묻혀있었겠죠. 그러니 30분쯤 더 기다린다고 해서 큰 일이 나지는 않을 겁니다."

토라는 기쁜 마음을 감출 수가 없었다. 다른 일이야 어찌되었든, 토롤푸르는 자신의 말을 진지하게 받아들이고 있었다. "고맙습니다, 형사님. 저한테도 진척상황을 알려주시겠죠?" 토라가 자리에서 일어났다.

토롤푸르는 경관 한 명에게 자신을 따라 건물 밖으로 나가자고 손짓했다. 그는 토라를 보며 말했다. "그러겠다고는 안 했습니다." 토롤푸르는 인사도 없이 자리를 떠났다.

토라가 솔리를 위해 감자와 생선을 한데 으깨주자 솔리는 생선과 감자에 버터가 골고루 스며들었는지 조심스럽게 살펴보았다. 셰프는 아름답게 장식한 자신의 메인요리가 이렇게 처참히 망가질 거라고 상상도 못 했을 것이다. 식사하는 사람이 많지 않았기 때문에 서비스는 빠르면서도 실수 없이 돌아갔다.

"이걸 먹어도 될지 모르겠어요." 시가는 조개 무더기를 물끄러미 바라보며 말했다. "난 파스타를 주문한 줄 알았는데." 파스타가 담긴 접시를 받은 길피는 여자친구의 접시를 바라보았다. 아직 태어나지 않은 자기 아이의 엄마에게 요리를 바꿔 먹자고 제안해야 할지 말아야 할지 내적 갈등을 겪는 게 분명했다. 결국 길피는 파스타를 나눠먹자고 했고, 덕분에 매튜는 조개 요리를 두 번째 메인코스로 맛보게 되었다. 그는 이미 첫 번째 메인요리로 큼지막한 스테이크를 먹기 시작한 상태였다.

감자와 생선을 으깨 한데 뭉친 덩어리를 토라가 접시 위에 놓아주자 솔리는 식사를 시작했다. 허기졌던 토라 역시 자신의 음식을 먹기 시작했다. 지금껏 누가 무슨 짓을, 어떤 이유로 저질렀는지 고민하느라 너무 많은 에너지를 소비해버렸다. 토라는 테이투르를 체크아웃 직전에 만난 게 천만다행이라고 생각했다. 그의 말 한 마디가 지난 며칠 간 두 사람이 알아낸 사실보다 범인을 잡는 데 더 큰 도움이 됐다.

토라가 갑자기 포크와 나이프를 내려놓았다. "그러고 보니 말에서 떨어지고 난 뒤에 그는 어떻게 마구간까지 갔을까요?" 그녀가 당혹스러운 표정으로 말했다.

"누구요?" 매튜가 빈 조개껍데기를 내려놓으며 반문했다.

"테이투르요. 부상을 당해서 운전을 할 수도 없고, 당연히 걸을 수도 없었을 거잖아요. 분명 누군가 그를 데려다 줬겠죠."

"네." 매튜가 다시 물었다. "그래서요?"

시가와 길피는 두 사람의 이야기를 듣고 있었지만 무슨 말인지 전혀 이해하지 못했다. 반면 솔리는 아예 관심조차 없었다. 솔리는 유리잔에 담긴 자신과 오빠의 코카콜라 높이를 비교하는 데 열심이었다.

"만일 누군가 그를 차로 태워다 주거나 부축해줬다면, 그 사람 역시 죽은 여우를 보고 흥분하던 말의 반응은 물론 여우가 있던 위치를 알았을 거예요." 휴대폰을 집어든 토라가 주머니에 넣어두었던 테이투르의 명함을 꺼냈다.

"여보세요, 저 토라에요. 호텔 변호사요. 귀찮게 해서 죄송한데요, 말에 떨어지고 난 뒤 누가 당신을 마구간으로 데려다 줬는지 궁금해서요."

"오, 안녕하세요." 테이투르가 반색을 했다. "안 그래도 투자를 결정하셨는지 궁금하던 참이에요. 요즘 시장 상황이 아주 좋거든요."

"아뇨. 지금은 투자 생각이 없어요. 감사합니다." 토라가 다시 물었다. "지금은 사고에 대해 좀 더 여쭤보고 싶어요."

"알겠습니다." 테이투르가 약간 실망한 어조로 대답했다. "여자아이였어요. 저한테 사고에 대해 처음 물어보셨을 때 말씀드린 줄 알았어요. 그 소녀가 아슬아슬하게 저를 구해줬지요. 말이 저를 밟아 죽이기 직전에 옆으로 빼내줬거든요. 정말 아찔한 순간이었죠."

"그 소녀가 누구죠?" 토라가 차분한 어조로 물었다. "그 소녀의 이름을 아시나요?"

"그게, 듣기는 했는데 기억이 잘 안 나요. 우연히 거길 지나가던 중이었어요. 길 끝에 있는 오래된 농가에서 상자를 옮기고 있더라고요. 여우 사체가 그 집에서 좀 더 떨어져 있었거나 제가 그 소녀의 시야에 띄지 않았더라면 어떻게 됐을지 종종 상상해봤어요. 그 소녀는 친절하게도 저를 마구간에 태워다 준 다음 다시 호텔까지 데려다 줬어요."

"그 소녀의 이름이 베르타였나요?" 토라가 물었다. 그녀의 목소리는 여전히 차분했지만 마음은 혼란의 도가니였다.

"네." 테이투르가 쾌활하게 대답했다. "맞아요. 베르타예요."

34장

RER. BER. 토라는 휴대폰을 테이블에 내려놓고 멍하니 허공을 바라보았다. 매튜와 길피, 시가는 조용히 포크와 나이프를 양 손에 쥔 채 토라가 어떤 사실을 알아냈는지 듣고 싶어했다.

"어쩌면 로사가 범인이 아닐 수도 있겠어요." 토라가 침묵을 깼다. "베르타도 여우에 대해 알고 있었대요."

"설령 그 사실을 안다고 해도 범인이라고 장담할 수는 없죠." 매튜가 이의를 제기했다.

길피와 시가는 두 사람의 말에 신경을 곤두세웠지만 무슨 의미인지 이해할 수는 없었다.

"그게 다는 아니에요." 토라가 설명했다. "일단 베르타는 엄마인 엘린과 외삼촌 뵈르쿠르 못지않게 잃을 것이 아주 많아요. 교령회 때도 호텔에 있었고, 유령의 존재를 믿는 사람이에요. 만약 그녀라면, 피해자들의 원혼이 떠도는 걸 막기 위해 발바닥에 바늘을 꽂았을 가능성이 농후하다고요."

"하지만 에이리쿠르가 살해당하던 시점에 베르타가 여기 없었다는 사실을 잊은 건 아니죠?" 매튜가 반론을 폈다. "베르타는 그날 레이캬비크에 갔잖아요. 차량정보 명단이 그걸 입증해요. 설마 범인이 두 명이라고 생각하는 거예요?"

"전혀 아니에요." 토라가 대답했다. "찬찬히 생각해보니, 베르타가 애초 레이캬비크에 가지 않았을 수도 있어요."

매튜가 눈썹을 치켜올렸다. "베르타가 다른 사람에게 차를 빌려줬다는 뜻이에요?"

"아뇨. 베르타는 스타이니와 차를 바꿔치기했을 거예요." 토라가 말했다. "두 사람이 같은 날 비슷한 시각에 터널을 빠져나갔다가 스타이니의 차만 되돌아 왔다는 게 우연 치고는 심상치 않아요. 우리 생각과 달리 스타이니는 터널 끝에서 베르타가 떠나는 모습을 지켜봤던 게 아니에요. 분명 터널을 통과한 다음, 뒤따라 온 베르타가 차를 바꿔 타고 가기를 기다렸던 거예요. 그런 다음 베르타는 스타이니의 차를 타고 여기로 돌아와서 에이리쿠르를 살해한 거죠. 그 사이 터널 끝에서 베르타가 돌아오기를 기다리던 스타이니는 카누 선수 트뢰스투르와 마주쳤고요. 트뢰스투르가 그 자리를 뜨던 순간, 자동차 뒷유리를 통해 스타이니의 차 옆에 멈춰서는 차를 봤다고 했는데, 그게 아마 베르타였을 거예요. 덕분에 베르타는 알리바이를 확보한 거죠."

"그럼 스타이니는요?" 매튜가 물었다. "베르타 대신 살해 용의자로 의심을 받게 되잖아요."

토라가 고개를 저었다. "스타이니가 에이리쿠르를 종마가 있는 마구간에 감금했을 거라고 누가 믿기나 하겠어요? 그의 몸을 봤잖아요. 그 몸으로는 절대 불가능해요. 반면 베르타는 황소처럼 힘이 좋아요. 그녀는 스타이니를 휠체어에 태우고 사방을 돌아다닐 정도로 건강하죠." 토라가 이마를 움켜쥐었다. "내 침대 협탁에 놓여 있던 구드니의 사진 액자 기억나요?" 매튜가 고개를 끄덕였다. "잘 생각해보면 베르타가 구드니를 많이 닮았어요. 머리스타일만 조금 바꾸면 아주 비슷하게 보이겠죠."

매튜가 미소를 지었다. "머리스타일은 말할 것도 없고, 구드니의 얼굴이 어땠는지도 기억나지 않아요. 중요한 문제예요?"

"요나스를 충격에 빠뜨린 게 바로 그 사진이에요. 요나스는 사진에서 본 소녀와 똑같이 생긴 유령을 봤다고 했어요. 그가 마지막으로 유령을 본 게 자기 집이었어요." 토라는 눈을 감고 아름다운 구드니의 모습이 담긴 사진을 떠올렸다. "분명 베르타가 그 유령이었을 거예요. 요나스의 수면제를 훔친 것도 베르타의 짓이에요. 요나스의 집에서 대체 무슨 짓을 하고 있었을까요. 어쩌면 별관에 대한 요나스의 계획을 알아내려 했을지도 모르죠. 그런데 예상과는 달리 요나스가 일찍 집에 돌아왔겠죠. 요나스는 아마도 대마초에 취해서 자신이 본 게 유령인지 사람인지 구분도 못 했을 거예요. 베르타는 비르나에게도 수면제를 먹이려다가 요나스와 마주치는 바람에 계획을 수정했을지 몰라요. 에이리쿠르의 경우, 수면제를 먹이는 게 안전하다고 생각했거나 아니면 요나스의 수면제가 유일하게 손에 넣을 수 있는 진정제였겠죠. 사람들이 호텔 뒤편 안개 속에서 목격했다고 증언한 유령도 베르타였을지 몰라요. 해치를 찾느라 삽을 들고 그곳을 서성였을 거예요. 크리스틴의 유골이 발견되기 전에 지하에 있던 뼈를 모두 없애버리고 싶었겠죠."

"그래서 어쩌려고요?" 매튜가 물었다. "어차피 추측만으로는 부족하잖아요. 가령 베르타가 에이리쿠르를 살해한 동기는 뭘까요?"

토라는 양 볼에 공기를 채웠다. "나도 모르겠어요. 어쩌면 사건에 연루됐거나 비르나 살해현장을 목격했을 수 있겠죠. 왜 그런 짓을 했는지, 베르타 본인만이 설명할 수 있을 거예요."

"경찰에 가서 이 사실을 알리는 게 좋지 않을까요?" 매튜가 물었다. "토롤푸르도 우리 말을 믿는 거 같고, 설령 엉뚱한 수사방향을 알려줬다고 해도 정보만 확실하다면 기분 나빠지지 않을 거예요. 그는 지금 로사와 이야기하러 갔다고요. 한 시간 전만 해도 당신은 로사가 범인이라고 확신했잖아요."

토라가 한숨을 내쉬며 자리에서 일어났다. "가서 직접 말해야겠어요. 빠를수록 좋겠죠."

"캣!" 그들 중 유일하게 사건 진행에 무관심한 솔리가 소리쳤다. 솔리는 매튜를 향해 눈을 빛내더니 엄마에게 고개를 돌리고 흡족하게 말했다. "아저씨한테 나 영어할 줄 안다고 말해줘."

"정말 잘하네, 우리딸." 토라는 딸의 머리칼을 쓰다듬으며 격려했다. "엄마 잠깐 밖에 나갔다 올 동안 연습하고 있어. 매튜 아저씨가 같이 있어줄 거야."

"도그!" 솔리는 모두가 들으라는 듯 외쳤고, 토라는 식당 밖으로 나와 자신의 차로 갔다.

딱딱한 의자에 앉은 라라는 무릎에 올려놓은 코트가 구겨지지 않게 조심하며 자세를 바로잡았다. 라라가 가져온 꽃은 협탁 위 물이 담긴 철제 꽃병에 흐느적거리며 꽂혀있을 뿐 좀처럼 활기를 찾지 못했다. 침대에는 말프리두르 그림스도티르가 누워있었다.

라라는 목청을 가다듬은 다음 말푸르두르의 마른 손을 잡았다. "요즘 들어 이것 말고 다른 생각은 떠오르지도 않아. 손녀딸 솔디스가 서쪽에 있는 호텔에서 일하기 시작한 이후로 옛날 기억들이 홍수처럼 떠밀려 오고 있거든. 넌 진실을 알고 있잖아. 그러니까 너무 늦기 전에 내게 모든 걸 말해줘." 라라는 침대에 축 늘어져 누운 여자를 내려다보았다. 사람이 나이를 먹는 속도가 이리도 다를 수 있다는 게 놀라웠다. 말프리두르는 라라보다 훨씬 더 어렸지만 지금 그녀는 자신의 머리조차 가누지 못한 채 이곳에 누워있었다. 반면 라라는 허리를 꼿꼿이 세운 채 침대 맡에 앉아 그녀를 지켜보았다. 라라는 자신의 차례가 오면 서둘러 세상을 떠날 수 있기를 바랐다. 자신은 이렇게 천천히 사위고 싶지 않았다.

말프리두르의 눈가에 눈물이 맺혔다. 침대에 누워있었기 때문에 눈물은 볼을 타고 흘러내리지 않고 고여있기만 했다. "하느님이 날 용서해주시기를 바랄 뿐이에요." 말프리두르가 이렇게 말하고 눈을 감자 눈물이 베개 위로 흘러내렸다. "난 너무 어렸어요. 감히 아빠에게 대들 수도 없었고. 그러다가 아빠가 병이 나버렸고 난 내 삶을 사느라 바빴어요."

"말프리두르, 너를 비난하려는 게 아니야." 라라는 다정하게 말을 걸며 말프리두르의 손을 더 꽉 잡았다. "옛날에는 나에게 그 일을 털어놓을 수 없었다는 것, 충분히 이해해. 하지만 이제 우리에게는 시간이 얼마 남지 않았고, 아이의 행방을 알아내지 못한 채이 세상을 떠난다고 생각하면 도저히 견딜 수가 없어. 나는 구드니에게 갚아야 할 빚이 있다고."

이제 눈물은 말프리두르의 볼을 타고 쏟아져 내렸고 그녀는 두 눈을 질끈 감았다. "그 아이는 죽었어요." 말프리두르는 갈라진 목소리로 말했다. "아빠가 그렇게 만들었죠." 그녀가 흐느끼기 시작하자 라라는 차분하게 흐느낌이 가라앉기를 기다렸다. "아빠는 그 애를 석탄창고에 가뒀고, 밤사이 아이의 목숨은 끊어져 버렸어요. 마침 그날 난 키르큐스테트에 인형을 가지러 갔어요. 아이가 제 인형을 그리워했거든요. 그리고 창문 너머로 나는 아빠를 보고 말았어요. 오, 하느님." 말프리두르는 기억에 압도당한 채 말을 잊었다. 잠시 후 그녀는 마음을 다잡고 말을 이었다. "아빠는 악취가 진동하는 헛간을 태워버린 다음 가축들 잔해를 석탄창고로 쏟아버렸어요. 이듬해 봄이 되자 아빠는 해치를 가리기 위해 잔디를 깔았죠. 지하실에서 창고로 통하는 입구를 폐쇄해버리고 나중에는 그 위에 벽을 세워서 누구도 뒤편에 문이 있었다는 걸 알아채지 못하게 돼버렸어요."

"왜?" 금방이라도 울음이 터질 것 같은 목소리로 라라가 물었다.

"작은아버지가 세상을 떠난 이후 구드니 혼자 가축을 돌볼 수 없게 되자 많은 소들이 죽어버렸어요. 구드니도 생명이 위태로울 정도로 아팠으니까. 아빠가 구드니와 연락을 했을 때는 이미 가축을 구할 수 있는 상태가 아니었어요. 지독한 악취가 코를 찔렀죠. 아빠는 자신이 동생과 조카를 돕지 않았다는 사실을 숨기기 위해 헛간에 불을 지르고 동물 잔해를 묻어버린 거예요. 병상에 누운 구드니를 위해 마땅히 가축들을 돌봐야 했지만 아빠는 그렇게 하지 않았거든요." 말프리두르가 심하게 눈을 깜빡였다. "아빠는 가축들이 다 죽었는지 확인하지도 않았어요. 적어도 암소 한 마리는 여전히 살아있었는데. 창문 너머로 공포에 질린 암소의 표정을 본 적이 있어요. 지금도 눈을 감으면 그 소의 눈빛이 떠올라서…."

"내가 알고 싶은 건 가축이 아니야." 라라가 채근했다. "너희 아버지가 왜 구드니의 딸에게 그런 짓을 한 걸까? 난 그걸 알아야겠어." 이제 자신의 볼에도 눈물이 흘러내리는 걸 라라는 느꼈다.

"크리스틴." 말프리두르가 중얼거렸다. 그녀는 멍한 눈길로 하얀 천정을 바라보았다. "아빠는 그 아이를 미워했어요. 처음에는 아빠가 왜 그 아이를 미워하는지 이해하지 못했죠. 크리스틴은 너무나 착하고 다정하고 말수가 적은, 이루 말할 수 없이 사랑스러운 아이였거든요. 나보다 몇 살쯤 어렸던 그 아이…. 아빠가 구드니와 그 애를 우리 집으로 데려온 후 함께 지내던 며칠 동안, 아이는 온갖 정성을 쏟아 제 엄마를 돌봤어요. 아빠는 행여나 병이 옮을까봐 그 방에 얼씬도 않는데, 그 어린 것이 엄마 곁에 앉아 밥을 먹이고 수건으로 몸을 닦아주면서 애를 썼어요. 그러던 어느 날 밤, 구드니가 세상을 떠났어요." 말프리두르가 숨을 고르기 위해 잠시 말을 멈추었다. "크리스틴은 특별한 아이였지만 아빠는 그걸 이해하지 못했던 거예요. 나는 그저 크리스틴과 함께 지내는 게 행복할 뿐이었어요. 순진하게도 난 구드니가 세상을 떠난 뒤에도 아이가 우리와 함께 살 거라고 믿었어요. 불행하게도 그런 일은 없었죠." 말프리두르가 다시 말을 멈추고 심호흡을 했다. "조카손녀를 거두는 대신 아빠는 아이를 죽여 모든 흔적을 지워버리기로 결심한 거예요. 크리스틴이 태어났을 때 아빠는 아이가 할아버지로부터 폐결핵에 감염돼 금방 죽어버리기를 바라셨어요. 그래서 크리스틴의 출생증명서조차 써주지 않았고요. 사생아는 집안의 오점이라고 생각했으니까. 덕분에 아빠는 나중에 큰 재산을 물려받게 되었죠."

"왜 그렇게까지 한 거지?" 라라가 물었다. "구드니의 아이라면 내가 기꺼이 맡아서 친자식처럼 사랑하고 길러줬을 텐데. 그랬다면 아이가 너희 아버지에게 눈엣가시가 될 일도 없었을 거야."

말프리두르는 고개를 돌려 라라를 올려다보았다. "아빠는 크리스틴에게 의존해 살아가야 한다는 생각에 사로잡혀 격분했어요. 그때 아빠는 모든 재산을 잃은 뒤였으니까. 작은아버지 비야르니가 형을 돕겠다고 농장을 사주고 모든 채무에 대한 보증까지 서줬는데, 그 일은 아빠를 행복하게 만드는 대신 결국 파멸로 몰고 간 씨앗이 되고 만 셈이죠. 아빠는 스스로 목숨을 끊었어요. 돈 때문에 저지른 패륜에 대한 죄의식과 자기혐오로 미쳐버렸지요. 자살하기 얼마 전 아빠가 나에게 모든 사실을 털어놓았어요. 아빠는 내가 면죄부라도 줄 거라 생각했지만 난 도저히 그럴 수가 없었어요. 아빠의 잔혹함에 충격을 받고 말았죠. 그 일을 목격했으니 나도 그 사실을 알고 있던 셈이지만, 내가 의심했던 모든 걸 아빠 입으로 직접 확인하던 순간, 너무 섬뜩하고 무서워서 죽을 것만 같았어요." 말프리두르는 눈을 뜨고 다시 천정을 응시했다. "아빠의 비석에 그의 삶을 그대로 담은 문장을 새겨넣었어요. '사내의 심장은 피투성이라네.'" 그녀는 또다시 입을 닫더니 힘없이 기침을 했다. "그일은 평생 나를 따라다녔어요. 크리스틴을 구해주지 못했다는 죄책감과 그 애의 원혼이 나를 따라올지도 모른다는 두려움에 시달렸어요. 어떤 면에서 크리스틴은 평생 나를 쫓아다닌 셈이죠. 지난시절에는 양심의 가책이 되어 나를 따라다녔다면, 이제는 꿈속으로나를 찾아오거든요."

"크리스틴의 유골을 찾아야겠어." 라라는 이제 자리를 뜨고 싶었다. 이 정도면 충분했다. "그 애를 엄마 옆에 묻어줄 거야. 이건 절대 비밀로 부쳐서는 안 되는 일이야."

말프리두르는 라라가 찾아온 이후 처음으로 침대에서 몸을 조금일으켰다. "그럴 필요 없어요. 내가 이미 그렇게 하도록 했거든요."

라라가 이해할 수 없다는 표정으로 그녀를 내려다보았다. "아이의 유골은 아직 발견되지 않았어."

"그럼 뭔가 잘못된 모양이에요." 말프리두르가 중얼거렸다. "내손녀 베르타에게 모든 걸 말해줬어요. 그 애가 일을 잘 처리할 테니 안심하라고 내게 말했어요. 자기가 다 알아서 하겠다고 약속했어요." 말프리두르는 라라를 향해 희미하게 미소를 지었다. "참 이상하죠. 내 자식들에게는 털어놓을 수가 없었는데, 어느 날 베르타가 나를 찾아온 거예요. 베르타를 보고 있으면 구드니와 그 어린딸이 생각나요. 베르타는 선한 영혼을 가진 아이예요. 그 아이라면옳은 일을 할 거라 믿어요."

라라가 자리에서 일어섰다. 그녀의 마음속에 분노가 일었다. "베르타가 구드니와 크리스틴이 아니라 네 아버지를 쏙 빼닮은 인간이라고 해도 나는 놀라지 않을 거야."

"말프리두르의 회한이 이 시련을 잘 견뎌내기를 바라는 수밖에요. 자기 손녀에게 어떤 일이 불어닥칠지 알면 진실을 털어놓지 않을 수도 있어요." 토라는 이렇게 말한 뒤 인사하며 전화를 끊었다. 증거는 더 이상 필요치 않았다. 베르타가 범인임을 라라가 확인해준 셈이다. 차를 한쪽으로 세운 채 라라와 통화했던 토라는 다시 짙은 안개를 헤치며 달팽이 같은 속도로 퉁가를 향해 달렸다. 여기 저기 안개가 살짝 걷히면서 이끼로 뒤덮인 용암원 위로 기이한 모양의 바위들이 눈에 들어왔다. 안개가 또다시 짙게 끼면서 기이한 형체들을 삼켜버리자 토라는 등골이 오싹해졌다. 그저 자신이 제대로 가고 있기만을 바랐다. 퉁가는 호텔과 아주 가까운 거리에 있었지만 짙은 안개 때문에 방향감각을 잃어버린 데다 차도 천천히 몰아야 했다.

쭉 뻗은 나무판이 안개 속에서 난데없이 모습을 드러냈다. 퉁가 농장을 가리키는 표지판이었다. 진입로로 접어들자 토라는 속도를 조금 높였다. 조금 더 달리니 안개 속에서 어렴풋이 농가의 모습이 보였다. 집 앞에 토롤푸르의 차가 세워져 있었다. 토라는 그 옆에 차를 세운 다음 토롤푸르의 차 안을 살폈지만 아무도 없었다. 현관문을 향해 걸어가던 그녀가 몇 걸음 옮기지 못하고 그 자리에서 굳어버렸다. 안개 속에서 아기의 울음소리가 들려오기 시작했다. 돌아서서 소리의 진원지를 찾으려고 귀를 기울였지만 끝내 찾을 수가 없었다. 울음소리는 시작됐을 때처럼 갑자기 뚝, 멈춰버렸다. 토라는 온몸에 돋은 소름을 가라앉히려고 손으로 두 팔을 문질렀다. 대체 이게 무슨 소리지? 여자가 안개 속에서 아기를 안고 돌아다니기라도 하는 건가? 토라는 앞을 더 잘 보기 위해 눈을 가늘게 떴다. 마구간 근처에서 움직임을 포착한 그녀는 소스라치게 놀랐다. 호기심을 이기지 못한 토라가 자갈길 위로 한 발 한 발 조심스레 내디디며 그곳으로 향했다.

마구간에 다다르자 다시 울음소리가 들려오기 시작했다. 토라는 뒤로 돌았지만 아무것도 보이지 않았다. 바로 그때 등 뒤에서 무언가가 세게 부딪히는 소음이 들리자 토라는 화들짝 놀랐다. 열려있던 마구간 문이 벽에 쾅쾅 부딪히며 소리를 낸 것이다. 누군가 문을 열어둔 게 분명했다. 마구간 안쪽에서 인기척을 느낀 토라는 재빨리 몸을 숨겼다. 그녀는 안개에 가려 자신의 모습이 드러나지 않기를 바라며 마구간 벽에 몸을 바짝 붙였다. 마구간 문간에 얼핏 사람의 형체가 보이더니 누군가 밖으로 나와 문을 닫았다. 더 이상 몸을 숨기기 어렵겠다고 판단한 토라가 불쑥 나섰다.

"안녕하세요, 베르타." 토라가 말했다. "여긴 어쩐 일이세요?"

소스라치게 놀란 듯 두 눈이 휘둥그레진 베르타가 돌아서서 토라를 쳐다보았다. "저요?" 베르타가 말했다. "별일 아니에요."

"마구간에서 나오는 거 봤어요." 토라가 물었다. "여기 사는 부부를 아세요?"

아기 울음소리가 다시 들리자 베르타는 안개 속을 둘러보기 시작했다. "울음소리가 들려서 확인해보려고 나왔어요." 그녀의 표정에 당혹스러운 기색이 역력했다.

"마구간을 확인해봤다고요?" 토라가 다그쳤다. "이건 분명 밖에서 들려오는 소리인데요." 토라는 아랫입술을 깨물고 있는 소녀를 바라보았다. "베르타, 이제 다 끝났어요." 토라가 차분하게 타일렀다. "크리스틴의 유골이 발견됐어요. 회피하려 애써봤자 아무 소용없어요. 나랑 같이 가서 토롤푸르와 이야기를 나눠보는 게 어때요? 경찰서에서 나온 사람인데 지금 이곳에 있어요." 토라는 농가가 있는 방향을 가리켰다. 이제는 안개에 가려져 아무것도 보이지 않았다.

"그게 무슨 말씀이세요?" 태연함을 가장했지만 베르타의 목소리는 이미 심하게 떨리고 있었다. "저게 무슨 소리죠?" 울음소리가 더 크고 더 끈질기게 들려오자 베르타가 물었다.

"아마도 버려져 죽은 아기의 영혼일 거예요." 토라가 침착하게 대응했다. "아니면 크리스틴일지도 모르죠. 베르타의 할머니는 이미 크리스틴을 만났다고 하시던걸요." 말프리두르의 꿈에 크리스틴이 등장했다는 라라의 애매모호한 이야기에 의존해 토라가 소녀를 구슬렸다. "어서요. 여기 이렇게 서있지 말고 안으로 들어가야 해요. 여기 있으면 유령이 우리 주위를 세 번 돌 거예요. 벌써 한 바퀴 돌았을지도 몰라요."

베르타는 열병에라도 걸린 듯한 얼굴로 토라를 올려다보았다. 죽은 사람처럼 창백한 안색에도 불구하고 그녀의 두 눈엔 빨간 핏발이 서있었다. "어떻게 크리스틴을 찾았대요?" 베르타가 중얼거렸다.

"그건 중요하지 않아요." 토라가 차갑게 대꾸했다. "어차피 일어날 일이었고, 지금이라도 발견돼서 오히려 다행이에요. 이제는 벌을 받아야 할 차례예요."

"엄마랑 저는 모든 걸 잃게 돼요." 갑자기 베르타가 웅얼거렸다. 토라는 베르타가 혼잣말을 하는 건지 아니면 스스로에게 말하는 건지 알 수가 없었다. "스타이니도 마찬가지예요. 스타이니가 살고 있는 집은 저희 가족 소유예요. 그의 부모님이 집을 팔고 레이캬비크로 이사를 가버렸거든요. 스타이니도 부모님이 계신 곳으로 이사를 가야만 해요." 베르타는 안개를 들여다보며 심호흡을 했다.

토라는 베르타의 이마와 관자놀이에 땀방울이 송송 맺히는 걸 보았다. 울음소리가 점점 잦아들다가 완전히 사그라들었다. 베르타는 여전히 열에 든뜬 얼굴이었다.

"세상에는 집을 잃는 것보다 훨씬 더 끔찍한 일들이 있어요." 토라는 이 말을 하지 않고 지나칠 수가 없었다. "목숨을 잃는 게 바로 그 중 하나죠."

돌연 베르타가 토라를 똑바로 응시했다. "비르나는 살 자격이 없었어요. 에이리쿠르도 마찬가지고요. 둘 다 좋은 사람이 아니었어요. 비르나는 그 노인을 협박했고, 에이리쿠르는 나에게서 돈을 뜯어내려고 했어요. 그 사람이 나한테 전화를 해서 교령회 날 나를 봤다고 말했어요. 엄마한테 그 사실을 알린 다음에 비밀을 지키는 조건으로 돈을 받을 거라고요. 이곳에 우리 가족이 소유한 농장이 여러 개 있는 걸 알아내고는, 뭐 갑부라도 되는 줄 착각하더라고요. 그래서 내가 마구간에서 만나자고 했어요. 그런 다음…, 무슨 일이 있었는지 아시잖아요."

"네, 불행히도." 토라가 대답했다. 그녀는 완전히 미쳐버린 소녀가 어쩌면 이토록 멀쩡한 얼굴을 할 수 있는지 문득 궁금해졌다.

"비르나의 부검보고서를 읽었어요. 돌로 얼굴을 수 차례나 가격당했다고 하더군요. 신원을 밝힐 수 없게 하려고 그랬던 거예요?" 토라가 물었다.

"아니에요." 베르타가 숨을 헐떡이며 변명했다. "원래는 뒤통수를 치려고 했는데, 비르나가 갑자기 고개를 돌리는 바람에 얼굴을 때렸어요. 분명 내가 다가가는 소리를 들은 거예요. 강간을 당하는 도중에 해변 바위에 뒤통수를 부딪친 것처럼 위장하려고 했는데, 얼굴을 때리는 바람에 계획이 틀어졌어요. 아주 세심하게 계획한 거라고요. 일부러 교령회 날짜를 골라 호텔에서 사람들의 눈에 띄도록 행동했어요. 맨 뒷자리에 앉아있다가 사람들이 영매에게 집중하기 시작할 때 몰래 빠져나와 비르나가 있는 곳으로 이동하려고 카누를 탔어요. 솔디스한테 카누에 대한 얘기며 카누 주인이 호텔에 오래 머물지 않을 거라는 이야기를 들었거든요. 그래서 그날을 고른 거예요." 베르타는 이를 갈았다. "솔디스는 말이 아주 많아요. 요나스의 약에 대해서도, 휴대폰을 아무 데나 놓고 다닌다는 사실도 모두 걔한테 들은 거예요. 섹스 카운슬러가 팔고 있는 물건을 비롯해서 도움이 될 만한 이야기를 다 걔가 들려줬어요." 한숨을 내쉬는 베르타의 두 눈에 눈물이 고였다. "모든 게 완벽하게 돌아갈 수 있었는데, 일이 꼬여버렸어요. 비르나가 돌에 한 번 맞고도 죽지 않는 거예요. 그래서 어쩔 수 없이 때리고 또 때리고, 수도 없이 내리쳤어요." 베르타는 발을 내려다보았다. "갈매기가 비르나의 시신 주변으로 내려앉는 걸 보고 토할 뻔했어요."

토라 역시 구토라도 할 것 같은 기분이었지만 마음을 다잡고 질문을 이어나갔다. 베르타와 이야기를 할 수 있는 건 지금이 마지막 기회였다. "사람들 발바닥에 왜 바늘을 꽂았어요?"

"그들의 영혼이 떠도는 걸 막으려고요. 그건 죽은 사람이나 산 사람 모두에게 아무 도움도 안 되거든요." 베르타는 곧 기절할 것처럼 파리한 얼굴로 이렇게 대답했다.

"괜찮아요?" 토라가 걱정스러운 목소리로 물었다. "저 안에서 뭘 한 거예요?" 토라는 베르타가 독약이라도 삼킨 건 아닌지 불안했다. 하지만 이내 자신의 인생이 무너져내리는 걸 목도한 사람이라면 그럴 수밖에 없다는 사실을 깨달았다.

"약을 숨기고 있었어요." 베르타가 단조롭게 대꾸했다. "요나스가 풀려나면 베르구르와 로사가 의심을 받게 하려고요. 요나스가 비르나에게 문자를 보내지 않았다는 사실이 밝혀질까봐 불안했어요." 베르타는 한숨을 쉬고 토라를 올려다보았다. "제가 요나스의 휴대폰을 훔쳤어요. 일단 방법을 알고 나니까 너무 간단하더라고요. 비르나를 막아야만 했거든요. 거긴 별관을 짓기에 좋은 장소가 아니라고 아무리 말려도 제 말을 듣지 않았어요. 내 말을 들었으면 아무 일도 없었을 텐데." 베르타가 잠시 망설이더니 말을 이었다. "다 스타이니를 위해서 한 거예요." 토라는 이번에도 베르타가 혼잣말을 하는 건지, 아니면 자신의 잘못을 정당화하는 건지 알 수 없었다. "내가 할 수 있는 일은 그게 전부였어요. 스타이니가 사고를 당한 건 내 잘못이에요. 사고가 일어난 날 밤에 스타이니에게 데리러 와달라고 전화를 했거든요. 이제 스타이니는 내가 이런 짓을 저지른 게 자기 잘못이라고 자책하고 있어요. 그래서 계속 저에게 자기를 용서해달라고 해요. 그렇지만 모든 건 내 결정이었으니 용서하고 자시고 할 것도 없어요. 그래도 이게 다 스타이니를 위해 한 거라고요." 베르타가 그 자리에 주저앉았다.

"진짜 그렇게 생각해요?" 토라는 베르타가 일어나도록 부축하며 말했다. "난 절대 그렇게 생각하지 않아요." 두 사람이 농가를 향해 걷는 동안 토라는 베르타가 또 넘어지는 일이 없도록 단단히 부축했다.

울음소리가 다시 들려오다가 뚝 그쳤다. 농가 건물 계단 앞에 다다랐을 즈음 토라에게도 불안감이 엄습했다. 사시나무처럼 벌벌 떠는 베르타를 부축하며 토라는 서둘러 초인종을 눌렀다. 누군가 빨리 나와주길 기원하면서 힐끗 뒤를 돌아보려는데 문이 열리고 로사가 나왔다. 로사가 아무 말 없이 두 사람 너머를 바라보았다. 어쩌면 유령 아기가 한쪽 팔에 몸을 의지한 채 힘들게 계단을 기어오르고 있을지도 모른다고 생각하며 토라가 뒤를 돌아보았다.

"굴리!" 로사가 불렀다. "너로구나, 이 말썽쟁이 고양이. 여태 어디 있었던 거야?" 로사가 문을 열 즈음 다시 들리던 울음소리가 그녀가 말을 마치자마자 잠잠해졌다. "야옹!" 로사는 누군가를 달래는 듯한 가성으로 소리쳤다. "이리 와, 우리 귀여운 나비!" 그러자 오렌지색 수고양이 한 마리가 유유자적 계단 위로 뛰어올랐다.

2006년 6월 18일 일요일

35장

미니바의 레모네이드는 비쌌지만 토라에게는 그럴 만한 가치가 충분했다. 토라는 캔을 내려놓고 몸에 걸친 두툼한 흰색 가운을 바짝 여몄다. 창가로 다가간 그녀가 커튼을 살짝 열어 아이스투르빌루르 광장을 내다보았다. 광장에는 사람이 많지 않았다. 전날 밤 흥청거리던 파티에서 낙오한 몇몇 사람만이 이리저리 돌아다닐 뿐이었다. 토라는 미소를 지었다. 창가의 커튼을 다시 친 토라는 매튜가 잠들어있는 침대로 돌아갔다. 이제야 이혼남도 아니고 알코올 중독자도 과대망상증 환자도 스포츠광도 아닌 남자를 만났나 싶었는데, 하필 그게 아이슬란드로 이사 올 가능성 제로에 가까운 외국인이라니. 어쩌면 바로 그런 이유 때문에 토라는 매튜가 좋은 것인지도 몰랐다.

방 안 어디선가 웅웅거리는 전화벨 진동을 느낀 토라가 휴대폰 위치를 찾기 위해 귀를 기울였다. 마침내 자신의 가방에서 휴대폰을 꺼내든 토라가 전화를 받았다. "여보세요." 토라는 매튜를 깨우지 않기 위해 속삭이며 화장실로 들어갔다.

"엄마!" 길피가 소리를 질렀다. "시가가 죽어가고 있어!"

토라는 눈을 감고 한 손으로 머리를 부여잡았다. 그녀는 길피와 시가에게 솔리를 맡겨놓고 외박을 한 상태였다. 아이슬란드에서 마지막 밤을 보내는 매튜와 오붓한 시간을 즐기기 위해서. 곧 아기를 키워야 할 길피와 시가가 여섯 살짜리를 하룻밤 정도 돌보는 건 거뜬히 해내야 마땅했다. 게다가 어제만 해도 시가는 산기를 전혀 보이지 않았다.

"길피," 토라가 다독였다. "시가는 죽는 게 아니야. 아기가 태어나는 거야." 전화선 너머 신음하는 시가의 목소리가 들려왔다. "진통이 심하대?"

"지금 죽어가고 있다니까, 엄마." 길피가 발을 동동 굴렀다. "정말이야, 들어봐." 신음소리가 점점 크게 들리더니 갑자기 뚝 그쳤다. "통증이 오락가락 해."

"시가는 진통을 겪고 있는 거야, 길피." 토라는 좀 더 차분한 목소리로 말했다. "지금 갈게. 너도 옷 입고, 솔리도 옷 입혀놔. 시가도 몸 상태가 괜찮으면 옷을 갈아입혀. 혹시 시가가 힘들다고 하면 그냥 놔두고." 토라는 화장실을 나와 침실로 들어섰다. "시가네 엄마한테도 전화했어?" 토라가 옷을 껴입으며 물었다.

"아니." 길피가 딱 잘라 대답했다. "시가가 나보고 전화하라는데, 안 하려고. 걔네 엄마 무섭잖아."

토라도 공감은 했지만, 시가네 부모님도 분명 딸의 곁에 있고 싶을 테니 당장 전화를 하라고 다그쳤다. 만일 길피가 전화로 이 사실을 알려주지 않았다가는 시가의 엄마 아빠가 길피에게 무슨 짓을 할지 몰랐다.

"아무튼 지금 갈게." 토라가 말했다. "준비 다 해놓고 있어. 시가네 부모님이 시가를 병원에 데려가겠다고 하면 그러시라고 해. 그분들이랑 먼저 가든 아니면 엄마랑 솔리랑 같이 움직이든, 그건 네가 결정해." 토라는 전화를 끊고 치마의 지퍼를 올렸다. 지난 밤, 그녀는 특별한 날을 위해 하이힐에 스커트까지 제대로 갖춰입었다. 사건 종료를 축하할 겸, 매튜가 떠나기 전 그와 각별한 시간을 갖고 싶었던 것이다. 토라는 TV에 아무렇게나 걸쳐져 있는 스타킹을 바라보았다. 그녀는 얼굴을 찌푸렸지만, 창백한 흰 다리를 그대로 드러내는 것보다는 스타킹을 도로 신는 게 낫다고 판단했다.

"매튜." 토라가 살살 찌르며 불렀다. "나 가봐야 해요. 시가가 진통 중이래요."

엎드려 자고 있던 매튜가 베개에서 얼굴을 들더니 토라를 향해 멍하게 눈을 깜빡였다. "뭐라고요?"

"병원에 가야 한다고요." 토라가 속삭였다. "시가가 죽어라고 악을 쓰고 있대요. 그러니까 얼마 안 남았다는 뜻이에요. 나중에 전화로 알려줄게요."

토라는 평소보다 빠르게 차를 몰았다. 동네로 접어들면서 토라는 길피와 시가가 얼마나 출산에 무지한지 기억해내며 혼자 미소를 지었다. 시가는 수중분만을 하거나, 자연에 둘러싸여 야외에 서서 아기를 낳거나, 아니면 톰 크루즈의 전 부인처럼 침묵 출산하고 싶다며 여러 차례 자신의 의사를 표명한 터였다. 매번 그날 인터넷으로 어떤 기사를 봤느냐에 따라 달라지는 변덕이었다. 이런 목가적 출산법들의 공통점은 진통제를 사용하지 않는다는 점이었다. 토라는 시가가 냉혹한 현실에 부딪혀보면 금방 마음을 바꿀 거라고 생각했다. 예비부모 교실 첫 시간에 참가한 길피와 시가는 돌아오자마자 다시는 수업에 들어가지 않겠다고 못을 박았다. 시가가 분만실에 MTV가 나오냐는 질문을 해서 조산사를 열받게 한 것이다.

"엄마 왔어." 토라가 집에 들어서며 소리쳤지만 시가의 울부짖음에 묻혀 그녀의 목소리는 들리지도 않았다. 시가는 사이언톨로지교 분만실에서 환영받기는 틀려먹은 듯했다.

"뭔가 잘못됐어." 엄마를 발견한 길피가 소리쳤다. "아기가 가로로 나오려고 하는 거 같아."

"아니야." 토라가 안심시켰다. "인정하고 싶지 않겠지만 아기를 낳는 게 원래 이렇게 아프고 힘들어." 토라는 두 손에 얼굴을 묻은 채 주방에 앉아있는 시가에게로 갔다.

"시가 엉덩이가 워낙 좁아서 그래." 길피가 불안한 목소리로 말했다. "다들 그러는데, 엉덩이가 좁으면 아기 낳기가 힘들어진대."

"문제는 좁은 엉덩이가 아니야, 길피. 아기는 좀 더 아랫부분에서 나온다고." 토라는 시가를 향해 몸을 수그렸다. "시가, 천천히 심호흡을 해봐. 좋아. 그럼 이제 차로 나가자. 혹시 양수 터졌니?"

시가가 멍한 표정으로 토라를 보았다. "양수요?"

"가자." 토라가 힘차게 양손을 부딪치며 말했다. "곧 알게 될 거야." 토라가 시가를 부축해 집 밖으로 나가는 동안 길피는 먼저 나가 차문을 열었다. 졸린 얼굴로 따라나온 솔리는 무슨 일이 벌어

529

지는 건지 정확히 알지 못했다. "시가, 병원에서 경막 외 마취제를 맞겠냐고 물어보면 무조건 네라고 대답해. 그게 요즘 유행이거든." 토라는 시가를 SUV 뒷좌석에 뉘었다. 그녀는 채무 청산을 위해 SUV와 캐러밴을 팔기로 마음먹었지만, 이 SUV는 토라의 오래된 고물차보다 널찍해서 네 사람이 타도 자리가 넉넉했다.

토라는 운전석에 앉아 시동을 걸었다. 진입로에서 차를 빼려고 후진을 하는 순간, 시가가 비명을 질렀다. 급브레이크를 밟은 토라와 조수석에 앉은 길피가 동시에 뒤를 돌아보았다. 토라는 한숨을 쉬었다. 이제 뒷자리가 양수로 뒤덮여버린 SUV를 팔아치우려면 엄청난 가격 할인을 해주는 도리밖에 없었다.

솔리는 자리에 앉아 다리를 휘휘 흔들었다. 그것 외에 대기실에서 달리 할 게 없었다. 거의 세 시간 동안 작은 방에 앉아 기다린 걸 감안하면 토라는 딸의 태도가 대견하기만 했다. 입을 꾹 달은 채 토라를 향해 다채로운 경멸의 시선만을 보내는 시가의 아빠 때문에 기다리는 시간이 훨씬 더 길게 느껴졌다. 그래서 토라는 휴대폰이 울리며 대기실의 숨 막힐 듯한 침묵을 깨자 10년은 감수한 기분이 들었다. 그녀는 휴대폰을 들고 복도로 나갔다.

"여보세요, 토라. 라라에요. 솔디스의 할머니." 라라가 밝은 목소리로 말했다. "내가 안 좋은 때 전화를 한 건 아닌지 모르겠네요."

"오, 전혀 아니에요." 토라가 인사를 했다. "다시 목소리 들으니 너무 반가운걸요. 안 그래도 떠나기 전에 뵙지 못해서 전화를 드리려고 했어요." 5일 전, 베르타와 스타이니가 경찰에 체포되었다. 그 사이 토라는 사건을 마무리하고 밀려있던 다른 업무를 처리하느라 바쁜 시간을 보냈다. 유령의 실체가 베르타로 밝혀지면서 다행히 요나스는 엘린과 뵈르쿠르를 상대로 한 소송을 포기했다. "경찰이 크리스틴의 유골을 찾아낸 건 물론 알고 계시겠죠."

"네. 그래서 전화한 거예요." 라라가 이야기를 했다. "말씀드리고 싶은 게 두 가지 있어요. 크리스틴을 엄마 옆에 묻어주려고 준비 중인데, 변호사님도 장례식에 참석하면 좋을 것 같아요. 크리스틴을 발견한 것도 다 변호사님 덕분이니까요. 크리스틴의 친척이 장례식에 우르르 나타나지도 않을 텐데, 그 자리에 달랑 신부님과 저만 있으면 너무 쓸쓸할 것 같아서요."

"저야 영광이죠." 토라가 진심을 담아 대답했다.

"고마워요. 날짜가 정해지는 대로 알려드릴게요." 라라가 조심스럽게 목청을 가다듬고 말을 이었다. "그리고 두 번째로 말씀드릴 건, 사건을 담당했던 형사가 오늘 아침에 저를 찾아왔었어요."

"토롤푸르가요?" 토라가 놀란 목소리로 물었다. "무엇 때문에 찾아온 건가요?"

"편지 한 통을 건네줬어요. 좀 더 정확하게 말하자면 편지 사본이죠." 라라가 설명했다. "저에게 도착하는 데 60년이나 걸렸어요. 구드니가 쓴 편지예요."

"어디서 발견됐나요?" 토라는 깜짝 놀랐다. "혹시 석탄창고에 있던 건가요?"

"크리스틴이 입고 있던 코트주머니에서 발견됐어요." 토라는 라라의 목소리가 갈라지는 느낌을 받았지만, 라라는 침착하고 안정된 목소리로 말을 이었다. "대부분은 저만 알고 있으면 되는 내용이지만, 한 가지만은 변호사님께 알려드리고 싶었어요."

"얼마든지요." 토라가 말했다. "편지가 많은 걸 말해주겠네요."

"이 편지를 쓸 당시 구드니는 자기가 죽어간다는 걸 알고 있었어요. 그 애는 이 편지가 자기 이야기를 털어놓을 마지막 기회라고 생각했죠. 첫머리에서 구드니는, 이전 편지들에서 자기 상황을 솔직하게 털어놓지 못해 미안하다고 사과부터 했어요. 행여나 내가 자기를 찾아와, 자기 부녀가 앓고 있는 병이라도 옮을까봐 차마 엄두를 내지 못했다고요. 내가 그때 레이캬비크에서 새 출발을 한 상태였기 때문에 괜히 자기 문제를 늘어놓아서 내 마음을 흔들고 싶지 않았다고 했어요."

"그 문제라는 게 폐결핵을 의미하겠죠." 토라가 물었다. "구드니는 자신의 아이를 문젯거리로 여기지 않았을 테니까요."

"맞아요." 라라가 지체 없이 대답했다. "구드니는 세상 그 무엇보다 딸을 사랑했어요. 크리스틴을 '어둠 속의 빛'이라고 표현했지요. 할아버지와 엄마를 제외한 모두로부터 고립된 유별난 가정환경 속에서도 심성이 착하고, 예쁜 아이로 자랐다고요. 구드니가 사생아를 낳았다는 사실을 수치스러워한 점은 부인할 수 없지만, 크리스틴에 대한 애정만은 한결같았어요."

"아이들의 적응력은 놀라울 정도니까요." 토라는 이렇게 말하며 이제 막 세상에, 그것도 가로로 나오려고 하는 손주를 떠올렸다.

"그럼요. 그렇게 다정한 엄마를 곁에 두고 있었으니 크리스틴에게는 다른 사람이 필요하지도 않았을 거예요." 라라는 편지에서 뭔가를 찾기라도 하는 듯 잠시 우물거렸다. "구드니는 편지에 마그누스 발드빈손이 아이의 아버지라고 분명하게 썼어요." 라라가 다시 입을 열었다. "마그누스가 나치 모임과 관련된 일로 비야르니를 만나러 왔던 날, 구드니와 딱 한 번 관계를 가졌는데 그때 임신이 된 거라고요. 구드니는 그 전이든 이후로든 절대 다른 남자와는 관계를 갖지 않았다고 했어요. 자기 인생에 더 이상 다른 남자는 없을 거라며 농담까지 했어요."

"마그누스가 아이의 존재를 알았는지도 언급했나요?" 토라가 물었다. 설령 그랬다고 하더라도, 마그누스가 이제 와 감히 상속권을 주장하지는 못할 것이다.

"구드니는 자신이 임신 사실을 알기도 전에 마그누스가 레이캬비크로 유학을 떠났다고 했어요. 하지만 크리스틴이 태어난 이후 그에게 편지를 썼대요. 이에 대해 마그누스는 한 번도 답장을 하지 않았고요." 라라가 한숨을 지었다. "그 일로 구드니가 큰 상처를 받았던 것 같아요. 그 감정이 편지에서도 느껴질 정도예요. 더군다나 딸을 생각하면 더 마음이 아팠겠지요. 구드니가 마그누스를 단 한 순간이라도 사랑했다면, 그에 대한 애정은 이 일로 완전히 식어버렸을 거예요."

"그렇죠. 연인 사이에서 절대 되돌릴 수 없는 잘못이 있는 법이죠." 토라가 동의했다. "특히 자기 아이의 존재를 부정하거나 외면하는 건 최악이에요."

"구드니는 편지에서 나에게 자기 딸을 맡아달라고 부탁했어요." 라라가 설명을 이어나갔다. "아버지는 이미 돌아가신 뒤였고, 구드니와 크리스틴은 그리무르의 집에서 지내고 있었어요. 구드니는 그리무르를 믿지 않는다고, 그가 제정신이 아니라고 했어요. 자기와 크리스틴을 바라보는 눈빛에 지독한 증오가 서려있어서 너무 무섭다고요. 그에게 자신의 딸을 절대 맡길 수 없다고도 털어놓았어요. 심지어 그리무르의 딸인 말프리두르를 위해 해줄 수 있는 일이 없을지 나에게 알아봐 달라고 부탁했어요. 말프리두르가 크리스틴보다 몇 살 더 많고 스스로를 돌볼 능력이 다소 있긴 했겠지만, 구드니가 보기에는 그 애도 걱정스러웠던 거예요."

"오, 이럴 수가." 토라는 한숨을 쉬었다. "구드니가 부인에게 크리스틴의 후견인이 되어달라고 부탁한 사실을 그리무르가 알고 있었을까요?" 토라가 물었다. "크리스틴이 부인에게 맡겨졌다면 그리무르는 모든 재산을 잃었을 거예요."

"모르겠어요." 라라가 대답했다. "편지에 그런 얘기는 없어요. 단지 이 편지가 언제 나에게 도착할지 모르겠다는 걱정만 토로했어요. 그리무르에게는 편지 발송을 부탁할 수 없다면서 크리스틴에게 편지를 맡겨두겠다고, 아이가 편지를 다른 누군가에게 건네줄 수 있기를 기도한다고 썼어요. 딸에게 나에 대해서도 미리 알려줬대요. 아주 상냥한 엄마의 친구를 어쩌면 곧 만날 수도 있다고요. 구드니는 아이가 어리기는 해도 틀림없이 편지를 잘 보관해줄 거라고 했어요. 크리스틴은 영리하고 착한 아이라면서요."

"그런 면에서 크리스틴은 편지를 끝까지 지켜냈군요." 토라가 슬프게 대답했다.

"네." 전화기 너머에서 목소리가 희미하게 들려왔다. 라라는 이제 흐느껴 울고 있었다. "장례식 끝나고 편지에 대해 좀 더 이야기 나누도록 해요." 라라가 울먹이며 인사했다. "이제 그만 전화를 끊 어야겠어요."

"네, 그래요. 장례식에 꼭 갈게요, 약속해요." 토라는 인사를 하 고 전화를 끊었다.

토라는 좁은 복도를 이리저리 배회하면서 통화를 하는 동안 주 변 환경 따위는 신경도 쓰지 않고 있었다. 그런데 복도를 따라 난 문 안쪽에서 여자들이 온 힘을 다해 아이들을 세상 밖으로 밀어내 고 있다는 사실이 갑자기 실감나기 시작했다. 그 중에서도 C 분만 실의 비명 소리가 익숙하게 들려왔고, 토라는 혹시라도 아기의 울 음소리를 들을 수 있지 않을까 귀를 기울였다. 하지만 아기 울음 소리는 들리지 않았다. 그도 그럴 것이 사력을 다해 소리를 지르는 엄마를 아기가 당해낼 재간은 없었기 때문이다. 비명 소리들 틈에 서 유독 큰 외마디 비명이 토라의 귀에 꽂혔다. "이렇게 아프면 안 되는 거잖아!" 토라는 마음속으로 시가에게 공감하며 미소를 지었 다. 아기가 세상에 나올 때가 다 된 것이다.

토라는 문 앞에 선 채 귀를 기울였다. 신음과 비명이 몇 번 더 반 복된 후 아기의 울음소리가 희미하게 새어나왔다. 두 눈에 눈물이 차오른 그녀가 문 앞에서 살짝 비켜섰다. 길피의 목소리가 들리지 않는 게 기절했기 때문은 아니기를 토라는 바랐다. 얼마 지나지 않 아 길피의 외침이 들려왔다. "으, 그 징그러운 거 치워요!"

토라가 깜짝 놀라는 것과 동시에 안에 있던 시가의 엄마가 냅다 쏘아붙였다. "바보 같은 소리 좀 하지 마! 선생님이 태반이랑 대망

막을 보여주시잖아. 어떤 사람들은 이걸 말려서 전등갓으로 쓰기도 한다고." 토라는 올해 크리스마스 선물 중에 부디 인간의 신체 일부가 포함되지 않기를 바랄 뿐이었다.

문이 열리고 길피가 모습을 드러냈다. 길피는 얼굴을 빛내며 토라를 껴안았다. "좀 징스럽기는 했지만, 이제 나도 아빠야! 내 아들이 태어났다고."

토라는 길피의 양쪽 뺨에 몇 번이고 입을 맞췄다. "오, 길피!" 토라가 외쳤다. "축하해, 우리 아들. 예쁘게 생겼어?"

"그게 좀 뭐랄까, 하얀 물질로 덮여있어." 길피가 가볍게 몸서리를 쳤다. "그리고 탯줄도 좀…," 길피는 말끝을 흐리며 분만실 문을 열었다. "엄마가 직접 봐." 길피는 이렇게 말하며 앞장서 들어갔다.

분만실에 함부로 들어가고 싶지 않았던 토라는 문간에 선 채 살짝 훔쳐보는 데 만족하려 했다. 분만 테이블 한쪽에 서있는 시가의 엄마와 조산사의 모습은 흐릿하게 지나가 버렸지만, 이제 막 엄마가 된 소녀가 갓 태어난 아기를 안고 있는 광경은 순식간에 토라의 마음을 사로잡았다.

토라는 최면에라도 걸린 듯 분만실로 들어갔다. 이제 정말 할머니가 된 것이다. 손자를 마주하던 그 순간, 어처구니없게도 매튜에게 돌아가고 싶은 마음이 간절하다는 사실을 깨달은 토라는 화들짝 놀라고 말았다.

에필로그

2006년 6월 24일 토요일

이제 토라의 차례였다. 그녀는 무덤 앞으로 다가갔다. "재는 재로, 먼지는 먼지로." 토라는 작은 관 위로 흙을 뿌리며 읊조렸다. 그리고 십자를 그은 다음 돌아섰다.

이 작은 교회에서 열린 장례식에 참석한 사람은 손가락으로 꼽을 정도였다. 말없이 관을 따라 경내로 나간 사람들은 가랑비를 맞으며 서있었다. 토라는 예식이 진행되는 짧은 시간 동안 라라의 손을 잡아주었다. 라라는 토라가 보인 선의에 고마워하는 듯했고, 토라는 비탄에 빠진 라라가 죽은 아이에게 마지막으로 예를 표하기 위해 관 앞으로 걸어나갈 때까지 그녀의 손을 놓지 않았다. 참석자 가운데 이 의식으로 인해 슬픔을 느끼는 건 라라와 한 노인뿐이었다. 노인이 서있는 모습은 애달팠다. 마그누스 발드빈손이었다. 장례 예배가 이제 막 시작되려는 찰나 그가 교회 안으로 들어와 맨 뒷자리에 앉았다. 장례 의식이 진행되는 동안에도 그는 다른 사람들로부터 몇 발짝 뒤로 물러나 있었다. 그는 두 손으로 모자를 꽉 끌어안은 모습이었다. 토라가 쳐다볼 때마다 그의 시선은 땅에 고정되어 있었다. 토라는 그가 안쓰럽게 여겨졌다. 그에게 다가가야 할지 고민하던 토라는 그냥 라라 옆에 머물기로 했다. 라라에게 자신이 필요하기도 했지만, 마그누스에게 다가갈 경우 그가 어떤 반응을 보일지 토라로서는 알 수가 없었다.

목사가 눈을 감고 기도를 시작하자 토라도 따라서 기도문을 읊었다. 토라는 크리스틴이 목사의 기도문 선택에 기뻐했을 거라는 느낌이 들었다.

이제 잠에 들기 위해 자리에 눕습니다.
하느님, 저의 영혼을 지켜주시고
제가 깨어나기 전에 숨을 거두거든
하느님, 내 영혼을 거두어주소서.

참석자들은 '나와 함께 하소서'를 어설프게 따라 부른 다음, 한 명씩 목사의 축복을 받고 자리를 떠났다. 마지막까지 남은 건 라라와 토라, 그리고 마그누스뿐이었다. 마그누스는 여전히 조금 떨어진 곳에 고개를 숙이고 서있었다.

"따라와요." 라라가 낮은 목소리로 말했다. "커피라도 만들어드릴게요." 라라는 토라의 팔짱을 꼈다. "편지를 보여드리고 싶네요. 바쁘지 않으세요?"

"전혀요." 토라가 대답했다.

두 사람은 함께 경내를 빠져나갔고, 마그누스 발드빈손은 오래 전에 세상을 떠난 딸의 무덤 앞에 홀로 남았다.

토라는 교회 너머 용암원에서 희미한 울음소리가 들려오자 혼자 미소를 지었다. 그 바보 같은 고양이로군. 이렇게 생각하던 토라는 문득 장례식에 오는 길에 차를 몰아 퉁가 농장을 지나칠 때 그 앞에 앉아있던 오렌지색 수고양이를 떠올렸다. 그 짧은 시간 안에 고양이가 퉁가에서 이곳까지 이동해왔을 리 없었다. 울음소리가 더욱 구슬프게 들려오자 토라는 라라의 연약하고 가는 팔을 더 세게 붙들었다. "조금 더 빠르게 걸어갈까요?" 토라가 몸서리를 치며 말했다. "이곳은 어쩐지 오싹하거든요."

옮긴이 박진희

대학에서 영어영문학을 공부하고 지금은 외서를 한국에 소개하고 번역하는 일을 하고 있다.
옮긴 책으로는 《마지막 의식》《부스러기들》《커피의 정치학》《더 좋아져요》《소박한 자유》
《스파게티는 인생의 교훈》《어쿠스틱 해변 라이프》등이 있다.

내 영혼을 거두어주소서

첫판 1쇄 펴낸날 2017년 8월 10일

지은이 | 이르사 시구르다르도티르
옮긴이 | 박진희
펴낸이 | 지평님
본문 조판 | 성인기획 (010)2569-9616
종이 공급 | 화인페이퍼 (02)338-2074
인쇄 | 중앙P&L (031)904-3600
표지 후가공 | 이지앤비 (031) 932-8755
제본 | 서정바인텍 (031)942-6006

펴낸곳 | 황소자리 출판사
출판등록 | 2003년 7월 4일 제2003-123호
주소 | 서울시 영등포구 양평로 21길 26 선유도역 1차 IS비즈타워 706호
대표전화 | (02)720-7542 팩시밀리 | (02)723-5467
E-mail | candide1968@hanmail.net

ⓒ 황소자리, 2017

ISBN 979-11-85093-58-1 03850

* 이 도서의 국립중앙도서관 출판시도서목록(CIP)은 서지정보유통지원시스템 홈페이지
  (http://seoji.nl.go.kr)와 국가자료공동목록시스템(http://www.nl.go.kr/kolisnet)에서 이용
  하실 수 있습니다.(CIP제어번호: CIP2017015546)
* 잘못된 책은 구입처에서 바꾸어드립니다.